심리학적 이상사회

월든 투

WALDEN TWO
by Burrhus Frederic Skinner

copyrihgt(c) 1948, 1976 by B.F. Skinner
Reprinted 2005, Hackett Publishing Company, Inc.

Korean Translation copyright(c) 2006 by Hyundae Moonhwa Center
Korean Language edition arranged with Hackett Publishing Company, Inc.
through Shinwon Agency Co.

이 책의 한국어 판권은 신원에이전시와 EULAMA S.r.l.를 통한
Hackett Publishing Co. Inc. 사와의 독점계약에 의해서 현대문화센타에 있습니다.
신저작권법에 의해 한국 내에서 보호를 받는 저작물이므로 무단전재 및 무단복제를 금합니다.

심리학적 이상사회

월든 투

B. F. 스키너 著

이장호 譯

식민지 이후를

흑 두 루

옮긴이의 말

월든 투는 한마디로 과학적인 이상사회에 관한 소설이다. 미국식 민주주의가 '경건한 사기'이고 예수를 뛰어난 동료로 생각하는 주인공 프레이저, 행동과학자인 심리학 교수 부리스, 관념론적 자유주의자인 철학 교수 캐슬, 그리고 네 명의 젊은이들 사이에 벌어지는 열띤 토론이 중심이 되고 있다. 따라서 소설이라고 하지만, 사회 과학도를 위한 참고서이며 하나의 바람직한 사회구조와 생활양식을 알려주는 교양서이다.

역자도 대학원생 시절에 참고서로 읽었고, 역자의 제자들인 73학번 심리학 전공생들과 '공동번역'에 처음 착수하면서 책의 인세로 우수한 사회과학도에게 매년 장학금을 지급하는 '73 장학위원회'를 구성했다. 이 초판의 인세수입으로는 당초의 계획대로 '월든 장학금'의 명칭으로 12차에 걸쳐 15명의 심리학도들에게 장학금이 지급되었다.

'공동사회적 정신의 실천'을 위한 역자들의 노력이 이렇게 결실을 거두어 가도록 독자들이 성원해 준 데 대해 깊은 감사를 드린다.

금번 현대문화센타에서 다시 펴내는 이 책은 초판의 번역 문장에서 발견된 애매한 표현들을 다시 다듬었고, 독자들의 이해를 돕기 위해 책 중의 주요 용어와 인명들을 장별로 나누어 권말에 해설을 붙였다. 아직도 매끄럽지 못한 문장과 미흡한 표현은 전적으로 역자의 책임이지만, 이 책은 처음부터 여러분의 노고와 정열이 담긴 공동작품임을 자랑하고 싶다.

이 책의 공동번역의 초기 참여자들('73장학위원')인 권정혜(고려대), 김교문, 김명언(서울대), 김인미, 김철호, 노규형, 문두식, 박태진(전남대), 오광세, 이광오(영남대), 이경석, 이승복(충북대), 이선혜, 이창순, 이춘길(서울대), 최문식, 홍창희,(부산대), 허남수 동학들과 함께 이 책으로 '심리학적 이상사회'를 공부했던 그 시절을 상기하면서, 당시 초판의 교정 및 용어해설 작업을 도와줬던 권석만(서울대), 조중열(경남대), 박창호(전북대) 교수님들에게 고마운 마음의 뜻을 다시 전하는 바이다. 그리고 국내 출시 4반 세기가 지난 오늘에 한국 독자들이 계속 읽을 수 있도록 재판 간행을 기획하여주신 현대문화센터 양장목 사장님과 직원들에게 깊은 감사의 뜻을 표하는 바이다.

2006. 6
서울대 명예교수　**이장호**

월든 투의 모형인 트윈 옥스(Twin Oaks) 공동체 방문기

한준상 박사(연세대 교수, 배움학)

나는 행동주의 심리학자인 스키너가 자기의 이상향을 그려낸 월든 투, 바로 소설의 모델대로 구상하고 만들었다는 트윈 옥스 공동체(Twin Oaks Community)를 방문했다. 트윈 옥스의 신입회원 신청을 위한 자격으로 한 달여 간을 그곳에서 머물면서 인턴처럼 저들과 생활했다. 트윈 옥스는 미국 워싱턴 D.C에서 남쪽으로 약 2시간쯤 떨어진 미국 버지니아 주의 리치먼드와 샤롯스 빌 중간의 넓은 평야와 산림 속에 위치하고 있다. 그곳에 가려면 미국의 어느 곳에서 오던 샤롯스 빌까지 가야만 한다. 그곳에 내리면 트윈 옥스 사람들이 차를 갖고 와서 기다린다. 이런 기다림부터가 월든 투에서 읽었던 바로 그런 정경의 시작이다. 샤롯스 빌의 역전에서 자동차를 타고 한 10분 정도 달려 도시를 벗어나면, 주위는 농장과 산림으로 가득 다가온다. 소와 말, 건초더미들도 즐비하게 늘어서서 장관을 이룬다.

트윈 옥스의 풍광

트윈 옥스에 도착했다. 트윈 옥스를 제대로 알아볼 수 있게 하는 표지판은 없다. 흐릿하게 무엇인가를 써놓은 나무간판이 있기는 했지만, 너무 오래 되어서 이미 낡아 있었다. 그곳에 익숙해지기만 하면, 간판이 아니라 눈감고 냄새만 맡아도 트윈 옥스쯤이 될 것임을 알아차리게 될 터이지만, 아직은 낯설다. 트윈 옥스의 입구는 그냥 보통 농장의 그것과 유사하다. 목장에는 한 가닥 철선으로 둘러쳐진 울타리들이 늘어서 있다. 전류가 흐른다는 경고판도 함께 보인다. 스키너의 월든 투에서 이야기하던 바로 그 목장 울타리의 철사 줄이다. 소들을 한 가닥의 철사 줄로 관리하는 것이 과학적이라고 했던 바로 그 전선 울타리였다.

트윈 옥스의 행정 사무실이 위치한 마당 같은 곳에 두 개의 옥스 (Oaks)가 하늘로 치솟아 있다. 이것이 바로 트윈 옥스의 상징물이다. 이미 힘은 한풀 꺾였다는 듯이 그 누구에게나 친근하다. 트윈 옥스의 공동체가 시작하는 모습은 여느 농가나 그다지 다르지 않다. 트윈 옥스 공동체는 그야말로 전체가 산림으로 울창한 산림형 공동체이다. 땅과 숲, 경작지의 큰 덩어리가 압도한다. 땅은 모두 1,820만 평방미터에 이른다. 그곳에 사는 사람은 얼마 되지 않는다. 어른이나 아이들을 모두 합해 봐도 100명도 채 되지 못한다.

트윈 옥스는 미국에서는 꽤나 알려진 공동체이다. 미국 '공동체 편람'에 나열된 700여 개의 공동체 중에서도 대표 격이다. 크고 작고, 종교적이거나 낭만적이거나 하는 공동체들이 수없이 많지만 공동체다운 공동체의 모습을 지니고 있는 곳은 많지 않다. 다른 공동체들을 선도해 나가는 역할을 하는 트윈 옥스는 규모도 크고 조직력도 뛰어나다. 공동체 내의 활동 면에서도 다른 공동체에 비해 모범적이다.

트윈 옥스의 상징인 두 그루 참나무

트윈 옥스의 공동체는 참나무 두 그루가 서 있는 곳에서 시작하여 20여 개의 크고 작은 건물로 이루어져 있다. 숲속 깊이 들어가면 고목들과 실개천이 어우러져 방문객에게 위협적인 야생성을 발휘하고 있다. 20여 개의 주거지들은 언덕 같지 않은 언덕의 오솔길을 따라 하나 둘씩 자리를 잡고 있다. 건물들은 모두 그동안 그곳에 자주 드나들었던 회원들 스스로 설계하고 망치질을 하면서 지은 건물들이다. 건물들의 쓰임새는 여러 가지 면에서 공상가들의 이상(理想)대로 만들어졌다. 살다가 부서지면 잇고, 비가 새고 바람이 불면 이리저리 막아놓는 식으로 만든 건물들이다. 그래서 그 모양새보다는 그것들의 기능이 더 아름답다. 각 건물은 여러 개의 작은 방들로 구획되어 있다. 한 개인이 활용하기에는 비교적 크지도, 작지도 않은 공간들이다. 한 번 그곳으로 들어가면 그만의 세상을 전개할 수 있다. 각 방들의 치장은 각기의 취향대로 꾸며져 있다. 회원 중에 살아가는 일은 아마추어이지만 자기 취미나 묘기에는 전문가급 지식인들도 상당수 있다. 조각가지만 도시의 번다한 삶이 싫어 이곳에 틀어박혀 있는 사람도 있고, 오페라와 드라마를 전공하다 지쳐버려 버지니아 세단도우 골짜기의 공기를 마시러 이곳에 들어온 퇴역 박사후보생들도 있다. 주거지와 조금 떨어진 언덕에는 공동묘지도 세워져 있다. 서넛이 이미 죽었다. 자살한 사람도 있다. 삶이 있는 곳에는 항상 죽음과 주검들이 함께 하기에 먼저 간 이상주의자들의 주검을 알리는 묘지가 있는 것이다. 누가 죽었든 그저 자연의 이치요, 순리일 뿐이다라는 식으로 그 무덤 주위에는 아이들의 놀이터도 있고, 더운 여름날 저녁을 보내기 위해 그물 그네들이 무덤 건너편에 매어져 있다. 이곳에서는 살아야 한다는 것과 죽는다는 것이 모두 한 줄에 꼬여 있는 생선 고치 같은 것들이다.

트윈 옥스의 전체 주거공간은 널찍하다. 다만 건물들이 그저 작은 마을처럼 큰 산길을 따라 양쪽으로 배열되어 있다. 건물은 친자연 환경적이라고 할 수 있다. 태양에너지를 쓰고, 집집마다 난로가 설치되어 있다. 숲속에 버려진 고목들을 주워 땔감으로 쓰기도 한다. 환경을 고려해 페인트를 칠하지 않는다. 자원은 재활용이 원칙이다. 리치몬드나 샤롯스 빌에서 주워온 자전거를 고쳐 이동의 수단으로 쓰기도 한다. 성능보다는 기능을 더 중요시 하므로 모두가 자전거를 애용한다. 타고 다니다 아무 곳에나 세워두면 다른 사람이 또 타고 가서 그곳에 세워둔다. 모두가 공용이다. 수리점은 항상 자전거 수리에 바쁘다. 가구 역시 부서진 것을 주워와 고쳐 쓴다. 작업복 역시 리사이클링용 옷가지들이다. 모든 것을 공동으로 세탁하고 수리해서 서로서로 입고 있기에 네 것, 내 것의 개념이 없다. 내가 오늘 신고 있던 양말이 며칠 후면 다른 이의 발목에 걸쳐져 있는 일들이 허다하다. 먼저 신는 사람이 임자이다. 양말의 치수나 색깔 같은 것은 중요하지 않다. 왼발은 빨간색, 오른발은 흰색 양말 식으로 짝짝이로 신고 다니는 사람을 보는 일이 일상사처럼 흔하다. 이곳의 식단은 채식이 기본이지만, 고기를 전혀 먹지 않는 건 아니다. 과일이나 야채도 냉동고에 준비되어 있다. 식사는 하루 세 번으로 정해져 있지만, 일하다가 시장기를 느끼는 사람은 언제든지 공동식당에서 간식을 먹을 수 있다. 허브 차는 늘 마실 수 있도록 준비되어 있다.

트윈 옥스의 문화

트윈 옥스는 특정 종교와는 상관이 없다. 퀘이커교도들도 있고, 불교도들도 있다. 어중이떠중이들도 있고, 개인 교주처럼 행세하는 사이비 종교에 빠진 신앙인들도 있다. 유대인도 있고, 공상가들, 탈종교인들도 그곳에서 함께 살지만 그것 때문에 불화가 생기지는 않는다. 자유 시간에는 자기식대로 살더라도 일과 중에 자기가 해야 할 일만큼은 어김없이 해놓는 그들이다. 회원들은 인종의 색깔 같은 것은 무시하고, 정치적 신조도 달리하지만 서로서로 잘들 살아간다. 공동체를 구성하기 위해서는 한 식구가 되어야 하지만, 문화적 양태, 생각하는 방식들로 보면 서로 어울려 한 식구로 살기가 힘든 사람들이 모여 사는 것이다. 이곳에서는 결혼신고를 해야 결혼관계를 인정하는 그런 관례도 없다. 아내라는 말보다 파트너라는 말을 더 즐겨 쓴다. '대등한 동반자'라는 뜻이다. 자유, 자기감정, 자연스러움에 충실한 것이 본능처럼 그들을 사로잡고 있다. 누구에게 보이려고 일하는 것이 아니고 자기 자신에 충실하기 위해 일할 뿐이다.

일단 트윈 옥스의 회원으로 들어오려면 공동체 회원들의 동의를 얻어야 하고 개인 재산도 포기해야 한다. 개인 소유는 그것이 자동차든, 돈이든 무엇이든 재산이 될 만한 것은 이곳 트윈 옥스에서 그 소유가 허용되지 않는다. 개인 소도구는 허용되지만, 재산은 허용되지 않는 것이다. 재산이 있는 사람이 이곳에 들어오기 위해서는 그 재산을 그 어느 곳에든 신탁시켜야 한다. 사람 수만큼 생각이나 삶의 방식도 각양각색이다. 가족과 결혼, 연애 같은 것에 대한 생각이 극과 극에 달하는 사람들이 어울려 함께 산다. 동성애자, 무정부주의자, 불법 체류자, 입양아, 채식주의자, 페미니스트, 본인에게 그것을 까발리라고 채근할 수 없지만 그들 중에는 현행 정치범도 숨어 있다. 그래서 그들은 그들의 초상권 보호에 극도로 신경을 쓰는 편이다. 웬만큼 친해 놓기 전에는 개인의 사진을 찍기란 절대로 쉽지가 않다. 그래서 그들은 트윈 옥스 식구(食口)로 부르기보다는 차라리 삶이 무엇인지를 매일같이 서로 다른 식으로 깨달아 가는 트윈 옥스의 학구(學口), 말하자면 트윈 옥스의 학생들이라고 부르는 것이 더 나을 듯싶다. 모든 것이 하나의 정원처럼 제각기 아름답지만, 공동체로써 트윈 옥스가 내걸고 있는 공생의 신념은 한 가지이다. "협동과 평등, 소득공유, 비폭력과 지속가능성", 이 신념만큼은 그 어느 누구에게나 한결같이 확인되고 있다.

트윈 옥스의 노동

모든 성인 구성원들은 매주 금요일이면 작업시간표 (Labour Sheet)를 제출하고 새로운 작업계획표를 받는다. 일주일간 자기 스스로 일궈야 될 일과 일의 시간을 기입하는 계획서이다. 노동시간표는 개인의 사정과 조건을 고려해서 자기 주도적으로 짠다. 회원들은 보통 일주일에 45.5시간의 노동점수(Labour Quota)를 받아야 한다. 여기서는 1시간을 1점으로 친다. 급료는 없다. 그 대신 1시간에 1점씩의 신용이 주어진다. 보통 사람은 45.5시간 정도, 45.5의 신용을 제 스스로 얻어야 자기 스스로 공동체 회원으로서 부끄럽지 않은 것이다. 이것은 대략 하루의 7시간 정도에 해당한다. 개인적인 일이 있어서, 혹은 몸이 아파서 일을 못 하거나, 공무로 하루를 밖에서 보내야 하는 경우라도 누가 뭐라고 하지는 않는다. 다만 자기 스스로의 신용점수가 내려가게 된다. 트윈 옥스가 규정한 년 수만큼의 공동생활을 한 경우에는 안식년도 있다. 은퇴자에게는 노동경감 혜택도 주어진다. 안식년을 받는 경우, 회원들은 여행을 하거나 혹은 자기의 특기개발을 위한 일에 몰두하기도 한다. 그들에게는 보너스도 제공된다. 트윈 옥스도 생존해야 하기에 몇 가지 주요 산업을 갖고 있다. 그것 중의 하나가 해먹(그물침대)과 두부생산이다. 해먹과 두부를 인근 기업에 년간 계약 아래 팔아 그 이익금을 공동체 예산으로 쓴다. 해먹조림과 두부생산을 위해 최신 설비들을 들여놨다. 목재소도 세웠고, 두부공장도 세웠다. 이곳에서의 일은 조금 전문성을 요구하기에 초심자에게는 함부로 일을 맡기지 않는다. 그저 허드레 조수의 일만 하게 된다. 이런 사업 중에서도 트윈 옥스의 상징은 해먹, 즉 그물침대 만들기이다. 이 방면에는 나름대로의 특기를 갖고 있다. 원래 해먹은 히피들이 갖고 다니는 주요 필수품이기도 했다. 그래서 트윈 옥스 정착민들은 제일 먼저 해먹 상점을 트윈 옥스가 서 있는 그곳 건물에 설치했다.

 해먹 상점에서는 누구든 음악을 들을 수 있게 오디오 장치가 설치되어 있다. 전부 수공업이지만, 능률을 올리고 지루함을 막기 위해 회원들의 발의로 그렇게 했다. 방의 천장 박스테이프 속에 둥그런 종이로 음악소리를 자유롭게 조절할 수 있는 볼륨 잭을 만들어 두었다. 원하는 사람은 헤드폰으로 자기 자리의 잭과 연결해 듣는다. 해먹을 만드는 일이 의외로 정교함을 요구하기에 이런 음악 설치는 자율신경을 조절하는데 도움이 된다.

 트윈 옥스에는 그 어떤 권위주의도 통용되지 않는다. 그것이 통용될 사회적 여유나 틈새가 없다. 모두가 다 개성을 갖고 있기 때문이다. 개인이 원한다면 트윈 옥스의 사람들이 행동 조를 만들어 부시정권 전쟁반대 시위에도 나선다. 새벽부터 참여하러 가지만, 이런 시위 참여도 노동점수에 해당된다. 이들은 노숙자를 위한 먹을거리 만들어주는 일에도 적극적으로 참여한다. 이런 봉사활동들도 노동점수에 들어간다. 자기가 하던 일이 의외로 노력과 힘이 드는 일인 경우 1시간에 1점의 원칙이 아니라 1시간, 2점으로 써놓아도 괜찮다. 노동의 어려움은 개인마다 다르기 때문이다. 그럴 경우 1시간을 일하고도 2시간으로 기록해 놓아도 무방하다. 몸이 아플 때 쉬는 시간, 아픈 사람을 돕는 시간, 배우는 시간, 아이를 돌보는 시간, 사회봉사 시간, 정치적 모임에의 참여 등등 모두를 노동시간으로 인정한다.

개인서비스신용(Personal Service Credits)제도가 있다. 다른 사람을 위해 일한 시간을 신용으로 바꾸는 제도로써 그 기능이 지역화폐와 비슷하다. 그물침대 하나가 120시간의 노동시간을 요구하면 그 공장에서 120시간을 도와주고 그물침대를 자기 것으로 만들어 개인적으로 사용할 수 있다.

트윈 옥스의 신용

트윈 옥스에서 일하는 사람은 하루에 2달러 정도의 용돈을 받는다. 작업계획표에 적혀 있는 것보다 더 일했을 경우 생긴 초과노동이나 필요한 용품은 zk라고 불리는 공동식당, 공동체 회관의 메모장에 적어둔다. 그것으로 자기의 목적을 위하거나 공동을 위한 것으로 사용할 수 있다. 이곳에는 통신수단이 원시적이다. 전화는 없다. 발로 뛰어야 하고 글로 적어 놓아야 한다. 공동용 비디오는 있지만 텔레비전은 없다. 어느 누구도 텔레비전을 시청해야 한다고 생각하지도 않고, 그것이 없다고 세상 소식에 답답해하지도 않는다. 신문은 없지만 각종의 잡지는 비치되어 있다. 공용 컴퓨터가 있어 외부와 이메일을 주고받을 수는 있지만 개인별 컴퓨터에 인터넷을 할 수 있는 장치는 없다. 모든 연락은 메모로만 한다. 연락을 하거나 전달을 하기 위해서는 공동식당에 설치되어 있는 편지함이나 게시판에 쪽지를 남김으로써 의사소통을 한다. 불만이 있거나 고쳐야 할 것이 있거나 건의사항이 있으면 모든 것을 메모로 적어 공동식당에서 모두가 볼 수 있도록 고지한다. 안건이 발의되면 회의를 소집한다. 공동회의에 참여하는 것도 노동시간에 해당된다. 그래서 이곳에는 회의도 많고, 말도 많다.

트윈 옥스의 여가

노동이 끝나고 저녁식사 후에는 모두가 자유롭다. 각 건물이 다 그런 것은 아니지만, 대부분의 거실에는 책이 가득하다. 트윈 옥스에 도서관과 같은 기능을 하는 건물이 있어 각종 서적들로 채워져 있다. 비치된 책들의 종류는 다양하다. 유토피아에 관한 책에서부터 요가, 음악, 미술, 섹스, 인문학에 관련된 책들이 즐비하다. 그것으로 말미암아 한때 이곳에 수많은 독서광이 거주했었다는 사실을 분명하게 알 수 있다. 이쪽저쪽에 쌓여 있는 책의 표지들이 변색되어 것으로 보아 요즘은 그것도 시들한 모양이다. 지금도 읽는 사람은 읽는다. 마을사람들은 저녁마다 틈만 나면 흥겨운 놀이, 춤추기와 토론회, 기도회, 산책 혹은 축제를 벌인다. 때로는 오페라, 연극준비를 위한 리허설에 몰입하기도 한다. 연못가를 거닐기도 하고 조그만 냇가를 따라 카누 타기도 즐긴다. 한 구석에서는 마리화나에 빠져 넋을 잃고 있는 사람들도 있다. 다만 그것은 소수일 뿐이다. 바람 부는 언덕 위 나무에 해먹을 걸어놓고 눕기도 한다. 어떤 이들은 산속 깊숙한 곳에 지어진 초막 속에서, 살아간다는 것의 의미를 깨달아 보기도 한다.

트윈 옥스의 텍스트 월든 투

트윈 옥스는 그런 곳이다. 나는 트윈 옥스 공동체의 사회적 구조나 활동에 관심이 있어 그곳에 간 것이 아니었다. 나는 심리학자 스키너의 발자취를 더듬어 보기 위해 그곳에 갔었다. 스키너는 트윈 옥스를 두세 차례 방문하고 회원들과 밤을 지새워서 토론했다. 그들에게 자문도 해주었다. 그는 트윈 옥스에서 행동공학의 가능성과 현실성을 점검해보았다. 그들에게 더욱더 행동공학의 정당성과 이상향이 그려내는 인간의 행복을 강조했었다. 그가 트윈 옥스 회원들과 토론한 방은 해먹 상점이 달려 있는 조그만 방이었다. 그 사실을 아는 사람은 이제는 별로 남아 있지도 않을 뿐만 아니라, 그가 누군지에 대해서도 지금의 회원들은 별로 관심이 없다. 그런 기록은 하나도 남아 있지 않았다. 트윈 옥스는 원래 그의 젊은 히피들이 스키너의 이론에 따라 만들어진 곳이었다. 트윈 옥스는 1967년 8명이 모여 만들었다. 캐트 킨케이드가 바로 그 중심에 서 있었다. 지금 그녀는 71세의 할머니이다. 그녀가 이곳을 이상향으로 삼았던 당시인 1960년대는 히피, 이피, 여피들이 서로 뒤엉켜 "그린 아메리카(Green America)"의 기치를 내걸던 때였다. 히피의 방랑 세대였던 캐트는 이곳 트윈 옥스에 세워져 있던 마구간을 이상촌으로 삼고 일어나기 시작했다. 젊은 미혼모의 몸으로 이 공동체를 세우기 위해 7명의 남성, 여성 히피들이 이곳을 거처지로 삼았다. 그때 공동체 건설의 텍스트로 읽었던 책이 스키너의 월든 투였다. 그녀는 지금 트윈 옥스에 살지 않는다. 그곳에서 약 1시간 거리쯤 떨어진 곳에 살고 있다. 딸은 의사로 성장해서 그녀의 건강을 돌보고 있으며 트윈 옥스에 큰 행사가 있으면 모습을 나타내곤 한다. 그 당시 그녀가 생각했던 스키너의 이상향은 아직도 변함이 없지만, 스키너의 흔적은 그녀의 백발처럼 늙어가고 있는 중이었다.

월든 투의 작동원리

행동주의 심리학자 스키너가 공상소설, 월든 2(Walden Two)를 집필 했을 때는 1948년이었다. 월든 2라는 명칭부터 흔하지 않은 명칭이었다. 미국의 이상주의자이며 자연주의자였던 소로나 그와 오랜 친교를 나누던 시인 에머슨이 즐기던 월든 호수를 본뜬 그런 이상향적인 명칭이었다. 월든 그 자체가 아니고, 시인이나 철학자의 이상향이 아닌, 심리학자의 과학적인 공동체를 의미하기 위해 "월든 2"로 작품명을 잡았다. 스키너가 그렸던 '월든 2'는 원래 1천여 명 남짓의 사람들이 모여 사는 집단 공동체였다. 필자가 월든 투에서 그토록 관심을 가졌던 것은 공동체 삶에 대한 이해 차원이 아니었다. 교육이 어떤 식으로 작동하는가를 알아보려는 것이 관심사였다. 공동체를 가꾸어 나가기 위해 스키너가 구상한 교육의 논리가 실제로 공동체의 삶에서 어떤 식으로 작동하는가를 알아보기 위한 것이었다. 그 외에 그가 그려보았던 인간이라는 존재에 대한 의미파악 역시 필자에게는 커다란 지적 호기심을 불러일으키는 주제였다.

스키너는 인간에 대한 조작이 가능한 이상사회를 '월든 2'에서 잘 그려내고 있다. 인간의 행동을 통제하는, 서로가 갈등하지 않는 '행복한 사회'를 만들어 내는 것은 필수적인 요소였다. '행복한 사회'는 불필요한 일을 줄이는 사회이다. 가사에서 시작해서 정신적 중노동에 이르기까지 인간이 원하지도 않고, 하고 싶지 않은 일을 최대한으로 줄여주는 사회가 행복한 사회이다. 지금처럼 8시간의 노동에서 벗어나 네 시간 정도만 일해도 충분히 의식주가 해결되고 욕구가 충족되는 사회가 바로 월든 투가 그리는 행복한 사회였다.

인간의 자유나 자유의지라는 것도 따지고 보면 결국은 불필요한 일거리를 만들어 내놓는 것에 지나지 않은 것이다. 그런 것은 인간의 행동목록에서 처음부터 삭제해야 행복에 이르게 된다. 불필요한 수요를 줄이고 모든 작업을 능률화시킨다면 사람들은 행복할 수 있다. 남아도는 산업 예비군들을 필요한 생산 활동에 과학적으로 돌리면 노동을 최소화할 수 있다. 그러면 사람들은 행복해진다. 그렇게 행복한 곳에서는 권위주의 같은 것은 불필요하다. 월든 투는 '보람 있는 사회'를 꿈꾸는 현실사회이다. 보람 있는 사회는 '자신의 재능과 능력을 발휘할 수 있는 기회를 주는 사회'이다. 누구도 무엇을 해야 한다고 강요받지 않으며 그 누구라도 자기적성에 맞는 일을 스스로 선택할 수 있다. '보람 있는 사회'란 사람들에게 휴식과 여가를 즐길 수 있게 만드는 사회이다.

'월든 투'에서는 구성원들에게 예술, 체육 등 다양한 여가 활동을 제공한다. 사람들은 행복 그 이상의 것은 생각하지도 원하지도 않게 될 뿐이다.

인간의 자유의지

스키너는 인간의 '자유의지'나 인간의 자유, 그 자체를 인정하지 않는다. 인간은 주어진 조건과 환경에 따라 행동하는 비의지적인 동물일 뿐이다. 인간이란 다른 동물과 다를 것이 거의 없다. 이런 인간이라는 동물을 움직이려면 '행동 공학'만이 필요하다. 짐승에게는 먹이가 필요하지만 인간에겐 행동공학이 필요하다. 행동공학에서 가장 중요한 원리가 조작이다. 조작은 조건형성을 위한 것이다. 인간은 그들의 행동을 조절할 수 있는 조작과 그것이 가능한 조건이 형성되면 움직인다. 기계처럼 움직인다. 자유 때문에 선택하는 것이 아니라 조작되었기에 움직인다. 설령 인간의 자유의지 문제를 논한다고 해도 그것은 행동공학이론에서는 이론적으로 무의미할 뿐이다. 행동공학의 이론 구성상 인간의 자유의지는 이미 짜여 있는 구성요소일 뿐이다.

행동 공학은 인간에게 '바람직한 결과물'을 제시함으로써 그들이 그 결과물을 얻는 행동을 지속적으로 하도록 유도하는 '강화'의 원리이다. 행동공학의 원리에 따라 요구되는 개인이 조작을 선택하느냐 안 하느냐는 전적으로 행위자의 '자유의지'의 문제이다. 선택을 해도 그것은 자유의지의 결과이고 하지 않아도 그것은 인간의 자유의지가 행동공학의 이론대로 그 안에 짜여 있는 것이기 때문이다. 행동 공학은 원리적으로 인간의 자유를 침해하고 있는 것이 아니다. 아예 인간의 자유의지를 논하는 그 자체가 행동공학의 원리를 모르는 소리라고 넌지시 일깨워 주고 있다.

스키너의 교육원리

스키너는 우리들에게 한 가지 점에서만큼은 끊임없이 세뇌시키고 있다. 사람들에게 행복의 조건만 만들어 준다면 그들은 행복해진다. 행복하게 느끼도록 그들의 행동을 조작하기만 하면 그들은 서로에 대한 넘치는 애정을 갖는다. 그것이 교육에 적용되면 '행동 공학'의 '공동 부양'이 된다. 공동 양육과 공동 교육이 바로 행복을 보장하는 교육행동공학의 원리이다. 월든 투의 아이들은 출생하면 곧 집단적으로 양육되기 시작한다. 공동 부양이 이상향을 실현하기 위해 절대적이기 때문이다. 그 어떤 아이든 자신의 정서, 재능에 맞지 않는 부모에 의해 양육되면 그것은 불행의 시작이다. 잘못된 부모의 영향력으로 생긴 아이들의 부정적 성행을 제거하기 어렵기 때문이다. 기술과 가치를 일방적으로 주입할 필요도 없다. 정규 교육과정으로 아이들을 가르칠 필요 역시 없다. 아이들은 누구의 강제도 없이 자신이 좋아하는 일을 직업으로 삼을 수 있기 때문이다. 월든 투에서는 자기 스스로 배우고 선택할 수 있는 교육이 실행되기 때문이다. '행동 공학'의 공동 부양이 그 일을 맡게 되는데, 아이들은 공동양육으로 건강한 인간으로 성장하게 된다.

모두가 자기 몫을 행하며 행복하게 살아간다.

트윈 옥스에서도 교육을 중시한다. 보육교육도 중시한다. 아이들을 위한 교육은 재택교육이다. 재택교육을 받고 상급학교로 진학한 사람도 있고, 대학 졸업 후 다시 트윈 옥스로 되돌아온 사람도 있다. 그들이 채택하고 있는 홈 스쿨링은 제도교육에 대한 염려 같은 것에서 나온 것이었다.

보육을 받아야 될 어린아이들은 데가니아(Degania)라고 명명된 독립건물에서 하루 중 일정시간을 따로 생활한다. 이들을 돌보는 사람들의 모든 시간은 노동시간으로 간주한다. 돌아가면서 보육을 해도 마찬가지다. 보육을 끝내면 재택교육에 들어간다. 숲이며 나무며 집이며 사람들 모두가 교육과정이다. 나무숲을 거닐면서 이것저것 채집하는 것도 훌륭한 교육과정이다. 땅 위에 그려놓는 그림이며 알파벳 모두가 훌륭하고 자연적인 교육과정이다. 작업장에서 일하는 사람들 모두가 자연적인 교사이다.

이런 것을 보고 있노라면 스키너의 공동 보육론이며 행동공학적 교육이론의 이야기가 맞아들어 간다. 그는 월든 투에서 스키너 자신을 대변하는 주인공 프레이저의 입을 통해 교육적 이상론을 전개한다. 친구인 부리스 박사가 일행을 이끌고 월든 투를 방문했을 때 주인공 프레이저는 이렇게 '월든 투'의 이상적인 교육을 역설한다.

"우리 아이들은 모두가 행복하고 생기에 넘쳐 있으며 호기심을 갖고 있으므로 특별히 어떤 과목을 규정지어서 가르칠 필요가 전혀 없습니다. 우리는 단지 학습과 사고의 기술을 가르칠 뿐입니다. 지리, 문학, 과학을 예로 들어보면, 그들에게 그저 기회를 주고 안내만 하면 그들 스스로가 배웁니다. 이러한 방법은 교사의 수를 반으로 줄일 수 있을 뿐만 아니라 교육효과도 비교할 수 없을 정도로 월등히 상승시키지요. 물론 우리 아이들이 소홀히 취급받고 있는 것은 아닙니다.

그러나 어떤 것에 대해 '가르침을 받는다'는 것은 지극히 드문 일입니다. 월든 투에서 교육이란 공동사회 생활의 일부일 따름입니다."

스키너가 그렇게 주장했던 그때로부터 시간이 너무 흘렀다. 트윈 옥스의 저들이 재택교육을 하는 것은 교육적인 이상향의 처방 때문에 그렇게 하는 것만은 아니기 때문이다. 트윈 옥스는 아이들의 사회성 발달을 염려하기 시작했다. 인근 도시 근처에 있는 유치원들과 계약을 맺고 아이들을 일주일에 몇 시간이라도 그곳에 보내기 시작했다. 스키너가 처방했던 대로 만들어졌던 보육원은 이제 빈 헛간으로 변해가고 있다. 아이들 수가 줄어들어서 그럴 수밖에 없을 것이다. 가족중심의 공동체에서 점점 개인공동체로 변모해가기에 어쩔 수 없는 노릇이다. 스키너가 그렇게 강조했던 행동공학의 원리에 입각한 교육의 원리는 그 힘을 행사하기가 어려워지고 있을 뿐이다.

월든 투 Revisted

트윈 옥스는 월든 2에서 보여준 그대로의 공동체원리를 지키지는 않는다. 시간이 흐른 탓도 있다. 그렇기는 하지만, 스키너가 구상한 삶의 원리들이 트윈 옥스 이곳저곳에서 하나의 망령처럼 저들의 삶들을 그려주고 있다. '월든 2는 그것이 쓰였던 1940년대보다 오늘에 와서 그 의미가 오히려 더 커지고 있다. 월든 2대로 트윈 옥스가 세워졌던 1960년대 말보다 더 새로운 의미를 던져주고 있는 듯하다.

심리학사에서 본다면, '행동주의' 심리학적 이론은 쇠약해지고 있지만, 스키너가 이야기한 이상향을 향한 열망은 더욱더 커지고 있다. 그것은 이 사회가 채워주지 못하는 그 무엇이 가슴 그득하다는 뜻일 수도 있다. 이전에도 유토피아를 구상했었던 이상주의자들은 한둘이 아니었다. 토마스 모어 경이 쓴 유토피아가 이상향으로, 이론으론 가장 믿음직한 것으로 떠올려지기도 하지만 꼭 그런 것도 아니다. 그것보다 더 오래된 이상향은 기독교에서 이미 써 먹었다. 에덴동산이 그렇고 가나안이라는 이상향이 다 그렇다. 그렇기는 하지만, 실제로 그 이상향을 하나의 살아 있는 공동체로 추구해본 사람들은 그리 많지 않다. 그런 점에서 스키너의 월든 2와 그것의 작은 모형인 살아 있는 트윈 옥스 공동체는 새롭기만 하다.

'월든 투'에 그려진 스키너의 이상향은 저들과는 접근 방식이 다르다. 저들의 이상향을 철학적 '유토피아'라고 한다면 스키너의 그것은 과학적 이상향이라고 볼 수 있다. 저들의 이상향이 완전주의를 염두에 두었다면, 스키너의 이상향은 개선주의를 그 밑바탕에 깔고 있다. 완전한 이상향을 염원했기에 그들이 실패했다면, 스키너가 보여 준 대로 만든 트윈 옥스는 저들과는 다른 전략을 갖고 있었기에 성공할 수 있었다. 잘못된 것은 고치고 고친 것은 생활에 더욱더 집요하게 응용했기에 저들의 이상향이 가능할 수가 있었다. '웰든 2'는 수정이 얼마든지 가능한 이상사회였다. 행복한 인간을 실현하기 위한 그 어떤 실험도 가능하다는 것이 스키너의 생각이었기에, 트윈 옥스는 그의 예견대로 지금도 작동하고 있는 중이다.

트윈 옥스의 민자주의

트윈 옥스에서 작동하고 있는 공동체 운영의 원리는 민자주의이다. 그들은 다른 공동체처럼 어떤 정책이나 쟁점, 혹은 문제들을 모두가 토의해서 결정한다. 그런 일을 처리할 적에 그들이 지키는 원칙은 민주주의(民主主義)의 원칙이 아니다. 그것보다는 한 단계 더 공동체

지향적인 민자(民自主義) 결정원칙이다. 말하자면 모든 결정은 대중의 투표나 찬반의 의사로 종결하는 것이 아니라, 모두가 합의할 때까지 논의하고, 숙의하고, 수정하고, 또 논의하는 방식이다. 말하자면 결론에 합의 도달할 때까지 모든 회원들의 동의를 받아내는 민자주의식 논의를 공동체 의사결정의 방식으로 따른다. 이것이 그들로 하여금 수정하고, 변형하며, 이상향이라는 먼 길을 가게하고 있는지도 모른다. 그런 먼 길에 참여하려고 하는 사람은 우선 3주 방문자 프로그램에 참여해야 한다. 회원 신청서를 내면 인터뷰 심사를 실시하고 트윈 옥스의 인턴으로서 회원들과 똑같은 작업을 행한다. 3주 프로그램이 끝나기 전에 오랜 시간의 다면평가와 면접이 행해진다. 그것이 끝나면 모두 집으로 다시 돌아가 10일간 깊이 생각하도록 요구한다. 공동체에서는 회원후보 신청인을 회원으로 받아들일 것인지에 대해 마을사람들과 공동식당에서 열띤 평가와 의견들을 개진한다. 행동거지 하나하나에 대한 평이 곁들여진다. 최종 판단이 내려지면 마지막으로 공동체 식구 전원의 합의 아래 당사자에게 결과를 통보한다. 트윈 옥스 회원으로 적합하다고 인정을 받은 사람은 즉각적으로 사유재산부터 정리하고 트윈 옥스에 들어올 절차를 밟아야 한다. 트윈 옥스는 그렇게 변화하면서 스키너의, 월든 투의 이상향을 잃어가기도 하고 반대로 복구해놓기도 하고 있다.

월든 투는 하나의 스키너 박스인가?

금명자 박사(한국청소년상담원)

스키너 박사에게 있어 '스키너 박스'는 세상을 의미한다. 그 세상은 단지 지렛대와 먹이가 나오는 접시가 있을 뿐. 조금 더 복잡한 세상은 거기에 붉은 빛을 비출 수 있는 전등이 하나 더 있으면 된다. 지렛대를 누르면 먹이가 나온다. 불이 켜져 있을 때 누르면 먹이가 나오고 꺼져 있을 때 누르면 먹이는 나오지 않는다. 그래서 쥐는 불이 켜져 있을 때만 지렛대를 누른다. 그리고 배를 불린다. 세상은 그렇게 단순하다. 배고픈 쥐에게 먹이는 강화변인이고 쥐는 그 행동을 계속한다. 이렇게 극도로 단순화된 세계와 삶의 원리를 실제 생활에 적용해 본 것이 바로 월든 투이다.

과학적 이상주의! 스키너 박사는 약 1천명의 집단이 행동공학의 도움으로 일상생활의 여러 가지 문제들을 어떻게 해결할 수 있는지를 상세하게 설명하고 싶었다고 한다. 이를테면 매일 먹는 차를 따라 자기의 테이블까지 어떻게 흘리지 않게 이동할 수 있을까? 불편을 느낀 사람이 스스로 그 불편을 해소하기 위해, 생각하여 물건을 창조한다.

불편은 해소되었고 그렇게 만들어진 컵 운반 바구니는 지속적으로 사용된다. 이렇게 자발적으로 삶을 주도해 나간다. 자칫 기계적인 행동공학에 주도성과 적극성으로 생명이 주어진다.

 대학원을 다닐 때, 왜 심리학을 공부하느냐고 질문하였더니 '내 인생과 세상을 구원하기 위해서'라고 대답한 동료가 있었다. 그는 문제투성이 세상을 구원할 수 있는 것은 과학과 문명이 아니라 인간이기 때문에 인간에 대해 알아야 하기에 심리학을 공부한다고 했다. 월든 투를 읽으며 그 친구 생각을 했다. 자기의 분신으로 등장시킨 프레이저를 통해 스키너 박사는 결국 세상의 모든 문제, 자원의 고갈, 환경오염, 핵무기와 전쟁 등과 같은 것을 해결할 수 있는 것은 사람인데, 이 사람을 움직이는 원리는 무엇이고, 이 원리는 실생활에 어떻게 적용될 수 있는지를 구체적으로 이야기한다. 인간의 문제를 해결하는, 그래서 세상을 구원하는 종교적 상념으로까지 연결시킨다.

 독자들은 정신분석에 비해서는 너무나 피상적이고, 인본주의에 비해서는 너무나 기계적인 행동주의가 실제 생활에 적용되는 것을 눈으로 볼 수 있다. 물론 이 소설이 1948년 미국에서 쓰였기 때문에 오늘날의 관점에서 더더욱 비현실적으로 보일지 모른다. 그러나 실험실에서 발견, 정리한 심리학적 원리를 실생활에 적용해 살아 있는 지식으로 사용하고 싶어하지 않을 심리학자가 어디 있겠는가? 스키너 박사는 그것을 실천하기 전에 청사진을 그렸다. 그것이 월든 투이다.

 요즘처럼 처음부터 끝까지 자극적 장면을 등장시키며 반전에 반전을 지속하는 영화나 게임만이 살아남는 세상에서 월든 투는 너무 지루하고 독자를 고생시킨다. 생각하는 수고 없이도 눈으로 귀로 들어오는 자극만 처리하며 즐기는 감성적 문화세대에서 월든 투는 우선 너무 말이 많다. 요즈음 세대를 사는 젊은이들은 끝까지 읽어내기가 여간 힘들지 않을 것이다. 60년 전 한 심리학자가 자신의 이론을 어떻게 세상에 적용하고 싶었는지를 알게 하고 싶은 것도 역시 옛날 선생의 바람일지 모른다.

 나는 상담이론을 강의하면서 그 이론이 실제 생활에 어떻게 적용되고 활용될 수 있는지를 생생하게 보여주고 싶었다. 학생들로 하여금 이론을 그리게 하고 싶었다. 문자를 시각화하고 싶었다. 이론들에 생명을 불어넣어 주고 싶었다. 그래서 이론에 근접하는 영화와 소설을 읽혔다. 히치콕의 영화를 보게 하였고, 월든 투를 읽게 하였고 얄롬의 소설들을 읽게 하였다. 이번 학기에는 베르베르의 '뇌'를 월든 투와 함께 읽게 하려고 한다. 학생들은 강화의 원리가 얼마나 강력한지, 인간의 통제욕구가 얼마나 집요한지를 알게 될 것이다.

 월든 투를 읽으면 보너스가 두 가지 더 있는데, 하나는 스키너 박사 자신이 월든 투를 출판한 후 약 30년 후인 1976년도에 쓴 월든 투에 대한 회고록이고, 다른 하나는 이장호 선생님이 스키너 박사와 직접 만나 나눈 대화이다. 전자를 통해서는 스키너라는 대학자가 세상에 대해 어떤 관심이 있었고 그것을 어떻게 실현하려고 했는지를 아는 식견을 갖게 될 것이고, 후자를 통해서는 작은 나라의 한 심리학자가 학문의 경지를 넓히고 자신을 학문의 주체자로서 성장시키는 당당함을 만나게 될 것이며 감동의 극치를 맛볼 수 있을 것이다.

월든 투 // 차례

옮긴이 말 / 5
월든 투의 모형인 트윈 옥스 공동체 방문기 / 7
월든 투는 하나의 스키너 박스인가? / 24
월든 투 / 29
월든 투를 다시 생각해 본다 / 441
스키너 교수—역자의 대담 / 456
용어 및 인명 해설 / 472

1

어느 날 한 젊은이가 내 연구실에 나타났다. 그는 이미 군복은 벗었지만, 얼굴이 갈색으로 그을려 있어 그의 군복무 경력을 말해 주는 듯했다. 큰 키에 잘생긴 얼굴, 성공한 대학 졸업생의 얼굴이 그러하듯 명랑하고 느긋한 표정의 미소를 머금고 있었다. 아마 그는 내가 가르친 대학 제자 중 희미하게나마 기억할 수 있는 네댓 명 중의 하나일 것이다. 그는 차렷 자세로 서서 잠시 동안 머뭇거리다가 악수를 청하며 다가섰다.

"안녕하십니까?"

그는 쾌활한 목소리로 말했다.

"41회 졸업생, 로저스입니다."

"아, 로저스. 그렇지? 로저스 군, 반갑네. 이리 와서 앉게나."

그가 문 쪽으로 돌아서자 바람과 태양빛에 얼굴이 그을린 또 다른 젊은이가 서 있는 것이 보였다.

"부리스 교수님, 이 친구는 잼닉 중위입니다. 필리핀에서 같이 근무했었지요."

잼닉은 수줍어하며 악수를 했다. 그는 로저스보다 조금 작아 보였지만 몸집은 뚱뚱한 편이었다. 그는 얇은 입술에 웃음을 지으려고 했으나 어딘지 어색했고, 악수하는 자신의 손에 힘이 들어가 있는 것조차 모르는 것 같았다. 내가 판단하기에 그는 대학 출신은 아니며, 교수를 만나고 있다는 것에 대해 약간은 두려움을 갖고 있는 듯하였다. 더욱이 로저스가 나에게 깍듯이 경어를 쓴 것이 분위기를 상당히 굳어지게 한 모양이었다. 그것은 옛날의 내 군대 계급 때문이라기보다는 자신의 학생시절부터 그랬던 습성 때문인 듯하였다.

나는 그들에게 담배를 권하며 일상적인 일들에 관해 물었다. 이동캠프나 사병 막사 같은 새로게 신축된 주택들을 보았는지, 또 콘센트 막사에 대한 그들의 견해라든가 그 밖의 여러 가지에 관해 이런저런 이야기를 했다. 로저스는 적당히 대답하면서도 이런 하찮은 질문들에 왠지 초조해 하는 것 같았다.

이야기할 기회가 오자 그는 잼닉 쪽을 힐끗 쳐다보고는 양손을 마주 잡으며 미리 준비해 온 듯한 이야기를 꺼내기 시작했다.

"선생님, 잼닉과 저는 지난 이 년 동안 여러 가지 일에 대하여 많은 이야기를 나눠왔습니다. 저희는 순찰 임무를 맡고 있었는데 상당히 따분한 직책이었거든요. 덕분에 서로 대화할 기회가 많았습니다. 어느 날 저는 선생님께서 말씀하신 이상적 공동사회(Utopian Commuity)에 대해 잼닉에게 이야기했었죠."

로저스는 자못 회상조로 말했다.

나는 왜 이런 식의 이야기가 나로 하여금 가슴 뛰게 했는지 뚜렷하게 설명할 수가 없다. 이 몇 년 동안 나는 과거의 제자들을 편안한 심정만으로는 대할 수 없다는 생각이 굳어져 왔었다. 그들이 나를 두렵게 했다는 것만은 분명한 사실이었다. 내 생각에는 자기네들의 학식을 애써 과시하는 것은 바로 선생으로서의 내가 일생 남에게 보여야 하는 모습이었기에, 나는 이 젊은이들의 그런 행위를 불만스럽고도 낭패한 심정으로 바라보고 있었다. 더욱이 그들이 나를 괴롭힌 것은 내 강의에는 요점이 없다고 주장할 때였다. 젊고 무책임한 이들이 내가 가르친 것들의 대부분을 쉽게 잊어버리는 이유에 대해선 이해가 가지만, 중요하지도 않은 사소한 것들까지도 정확히 기억하는 데에는 도저히 수긍이 가지 않았다.

화제를 개강초로 돌려서 학생들과 같이 조사하거나 공부했던 분야에 대해 넌지시 이야기했을 때는 십중팔구 어리둥절한 표정들을 지으면서도, 강의실에서 나온 질문에 대한 나의 우스개 대답이나 내가 언젠가 시간 계산을 잘못해서 공백이 생긴 시간을 채우려고 준비 없이 말했던 객담 내용들을 유쾌한 어조로 상기시키곤 하는 통에 어처구니가 없었다. 만약 초콜릿 소다나 스페인 전차에 얽힌 웃기는 일화에 대해서 내가 이야기한 것들을 그들이 기억해내지 않았다면 우리가 심리학을 완전히 무시한 채 다른 이야기를 계속하더라도 큰 불만이 없었을 것이다.

나는 죄지은 사람이 죄의 진상을 낱낱이 듣고 있듯이 이런 불손함을 참고 있었다. 그러나 또 다른 문제가 있었다.

이상적 공동사회에 대한 나의 생각! 나는 그것을 회상해 내려고 무진 애를 썼다. 사실 나는 한때 19세기 미국 공동사회에 대해 연구를 한 적이 있었다. 그때 대학원에 같이 다니던 프레이저라는 이름의 괴짜가 있었는데, 그가 공동사회에 관하여 많은 관심을 가지고 있었다. 나는 그와 친하지는 않았으나 그의 얘기를 곧잘 들어주곤 했었다. 내가 현대 기술의 힘을 빌려 그런 공동사회를 세워보려는 생각을 했던 것도 바로 그 친구 때문이었다. 그러나 그것도 이미 여러 해 전의 일이었다. 내가 이에 대해 수업 시간에 말한 적이 있었던가? 만일 그렇다면, 아뿔싸! 학생들에게 뭐라고 얘기했었을까?

로저스의 말은 계속되었다.

"선생님도 아시다시피 잼닉과 저는 다른 대다수의 젊은이들이 그러하듯 도무지 갈피를 잡을 수가 없습니다. 우리가 무엇을 해야 하는 건지 모르겠다는 말씀입니다. 선생님도 기억하시겠지만 저는 법률가가 되려고 했었죠."

나는 수긍하는 것처럼 고개를 끄덕였다.

"그러나 지금은 그렇지 않습니다. 아버지와 그 문제에 대해 이야기를 나누긴 했습니다만 저는 법률가를 원치 않거든요. 그리고 아마 제가 생각하기에 잼닉은 어떠한 것을 해야겠다는 계획조차 갖고 있질 않았던 것 같습니다. 그렇지, 스티브?"

잼닉은 신경질적으로 머리를 끄덕였다.

"전쟁 전엔 해운청에서 일을 했습니다만, 설마 선생님께선 그런 것을 '계획적인' 생활이라고 보시진 않겠지요."

그는 어깨를 으쓱거리며 말했다.

"전에 하던 일들을 우리가 그대로 계속해야 할 이유는 없는 것 같아요. 선생님, 차라리 지금이 새 출발하기에 좋은 시점이 아닐까요? 첫 걸음이니까 말입니다. 몇몇 사람이 함께 모여, 이 세상 어딘가에서 정말 멋지게 운영할 수 있는 사회 체제를 수립하지 못하라는 법은 없잖아요? 선생님도 말씀하시곤 했습니다만, 지금 우리가 살고 있는 세상은 너무나 문제점이 많고 더구나 비정상적이라고 해도 과언이 아닌 일들이 허다하다는 겁니다."

나는 움찔했으나 로저스는 너무 자기 얘기에 몰두한 탓인지 나의 반응을 눈치채지 못했다.

"왜 사람들은 그런 데에 관심을 가지지 않지요? 왜 시도조차 해보지 않느냔 말씀입니다?"

잠시 어색한 침묵이 흘렀다.

"자네들은 지금까지 아주 훌륭한 일을 해오지 않았나?"

나는 급하게 뇌까려 놓고는 곧 후회했다. 왜냐하면 로저스로서는 그런 소시민적인 겸손에는 신물이 났을 것이라고 확신했기 때문이다. 그러나 이 말이 튀어나옴으로 해서 그에게 계속해서 얘기할 수 있는 계기를 만들어 주었다.

"그것도 재미있는 일이긴 하지요. 그러나 어떤 면에서는 전쟁을 하는 것이 오히려 쉽습니다. 최소한 전쟁을 할 때는 우리가 무엇을 원하는지, 또 어떻게 하면 승리할 수 있는지도 알고 있지요. 그러나 지금의 우리들로서는 당면하고 있는 문제점들과 어떻게 싸워나가야 할지 그 방법조차도 모르겠습니다. '누구와' 싸워야 합니까? 도대체 어떤 종류의 싸움입니까? 선생님은 절실히 이해하시겠습니까?"

"물론, 자네의 말을 이해하네."

나는 진심으로 대답했다.

전쟁이 끝났을 때 나는 내 옛날 생활로 가급적 빨리 되돌아갈 것을 기대했다. 그러나 그런대로 일 년간의 평화기간이 지났는데도 별다른 변화는 보이지 않았다. 전쟁 중에 나는 어느 정도 사회적 책임감을 느끼고 있었다. 그것은 내 성향과는 배치(背馳)되는 것이었다. 그런데 지금에 와서는 그 사회적 책임감을 떨쳐버릴 수 없게끔 되었다.

그러나 사회 문제에 대한 나의 새로운 흥미와 선의(善意)는 사회엔 조금도 효력을 미칠 수 없음이 뚜렷해졌으며, 그런 것에 대한 나의 흥미와 선의가 어떤 사람에게도 하등의 가치가 없다는 사실을 알지 못했다. 그래서 나는 나의 새로운 관심과 선의를 보상받기 위한 노력에서 매일 끊임없는 좌절감과 우울의 늪에 빠져왔던 것이다.

"그런 마음을 가진 사람들은 대부분 정치를 하게 되지."

"네, 압니다. 그것에 대해서도 역시 선생님이 이야기하신 것을 기억하고 있습니다."

나는 또다시 훅 하고 숨을 들이켰다. 오늘은 단단히 당하는 날이로군!

"저는 그때 선생님의 말씀을 이해하지 못했습니다."

로저스는 계속해서 지껄였다.

"이런 말씀을 드려도 괜찮을지 모르겠습니다만, 사실 그때에 저는 선생님이 어느 면에서는 매우 부도덕하다고 생각하곤 했었지요. 그러나 이제는 선생님의 견해를 이해할 수 있을 것 같습니다. 스티브도 마찬가지구요. 사실 정치는 우리가 원하는 기회를 주지 않는 것 같습니다. 선생님도 아시다시피 저희들은 무언가 '하기'를 원합니다. 도대체 왜 사람들이 항상 싸우지 않고는 함께 살아갈 수 없는지를 알고 싶습니다.

저희들은 사람들이 진정으로 원하는 것이 무엇인지, 행복해지기 위해서 무엇이 필요한지, 나아가서는 다른 사람의 것을 훔치지 않고서도 그것을 획득할 수는 없는지, 바로 그런 방법을 찾고자 합니다. 정치로써는 이것들을 실현할 수 없죠. 그렇다고 실험에서 하듯이 '이런 방식 아니면 저런 방법' 하는 식으로 시도해 볼 수도 없는 일이구요. 정치가들은 대충 해결책이라고 짐작이 가면 사람들에게 그들의 의견이 옳다고 설득시키는 데에 시간을 허비할 뿐입니다. 막상 그들이 하는 짓거리란 단지 가능하리라고 짐작하는 일뿐이고 사실에 있어서는 아무것도 '증명'하지 못했다는 것을 그들은 알아야 해요."

이것은 의심할 여지없이 프레이저의 주장과 같은 것이었다. 로저스의 젊은이다운 열정에서 보면 프레이저를 기억하게 하는 측면은 없었지만 논쟁의 스타일은 분명히 프레이저와 똑같았다. 아마 나도 모르는 사이에 내가 그런 생각들을 심어준 것이 틀림없으리라.

"우린 이제 올바른 방법으로 다시 출발해야 하지 않을까요?"

로저스는 마치 자기가 나의 이율배반적인 결점을 비난할 수밖에 없다는 듯이 거의 괴로운 표정으로 어렵게 말을 이어갔다.

"우리들 몇몇은 우리가 가르치고 연구하는 과정에서 결국 그 해답을 찾을 수 있을 거라고 생각하고 있네."

나는 약간 수세에 몰린 상태에서 말했다.

"연구에서는 가능할지도 모르지요. 그러나 가르치는 것으로는 불가능합니다."

재빨리 로저스가 말했다.

"사람들에게 자극을 주고 흥미를 느끼게 한다는 점에서는 좋을지도 모르지요. 아무것도 하지 않는다는 것보다는 나을 테니까요. 그러나 그것도 결국에 가서는 선생님께서 책임을 전가시키는 것밖에 되지 않죠. 제 말씀이 외람되긴 했습니다만."

그는 자신의 말에 당황이라도 하듯 말문을 멈추었다.

"괜찮아, 사과할 필요는 없네. 자네가 그렇게 말했다고 해서 난 흔들리지 않아. 내게 있어선 아무것도 아니네."

나는 천천히 말했다.

"제가 말씀드린 뜻은 만약 그 일을 해야 한다고 하면 선생님 자신이 그 일을 하셔야지 다른 사람이 하도록 하는 것만으로는 되지 않는다는 겁니다. 아마 선생님께서는 연구를 통해 그 해답에 접근하고 계실지 모르겠습니다만······."

나는 이의를 제기했다.

"그 해답은 아직도 요원한 것 같네."

"바로 그 점입니다. 그것은 연구실에서 한다고 해서 될 성질의 것이 아닙니다. 선생님 자신이 실험하셔야 할 일이며, 그것도 '선생님 자신의 생활을 실험' 하셔야 한다는 뜻입니다. 편하게 앉아서 그것도 선생님 자신의 생활과는 전혀 무관한 듯이 상아탑 속에 안주하면서는 안 된단 말씀입니다."

로저스는 다시 말을 멈추었다. 아마 바로 이것이 나의 유일한 약점이었던지 나는 로저스에게 다시금 확신을 심어줄 수 있는 기회를 잃고 말았다. 나는 프레이저를 머릿속에 떠올리고 그의 사상들이 이들에게 얼마나 많은 영향을 주고 있나를 생각했다.

 갑자기 직업적인 발상이 떠올랐다. 이것은 하나의 사상이 얼마나 좋은가 하는 것과 그 사상의 내적 타당도에 관한 좋은 실험이 되지 않을까 하는 것이었다. 그렇지만 로저스의 목소리가 나의 그러한 발상을 흩어버렸다.

 "선생님께선 프레이저라는 이름을 가진 사람에 대해 들어보신 적이 있으십니까?"

 책상을 등지고 앉아 있던 회전의자가 앞으로 기우뚱거릴 정도로 놀랐으나, 나는 황황히 어색한 몸짓을 취해 겨우 넘어지려는 것을 면했다. 놀라는 표정과 숨죽여 웃는 웃음으로 미루어보아 우스꽝스러웠음에 틀림없었으리라. 나는 의자를 마루에 반듯이 고정시키고 다시 앉았다. 침착성을 회복할 수 있는 적절한 말을 더듬어 보았으나 생각해내지 못하고 고작 양복 깃만 다시 여밀 뿐이었다.

 "자네, 방금 프레이저라고 했나?"

 "네, 프레이저! 티. 이. 프레이저(T. E. Frazier). 그 사람이 오래 전에 어떤 잡지에다 논문을 하나 썼는데 그것을 여기 있는 스티브 잼닉의 피엑스(P. X)에서 우연히 보게 되었지요. 그가 바로 선생님께서 말씀하시곤 하던 것과 유사한 그런 공동사회의 운영을 시작하고 있었어요."

 "그래? 그가 본격적으로 시작했다는 얘기로군!"

 나는 다소 동요되긴 했지만 마음을 가라앉히며 말했다.

 "선생님도 그를 아십니까?"

 "한때 그를 만난 적이 있지. 아마 그 사람이 틀림없을 거야. 우리는 대학원에 함께 있었네. 나는 최근까지 근 십 년 동안 아니 더 되었는지도 모르겠지만, 그를 통 보지 못했고 소식도 들은 바 없네. 내가 자네들에게 이야기한 바 있는 이상향(理想鄕)의 세계에 대해 많은 대화를 나눈 사람이 바로 그 사람이라네. 사실 내가 한 이야기들의 대부분이 그의 생각이었지."

"그 이후 그의 동향에 관해서 모른단 말씀이십니까?"

로저스가 물었다. 나는 그의 태도에서 나에 대한 어떤 실망감 같은 것을 보았다.

"모르지만 가능하다면 알고 싶네."

"아, 저희들 역시 모릅니다. 선생님께서도 아시겠지만 그 논문은 일종의 프로그램 같은 것이었죠. 오래 전에 쓴 것이었습니다. 이미 공동사회 건립에 착수한 것 같은 인상을 받았지만, 그가 정말 시작했는지는 저희도 잘 모릅니다. 하지만 그 이후 일이 어떻게 되었는지는 알아 볼 필요가 있다고 생각합니다. 우리에게 무언가 방향 같은 걸 제시해줄지도 모르니까요."

나는 전문학회 연감을 펴서 찾아보았다. 그러나 프레이저는 회원으로 올라 있지 않았다. 다시 8년 전에 나온 연감을 뒤적거려 보았다. 거기엔 그의 이름이 있었다. 티. 이. 프레이저라고 되어 있고 그가 받은 학위들과 학위를 받은 대학들이 적혀 있었다. 그러나 현재 재직 중인 대학이 적혀 있지 않은 것으로 보아 분명히 프레이저는 교직을 포기했거나 시작도 하지 않은 상태일 것 같았다. 그에 대한 나의 기억에 따르면 이것은 그렇게 놀랄 만한 일도 아니었다.

대학원 시절에 프레이저는 마치 영어 작문에서의 특정한 주제를 다루듯 대학총장이 잡지에 기고한 논문에다 빨간 색연필로 표시를 하며 수정을 가했었다.

쉼표를 바로 잡고 어순을 바꾸고, 또 여러 단락을 논리적 상징들로 줄여 놓았으며 오류를 범한 생각들을 한 움큼씩 지적해서 표시해 놓왔다 그리고 나서 자기 사인(sign)을 하고 씨 마이너스(C-) 점수를 매겨 총장에게 우송할 정도였다.

연감에서 그의 우편번호를 본 나는 깜짝 놀라고 말았다. 그때 프레이저는 160km도 채 안 되는 인접 주(州)에 살고 있었으며, 기록되어 있는 주소는 'Walden Two, R. D. 1, Canton' 으로 되어 있었다.

"월든 투!"

로저스와 스티브에게 이 사실을 말해주고 나서 나는 천천히 되뇌어 보았다. 잠시 침묵이 흘렀다.

"선생님 생각은……."

"그렇지!"

로저스가 말하려는데 돌연 거북한 기분에서 벗어나듯 잼닉이 로저스를 향해 외쳤다.

"그의 공동사회다! 그 논문에서 월든이라는 말이 많이 나와 있었지. 로저스, 기억 안 나나?"

이제 실마리가 풀리기 시작하는 것 같았다.

"월든 투. 두 번째의 월든이라. 과연 프레이저답군. 그는 자신을 제2의 소로(H. D. Thoreau: 미국의 超絶主義者이며 저술가)로 생각하고 있으니까."

우리는 다시 말을 잊고 말았다. 잠시 후에 나는 책상 위의 시계 쪽으로 시선을 돌렸다. 십 분 후에 강의가 있었지만 아직 강의 노트도 훑어보지 않은 상태였다.

"이렇게 하지."

나는 일어서며 말했다.

"내가 프레이저에게 간단한 편지를 보내지. 자네들도 알다시피 그는 연락이 없었지만 나를 기억해 낼 걸세. 내가 그에게 무슨 일을 하고 있는지 물어보지. 어떤 일을 하고 있다면 말일세."

"그렇게 해주신다면 대단히 고맙겠습니다."

"최소한 월든 투가 아직도 존재하는지는 알 수가 있겠지. 그것이 허무한 공상일 수도 있고, 또 오래전에 없어져 버렸을 확률도 없지 않지만, 어쨌든 편지 겉봉에다 이쪽 주소를 적어 보내면 조만간에 사실을 알 수 있을 거야."

"선생님, 제가 생각하기에는 프레이저 씨는 틀림없이 거기에 있을 겁니다. 그 기사가 허황된 공상 같지는 않았거든요. 그렇지, 스티브?"

로저스가 물었다.

잼닉은 항해사가 치밀하게 계산하는 것처럼 잠시 생각을 가늠해보더니 조용하게 읊조리듯 말했다.

"그는 틀림없이 거기에 있을 겁니다."

2

 잼닉의 말은 옳았다.
 프레이저는 그곳에 있었다. 그리고 월든 투도 실제로 있었다.
 서신 내용 그대로를 옮긴다면 '계획대로 아주 잘 진행되고 있네.' 라고 친근감을 느낄 만큼 확신에 찬 회신을 보내왔던 것이다.
 프레이저의 편지는 계속 이어졌다.

 '…… 자네의 질문에 대해선, 6개월만 기다려 준다면 완벽한 보고서를 보내 줄 수 있다고 약속하겠네. 우리는 바로 자네가 읽고 싶어하는 일련의 논문을 준비하고 있다네. 그러나 기다릴 수 없다면? 사실 나는 기다릴 수 없게 되기를 기대하지만? 지금이라도 여기에 와서 월든 투를 봐주게나. 그 젊은 친구들이나, 또 오기를 원하는 그 어느 누구라도 데리고 오게. 우리는 뜻이 있는 사람들을 언제라도 환영하니까. 여기에는 열 명 정도는 단체로 숙박시킬 수 있는 시설이 준비되어 있으니까……'
 편지에는 월든 투로 가는 고속버스 시간표와 다른 안내서들이 동봉되어 있었다.

나는 참을 수 없어 편지를 책상 위에 내동댕이쳐 버렸다. 답장이 왔다는 사실이 이상하게도 마음을 뒤흔들어 놓았던 것이다.

프레이저를 대학원에 함께 다니던 시절의 재미있는 인물로만 회상할 수 있다면 그건 흥미 있는 일이겠지만, 지금 다시 만난다는 것은 이와는 별개의 문제가 아닌가.

내가 기억하기에 프레이저는 아주 유쾌한 친구였다. 그렇지만 여기 그의 편지가 와 있고 자기가 있는 곳을 방문해 보라는 초청에 대해서는 어떻게 해야 할까? 나는 이 같은 일에 휩쓸리게 된 것에 화가 나서 로저스와 잼닉에게 도움을 주겠다고 제안했었던 것조차 후회했다. 게다가 모든 일은 놀라운 속도로 빨리 진행되기 시작했다. 내가 프레이저의 편지를 거의 다 읽어갈 즈음에 전화벨이 울렸다. 로저스였다. 그는 방해가 되지 않기를 바란다고 말하고는 잠자코 기다렸다. 나는 달력을 힐끗 보고는 내가 회신을 받기에 필요한 최소의 기간으로 생각한 사흘을 그가 꼬박 기다려 왔다는 사실을 깨달았다. 나는 로저스에게 프레이저의 편지에 대한 얘기를 들려주고 그날 오후 일찍감치 그와 잼닉을 내 연구실로 오라고 말한 다음 전화를 끊었다.

점심식사를 하러 갔다가 오거스틴 캐슬이라는 철학과 교수와 우연히 마주치게 되었다. 그는 교수 주택에 함께 사는 독신의 동료로서 자주 만나긴 했으나 아직도 그를 선뜻 친구라고 부르기엔 어색한 관계였다. 그와의 관계는 개인적인 친분 관계가 아니라 서로 공식적으로 알고 지내는 사이였다고나 할까. 내가 학술 전문 잡지에다 '캐슬 교수에 대한 응답' 이라는 식의 원고를 기고하는 형식으로써의 이야기를 나누었을 뿐이었다. 더구나 우리의 공통 관심사인 '인간 지식의 본질과 그 한계' 에 대한 토론에서 그와의 논쟁은 격렬했으며, 그 까닭에 이제는 지칠 때도 되었건만 끈질기게 서로 버틴 것이 오히려 우리 둘 사이를 좁히는 결과가 되었다. 그의 관점은 몇 년 앞서 있었으며 직관론, 합리론 또는 생각하기에 따라서는 토미즘(Thomism: 13세기 신학자인 Thomas Aguinas의 지론) 등으로 집약될 수 있었다. 그 때문에 나는 캐슬을 기꺼이 그리고 정중히 '하나의 철학자'로 대할 수 있었다.

캐슬은 정신(情神)에 대한 연구에 심혈을 기울여 왔기 때문에, 그 점에 대하여 자기 자신을 지나치게 과대평가하는 버릇이 있었다. 그의 얼굴은 붉으스름했고 날카로운 눈과 제멋대로 자란 턱수염이 돋보였다. 게다가 그는 법률가를 뺨칠 정도로 말을 잘했다. 나는 곧잘 그가 교묘하게 얽어매는 함정에 빠졌으며, 나중에는 그 함정으로부터 빠져나오는 적절한 방법까지도 고안해 낼 수 있었을 지경이었다. 그 방법은 별로 대단한 것은 아니고 단지 그가 사용한 용어를 쉽게 다시 정의해 달라고만 하면 되는 것이었다. 그러한 방법은 캐슬을 짜증나게 했고, 또한 나로서는 자유스러워지는 방법이기도 했다.

우리가 음식을 주문하자마자 캐슬은 '정당화'라고 이름을 붙일 수 있는 어떤 분야에 대한 자신의 연구가 상당한 진전을 보였다면서 얘기를 꺼내기 시작했다. 그는 정당화라는 것이 논리적 실증주의자에 대한 진정한 해답이 된다고 주장했다. 그러나 내 마음은 월든 투로 가득 차 있어서 정당화에 대해 열의를 보일 마음의 여유가 전혀 없었다. 나는 캐슬이 흥미를 갖게 되리라고는 기대하지 않았지만 그의 이야기 중간중간에 끼어들어 프레이저에 관한 이야기를 했고, 그가 지금 있는 곳에 대하여 알게 된 경위도 얘기해 주었다. 놀랍게도 그는 나의 말에 매료되었다. 그것은 그가 한때 플라톤과 모어, 베이컨의 〈New Atlantis〉에서, 〈Looking Backward〉, 또 〈Shangri-La〉(J. Hilton의 소설 'The Lost Horizon'에서 나오는 이상향)에 이르기까지 거기에 나오는 이상세계에 대해 강의를 한 적이 있기 때문이라고 말했다. 그런데 만일 캐슬에게 이 문제에 관심을 보인 로저스, 잼닉과 함께 월든 투로의 여행을 권한다면 가겠다고 할까? 어쨌든 나는 프레이저의 편지 내용 중에서 '열 명 정도라도 좋다'는 문구를 머릿속에 그리며 캐슬에게도 함께 가자고 초청했다.

 점심을 먹고 돌아와 보니 로저스와 잼닉이 연구실 밖에서 기다리고 있었지만 이제는 그들만이 아니었다. 로저스가 그의 약혼녀 바바라 맥클린을 데리고 온 것이다. 그 여자는 늘씬한 키에 어깨까지 내려오는 금발의 미인이었다. 게다가 대담하다고까지 말할 수 있는 그런 종류의 자신감도 가지고 있는 것 같았다. 두 사람은 로저스가 해군에 입대하기 전, 그러니까 최소한 삼 년 전쯤 약혼한 모양이었다. 그 밖에 바바라와 비슷한 나이로 그녀보다 좀 작은 편이며 용모에 있어서 그렇게 멋지다고는 말할 수 없는 여자가 또 있었는데 잼닉은 그녀를 대충 '나의 애인'이라는 식으로 소개했다. 그리고 로저스가 덧붙여 그녀의 이름이 메리 그로브라고 일러 주었다.

 우리는 연구실 안으로 들어가서 여자들을 의자에 앉히고 나머지는 될 수 있는 한 편한 대로 책상과 테이블에 걸터앉았다. 나는 프레이저의 편지를 큰소리로 읽어주고는 자세히 살펴보도록 건네주었다.

 '월든 투'라는 단어와 그 주소가 편지지 제일 상단에 낡은 목판활자로 찍혀 있었다. 프레이저의 글씨체는 큼지막하여 마치 어린아이 글씨와 비슷했고, 뭉뚝한 펜과 까만 잉크를 사용하고 있었다.

 로저스는 프레이저의 옛날 논문을 찾기 위해 도서관을 뒤졌는지 사본을 가지고 와서 우리에게 읽어주었다. 그 내용은 사흘 전에 로저스가 개괄적으로 얘기한 바로 그대로였다.

 정치적 행위는 보다 나은 세계를 건설하는 데에는 아무런 소용이 없으며, 개혁의 선의를 가진 사람들이 될 수 있는 한 빨리 다른 방도를 모색해야 한다는 내용이었다. 또한 어떠한 집단도 현대 기술의 도움을 빌어 경제적으로 충분히 자급자족할 수 있을 것이며, 집단생활에서 야기되는 심리적 문제는 '행동공학'의 원리를 통하여 해결할 수 있을 것이라고 주장하고 있었다.

내 기억으로는 우리가 월든 투를 방문할 것인지의 여부에 대해서 의문을 제기한 사람은 하나도 없었던 것 같다. 우리는 간단히 날짜를 정했다. 그리고 나는 캐슬에게 전화로 날짜를 통고했는데, 우리가 그 문제에 관심을 가지고 있는 한 시간을 낼 수 있고 없고는 전적으로 우리 자신에게 달린 문제였다. 그때가 월요일이었으니까 수요일쯤 떠나면 그 주일의 나머지는 충분히 이용할 수가 있었다. 그 주일은 시험 전에 주는 자습 기간이어서 수업이 없는 까닭이었다. 이것은 다른 사람들에게는 아주 다행스런 일이었으며 이렇게 해서 날짜는 쉽게 결정되었다. 또 여자들이 방문객으로 받아들여진 것이 나로서는 어느 정도 충격적이었다.

나는 답장할 필요가 없다는 말과 함께 프레이저에게 우리의 도착 예정 시간을 전보로 알려주었다. 프레이저는 굳이 회신을 보내왔다.

'버스 정류장으로 마중 나감.'

일주일 동안에 걸쳐 준비하려고 했던 시험문제 출제를 화요일 단 하루 만에 해치워 버리고 숨 돌릴 겨를도 없이 수요일 아침에 기차를 탔다. 기차 속에서 나는 옆자리에 앉은 로저스와 제대 군인들에 대한 문제점들을 토론하였다. 앞좌석에서는 캐슬이 바바라에게 무언지 열심히 이야기하고 있었으며, 그녀는 아주 열중하여 듣고 있었다. 통로 건너편 좌석엔 스티브 잼닉이 애인의 머리를 자기 어깨에 기대게 하고 앉아 있었다.

월든 투는 그 주(州)의 제인 큰 도시에서 48km가량 떨어져 있었는데, 우리가 그 큰 도시에 도착했을 때는 점심을 먹기에는 조금 이른 시간이었다. 우리는 월든 투로 가는 버스 시간을 알아보고 정류장에서 커피와 샌드위치를 먹었다. 한 시간도 채 안 되어 우리가 탄 버스는 교외로 빠져 동쪽으로 달리고 있었다. 북쪽 제방을 깊이 파고든 강을 따라 고속도로가 뻗어 있었고, 왼쪽의 깎아지른 듯한 절벽과 오른쪽 강을 따라 제방 위로 철로와 이웃하여 길이 나 있었다.

 한 시간쯤 후에 버스는 조그만 다리를 지나 '쉬-잇' 하는 소리를 내며 멈추었다. 우리들이 차에서 내려 길 한편으로 비켜서자 버스는 부르릉거리며 시야에서 멀어져 갔다.

 길 건너 쪽 고속도로에 스테이션왜건(좌석을 접었다 폈다 할 수 있는 자동차의 일종)이 한 대 서 있었는데 사람은 타고 있지 않았다. 길 아래 위를 샅샅이 훑어보았으나 아무도 보이지 않았다. 다시 다리 쪽으로 걸어가 시냇물 바닥을 살펴보고는 차 있는 곳으로 돌아오는데 작은 조약돌 하나가 스테이션왜건 가까이 있는 제방 쪽으로 굴러 떨어졌다. 올려다보니 프레이저가 땅바닥을 박차며 일어나는 것이 보였다. 그는 널찍한 바위 가장자리에 누워 있었는데 반가운 듯 손을 번쩍 들어 흔들어 보였다.

 "어이! 곧 내려가겠네."

 그가 소리쳤다.

 프레이저는 제방을 따라 터벅터벅 걸어내려 왔으며 우리는 모두 길을 건너 그에게 다가갔다. 그의 모습은 옛날과 다를 바 없었다. 그다지 큰 키는 아니지만, 물빨래를 해도 무방한 하얀 양복을 입고 있어서 실제보다는 크게 보였다. 그리고 턱수염을 기르고 있었는데 많이 자라지는 않아 거뭇거뭇할 정도였으며, 머리 뒤로 눌러 쓴 밀짚모자는 어떤 가게에서나 쉽게 살 수 있는 싸구려 물건 같았다.

 그는 내 손을 잡더니 경쾌하게 흔들고는, 내가 일행을 소개하자 날카롭게 살피는 눈치였다. 그러나 곧 따뜻한 미소로 각자에게 인사했다.
 프레이저는 스테이션왜건이 있는 곳으로 앞장서서 걸어갔다.
 "잠시 낮잠을 잤습니다. 여러분이 더 이른 버스를 탔으려니 생각했었죠. 아무튼 힘든 여행을 하셨습니다. 시내까지 마중 나가지 못한 점을 사과드립니다. 일 년 중에 이맘때는 차나 트럭을 오래 사용할 수가 없거든요."
 차의 좌석은 다소 딱딱하긴 했지만 크게 불편한 것은 아니었다.
 차는 고속도로를 뒤로 하여 작은 계곡 사이로 흐르는 물줄기를 따라 북쪽으로 달렸다. 그리고 동쪽 제방을 따라 올라서게 되자 풍성한 농장의 한복판을 지나게 되었다. 제방 밑에서는 이 농장이 보이지 않았던 것이다. 거기에는 몇 채의 농가와 헛간이 여기저기 흩어져 있었다. 오른편 저 멀리 경사진 곳으로 다른 형태의 건물들이 일렬로 서 있었는데 돌이나 콘크리트로 지어진 것 같았으며 겉은 짙은 고동색으로 칠해져 있었다. 아마도 기능적인 목적을 최우선으로 하여 설계된 것 같았다. 벽이 옆으로 삐져나온 것으로 보아 단일계획에 의해서나 일시에 지어진 것이 아니라는 인상을 주었다. 또 군데군데 확장한 흔적이 눈에 띄었다. 건물들은 땅의 기복을 따라서 높낮이가 달랐으며, 프레이저는 우리가 그것을 살펴볼 수 있도록 가만히 내버려 두었다.
 약 800m 정도 지나서 우리는 계곡을 뒤로 하고 조그만 나무다리가 걸쳐진 시내를 건넜다. 곧이어 큰길을 벗어나 오른쪽 시내를 따라 인접 주민들이 공사한 것으로 보이는 자동차 길을 달리게 되었다. 우리 왼쪽에는 역시 기능적인 형태의 여러 건물들이 서 있었다. 프레이저는 건물에 대해선 여전히 아무런 설명도 해주지 않았다.
 "저 건물들은 뭐지?"
 내가 물었다.

"월든 투의 일부분이네."

프레이저는 짤막한 대답만 했다. 그 이상은 아무 말도 하지 않았다.

소나무 숲을 지나자 오른쪽으로 조그만 연못이 나타났다. 곡식이 빽빽하게 자라고 있는 완만한 경사지 위쪽으로 중심 건물들이 있었는데 그 앞은 숲이 우거진 산기슭으로 이어지고 있었다. 그 건물들은 가까이서 보니까 매우 규모가 큰 것이었다. 구불구불한 도로를 따라 올라가다가 어느 정도 편평한 곳에 이르렀다. 우리가 짐을 내려놓자 프레이저는 한 청년에게 스테이션왜건을 인계했다. 우리는 그가 차를 기다리고 있었음을 한눈에 알 수 있었다. 짐을 현관 쪽으로 옮기고 나니 프레이저는 우리가 거처할 방을 보여 주었다. 조금 작기는 했지만 전부가 비슷비슷한 크기였다. 방마다 달려 있는 커다란 창문을 통하여 우리가 지나온 아름다운 전원 풍경을 한눈에 볼 수 있었다. 방 하나를 두 사람씩 같이 사용하게 되었는데, 여자들이 한 방을 쓰고 로저스와 잼닉이 또 한 방, 나와 캐슬이 같은 방을 사용하게 되었다.

"여러분, 몸을 씻고 좀 쉬어야 하겠지요. 3시까지는 여유가 있습니다."

프레이저는 담담한 어조로 말하고는 방을 나가버렸다.

캐슬과 나는 방을 살펴보았다. 왼쪽 벽에 이층 침대가 있었고 오른쪽에는 책상과 옷장으로 사용되는 선반과 벽장이 있었다. 그리고 사용할 때 펼치게 되어 있는 테이블이 벽에 달려 있었으며 간이 옷장이 침대 한구석에 놓여 있었다. 듬직한 나무로 만들어진 두 개의 안락의자도 있었는데 아마도 이곳에서 벌채한 나무로 만든 것 같았다.

모두가 쾌적한 분위기를 자아냈다. 침대에는 무늬 있는 침대요가 깔려 있었고 자연 그대로 처리된 목공예품과 흑갈색의 벽이 대비되어 더욱 운치가 있었다. 침대에 쓰인 것과 같은 종류의 나무로 만든 공예품이 창문 한쪽에도 걸려 있었다.

우리가 서둘러 여장을 풀고 거실 건너편에 있는 욕실에서 몸을 씻고 나니 더 이상 할 일이 없는 것 같았다. 나는 누가 안내하기 전에는 건물이나 마당을 돌아보고 싶지 않았다. 그러나 프레이저가 '편안히 푹 쉬라'고는 말하지 않았고 그저 '조금 쉬라'라는 정도였다. 그런데 우리는 그다지 쉬고 싶은 마음이 없었고 프레이저가 아무런 상의도 없이 우리 시간을 마음대로 배정한 데 대하여 자못 불만스러웠다. 우리는 낮잠을 자려고 온 어린아이가 아니지 않은가? 나는 또 프레이저의 극적인 침묵에 화가 났다. 그것은 바로 우리의 호기심을 자극하기 위한 의도적 침묵 같았다. 내가 생각하기에 그것은 분명히 쓸데없는 짓이었으며 어쩌면 우리들이 뚜렷한 흥미를 지니고 있음을 알아채지 못하고 있는 것 같았다. 결과적으로 나는 데리고 온 일행 모두에게 사과하고 싶은 생각이 들 정도였다.

더 이상 뾰족한 수가 없어서 캐슬과 나는 침대에 누워 버렸다. 나는 위층에 누웠는데 매트리스가 푹신하여 기분이 좋았다. 이런저런 생각을 하다 보니 프레이저가 우리에게 일종의 스파르타식 수도생활을 요구하지나 않을까 하는 두려움도 들었다. 우리는 심란한 마음으로 이야기를 시작했다. 그러나 뜨거운 햇살 속에서 길가의 바위에 누워 낮잠을 자고 있던 프레이저에게 생각이 미치자, 점차 마음이 편안해지며 조급함도 사라졌다. 따라서 침대가 더 아늑하게 느껴졌으며 캐슬에게 하는 나의 말소리도 점점 더 줄어들어 결국에는 모든 게 희미해졌다.

삼십 분쯤 지났을까, 캐슬이 나를 깨우면서 다른 일행들은 밖으로 나갔다고 말했다. 나는 너무 깊이 잠들었기 때문에 금방 제정신이 들지 않았다. 쉬고 싶을 거라는 프레이저의 예언이 맞아 들어간 것은 사실이지만 그것을 생각하니 다시 초조해지는 것 같았다.

노크 소리가 나고 캐슬이 대답하는 동안 나는 침대에서 기어 내려왔다. 문을 두드린 사람은 프레이저였다. 그는 미소를 머금고 있었으며 매우 친절한 태도였다. 나 자신이 아직 잠에서 덜 깬 모습을 하고 있다 생각하니 그의 미소가 마치 자기만족의 웃음인 것처럼 여겨졌다.

3

 "여기에는 볼 것도 많고 이야깃거리도 많으니까, 천천히 시작하기로 합시다. 우리는 앞으로 이삼 일을 같이 있게 될 테니까요. 여유 있게 시작하는 것이 좋지 않겠습니까? 연못가로 잠깐 내려갔다 와서 차라도 한잔 합시다."
 우리들이 문 밖으로 모였을 때 프레이저가 말했다. 제법 괜찮은 제안이었다. 특히 차를 마시면 정류장에서 서둘러 먹은 점심이 소화도 되고 좋을 것 같았다. 우리는 한 무리의 양떼가 풀을 뜯고 있는 남쪽 들판을 가로질러 갔다. 양떼의 무리는 땅에 박힌 네 개의 말뚝에 묶여 있는 한 가닥 긴 끈으로 둘러싸여 있어서 마치 커다란 사각형처럼 보였으며, 긴 끈에는 연꼬리 모양의 헝겊 조각들이 매달려 있었다.
 로저스가 이러한 배열이 엉성하다고 지적하니까, 프레이저는 다음과 같이 설명했다.
 "우리는 앞마당에다 목초지를 마련하려고 했습니다. 그러나 양떼의 방목지로는 건물과 너무 가까운 것 같기에 앞마당을 어린이 놀이터로 바꾸어 버렸지요. 사실 우리들 모두가 그것을 잔디밭으로 이용하고 있거든요. 그런데 여러분은 '유한계급론(Theory of the leisure

class)'이라는 베블린(Veblen)의 책에서 잔디밭에 대한 분석을 읽은 기억이 있습니까?"

그는 유별나게 캐슬과 나를 주시하며 물었다.

"기억하고말고요."

캐슬이 대답했다.

"선택의 문제이겠지만 방목지가 충실히 활용되고 있지 않다는 점을 꼬집어서 얘기했던 것 같은데요."

캐슬의 말씨는 항상 정확했지만, 이번 경우에는 너무 세세한 것을 덧붙임으로써 오히려 자신의 말을 우스꽝스럽게 만들어 버렸다.

"옳아요."

프레이저는 미소를 지으며 맞장구를 치고 계속하여 말했다.

"자, 이것은 우리의 풀밭입니다. 우리는 이 풀밭을 잘 관리하지요. 물론 양의 조력을 통해서 간접적으로 관리하지만 말예요. 우리는 여기에다 별도의 일손을 쓸 필요가 없다는 이점이 있습니다. 당신은 제초기로 풀을 깎아 본 적이 있습니까? 제초기라는 것은 가장 우둔한 목적에서 발명된 가장 어리석은 기계지요. 이야기가 옆길로 벗어나 미안합니다만, 우리는 풀 깎는 기계를 사용하는 대신 전류가 흐르는 울타리 안에 양떼를 가두어 놓고 울타리 자체를 이동시킴으로써 그 문제를 해결합니다. 마치 거대한 제초기라고나 할까요. 결국 양들이 풀을 뜯음으로써 제초 작업을 해나가는 것이지요. 그렇지만 대부분 자유스럽게 놓아두고 있습니다. 밤에는 시냇물 건너에 있는 우리 안으로 양떼를 몰고 가지요. 그러나 양떼들은 이동 울타리와의 간격을 잘 지켜주었기 때문에 전기 울타리를 사용할 필요가 없음을 발견했습니다. 그래서 옮기기에 쉽도록 차라리 한 가닥의 끈으로 울타리를 대신 했습니다."

"그러면 새로 태어난 새끼 양은 어떻던가요?"

바바라가 약간 고개만 돌린 채 옆 눈으로 프레이저를 쳐다보면서 물었다.

"울타리 밖으로 빠져나오기도 하지요. 그러나 말썽을 일으키지 않고 곧 무리에 섞이는 것을 배우게 되더군요. 흥미 있는 일은, 부리스 자네도 흥미 있을 거네만, 대부분의 양떼들이 결코 울타리를 타고 흐르는 전류에 의해 쇼크를 받은 적이 없다는 것입니다. 그들 대부분은 전기장치를 없앤 후에 태어났거든요. 절대로 줄에 접근하지 않는다는 것이 양떼들 사이에는 전통처럼 되어 버린 것 같습니다. 새끼 양들은 나이 든 양으로부터 그런 것들을 배우는 모양인데, 결코 나이든 양의 판단을 의심하는 법이 없는 것 같아요."

프레이저는 진지하게 대답했다.

캐슬이 이야기를 받았다.

"양들이 말을 못 한다는 것이 참으로 다행한 일이군요. 새끼 양들 중에서 어떤 놈은 틀림없이 '왜?' 하고 물어 볼 텐데요. 즉 '철학적인 새끼 양' 같은 놈이 있다면 말입니다."

"어느 날 의심 많은 새끼 양 한 마리가 줄에다 코를 대보고 아무렇지도 않다는 것을 알아 버리면 양떼의 관리가 밑바닥부터 흔들릴 게 아닌가?"

"그리고 그놈을 따라 모두 우루루!"

캐슬이 내 말을 이었다.

프레이저는 침착하게 얘기를 시작했다.

"내가 당신들에게 미리 말했어야 했지만 그 전통이 깨어지지 않는 이유가 저기에 있는 저 말 없는 놈 때문이지요."

그는 예쁜 양치기 개를 가리켰는데 그 개는 멀리서 우리를 물끄러미 쳐다보고 있었다.

"우리는 저놈을 '비숍(bishop)'이라 부르고 있습니다."

일행은 침묵 속에서 걸었다. 그러나 캐슬은 아직도 미진한 부분이 있는 것 같았다.
"전기로부터 얻은 상대적인 이점과 신(神)의 분노라는 숙제가 남아 있군요."
캐슬은 머뭇거리며 말했다.
프레이저는 이 말에 흥미를 느끼는 듯했으나 그것도 잠시 동안이었다.
"강 저쪽 언덕을 제외하고는 여기서 보이는 모든 땅이 월든 투에 속해 있지요. 듣기와는 달리 우린 그렇게 풍요롭지는 않습니다. 왜냐하면 외부를 차단하는 숲과 언덕이 삼 면으로 우리를 둘러싸고 있기 때문이지요. 우리는 이 모든 것을 세금을 내고 샀습니다. 원래 여기에는 7~8개의 농장이 있었는데 거의 쓸모가 없었어요. 그 중에 3개는 아주 버려진 채로 있었지요. 계곡을 지나 언덕으로 향하는 길을 따라 저쪽 편에 몇 채의 농가가 남아 있긴 해요. 사실 그 길은 주(州) 구획이지만 우리가 직접 작업해서 보수했어요. 그 외의 다른 길은 우리 자신이 새로 만들었지요."
우리는 되도록이면 프레이저의 말을 빠뜨리지 않고 듣기 위해 빠른 걸음으로 그의 곁을 따라갔다. 스티브와 두 여자는 뒤에 처지게 되었는데 분명히 프레이저의 열띤 설명보다는 전원 풍경에 더 관심이 있는 것 같았다.
연못 근처에 왔을 때 프레이저는 둑 가까이에서 멈추었다.
"이 연못은 우리들이 직접 만든 거지요."
잠시 숨을 돌린 후 그는 말을 이었다.
"원래는 늪지대였는데 이제는 가뭄에 대비하여 물을 저장하고 있습니다. 지금 보시다시피 몇 마리의 오리가 있는데, 가끔 우리 저녁상에 오르기도 하지만 어린아이들이 같이 장난치기에는 아주 좋습니다."

우리는 물가에 있는 조그만 선착장으로 갔다.

"우리 의료진 중의 한 사람이 이 연못에 대해 아주 관심이 많았습니다. 그 사람이 늘 이 연못을 조화 있게 꾸며 놓겠다고 말했지요. 처음엔 물빛이 갈색으로 흐릿했었는데, 지금은 얼마나 깨끗합니까!"

프레이저는 선착장에 매여 있는, 바닥이 평평한 조그만 보트에서 노를 집어들고 잠시 애를 쓰더니 똑바로 물에다 담갔다. 노의 전부가 훤히 물속에서 들여다보였고 희게 빛나고 있었다.

멀리서 우리를 뒤따라오던 6~7명의 젊은 청년들이 못가에 이르자, 우리는 곧 멋진 수영 시범을 볼 수 있게 되었다. 그들은 옷을 갈아입는 곳으로 사용하기 위해 심어놓은 듯한 잡목 숲에서 수영복 차림으로 나타나 선착장의 물속으로 뛰어들었다. 수영복과 사람이 수면 바로 아래에서 밝게 빛나고 있었다.

우리가 그 젊은이들이 부표(浮漂) 근처에서 헤엄치고 있는 것을 구경하고 있는 동안 프레이저의 이야기는 계속됐다. 그는 댐 너머에 있는 트럭 주차장, 거주지와 일터를 구분하기 위해 오 년 전에 심었다는 송림(松林), 양떼의 방목지로부터 트럭 주차장을 분리시키고 또 땔감을 얻을 수 있다는 자작나무숲을 손으로 가리켰다. 그는 사소한 것까지도 다 얘기해 주었는데 그 모두를 익히 알고 있는 듯하였다. 프레이저는 우리들이 완전히 이해하도록 해주었다. 여러 가지 참고자료들이 그의 입을 통해 자연스레 흘러나왔다. 그러나 그의 목소리는 조용하면서도 열정적이었다. 그는 이런 단순한 사실들에 애착을 느끼고 있는 것 같았으며 자연과의 교류를 즐기고 있는 듯했다.

댐과 수로를 살피게 한 뒤, 프레이저는 우리를 다른 곳으로 데리고 갔다. 우리는 연못가를 거슬러 올라가 저 멀리 동쪽으로 위치한 건물 쪽으로 시냇물을 따라 걸어갔다. 그 시냇물의 이름은 '어퍼 브룩

(upper brook)'이라고 했다. 곧이어 시냇물 근처 습지에서 서식하는 향기로운 박하밭이 편평하게 전개되었는데, 나뭇가지를 엮어 만든 통나무 울타리가 양떼들의 방목지와 박하밭을 구분해 주고 있었다.

"새끼 양들을 위해서 심어 놓은 박하는 아니겠지요?"

캐슬이 물었다.

"이 박하는 우리 회원들이 먹기 위해 재배하고 있습니다."

프레이저는 덤덤한 어조로 대답했다.

본관 건물의 전경이 명확하게 시야에 들어왔다.

"저 건물은 뭘로 지었나? 콘크리트인가?"

내가 물었다. 프레이저는 어떻게 설명해야겠다는 자기 나름대로의 계산이 이미 서 있는 모양이었다.

"왼쪽에 보이는 것과 같은 독창적인 스타일의 새로운 건물이 세워지기 전에는, 우리는 옛날의 농장 건물 그대로를 주거지로 사용했지요."

그는 마치 내 질문 따위는 아랑곳하지도 않는 양 멋대로 이야기를 시작했다.

"…… 그 일부는 너무나 값진 것이어서 차마 헐어 버릴 수가 없었거든요. 강 근처에는 멋진 석조 가옥이 하나 있는데 지금은 그것을 곡물 창고로 이용하고 있습니다. 이제는 현대식 젖소우리가 세워졌지만 하나를 제외하고는, 그 자리에 있었던 이전의 헛간을 모두 그대로 사용하고 있어요.

물론 중앙 건물도 우리가 손수 지었지요. 부리스, 재료라면 거의 흙을 이겨서 만들었다네. 비록 몇 개의 벽은 저기 보이는 옛날 채석장에서 가져온 돌로 만들었지만 말이야. 우리 건축사들도 그렇게 이야기하지만 입방체(立方體)의 크기에 비한다면 생각보다는 훨씬 싸게 지은 셈이고 더 중요한 것은 그 안에 많은 사람들을 수용할 수 있다는 것이지. 우리 공동체 안에는 지금 일천 명 정도가 살고 있다네. 만약 우리가 바로 앞에 보이는 저 건물에서 살 수 없었다면, 이백 오십여 개의 주택을 새로 지어야 했을 것이고 일백여 개의 사무실, 상점, 백화점, 창고 등을 지어야 했겠지. 우리는 이 주건물로 인해서 모든 일을 효율적으로 처리할 수 있고 상당히 많은 시간과 경비를 절약하게 되었단 말일세."

우리는 아동용으로 보이는 기다란 의자가 있는 탁자 쪽으로 다가갔다. 그것은 어린이들이 소풍 나올 때 쓰기 위해 고안된 것처럼 보였으나 알고 보니 야외수업을 위한 것이었다. 프레이저는 의자에 등을 기대고 탁자 위에 팔을 얹은 자세로 자리에 앉았다. 여자들이 프레이저의 양 옆 자리를 차지하고 나머지는 그냥 땅바닥에 주저앉았다.

프레이저가 말했다.

"협동주택인 주건물의 이점(利點)은 날씨에 구애받지 않는다는 것이죠. 기억하시리라 믿습니다만, 에드워드 벨러미(Edward Bellamy)가 그것을 처음 시도했었지요. 그가 구상했던 미래의 보스턴 거리는 비가 올 때면 도시 전체를 뭔가로 덮어버린다는 것입니다."

"도시가 궁극적으로는 기후에 효율적으로 접할 수 있는 거대한 동굴 안에 세워져야 한다고 주장한 사람은 웰스(H. G. Wells)가 아니었던가요?"

캐슬이 말했다.

"글쎄요. 잘 기억이 나지 않는군요."

프레이저가 다소 난색을 띠며 말했다.

"물론 공동체 단위를 도시만큼 큰 것으로 생각한다면 당장 기술적인 문제에 부딪치게 되겠지요. 그러나 내가 말하고 싶은 것은 비록 벨러미의 생각이 부유한 집의 차양이나 커다란 천막 정도를 염두에 둔 것이긴 하나, 온 거리를 덮어버린다는 그런 생각은 시대를 앞서가는 생각이란 점입니다. 그러나 그는 날씨를 통제함으로 해서 얻을 수 있는 이익에 대해서는 알고 있지 못했던 것 같습니다. 날씨가 궂을 때는 —날씨가 좋다고 해서 이런 문제점들이 해결된다는 뜻은 아닙니다만—속옷은 말할 것도 없고, 비옷이나 우산, 장화, 덧신, 장갑, 모자, 스카프, 귀마개 등 이런 것들이 항상 필요하게 되지요. 게다가 이런 것들을 준비함에도 불구하고 우리는 종종 비에 젖고, 추위에 떨며 결국은 독감에 걸리곤 한단 말입니다."

"생각조차 끔찍한 일이군요!"
바바라가 끼어들었다.

"그러나 사실이 그렇죠. 내가 말한 것은 단지 시초가 그렇다는 겁니다. 우리가 기후를 정복하고 사람들에게 쾌적한 날씨로 바꿔줄 수 있을 때에야 우리는 비로소 날씨의 횡포가 얼마나 심했던가를 이해할 수 있게 되겠지요. 살기 좋고 신나는 '새로운 캘리포니아'가 되는 셈이죠! 자유롭게 새로이 탄생하는 것이나 다름없지요. 단순히 날씨가 궂은 밤이라는 사실 하나 때문에 툭하면 친구를 만나러 가지도 못하고, 극장이나 음악회 또는 파티에 참석하지도 못했었구나 하는 것은 그때야 알게 되는 것이지요."

나는 프레이저가 이성을 잃은 채 자기 주관만 내세우고 있다는 생각이 들었다.

"그러면 비가 올 때 자네들은 여기서 뭘 하지?"
내가 물었다.

프레이저는 주저 없이 말했다.

"이 정도 크기의 공동체에서는 모든 독방에서 휴게실과 식당, 극장, 도서관을 연결시키는 것이란 어려운 일이 아니지. 자네가 우리 건물의 배치 상태를 살펴보면 우리가 어떻게 대처하고 있나를 알 수 있을 거야. 모든 오락 활동, 사회 행사, 식사 그리고 여타 개인적 약속까지도 계획대로 진행할 수 있다네. 문 밖으로 나갈 필요가 없다는 거지."
"일하러 갈 때는 어떻게 하나요?"
로저스가 물었다.
"옥외 작업장에서 일할 때만은 예외입니다. 날씨가 나쁠 때는 주거지와 솔밭 너머의 작업장까지를 트럭이 사람을 실어 나르게 되지요."
"그렇지만 저는 날씨가 궂을 때 차라리 밖으로 나가고 싶어요. 빗속을 걷기 좋아하거든요."
바바라가 또 끼어들었다.
"물론 그러시겠죠."
프레이저는 자세를 고쳐 앉으며 대답했다.
"적당할 때의 적당한 비라면! 이슬비 정도라면 맞을 만하고 또 즐길 만도 하지요. 하지만 나는 당신이 어떤 종류의 날씨에도 다 그런 기분을 느끼지는 않을 거라고 단언합니다."
그는 다시 논쟁을 계속하려는 듯 자세를 바로잡았다.
"맑고 추운 날씨에도요?"
바바라가 말했다. 바바라는 단지 프레이저의 주의를 끌려고 했음이 분명했으며, 프레이저는 이에 약간 격앙되어 있었다.
"나는 지금 활동하기에 불편하거나 또는 분명히 험악한 날씨에 관해서만 이야기하는 겁니다."
그는 퉁명스럽게 내뱉었다.
바바라는 프레이저의 고조된 억양을 눈치채지 못했거나 아니면 그것을 개의치 않는 것 같았다.
"저기 있는 창문으로 가득한 긴 통로가 당신이 말하는 겁니까?"
그녀가 말하며 담뱃갑에서 담배를 꺼내자, 프레이저는 성냥을 찾으려고 주머니를 툭툭 쳐보았으나 찾지 못했다. 그는 바바라로부터 성냥갑을 받아 불을 붙여주고는 다시 어색하게 성냥을 건네주었다. 그리고는 바바라의 질문에 대해 밝은 표정으로 대답했다.
 "저것은 우리가 '사다리 길'이라고 부르는 것입니다. 어린이 숙소와 중앙에 있는 방들을 연결시키고 있죠. '야곱의 사다리'라고도 불렸는데, 말하자면 천사들이 그것을 오르내린다는 뜻이지요. 우리 건축기사들은 그것을 단순한 통로 이상의 것으로 설계했습니다. 그들은 그렇게 많은 면적이 하나의 용도에만 쓰인다는 것이 불만이라는 거예요. 그래서 그 통로를 벤치와 작은 의자와 테이블로 장식되어 있는 스테이지와 정자로 나뉘어져 쓰이고 있습니다. 참 장관이죠. 매일 이맘때쯤이면 차를 마시는 사람들의 모습을 볼 수 있을 거예요. 아침 저녁엔 거기에서 꽤 긴 커피타임을 갖지요. 몇몇 열성가들은 자기 아침식사를 그리로 가져오기도 합니다. 때문에 그곳은 항상 활기에 차 있습니다."
 프레이저는 벤치에서 일어나면서 바바라와 메리를 향해 덧붙였다.
 "다음에 직접 보시게 될 테니까, 여기선 이 정도로 해두는 것도 괜찮겠죠?"
 나는 이에 대한 대답이 생각났으나 입을 떼지 않았다.
 "당신들이 말하는 건축기사란 어떤 사람들인가요?"
 우리가 사다리 길 끝 쪽을 향해 마당을 가로질러 걷고 있는 중에 로저스가 물었다.
 "그들도 공동사회의 일원입니까?"
 "선후(先後)를 따지는 건 아닙니다만, 그들은 바로 처음부터 있었던 사람들입니다. 현대 주택에 흥미를 가진 젊은 부부인데 초기의 빈곤한 상황에서도 기꺼이 일해 주었지요. 그들이 '월든 투'에 공헌한 것은 이루 헤아릴 수 없을 정도입니다."
 "건축기사로서의 전문직을 포기했을 텐데 이제 그들이 할 일이 또 어떤 게 있을까요?"

캐슬이 말했다.
"결코 그렇지 않아요. 그들은 실내장식에도 흥미를 가지고 있는데, 그 중에서도 특히 대량 생산할 수 있는 값싼 현대적 가구에 관심이 많아요. 여기서 가장 번창하는 사업이 바로 그들이 고안해낸 특이한 형태의 가구제조업입니다."
프레이저가 말하자 캐슬은 고집스럽게 다시 이의를 달았다.
"그러나 엄밀히 따지자면 그들은 이미 건축기사로서의 생명은 끝나버린 게 되잖아요."
공동사회를 위하여 개인이 희생되는 경우가 아니냐고 캐슬은 강조하고 싶었던 모양이었다.
"지금, 만약 당신이 그들을 여기서 만난다면 그렇게 말하지는 않을 겁니다. 그들은 몇 해 동안은 전문적인 분야에서 별로 일한 게 없지만 보상은 충분하게 지급되었습니다. 당신은 우리가 '월든 투'를 아주 서서히 이룩해야만 했다는 점을 염두에 두셔야 합니다. 지금도 우리 주거지에는 분명히 불편한 점이 있습니다. 그렇지만 단 한 사람의 건축가가 하나의 공동사회를 전부 설계한다는 것이 얼마만큼 커다란 의미를 갖는가를 한번 상상해 보십시오!"
"바로 그것이 건축가들이 하고 있는 일인가요?"
바바라가 물었다.
"언제 기회 있을 때 다시 이야기해 드리겠습니다."
프레이저는 야릇한 미소를 지으며 말했다.
"당신들이 건축기사와 만날 수 있도록 내가 주선해 보지요. 어쩌면 그것이 그들에게 있어선 당신들을 깜짝 놀라게 해줄 유쾌한 일거리가 될지도 모르니까요."
"부르주아 유산계급인 우리를 놀라게 한다고!"
나는 캐슬에게 투덜거렸다.

그러나 캐슬은 프레이저의 술수에 대한 나의 불쾌감에 동감하지 않는 것 같았다. 실은 프레이저와의 대화에 여전히 몰입되어 있었다.
"자네는 그 건축가들이 다른 건물을 짓고 있는 중이라고 생각하나?"
캐슬이 속삭인 말이었다.

4

　꽃밭이 '사다리 길' 통로 아래쪽에서부터 통로가 약간 휘어져 있는 데까지 죽 이어져 있었다. 실제로는 여러 가지 꽃들이 스테이지를 구별하는 커다란 상자 속에 담겨 있어서 우리가 선 자리에서 보면 차곡차곡 쌓여져 있는 것처럼 보였다. 창문도 없는 북쪽 벽을 따라 층계가 짧게 나 있었는데, 벽에는 많은 그림들이 걸려 있었다.
　그 통로는 그럴 듯한 화랑처럼 장식되어 있었으며, 나처럼 멀찌감치에서 구경하는 사람을 위해서는 경관이 썩 좋은 편은 아니었으나 조명장치는 아주 훌륭했다. 화가들의 이름은 모두 낯설었지만 작품들은 상당한 수작(秀作)이었다. 프레이저는 내가 흥미 있어 하는 것을 알고 안내 계획의 차질을 우려하는 듯 말했다.
　"내일 '월든 투'의 예술 활동을 살펴볼 시간을 갖기로 하지. 짐작하는 바와 같이, 여기서는 예술 활동이 활발하다네."
　프레이저는 명쾌한 어조로 얘기하며 서둘러 앞장서 갔다.
　나는 이 말에 약간의 저항감을 보일 수 있는 좋은 기회라고 느끼며 한가한 걸음걸이로 때로는 멈춰 서서 몇몇 그림을 자세히 들여다보기도 하면서 뒤따라갔다. 작품들은 여러 가지 형태로 놀랄 만큼 힘차고 참신했으며 거의 모두가 상당한 수준에까지 도달해 있었다. 전문가들의 전시회를 많이 가보긴 했지만, 기술적인 면에 있어서 여기서보다는 흥미가 덜했고, 느껴지는 감흥도 훨씬 미진했었다.

 정신없이 걷다가 나는 두 개의 스테이지 위에서 벌어진 파티에 참석한 남녀들과 휩쓸리게 되었다. 누군가가 나를 무리 중의 하나로 착각하고 내 팔을 끌어 매력적으로 생긴 젊은 아가씨에게로 데리고 갔다. 그 여자는 꽃 상자 옆에 있는 벤치에 앉아 있었는데 자신의 옆자리를 내게 내주었다. 나는 더듬거리며 잘못되었다고 말하려 했지만 그녀가 차분한 미소를 보이는 통에 그냥 앉아 버렸다. 그녀가 뭐라고 몇 마디 말을 꺼냈는데―상냥하면서도 다소 영리한 말투였다는 기억밖에 없지만―그 말에 대하여 나는 아무런 대답도 못 하고 단지 그녀를 쳐다볼 뿐이었다. 바로 그때 옛날에 꾸었던 악몽이 되살아났다. 내가 세계적으로 유명한 오케스트라의 지휘대에 서서 곧 연주될 곡목을 기억해 내려고 필사적인 몸부림을 치며 받침대를 두드리기도 하고 지휘봉을 휘적거리기도 했던 꿈이라던가, 혹은 배우가 되어서 몇 달 동안 대사를 부지런히 외웠는데 막상 막이 오르자 내가 올라가야 할 무대가 아닌 엉뚱한 무대로 잘못 올라와 있는 그런 꿈이었다.

 나는 꿀 먹은 벙어리처럼 그냥 앉아 있었다. 신체적으로는 움직일 수 없었으나 머리는 빠르게 회전되었다. 나는 결사적으로 현재 내가 처해 있는 입장을 이해해 보려고 애썼다. 내 앞에서 펼쳐지는 장면들이란 그저 단순한 것들이었다. 그들은 즐겁게 보였고 그들이 나누는 대화에는 실제에서보다 잘 쓴 작품에서나 찾아볼 수 있는 박자와 운율 같은 것들이 깃들어 있었다. 그들은 유쾌하면서도 예의를 갖추었으며 솔직하기도 했다. 생기는 있었으나 떠들썩하지 않았고, 화기애애했지만 결코 과장되지는 않았다. 그러나 내게는 그들이 마치 딴 세계 사람들처럼 여겨졌으며, 그들이 과연 내가 알고 있는 언어를 사용하는지조차 확신할 수 없었다. 갑자기 두려운 생각이 들었다. 나는 힘겹게 몸을 일으켜 세웠다.

나는 '그 친구 어디 있지? 그를 만나야 할 텐데…….' 하고 나 자신이 듣기에는 엉뚱한 몇 마디를 중얼거리며 프레이저가 있는 쪽으로 달려갔다.

나는 프레이저와 다른 사람들이 사다리 길 위로 올라가는 것을 보았다. 그들은 서른대여섯 살가량의 매력적인 여자가 있는 정자에서 멈추었는데, 분명 그녀는 그들을 기다리고 있었던 것 같았다. 그녀는 눈에 잘 띄는 모양의 옷을 입고 있었는데, 옷맵시는 평범한 것이었다. 그녀의 까만 머리는 뒤로 바싹 틀어져 있었다. 나를 사로잡았던 악몽과도 같은 꿈 생각은 사라지고, 예의바르지 못했던 나의 행동에 생각이 미치자 조금은 부끄러워졌다. 나는 다시 아까 본 그림들의 마력 속에 젖어들어 갔는데, 그녀는 마치 검게 빛나는 짙은 색 목재로 된 조각품을 연상하게 했다. 프레이저는 마치 내가 오기를 기다리기라도 했다는 듯이 말했다.

"이상하게 들릴지는 모르지만, 월든 투에는 내가 자신 있게 말할 수 없는 여성들만의 관심거리가 많답니다."

그는 바바라와 메리에게 고개를 숙여 가벼운 목례 자세를 취하며 말했다.

"그래서 메이어슨 부인에게 도움을 청했지요. 그녀는 여성들을 위한 의복을 전담하고 있습니다만, 다른 분야의 질문에 대해서도 대충은 답해 드릴 수가 있을 겁니다. 게다가 나에겐 아주 좋은 친구이기도 하죠."

그가 메이어슨 부인을 다정스레 바라보자, 그녀는 짐짓 친밀한 표정으로 가만히 프레이저의 어깨를 잡았다.

"프레이저 씨, 당신은 왜 그렇게 서툰지 모르겠어요."

그녀는 여자들 쪽으로 돌아서서 환한 얼굴로 덧붙였다.

"차라도 한잔 하실까요?"

여자들이 자리를 뜨자 프레이저는 조용히 웃었다.

"우리가 사용하는 차(茶) 세트를 보시면 아주 재미있을 겁니다. 우리도 처음에는 늘 하던 방식대로 컵과 받침, 버터 빵을 담는 접시를 그대로 사용했었죠. 그러다가 여러분들께서는 대학에서나 그런 일을 할 수 있다고 하실지 모르지만, 이곳 회원 중 한 분이 연구진을 구성하여 우리의 가사(家事)일을 연구하기 시작했습니다. 바로 여기 월든 투에서 말이지요. 그 계획 중 하나가 우리가 사용하던 차 세트의 용도를 분석하는 것이었습니다. 아침에 사용하는 커피세트도 마찬가지죠. 그들의 권고가 아주 타당한 것이어서 우리는 그 방법을 채택했습니다. 비록 가사공학(家事工學)에서의 작은 부분이긴 하지만, 여러분도 그것을 훌륭한 업적이라고 인정할 것입니다."

"재미있는 일이긴 하군요. 하지만 제 생각엔 그런 사소한 기술적 업적이 이루어졌다고 해서 당신의 이 공동사회가 성공 단계에 이르렀다고 생각해서는 안 될 것 같아요. 결국 차 서비스를 개선했다고 해서 세계가 흔들릴 리는 없지 않습니까?"

캐슬이 말했다.

"우리는 세계를 다른 방법으로 변혁시키고 있지요."

프레이저는 웃지도 않고 말했다.

"실제적 업적만이 중요한 것은 아닙니다. 보다 중요한 것은 사람들로 하여금 모든 습관과 관습을 개선하려는 의지와 태도를 가지도록 격려하는 것입니다. 모든 사실에 대하여 부단히 실험적인 태도를 갖는 것이 우리가 바라는 전부이지요. 실험적 태도를 가지면 어떤 문제점에 대해서도 거의 기적적으로 해결책을 발견하게 되기 마련이죠."

"거의 기적적이라구요? 기적, 그 자체라고는 하지 않는군요. 프레이저 씨."
 캐슬이 말했다.
 프레이저는 당황하는 것 같았다.
 "이제껏 본 것이 사소한 것에 불과하다고 생각하시는 모양입니다만, 나는 우리가 느긋하게 시작하자고 서로 얘기가 된 걸로 알고 있습니다."
 프레이저는 부드럽게 말했다.
 "내일은 좀더 중요한 것을, 그리고 그 후에는 더욱더 중요한 것을 보여드릴 것을 여러분께 약속드리죠. 여러분들이 진정 업적이라고 할 수 있는 것들을 보시게 될 테니까 걱정하시 마십시오. 여자들이 돌아보는 걸 보니 차 마실 순서가 된 것 같습니다. 우리가 모두 몰려다녔다면 이 정자에서 이런 이야기를 나누지 못했을 거예요."
 나는 프레이저의 이 비사교적인 계획을 얼른 평가해 보려고 하다가 그만두었다. 프레이저는 월든 투에서의 차 세트에 관해서 우리들 자신이 직접 경험해보는 게 좋을 거라고 했으나, 그 말에 관심이 없던 나로선 아가씨들이 풀끈으로 엮어 만든 망태기 안에다 큰 유리잔을 담아 나르는 것을 보고 있었다. 그 유리잔에는 고리모양의 손잡이 끈이 달려 있어서 마치 물통처럼 들고 다닐 수 있도록 만들어져 있었다. 또한 여자들은 버터 빵이 담겨진 사각접시도 나르고 있었다.
 사다리 길 꼭대기에서 우리는 조그마한 방으로 들어갔는데, 대부분의 테이블과 의자에는 사람들이 앉아 있었고 실내는 마치 호텔 로비처럼 꾸며져 있었다. 문 옆에는 차와 뜨거운 물과 커피가 담긴 큰 차 수레가 하나 있었다. 또 다른 수레에는 시원한 음료수가 담긴 커다란 주전자가 여러 개 있었으며, 수레 선반에는 큰 유리컵과 네모난 접시들이 놓여 있었다.
 내 생각엔 프레이저가 월든 투 특유의 차 세트에 대하여 가벼운 설명으로 넘어가려 했으나, 캐슬이 이에 만족하지 않자 좀더 구체적이고 명확하게 말해 주려고 했던 것 같았다.

그는 마개 옆에 그어진 눈금을 보면서 유리컵에다가 '두 컵'이라고 표시되어 있는 곳까지 차를 부어 넣으면서 개선된 '테크닉'을 과시하기 시작했다. 레몬 한 쪽을 떨어뜨리더니 프레이저는 조그만 상자 속에서 꺼낸 망태기 속으로 그 잔을 집어넣었다.

그는 진지하게 이야기했다.

"종래의 컵과 받침은 우리의 젊은 가사공학진에 의해 쓸모없다는 것이 즉시 판명되었습니다. 차가 가득 담긴 컵을 엎지르지 않고 사다리 길 층계 아래까지 가져가기란 실제로 불가능하지요. 우리는 늘 스스로 차를 가져다 마시기 때문에, 즐겁게 마실 수 있으면서도 편리하게 나를 수 있는 이런 기구를 오래 전부터 원해 왔습니다. 그 젊은 연구진들은 큰 유리컵을 이용해서 러시아의 차 서비스 방식을 개선시켰지요. 그 유리잔은 세 컵을 넣어도 절대 넘치지 않습니다. 그러니까 차를 물마시듯 하는 사람들 외엔, 한번 차를 가져오면 다시 그 수레까지 갈 필요가 없다는 것입니다. 브랜디를 마실 때도 그렇지만 유리잔이 크면 차의 향기와 맛을 더해 줍니다. 보시다시피 유리잔은 굉장히 얇아요. 그래서 마시기에 좋고 우선은 가벼워서 좋습니다."

"찻잔을 마치 호롱처럼 흔들며 다니는 러시아 사람은 보지 못했는데."

내가 한마디 했다.

"실제 숫자는 얘기할 수 없네만, 몇 번 실험을 통해 망태기도 제법 쓸 만하다는 것이 증명되었네. 한 달가량에 걸쳐 하루 건너씩 망태기를 사용하지 않게 하고 망태기 없이 운반할 때 잔에서 차가 넘치는 정도를 연구진들이 측정해 본 모양이더군."

캐슬은 프레이저의 다소 강압적인 시위에 대해 짐짓 우습다는 표정으로 맞서 보려고 했다. 그는 프레이저가 자기에게 약을 올리고 있기 때문에 우스갯소리로써 넘어가는 것이 그에 대한 유일한 방어 수단이라고 느꼈을지도 모른다. 그러나 그가 때때로 킥킥거리긴 했으나 프레이저가 아무런 동요도 보이지 않자, 오히려 실없는 짓이 되고 말았다. 마침내 캐슬은 자제하지 못하고 노골적으로 경멸의 표정을 드러냈다. 이러한 자질구레한 일에 적용한 것까지도 과학적인 방법이라는 식으로 프레이저가 설명하자, 캐슬은 혐오감을 느끼는 듯 콧방귀를 뀌고는 등을 돌려 곧장 걸어가 버렸다. 대여섯 걸음쯤 갔을까, 그는 머리를 흔들며 역력히 당황한 낯으로 어깨를 으쓱거리며 다시 돌아왔다. 프레이저는 자신의 얘기하는 입장이 유리해졌다는 것을 알았겠지만, 겉으로는 확실해진 승리에 대해 그다지 만족의 빛을 띠지는 않았다. 그리고 그 화제를 집어치우기는커녕 마치 세계 정치의 주요 논쟁거리나 되는 듯 계속 지껄여댔다.

"유리컵이 물통처럼 운반될 때, 차를 나르는 것이 얼마나 자연스러운지를 여러분 스스로가 지금 목격하실 수 있습니다."

자신의 유리잔으로 반원을 그리며 흔들어도 흘러넘치지 않는 차를 가리키며 프레이저가 말했다.

"더군다나 우리 기술자들이 또 다른 문제점도 동시에 해결했습니다. 차를 한꺼번에 두 컵, 세 컵 따라 마시더라도 여전히 차가 따뜻해야 합니다. 그런데 보통 찻잔은 열을 보존하기가 아주 어렵거든요……."

프레이저는 이런 식으로 얼마를 더 계속하다가 말을 멈추고, 마치 캐슬의 질문이라도 기다리는 듯이 그를 처다보았다.

캐슬은 아무 말도 하지 않았다. 그 대신 어색하게 차를 따르고는 망태기에 유리잔을 집어넣었다. 나도 그가 하는 대로 따라서 했다. 그러자 프레이저는 큰소리로 웃고는 성큼성큼 사다리 길을 내려갔다.

로저스와 스티브는 찬 음료수가 담긴 유리잔을 집어 들었고, 우리는 커다란 빵조각에다 버터와 잼을 발랐다.
 그 네모난 접시도 똑같이 얇은 유리로 만들어졌는데 한쪽 가장자리가 밑으로 말려 있어서 손으로 쥐기가 편리하게 되어 있었고, 접시가 깊어서 빵을 얹어 놓기에도 안성맞춤이었다. 마치 쇠사슬에 매달려 흔들리는 향로처럼 차가 내 옆에서 흔들거리는 것이 약간 낯설긴 했지만, 이처럼 안심하고 차를 날라본 것도 처음이라는 것을 인정하지 않을 수 없었다.

5

"이상 세계를 세우고자 하는 사람들은 자기 주위에 왜 아름다운 여성만을 뽑아 놓는지, 그 이유를 이제야 알 것 같군. 그저 자네의 성공이 놀라울 따름이네."

모두가 차를 마시기 위해 자리에 앉자, 나는 이렇게 프레이저에게 말했다. 프레이저는 매우 심각한 표정으로 나를 쳐다보더니 진지한 어조로 얘기했다.

"의도적으로 신경 써서 선택한 건 아니란 것을 분명히 해두고 싶네. 우리는 사실 대표적인 표본 집단을 구성하려고 애썼거든. 어떤 면에서는 우리도 실수할 때가 없진 않지만, 비록 무의식적이라고 해도 사람을 선택하는 데 있어서 개인적인 용모가 기준이 될 수는 없지 않은가? 라첼, 당신은 그렇게 생각지 않아요?"

"옳구말고요. 프레이저 씨."

과연 메이어슨 부인이 그 얘기의 핵심을 이해하고 있는지는 알 수 없었지만, 어쨌든 그녀는 그렇게 말했다.

"그렇지만 여성들이 이처럼 모두 매력적으로 보일 수는 없을 것 같은데?"

나는 손으로 통로를 쭉 훑으며 말했다.
"그래서 자네가 아까 그렇게 꾸물거렸군! 나는 자네가 그림을 보고 있는 줄로만 알았지."
프레이저가 담담하게 말했다.
메이어슨 부인이 재빨리 끼어들었다.
"많은 여성들이 다 매력적일 수도 있답니다. 그것은 모두가 제각기 자기 개성을 살리기 때문이죠. 여기에 있는 여성들은 상업적인 디자이너에 의존하지 않기 때문입니다. 옷을 입는 데 있어서도 까다로운 제한 같은 게 없어서 아주 아름답게 보이는 모양이죠."
"우리가 유행에 얽매이지 않기 때문에 여성의 옷맵시에 대한 자네의 고상한 취미를 여기서는 마음껏 살리지 못하게 될 거야."
프레이저가 내 쪽을 향해 몸을 돌리며 말했다.
"유행에서 벗어나는 것도 자연스럽지 않겠지만, 지난해의 예쁜 옷을 쓸모없게 하는 조작된 변화야말로 더욱 문제지. 우리는 우리 자신의 취향을 살려냄으로써 유행에 반기를 들었다네. 그렇지만 이것이 필연적으로 요구되는 변화라 하더라도 당장 자네에게는 일어날 수가 없지. 하루 이틀 지나면 자네도 내가 얘기하고자 했던 것들에 대해 이해할 수 있을 걸세. 유행을 배제한다는 것이 스타일을 무시하는 것과 자네가 뭐라고 탓할지는 모르겠네만, 이런 것들이 당분간은 자네의 그 심미안에 거슬릴지라도 결국에는 자연스럽고 기분좋게 받아들여질 거야. 처음에는 마치 자기의 눈에 우스꽝스럽고 보기에 따라선 추하다고까지 생각되던 다른 나라의 민속 옷들이 나중에 가서는 아름답다고 여겨지는 것처럼, 하나의 선이나 맵시라는 게 결코 날짜에 따라서 결정되는 것이 아니란 걸 알게 될 걸세!"
영락없이 이 말은 선심이라도 쓰는 것처럼 들렸다.
"지금 당장 이 시점에서는 그다지 나의 미적 감각에 거슬리는 것은 없네."

이렇게 말하면서 나는 메이어슨 부인 쪽으로 얼굴을 돌렸다.

"아아, 여기에선 아부와 정치가 통용되지 않는다네."

프레이저가 말했다.

"제 생각에 맥클린 양은 프레이저 씨의 얘기를 이해할 것 같은데요?"

메이어슨 부인이 나를 감싸듯 바바라를 향해 얘기했다.

"우리의 옷을 어떻게 보셨는지 좀 말해 주겠어요?"

바바라는 미처 준비할 겨를도 없이 질문을 받았다.

"말씀드리기가 거북하군요."

"여기 계시는 어느 분에게서도 이상한 점을 발견할 수가 없어요. 전체로는 잘 모르겠어요. 구태여 한 가지 있다면 헤어스타일인데요, 아주 매력적이에요. 어떤 유행을 따른 것 같지도 않은데 말이죠."

"당황할 필요는 없어요. 아주 잘 맞는 말인데요, 뭐."

"보기에 따라선 어떤 형의 유행을 따랐다고도 할 수도 있을 것 같구요."

바바라는 서둘러 덧붙였다.

"여러분들은 모두 다른 나라에서 온 여자들 같아요. 그러면서도 대부분이 아름다워요."

"고마워요, 아가씨. 우리는 어느 정도 범세계적인 분위기를 지니고 있는 것 같아요. 왜냐하면 우리는 다양한 것을 권장하거든요. 당신은 관대하게 보아 주었지만 우리가 꼭 유행을 도외시한다고만도 할 수는 없을 거예요."

"마치 케이크를 먹기도 하고 가지기도 한다는 모순된 경우입니다. 유행에 맞는 것 같기도 하면서 동시에 벗어나 있기도 하니 말입니다. 도대체 어떻게 그것이 가능하지요?"

캐슬이 끼어들었다.
"어리둥절해 하시는군요."
메이어슨 부인은 마치 어린아이에게 '너, 골났구나' 하는 투로 얘기했다.
"글쎄, 제가 보기에는 우리가 절충했다는 게 그 대답이 될 것 같아요. 다 그런 식으로 해결한 건 아니지만 말이에요. 적어도 우리가 쉬운 쪽으로만 택한 것은 아니죠. 우리는 거기에다 많은 시간을 소비했답니다. 프레이저 씨, 당신 같으면 실험에 의해서 문제점들을 해결했다고 말씀하시겠죠?"
그녀는 프레이저 쪽으로 고개를 돌리며 말했다.
"아니지요. 실험에 의해서라기보다는 직관에 의해서입니다."
프레이저는 그녀를 보지도 않고 단호히 말했다.
"그렇다면 직관이라는 말로 표현하죠."
메이어슨 부인은 선선히 프레이저의 말에 동의했다.
"우리는 유행을 바꿀 때마다 뒤따르는 낭비를 줄이려고 했지요. 그렇지만 아주 유행에서 벗어나기를 바라는 건 아닙니다. 그래서 계속 쓸 만한 옷가지를 버리지 않을 정도로만 천천히 스타일을 바꾸려는 것이지요."
"월든 투에서는 남이 입던 옷가지들을 입으려는 사람이 없기 때문에, 우리가 안 입는 옷이라고 해서 아무에게나 줄 수 없다는 것도 당연히 이해하실 겁니다."
프레이저가 말했다.
"그렇다면 점점 더 유행에서 벗어나는 결과가 되지 않을까요?"
캐슬이 이의를 달았다.
"아니지요."
메이어슨 부인이 말했다.

"우리는 단지 변화가 적은 옷 종류, 이를테면 양복이라든가 스웨터와 스커트 혹은 블라우스와 스커트 등등으로 짝을 맞추어 고르고 있지요. 이곳에서 파티복을 대여섯 벌씩이나 갖고 있는 사람은 찾아볼 수 없을 거예요. 또 그런 것들을 우리 공동사회에서는 공급하지도 않구요. 그러나 공식행사에는 어울리지 않겠지만 평상시에 입으면 아주 잘 어울리는 옷가지 몇 벌씩은 다 가지고 있답니다."

이 말에 프레이저가 보충설명이라도 하듯 덧붙였다.

"정장이란 다른 사람이 차려 입은 것을 볼 때나 기분좋은 것이지, 우리 자신이 입었을 때에는 그다지 편안하지 않지요. 말하자면 재력을 과시하기 위한 낭비죠."

"이곳 이상세계에서 축 늘어진 파자마말고도 다른 옷이 있다는 것이 놀랍군요."

무뚝뚝한 목소리로 캐슬이 말하자, 메이어슨 부인은 유쾌하게 웃었다.

"많은 사람들이 우리가 입고 있는 옷을 보고는 놀라지요. 프레이저 씨라면 저보다 더 상세히 말씀드릴 수 있을 테지만, 거기에는 우리 나름대로의 이유가 있어요. 분명히 말해서 우린 옷차림이 이상하게 보이는 것을 꺼려하지 않습니다. 아마 그런 옷을 입고 있는 우리 자신을 이상하게 여기기를 원치 않기 때문인 것 같아요."

"아주 잘 설명하셨어요, 라첼."

이렇게 말하며 프레이저는 우리들 쪽으로 몸을 돌렸다.

"실제로 우리들은 세상에서 고립되어 있지도 않을 뿐더러 또 그러기를 원치도 않는다는 것을 여러분들은 기억하셔야 합니다. 우리는 때때로 미술, 문학, 영화 또는 라디오라든가 공동사회 밖으로의 여행을 통해 일반 미국인들의 생활과 계속적인 접촉을 유지하고 있지요. 외부세계와 완전히 단절되는 것은 이익보다는 불편이 더 많을 테니까요. 또 우리 사회의 어린아이들이 바깥사람들과 자리를 함께 할 때 어색하거나 불편한 감정을 느끼게 된다면 그건 바람직한 일이 아닐 겁니다. 그렇게 되면 월든 투에서의 생활은 어딘가가 괴상하거나, 나아가서는 일반 사회보다 열등하다는 얘기가 될 테니까요."

"그렇지만 옷맵시에 관한 건 이상세계에서는 불필요한 걱정거리잖아요? 월든 원(Walken One: H. D. Thoreau가 얘기한 이상세계)에서는 옷에 대한 얘기는 전혀 없었던 걸로 기억하고 있습니다."

캐슬이 한마디 했다.

"실제로 옷을 잘 차려 입는다는 것이 그다지 번거로운 일은 아니겠지요. 우리 옷은 그저 수수하고 현대 감각에 어울릴 정도이니까요."

메이어슨 부인의 말이었다.

그러자 프레이저가 그녀의 말을 이었다.

"우리는 옷맵시를 다듬는데 소요되는 시간도 충분합니다. 당신들이 생각하는 옷맵시란, 사무실 일로 늦어버린 칵테일파티에 가능한 빨리 도착하기 위해 러시아워의 번잡한 교통을 뚫고 집에 와서 서둘러서 갈아입는 정장을 생각하고 있는 겁니다. 아시다시피 여기에서는 그런 일이란 전혀 없습니다. 우리는 모든 일에 충분한 시간을 가지지요. 다시 말해서 낮의 활동시간과 저녁식사 사이에는 충분한 간격을 두고 있습니다. 목욕을 하고 옷을 바꿔 입는 일은 하루의 일과 중에서 아주 중요한 부분이죠. 정신을 맑게 해주거든요. 소로에 관해 얘기하면, 그의 실험은 생존과 고독에 관한 것이었다는 점을 염두에 두셔야 할 겁니다. 복장은 소로가 소홀히 다룰 수 있었던 사회적 측면입니다."

나는 멀리서부터 술렁거리는 소리를 들었다. 얼마 안 있어 몇 명의 어린아이들이 사다리 길을 따라 정자를 지나가고 곧이어 다른 아이들도 뒤를 따랐다. 문 밖에서도 꽃밭을 따라 한 무리의 어린아이들이

지나가고 있었다.
 "귀여운 천사들의 저녁식사 시간이군요."
 프레이저가 설명했다.
 아이들의 나이는 제각기 달라 보였다. 어떤 아이들은 일곱 살이나 여덟 살 정도였고 다른 아이들은 적어도 열서너 살은 된 것 같았다. 그들이 입고 있는 옷은 실용적이면서도 밝은 색상의 몸에 잘 맞는 것으로 모두가 깨끗했다. 그들은 어른이 통솔하지 않는데도 질서정연하게 조용히 얘기하면서 빨리 걸어갔다. 많은 아이들이 메이어슨 부인과 프레이저에게 인사를 했으며 우리들에게도 티 없는 미소를 보였다.
 그들 중 열 살쯤 되어 보이는 한 소녀가 이쪽 정자 있는 데로 걸어오더니 잽싸게 메이어슨 부인에게로 가서 그녀를 다정스레 껴안았다.
 "안녕, 라첼. 식사하러 안 갈 거예요?"
 꼬마가 말했다.
 "그래, 가자."
 그녀는 자리에서 일어나더니 프레이저에게 몸을 돌리며 말했다.
 "식당에서 데보라의 '데뷔'가 있는데 곧 가봐야겠어요."
 메이어슨 부인은 다음날 점심식사 후에 다시 만나기로 하고 특히 바바라와 메리에게는 프레이저의 설명보다 더 세밀하게 월든 투의 모습을 보여주고 싶다고 솔직하게 얘기하고는 소녀와 둘이서 식당으로 가버렸다.
 "메이어슨 부인의 아이입니다."
 프레이저가 식당으로 향하고 있는 두 모자를 턱으로 가리키며 말했다.
 "다른 아이들처럼 쾌활하지요. 데보라는 오늘로서 일곱 살이 되는데, 이제부턴 주식당(主食堂)에 나오게 됩니다. 나이가 더 어린 아이들은 일곱 살이 될 때까지는 자신들이 거처하는 건물에서 식사를 합니다. 주식당에 나온다는 것은 그들에겐 아주 큰 행사가 되는 셈이지요. 우리도 좀 있다가 극적인 순간에 잠깐 가서 데보라의 모습을 보기로 하죠."

이제 어린이들은 모두 지나갔고, 우리는 다시 아까의 얘기로 되돌아갔다.

"이런 말을 해도 괜찮을지 모르겠네만, 이곳 남자들은 옷을 입는데 격식에서나 멋에 있어서 여자들보다는 다소 떨어지는 것 같군."

내가 말했다.

"맞는 말이네. 사실 그것은 성(性)에 의한 차이는 아니야. 아직도 우리가 이전의 문화에서 완전히 탈피하지 못했기 때문일세. 남자들은 다 여기에서도 옷에 대한 관심이 여자들보다는 못하지. 이런 낮에는 재킷이나 스웨터 그리고 날씨가 더 추워지면 가죽코트 정도로 족하다네. 넥타이는 안 매지. 분명 넥타이는 매질 않아."

"목이 으슬으슬 추운걸."

캐슬이 장난스럽게 말했다.

"누군가가 다 해진 옷을 입고 싶어한다면 어떻게 하지? 그의 일시적인 기분에 따르도록 할 건가?"

"글쎄. 나로선 상상할 수 없는 것이네만 자네는 상상할 수 있겠지. 자네가 생각하고 있는 세계에서는 좋은 양복은 부의 표시이고 또 부를 얻는 수단이지. 다 해진 옷은 가난의 표시이며 불만스럽게 여기고 있는 사회체제에 대한 항거이기도 하지. 그러나 그 어떤 것도 여기에서는 생각할 수 없다네."

캐슬이 프레이저에게 말했다.

"아주 생각할 수 없다고만도 할 수 없겠는데요? 다 떨어진 옷을 입는다는 것은 게으름이나 단순한 부주의의 표징일 수도 있으니까요."

"게으름이나 부주의는 권태에서 생겨나는 것이죠."
 관심 없다는 듯 프레이저는 심드렁하게 말했다. 그는 무엇인가에 귀를 기울이는 것 같더니 갑자기 일어나서 사다리 길 위를 쳐다보며 말했다.
 "이 문제에 관해선 다음에 좀더 얘기하기로 합시다. 토론이 아주 재미있었어요. 나중에 계속하기로 하고 이젠 가서야 될 것 같습니다."
 그는 기계적으로 말하더니 곧 찻잔과 접시를 들고 사다리 길로 올라가서 우리를 뒤에 남겨둔 채 본관 안으로 들어가 버렸다.
 우리가 사다리 길 꼭대기에 가까이 왔을 때 어린이들이 부르는 노래 소리가 들렸다.

 "생일 축하합니다. 생일 축하합니다."

 우리는 문 옆에 있는 큰 바구니에 접시를 내려놓고 음악소리가 나는 쪽으로 다가갔다. 프레이저는 식당 문 옆에 서 있었다. 그는 우리가 다가가는 것을 알아차린 듯 갑자기 안으로 사라져 버렸다. 나는 더 이상 따라가고 싶은 마음이 없어졌다.
 창문을 통해서 보니 방 안은 생일잔치에 어울리는 분위기였고 조명은 약간 어두운 편이었다. 생일 축하 노래가 거듭되는 가운데 말없이 테이블에서 테이블로 움직이는 두 어린이의 모습이 보였다. 그들 중 나이가 더 먹어 보이는 여자아이는 어둠 속에서 일곱 자루의 초가 켜 있는 생일 케이크를 손에 들고 있었다. 그 소녀는 각 테이블마다 멈춰서서 다른 아이들로 하여금 무엇인가 쓰인 종이를 읽을 수 있도록 보여주었다. 나머지 한 아이도 같이 일곱 살이 된 모양으로 아주 예쁜 옷을 입고 있었으며, 마치 수녀처럼 엄숙해 보였고, 또한 무척 자랑스러워하는 것 같았다.

 얼마 후 그 절차가 끝나자, 그 조그만 소녀는 메이어슨 부인이 앉아 있는 자기 테이블로 재빨리 돌아왔다. 그리고 케이크의 촛불을 입으로 훅 불어 끄고는 케이크를 자르기 시작했다. 식당 안이 다시 밝아졌을 때 나는 프레이저를 찾으려고 문 안으로 들어갔다. 그러나 나는 재빨리 되돌아 나와서 다른 사람이 들어가지 못하게 막을 수밖에 없었다. 왜냐하면 프레이저가 혼자 벽에 기대어 있어 눈에 잘 띄지는 않았지만, 애정을 과장되게 표현하듯 그의 얼굴 표정이 심히 일그러져 있었던 것이다. 그의 뺨 위로 눈물이 흐르고 있는 것 같았다.

6

 우리가 묵고 있던 내방객 숙소는 사다리 길에서 가장 멀리 떨어진 본관의 맨 끝 제일 낮은 층에 있었다. 프레이저와 우리는 오후 7시에 다시 만났다. 우리는 좁은 층계를 쭉 걸어 올라가서 '통로'라고 쓰인 넓은 복도의 한쪽 끝에 도착했다. 이 통로는 건물의 총 길이만큼 길고 건물과 함께 언덕길의 모양을 따라 곡선을 이루며 굽어져 있었다. 해도 아직 지지 않은데다가 저녁 날씨조차 좋을 것 같은데 사람들은 실내에서만 북적거렸다. 산보하는 사람들이 여기저기서 보였는데 그들은 마치 자기네들처럼 통로에 나온 다른 사람에게 인사하러 나왔거나 혹은 저녁 먹을 채비를 하러 나온 것 같았다. 나는 큰 정기여객선의 갑판이 생각났다.
 우리가 이 행렬에 끼었을 때 프레이저는 복도 한쪽에 늘어서 있는 여러 개의 방들 쪽으로 우리의 주의를 환기시켰다. 오른편에는 독서실, 도서관 그리고 대화나 게임을 하도록 의자와 테이블이 마련된 조그만 휴게실이 있었다. 이 방들에서 월든 투의 전경이 한눈에 드러났고, 우리가 낮에 구경했던 건물들이 눈에 띄었다. 모든 방에는 사람들이 꽉 차 있었다.

"이처럼 날씨가 좋은 저녁에 많은 사람들이 왜 실내에만 있지?"
내가 물었다.

"구태여 나갈 필요가 없기 때문이야. 월든 투의 주민들은 하루 중 어느 때라도 나가려고 하면 나갈 수 있지. 그들은 하루 일과가 끝나거나 아이들이 잠자리에 들 때까지 기다려야 할 아무런 이유가 없으니까. 아마 나갈 만한 흥미가 없어서 나가지 않는 거겠지."
프레이저가 말했다.

왼쪽에는 햇빛이 잘 들도록 채광창으로 되어 있으나 그 안은 창문이 없는 사무실 같은 방들이 있었다. 몇몇 방은 피아노와 측음기 그리고 선반에는 악보나 레코드들이 있어 음악을 들을 수 있게끔 설비되어 있었다. 다른 방들은 스튜디오처럼 보였다. 그리고 작업 중인 미완성의 여러 미술작품들이 놓여 있는 방이 하나 있었는데 지금은 비공식적 모임에 쓰이는 것 같았다. 식당들은 사다리 길 가까이 복도 왼쪽에 자리 잡고 있었다.

나는 사람들이 한꺼번에 몰려 있지 않다는 점이 인상 깊었다. 어떤 이유에서인지는 몰라도 나는 '공동사회'라는 단어를 교회의 사교적 모임이나 바자회 또는 지방 박람회같이 떠들썩하고 왁자지껄한 실내를 의미하는 것으로 생각해 왔었다. 내가 이런 것이 놀랍다고 얘기했더니 프레이저는 낄낄거리고 웃었다.

"사람들이 북적거린다고 해서 좋을 게 뭔가?"

"글쎄, 잘은 모르겠지만 사람들은 으레 몰려 있게 마련 아닌가?"
나는 우물거리며 말했다.

"몰려다닌다는 게 무슨 쓸모가 있어? 또 무슨 재미가 있나?"

"어떤 사람들은 오히려 군중 속에 있을 때 짜릿한 기분을 느끼는 모양이던데요."
캐슬이 말했다.

"고독의 징조이지요. 일반 가정주부를 한번 보세요."

프레이저는 몸을 돌려서 여자들이 자기 말을 잘 들을 수 있도록 발걸음을 늦추었다.

"일반 가정주부들이 낮 시간을 대강 어떻게 보내나요? 혼자입니다! 누구를 만나게 됩니까? 기껏해야 지내는 두세 명 정도의 이웃들이나 만나게 되지요. 이웃들이란 친구들을 말하는 게 아니고, 그냥 가까이 살다보니까 우연히 알게 되는 그런 사람들이죠. 배고픈 사람이 음식을 찾듯이 그런 가정주부들이 군중의 와자지껄한 소리나 북적거리는 분위기를 찾는다는 게 놀라운 일일까요? 그들로서는 당연히 사람들이 몰려 있는 곳에서 스릴을 느끼게 되겠죠! 군중이 많으면 많을수록 더욱 좋죠. 그럴수록 적어도 한동안은 고독하지 않다는 게 확실해지니까요. 그렇지만 우정이나 애정에 굶주리지 않은 사람이 군중을 찾아 나설 필요가 있겠습니까?"

"군중 속에서 흥미 있는 사람들을 만날 수 있지요."

바바라가 머뭇거리며 말했다. 확실히 그녀는 프레이저의 이런 주장이 마음에 들지 않는 것 같았다.

프레이저는 부드럽게 말을 이었다.

"그다지 효율적으로 만나지는 못하지만 이곳에서는 공동 관심사를 갖고 있는 사람들끼리 서로 만날 수 있도록 계획을 세우지요."

"그러면 구경거리나 쇼는 어떻게 되는 거지? 그런 곳에서 자연히 사람들이 몰려 있게 마련 아닌가?"

내가 말했다.

"천만에, 우리 극장은 약 이백 명 정도를 수용할 수 있는데 고작 그게 우리의 최대 군중이지. 만일 어떤 연극이나 영화를 모두가 재미있어 하는 경우라면—그런 경우는 드물겠지만—우리가 다 그것을 보게 될 때까지 연속공연을 한다네. 연기자들의 입장으로서는 연속공연을 한다 하더라도 자신의 연기를 반복하는 기회를 갖기 때문에 즐거워할 것이고, 영화인 경우에는 더욱 문제될 게 없지. 음악회도 마찬가지라네. 물론 우승컵 쟁탈 테니스대회 같은 경우에는 반복될 수 없다는 것을 인정하네. 그러나 여기선 그런 경기가 그리 중요한 게 아니라네. 우리는 영웅숭배자들이 아니거든!"

"강의 같은 경우에는 그런 식으로 문제가 잘 해결되지 않을 텐데요. 강의를 직업으로 하는 나 같은 사람으로서는 한 번 이상 되풀이한다는 것은 달가운 일이 아니니까요."

캐슬이 말했다.

"우리는 아예 강사를 두지 않기 때문에 강사 입장에서의 문제는 자연히 해결되는 셈입니다. 강의는 문화를 보급시키는 방법으로써는 아주 비효과적인 것이죠. 복사 인쇄법이 발명됨으로 해서 쓸모없게 돼 버린 것입니다. 따라서 강의는 단지 대학이나 그와 유사한 단체 그리고 몇몇 뒤떨어진 기관에서나 명맥을 유지하는 실정이지요."

프레이저는 캐슬을 처다보았다.

"당신네들은 왜 학생들에게 복사된 강의록을 나누어주지 않지요? 그 이유라는 건 알 만합니다. 학생들이 읽지 않은 것이라는 것 때문이겠죠. 소위 훌륭한 학교에서 그런 문제를 강단의 속임수로 해결해도 된다는 말입니까?"

프레이저는 자신의 감정을 억누르는 듯 애쓰며 계속했다.

"물론 전시효과라든가 강사의 익살맞은 행동 같은 건 인쇄된 강의록으로서는 도저히 전달될 수 없지요. 그리고 '청중이 함께 참가' 한다는 것도 의미 있는 일이긴 합니다. 그러나 캐슬 씨, 당신이 개인적 연설의 필요성을 정당화할 수 있다 치고 한번 물어 봅시다. 당신은 도대체 어떤 주제로 한꺼번에 우리 모두에게 연설을 하시겠단 말입니까?"

"자네 생각엔 흥미 있는 주제라고 해도 캐슬 씨가 이곳에서는 이백여 명 이상의 청중에게 한꺼번에 이야기할 만한 것이 없다는 얘긴가?"

나는 캐슬을 감싸듯 말했다.

"그렇다네. 그리고 이백 명도 너무 많이 잡은 숫자야. 우리는 선택된 집단이 아닐 뿐더러 기호도 다양하지. 여기에는 일시적인 유행이라는 게 없어. 누구도 우리에게 여기에 혹은 저기에 '관심을 가져야 된다'는 식으로 강요할 수 없다네. 또 우리는 신사인 척할 필요도 없어. 왜냐하면 우리는 고위층 인사라든가 혹은 시사성 있는 화제에 흥미를 가질 아무런 이유도 없거든. 자네는 많은 청중을 끌어 모으기 위해서 무슨 이야기를 해야 한다고 생각하나?"

"그렇지만 정말로 현명한 강사라면 조그만 극장이나 메우는 정도가 아니라 그보다 큰 규모의 관중들에게도 즐거움을 줄 만한 주제를 발견하게 마련이지."

내가 말했다.

"글쎄, '즐거움을 준다'는 것은 별개의 문제지. 그것은 일종의 극적인 연기이니까. 그리고 그러한 강사는 마치 우리의 배우들이 그렇듯이 기꺼이 자기 연설을 되풀이할 거야."

프레이저의 말을 캐슬이 받았다.

"나도 그런 구별은 인정합니다. 나로선 정보교환을 위한 진지한 토론이라면 열심히 참가할 것입니다. 그러나 먼저 주제가 마음에 들어야겠지요. 경제적 중요사라면 저는 아무 말도 할 수가 없습니다만 정치적 중요사라면 모든 사람에게 공히 결정적인 것이므로 그들의 흥미를 끌기에 충분하리라 봅니다."

프레이저는 캐슬의 말을 듣더니 웃으며 의기양양하게 말했다.

"당신이 '경제적' 관점에서는 이야기할 수 없다고 한 것과 마찬가지로 '정치적' 관점에서도 역시 얘기할 수 없을 것입니다. 그 이유는 우리들 중 극소수만이 정치에 관심을 가지고 있다는 걸 알게 될 것이니까요. 그 이유는 우리들 대부분이 오로지 공동사회를 위한 것에만 관심을 기울이기 때문입니다. 그러나 당신도 이곳 공동사회의 자그마한 방에서 아주 편안한 마음으로 소수의 사람들을 상대로 하는 연설은 할 수 있을 겁니다."

캐슬이 천천히 그러나 도전적인 눈길을 보내며 말했다.

"그럼요, 한쪽 구석만으로도 충분하지요."

프레이저는 예상대로 우리가 당황해 하자 어지간히 기분좋은 모양이었다.

"그럼 공동사회에 대해 관심을 가진 사람들은 어떻게 하나?"

내가 물었다.

"다른 한쪽 구석에 모이면 되지."

그는 호탕하게 웃으며 말을 이었다.

"그렇지만 그 문제에 관해서는 나중에 이야기하도록 하세. 아니, 간단히 말하자면 사람들을 많이 모이게 할 이유가 없다는 것이지. 한꺼번에 사람들이 몰려 있다는 것은 즐거운 것도 아니고 위생적이지도 못하니까. 개인적으로 사회적인 유대관계에 있어서 좀더 가치 있는 일을 하고자 할 때는 군중이란 불필요할 뿐더러 위험하기까지 하거든. 오합지졸의 군중들은 자기 혼자서는 가기를 거리끼는 길도 휩쓸려서 함부로 가게 되고, 지도자들은 이를 자기에 대한 지지로 생각하기 때문에, 결국은 속는 것이 되겠지."

"당신들도 식사에는 모두가 관심이 있다는 것을 부정하지는 않겠지요. 식당에 모이는 군중에 대해선 어떻게 생각합니까?"

프레이저가 대답했다.

"아주 훌륭한 지적입니다. 그것은 군중에 대한 나의 마지막 불평이 되겠군요. 군중이라는 것은 많은 경비를 요합니다. 그들이 요구하는 공간과 설비를 애써서 만들어 놓으면 그들은 대부분의 시간을 그곳에서 쓸데없이 보내곤 하죠. 그러한 관점에서 당신들 사회의 경기장이나 극장 또는 식당을 한번 눈여겨보십시오. 내 말이 맞을 겁니다. 그러나 여기에서는 그렇지 않습니다. 우리는 회원들의 일정을 시차제로 적용하고 있거든요. 때문에 여기 시설들은 항시 사용되고 있는 셈이지요. 우리는 일반 사회에서의 상점이나 직장 그리고 학교가 운영되는 시간에 구속받지 않기 때문에 그것이 가능하지요. '아침 9시부터 저녁 5시까지'라는 것은 우리에게 아무런 의미가 없습니다. 당신은 새벽 5시에서 아침 10시 사이 아무 때나 오시더라도 우리가 아침식사를 하고 있는 것을 발견할 수 있을 거예요. 점심은 그 뒤를 이어 곧 시작되어 오후 3시에 끝나게 되지요. 어린아이들은 좀더 이른 시간에 정해진 때에 맞춰 식사를 합니다. 어른들은 빠르면 오후 5시 30분에, 늦으면 9시에 저녁을 들지요. 캐슬 씨, 우리 식당은 약 이백 명 정도가 앉을 수 있는 자리가 있습니다. 조금 지나면 아시게 되겠지만 이보다 더 큰 방도 없으며 따라서 더 많은 군중도 있을 수가 없습니다."

"내 생각엔 이곳 회원들이 고정된 시간에 식사하도록 되어 있는 것 같던데?"

나는 솔직히 조직화의 한 단면을 꼬집어주고 싶었다. 그러나 프레이저는 내 말이 불쾌한 듯 코웃음을 지었다.

"절대로 아니지. 게시판에다 어느 시간에 식당이 덜 붐빈다는 공고를 써 붙이는 것으로 충분하다네."

"그렇지만 내가 누구와 함께 저녁식사를 하고자 할 때, 그의 저녁식사 시간이 나보다 서너 시간 앞서 있지 않고 나와 똑같은 시간이라는 걸 어떻게 알 수 있나?"

내가 물었다.
 "식사 시간에 만나기로 약속하는 것은 어려운 일이긴 하지. 그렇지만 월든 투에선 쉽게 사람들을 만날 수 있으니까 문제될 것이 없네. 그리고 또 덤으로 얻는 게 있지. 스케줄을 바꿈으로써 우리는 때때로 새로운 얼굴을 마주칠 기회를 갖게 되는 것일세."
 프레이저는 말을 멈추더니 얘기하기 어색한 부분을 고백하게 되었다는 듯 불편한 미소를 지었다. 그러나 그는 재빨리 생기를 되찾고 힘차게 우리에게 이야기하기 시작했다.
 "일정표의 시차제 적용은 문화공학이 낳은 놀라운 부산물입니다. 그 효과는 거의 믿을 수 없을 정도입니다. 여러 가지 시설이나 장치가 훨씬 줄어들죠. 목욕탕을 예로 들어 말해 보겠습니다. 여름에 개인 목욕탕을 갖추지 않은 호텔에 묵은 적이 있는 사람이라면 면도시간이나 저녁때에 목욕탕이 얼마나 붐비는지는 상상할 수 있을 것입니다. 시차제를 적용하면 제한된 설비로써도 아주 편리하게 지낼 수 있지요. 차나 커피를 마시는 시간에 사용되는 설비는 이보다 세 곱은 더 효율적으로 운영된다고 할 수 있습니다. 또 극장에서의 공연이나 테니스 코트 사용, 작업시간에 관해서도 제각기 좋은 시간을 택하려고 한꺼번에 몰려드는 현상을 피할 수 있지요. 일찍 혹은 늦게 이용하는 사람들을 위해서 여기의 모든 시설은 하루에 열다섯 시간 내지 열여덟 시간씩 운영되고 있습니다. 그렇지만 아마 제일 가치 있는 결과는……."
 프레이저는 우리가 그 다음 말을 알아 맞춰보기를 기다리는 듯 잠시 쉬었다가 말을 이었다.
 "…… 심리적인 것이지요. 모든 사람이 동시에 똑같은 일을 하고 있을 때 어쩔 수 없이 느끼게 되는 조직화된 분위기를 벗어나 완전히 자유롭게 된다는 것입니다. 우리들은 원만하고 유연하며 또 다양하면서도 탁 트인 생활을 하고 있습니다. 아주 즐겁고도 건전한 일이지요."

 우리는 휴게실에서 이런 장광설을 듣느라고 머물러 있었다. 별다른 얘기도 남기지 않은 채 프레이저는 마치 성당 한구석에서 여행자들에게 설명을 끝내고는 흥미 있을 만한 다른 곳으로 인도하는 안내자처럼 식당 쪽으로 우리를 끌고 갔다.

7

 식당은 프레이저가 표현한 것보다 훨씬 작았다.
 식당마다 서로 다른 크기의 테이블이 여섯 개 정도 놓여 있었고 여러 모양으로 꾸며져 있었다. 빠르고도 간편한 식사를 하고자 할 때는 사람들이 북적대긴 하지만 사면의 벽이 하얗게 된 방에서 식사를 하면 되고, 또 여가를 즐기면서 천천히 들고자 할 때는 밀랍초가 켜 있고 소나무 패널로 장식된 개척시대의 미국식 식당에서, 혹은 벽에 경마 그림이 있는 영국식 식당이나 빛깔이 요란한 스웨덴식 식당에서 이들과 좋은 비교가 되었는데, 그 중 한쪽 벽에는 매점이 설치되어 있었다.
 나는 식당이 건축 기법상 이렇게 뒤범벅이 되어 지어진 데 대해 조금은 의아했다. 프레이저의 설명에 따르자면, 이렇게 뒤범벅 해놓은 목적은 아이들이 공동사회 밖에서의 어떠한 식당에서도 편안한 마음을 가질 수 있도록 하기 위한 것이라고 했다. 내가 구체적으로 아는 바는 없지만, 행동원리에 따라 음식물의 소화가 식도락적 기호나 인내력의 형성에 도움을 줄 수 있을는지 모른다. 하지만 휴게실을 서로 다른 스타일로 꾸민다고 해서 그와 같은 효과를 쉽게 기대할 수는 없지 않은가?

 이렇게 제각기 지어진 식당들은 손님들의 주문에 대비하여 만들어진 음식물이 가지런히 놓여 있다거나 음식물을 운반하는 벨트 장치 같은 것은 없었지만, 일종의 카페테리아처럼 상용되는 급식실(給食室) 주위에 몰려 있었다.

 나는 뷔페식의 저녁식사가 생각났다. 식당에 들어가서 우리는 프레이저가 하는 대로 쟁반을 집어 들었다. 쟁반은 우리가 월든 투에 와서 처음으로 차를 마셨을 때 보았던 것과 같은 얇은 유리로 되어 있었다. 프레이저는 자기 이름이 붙어 있는 칸막이함에서 냅킨을 꺼냈다. 함속에는 그의 우편물이 들어 있었는데 프레이저는 짐짓 모른 체했다. 우리도 서랍에서 새 냅킨을 집어 들었다.

 "우리 공장에서 만든 건데 아주 멋지지요."
 프레이저가 냅킨을 우리에게 흔들어 보이며 말했다.

 "약간 사치스럽다고도 할 수 있겠지만, 매우 질긴 천으로 만들었으며 사용하기에도 좋습니다. 아마 자네는 종이로 된 냅킨을 기대했겠지."

 갑작스레 프레이저는 나를 보며 덧붙였다.

 메뉴에는 구라슈(쇠고기, 감자, 밀가루에 후추를 섞어 만든 일종의 스튜요리), 스플레(달걀흰자에 우유를 섞어 구운 요리)그리고 양 고기를 두껍게 잘라놓은 것 등 세 가지의 주요리가 적혀 있었다. 조그만 포스터에 구라슈에 대한 설명이 쓰여 있었는데, 우선 그 유래가 적혀 있었고 또 조그만 지도상에 원산지도 표시되어 있었다. 프레이저는 우리의 관심을 포스터 쪽으로 돌리려 세계 도처에서 새로운 요리가 끊임없이 개발되고 있고 그 중 어떤 요리에 대한 수요가 생기면 월든 투의 메뉴에도 오르게 된다고 설명했다. 우리는 모두 구라슈를 쟁반에다 덜어놓고 샐러드와 과일 파이도 올려놓았다.

프레이저는 버터 빵도 가져가라고 했다. 그 빵은 차를 마실 때 같이 먹어 보았기 때문에 맛이 있다는 것은 알았지만 습관적으로 우리는 그냥 지나쳤던 것이다. 빵에 대해서도 프레이저는 할 말이 많은 듯 우리에게 여러 말을 늘어놓았다.

프레이저는 우리가 두꺼운 빵 조각을 하나씩 손에 들었다는 걸 확인하고 나서 이야기를 꺼내기 시작했다.

"장사 목적으로 빵을 굽는 사람들은 비용을 가장 적게 들이고 또 최소한의 재료만을 사용하여 빵을 만들어 내려고 하지요. 그러나 여기선 그렇지가 않습니다. 이곳 요리사들은 먹을 만하게끔 음식을 준비합니다. 될 수 있는 대로 빵 한 덩이에도 많은 재료를 넣지요. 버터를 적게 넣고 또 밀가루도 값싼 것을 사용하면서 맛있는 빵을 만들어 낸다는 것은 결코 있을 수 없기 때문입니다. 다만 우리 요리사들은 다른 형태로 절약된 음식을 만들고 있지요."

프레이저는 방금 놀라운 재주를 보여준 마술사처럼 눈썹을 치켜 올리며 우리를 바라보았다. 그리고는 현대식 식당으로 우리를 안내했다. 거기에는 밝게 채색된 테이블이 놓여 있었는데 우리가 들고 온 유리쟁반이 그 테이블에 반사되어 뚜렷하게 비쳤다. 쟁반은 타원형이었으며 양쪽 끝이 많이 내려가 있었다. 음식물을 따로따로 놓고 먹을 수 있도록 여러 개의 작은 구획이 있었고, 간 부분에는 물컵을 놓을 자리가 마련되어 있었다. 우리는 모두 접시를 테이블 가장자리와 평행하게 놓았으나 프레이저는 놓는 방법이 틀렸다며 테이블 주위에 둥그렇게 늘어놓는 식을 알려주었다. 그랬더니 주요리를 우리 앞에다 놓고도 편리하게 식사할 수 있었으며, 또 컵과 다른 음식물에 쉽게 손이 닿게 되었다. 그리고 디저트를 들 때에는 쟁반을 한쪽으로 밀어 놓을 수가 있었다. 테이블에는 조그만 장(檻)이 붙어 있어서 수저들과 양념들이 그 안에 들어 있었다. 기껏 가사공학에 대해서 이다지도

꼼꼼하게 처리된 것에 캐슬이 내심 참을 수 없다는 표정을 짓고 있는 데도 불구하고 프레이저는 내친 김에 쟁반에 대해서도 이야기하고 싶은 모양이었다. 우선 투명하다는 것이 많은 이점 중의 하나인데 양면을 한꺼번에 깨끗이 볼 수 있기 때문에 부엌일을 손쉽게 할 수 있다고 했다. 프레이저가 이런 식으로 얘기하자, 캐슬이 투덜거렸다.

"캐슬 씨께서는 재미있는 모양이군요."

프레이저는 꾹 참으면서 말했다.

"아니, 재미없을지도 모르죠. 캐슬 씨께 실험을 한번 해 보라고 하면 재미있을 겁니다. 캐슬 씨, 쟁반을 하나 들고서 천 번만 뒤집어 보시겠습니까? 아마 결과를 짐작하시겠지요. 빨리 하게 되면 팔 근육에 경련이 일어나게 되고, 그렇지 않고 천천히 하면 곧 싫증이 나 버릴 것입니다. 어느 쪽도 기분좋은 상태는 아니지요. 만일 접시가 불투명하다면 우리 중 누가 하루에 세 번 그 뒤집는 짓을 하지 않을 수 없을 겁니다. 그리고 염두에 두셔야 할 것은 접시를 닦는 사람은 낮은 임금으로 고용된 하류층의 사람이 아니라 우리 회원 중의 어느 한 사람이라는 사실입니다. 우리의 양심은 쟁반보다 깨끗하지요! 쟁반을 투명하게 만든 것이 무엇 때문이었는지 이젠 아시겠지요. 이것이 바로 이 얘기의 핵심이죠."

프레이저는 쉽게 이겼다는 듯이 허공에다 양손을 휘저었다.

"이 쟁반의 가장 큰 장점은 노동력이 엄청나게 줄어든다는 점이죠. 우리가 접시 닦는 곳을 가보면 제가 무슨 이야기를 하는지 쉽게 이해하실 겁니다. 보통 영업 위주의 음식점도 우리가 여기서 하는 대로 따라하려고 애를 씁니다만, 이를 위해서는 문화공학(文化工學)이 필요한데 그들은 결코 문화공학이란 것을 이해하지 못할 겁니다."

프레이저는 누군가가 '문화공학'에 대해 더 자세히 물어오기를 기다리는 눈치였으나 우리는 모두 저녁 먹기에 바빠서 아무 말도 하지 않고 그냥 식사를 끝내 버렸다. 우리가 빈 쟁반을 접시 닦는 창문으로 나르고 나자 프레이저는 우리를 산책통로로 인도하려고 했다. 메리가 무엇인가 바바라에게 속삭이자 바바라가 프레이저에게 말했다.
 "접시 닦는 곳을 보러 가는 게 아닌가요?"
 "저녁 먹고 이렇게 금방이오?"
 프레이저는 아주 놀란 듯이 말했다. 그는 이렇게 세심한 배려까지 하고 있다는 걸 조금쯤은 자랑스러워하는 것 같았으나 즉시 접시 닦는 방으로 발길을 돌렸다.
 우리가 쟁반을 밀어 넣은 창문의 반대편에는 프레이저와 아주 가까운 사이로 보이는 매우 아리따운 아가씨가 접시를 받아서 못 먹는 찌꺼기를 치워버린 다음 접시를 차곡차곡 운반기 위에 가볍게 쌓고 있었다. 찌꺼기는 금방 덮개로 덮어 운반되었는데 거기에서 탈지유를 뿌린다고 했으며 나머지 먹을 수 있는 찌꺼기와 함께 돼지에게 준다고 했다.
 턱수염이 거무스레하게 난 점잖게 생긴 사람이 프레이저를 불러 세우더니 도서실에다 최신 음악 사전을 구입해 놓는 것이 좋지 않겠느냐고 물어보고는 탈지유 통을 거쳐 운반된 쟁반을 받아 접시와 꼭 맞도록 파여지고 회전솔이 장치된 기계 위에다 하나하나 올려놓았다. 이와 동시에 뜨거운 비눗물이 쟁반 위에 쏟아졌다. 그 턱수염의 사나이는 이를 잠깐 살펴보고는—내 생각엔 이렇게 함으로써 아까 프레이저가 접시 닦는 일을 해보라고 했을 때 캐슬을 지치게 했을지도 모를 동작 하나가 이미 줄어드는 것이었다—식기 선반에다 쟁반을 올려놓았다. 식기 선반이 가득 차게 되자 헹구는 물통 속으로 들어갔다가 소독하는 데로 옮겨졌다. 그러는 동안 컵과 수저 등도 같은 사람들에 의해 별도의 작업 순서로 비슷하게 처리되었다.
 "접시 닦는 일이 단 두 사람에 의해 진행되는군."

내가 말하자, 프레이저는 힘차게 고개를 끄덕였다.

"그리고 하루에 너덧 차례 교대를 한다 해도 기껏해야 여덟 명이나 열 명 정도면 된다구."

그가 말했다.

"이백 오십 명의 주부가 이백 오십 개의 여러 가지 접시 세트를 하루 세 번 닦는 것과 비교해 본다면 가사를 기계화한다는 것이 얼마나 유익한가를 알게 될 걸세."

그는 가사(housewifery)를 '허지프리(huzzifry)'라고 발음했는데, 이를 지적한다는 걸 잊어버렸다.

"그렇지만 너무 과대평가하진 말게."

프레이저는 계속했다.

"우리는 접시 닦는 면에서 큰 호텔이나 대규모 음식점보다는 덜 기계화되어 있지. 단지 협동생활의 결과로 모두에게 유용한 대량생산 체제를 갖추게 되었을 따름이네. 우리가 문화공학에서 요구되는 노동 절약 방법을 도입한다면 호텔을 능가할 수도 있겠지."

프레이저는 잠시 말을 멈추었으나 이번에도 그가 기대하고 있는 질문은 아무도 하지 않았다. 그는 거의 짜증을 부리듯이 말했다.

"유리쟁반도 중요한 개선책의 예이긴 하지만 자네가 알다시피 이미 고정화된 기호를 지닌 사람들을 상대로 메뉴를 마련해야 하는 보통 음식점에서는 거의 불가능한 일일 걸세."

우리는 부엌과 빵 굽는 곳을 잠깐 살펴보았는데 겉으로 보기엔 문화공학을 활용한 뚜렷한 흔적이 없었다.

우리는 산책통로로 되돌아갔다.

8

우리는 조그만 라운지의 창문 가까이에 의자를 놓고 앉아서 서서히 어두워져가는 바깥 풍경을 내다보고 있었다.

프레이저는 특별히 준비된 이야깃거리가 없는 듯싶었으며 약간 피곤해 보이기까지 했다. 그러나 캐슬은 아직 할 말이 많다는 표정이었으며 내가 먼저 이야기를 꺼내기를 기다리고 있는 것 같았다.

"자네의 친절에 감사해야겠군. 우리를 월든 투에 초청해 준 것뿐만 아니라, 이렇게 많은 시간까지 할애해 주었으니 말일세. 오히려 우리가 부담이나 되지 않을까 걱정스럽네."

내가 이렇게 말하자 프레이저는 고개를 저었다.

"그 반대야. 나는 손님들과 이야기하는데 대해 충분한 보상을 받고 있지. 월든 투에 오는 손님을 모실 때는 매일 2점의 노동 점수를 얻게 되지. 나는 그 중 1점만을 쓸 수 있지만 그것만 해도 충분해. 그러니 자네 동료들은 내게 상당한 보상을 해주고 있는 셈이지."

"노동 점수라니?"

"미안하네. 깜박 잊고 있었군. 노동 점수란 일종의 돈이나 마찬가지야. 그러나 동전이나 지폐가 아니고 장부에 기장이 되는 것이지.

모든 상품과 서비스는 자네가 오늘 저녁에 식당에서 보았듯이 무료거든. 모든 사람들이 자기가 사용한 것에 대해서 일 년에 1,200점의 노동 점수만 얻으면 다 지불한 셈이 되지. 즉 매 작업 일마다 4점씩을 얻으면 된다는 얘기야. 우리 공동사회의 필요에 따라서 그 가치를 변동시키고 있네. 1점에 두 시간 작업―즉 하루를 여덟 시간―으로 계산한다면 상당한 이익을 내며 운영할 수 있지. 그러나 우리는 이익도 손해도 없는 현상 유지만으로도 만족하고 있네. 비록 어떤 노동자가 이익을 얻었다손 치더라도 그 이익은 좋다고 할 수 없지. 왜냐하면 과도한 작업으로 초래되는 피로와 긴장감은 그 어떤 보수로도 상쇄될 수 있는 게 아니니까 말일세. 우리는 단지 안전을 고려하기 위해 약간의 초과분을 비축하고서 소요 경비에 따라 조정한다네. 현재는 대략 한 시간 노동에 1점을 주고 있지."

"그러면 자네 회원들은 하루에 네 시간만 일한다는 건가?"

나의 목소리는 마치 그의 말이 모두 거짓말이 아니냐는 듯이 매우 격앙되어 있었다.

"평균 잡아 그렇다네."

프레이저는 담담히 대답했다. 그는 우리가 뚜렷한 관심을 보였음에도 불구하고 즉시 다른 데로 화제를 돌렸다.

"우리가 채택하고 있는 점수 제도는 회원들이 어떤 일을 얼마나 자발적으로 하느냐에 따라 그 일에 합당한 점수를 배정해 줄 수가 있지. 결국 사람들은 자신의 작업시간 때문에 자기 몫보다 많이 한다거나 적게 하지 않지. 중요한 것은 그가 무슨 일을 하는가이지. 그래서 우리는 성질이 다른 여러 종류의 일에 각기 다른 점수를 배정하며 또 일에 대한 수요를 기초로 하여 때때로 점수를 조정하지. 〈Looking Backward〉란 책에서 벨러미가 그 원칙을 제시했었지."

"내 생각엔 하수도 청소같이 지저분한 일은 높은 점수를 받을 것 같은데."

"맞았어. 시간당 1.5 정도의 점수를 받지. 하수도 청소자는 하루에 두 시간 조금 더 일하면 되는 셈이지. 그보다 더 하기 쉬운 일은 0.7 내지 0.8 정도의 낮은 점수를 받고 있기 때문에 하루에 다섯 시간 혹은 그 이상 일을 해야 해. 꽃밭에서 일하는 것은 0.1 정도의 매우 낮은 점수를 받는데 누구고 그 일만 하면서 생계를 이어 나갈 수는 없지만 많은 사람들이 얼마씩은 다 그런 일을 하면서 시간을 보내고 싶어하므로 그 일엔 그 정도의 점수밖엔 주지 않지. 결국 노동 점수가 공정히 배정되면 모든 일이 다 할 만하게 된다는 거야. 사실 노동 점수가 공정히 배정되지 않으면 모든 사람이 자기가 좋아하는 일만 하려는 현상이 나타나게 되니, 노동 점수를 재조정할 수밖에 없지. 어떤 일이 특정한 이유 없이 기피되는 것 같으면 때때로 그 일에다 높은 점수를 배정하지."

"마치 회원들의 방에다 축음기를 집어넣고서, '나는 하수도에서 일하고 싶다. 하수도 청소는 아주 재미있다.'는 말을 반복해서 틀어주는 것이나 다름없지 않을까요?"

캐슬이 말했다.

"아니, 월든 투는 그런 식의 '놀라운 신세계'(The New Wonderful World: 올더스 헉슬리가 쓴 소설)는 아닙니다."

프레이저가 말했다.

"우리는 절대로 선전 같은 건 하지 않습니다. 그것은 일종의 기본 원칙이지요. 우리도 선전의 가능성을 부정하지는 않겠습니다. 선전을 통해서 가장 힘든 일을 가장 고귀하고 바람직한 것으로 보이게 할 수도 있지요. 그러나 그런 일은 잘 조직된 정부에서나 하는 상투 수단이지요. 예를 들자면 군대의 인원 보충을 하고자 할 때처럼 말이지요. 그렇지만 여기서는 그러한 일은 하지 않습니다. 당신은 우리가 모든 종류의 노동을 다 광고하는 것이 아니냐고 말하고 싶으시겠죠? 좋습니다. 그 말에 반박하지는 않겠습니다. 그러나 적절한 훈련으로 일을 더 즐겁게 할 수만 있다면 우리라고 그렇게 못 할 이유도 없지 않습니까? 이거 이야기가 약간 빗나가고 있군요."

"모든 일마다 그 일에 필요한 지식이나 기술이라는 게 있질 않습니까? 그것이 자유로운 작업 선택에 제약이 될 텐데……. 분명히 아무나 의사 노릇을 하게끔 허락하지는 않을 것이니까요."

캐슬이 끼어들었다.

"물론 그렇지요. 오랜 숙련이 필요한 일에서는 그 원칙이 수정되어야만 하겠지요. 하지만 전체 공동사회가 원하는 방향에 따라 최종 가치는 결정됩니다. 의사들이 우리의 기준보다 분명히 과로하고 있을 때도 젊은이들이 선뜻 그 일을 택하기가 쉽지 않을 겁니다. 우리는 월든 투의 기준 내에서 의사들이 과로하지 않고 일을 수행하기에 인원이 충분한가를 반드시 고려해야만 하겠지요."

"아무도 의사직을 원하지 않는다면 어떻게 할 텐가?"

"너무 많아서 걱정이네."

"제 생각도 그랬습니다만, 만일 젊은 회원들이 작업량에는 아랑곳하지 않고 흥미 있는 작업에만 종사하려고 하면 그때는 어떻게 합니까?"

"그럴 경우엔 공동사회에 다른 유익한 일이 얼마나 많은가를 알려주고 그들로 하여금 결정하게 하면 되지요. 물론 우리가 여유 있게 의사들을 받아들이고 필요한 일을 찾아 맡길 수는 있겠지만 치료할 데도 없는 말짱한 사람을 단지 의사에게 일거리를 주기 위해서 치료받게 할 수는 없잖아요."

"그렇다면 완전한 개인적 자유를 제공하고 있다고도 할 수 없지 않습니까? 당신들도 자유방임주의와 계획된 사회 사이의 갈등을 실제로는 해결치 못한 것 같은데요."
 캐슬이 흥분된 감정을 감추지 못하고 물었다.
 "나는 해결했다고 생각합니다. 그러나 어떻게 해결했는지를 알려 드리기 전에 우리의 교육체제에 관해 먼저 말씀드리겠습니다. 사실 월든 투에서는 어느 누구도 행동 방향을 너무 확고히 잡아 나중에 다른 문호가 개방되지 않아 불행하게 되는 일은 없습니다. 이것은 직업 선택에서뿐 아니라 동반자로서의 여자를 선택하는 데에도 적용되지요. 우리 사회에서는 개인적인 질투란 거의 찾아보기 힘든데 여기에는 그럴 만한 이유가 있습니다. 즉 우리 공동사회에서는 모든 회원들에게 광범위한 경험을 할 수 있는 기회와 선택이 가능한 여러 매력적인 사람들을 골고루 만날 수 있도록 해주니까요. '오직 그 사람뿐' 이라는 열렬한 감정은 그런 마음의 항상성(恒常性) 때문이라기보다 한 사람에 국한된다는 기회의 단일성 때문이죠. 의예과 학생들도 자기가 공부하고 있는 것뿐만 아니라 다른 여러 가지 매력적인 일들이 자신들에게 역시 개방되어 있음을 알게 됩니다."
 "내 생각엔 월든 투에도 일종의 통치 형태가 있어야 할 것 같은데, 도대체 어떤 식으로 자유로운 직업 선택을 허용하는지 잘 모르겠군."
 내가 끼어들었다.
 "월든 투에 있어서 유일한 통치 형태라고 할 수 있는 것은 '기획위원회' 라는 것이 있지."
 마치 내가 쓸데없는 말로 끼어들었다는 듯이 프레이저는 잘라 말했다.
 "기획 위원회라는 명칭은 월든 투가 논문에서만 존재할 때부터 구상되었던 것이지. 기획위원은 여섯 명인데 통상 남자 여자 각 세 명씩으로 이루어지지. 이 위원회는 남녀가 그 수에 있어서 똑같기 때문에 아무도 애써 평등을 부르짖을 필요가 없다네. 그들의 임기는 십 년 단

임제이지. 처음부터 이 위원회에서 일해 왔던 세 명은 금년에 퇴직을 하네. 위원들은 공동사회를 번영시킬 의무가 있지. 정책을 수립하고 각 부문 관리자들의 작업을 검토하며 공동사회의 전반적인 상태를 점검하고 있다네. 그들은 또한 어느 정도의 사법 기능도 갖고 있지. 자기들의 일에 대해 매일 2점씩 해서 년간 600점을 받는다네. 그러니 2점의 노동 점수가 매일 모자라는 셈이지. 적어도 1점 정도는 순전히 육체노동을 해서 벌어야 하네. 단테의 〈신곡〉 천국 편에 나오는 버질(Virgil)처럼 나는 여러분들의 안내자로 행동함으로써 1점을 청구할 수 있는 이유가 생기네."

"그건 버질이 아니라 베아트리체일세."

내가 정정했다.

"위원들의 선출은 어떤 식으로 합니까?"

로저스가 물었다.

"관리자들에 의해 제출된 명단에서 위원회가 후임을 선출하는 방식이죠."

"직접 공동사회의 회원들이 선출하지는 않습니까?"

캐슬이 의아해 했다.

"아니오."

프레이저는 단호히 말했다.

"관리자들이란 무엇 하는 사람들인가?"

내가 조급하게 그의 말을 가로챘다.

"그 단어가 말해 주듯이 전문가라는 뜻인데 각 부문별로 책임을 맡아 월든 투를 운영하고 있는 사람들이지. 음식, 건강, 운동, 예술, 치과, 낙농, 기업운영, 보급, 노동, 유치원, 고등교육 등의 모든 분야에 관리자들이 골고루 있다네. 그들은 필요에 따라 노동력을 징발하기도 하고; 다른 회원들에게 될 수 있는 한 많은 일을 할당한 후에 관리하는 기능이 그들이 하는 일일세. 따지고 보면 우리 회원들 가운데에서 가장 많은 일을 하고 있는 셈이니까 관리자로서의 지위를 얻으려고 하는 사람은 특별한 사람이어야겠지. 그들은 능력이 있고 공동사회의 복지에 대해 진정으로 관심을 가져야 한다네."

"내 생각엔 관리자들은 회원들이 선출해야 할 것 같은데요?"

캐슬이 말은 그렇게 했지만 그런 것을 원치는 않는 것 같았다.

"관리자란 명예직이 아니라 잘 훈련되고 평가받은 전문가들입니다. 회원들이 어떻게 그들의 능력을 측정할 수 있겠어요? 이들이 하는 일은 공무원과 매우 흡사한 것입니다. 관리자로서의 일을 수행키 위해선, 필수적인 도제(徒弟) 과정을 마치고 상당한 책임을 부과받은 중간적 지위를 거쳐야 비로소 가능하게 되지요."

"그러면 회원들은 하등의 발언권도 갖고 있질 않군요."

캐슬은 나중에 반박할 듯이 조심스럽게 목소리를 가다듬으며 말했다.

"일반회원들은 발언권을 가지려고도 하지 않죠."

"자네는 이곳의 전문가들을 관리자로 분류하나?"

나는 좀 서두르듯 물어보았다.

"그들 중 몇몇은 그렇다고 생각하고 있네. '건강 관리자'는 우리 의사들 중의 한 사람인데, 바로 메이어슨 씨일세. 그렇지만 '전문'이란 말도 여기에선 거의 아무런 의미가 없다네. 모든 전문적 훈련은 공동사회의 부담으로 이루어지며 다른 도구들과 똑같이 공동 자본으로 여겨지지."

"메이어슨 '씨'라고? 그럼 자네네 의사는 의학박사가 아닌가? 진짜 의사가 아니란 말인가?"

"사실 그들은 최고 수준의 의과대학 학위를 가지고 이곳에 왔지. 하지만 우리는 외부 사회에서 의사를 부를 때 쓰는 그런 존칭을 사용하지 않네. 아니, 구태여 메이어슨 박사라고 불러야 할 까닭이 없지 않은가? 우리는 낙농 관리자라고 해서 '낙농가 라슨 씨'라고 부르지는 않는다네. 의학 부문에서는 비과학적인 기법을 탈피하는 데 있어서 시간이 꽤나 걸렸지. 지금은 암호 같은 처방전으로 대중을 현혹시키는 경향이 줄어들고 있지만 여전히 '의사 선생님'이라는 존칭에는 애착이 크지. 그런데 이 월든 투에서는……."

"그러면 자네들은 단지 기획위원, 관리자 그리고 작업자로만 구분하는 모양이군."

나는 이야기가 다른 방향으로 진행되는 걸 막기 위해 쐐기를 박듯 이렇게 말했다.

"과학자들도 구분의 대상이 되지. 공동사회는 어느 정도의 연구가 뒷받침되어야 하는데 식물과 동물의 사육, 육아 행동의 통제, 여러 종류의 교육과정 그리고 원자재 사용 문제에 있어서도 실험이 진행 중일세. 과학자는 관리자와 마찬가지로 자기가 하는 일에 따라 하루에 2점 내지 3점의 노동 점수를 받고 있네."

"순수 과학은 전혀 취급되지 않습니까?"

캐슬이 놀랐다는 듯이 말했다.

"다른 것을 하고 난 뒤에도 여유가 생길 때는 순수과학을 하죠. 나는 당신이 어떤 대안을 제시하지 않는 한 그렇게 눈썹을 치켜뜨는 식으로 얘기를 해도 그다지 당황하지 않아요. 우리의 정책은 소위 과학자라는 사람이 실천과학이 아닌 가르치는 것만으로 먹고사는 외부사회 교육기관의 정책보다는 훨씬 나은 편이죠."

"자네는 우리 재학시절의 순수 연구 센터를 잊었는가?"

"순수? 자네가 말하는 순수라는 것이 수단과 결과와는 전혀 무관하다는 의미라면 그렇게 순수한 직업을 다섯 가지만 한번 대보게. 만약에 대지 못한다면 자네의 얘기는 그 스스로가 모순인 셈이지. 요즈음의 대학교에서 교육이란 미명하에 강요되는 정신적 작업 대신에 매일 두 시간의 육체노동을 마다할 순수과학자가 있을까?"

나는 이 두 가지의 가능성을 동등하게 비교하기 위해서는 문화공학을 고려치 않을 수 없었기 때문에 즉각적인 답변을 할 수 없었다. 나의 침묵이 어떤 의미를 부여하는 듯한 기분이 들어 다른 방향으로 질문을 던져보았다.

"왜 모든 사람들이 초라한 일에 종사해야 하지? 어떤 사람이 특수한 재능이나 능력을 가지고 있는데 그런 일을 시킨다는 건 정말로 인력을 잘못 사용하는 것이 아닌가?"

"여기선 인력 낭비가 없지. 우리 중 몇 사람은 육체노동을 하지 않고도 살 수 있을 만큼 영리하긴 하지만, 결국엔 말썽을 자초하리라는 것을 알 만큼 현명하기도 하다네. 유한계급이 암세포처럼 늘어나면 결국에는 공동사회의 나머지 회원들이 도저히 참으려야 참을 수 없는 상태가 되어 버리겠지. 그리고 우리가 살아 있는 동안에야 그러한 결과를 피하려면 피할 수가 없지도 않겠지. 그러나 그렇게 해서는 우리가 계획하는 영원한 사회를 바라볼 수 없지 않겠나. 정말 지각 있는 사람이라면 자신이 해야 할 일을 다른 사람이 대신하고 있다는 생각이 들게끔 하지는 않을 거야. 자기가 한 일이 비록 크게 후회스러운 일이 아니라 하더라도 수백만 배 확대된다면 결국은 그 자신의 몰락을 의미하는 것이 되니까 사소한 일에도 신경을 쓸 만큼 민감해진다는 얘기일세. 아마도 다른 사람들의 일거리를 뒤집어쓰게 될 때 자신의 반응이 어떤 식으로 전개될 것인지를 알고 있겠지. 가혹한 윤리적 시련을 겪을 거라는 얘기일세. 부르기에 따라서는 바로 그런 것을 양심이라고 할 수 있겠지."

프레이저는 머리를 뒤로 젖히고서 천정을 바라보았다. 그가 자세를 바로하자, 이제 그의 목소리는 아득하게 멀리서 울려오는 듯한 극적인 분위기를 자아냈다.

"바로 이 점이 내가 가장 좋아하는 월든 투의 장점이라네. 이전에 누군가가 날 떠받들고 있을 때는 결코 행복이란 걸 느껴보지 못했었지. 나보다 못한 계층의 사람들이 겪고 있을 일들을 생각하면 맛있는 음식을 앞에 두고도 제대로 즐길 수가 없었다네."

프레이저의 이전 생활은 그다지 부유한 편이 아니었으므로 이러한 표현은 그에게 걸맞지 않은 것 같았다. 그러나 그는 자신이 늘어놓는 심각한 얘기들에는 하등의 의심할 여지도 없다는 듯 크고 뚜렷한 목소리로 말을 계속했다.

"바로 이 자리에 머리를 똑바로 들고서도 '내 할 바는 다했다.'고 자신 있게 말할 수 있는 사람이 있네!"

이렇게 내뱉고 나자 흥분해서 자신의 감상적인 면을 드러낸 것이 다소 창피하다는 표정이었으나, 그러한 그에게 나로서는 묘한 호감이 느껴졌다.

캐슬은 프레이저의 고조된 억양에는 아랑곳하지 않고 말을 던졌다.

"우월한 능력이라고 해서 통제를 벗어나 버린다면 결국 전제정치가 되지 않을까요? 그리고 지저분한 일을 하는 노동자들에겐, 자기네 능력에 가장 적합한 일을 하고 있을 뿐이고 깨끗한 일을 하는 친구들도 맡은 일을 열심히 하고 있다는 사실을 확신시켜주는 것이 가능하잖습니까?"

"정신적인 노동을 하는 친구들이 진지하게만 일한다면 가능하겠지요. 우리 공동사회의 기획위원들이나 관리자들이 원할 때는 육체노동이 아닌 정신노동만을 할 수도 있다는 사실에 대해 불만을 표시할 사람은 아무도 없습니다. 비록 육체적인 작업이 균등하게 배분되지 못하는 경우가 있다손 치더라도 적절한 문화적 정치만 강구된다면 사회는 순탄하게 운영될 수 있다는 당신의 얘기도 옳기는 하지요. 소수의 유한계급이 있다 하더라도 문화공학을 적용함으로써 커다란 문제없이 유지해 나갈 수 있다는 얘기예요. 사회가 잘 조직되기만 하면 매우 효율적이고 생산적이어서 조그만 낭비 따위는 그다지 문제가 되지 않을 거니까요. 정신노동자와 계급제도가 잘 유지될 수 있는 이유는 이 제도가 육체노동자에게 공정하게 적용되도록 정신노동자가 노력할 수 있기 때문이죠."

"그렇다면 사람들이 모두 다 육체노동을 해야 한다고 주장하는 이유는 뭐죠?"

캐슬이 성급하게 물었다.

"그 이유는 간단하죠. 우리의 두뇌와 근육은 서로 배타적이 아니기 때문입니다. 사람의 몸은 온통 두뇌로 되어 있다거나 아니면 온통 근육으로 되어 있는 것은 아니죠. 따라서 우리의 생활도 여기에 따라 적응되어야 한다고 생각합니다. 소수의 요소를 망각한다는 것은 매우 위험한 일이 되죠. 다시 말해 두뇌가 배제된 근육을 생각하는 것도 위험하거니와 근육이 배제된 두뇌를 생각한다는 건 더욱 위험한 얘깁니다. 매일 한두 시간의 육체노동은 오히려 건강에도 좋지 않을까요? 인간의 신체 구조를 보면 알 수 있지만 인간은 항상 근육을 사용하며 살아왔습니다. 우리가 정신노동만으로 무슨 일이든 해결할 수 있는 훌륭한 방법을 고안해낸다 하더라도 육체노동을 소홀히 취급해서는 안 되는 법입니다. 더군다나 아직도 우리는 순수한 '인간사고(人間思考)'를 진화시키지 못한 상태이니까요. 바쁘지 않은 사람들이 흔히 겪게 되는 직업병에 관해서 의사들에게 한번 물어보십시오. 아마 베블런도 지적했겠지만 그 문화적 선입관 때문에 골프나 승마 또는 장작을 패보라는 것 외에는 의사가 처방할 만한 게 없을 겁니다. 하지만 의사가 정작 하고 싶은 말은 '일하러 가시오!' 입니다."

프레이저는 계속했다.

"그런데 두뇌가 근육을 무시해서는 안 되는 더 좋은 이유가 있지요. 오늘날 지배계급의 사람들은 두뇌가 명석한 친구들로 대체로 정신노동만을 하는 자들입니다. 월든 투의 경우 계획을 세우고, 자료를 수집하며, 규약을 고안하고, 작업의 흐름을 평가하고, 나아가서는 실험을 실시하는 사람들이죠. 이런 일들을 위해 관리자는 피관리자들이 무엇을 요구하는지를 파악해야 하며 그들의 일을 직접 체험해 보여야 합니다. 그것이 바로 우리들의 기획위원이나 관리자 또 과학자들이 지저분한 작업에서도 노동 점수를 취득해야만 하는 이유이지요. 말하자면 그런 방법을 통해 육체노동자들의 문제점들을 잊지 않도록 하는 제도적 장치가 마련되는 셈이지요."

우리는 침묵에 잠겼다. 우리의 생각은 남쪽 하늘에서 내려오는 마지막 햇살과 뒤엉키어 있었다.

마침내 캐슬이 참지 못하고 말을 꺼냈다.

"하지만 하루에 네 시간이라니! 나는 당신의 얘기를 사실로 받아들일 수가 없소. 한 주일에 마흔 시간의 일자리라도 얻기 위해 바둥거리는 걸 생각해 보시오. 당신의 그 비결을 정말 얻을 수 있다면 우리 기업가들이 무엇이든 다 내놓겠지요. 우리 정치가들도 말이오.

프레이저 씨, 우리 모두 당신이 보여준 생활에 대해 칭찬을 보내지 않을 수 없지만 마치 당신이 허공에 떠 있는 멋진 아가씨라도 보여주는 것 같은 기분이군요. 요술을 믿도록 여자의 주위에 둥근 테까지 두르고 말이오. 이제 그 마술이 어떻게 이루어졌나를 얘기하는 척하면서, 그 아가씨의 몸은 눈에 띄지 않는 가는 끈에 매달려 있다고 말하는 것이나 다름없소. 그런 설명은 환상만큼이나 믿기 어려운 것이라는 얘기요. 자, 그 증거는 어디에 있소?"

"완성된 사실에 대해서 증거를 대라니. 그런 억지가 어디 있소? 하지만 아마 우리가 시도해 보기도 전에 이미 그런 것이 가능하리란 것을 알게 된 경위를 듣게 되면 당신의 그 억지도 풀리겠지요."
"그럴지도 모르겠군요."
캐슬은 건성으로 말했다.
"그렇다면 좋아요, 말씀드리죠."
프레이저는 설명을 시작했다.
"하루에 여덟 시간씩 주 칠 일을 기준으로 합시다. 사실 주 사십 시간을 모든 계층의 생활에 공통적으로 적용할 수는 없지요. 농부들은 그 중의 상당한 시간을 여가로 치죠. 여하튼 일 년에 거의 삼천 시간이나 됩니다. 우리의 계획은 그것을 일천오백 시간으로 줄이는 거였죠. 사실 우리는 계획보다는 더 나은 결과를 얻었지만 그것을 절반이나 줄일 수 있었던 방법이 무엇이었을까요? 이제 그 대답을 해드리면 시원하시겠습니까?"
"사실이 그렇다면 놀라운 일이겠지요."
캐슬이 대답했다.
"좋아요, 얘기하죠."
프레이저는 마치 캐슬의 말에 자극이라도 받은 듯 서둘러 말을 이었다.
"우선 네 시간은 여덟 시간의 거의 절반 이상이라는 명백한 사실입니다. 그 다음 우리는 하루 시간 중에서 처음 네 시간을 기술적으로 아주 재빨리 일하는 겁니다. 나머지 시간을 지칠 정도로 보내지 않는다면 하루 네 시간 작업이 갖는 궁극적인 효과는 어마어마한 것이지요. 따라서 빨리 해낼 수 없는 성질의 작업을 감안하여 넉넉히 따져도 우리가 네 시간 일하는 작업량은 통상 여덟 시간 작업의 다섯 시간 일하는 것과 거의 대등하다고 할 수 있습니다. 이 점에 대해선 동의하시죠?"
"동의하지 않는다면 논쟁하기를 즐긴다고 하겠군요. 그러나 아직

여덟 시간과는 거리가 멀어요."

캐슬이 빈정거렸다.

"그럼 두 번째."

프레이저는 곧 여덟 시간을 다 채워 보이겠다는 듯이 만족한 미소를 지으며 계속했다.

"사람들이란 이익을 독차지해 버리는 윗사람 대신에 자신을 위해 일할 때는 별도의 동기가 우러나는 법입니다. 이것이 진정한 의미의 '동기유인적(動機誘因的) 급료'이며 그 효과는 놀라울 정도로 크지요. 낭비가 억제되고 기술이 향상되며 고의적인 태업이란 있을 수가 없어요. 오로지 자신만을 위해 일하는 네 시간은 남을 위해 일하는 여덟 시간 작업의 여섯 시간 만큼이나 가치 있다고 해도 괜찮겠지요?"

"네 시간의 작업이 그 여섯 시간의 작업보다 더 힘들지 않다는 것도 얘기되어야 할 것 같네. 사실 빈들거린다고 해서 작업이 더 쉬워지는 것은 아니지. 권태는 힘든 작업보다 더 지치게 하니까 어쨌든 나머지 두 시간은 어떻게 되나?"

내가 물었다.

"오늘날 노동력을 지닌 모든 미국인들이 완전 고용된 상태가 아니란 점을 먼저 상기시켜 두고 싶네. 우리는 실제로 '전부'가 일하는 네 시간과 '일부'가 일하고 있는 여덟 시간을 비교하고 있는 것이니까. 월든 투에서는 유한계급이나 조로자(早老者), 직업적 무능자, 알코올 중독자, 범법자(犯法者)라고는 눈 닦고 보려야 볼 수 없지. 병자도 드물고 말일세. 잘못된 기획 때문에 실직하는 경우도 이제까진 없었네. 노동기준을 지속하기 위해 어느 누구도 그냥 놀면서 보수를 받을 수는 없네. 우리의 어린이들도 나이 어릴 때부터 자기 나이에 어울리면서도 유쾌한 일들을 하고 있지. 어떻습니까, 캐슬 씨? 내가 얘기한 여섯 시간에다 또 한 시간을 보태도 되겠습니까?"

"저는 그보다 더 보태게 될까 봐 걱정인데요."

캐슬은 놀랍게도 기분좋은 모습으로 대답했다. 프레이저도 기분이 좋아지는 것 같았다.

"하지만 줄잡아 생각해 봅시다. 모든 잠재적 노동자들이 자신을 위해 네 시간 일하는 것은 전 현역 노동자의 3분의 2가 다른 사람을 위해 바치는 여덟 시간 중 일곱 시간과 맞먹는다고 말했소. 자, 실제로 일하고 있는 사람들의 조건이 어떻습니까? 최적의 조건으로 일하고 있습니까? 그들이 하고 있는 일에 적절하게 선정되었습니까? 노동력을 절약하는 기계와 방법을 최대로 이용하고 있습니까? 도대체 미국 내에 있는 농장의 몇 퍼센트나 우리처럼 기계화되었습니까? 노동력을 절약하는 방법과 기계들을 개량하는데 미국 노동자들이 쌍수를 들고 환영이라도 하고 있습니까? 선량한 노동자 중에서 보다 생산적인 일자리로 이동될 수 있는 사람들이 과연 얼마나 됩니까? 노동자들이 될 수 있는 한 작업을 능률적으로 할 수 있도록 하기 위해 도대체 얼마나 많은 교육을 받았습니까?"

"당신이 인력을 보다 효율적으로 사용했다고 해서 점수를 가산하게끔 하는 데는 동의할 수 없소. 만약 당신이 회원들에게 직업 선택의 자유를 준다면 말이오."

캐슬이 대들었다.

"당신 말처럼 하나의 사치겠지요. 어쩌면 다음 세대에서나 개선되기를 기대해야 될지도 모르지요. 아마 우리의 교육 체제가 반드시 그렇게 해줄 수 있을 겁니다. 인정합니다. 잘못 배정된 재능에서 생기는 낭비에 대해서는 덧붙일 말이 없습니다."

프레이저는 이렇게 양보해도 되는지를 가늠이라도 하듯 잠깐 동안 말을 끊었다.

"자네는 아직 한 시간을 더 추가해야 하네."

나는 그에게 중단된 얘기를 상기시켰다.
"아, 알고 있네. 자, 우리들이 얼마나 비능률적인 분배 조직들을 제거해 왔는가? 그래서 결과적으로 얼마나 많은 사람들이 구제되었던가? 우리들이 없애버린 직업 수가 도대체 얼마나 되는가? 어느 도시 어느 거리이든지 한번 걸어보게. 진정 알맞게 고용된 사람들이 과연 얼마나 될 것 같은가? 은행, 신용회사, 광고회사 그리고 그 건너편에는 보험회사, 또 다른 것들⋯⋯."

이런 표현들은 그다지 효과적인 화법은 아니었지만 프레이저는 어느 정도 자신의 체면을 희생시키더라도 얘기의 핵심을 지적하는 데에만 만족하는 것 같았다.

"우리의 아이들에게 보험에 관해 설명하려면 무척 힘이 들죠. 도대체 무엇을 보험에 든다는 말입니까? 아, 또 장의사란 게 있군요. 죽은 자의 시신들을 으레 화장, 처분하는 곳 말이지요."

그는 머리를 설레설레 흔들면서 이런 얘기들을 하는 것이었다.

"그리고 쓸데없이 여기저기 널려 있는 술집과 여관들도 그렇습니다. 월든 투에서는 음주가 금지되어 있는 것은 아니지만, 이곳 사람들은 음주습관의 원인적 욕구가 충족되는 까닭에 저절로 술을 멀리하게 되죠."

"자네 얘기를 가로채는 것 같아 미안하네만, 자네가 말하는 그 욕구라는 게 뭔가?"

"그러면 도대체 자네는 왜 술을 마시는가?"

프레이저가 반문했다.

"아니, 난 많이 마시지는 않아. 그냥 저녁식사 전에 칵테일 한 잔쯤 즐기는 정도지. 사실 한 잔쯤 들고나야 친구들과도 얘기할 맛이 나지."

"그 반대야. 나는 술을 마시지 않는 쪽이 얘기하기에는 더 좋다고 생각하는데."

"물론 여기서야 다르겠지."

나는 그의 함정에 빠져 이렇게 말하고 말았다. 프레이저와 캐슬이 껄껄거리며 웃었다.

"그럼, 여기서는 다르지!"

프레이저는 큰소리로 말했다.

"자네는 잘못 관리된 사회에서의 피로와 권태에 대항하기 위해서 칵테일이 필요한 걸세. 여기서는 그 어떤 해독제나 각성제도 사용할 필요가 없지. 자, 그 밖에 달리 자네가 술을 마실 이유라도 있는가? 다른 사람이라 하더라도 별다른 이유가 있을 것 같지 않은데? 이건 자네가 술 마시는 사람들의 전형적인 경우가 아니니까 하는 말이네만."

"왜 마시다니? 자신의 번민을 잊기 위해서 마시는 거지."

나는 더듬거리며 말했다.

"물론 이렇게 말하면 자네가 뭐라고 할지도 알고 있네만, 말하자면 도망가기 위해 혹은 변화를 얻기 위해서, 즉 자신의 과도한 억제를 줄이기 위해 사람들은 술을 마시지. 자네도 억제가 있다는 점에선 마찬가지일 텐데, 안 그런가? 누군가 내 말에 동조하는 사람이 있을 텐데?"

나는 쳐다본다는 게 하필 바바라를 쳐다봤는데 그녀도 무안했던지 고개를 돌려버렸다.

프레이저는 잠깐 동안 쿡쿡거리며 웃더니 다시 말을 꺼냈다.

"우리가 아직 추방하지 못한 몇 가지 일들을 얘기해 보겠네. 하지만 인력 면에서 우린 능률화하는 것에는 성공했지. 대형 백화점, 푸줏간, 약방, 식료품점, 자동차 전시장, 가구상회. 구두점, 과자상점 이런 모든 곳에는 불필요한 일을 하고 있는 불필요한 사람들로 고용되어 있지. 음식점들의 절반 정도가 영원히 문을 닫아도 불편하지 않을 거야. 또 미장원과 극장도 그렇지. 그 건너에 있는 댄스홀과 볼링장도 그렇고 버스와 전차들은 별로 쓸모도 없는 이곳저곳으로 사람들을 나르면서 윙윙 소리까지 내며 굴러다니고 있지."
 그다지 적합한 예들이 아니었으나 매우 신랄한 말이었다.
 "더 이상 말하지 않아도 이제 충분한 것 같습니다."
 프레이저의 얘기가 잠시 중단된 틈을 타서 캐슬이 말했다.
 "결국 당신이 얘기하는 것을 그대로 인정하게 될 터이고, 또 당신의 말마따나 이런 모든 것들은 기정사실이니까요."
 "당신은 내가 열 시간까지 채우는 것을 보고 싶지 않으십니까? 나는 아직 인력 면에서의 가장 극적인 절약법을 얘기하지 않았는데."
 프레이저가 천진난만한 미소를 띠며 말하자, 우리는 모두 웃고 말았다.
 "아직 자네에게는 책을 멀리할 구실이 남았구먼. 그러나 나는 캐슬 씨만큼은 감명을 받지 않았네. 여태까지 자네가 말한 것은 대부분 우리의 경제체제에 대한 그럴 듯한 비판이었네만, 그 점에 있어서 자네는 교수들과 비슷하군."
 "물론 그럴지도 모르지. 교수라면 이런 것은 모두 알고도 남겠지. 공동사회의 경제란 어린아이 장난 같은 거니까."
 "나머지 두 시간은 어떻게 되는가?"
 나는 그의 얘기가 교묘하게 관심을 돌리는 것 같아 이렇게 말했다. 프레이저는 잠시 동안 우리들을 하나하나 쳐다보다가 갑자기 '여자를 찾으십시오!' 하고 말했다. 그래 놓고는 우리가 당황하는 것을 즐기려는 듯이 말을 끊었다.
 "여자! 여자! 당신네들은 그들이 여태까지 무엇을 해왔다고 생각하십니까? 우리의 가장 큰 업적이 바로 거기에 있습니다! 우리는 가사를 산업화시켰습니다."

그런 가사라는 말을 이번에도 '허지프리(Huzzifry)'라고 발음했는데 이번에야 그 말뜻이 이해가 갔다.

"우리 공동사회의 일부 여자들은 여전히 주부로서의 여러 가지 활동을 하고 있지만 전보다 더 효율적이고 행복하게 일할 수 있게 되었지요. 그리고 그들의 반수 정도는 다른 일도 할 수 있게 되었고요."

프레이저는 자신의 얘기가 만족스러운 듯 앉은 채로 몸을 뒤로 젖혔다.

캐슬이 내뱉듯이 말했다.

"나는 좀 걱정이 돼요. 당신은 많은 사람들이 합리적으로 고용되어 있지 않다는 사실을 지적함으로써 네 시간 노동의 타당성을 납득시키려 했습니다만 그 정도 일하고는 당신처럼 잘살 수는 없지요. 현재의 평균 생산량만 따진다면 일인당 하루 네 시간 정도만 일해도 될지 모르지만 그래선 안 되지요. 평균 이상의 것이어야 할 겁니다. 거기에서 비생산적인 소작인은 제외해야 할 거예요. 그들은 생산도 못 하고 소비도 못 하는 불쌍한 사람들이니까요."

"맞아요. 우리가 높은 수준의 생활을 즐기는 건 사실입니다. 하지만 각자의 개인적인 재산은 실제로 얼마 되지 않아요. 우리가 소비하는 상품들도 달러나 센트 같은 화폐로 따지면 많지 않은 편이에요. 우리는 불필요한 소유는 피한다는 소로의 원칙을 실천하지요. 소로는 콩코드(미국 매사추세츠 주에 있는 도시)의 노동자들이 생활만을 영위하는 데도 줄잡아 십 년 내지 십오 년을 일해야 한다고 지적했습니다. 그러나 우리에겐 고작 십 주 정도면 충분할 겁니다. 우리의 식료품은 넉넉하고 건강에도 유익하지만 그다지 비싸지 않거든요. 분배나 저장 그리고 잘못된 계산으로 생기는 훼손이나 낭비가 거의 없으니까요. 우리는 불필요한 소비를 자극하는 그 어떤 조작에도 영향을 받지 않아요. 우리가 자동차와 트럭을 갖고 있지만 공동사회 밖에서 살게 된다면 아마 수백 대의 자가용과 그보다 더 많은 사업용 차량이 필요하게 될 겁니다. 우리의 라디오 시설만 하더라도 삼사백 대 정도의 라디오를 사용했을 옛날에 비하면 비용이 훨씬 적게 드는 셈이지요. 그것도 간혹 라디오 없는 소작인이 있었던 과거의 마을을 비교한 것입니다. 하지만요. 캐슬 씨, 당신의 주장은 틀렸어요. 상품의 소비를 낮추면서도 수준급의 생활을 고안해 낸다는 바로 이 점에서부터 경제적 자유가 시작되는 겁니다. 우리는 통상적인 미국인들보다 소비를 적게 하지요."

이제 밖은 상당히 어두워졌으며 매우 조용했다. 단지 개구리와 새들의 희미하고도 규칙적인 울음소리만 환기창을 통해 들려왔다. 건물 자체가 조용해진 것 같았다. 오랫동안 라운지에는 사람 그림자 하나 없었으며 전등불 몇 개는 이미 꺼져 있었다. 온몸이 기분좋게 나른해졌다.

"물론 이런 얘기는 월든 투에서 가장 재미없는 면입니다."

그는 우리가 싫증을 내고 있지나 않을까 조바심하는 것 같았다.

"그리고 중요성에 있어서도 가장 쓸데없는 얘기구요. 어쩌다 이런 얘기들이 나오게 되었죠?"

"자네는 우리와 이야기하는 데 대해 급료를 받는다고 했지. 그리고 아주 불충분하게 받는다고 말이야. 나는 1점의 노동 점수가 달러와 센트로는 얼마의 가치가 있는지는 모르지만, 즐거운 저녁시간의 척도로 삼기에는 매우 부적당한 것 같군."

다른 사람들도 내 말에 수긍하는 듯하자 프레이저는 상당히 즐거운 듯 미소를 보였다.

"즐거운 저녁이라고 말하니 얘기해도 되겠는데, 당신들도 여기 있는 동안 당신들 자신의 노동 점수를 받도록 되어 있다는 것을 말해야겠군요. 당신들은 공동사회에서 법적 이익을 받는 것도 아니고 또 우리 비용을 들여가며 옷을 제공할 수도 없으므로 우리는 당신들에게 두 시간의 노동만 요구하겠습니다."

"그것 참 재미있군."

이렇게 말하면서도 나는 꽤나 놀랐다.

"우리는 당신들이 소비하는 음식이나 차지하는 공간이 못마땅해서도 아니고 또 우리 회원들의 사기에 미치는 게으름의 영향을 두려워해서도 아닙니다. 당신들이 일을 하지 않으면 손님 대접을 잘못하는 것 같으니까 일을 해줄 것을 바라는 것이지요. 아니 솔직히 말해서, 우리가 아무리 따뜻하게 대접한다고 할지라도 당신네들은 곧 떠나야만 한다고 생각할 게 아닙니까? 따라서 하루 두 시간 정도면 공동사회가 제공하는 서비스에 충분한 보상도 될 것이며 결과적으로 당신네들은 매우 좋은 일을 하는 셈이 되지요. 그리고 기식한다는 기분을 가지지 않고도 원하는 만큼 머무를 수 있어요. 또한 당신들의 안내자 역할을 함으로써 나는 매일 1점씩 받고 있으므로 나에게 폐를 끼친다고 느낄 필요도 없습니다.

"만일 어떤 방문객이 하루 두 시간씩만 하고 영원히 머무르려 한다면 어떻게 하겠나? 그렇다면 공동사회 일원이 되지 않고서도 개인적으로 많은 시간을 벌게 되고 또 입을 옷을 살 수도 있고 장래도 보장되는 게 아닌가?'

"우리는 그런 짓을 반대하지는 않네. 하지만 그가 머무르는 동안에 번 돈의 반은 월든 투에 인계할 것을 요구할 거네."

"오호!"

캐슬이 외쳤다.

"그렇다면 회원이 사유재산을 축적하는 것도 가능하다는 얘기군요. 예를 들어 여가를 틈타 책이라도 써서 말이오."

"무엇을 위해 축적한단 말입니까?"

그는 정말 놀란 것 같은 표정이었으나 곧 목소리를 가다듬었다.

"사실상 사유재산의 축적은 불가능합니다. 회원들이 번 돈은 모두 다 공동사회로 귀속되니까요. 우리가 보유하고 있는 외국환의 일부는 그런 종류의 개인 사업에서 나온 겁니다."

"그러면 손님들과 비교할 때 회원들에게는 좀 불공평한 것이 아닐까요?"

캐슬이 말했다.

"무엇이 불공평하단 말입니까? 회원들이 무엇 때문에 돈을 원하겠습니까? 손님은 의료봉사, 의복 또는 노령에 이르거나 건강이 나빠질 때에 보호를 받지 못한다는 것을 기억하십시오."

프레이저는 이렇게 말하면서 일어섰다. 우리도 즉시 그를 따라 일어섰다. 하루가 충실하게 흘러간 모양이었다.

"만약 내가 더 오래 당신들을 붙잡아두고 잠자리에 들지 못하게 한다면 내가 공동사회의 이익을 위해 행동하고 있지 않다는 얘기가 될 겁니다. 내일 아침 당신들의 알찬 하루의 일과를 기대하겠습니다. 방으로 가는 길을 찾을 수 있겠습니까?"

우리는 다음날 10시에 만나기로 하고 그와 헤어졌다. 나는 캐슬과 함께 희미한 불빛 아래 정적에 싸인 산책로를 따라 내려갔다. 우리의 동료들은 서로 약속이나 한 듯이 옆길로 빠져나가고, 곧 우리 둘만 남게 되었다.

"내일 그들이 요구하는 두 시간의 노동이 과연 얼마만한 가치가 있을지 궁금하군."

"아마 당신은 그들을 민중의 적이라고 부르겠지?"

캐슬이 말했다.

9

 다음날 아침 잠자리에서 일어났을 때, 나는 새로운 사건이나 일정에 접했을 경우 흔히 느끼는 것같이 시간감각이 없어졌다.
 창문의 커튼 사이로 들어오는 희미한 광선과 방 안의 밝기로 보아 새벽이나 이른 아침인 것 같았다.
 벌써 시내 건너에서 몰아왔는지 양떼들의 울음소리는 뚜렷이 들을 수 있었지만 복도와 바깥은 조용했다.
 나는 마음이 불안해져서 침대에서 내려왔다.
 잠자리에 들 때 항상 시계를 머리맡에 놓고 자는 습관이 있었는데, 내 시계가 아직도 바지 주머니 안에 들어 있다는 것을 알고는 놀랐다. 시계는 여전히 째깍거리며 8시 30분을 가리키고 있었다. 캐슬은 아직도 꿈나라였다.
 나는 옷을 걸치고 면도 기구와 칫솔을 들고 복도를 가로질러 갔다. 십 분 후쯤 로저스와 스티브가 일어났는가를 알아보려고 그들의 방을 가볍게 노크했다. 하지만 내가 노크한 방은 다른 방이었다. 메리가 문을 열었다. 힐끗 안쪽을 들여다보니 바바라는 침대 아래 칸에서 자고 있었는데 그녀의 얼굴은 흘러내린 금발로 덮여 있었다. 메리는 복도로 걸어 나오며 등으로 문을 밀어 닫았다. 이미 옷을 갈아입은 그녀의 얼굴엔 상쾌한 기운이 감돌고 있었다.
"바바라는 아직 자요."
메리가 부드럽게 말했다.
"내 방 친구도 마찬가지요."
나는 턱으로 우리 방문을 가리키며 말했다. 우리는 어떤 공모자처럼 조용히 웃었다.
"젊은 양반들이 일어났을까?"
"글쎄요, 일어났을 거예요. 스티브는 일찌감치 자러 갔거든요."
이렇게 말하며 메리는 어깨를 으쓱해 보였다.
"아주 신사적인데."
나는 짓궂게 말했다.
"어머, 그런 뜻으로 한 말은 아니에요! 스티브와 전 사귄 지가 꽤 오래 됐어요."
그녀는 명랑하게 웃으며 말했다.
"그들이 일어났는지 확인해 봅시다."
나는 가볍게 그들의 방문을 두드리고 무슨 소리가 들리나 해서 미심쩍은 얼굴로 서로 마주 보았다. 아무런 응답이 없었다.
"우리끼리 가서 아침식사나 합시다. 둘이 먼저 가지요."
메리는 재빨리 고개를 끄덕였다. 그녀는 나의 제안에 조금은 놀란 표정이었으나 기분은 좋은 듯했다.
우리가 계단으로 올라가서 산책로로 접어들자 대부분의 공용실처럼 여기도 한적했다. 누군가 책상에서 부지런히 일하고 있었고, 즐겁게 떠들며 먼지를 털고 있는 세 명의 여자가 눈에 띄었다. 산책로는 신선한 아침 공기로 가득 차 있었다.
"기분좋은데."

내가 숨을 깊이 들이마시며 말했다.
"저도 그래요. 지난밤에는 너무 조용했어요."
"난 솔직히 말해서 내가 잠을 잔 건지 안 잔 건지조차도 알 수가 없군요. 물론 그때는 10시였고 지금은 8시 45분이니까 잠을 잔 것은 분명한데 말이오."
나의 이 말은 메리에게는 너무나 부자연스럽고 학구적인 냄새가 풍기는 얘기였던 모양으로 잠시 후에야 내 말뜻을 알아차리는 것 같았다. 처음엔 알아듣기 어려웠지만 이제야 그 말의 난해성을 깨달았다는 기쁨을 만끽하는 것 같기도 하였다.
식당은 산책로처럼 한적하지는 않았다. 우리는 쟁반을 들고 차례를 기다리면서 증기 탁자 옆에 서 있었다. 얼마 안 있어 어떤 사람이 내 팔을 툭 쳤다. 돌아다보니 냅킨을 쥐고 있는 활달한 젊은이였는데 웃음을 참느라고 애쓰는 것 같았다.
"당신이 직접 하셔야 합니다."
그는 뚜껑이 덮인 음식 쪽으로 고갯짓을 하며 친절하게 말했다.
그는 여전히 혼자 웃으면서 영국식 식당의 입구 가까운 곳에 있는 탁자로 되돌아갔다.
우리는 달걀 반숙과 베이컨 그리고 곡식을 이것저것 섞어서 만든 오트밀(이것은 월든 투의 특산물로써 정말 진미였다)을 쟁반에 담았다. 향료를 사용한 달콤한 사이다와 포도 주스가 담겨 있는 조그만 잔들이 탁자 옆에 있었다. 우리는 현대식으로 꾸며진 식당 중에서 하나를 골라 채광창 밑에 빈자리를 찾아 앉았다. 그제야 우리가 커피를 안 가지고 왔다는 사실을 알았다.
"크림과 설탕을 넣어서 갖고 올까요?"
이렇게 말하며 문 쪽으로 가려 하자, 메리도 같이 일어났다.
"함께 가겠어요."

그녀가 말했다. 내가 만류하려 하자 그녀가 덧붙였다.
"바바라가 그러는데 여기서는 아무도 숙녀의 시중을 들지 않는대요."
나는 속으로 혀를 찼다.
"하지만 당신을 숙녀 취급한 것은 아니오. 오늘 아침엔 내가 두 잔의 커피를 가져오고 점심때는 당신이 또 두 잔을 가져오면 되잖아요. 인간공학의 면에서 프레이저도 이렇게 하는데 찬성할 거요. 그런 식으로 일 년에 얼마나 많은 인력과 시간을 절약하게 될지 몰라."
"하지만 우리가 일 년 동안이나 함께 식사할 것은 아니잖아요."
메리는 당황한 눈치였지만 말 자체는 재미있는 모양이었다.
"유감이군요. 그러니까 그 많은 시간을 모두 낭비하는 결과가 되겠지요."
메리도 활기를 띠며 얘기했다.
"어쨌든 커피를 가지러 가는데 이렇게 시간이 많이 걸려서는 안 되겠는데요."
"아, 그럼요. 곧 가지요. 내가 이렇게 멍청하군."
나는 얼굴을 찡그리며 익살스런 표정을 지었다.
"별 말씀을 다 하세요."
그녀는 나에게 잔을 건네주면서 이렇게 말하는 것이었다.
나는 무척이나 기분이 좋았다. 불과 오 분 내지 십 분이라는 짧은 시간 사이에 이 매력적인 젊은 숙녀와 나 사이의 장벽을 무너뜨린 것이다. 이제 그녀는 교수로서의 나를 두려워하지 않는 것 같았다. 우리는 같은 수준의 언어를 사용하는 것은 아니지만—하나님은 유독 나에게만 그놈의 빌어먹을 학자풍의 어조를 쓰도록 한 모양인데—개인적인 차원에서 우리가 서로 다를 수는 없었다. 나는 이런 좋은 분위기를 좀더 확고히 하려는 생각에서 우리의 공동 관심사의 영역을 넓혀야겠다고 생각했다. 마침 그녀는 바바라에 대한 자신의 얘기를 꺼냈고 나는 그것이 우리들이 견해가 일치할 수 있는 좋은 화제라고 여겼다. 그리고 그들 사이가 과연 어떤 관계인지 궁금하던 참이었다.

"바바라는 정말 숙녀이지요."

커피를 들고 탁자 쪽으로 다가오며 내가 이렇게 말했더니 메리도 고개를 끄덕였다.

"바바라는 마음씨도 곱고 더군다나 무척 아름답잖아요? 이제까지 바바라 같은 여자를 사귀어 본 적이 없었어요."

"당신도 그녀를 좋아하는군요."

그녀는 다시 힘차게 고개를 끄덕거렸다.

"그럼요. 매우 좋아해요."

"로저스도 무척 좋아하고 있는 것 같던데요."

"그래요."

나는 이야깃거리가 더 있을 것이라는 걸 눈치챌 수 있었다.

"그 사람들이 언제 결혼한답니까?"

"전 잘 모르겠는데요."

이 말은 분명히 로저스와 바바라의 관계가 원만하지 않음을 짐작할 수 있게 하는 것이었다. 그래서 월든 투가 무슨 관련이 있는 게 아닌가 생각해 보았다. 나는 구닥다리 잡담을 늘어놓고 있는 기분이었지만 메리는 그런 기분이 아닌 것 같았고 즐거운 아침 식사 분위기를 살리기 위해 화제를 돌려 버렸다.

"오늘 아침에 우리가 할 일이 무언지 궁금하군요. 우리의 노동 점수 말입니다."

"얼마나 오래 걸릴까요? 스티브가 일어났으면 좋겠는데."

"음, 내 생각엔 시간이 충분할 거예요. 2점이라고 했으니까, 좀 지저분한 일은 우리 모두 십 분 안에 끝마쳐 버립시다."

"저는 힘든 일은 좋아하지 않아요."
메리가 심각하게 얘기했다.
"그러면 1점짜리 정도의 일은 어떨까요?"
하지만 메리는 그저 당황해 있었고 나는 분위기가 흐려지고 있다고 생각했다. 다행히 상황이 더 나빠지진 않았다. 로저스와 스티브가 쟁반을 들고 증기 탁자 쪽으로 가고 있는 것이 보였다. 메리는 그들과 동석할 수밖에 없다는 듯이 그쪽으로 가서 자신이 직접 떠서 먹는 거라고 일러주고는 쟁반에 사이다 잔을 놓아주었다. 나는 먹고 있던 쟁반을 더 큰 탁자로 옮겨 즐겁게 같이 이야기를 나누었다. 스티브와 이야기하면서부터 생기를 되찾는 메리를 보자 그녀와 친해졌으리라는 나의 생각에 금이 가 버렸다.

스티브와 로저스는 일찍 일어났으며 아까 우리가 노크를 했을 때는 이미 방에서 떠났던 모양이었다. 그들은 연못 끝으로 해서 계곡과 그 뒤편을 산책하고 왔다고 했다. 바바라와 캐슬도 일어났으니까 곧 이곳으로 올 것이라고 했다.

캐슬이 먼저 나타났다. 그는 팔딱팔딱 뛰는 듯한 독특한 걸음걸이로 식당을 가로질러 활기차게 걸어 들어왔다. 그는 커피를 끓이는 데서 우리 쪽을 향해 손을 흔들어 보이고는 발소리를 내며 괜스레 미소를 지으면서 우리 테이블로 다가왔다. 우리는 그가 앉을 자리를 마련해 주고 그의 왕성한 식사 동작을 말없이 바라보고 있었다.

로저스는 캐슬이 오자마자 식탁에서 일어났었는데, 급식실 쪽에서 쟁반을 들고 있는 바바라를 도와주고 있는 것이 보였다.

바바라가 우리 쪽으로 걸어올 때는 로저스가 조금 떨어져서 따라왔다. 그녀는 매우 상냥스런 목소리로 '안녕하세요.' 하고 우리 모두에게 인사했는데, 로저스가 막상 그녀의 쟁반을 테이블 위에 놓고 앉을 의자를 가져다주었을 때는 오히려 형식적인 감사만 표했다.

그 뒤의 대화는 상당히 부자연스러웠다. 그러나 바바라는 분위기를 살리려고 무척 애를 썼다. 프레이저가 나타났을 때도 우리를 대표해서 그에게 인사한 사람은 바로 그녀였다.

노동 점수가 화제로 대두되자 바바라는 프레이저에게 마치 연극대사를 외우듯 소리 높여 말했다.

"주인님, 우리는 당신의 종이옵니다. 마음대로 우리를 부려 주시옵소서."

그녀는 놀라서 쳐다보는 프레이저를 무안하리만큼 빤히 쳐다보았다.

우리는 아침식사 후에 공용실에 있는 작업계(作業係)에 신고했다.

"내 친구들에게 어떤 일을 주시겠습니까?"

프레이저가 젊은 여자담당자에게 말했다. 그녀는 책상 서랍 속에 있는 조그만 카드 상자를 훑어보더니 말했다.

"친구 분들은 월요일 정오까지 머무르시기로 되어 있죠? 닷새에 10점이라, 좋아요. 특별한 경험을 필요로 하지 않는 1.2 정도의 일거리를 드리죠. 구태여 여기저기 흩어져서 일할 것을 원한다면 모르지만, 한 자리에 모여서 일할 수 있는 일거리도 있어요."

"좋아요. 시간이 나면 공동사회의 다른 부분을 구경할 예정이니까요. 어떤 일인데요?"

"남쪽에 있는 이중 창문을 떼 청소하는데 사람이 필요하다고 가옥관리인이 말했습니다. 안쪽 창문을 떼 양면을 조심스럽게 닦고 건조약포로 훔쳐낸 뒤에 창문을 도로 끼우는 겁니다. 친구 분들이 한 조가 되어 일한다면 훌륭하게 해치울 수 있을 거예요. 사흘 동안 시간당 1.2 정도의 일을 하루에 두 시간씩 하면 일요일은 쉴 수 있습니다."

프레이저가 우리 쪽으로 돌아서서 물었다.

"창문 닦는 일인데 어떻습니까?"

우리는 좋다고 우물우물 대답했다.

"그렇다면 좋습니다. 그 일에 이분들 이름을 기록하시죠. 주택 관리인에게 전화해 두세요. 나는 이분들에게 준비를 하게끔 할 테니."

우리는 곧 그 자리를 떴다. 우리의 대열이 꼭 죄수들 같은 느낌이었다. 특히 캐슬은 마치 다른 사람이 자기의 마음을 의심할지도 모른다는 듯이 얼른 대열에 끼었다. 우리가 산책로로 접어들자 그는 멋지게 허리를 틀며 제자리에서 한 바퀴 돌아보였다.

우리는 산책로의 맨 끝에 있는 조그만 의류 상점처럼 보이는 곳으로 들어갔다. 점원은 우리에게 눈대중으로 몸 치수를 재어보더니 지퍼가 달린 작업복을 건네주었다. 여자들에게는 머리에 묶을 스카프도 주었다. 따뜻한 날씨라서 우리가 입고 있는 옷이 거추장스러울 것 같아 옷을 갈아입을 생각으로 우리 방으로 되돌아왔다. 몇 분 후에 작업 지시를 받기 위해 가옥 관리를 찾았다. 그는 남자였다. 프레이저와는 점심때 다시 만나기로 약속하고 헤어졌다.

우리는 서쪽 끝에서부터 일을 시작해서 본관 건물의 남쪽 창을 전부 닦게 되었다. '가사의 산업화'를 실천하려는 뜻에서 다음과 같이 일을 분담하였다. 즉 로저스와 스티브가 그래도 가장 민첩하니까 창문을 떼어서 방수천 위로 벽에 기대어 세워 놓는 일을 하고, 캐슬과 나는 먼저 그 창문을 스펀지와 양가죽으로 닦고 나머지 바깥 창문을 그 다음에 닦기로 하였다. 그리고 바바라와 메리는 특수 분무기와 천으로 윤을 내기로 하였다. 또 로저스, 스티브 그리고 캐슬과 나는 틈이 생기는 대로 건조 약포로 닦고 창문을 제자리에 끼우기로 하였다. 우리는 곧 일을 시작했다. 로저스는 크랭크처럼 작동하는 드라이버를 사용해서 창문을 재빨리 떼어 놓았다. 스티브와 그는 훌륭하게 팀워크를 이루어 일했다. 나는 어떤 신호도 없이 서로의 움직임이나 요구를 정확히 알아서 처리하는 그들의 민첩성에 놀랐다. 우리는 그렇지 못했다. 더군다나 나는 캐슬의 몰골을 보고 웃지 않을 수 없었다. 의

류점 직원이 그의 둥글넓적한 얼굴 때문에 몸의 치수마저 큰 것으로 착각하고 아주 큰 옷을 내준 통에 그의 작업복은 군데군데 바람이 빠진 것처럼 축 늘어져 있었다. 그도 아주 열심히 일했다. 첫 번째 창문을 떼 벽 쪽에 옮기는 것을 도우려고 창문을 붙든 채 절름발이처럼 짧고 급한 걸음걸이로 뒷걸음질쳤다. 그러다가 물통과 스펀지를 넘어뜨리는 바람에 방수천을 물에 잠기게 하여 창문을 옮기고 마룻바닥을 닦아야만 했다. 하지만 곧 만족하리만큼 익숙하게 일을 진행하여 일은 급속히 진척되었다.

생각대로 메리는 로저스와 스티브만큼 능숙했다. 그녀는 빠르고 효과적으로 움직였으며 보기에도 기분좋게 자연스럽고 편한 자세로 일했다. 그러나 바바라는 스카프를 매우 그럴싸하게 터번 모양으로 썼지만 분무기병과 헝겊을 사용하는 데는 상당히 서툴렀다. 그녀는 심란해서인지 연이어 우스갯소리를 늘어놓아 마음을 가라앉히려는 모양이었으나 제대로 웃기지 못해 난감한 표정이었다. 스티브와 로저스는 이내 다른 창문으로 옮겨 일했기 때문에 정오까지 보이지 않았다. 캐슬과 나도 여자들보다는 방 한두 칸 정도는 앞서 갈 수 있었다. 우리가 일을 하고 있는 동안에 독서실은 별로 붐비지 않았다. 이따금씩 그 방에 들어오는 사람들은 여러 가지 기분좋은 유머와 대체로 친절한 어조로 우리에게 말을 건네곤 했다.

정오쯤 로저스와 스티브가 돌아와서 창문을 그만 떼내고 우리가 시작한 곳에서부터 닦은 창문을 끼워야겠다고 했다. 마침 캐슬과 나도 우리 일을 끝내고 여자들을 도와주었다. 우리가 막 일을 마쳤을 때 로저스와 스티브도 일을 마무리 지었다. 우리는 어울려서 악수를 하며 이렇게 계획대로 일을 끝마친 것을 자축했다.

우리는 옷을 갈아입기 위해 방으로 돌아왔다. 캐슬은 얼굴이 상기된 채 숨을 가쁘게 몰아쉬며 의자에 털썩 주저앉았다.

"휴우!"

"하지만 시험 답안지를 채점하는 것보다는 나은데."

내가 말했더니, 캐슬은 벽에 기대 있는 자기의 손가방을 발로 밀면서 맞장구를 쳤다.

"또한 학생들의 학기말 리포트를 읽는 것보다 나은 셈이지. 하지만 나에게는 정신노동을 하는 것이 더 어울릴 것 같아."

10

　점심식사 도중에 프레이저가 말했다.
　"우리가 경제적으로 성공한 비결이란 '염소와 베틀을 피하는 것'이었습니다."
　"계곡 아래쪽에서 염소를 몇 마리 본 것 같은데."
　내가 말했더니, 그는 설핏 눈썹을 찌푸리며 대답했다.
　"맞네, 그리고 베틀도 몇 개 있기야 있지. 하지만 동력으로 움직이는 것일세."
　"염소는 풀을 뜯어 없애주는 수동식(手動式) 동물로 알고 있는데요."
　캐슬이 짓궂게 말했다. 그는 혈색이 안정되어 있었으며 생기가 넘쳐 보였다.
　캐슬의 말에 프레이저는 우리와 함께 웃다가 먼저 웃음을 거두고 얘기했다.
　"내 말이 더 이상 그렇게 잘못 전달되기 전에 확실히 해두고 싶은 얘기가 있는데 우리는 농업과 산업 면에서 원시적 형태로 되돌아가고자 하는 유혹을 피한다는 점입니다. 통상적으로 공동사회란 자원이나 현금보다는 인력이 더 풍부하지요. 그리고 바로 이 점이 종종 사람들로 하여금 인력이 남아돈다고 오판하게끔 하는 이유가 아닐까?"
 프레이저가 나를 향해 질문을 던졌다.
 "나도 그렇게 생각하네."
 내가 대답했다.
 "노동이란 심리적인 이유에서도 최소한으로 유지되어야 하기 때문에 따로 남아 돌아갈 것이 전혀 없다는 얘기가 되지. 하지만 염소와 베틀에 대한 좀더 설득력 있는 설명은—만약 이러한 표현을 두 분 교수님께서 오해하시지만 않으신다면—이상향은 보통 현대적인 생활을 거부하는 데서 비롯된다는 걸세. 그렇다고 해서 이곳에서의 사고방식이 세상과는 동떨어진 독자적인 것이라는 뜻은 아니네. 우리는 보다 나은 변화를 위해 앞을 내다보는 것이지 결코 뒤를 돌아보는 법은 없다는 말이지."
 "당신들도 얼마간 농경생활로 되돌아가지 않았습니까?"
 로저스가 물었다.
 "우리 모두가 먹을 것과 의복을 마련키 위해 농경생활을 하든지 다른 사람들이 우리를 위해 농경생활을 해야 하겠지요. 그렇다고 해서 우리가 기술적인 진보 과정에서 역행하는 것은 아닙니다. 아마 노동력을 절감하는데 있어서 우리보다 더 관심을 쏟는 사람들은 없을 겁니다. 또한 불필요한 노동자들을 제거하기 위해 우리처럼 열심히 노력한 산업가도 없을 거구요. 차이점이 있다면 우리는 노동자를 자르는 게 아니고 불필요한 일 자체를 제거한다는 것이지요."
 "하지만 결국 조금쯤 힘든 일이라 해서 뭐가 그리 나쁘단 말인가? 자네들은 왜 그토록 그런 일을 피하려고 애쓰지?"
 "힘든 일이 나쁘다는 얘기도 아니고 또 구태여 피하려는 것도 아니네. 단지 비창조적이고 흥미 없는 일을 피할 따름이지. 만일 우리 자신이 그런 일을 전혀 하지 않고서도 필요를 충족시킬 수 있다면 우리도 그렇게 할 걸세. 그러나 노예노동을 활용하는 경우를 제외하고는 그런 것은 이제껏 불가능했지. 그리고 똑같이 일하고 똑같이 분배받으려 한다면 흥미 없고 힘든 일을 피하고서 어떻게 필요를 충족시킬 수 있을지 의문스럽다네. 우리가 바라는 바는 행복을 위협받는다거나 체력을 소모하는 일은 없어야겠다는 걸세. 그래야지 우리가 예술, 과학, 오락 기술의 연마, 연구 또는 자연을 정복하고 나아가 인간을 정복하는 데에다 자신의 정열을 쏟을 수 있을 게 아닌가. 인간의 정복이란 타인을 정복한다는 뜻이 아니라 바로 자기 자신을 정복한다는 뜻이지만 말일세. 우리는 노예노동이 없이 여가를 창조해 왔으며, 기식하거나 전쟁을 일으키지 않아도 되는 사회를 이룩해 왔네. 하지만 이 상태에서 멈춰서는 안 되겠지. 우리의 책임을 다하면서 살아야 하네. 그래야 제 2의 '태평성대'를 이룩할 수 있지 않을까?"

마치 그가 한 말이 육체적으로 고통스럽기라도 한 듯 프레이저는 가볍게 몸을 떨더니 재빨리 말을 이었다.

"자, 자리를 옮깁시다. 이곳엔 여러분들이 궁금해 하실 더 직접적인 문제점들이 허다하니까요."

그는 우리를 주방을 통해서 어떤 방으로 끌고 갔는데, 그 방은 창문이 없는 것으로 보아 아마도 언덕 지표면 아래에 위치한 것 같았다. 그곳은 일종의 거대한 식료품 창고인 모양으로 일 년분 가량의 냉동된 야채와 과일을 특수한 방법으로 저장하고 있었다. 예를 들자면 껍질을 속대에 남겨둔 채 신선한 옥수수 알에서 즙을 만들어 양분 있는 부분만 골라 놓은 식이었다.

"이 가공식품은 진미지요. 우리의 옥수수 스플레 요리를 드셔 보십시오. 우리가 자랑하는 특제품이니까요."

옥수수 가공품을 가리키며 프레이저가 말했다. 식료품 저장을 책임진 관리자가 적기에 야채와 과일을 공급하기 위해 숙련된 사람들로부터 도움을 청할 수 있다고 했다. 이 같은 인력은 다른 방면에도 융통성 있게 활용될 수 있다는 것이었다.

공동사회에서 파견된 회원이 외부의 농가들과 계속 접촉하면 추수기에 일손이 모자라 곡식을 제대로 수확하지 못하는 농가엔 가끔 노동력을 제공한다고 했다. 이 경우 타협하여 수확물을 적당히 나누는데 농부들도 곡식을 그저 버리지 않으려고 애쓰기 때문에 자연히 흥정은 유리하게 이루어진다고 했다.

"아침 일찍 우리 회원들이 서너 대의 트럭에 분승하여 그런 곳에 나갔다가 점심때쯤이면 일 년 동안 먹을 수 있는 버찌나 딸기, 토마토를 가지고 돌아올 수 있습니다. 그러면 저녁때까지는 간추려서 냉동 저장되는데 아주 비용이 적게 들지요."

프레이저가 말했다.

"마치 곡식을 마구 먹어치우는 '메뚜기' (locust)떼처럼 들리는군요. 당신이 하루 네 시간만 작업하더라도 생활에 충분하다는 걸 얘기하면서 그런 '약탈 행위'를 허용합니까?"

프레이저는 이 말의 뜻을 눈치채지 못했거나 아예 말하고 싶지가 않았던지 아무런 대답도 없이 우리를 조그만 밀 제분소를 통해 건물의 뒤쪽으로 서둘러 데려갔다. 거기에는 두 사람이 트럭에서 우유 깡통을 내리고 있었다.

"이 차를 타면 낙농장으로 갈 수 있습니다. 거기에서부터 농장을 쭉 훑어보기로 합시다. 메이어슨 부인이 같이 가기로 했는데……."

프레이저는 이렇게 말하며, 마치 그녀를 기다리기라도 하듯 두리번거리며 사방을 둘러보았다.

우리는 트럭에 올라탔다. 차가 주방과 창고를 연결하는 비포장도로를 덜컹거리며 달리는 통에 상당히 애를 먹었다.

낙농장은 월든 투의 농장 중에서도 가장 근대화된 곳이었다. 캐슬이 얘기한 염소처럼 이곳의 젖소도 풀을 뜯어먹고 사는 종류였지만 그다지 사람 손이 많이 가는 것 같지는 않았다. 버터, 치즈 그리고 기타 부산물들이 근처의 조그만 크림 제조소에서 만들어졌고 본관 뒤쪽에 있는 '바위 언덕'의 천연 동굴에서는 치즈를 특수하게 응고시켜 저장하는 실험이 진행되고 있었다.

우리는 농장에서 낙농담당 관리자를 소개받았는데, 프레이저는 그에게 우리들의 안내역을 인계했다. 설명하는 방법에 있어서 두 사람의 차이는 놀라울 만큼 컸다. 프레이저의 설명 기법은 매우 선별된 것이었으며 대체로 행동공학이나 자연에 대한 인간의 승리—대개 사소한 것이긴 했지만—같은 것을 즐겨 다루었는데 비해, 이 관리자는 일반론에 관해서는 전혀 아는 바가 없는 것 같았다. 그는 젖소와 우유 그리고 가축 사료와 비료 등에 관한 얘기들만 했다.

그에게는 크림 분리기가 노동이나 시간을 절약하는 의미를 갖는 게 아니라, 단순히 전유에서 크림을 추출해 내는 기계일 뿐이었다.

또 그에 있어서는 젖소가 '풀에서 젖소로, 젖소에서 인간으로, 또 인간에서 풀'로 이어지는 연쇄적 과정의 일부로서가 아니라, 해마다 수천 파운드의 버터를 생산해내는 그저 건강한 홀스타인(Holstein)과 건시(Guernsey)종일 뿐이었다.

우리로서는 이런 평범한 사실들을 듣게 되어 상당히 기분 전환이 되었으며 마치 '낙원의 우유'에 대해 직접적인 설명이라도 듣고 있는 듯이 그 얘기에 매료되었다.

문득 프레이저가 이때까지 지껄인 얘기들이 도대체 실제로 알기나 하고 얘기한 건지 궁금해졌다. 그가 옥수수 스플레를 만들 줄 아는지, 또 연못 청소를 해본 적이나 있는지, 그리고 완두콩을 따는 시기와 그 저장법에 대해서 알고 있기나 한지 궁금해졌던 것이다. 나는 그가 밀과 보리를 구별할 수 있는지조차 의심스러웠다. 실은 그토록 사랑한다던 공동사회나 외부 도시의 예술에 관해서도 그는 순전한 아마추어일 따름이었으니까. 나는 부룩 농장(Brook Farm)에 살면서 흙을 사랑했기 때문에 직접 땅을 경작했던 에머슨을 생각하고는, 월든 투의 치명적인 약점이 있을지도 모른다는 갑작스러운 의구심이 일었다. 하지만 이 젊은 전문가의 정열은 믿음직스러운 것이었다. 아마 프레이저는 경제적 구조와 문화적 디자인은 꿈꾸고 있으면서 우유를 얻어내고 있으리라.

프레이저는 낙농 관리자가 자기가 없는 사이에 우리의 흥미를 딴 데로 돌려버렸다는 사실을 눈치채고는 길을 건너서 채소 재배농장으로 가는 동안 자기의 위신을 회복하려고 애썼다. 그의 얘기에 의할 것 같으면, 이곳 관리자들은 외부 사회의 협동농장과 관련을 맺고 있었는데 그들이 도산 위기에 처하자 월든 투가 도와주었다고 했다. 그는 저의가 빤히 들여다보인다는 걸 깨달았는지 급히 또 다른 화제를 들추어냈다. 그는 한 작은 건물을 가리켰다.

"사회공학에 있어서의 산 업적이지요."

그는 얘기의 방향이 다소 뒤틀린 듯 말했으나 자신이 잘 알고 좋아하는 문제를 찾아낸 데 만족스러운 모양이었다.

"젖소나 크림제조소 근처 또는 돼지우리나 양계장에서 일하게 되면 자연히 불쾌한 냄새가 몸에 배게 마련이지요. 보통 깨끗이 닦는 것만으로도 충분하지 않아요. 그리고 우리 회원들이 이곳을 다소 기피하기 시작하자 농장에서의 작업 점수의 가치 역시 올라가기 시작했습니다. 그래서 우리는 이 냄새 문제를 심각하게 다루었지요."

그는 마치 당면한 문제를 해결하기나 하는 듯 어깨를 으쓱해 보였다.

"이 건물은 세 부분으로 나누어져 있습니다. 농부들이 일하러 오면 첫째 방에다 옷을 벗어 놓습니다. 그리고 나서 세 번째 방에 가서 작업복으로 갈아입지요. 작업장에서 돌아오면 작업복을 가운데 방에 벗어놓고 샤워를 한 후 평상복으로 갈아입지요."
캐슬이 조용한 목소리로 노래를 부르기 시작했다.

　내 귀여운 아가씨, 어딜 가시나요?
　'샤워실에요.' 그녀가 말했다네.

"한 가지 덧붙이면 그 방들은 남·녀 각각 두 개씩입니다."
캐슬이 빈정거리는 통에 프레이저는 서둘러 얘기의 꼬리를 달았다.
우리는 채소밭의 고랑을 따라 걸었다. 프레이저는 양계장과 남쪽 편에 위치한 돼지우리를 보여주었다. 우리가 작업장 쪽으로 방향을 바꾸자 프레이저는 경제학에 대한 토론을 끄집어냈다. 그의 얘기에 의하면 공동사회는 물론 완전히 자급자족을 하고 있는 것은 아니었다. 어느 정도의 자원과 장비가 필요했고 동력장비를 구입해야 했고 세금을 지불해야 했다. 따라서 '외국환'을 바꾸어야만 했는데 아직은 외국환을 통한 기계수입이 분명히 만족스런 상태가 아니었다. 과거의 공동사회는 숙련 노동의 공급을 최대한 활용치 못했었다. 하지만 이제는 몇몇 소규모 산업들이 안정되어 있으며 다른 것들도 진행 중이라고 했다. 공동사회는 이제 수지를 맞추고 있지만 프레이저는 지금보다 더 효율적으로 운영될 수 있으리라고 했다.
얘기 도중에 프레이저는 때때로 본관 쪽을 쳐다보곤 했다. 우리가 작업장 앞 도로에 이르렀을 때 길옆 풀밭에 주저앉으며 우리도 앉으라고 했다.
"메이어슨 여사가 방금 홀을 떠났어요."
나는 그의 말을 확인하려고 고개를 돌렸지만 소나무 때문에 시야가 가려서 보이지 않았다. 그가 나를 쳐다보고 있는 것 같아 그쪽으로 얼굴을 돌리니 그는 미소를 감추려고 고개를 다른 쪽으로 돌리며 말했다.
"그녀는 십 분 내에 이리 올 겁니다. 잠시 기다려 주시죠."
프레이저가 공동사회의 경제 분석에 대한 얘기를 계속하자 우리는 다시 그의 주위에 몰려들었다. 그는 자신의 관심을 얘기에 쏟으려 애쓰는 것 같았으나, 초점이 흐려진 눈은 풀밭 쪽을 향한 채 공허한 목소리로 판에 박은 듯한 말을 하나씩 차례로 되풀이할 뿐이었다. 그러다가 갑자기 참을 수 없다는 몸짓으로 두 손을 가로저으며 주장하듯 외쳤다.
"하지만 이런 설명을 한다는 건 바보짓이지! 이곳에는 전혀 문젯거리가 없습니다. 잘 관리된 공동사회가 하나의 경제 단위로써 훌륭하게 운영될 수 있다는 사실에 대해 누구도 의심할 사람은 없어요. 어린 아이라도 그것을 증명할 수 있을 테니까요. 중요한 문제는 심리학적인 겁니다. 더 자세한 것에 대해서는 전혀 말할 수 없어요. 어쩌면 이 문제로 해서 당신들은 오해를 하게 될지도 모르지만요."
아까 채소 재배장의 질퍽거리는 땅을 지나왔었는데, 프레이저는 조그만 막대기를 집어서 말없이 자기의 구두를 닦아내기 시작했다. 그제야 메이어슨 여사가 길게 뻗은 소나무 숲으로부터 우아하면서도 다소 군인들의 빠른 걸음걸이를 연상케 하는 걸음으로 나타났다. 프레이저는 재빨리 일어나서 그녀를 맞으려 서너 걸음 앞으로 나갔다. 그녀는 그에게 왼손을 그리고 바바라와 메리를 향해 오른손을 내밀며 말했다.
"정말 너무너무 죄송합니다. 오래 기다리시지나 않았으면 좋겠는데. 바흐(Bach)곡은 아주 진전이 느려요. 게다가 퍼지가 계속 붙잡고 놓아주질 않지 뭐예요."
그녀는 대단히 미안한 표정으로 프레이저 쪽을 향해 변명하듯 덧붙였다.

 우리는 길을 건너서 죽 늘어선 건물들 중의 첫 번째 건물로 들어갔다. 커다란 방 안에는 갖가지 크기의 베틀과 반질반질하게 광택이 나는 탁자와 선반 등이 있었는데, 선반 위에는 여러 필의 모직물과 다른 부속품들이 널려 있었다. 프레이저조차 대단히 놀랄 정도로 그 방은 사람이 없어 황량했다.

 "오늘은 이런 종류의 일을 하며 하루를 보내기에는 너무 날씨가 좋은가 보군요. 연중 이맘때엔 옥외에서 해야 할 일거리가 많지요. 날씨가 나쁠 땐 이곳도 사람들로 꽉 차게 됩니다. 우리는 예비품을 포함해서 모든 모직물 제품을 손수 만들지요. 여러분도 보시다시피 이곳 직기들은 모두 동력으로 움직이는 겁니다."

 여기까지 얘기를 한 뒤 그는 자제하듯 얘기의 속도를 늦추며 엄숙한 어조로 덧붙였다.

 "이미 말씀드린 것처럼 우리가 만든 천을 수공품이라고 선전할 수는 없습니다. 그러나 숙련된 직조공에 의해 조심스럽게 길들여진 직기들이기 때문에 이곳 제품들은 여러 면에서 매우 우수한 것들입니다."

 우리는 주황색 털실이 걸려 있는 소모기(梳毛機: 털실의 보풀을 세우는 기계) 앞에 멈춰 섰다.

 "언덕 저편에서 기르고 있는 갈색 털의 양떼를 보셨습니까? 아주 고상한 색이죠. 우리는 그놈들로부터 멋진 혼합 색을 얻는 겁니다."

 프레이저가 이렇게 얘기하고 있는 사이에 메이어슨 부인이 여자들에게 뭐라고 얘기를 하더니, 프레이저에게는 아무 말도 없이 여자들만 데리고 다른 건물 쪽으로 가버렸다. 프레이저는 말없이 그들을 바라보더니 하던 얘기를 중단해 버렸다. 잠시 후에 우리는 통로를 거쳐 커다란 목공소로 갔다. 두 사람이 수리 중인 가구 하나에 꺽쇠를 끼워

넣고 있었을 뿐 그 건물에도 거의 사람이 없었다. 이를 본 프레이저가 또다시 옹색하게 변명했다.

"사람들이 밖에서 일하고 싶어할 만한 날씨인 모양이지요."

거의 똑같은 크기의 세 번째 건물은 금속 세공과 기계공장으로 쓰고 있었으며 네 번째 건물에는 중앙의 홀 양쪽으로 조그만 방들이 많이 나 있었는데, 어떤 방들은 실험실로 쓰는 모양이었다.

밖으로 나가 우리가 거쳐 왔던 건물들로 둘러싸인 넓은 공터로 갔다. 거기에서는 제재소로부터 평삭기(平削機: 대패처럼 나무의 표면을 깎는 기계)의 소음이 거의 주기적으로 들려왔다. 흙 치는 기계공구가 커다란 창고 아래 쌓여진 흙더미 가운데에 세워져 있었고 막 찍은 벽돌들이 나무시렁 위에서 건조되고 있었다. 몇몇 남녀가 그곳에서 작업 중이었는데 내가 무척 젊어 보인다고 했더니 프레이저는 이렇게 말했다.

"개인 숙소로 쓰는 건물에다 방을 몇 개 더 증축하고 있는데, 이 젊은이들이 그 방들을 사용할 예정입니다. 자기 자신의 숙소를 직접 짓는 데에는 만족감 같은 것이 있는 법이지요. 마치 새들이 자기 둥우리를 짓는 본능과 같다고 할까요. 아마 그것도 월든 투에서 서로 사랑하는 과정의 일부일 겁니다. 물론 이러한 작업은 경험 있는 사람들이 감독을 하지요."

"사랑하는 과정의 전부를 감독해서는 안 되겠지."

캐슬이 빈정거렸다.

우리는 길을 건너 의복점으로 갔다. 우리가 안으로 들어갔을 때 메리 주위엔 한 무리의 남녀들이 모여 있었다. 메리는 커다란 자수를 위에 끼워 있는 옷감에다가 꿰매는 법을 보여주고 있었다. 바바라가 로저스에게 설명했다.

"메리의 할머니가 가르쳐 준 것이래요. 멋있어요!"

스티브도 메리 쪽으로 다가가서 들여다보고는 경탄한 듯 중얼거렸다.
 "근사하군, 근사해!"
 모두 즐거워하는 것으로 보아 메리가 하는 일이 제법 훌륭한 것 같아 나도 그녀가 자랑스럽게 여겨졌다. 하지만 사람들이 흩어질 때는 아무도 그녀에게 감사를 표하거나 고맙다는 인사가 없는 것을 보고 의아한 느낌이 들었는데 나중에 알고 보니 이것도 월든 투의 규약에 따른 것이었다. 나의 관심을 끈 것은 분명히 메리가 그 어떤 칭찬도 기대하지 않았던 것 같다는 점이다. 그녀는 조용히 즐거워했고 스티브의 팔을 잡고 귀에다 무엇인가를 소곤거리는 걸 보니 조금은 자랑스러워하는 것 같기도 했다. 그러나 그 시범이 오래 갔다면 오히려 그녀의 기분을 상하게 했을는지도 모른다는 생각이 들었다.
 거의 5시가 다 된 모양이었고, 우리 일행이 소나무 숲 쪽으로 걸어 갈 때는 모두 조금씩 지쳐 있는 것 같았다. 프레이저가 본관으로 타고 갈 트럭을 기다리자고 제안해 우리는 길옆의 풀밭에 다리를 쭉 뻗고 편히 앉았다. 몸이 나른하여 졸음이 밀려오는 데다 이제는 프레이저가 월든 투에 관해 더 이상 얘기를 꺼내지 않는 것이 다행이라고 여겨져 기분이 더욱 느긋해졌다.
 "그래, 바흐곡 합창 연습이 제대로 안 된 모양이지요?"
 프레이저가 메이어슨 부인에게 건네는 말이 들렸다.
 "처음에만 그래요, 들을 만할 거예요."
 "8시에 발표가 있다고 했소?"
 "네. 약 한 시간가량 걸릴 거예요."
 "저녁식사를 어떻게 하는 게 좋겠소?"
 "저녁식사는 늦게 하기로 하고 곧장 가는 게 어떨까요? 당신들은 점심을 늦게 드셨잖아요."

"당신도 우리와 함께 가겠소?"

"아뇨, 나는 퍼지와 멕킨타이어 가족과 함께 우선 차나 한잔 마시고 있다가 음악회가 끝난 뒤에 식사를 같이 하기로 했어요."

계속 말이 오고갔지만 나는 피로하여 축 늘어져 버렸다. 잠시 뒤에 트럭이 오는 소리가 들렸고 프레이저가 일어서서 차를 불러 세웠다. 트럭에는 짐이 많이 실려 있어 어떻게 빈자리를 찾아 앉았지만 로저스와 스티브는 자동차 양쪽에 달린 발판에 서서 가야 했다. 우리는 숙소 근처에 내려서 7시에 식당에서 만나기로 했다.

로저스, 스티브와 여자들은 차에서 내리자 곧장 실내로 들어가 버렸다.

"당신이 아까 얘기하신 곡은 바흐 합창곡이었습니까?"

"네, 맞아요. 우리는 B단조 미사곡을 비롯해 서너 가지의 합창곡을 연습 중이에요."

메이어슨 부인은 나의 질문에 약간 놀란 듯한 표정이었으나 기분이 좋아 보였다.

"아, 그렇습니까? 저는 B단조 미사곡은 한 번도 들어보질 못했습니다."

이런 식으로 바흐의 합창곡 중에서 내가 잘 알고 있는 부분에 대해 이야기를 늘어놓고 있을 때 프레이저가 캐슬에게 얘기를 던졌다.

"자, 내가 마술을 부렸다고 당신이 주장한 저 '아름다운 숙녀'를 어떻게 생각하십니까?"

메이어슨 부인은 나의 음악사 이야기에 흥미를 잃고 프레이저 쪽으로 약간 몸을 돌렸다.

"저 여성이 허공에 떠 있는 환상이 아니란 걸 알게 되니 속이 시원하십니까?"

프레이저가 빈정거렸다.

나는 나대로 메이어슨 부인이 내 얘기를 듣고 있지 않다는 것을 알면서도 계속 떠들어 댔다.
"나는 오히려 환상으로 있는 것이 더 좋을 것 같소. 하지만 그 배후의 실상이 무엇인지 알아보는 것도 흥미가 있더군요."
캐슬이 대꾸했다.
"도대체 저 사람들이 무슨 이야기를 하고 있나요?"
내 말을 가로막으며 메이어슨 부인이 물었다.
"당신이 그것을 환상이라고 부르시겠다면 우리도 그렇게 하지요. 우리도 공중에 떠다니는 것을 즐기지요. 우리 마음속에도 범할 수 없는 것을 범하려고 하는 '무서운 아이들'의 속성이 있으니까요. 좋아요. 나도 저 '아름다운 숙녀'를 환상으로써 즐긴다고 해두죠. 하지만 저 사람도 우리처럼 단단한 뼈와 살덩어리로 되어 있고 우리는 이런 자연법칙을 모두 준수합니다."
"프레이저 씨!"
프레이저를 부르는 그녀의 목소리는 매우 높았다.
"대관절 무슨 얘기예요?"
"마술가의 아름다운 조수가 중력의 법칙에서 벗어나 자유롭게 보이는 것만큼 우리도 경제적 법칙으로부터 자유로운 것처럼 보일 뿐이지요. 하지만 우리는 자유스럽게 보이는 것을 좋아합니다. 우리들에게는 여가란 공중부양(空中浮揚)이지요."
"어머, 도대체 무슨 얘길 하는지 이해할 수가 없군요."
음악적인 목소리로 메이어슨 부인이 끼어들었다.
"안 가요? 프레이저 씨."
서로 작별인사를 나누고 나자, 프레이저와 메이어슨 부인은 잔디를 가로질러 사다리 길을 향해 걸어갔다. 그들은 무언가 얘기를 주고받으며 유쾌한 웃음소리를 날리고 있었다.

"그런데 내 생각엔 그 '아름다운 숙녀'의 이름이 라첼 메이어슨 부인이란 말이오."

안으로 들어가면서 나는 캐슬을 향해 이렇게 얘기했으나 그것은 위장된 재치였다.

나는 내가 지껄인 말의 뜻도 제대로 몰랐으니까.

11

　식당 근처의 도로 한쪽 곁에는 신문에서 볼 수 있는 라디오 방송프로그램처럼 장식된 게시판이 하나 서 있었다. 왼쪽 가장자리에 세로로 시간들이 적혀 있었고, 상단에는 가로로 '극장', '제 2스튜디오', '잔디밭', '라디오 라운지', '서쪽 출입문', '영국식 방', '황색 놀이실' 등 월든 투 내부의 각 장소가 죽 적혀 있었다. 회합, 파티, 음악회, 운동시합 등 그날의 행사를 적은 카드가 해당 시간과 위치에 따라 게시판에 붙어 있었다. 물론 그 모두를 내가 기억하는 것은 아니지만 그 중 기억나는 것은 '헤다 가블러(Heedda Gabler)', '커런 그룹(Curran's Group)', '보스턴 심포니(Boston Symphony)',' 캔턴행 트럭 여행(Truck Ride to Canton)', '청소년 무도회(Youngsters Dance)' 아글(AGL)', '신문 그룹(News Group)', '탭(Tap)', '월든 코드(Walden Code)' 등이다.
　캐슬과 내가 저녁식사를 함께 하기 위해 일행을 기다리면서 〈오후 8시〉라고 쓰여 있는 극장란을 보았다. 거기에는 〈바흐의 미사곡 B단조 중 합창 3곡·연주 훼르구스 그룹·50분간〉이라고 적혀 있었다.
　그때 프레이저가 라운지로부터 나타났다.

"뭐, 재미있는 거라도 찾아냈나? 아, 음악회 프로그램을 보고 있었군."

그가 말했다.

"행사가 굉장히 많군 그래."

손을 들어 게시판을 가리키며 내가 그의 말을 받았다.

"늘 그렇지. 적어도 자네가 게시판의 작은 글씨에 익숙하게 될 때까지는 생각보다는 많아 보일 걸세. 이런 안내공고에서 흥취가 빠져 있다고 생각할 거야. 우리에겐 일반 오락산업에서처럼 무료해 하는 대중을 끌어들이는 화려한 포스터, 번쩍거리는 전등이나 장식 같은 건 눈 씻고 찾아보려야 볼 수 없으니까. 그러나 하루 이틀쯤 지나면 이 간단한 공고들도 모두 불빛이 번쩍이는 극장 간판처럼 보는 사람을 흥분시킨다는 것을 실감할 걸세. 3m 높이의 안내 표시가 없으면 1.5m짜리라도 족하고 1.5m짜리가 없으면 30cm짜리도 족하지. 우리를 흥분케 하는 건 포스터의 화려한 색깔이나 크기 따위가 아니야. 과거에 그와 비슷한 포스터의 프로를 보았을 때의 경험들이라네. 그러니까 그 흥분은 말하자면 조건반사인 셈이지. 우리 게시판은 우리에겐 브로드웨이의 극장가와 마찬가지이고 이 게시판만 보더라도 현혹되어 버리는 거야."

프레이저는 음악회의 공고를 자세히 보더니 말했다.

"오십 분간이라…… 길기도 하군."

"자네들 연주회는 통상 빨리 끝나는 곡들뿐인가?"

"대체로 짧은 편이지. 장시간 연주된다고 해서 뭐 별다른 의미라도 있을 게 뭐야? 딴 곳에선 몰라도 이곳에선 아무 의미도 없는 일이니까."

"연주 시간을 따지는데 월든 투든 아니든 그게 무슨 차이가 있는가?"

"도시에서는 오십 분짜리 음악회가 불가능할 거야. 누구도 자기가 지불한 돈만큼의 가치를 얻지 못할 테니까."

"입장료가 별로 비싸지 않다면……."

"이것 보게나, 입장료란 우리가 연주회에서 음악을 감상할 때 지불하는 것 중의 일부일 뿐이야. 교통 문제를 비롯하여 그 소요되는 시간과 더군다나 악천후를 생각해 보게나. 만일 어떤 사람이 자네더러 콘서트홀에 가서 자기 짐을 날라다 달라고 하면 자네는 수고비로 얼마를 달라고 하겠나? 그런 모든 불편을 생각하면 공연이 두세 시간 정도는 돼야 만족한다는 말일세. 그러나 사십오 분 이상이 소요되는 중요한 작품은 극소수밖에 없지. 예를 들자면 몇몇 오페라나 '베토벤의 교향곡 9번' 같은 건 한꺼번에 들을 만한 가치가 있다는 얘길세."

"바흐의 'B단조 미사곡'도 그렇겠지."

내가 이죽거렸다.

"우리는 결국 한꺼번에 그 곡 전체를 듣게 될 걸세. 그건 퍼지에게 달린 문제지만 말이야. 그런데 한 시간 이상 걸리는 곡 중 특별히 듣고 싶은 거라도 있나?"

나는 이다지도 뻔뻔스러운 프레이저의 속물근성에 놀랐다.

"작품의 양식이나 분위기를 다양하게 느낄 수 있도록 프로그램을 짠다고 해서 나쁠 건 없잖은가?"

"그럼 자네는 베토벤이 '익살'에 이어 연주될 걸 의식해서 '운명'을 썼다고 생각하나?"

"그런 건 아니겠지. 하지만 다른 어떤 곡 다음이라면 무방하다고도 생각하는데."

"그렇다면 그가 청중과 똑같은 어려움을 겪었기 때문이란 말인가? 아닐 거야, 하나의 음악 작품은 그것 자체로 경험되어야 해. 그리고 우리가 자유로이 그렇게 할 수도 있고."

스티브와 메리가 산책로를 따라 걸어오고 있는 것이 보였다. 그들은 오늘 오후 옷가게에서 봤던 몇몇 젊은이들과 함께 있었다. 그 중 하나가 프레이저에게로 다가왔다.
"오늘 저녁 스티브와 메리와 같이 지내도 괜찮겠어요? 미사곡이 듣고 싶지 않은 모양이거든요."
프레이저는 스티브와 메리 쪽을 향해 눈썹을 가운데로 모으더니 다시 그들에게 반문했다.
"도대체 듣고 싶어하는지 아닌지를 당신들이 어떻게 안단 말인가요? 그걸 들어본 적이라도 있대요?"
"아닙니다. 하지만 좋아할 것 같지가 않거든요. 지금 함께 춤추러 가는 길입니다."
나는 메리를 쳐다보았다. 그녀가 괜찮겠느냐는 듯 눈썹을 치켜 올리기에 고개를 끄덕여 주었다.
"저녁식사도?"
"당신만 괜찮다면요."
프레이저가 다소 언짢은 듯 손을 흔들어 가라고 하자, 그들은 식당 안으로 들어가 버렸다. 그때 멀리서 로저스와 바바라가 조용히 걸어오는 것이 보였다. 가까이 다가오자 바바라가 로저스를 대신하여 인사를 했다. 우리는 같이 저녁식사를 하러 갔다.
우리가 스웨덴식 방의 탁자에 자리 잡자 프레이저가 말했다.
"어쨌든 당신들은 다른 방문객들이 늘 하던 얼빠진 질문들은 하지 않는군요. '일이 없을 때 당신들은 어떻게 시간을 보냅니까?' 라는 질문 말입니다. 당신들이 그런 질문을 하지 않은데 축하라도 할 정도로 기분이 좋습니다."
단박에 캐슬이 말을 받았다.
"그 반대일 걸요? 당신은 그 질문이 나오기를 기다리다 그것이 나오지 않자 실망하고 있는 것 같은데요? 내가 당신에게 그걸 물어보겠습니다. 이렇게 얼빠진 질문을 하는 것을 용서하십시오. 그러한 여가 시간을 어떻게 보내고 있습니까?"

"만약 내가 그런 질문을 기대하고 준비가 되어 있었다면 당신이 그 질문을 지금 하는 건 실수가 되었을 겁니다. 난 아직 대답할 아무런 준비도 되어 있질 않습니다. 우리가 공동사회 운영에 대한 심리적인 측면을 논의할 때, 그런 질문이 얼마나 어리석은지를 증명해 드리죠. 하여튼 당신은 정말 알고 싶어서 묻고 있는 겁니까?"

"알고 싶고말고요."

"하지만 당신이 직접 눈으로 확인한 사실들은 어떻게 하구요? 우리 게시판을 보십시오."

"나는 과연 그게 확증이 될 수 있는지조차 의문이군요. 그렇지만 '항상 무언가를 한다는 것'은 절망에 대한 표시이거나 아니면 권태에 대한 투쟁이 아닐까요?"

캐슬이 의문을 달았다.

"옳습니다."

프레이저는 힘주어 말했다.

"캐슬 씨, 당신은 심리학자가 되었으면 좋을 뻔했어요. 그리고 여기 부리스 씨는 오히려 철학자 타입이구요. 그건 당연히 '권태에 대한 투쟁'이겠지요. 아주 멋진 비유로군요. 하지만 권태에 대해서는 다음에 이야기하기로 합시다. 난 단지 우리를 평가하는데 있어 무시해서는 안 될 월든 투의 한 단면을 일깨워주고 싶었을 뿐입니다. 즉 예술에 대한 우리의 후원 말입니다. 지금은 미술이나 음악에선 황금 시대가 아닙니다. 하지만 왜 그럴까요? 우리의 문화가 과학과 기술을 발달시킨 것만큼 예술도 풍요하게 할 수 있었을 텐데 그렇게 되지 못한 이유가 뭘까요? 그건 확실히 올바른 조건이 결여되어 있기 때문입니다. 거기에 바로 월든 투가 등장하는 이유가 있는 것이죠. 이곳에서는 그 올바른 조건이 이루어질 수 있습니다."

"우리는 그런 조건들에 대해 아는 바가 없잖은가?"

나는 아까 프레이저가 나를 철학자 타입이라고 불렀던 것 때문에 약간 계면쩍어졌다.

"많이 알지 못하는 건 인정하네만, 그러나 어느 정도 충분하다고 보네. 여가(餘暇)를 예로 살펴보세. 예술가들에게 여가를 만들어 주는 부유층이 있다는 건 좋은 시대의 특징이지. 이것은 예술가들이 게으르다는 소리가 아니라 그들이 생계를 이어나가야 하는 책임으로부터 어느 정도 해방되어야 한다는 얘길세. 이것이 바로 예술의 본질이 아닌가. 예술이란 일반 세상에서는 생계를 이끌어가는 데 쏟아야 할 재능과 정력들을 창작 쪽으로 개발해 가는 것이니까 말일세."

"예술 이외의 다른 일도 열심히 하는 예술가도 있잖나?"

내가 말했더니 프레이저는 독선적으로 자르듯 응수했다.

"사실상 예술가와 작곡가들이 후원을 받지 못할 경우에는 자기의 작품 활동에 몰두할 수 있는 다소의 시간적 여유를 얻기 위해 예술가로서의 책임을 소홀히 하게 되지. 그러다 보면 대중들로부터는 명성을 잃게 될 테고. 생활의 안정을 위해 책임을 다하지 못하든 충분히 작품 활동을 할 수 있도록 생활보장이 되든 순간적인 효과에선 같을지 몰라도 궁극적으로는 안정된 생활이 보다 생산적이지 않을까?"

"난 자네가 말하는 조건들이 현재 우리 문화에 없다고는 믿을 수 없네. 여러 가지 부상(富賞)과 연구보조비 제도가 있지 않은가?"

"상(賞)이란 표면만 긁어주는 정도지. 또 예술은 돈으로 격려할 수 있는 성질의 것도 아니지 않은가? 필요한 건 문화야. 젊은 예술가들에게는 참여할 수 있는 진정한 기회가 필요하지. 그러자면 경제적 안정과 사회적 안정이 예술가에게는 필수적인데 상이란 것이 그것을 해결해 주는 건 아니야. 또 예술을 즐길 수 있는 감상자들 즉, 단순히 돈만 지불하는 것이 아니라 즐길 줄도 아는 청중이 있어야 하네. 대체로 우린 무엇이 필요한지 잘 알고 있는 셈이지. 말하자면 예술가가 작품 가치를 보여주기 전에 바로 우리 자신이 예술가에게 접근해야 한다는 거네. 위대하고 고무적인 문화는, 젊고 초보적인 사람에게 자극을 주지. 박애주의만으로는 부족하지. 몇몇 위대한 예술 작품을 탄생시킬지도 모르지만 그건 시작일 뿐이야. 예술의 황금시대는 기대하지 말게."

프레이저는 조심스럽게 침을 삼키고는 신중한 자세로 얘기를 계속했다.

"자네는 내 이야기에 싫증이 나겠지만, 난 되풀이해야만 하겠네. 황금시대란 미술, 음악, 과학, 평화, 풍요, 그 어느 것이든 경제적, 행정적 기술만으로는 도저히 도달할 수 없는 걸세. 과거에도 우연히 이루어졌고 치밀한 계획에 의해서 이루어진 건 결코 아니었어. 지금 이 순간에도 수많은, 뜻 있는 지성인들이 더 나은 세계를 건설하려고 노력하고 있지. 그러나 해결해야 될 문제는 급속도로 생겨나고 해결하는 속도는 훨씬 더디게 마련이고……. 지금 세계 문화는 놀란 말처럼 치달리고 있네. 그 옆구리는 땀에 번들거리고, 콧구멍으로는 하얀 김을 내뿜으며 말이야. 달리면 달릴수록 공포가 가중되겠지. 정치가들, 교수들, 작가들이 아무리 팔을 흔들며 외쳐 보아도 이 미쳐 날뛰는 야수를 길들일 수는 없을걸."

"그렇게 달리는 말을 당신은 어떻게 하렵니까?"

캐슬이 따지듯 끼어들었다.

"지쳐 쓰러질 때까지 달리도록 내버려두죠."

프레이저는 단호히 말했다.

"그동안 우린 그 말의 귀여운 망아지 새끼를 어떻게 다룰 것인가를 생각할 겁니다."

그는 쟁반의 음식을 마저 먹느라고 말을 끊었다.

나는 갑작스럽게 터져 나온 그의 은유적 표현에 침묵을 지킬 수밖에 없었다. 마치 그의 은유만큼 의기양양한 단어들이 머릿속에 떠오르기를 기다리는 것처럼…….

프레이저는 의아하다는 듯 한두 번 우리를 쳐다보더니 다시 식사를 계속했다. 마침내 그는 포크를 내려놓고 입을 닦았다.

"음악을 예로 들어 봅시다. 만일 당신들이 월든 투에 살면서 음악을 좋아한다면 마음 내키는 대로 한껏 즐길 수가 있습니다. 하루에 단 몇 분 정도가 아니라 당신의 건강이 허락하는 범위 내에서 시간과 정력을 음악에다 쏟을 수 있다는 얘깁니다. 음악이 듣고 싶을 때는 방대한 양의 레코드가 비치되어 있는 도서관이나 수준급 이상으로 연주되는 연주회장을 찾아다녀도 좋겠지요. 훌륭한 라디오 프로그램도 '월든 네트워크'라 불리는 증폭 스피커 시스템을 통해 방송되고 있습니다. 그 방송엔 광고는 일체 못 하도록 되어 있지요. 자신이 직접 연주하고 싶으면 그 악기에 대해서 잘 아는 다른 회원들로부터 강습을 받을 수도 있습니다. 지도를 한 회원들은 노력점수를 받게 되는 거죠. 만일 재능이 있다면 곧 무대에 설 수도 있습니다. 우리는 어느 때라도 마음만 내키면 음악회에 갈 수 있습니다. 결코 지나치게 피곤한 일도 없을 뿐더러 밤이 너무 춥다거나 너무 습기가 많아서 음악회에 참석치 못하는 경우는 없습니다. 비록 아마추어라도 아마추어들 사이에서는 꽤 인기가 있는 편이지요. 말하자면 세탁을 서로 해준다거나 하는 식으로 말입니다. 외부 세계에는 수자(Sousa)와 서페(Suppe) 정도의 레퍼토리밖에 없는 흉악한 군악대도 있지만 우리는 훌륭한 현악협주단과 또 규모는 작지만 매우 우수한 교향악단도 가지고 있지요. 합창단은 특히 인기가 있습니다. 당신도 합창이 하고 싶다면 함께 모여 흥겹게 '황야의 선인장' 같은 곡을 부를 수 있어요. 길버트·설리반 합창단이라든가 바흐의 칸타타 클럽 등에 가입을 해서 말입니다. 어느 누구라도 균등한 기회를 가질 수 있습니다. 이상하게도 가수끼리는 서로 질투하는 것이 보통인 모양이지만 여기서는 그렇지 않아요. 월든 투에서는 특수한 문화공학 때문에 더 좋은 자리를 차지하려는 투쟁도 없고, 대중의 인정을 받으려는 경쟁도 없습니다.

이런 것들이 젊은 작곡가들에게 어떤 의미를 주는가를 한번 생각해 보십시오! 때로는 그들의 작품들이 미완성인 채로 연주 될 때도 있을 겁니다. 그러면 열광적인 청중 중에서 원작자의 곡을 완성시켜주기도 하지요. 그런 곡들은 작곡자를 알고 그의 음악을 이해할 줄 아는 청중에 의해서 평가되지요. 당신들이 실제로 보기 전에는 이런 것이 얼마나 인간을 생산적으로 만드는지 헤아리기 힘들 겁니다.

최근에 젊은 작곡가 몇 명을 눈여겨 봐왔습니다. 이전엔 슈만(Schumann)이 하루에 노래 세 곡을 작곡할 수 있었다는 사실을 믿기 어려웠습니다만 지금은 그것이 가능하다고 생각합니다. 여기서 그런 일이 실제로 있었으니까요. 그리고 현대적 감각의 화음을 느끼게 하는 아주 좋은 가곡들도 이곳에서 작곡되었습니다. 우리 작곡가들은 이미 새로운 경지에 도달했다고 봅니다. 그것은 필연적인 것이랄까요. 가속된 템포만으로 그렇게 되었을 겁니다. 우린 상업적인 기준에 매달리지 않아요. 청중들도 작곡가들과 함께 성장합니다. 우린 자연스럽게 우리 나름대로의 장르를 발전시킬 겁니다. 지금은 여명기(黎明期), 적어도 황금시대의 여명기입니다……."

프레이저는 길게 끌리는 목소리로 거의 혼잣말처럼 '황금시대' 라고 되뇌더니 다시 고조된 어조로써 이야기를 계속했다.

"이젠 어린이들에게 미칠 영향을 생각해 봅시다. 예를 든다면 유아의 침대를 훨씬 더 효율적인 것으로 개조하여, 아기가 침대 속에서부터 음악을 접하게 하는 겁니다. 즉 어떤 음악적 소질이 있는가 알아볼 기회를 주는 것이죠. 여기에는 열성적인 선생님들이 보조를 하며, 또한 감식력 높은 청중들이 어린이들의 첫 작품을 기다리며 관찰합니다. 이 얼마나 좋은 환경입니까! 이렇게 하면 아무리 작은 음악적 재질이라도 거의 완전히 개발될 수 있지요."

"고작 일천여 명으로 구성된 공동사회에서 황금시대라! 이같이 제한된 유전자의 집합 속에서 얼마나 많은 천재를 기대할 수 있단 말인가?"

프레이저가 기나긴 얘기를 토막내듯 내가 의문을 던졌다.

"말장난인가? 아니면 진실로 천재가 유전자로부터 생긴다고 생각하는가? 아마 그럴는지도 모르지. 하지만 과연 우리가 유전자를 충분히 이용할 수가 있을까? 그게 진짜 문제지. 자네는 결코 이 질문에 대해선 대답 못 할 걸세. 그렇지, 부리스. 지금까지는 원하는 방식대로 환경을 조정할 수가 없었기 때문에 거기에 대해 대답할 방법이 전혀 없었던 걸 거야."

"그렇다면 음악적 재능이 있는 가문과 또 음악의 요람이라는 도시가 존재하는 것은 어떻게 설명할 텐가? 이러한 사실은 유전인자가 중요하다는 걸 시사하는 게 아닐까?"

"아닐세, 그건 유전이 아니라 '환경'이네!"

프레이저의 목소리는 약간 격앙되어 있었다.

"과거의 역사가 자네에게 해답을 줄 수는 없지. 역사는 올바른 실험을 설정하지는 못해. 똑같은 역사적 사실로부터 정반대의 결론을 얻어낼 수도 있으니까. 음악이 특정 도시를 중심으로 전성기를 이루기 전에는 유전인자가 어디에 있었겠나? 어떻게 유전인자가 함께 모여졌을까? 그리고 또 그 음악적 영광이 끝난 후 유전인자는 도대체 어디로 갔단 말인가?"
 그는 갑자기 손목시계를 들여다보더니 깜짝 놀라는 표정을 지었다.
 "이러다간 늦어지겠군!"
 우리는 쟁반을 카운터에 갖다 놓고 극장으로 향했다. 프레이저는 앞장서서 걸어가며 우리 쪽으로 반쯤 몸을 돌린 채 아까 얘기를 계속했다.
 "그리고 또 한 가지 우리는 음악을 전문으로 하는 것이 아니라는 것을 기억해야겠지. 그 어느 것도 전문으로 하는 것은 아니네. 그러나 우리는 무엇이든지 할 시간적 여유가 있네. 회화, 조각 또는 그 밖의 응용 예술에 대해서도 비슷한 이야기를 할 수 있다네."
 "놀랍군. 정말로 놀라워. 사다리 길을 따라 걸려 있던 그림들이 기억나는데 다시 한 번 그걸 보고 싶군. 그 모두가 월든 투의 회원들이 손수 그린 건가?"
 프레이저는 기쁜 듯 뒤를 돌아다보며 대답했다.
 "그럼, 모두 다 회원들이 그린 거야. 하지만 그건 놀라운 게 아니야. 놀랄 이유가 없잖은가?"
 프레이저는 서둘러 가느라고 같은 방향의 다른 사람들과 간혹 부딪치기도 했는데 사람들에게 밀려 우리 사이가 좀 멀어지게 되자 목소리를 조금 높여서 얘기를 계속했다.
 "전혀 놀라운 게 아니지! 얘기의 핵심은 바로 이 점이네. '올바른 조건' 이라는 바로 그것 말일세. 올바른 조건, 그게 필요한 것이야. 필요한 것은 '기회를 주어라!' 는 것뿐이야. '여가', '기회', '감상' 등……."
 이렇게 말하고선 프레이저는 갑자기 웃음을 터뜨렸다. 우리가 놀라워하는 것이 기분이 좋은 모양으로 얼굴에 홍조를 띤 채, 잠시 동안 무언가를 생각하는 표정이더니 손을 쳐들어 머리 위로 흔들어대며

'자유! 평등! 박애!' 하고 외쳤다.

우리가 극장 안으로 몰려갔을 때는 이미 합창단이 무대 위에 올라 있었고 오케스트라 전용석 같은 것은 없었지만 악기 연주자들이 무대 중앙 옆쪽에 자리잡고 있었다. 지휘자—그가 퍼지인 모양인데—가 무대 가운데에 마련된 지휘대 단상 위에 서서 악보 스탠드와 의자의 정돈을 지시하고 있었다.

우리가 자리를 잡자 극장 안은 점점 조용해지더니 곧 몇 개의 전등불도 꺼졌다. 나는 퍼지를 바라보고 있었는데 그는 상당히 넓은 손수건으로 이마를 닦아내고 있었다. 문득 저녁 먹을 때 우리가 나눈 대화 중에서 몇 가지의 단어들이 내 머리를 때렸다. '천재와 유전자', '평등', '황금시대'. 그것은 분명히 프레이저의 목소리였으나 거기에 도전하듯 내 목소리가 '그래서 어떻단 말이야? 대체 어떻게 됐단 말인가?' 하며 맹렬히 끼어들고 있었다.

극장 안에는 천상음악(天上音樂)의 전조와도 같은 희미한 음률이 흘러넘쳤다.

어쨌든 무엇이 황금시대인가? 황금시대고 아니고를 구분해 주는 게 무엇이란 말인가? 그 차이란 터무니없게 작은 것이겠지. 잘 보이지도 않는 개인적 자극, 생각할 시간, 행동할 시간, 약간 많아진 기회, 감상, 자유, 평등 그리고 물론 박애도 포함되겠지. 정말 무의미한 생각의 연속이군! 프레이저는 이런 것들을 단순히 다른 단어로 바꿔 놓고 있었던 거야.

퍼지는 두 주먹을 허공에 치켜세우고 합창단의 이쪽저쪽을 가리키며 리드하고 있었다.

문득 나는 예술 창작의 심리학을 공부해야겠다는 생각이 들었다. 그것이 내가 관심을 두어야 할 한 가지 일이었다. 나는 종종 심미적 체험에 대한 강의를 했는데 아마 도서관에는 그것에 관한 어떤 관련문

헌이 있을 것이다…….

 이렇게 생각하고 나서 순간적으로 치욕스러움이 느껴졌다. 이때까지 학문적으로만 파고든 내 생각들이 얼마나 환상에 불과했는가! '도서관에 그런 것들이 있을 것'이라니. 프레이저와는 얼마나 차원이 다른 사고방식인가! 나는 폐부 깊숙이 숨을 몰아쉬었다. 언제나 책의 세계로부터 탈출할 수 있을까? 과거의 장면이 생생하게 회상되면서 나는 고통을 느꼈고 구역질을 일으킬 정도로 벅찬 격정에 사로잡혔다. 바로 그때 첫 번째 합창곡이 시작되었다.

 "주여 긍휼히 여기소서……."

 전혀 마음의 준비가 되어 있지 않은 상태에서 장엄한 곡이 시작되자 나는 한 대 얻어맞은 기분으로 몸을 움츠렸다. 내 몸은 어떤 가공할 만한 위협이라도 받고 있는 듯 굳어졌고 손가락은 의자 팔걸이를 꽉 부여잡고 있었다.

 나는 합창이 어떠했는지 기억할 수가 없었다. 그 합창이 끝날 때까지 그 자세 그대로 있었으며, 힘 준 손을 풀어 박수를 칠 자신도 없었다. 프레이저와 캐슬이 옆에서 열심히 박수치고 있는 것이 보였다. 그리고 퍼지가 기쁨과 만족에 넘친 얼굴로 환하게 웃으며 오른쪽에서 왼쪽으로 머리 숙여 인사를 하며 합창단을 향하여 지휘봉 잡은 손을 흔드는 것도 보였다. 그는 객석 쪽으로 인사를 하며, 마치 꿈에서나 나오는 괴물처럼 안경 너머로 한순간 나를 똑바로 쳐다보았다. 만일 그가 나에게 어떤 말을 건넨다면 그건 매우 이상한 어조였을 것이며 아마 다음과 같은 내용이었으리라.

 "좋아하오? 우리의 황금시대 말이오. 좋아하죠?"

12

우리는 나중에 바꾸어 입으려고 작업복을 방에 두고 아침식사를 하려고 모였다. 캐슬은 세면실 거울에 비친 작업복 차림의 자기 모습을 보고는 '작업 중'이라는 팻말을 직접 들고 가지 않으면 그런 몰골로 여러 사람 앞에 나타날 수 없다고 했다. 알고 보니 우린 작업복이 필요 없었다. 프레이저는 우리가 식사를 마칠 때쯤 나타나서, 아침에는 학교를 방문하고 오후에만 일을 해서 1점 내지 2점 정도의 노동 점수를 얻도록 하라고 했다.

그는 앞장서서 길을 안내했다. 활모양으로 굽어진 긴 꽃밭을 돌아서 월든 투에서의 첫 날 쉰 적이 있던 작은 피크닉 테이블이 놓인 곳에 도착했다. 몇 장의 큰 종이가 테이블 위에 압정으로 고정되어 있었고, 대개 열 두어 살이나 그 중 두셋은 여덟 살 정도로 보이는 학생들이 심이 굵은 검정색 연필로 기하학의 유크리트 구조처럼 생긴 도형을 그리고 있었다. 또 다른 아이들은 땅에 말뚝을 박고 끈으로 연결하고 있었다. 그들은 두 개의 측량기구와 쇠로 된 줄자를 사용하고 있었다. 내가 보기에는 유크리트 기하학을 직접 실험하고 있는 것 같았으나 어쩌면 삼각법일지도 몰랐다. 프레이저도 거기에 대해선 우리보다 자세히 알고 있는 것 같지는 않았다. 로저스가 묻는 데에도 어깨만 으쓱할 뿐 아무런 설명도 없이 그냥 아동관으로 걸어갔다. 그곳이 육아실인 것으로 보아 프레이저는 안내과정을 순서대로 설명하고자 했던 모양이었다.

하얀 유니폼을 입은 젊은 여자가 입구 근처 대기실에서 우리를 맞이했다. 프레이저는 그녀를 내시 부인이라 불렀다.

"프레이저 씨가 여러분께 오해를 하시지 않도록 사전에 양해를 얻으셨는지 모르겠지만 아기들을 잠깐밖에 보여드릴 수가 없어요."

그녀는 가벼운 미소를 지으며 말했다.

"우린 생후 일 년 동안 유아들을 각종 병균으로부터 보호하려고 해요. 그것은 아기들을 집단적으로 돌볼 때 특히 중요하기 때문이지요."

말이 떨어지자마자 캐슬이 질문을 던졌다.

"부모들은 어디에 있습니까? 부모들은 아기들을 찾아보지 않나요?"

"물론 아기들이 건강할 땐 가능하죠. 어떤 부모들은 육아실에서 일하고 다른 부모들은 거의 매일 적어도 몇 분 동안은 보고 갑니다. 일광욕을 시키기 위해 아기들을 데리고 나가거나 또는 놀이실에서 같이 놀기도 하죠."

내시 부인은 프레이저 쪽을 향해 웃으며 덧붙였다.

"우리는 이렇게 해서 아기들에게 저항력을 길러 줍니다."

그녀는 문을 열어 우리에게 작은 방을 들여다보게 했다.

방 안에는 삼면에 큰 유리창이 달린 작은 칸막이 침실이 즐비하게 들어서 있었다. 유리창 너머로 유아들이 보였다. 유아들은 모두 기저귀 외에는 아무것도 입지 않았고 침구도 없었다. 한 칸막이에는 갓 태어난 아주 작은 신생아가 엎드려 자고 있었으며 조금 큰 몇몇 유아들은 장난감을 가지고 놀고 있었다. 또 문 가까이에 있던 녀석은 기는 자세로 코를 유리창에 짓누른 채 우리를 보고 웃고 있었다.
"마치 수족관 같군요."
캐슬이 말했다.
"모두가 아주 진귀한 고기들이죠."
내시 부인은 캐슬의 비유가 별로 어색하지도 않은 듯 대답했다.
"어느 애가 당신 아기지요?"
프레이저가 물으니 내시 부인은 멀리 한쪽 귀퉁이를 가리켰다.
"저기 자고 있는 녀석이죠. 이제 퇴실할 때가 다 되었어요. 다음달이면 한 살이 되니까요."
그녀는 우리의 호기심이 채워지기도 전에 문을 조용히 닫아버렸다.
"현재는 사용하고 있지 않지만 격리실에 있는 다른 시설을 하나 보여 드리죠."
그녀는 복도를 따라 앞장서서 걸어갔다. 그녀가 다른 문을 열자 벽쪽에 두 겹의 칸막이 침실이 있었다.
"이것은 아기를 따뜻하게 하는 데 있어서 몇 겹의 옷으로 감싸는 것보다 훨씬 더 효과적인 방법이죠."
그녀는 바바라와 메리가 안을 볼 수 있도록 안전유리를 열면서 말했다.
"신생아에게는 30°C 정도의 약간 습기 있는 공기가 필요합니다. 육개월 정도 되면 25°C 정도가 좋지요."
"그걸 어떻게 알 수 있지요?"
캐슬이 사뭇 도전적으로 물었다.
"아기가 우리에게 말해주는 거죠."
내시 부인은 이 질문 역시 귀에 익다는 듯이 유쾌하게 대답했다.
"캐슬 씨, 목욕물에 대해서 알고 있습니까? 아기 몸이 붉거나 푸르게 되지 않으면 물의 온도가 적당한 겁니다."
프레이저가 참견했다.
이어 캐슬이 뭐라고 대꾸를 하려는데 내시 부인이 캐슬의 말을 가로채며 재빨리 말했다.
"목욕물의 온도가 1도나 2도만 차이나도 달라져요. 만일 물이 너무 더우면 아기의 피부는 연분홍빛이 되고 줄곧 운답니다. 그러다가 온도를 낮추면 대개는 울음을 그치죠."
그녀는 침실 앞에 붙은 온도 조절 장치의 다이얼을 돌려보았다.
"그렇다면 코언저리에 서리가 생길 정도면 너무 추운 것이겠군요."
캐슬이 다소 기분을 억제하며 빈정거렸더니 내시 부인은 웃음을 터뜨렸다.
"그러면 아기 얼굴이 좀 창백해지겠죠. 그리고 아기는 몸을 좀 구부리거나 팔을 옆구리에 놓거나 하는 좀 이상한 자세를 취하게 되죠. 조금만 훈련을 거치면 첫눈에 온도가 적당한지 아닌지 알아낼 수 있습니다."
"하지만 왜 옷을 안 입히죠?"
바바라가 물었다.
"무엇 때문에 입힙니까? 옷은 우리에겐 세탁감이고 아기에게도 불편할 뿐이죠. 침대요나 담요도 마찬가지구요. 이곳 아기들은 습기를 흡수하지도 않고 순식간에 세탁할 수도 있는 부드러운 합성수지로 된 천 위에 누워 있죠."
"참 편안해 보이는군요. 당신들도 잘 때 그렇게 하지 그래요?"
나도 캐슬처럼 비아냥거렸다.
"우리도 그렇게 하려고 생각 중이라네. 그건 세탁물도 줄일 뿐더러 자네가 말하는 것처럼 편안하기도 할 거야."
나는 비아냥거리는 투로 얘기했으나 프레이저는 심각하게 대답했다.

내시 부인이 말을 이었다.

"옷가지와 담요는 따지고 보면 정말 성가신 것들이죠. 그런 것 때문에 아기들이 제대로 운동을 못 하게 되고 또 자세도 불편해지니까요."

"아기가 이곳 육아실로부터 나갈 때는 좌절, 불안 혹은 공포 같은 건 하나도 모릅니다. 아픈 경우를 제외하고는 울지도 않고 모든 것에 흥미를 많이 갖게 되지요."

프레이저의 설명이었다.

"하지만 퇴실 후의 실생활에 대한 준비는 어떻게 갖춥니까? 언제까지나 좌절이나 놀라운 상황으로부터 아기를 보호할 수는 없잖아요?"

캐슬이 의혹스런 표정으로 물었다.

"물론 그렇긴 하죠. 하지만 그런 상황들에 대한 준비는 가능합니다. 아기들이 좌절 같은 걸 해결할 수 있을 만한 나이가 되면 서서히 장애물을 제시함으로써 좌절에 대한 인내를 길러줍니다. 내가 너무 앞질러 이런 이야기를 하는 것 같군요. 내시 부인, 뭐 다른 이야기할 건 없어요?"

"얼마나 일거리가 많이 줄어드는가에 대해 얘기해 드리는 것이 좋을 듯하군요. 이곳에선 공기를 여과시키기 때문에 아기들을 일주일에 한 번만 목욕시키면 되고 코나 눈을 씻길 필요도 없죠. 물론 별도로 침대를 만들 필요도 없구요. 병균으로부터의 감염도 쉽게 막을 수 있어요. 칸막이 방은 방음이 되어 있어 조용하기 때문에 잠도 잘 자고 또 서로 방해가 되지도 않습니다. 아기들을 각기 다른 시간에 보살피기 때문에 육아실의 운영도 힘들지 않아요. 또 뭐가 있을까?"

"그 정도면 충분할 것 같군요. 오늘 아침엔 할 일이 많으니까요."

프레이저가 이렇게 말하자 캐슬은 얘기를 물고 늘어졌다.

"미안하지만 그렇게 어물쩍 넘어가지는 마십시오. 난 아직 만족스럽지 못합니다. 당신들은 아기들을 아주 잘못 기르고 있는 것 같은데요? 잘 조정된 온도, 방해받지 않는 잠, 나중에 이런 것들이 아기들로 하여금 정상적인 생활환경을 극복하지 못하도록 하지는 않을까요? 언제까지나 그렇게 보호해서 기를 수는 없잖아요?"

"내시 부인, 이 문제에 대해선 제가 답하지요."

프레이저가 캐슬의 질문을 받았다.

"그 답은 한 마디로 '노(No)' 입니다. 아기들은 저항력이 무척 강하지요. 물론 계속적인 외부자극은 인내심을 기를 수도 있지만 그 결과 아기들은 지치고 힘이 빠져 버립니다. 우리는 아기가 스스로 해결할 수 있는 능력에 따라 서서히 장애물을 제시하는데 마치 예방접종 같은 것이지요."

"한 가지 더 묻겠습니다. 그럼 모성애에 대해선 어떻게 설명하실 겁니까?"

캐슬이 이렇게 질문하자 프레이저와 내시 부인은 서로 마주보며 웃었다.

"모성애를 하나의 본질로써 말하고 있는 겁니까, 캐슬 씨?"

프레이저가 캐슬의 질문에 되물으니까 캐슬은 성을 내듯 말했다.

"그렇진 않습니다. 나는 구체적인 것에 대하여 말하고 있는 겁니다. 난 어머니가 아이에게 주는 애정, 그 애정은 참으로 구체적인 것이라고 생각합니다. 키스나 애무 따위 말입니다. 내가 당신에게 어머니 같은 사랑을 주리라곤 생각지 않으시겠죠."

캐슬은 자신의 말에 당황한 듯 낯을 붉히더니 화가 난 모양으로 내뱉었다.

"아기에게는 분명히 그게 실제적인 것입니다!"

그러자 프레이저는 조용한 말투로 받았다.

"아주 실제적이고말고요. 그러나 우리는 그걸 자유롭게 주고 있지요. 우리는 어머니한테만 국한시키지는 않아요. 아버지의 사랑, 모든 사람의 사랑, 원한다면 공동사회의 사랑도 줍니다. 아이들을 누구나 사랑으로 대하고 있습니다. 그것도 결코 과로에서 비롯된 신경질이나 무지(無知)에서 비롯된 경솔한 취급이 아닌, 아주 자상한 애정으로 말입니다."

"하지만 어머니와 자식 간의 개인적 관계에는 어떤 양식이 이루어지는 게 아닙니까? 전반적으로 인성(人性)이란 그런 식으로 형성된다고 생각하는데요?"

캐슬은 나에게 어떤 전문적인 내용의 도움을 청하는 것 같았으나 나는 아무런 말도 거들지 않았다.

"당신은 지금 프로이트학파가 얘기하는 동일시(同一視: identification)를 말하고 있는 것 같군요. 나도 그건 중요하다고 생각할 뿐만 아니라 실지로 우리 교육체제에서도 아주 효율적으로 이용하고 있습니다. 하지만 당신이 아주 철저한 프로이트 지지자가 아니라면 우리는 지금 엉뚱한 곳에서 얘기를 하고 있는 겁니다. 그런 얘기는 우리가 또 다른 연령층의 아이들을 볼 때까지 보류하도록 합시다. 고(高)연령 육아실로 지금 같이 갈 수 있을까요?"

프레이저가 내시 부인에게 물었다.

"우리 직원을 점검해 보구요."

내시 부인은 이렇게 말하고는 예의 그 '수족관' 쪽으로 사라지더니 이내 돌아왔다. 그녀는 우리를 다른 구역으로 안내했다.

13

 한 살부터 세살 사이의 아이들이 사용하는 육아실의 방 구조는 소형 가구가 마련되어 있는 놀이실과 세면실, 탈의실 그리고 옷장 등으로 되어 있었다. 몇 개의 작은 침실들이 유아용 침실과 똑같은 원리로 가동되고 있었으며 온도와 습도가 조절되어 옷이나 침구는 필요가 없었다. 침대는 유아 침실과 마찬가지로 이층이고 합성수지로 만든 요가 깔려 있었으며 아동들은 기저귀 이외에는 아무런 옷도 걸치지 않은 채 잠들어 있었다. 그곳에는 필요 이상으로 많은 침대들이 있었는데 그것은 발육과 연령, 전염병에 대한 감염 여부, 감독의 적합성, 또는 교육적 목적에 따라 아이들을 분류할 수 있게 하기 위해서였다.
 우리는 내시 부인을 따라 건물 남쪽에 큰 휘장이 쳐 있는 현관으로 갔다. 그곳에는 몇몇 아이들이 그네를 타거나 기구를 기어오르기도 하고 혹은 모래를 쌓아둔 놀이통에서 놀고 있었다. 서너 명은 운동 바지를 입고 있었지만 나머지 아이들은 벌거벗은 모습이었다. 현관 저편으로는 빽빽한 울타리로 둘러싸인 잔디 깔린 운동장이 있었는데 그곳의 아이들 역시 알몸뚱이로 군대 행진 같은 놀이를 하고 있었다. 돌아오면서 우리들은 장바구니를 든 두 여자를 만났다. 그들은 내시 부

161

인에게 몇 마디 말을 건네면서 현관까지 따라왔다. 갑자기 대여섯 명의 아이들이 놀이실로 뛰어 들어오더니 세면실에서 몸을 씻고는 옷을 입었다. 내시 부인은 그 아이들을 피크닉에 데려갈 거라고 했다.
"함께 가지 않는 아이들은 어떻게 합니까? 그 녹색 눈을 가진 '괴물'들은 어쩌지요?"
캐슬이 물었다. 그러나 내시 부인은 무슨 뜻인지 몰랐다.
"질투, 시기말입니다."
캐슬이 다시 말해 주었다.
"집에 남게 되는 아이들이 기분 나빠하지 않나요?"
"무슨 말인지 모르겠네요."
내시 부인이 말했다.
"알려고 하지 마십시오. 자, 갑시다."
프레이저가 웃으며 말했다.
헤어질 때 내가 내시 부인에게 고맙다는 뜻을 표하고자 했으나 그녀는 그것도 이상한 모양이었다. 프레이저는 기분을 상하게 했다는 듯 얼굴을 찌푸렸다.
"내시 부인이 의아해하는 것은 바로 우리의 아이들이 대체로 질투하지 않고 시기하지 않는다는 것을 분명하게 하는 증거입니다. 월든 투가 처음 생겼을 때 내시 부인은 열두 살이었죠. 그녀의 어릴 적 습성을 없애기에는 좀 늦은 나이였지만 우리는 성공했다고 믿고 있습니다. 그녀는 월든 투가 만들어낸 훌륭한 표본이라고 할 수 있습니다. 아마 질투의 경험을 기억할 수 있을지 몰라도 현재 그녀의 생활엔 질투 같은 것은 찾아볼 수가 없을 겁니다."
이 말에 캐슬이 반박했다.
"지나친 과장이군요! 어쩌면 그리 신(神)과 같을 수 있단 말입니까? 당신들도 우리와 마찬가지로 감정에 사로잡힐 텐데!"

"당신이 원한다면 신과 같다는 그 문제를 나중에 토론해 보기로 합시다. 감정에 관해 얘기하자면 우리가 전적으로 감정에서 이탈한다는 것은 아닙니다. 또 그렇게 되기를 원치도 않아요. 하지만 불행의 씨앗이라고 볼 수 있는 천박하고 괴로운 감정 같은 건 이곳에서는 거의 찾아볼 수 없어요. 불행감 그 자체도 그렇구요. 이곳 생활에서는 그런 감정이 더 이상 필요하지 않습니다. 우리 같은 순환적 체제에서는 그런 감정들을 없애는 것이 용이하며 또한 그렇게 하는 것이 더 유쾌합니다."

"그럴 수 있는 방법을 정말 찾아냈다면 당신이야말로 천재군요."

캐슬이 말했다. 이에 프레이저가 고개를 끄덕이자 캐슬이 어안이 벙벙한 모양으로 다시 말했다.

"그런 감정은 쓸모없으며 마음의 평정이나 혈압에도, 해롭다는 것은 누구나 다 알고 있지요. 하지만 달리 어떻게 해볼 방도가 있나요?"

프레이저가 대답했다. 그는 조금 부드러운 자세를 취하고 있었는데 내가 보기엔 그것이 확신의 표시로 여겨졌다. 바바라가 얘기에 끼어들었다.

"하지만 감정이란 무척 재미있는 거예요. 감정 같은 게 없다면 인생이란 게 살맛이 나겠어요?"

"어떤 감정은 그렇겠지요. 생산적이고 힘이 되는 감정, 즉 기쁨과 사랑 같은 것 말입니다. 그러나 슬픔, 증오, 분노, 공포, 성화와 같은 거센 흥분은 현대 생활에선 불필요할 뿐 아니라 헛되고 위험하기까지 합니다. 캐슬 씨께서 아까 질투에 대해서 언급하셨는데 우린 그걸 작은 형태의 분노라고 부릅니다. 물론 우린 그걸 피합니다. 분노가 인류의 진화과정에서 그 나름대로의 구실을 했지만 우리에게는 이제 소용이 없습니다. 만일 그런 감정이 지속되도록 내버려두면, 우리의 삶을 해치게 할지도 모를 일이니까요. 우리들의 공동사회에는 질투란 없습니다. 사실 질투해야 할 필요가 없습니다."

프레이저가 말을 마치기가 무섭게 캐슬이 대들었다.

"그 말은 마치 원하는 것은 무엇이든지 다 가질 수 있다는 식이군요. 하지만 사회적 소유 같은 건 어때요? 어제 저녁 당신은 어떤 특정한 여자나 직업을 택하려는 젊은이에 대해 말했습니다. 그런 경우에는 아직 질투가 존재할 수 있는 가능성이 있는 게 아닐까요?"

"내 말은 우리가 원하면 뭐든지 갖게 된다는 뜻은 아닙니다. 다 갖지 못하는 게 당연하죠. 하지만 질투는 아무런 도움이 안 돼요. 경쟁사회에서는 얘기가 다를 수도 있겠죠. 그것은 사람들로 하여금 좌절적인 상황에 도전하도록 힘을 주지요. 충동이나 부가된 에너지가 하나의 이점이 됩니다. 경쟁사회에서는 감정이 사실 유효하게 쓰이고 있습니다. 스스로에 만족하는 조용한 사람이 성공하지 못한다는 사실만 보아도 알 수 있지요. 그런 사람은 평온한 삶은 즐기겠지만 생활에서 풍성한 결실을 맺기는 어렵지요. 단순한 평화주의나 혹은 기독교적 겸양을 위한 세계는 아직 준비되어 있지 않아요. 파괴적이고 헛된 감정에서 안전하게 벗어나도록 훈련되기 전에, 우선 그러한 감정들이 더 이상 필요 없다는 걸 확실히 해두셔야 합니다."

"월든 투에서는 질투가 필요 없다는 걸 어떻게 확신할 수 있나?"

"월든 투에서는 남을 공격한다고 해서 문제가 해결되지 않네."

프레이저는 나의 물음에 간단히 잘라 말했다.

"그건 그렇다 치더라도 그것이 질투를 없애는 것과 같은 건 아니잖은가?"

"물론 그렇지. 하지만 어떤 감정이 행동하는 데 쓸모없는 부분이라면 우리는 그것을 제거하도록 노력하지."

"하지만 어떻게?"

"그건 순전히 행동공학의 문제이지."

"행동공학이라고?"

"날 유도하나, 부리스? 자네는 내가 뭘 얘기하는지 정확하게 알고 있잖아. 그 기술들은 수세기 동안 써왔던 거지. 우린 그것을 교육과 공동사회의 심리적 운영에 적용하고 있다네. 사실 이 얘기는 오늘 저녁에 논의하려고 했었지만, 자네가 이토록 재촉하고 또 기왕에 얘기가 나왔으니 계속하세."

우린 어린이 회관의 정문 앞에 멈춰 섰다. 프레이저는 어깨를 한번 추스르고는 넓게 펼쳐진 나무 그늘로 가서 땅바닥에 주저앉았다. 우리도 주위에 둘러앉아 그의 이야기를 기다렸다.

14

프레이저가 입을 열었다.

"우리들 각자는 다른 사람들과 생존경쟁의 일대 접전을 벌이고 있다고 보아야 합니다."

캐슬이 참견했다.

"이상세계의 전제로는 좀 신기하군요. 나와 같은 비관론자도 그보다는 더 희망적인 견해를 가질 수 있겠어요."

"캐슬 씨, 물론 당신 같으면 그러실 테죠. 그러나 현실적으로 생각해 봅시다. 우리 서로는 다른 개인의 이익과 상반되는 이해관계를 갖고 있지요. 그것이 바로 우리의 원죄이지만 어쩔 수 없는 것 아닙니까? 여기서 '다른 모든 개인'을 우리는 '사회'라고 부릅시다. 사회는 매우 강력한 적수라서 언제고 이기는 편이지요. 아, 물론 때에 따라서는 여기저기서 한 개인이 잠시 득세하여 원하는 걸 얻기도 하고, 가끔씩 사회의 문화를 자신의 이익에 맞게 조금씩 고치기도 하지요. 하지만 결국에는 사회가 이기게 됩니다. 왜냐하면 사회는 그 수효나 연륜에 있어서 개인보다 훨씬 우세하니까요. 다수가 한 사람보다는 우세하고 어른이 아이보다 우세한 것은 당연하잖습니까? 사회는 각 개인이 무능력할 때를 틈타 일찌감치 공격해 옵니다. 그래서 자유의 맛을 채 알기도 전에 노예로 삼아 버리죠. 무슨 무슨 '학(學)'이라는 것들이 이러한 과정을 밝혀줍니다. 신학에서는 그걸 양심의 형성이니, 무욕(無慾)정신의 발달이니 하고 부르며 심리학에서는 초자아(超自我)의 성장이라고 하죠.

 사회가 얼마나 오랫동안이나 그래왔던가를 생각해보면 미리 좀더 나은 방도를 강구해야 했을 겁니다. 하지만 캠페인은 항상 잘못 계획되어 왔고 결과적으로 승리를 굳히지 못한 것은 당연한 귀결이겠지요. 개인의 행동은 결코 실험적 연구의 결과보다는 '선한 행동'의 계시에 따라서 형성되어 왔습니다. 하지만 왜 실험할 수 없다는 겁니까? 문제는 아주 간단해요. 집단에 관한 한 개인의 어떤 행동이 가장 좋은 행동인가? 그런 식으로 행동하도록 하자면 개개인을 어떻게 유도해야 할 것인가? 왜 진작 이런 문제를 과학적으로 연구하지 않았다는 말입니까?

 바로 그걸 이 월든 투에서 할 수 있다는 겁니다. 우린 벌써 바람직한 행위의 규약을 마련했습니다. 물론 이 규약은 실험 결과에 따라 수정될 것입니다. 모든 사람이 이 규약에 따라 생활한다면 만사가 원활하게 되어 나갈 겁니다. 우리의 일은 모든 사람이 이 규약에 따라 생활하도록 돌보는 거지요. 그렇다고 사람들을 꼭두각시처럼 만들어서 우리에게 유용한 규약을 따르도록 할 수 없지요. 우리는 미래의 모든 환경을 점칠 수도 없을 뿐더러 어떤 것이 적합한 미래의 행동인지도 규정지을 수 없습니다. 또한 무엇이 앞으로 요구될지도 모릅니다. 그 대신 우리가 할 수 있는 일을 때가 되면 스스로 '좋은' 행동을 설계해낼 수 있도록 각자에게 어떤 행동 과정을 설정해 줄 수 있다는 겁니다. 우린 그런 것을 '자기 통제'라고 하지요. 하지만 오해하진 마십시오. 통제의 효과는 언제나 사회의 최종분석에 달려 있으니까요. 우리의 기획위원 중 시몬스라는 젊은이가 나와 함께 이 일을 했습니다. 이 문제가 실험적인 방향으로 접근된 건 역사상 처음입니다. 이해가 되나요, 캐슬 씨?"

"당신 이야기는 항시 아리송하군요."

캐슬이 말했다.

"그러면 계속 설명해보죠. 시몬스와 저는 먼저 도덕과 윤리에 관한 위대한 작품들, 이를테면 플라톤, 마키아벨리, 체스터필드, 프로이트 등 수없이 많은 것들을 연구했습니다. 우린 자기통제 기술을 알려줌으로써 인간 행동을 형성시키는 방법들을 샅샅이 찾아보았습니다. 어떤 기술들은 아주 특출해서 역사상 하나의 전환점이 된 것도 있었지요. 이를테면 '원수를 사랑하라' 는 말은 피압박자들을 편안하게 하는 하나의 심리학적 발명입니다.

압박이 주는 가장 혹독한 시련은 그 압박자를 생각할 때 느끼는 끊임없는 분노입니다. 예수가 발견한 건 이러한 내적 파멸을 어떻게 피하느냐 하는 것이었지요. 그가 택한 기술은 '반대 감정의 훈련' 이었습니다. 사람이 원수를 사랑할 줄 알게 되고 내일을 걱정하지 않게 되면 그 압박자에 대한 증오라든가 자유나 재산의 상실에 대한 분노 같은 걸로 괴로워하지 않게 될 겁니다. 자유나 재산을 되찾을 수는 없을지언정 그래도 비참한 기분은 덜 느끼겠지요. 물론 이건 어려운 가르침입니다. 따라서 이건 우리 프로그램에서도 아주 뒷부분에 나오지요."

"당신은 세상 사람들이 마음의 준비가 되기 전에는 감정이나 본능을 수정하는 것에 반대하는 것으로 알고 있었는데요? 당신이 얘기한 대로라면 '원수를 사랑하라' 는 원리는 자폭적인 것이었겠군요."

캐슬이 말했다.

"전혀 예측할 수 없는 결과가 나타나지만 않았더라면 아마도 자폭적인 것이 되었을 겁니다. 예수 스스로도 자신이 발견한 효과에 틀림없이 무척 놀랐을 거예요. 완력과 공격의 약점을 깨닫기 시작했기 때문에 사랑의 힘도 이해하기 시작한 겁니다. 그러나 행동과학은 지금 이 모든 것에 대해 명료합니다. 벌(罰)의 분석에 관한 최근의 발견―그런데 어쩐지 내 얘기가 자꾸만 우왕좌왕하는 것 같군요. 기독교적인 미덕은―즉 내가 의미하는 건 단순히 기독교의 자기통제 기술입니다만―비록 근래에 사람들의 기억에서 잊힐 뻔했다는 사실은 인정하나 그것이 왜 아직 지구상에서 사라지지 않았는가에 대한 설명은 생략하도록 하죠.

  시몬스와 나는 우리가 수집한 통제기술을 어떻게 가르칠 것인가를 궁리해야만 했습니다. 그게 더욱 어려운 문제였습니다. 오늘날의 교육방식은 별로 가치가 없고 종교 또한 그보다 나을 것이 없습니다. 천국에 대한 약속이나 불지옥의 위협은 대체로 비생산적일 수밖에 없습니다. 그건 근본인 거짓에 근거를 둔 까닭에 그 거짓을 알게 된 사람들은 사회에 등을 돌리게 될 것이고 오히려 그 종교가 없애고자 했던 여러 악(惡)들이 무성하게 될 것이기 때문입니다. 원수를 사랑한 것에 대한 보답으로 예수가 제시하는 것은 '지상에서의 천국' 즉, 마음의 평화입니다.

  우리들은 임상심리학자들의 착상 중에서 본받을 만한 몇 가지를 발견했습니다. 우리는 짜증나는 경험에 대한 인내심을 기르는 연구를 시작했습니다. 당신이 어두운 방에서 나올 때는 한낮의 햇빛이 고통스런 것이 되겠지만 단계적으로 그 햇빛을 받는다면 그런 고통을 면할 수가 있겠죠. 이런 유추가 잘못된 것일지 모르나 아무튼 그와 같은 방식으로 고통스럽고 역겨운 자극 혹은 좌절, 공포, 분노 또는 격분을 일으키는 상황에 대한 인내를 기를 수가 있습니다. 사회와 자연은 인내의 발달을 무시한 채 각 개인에게 이런 고통들을 아무렇게나 던집니다. 몇몇 사람들은 인내를 체득하게 되지만 대부분은 실패하기 마련이죠. 만일 면역(免役) 과학이 우발적인 투약량에 의존한다면 면역 과학이란 게 있을 수나 있었겠습니까?

'사탄아, 내 눈앞에서 사라져라.' 라는 얘기의 본질을 예로 들어 봅시다. 이것은 환경의 변화에 의한 자기통제의 특별한 경우입니다. 우린 아이들에게 빨아먹는 사탕을 주는데, 가루설탕으로 덮여 있어 한 번 혀를 대기만 해도 자국이 나는 그런 겁니다. 그 사탕에 입만 대지 않는다면 나중에 먹을 수 있도록 해주겠다고 말해줍니다. 아이들이 기껏 서너 살 정도라 그게 꽤 어려울……"

"서너 살이라니!"

캐슬이 놀라서 외쳤으나 프레이저는 오히려 조용한 목소리로 이야기를 계속했다.

"우리의 모든 윤리적 훈련은 여섯 살이면 완결됩니다. 유혹을 시야로부터 없애는 것과 같은 간단한 원리는 네 살 전에도 습득될 수 있죠. 하지만 어린 나이에 맛있게 빨아 먹을 수 있는 사탕을 먹지 않고 참는다는 것은 쉽지가 않죠. 자, 캐슬 씨! 이 비슷한 상황에서 당신이라면 어떻게 하겠습니까?"

"사탕을 될 수 있는 한 빨리 안 보이는 곳으로 옮겨 놓겠습니다."

"바로 맞췄습니다. 당신은 잘 훈련된 것 같군요. 아마 당신 스스로 그 원리를 발견했겠지만 말입니다. 우리는 될 수 있으면 아이들의 독창적 탐색이 더 바람직스럽다고 생각하지만, 여기에는 보다 중요한 목표가 있기 때문에 서슴지 않고 말로써 도움을 줍니다. 우선 아이들에게 사탕을 지켜보고 있는 그들 자신의 행동에 대하여 음미하도록 합니다. 이것이 그들로 하여금 자기통제의 필요성을 인식하도록 해주지요. 그런 다음 사탕을 감춰버리고 아이들에게 만족감이 더해지거나 긴장이 줄어드는가를 주의해 보라고 말해줍니다. 그 다음엔 재미있는 놀이 같은 것을 시켜서 사탕에 대한 집착을 흩트려 놓죠. 그 후에 아이들이 다시 사탕을 생각토록 하고 자신의 반응을 스스로 확인해 보도록 하지요. 이렇게 주의를 흩트려 놓는 효과는 대체로 확실합니다. 이만하면 내가 더 설명할 필요가 없겠지요? 실험이 하루쯤 후에 다시 반복됐을 때는 아이들이 아까 캐슬 씨가 말했던 것처럼 자기가 사용하는 비물함에 갖다 넣어 버립니다. 이것은 바로 우리가 훈련에 성공했다는 충분한 증거가 아닐까요?"

"당신의 이야기에 대한 나의 반응에 관한 객관적 관찰내용도 말해 주고 싶군요. 그런 가학적인 횡포를 과시하는 데에는 아주 비위가 상하고 있는데요."

캐슬은 목소리를 억누르며 말했다.

"나는 당신의 그 즐기고 있는 듯한 감정놀음에 개의치 않겠습니다. 이야기를 계속하겠어요. 유혹적이나 금지된 물건을 감춘다는 것은 조잡한 해결책이었습니다. 그 한 이유로 그것이 항상 가능한 건 아니라는 것이죠. 우린 일종의 심리적 은폐 즉, 주의를 기울이지 않음으로써 사탕을 감추는 것과 같은 효과를 갖게 되길 원합니다. 나중의 실험에서 아이들은 사탕을 십자가처럼 목에 몇 시간 달게 됩니다."

'내 목에는 십자가 대신 빨아먹는 사탕이 걸려 있다네.'

캐슬이 노래하듯 말했다.

"하지만 누군가 나에게 그걸 가르쳐 주었더라면 좋았을 걸 그랬어요."

바바라를 힐끗 쳐다보며 로저스가 말했다.

"그건 당신뿐 아니라 우리 모두가 그럴 거예요. 어떤 사람은 우연하게 통제하는 방식을 배우지만 나머지 사람들은 일생을 두고 어떤 식으로 가능한지 이해조차 못 하고 결국 실패를 팔자 탓으로 돌리며 살아가지요."

"괴로운 상황에 대처하는 인내는 어떻게 기르나?"
내가 물었다.
"아, 예를 들어 아이들에게 점차로 좀더 아픈 충격을 주거나, 쓰다는 표정을 짓지 않고 맛볼 수 있을 때까지 점차로 설탕을 적게 넣은 코코아를 마시도록 한다네."
"하지만 시기와 질투에 대해서는 단계적인 투약법으로 처리할 수가 없잖은가?"
"안 될 게 뭐 있나? 이 나이의 아동들의 사회적 환경까지도 통제한다는 것을 기억하게. 그것이 바로 우리가 어린 나이에 벌써 윤리적 훈련을 마칠 수 있는 이유라네. 이런 경우를 생각해보세. 아이들이 오랫동안 걸어서 피곤하고 배고픈 상태로 집에 도착했을 때는 저녁밥을 기대하지. 그러나 식사시간에 들어가기 전에 자기통제의 훈련시간임을 알고, 김이 나는 수프 앞에서 오 분간 서 있어야 한다네. 그런 과제도 아이에겐 산수 문제처럼 받아들여지지. 어떤 불만의 신음소리나 불평도 틀린 답이 되는 거야.
아이들은 곧 그 오 분간의 지체기간 동안 생기는 불행을 피하려고 스스로 노력한다네. 그들 중 하나가 농담을 할지도 모르지. 우리는 유머를 표현하는 능력과 괴로움을 심각하게 받아들이지 않는 태도를 북돋아주고 있네. 그 농담이란 어른들 수준에서 보면 대수롭지 않은 것으로 고작 고개를 위로 치켜들고 입에다 수프 그릇을 부어 비우는 흉내를 내는 것 같은 거라네. 또 다른 애는 아주 긴 노래를 시작할지도 모르지. 그러면 나머지도 즉시 따라하게 돼. 왜냐하면 노래하는 것이 시간을 보내기엔 좋은 방법이라는 것을 터득했기 때문이지."
프레이저는 캐슬의 안절부절못하는 모습을 불안한 얼굴로 쳐다보았다.
"그것 역시 어떤 고문처럼 여겨집니까, 캐슬 씨?"

"차라리 고문대에 올려놓는 편이 낫겠는데요."

캐슬이 말했다.

"그렇다면 당신은 결코 철저한 훈련을 받아본 건 아니군요. 당신은 아이들이 얼마나 가벼운 기분으로 그걸 경험하는가를 상상하지 못할 거예요. 따지고 보면 그건 실로 혹독한 생물학적 욕구의 좌절일 수도 있죠. 왜냐하면 아이들은 피곤하고 배고픈 데도 음식을 쳐다보며 서 있어야 하니까요. 그러나 그건 연극의 막이 오르기를 기다리는 오 분간처럼 쉽게 지나가죠. 우린 그걸 아주 기본적인 테스트로 간주합니다. 더욱더 어려운 문제가 뒤따르게 됩니다."

"짐작했던 대로군요."

캐슬이 중얼거렸다.

"나중 단계에서는 우린 모든 사회적 욕망을 금합니다. 노래도 농담도 없이 그저 침묵뿐. 아이들이 자기 자신의 힘으로 지탱해야 하는 매우 중요한 단계죠."

"그러면 그것의 성공 여부는 어떻게 알 수 있는가? 겉으론 말이 없으면서도 속으론 화가 들끓는 아이들을 수없이 만들어 낼지도 모르잖은가? 그건 확실히 위험한 단계로군."

"그건 그렇지. 그래서 우린 그 단계에 가서는 아동 하나하나를 유심히 살피지. 만일 스스로 필요한 기술을 발견해 내지 못하면 우린 조금 후퇴하여 다시 훈련시키지. 처음보다는 조금 더 진보된 단계가……."

이렇게 말하면서 프레이저는 계속 안절부절못하는 캐슬을 다시 쳐다보았다.

"바로 지금 내가 말하려는 것이네. 아동들이 수프를 먹으려고 자리에 앉을 때는 먼저 두 패로 나누어진다네. 동전을 던져 앞면이 나오면 앞면의 패가 먼저 앉아서 먹게 되고 뒷면의 패는 또 오 분간을 서서 기다리는 거야."

캐슬이 신음소리를 냈다.

"자네는 그렇게 해서 시기심을 테스트할 수 있다고 보는가?"

내가 물었다.

"아마 정확히 표현하자면 그렇지 않겠지. 그러나 적어도 운이 좋은 아이들에 대한 어떤 공격성 같은 건 거의 없어. 감정이란 게 있다면 '운명의 여신'에 대한 감정, 동전을 던지는 것에 대한 감정이지. 그건 정말 배워둘 만한 것일세. 왜냐하면 그것이 바로 감정이 유용하게 남아 있을 수 있도록 하는 유일한 방향이니까. 일반적으로 사물에 대한 분노는 개인에 대한 공격성만큼이나 어리석은 것이긴 하지만 보다 쉽게 통제될 수도 있지. 그리고 그런 분노를 표현한다고 해서 사회적으로 반대할 만한 것도 아니겠지."

프레이저는 거의 신경질적으로 우리를 하나하나 쳐다보며 캐슬과 같은 편견을 갖고 있는지 알아보려는 것 같았다. 나는 그가 이 이야기까지는 할 생각이 없었다는 것을 눈치챘다. 그도 약점은 있었다. 그가 지금껏 신성화된 근거를 무시했으면서도 이런 새 교육방법의 진정한 가치를 아직 실험으로 정립하지 못했음이 분명했다. 십 년이란 짧은 세월에 다 그렇게 할 수는 없었을 것이다. 단지 신념을 토대로 일을 해왔다는 사실이 그를 괴롭혔던 모양이었다.

나는 그의 청중 가운데 나 같은 전문적인 동료가 있다는 걸 상기시켜 자신감을 북돋아주려고 생각했다.

"자네가 없애려고 하는 바로 그 감정들을 오히려 은연중에 가르치게 되지는 않을까? 예를 들어 따뜻한 저녁밥에 대한 기대가 갑자기 깨져 버렸을 때 아이들은 심리적으로 어떤 영향을 받게 될까? 결국 불확실감이나 불안감정을 갖게 되지는 않을까?"

"그럴지도 모르지. 그러므로 우리의 학습이 과연 안전하게 시행되고 있는가를 항상 확인해야 했지. 모든 계획은 실험적으로 진행되고 있기 때문에, 과학자들이 실험을 방해하는 요인들을 지켜보듯이 우리도 바람직하지 못한 결과들을 주시한다네. 아무튼 이건 아주 간단하고도 현명한 계획이야……."

그는 조금 어조를 누그러뜨려 말을 계속했다.

"우리는 완전한 평정상태로부터 점차적으로 괴로움과 좌절을 증대시키는 체제를 마련했네. 처음에는 용이하던 환경이 아이들이 적응능력을 획득함에 따라 점점 더 어려워지는 거지."

"하지만 왜 그다지도 용의주도하게 불쾌한 감정을 주어야만 합니까? 난 아무래도 당신과 당신의 친구 시몬스를 아주 묘한 가학적 성격의 소유자라고밖에는 생각할 수가 없군요."

"캐슬 씨, 당신은 이제 와서 딴 소리를 하는군요!"

프레이저가 갑자기 화가 난 듯 이렇게 말했는데 나 역시 그의 분노에 공감이 갔다. 캐슬은 프레이저에게 욕지거리를 한 셈이었고 까닭 없이 그리고 의도적인지는 몰라도 우둔하게 굴었다.

"조금 전에 당신은 아이들을 유약한 사람으로 양육한다고 비난하더니 이젠 거칠게 다룬다고 반대하는군요. 당신은 잠재적으로 불쾌한 이런 상황이 결코 생각처럼 괴롭지는 않다는 것을 이해하지 못하고 있는 것 같습니다. 우리의 이 계획은 그것을 확인시켜 줍니다. 다만 당신은 우리의 아이들처럼 진보되어 있지 못한 까닭에 이해를 못하시는 겁니다."

캐슬은 새파랗게 질렸다.

"하지만 대체 아이들이 그런 훈련에서 뭘 얻어낸다는 겁니까?"

그는 프레이저의 분노에서 막연히 어떤 허점을 찾아보려는 듯이 소리쳤다.

"아이들이 뭘 얻어내느냐구요?"

프레이저는 어쩔 수 없다는 경멸의 눈빛을 띠며 소리쳤다. 그는 입술을 삐죽거리더니 머리를 숙여 지금까지 신경질적으로 잔디를 쥐어뜯던 자신의 손가락을 들여다보며 입을 다물어버렸다.
"아이들은 행복과 자유와 강인성을 가져야 하겠지요."
나는 분위기를 화해시키려고 다소 묘한 입장에서 말했다.
"내게는 아이들이 행복하거나 자유롭게 보이지는 않는군. '금지된 수프' 앞에 서 있는 상태에선 말이네."
캐슬은 계속 프레이저에게 시선을 주며 내 말에 대꾸했다.
"만일 그것을 일일이 열거해야 한다면……."
프레이저는 깊은 한숨을 내쉬면서 말을 이었다.
"…… 어린이들이 얻는 것은 준비되지 않은 사람들을 골탕 먹이는 사소한 감정들로부터 해방될 수 있다는 겁니다. 그들은 일반세상에서는 꿈조차 꿀 수 없을 정도로 유쾌하고 유익한 사회관계자의 만족감을 얻게 됩니다. 또 모든 일에 아주 능률적으로 행동하게 되죠. 왜냐하면 아픔이나 고통으로 괴로워하는 일 없이 일에만 열중을 할 수 있기 때문입니다. 아이들은 좌절이나 실패감이 없이 자랐기 때문에 항상 새로운 시야를 갖게 되지요. 그들은 또한…… 이 정도면 족합니까?"
그는 시선을 나뭇가지에 주었다가 생각이 달라졌는지 말을 끝맺으려 했다.
"일반 세상에는 공포와 시기, 무기력이 만연하다는 걸 알게 되면 아이들이 공동사회에 더욱 충실하게 되겠지."
내가 그의 말에 덧붙였다.
"자네가 그런 식으로 말해주니 기쁘군. 우리 아이들은 일반 공립학교의 학생들보다 분명 우월감이나 경멸감도 통제하려고 노력하고 있지. 내 자신이 그것 때문에 고통을 느껴서 그 과제를 우리 훈련 일정의 첫 번째 순서로 마련했었지. 우리는 상대적으로 다른 사람의 실패를 의미하는 개인적 승리에 대한 어떠한 즐거움도 철저히 피하려고 하는 거야. 우리는 궤변적이고 논쟁적이고 변증법적인 것에는 아무런 기쁨도 느끼고 있지 않아."

 그는 캐슬에게 악의에 찬 눈빛을 던지고는 이야기를 계속했다.
 "우리는 항상 집단 전체를 염두에 두고 있기 때문에 지배 동기는 유발시키려 하지 않는다네. 물론 몇몇 천재들을 그런 식으로 동기화 시킬 수는 있었지. 나 자신의 동기 또한 그랬었고. 하지만 그렇게 되면 다른 사람들이 누릴 행복의 일부를 희생시키게 되거든. 자연과 자기 자신과의 싸움에서 승리하는 것은 좋지만 타인을 눌러 승리하는 것은 절대로 안 되지. 절대로!"
 "당신은 마치 시계에서 큰 태엽을 빼어버린 셈이군요."
 캐슬이 덤덤하게 말했다.
 "그건 실험적인 문제입니다. 캐슬 씨, 그리고 당신의 답은 틀린 거구요."
 프레이저는 그의 감정을 애써 감추려 하지 않았다. 만일 그가 캐슬을 말처럼 올라타고 있었다면 캐슬의 옆구리에다 박차를 가하고 있는 셈이었다. 아마 그는 나머지 우리들도 자기 의견에 동조하게 되었다는 것과 숨겨 둔 예비 카드 하나로써 자기의 술책을 바꿀 수도 있다고 느꼈을 것이다. 그러나 그것은 책략 이상의 진실한 감정이었다. 캐슬의 초지일관하던 회의주의는 점차 좌절로 변해가고 있었다. 나는 둘 사이의 어색한 분위기를 느끼며 황급히 끼어들었다.
 "자네들의 기술이란 것이 정말 새로운 것일까? 소년이 성년이 된 것을 인정받으려면 여러 고초를 겪도록 하는 원시적 훈련도 있지 않은가? 또 청교도나 근대학교의 훈련 기술도 크게 다를 바 없지 않을까?"

"어떤 의미에선 자네의 얘기도 옳아."

프레이저가 말했다.

"그리고 우리 아이들에 대한 캐슬 씨의 우려에 대해서도 잘 대답해 주었다고 생각하네. 일상적인 불행이 가져오는 고통에 비해 우리가 의도적으로 부과하는 불행은 훨씬 부드럽다고 할 수 있지. 윤리적 훈련이 가장 심한 단계에서 겪는 불행도 우스꽝스러울 정도의 사소한 것으로 받아들여지지. 잘 훈련된 아이들에겐 말이네.

하지만 우리가 이러한 고통들을 제시하는 방법과 자네가 예로 든 것과는 상당한 차이가 있네. 그 하나로 우리는 절대로 벌을 주지 않아. 우리는 바람직하지 못한 행동을 제거하거나 억누르기 위해서 절대로 어떤 불쾌한 것을 주지는 않는다네. 게다가 또 다른 차이가 있지. 대부분의 외부 문화에서는 아이들이 통제되지 않은 역경이나 어려움에 부딪치곤 하지.

권위자가 훈련이라는 명목하에 가하는 고통도 있을 것이고, 어떤 것은 상하급이라는 명목하에 가하는 고통도 있을 것이고, 어떤 것은 상하급자간의 관계에서 볼 수 있듯이 암암리에 용인된 압력도 있다는 얘길세. 그 나머지는 단순히 우발적으로 생기는 것들이지. 아무도 그것을 막으려 하거나 또 막을 수도 없어.

우리는 모두 그것이 어떤 결과를 가져오는지를 잘 알고 있네. 특히 참을 수 있을 정도의 고통을 겪어온 소수만이 강건한 아이들이 되고 용감한 성인이 되겠지. 그러나 다른 아이들은 병리학상 여러 종류의 사디스트(sadist) 혹은 매조키스트(masochist)로 되어 버리지. 고통스런 환경을 극복하지 못한 아이들은 고통에 사로잡힌 채 여러 가지 정도를 벗어난 짓을 하고 있지. 다른 아이들은 그저 땅이나 상속받기를 원하고 나머지 비겁한 녀석이나 겁쟁이들은 여생을 공포 속에서 지내게 되지. 이것은 고통에 대한 반응이라는 일면에 불과하네. 이외에도 이에 필적하는 예를 무수히 들 수 있지. 낙천주의자와 비관론자, 만족하는 사람과 불만족스러워하는 사람, 사랑받는 사람과 사랑받지 못하고 있는 사람, 야망적인 사람과 용기를 잃은 사람, 이런 모두가 비참한 교육체제의 산물에 불과하지.

한편 전통적 관례도 없는 것보다야 낫지. 스파르타식이나 청교도식 교육으로 가끔씩 행복한 결과를 얻는 것은 사실이지. 그러나 그런 체제는 낭비적인 선발원리를 바탕으로 하고 있네. 19세기 영국의 초등학교는 거의 이겨낼 수 없는 장애물을 극복하는 소수를 소중히 하여 용감한 사람으로 만들어냈어. 소수의 용감한 사육이 아니라네. 선발의 원리는 교육 대신에 자원을 대량 소모시키기만 하는 조잡한 것이야. 엄청나게 뿌려놓고는 엄격하게 선발하지. 마치 아동위생이 좋아지려면 쓰레기더미가 커야 한다는 철학과 같은 거야.

그러나 월든 투에서는 다른 목적이 있어. 우리는 모든 사람을 용감하게 만들려는 것일세. 모두 장벽을 극복하게 되지. 물론 몇몇은 다른 아동들보다 더 많은 준비가 필요할지 몰라도 결국엔 다 그 장벽을 극복하게 되네. 전통적으로 강한 자를 선발하기 위해 역경을 이용해 왔지만, 우리는 힘을 기르기 위해 오히려 역경을 통제한다네. 캐슬 씨가 우리를 얼마나 가학적이라 생각할는지는 모르지만 통제하기 어려운 역경에 대비시키기 위하여 미리 통제 가능한 역경을 의도적으로 주는 거지.

우리 아이들은 결국 '인간의 육체가 받기 마련인 고통과 수많은 자연적 충격'을 모두 경험하게 되는 거야. 미리 잘 보호할 수 있었는데도 그저 보호의 기간만 연장하는 것처럼 잔인한 것은 없네."

프레이저는 호소하듯 과장된 몸짓으로 그의 손을 죽 펼치며 말했다.

"이 밖에 또 다른 뾰족한 묘책이라도 있을까? 그 밖에 달리 우리가 할 수 있는 일이 있겠는가? 지난 사오 년 동안 우리는 긴요한 욕구치고 만족되지 않는 일이 없는 그런 생활, 다시 말해서 불안, 좌절 혹은 괴로움에서 사실상 해방된 생활을 제공할 수 있었다네.

당신들이라면 어떻게 하려고 했을까? 맹목적으로 칭찬이나 하고 싶은 대로 내버려 두는 어머니같이 아이들이 장래에 대한 아무런 생각도 없이 이 낙원을 즐기도록 내버려 두었을까? 아니면 환경의 통제를 늦추어서 아이들이 우발적인 좌절감을 맛보도록 했을까? 그러나 '우발적 사건'의 좋은 점이 무엇인가? 아니야. 우리에게는 오직 한 길만이 있었네. 여러 역경을 '계획'해서 아이들이 될 수 있는 한 자기통제를 개발하도록 하는 것이었네. 우리보고 너무 지나치다거나 사디즘이라고 해도 할 수 없는 노릇이지. 다른 방도가 없지 않나?"

프레이저는 캐슬에게 몸을 돌렸지만 그에게 도전하려는 태도는 아니었다. 그는 캐슬의 항복문서를 조심스럽게 기다리고 있는 듯 보였다. 그러나 캐슬은 화제를 바꿀 뿐이었다.

"나는 이런 훈련 과정들을 분류하기가 어렵다고 생각합니다."

이에 프레이저는 '하!' 하고 불만인 듯한 소리를 내고는 몸을 뒤로 젖혔다.

"당신네 체제는 종교의 테크닉뿐 아니라 그 위치까지도 침해한 것 같은데요."

캐슬이 말했다.

"종교나 가족 문화의 위치를 말하는군요."

프레이저도 이젠 지친 것 같았다.

"그러나 우리는 그것을 침해라고는 보지 않아요. 윤리적 훈련은 공동사회에 달려 있어요. 기술에 있어서는 그 근원이 무엇이든 편견 없이 모든 의견을 다 받아들입니다. 그러나 그 모두를 우리가 다 믿는 것은 아닙니다. 우리는 자명한 진리라는 주장을 일단 무시하고 모든 원칙을 실험적 테스트에 부치니까요. 그런데 내가 얘기한 어떤 훈련도 고정적인 것으로 들렸다면 나의 말이 잘못 전달된 셈이군요. 우리는 여러 가지 다른 기술을 시도해 봅니다. 점차적으로 될 수 있는 한 가장 훌륭한 시도를 향해 노력하지요. 그리고 역사적으로 뚜렷이 성공한 원칙이라도 그다지 주목하지는 않아요. 역사는 월든 투에서는 오락으로서만 취급됩니다. 이곳에서는 정신적 양식으로 취급받지 못합니다. 그 얘기를 하다 보니 원래의 오늘 아침 계획이 생각나는군요. 감정에 대해서는 만족할 만큼 들으셨습니까? 그럼 이제 지적(知的)인 것을 이야기할까요?"

프레이저가 이런 얘기들을 아주 친절하게 말했고 캐슬 또한 친절한 태도로 대답한 것은 반가운 일이었다. 그러나 두 사람 다 목에다 사탕을 걸어 본 적도 '금지된 수프' 앞에 있어본 적도 없었음이 분명했다.

15

우리는 좀더 나이 든 아이들의 생활관과 하루하루의 일정표에서 행동공학의 좋은 예들을 볼 수가 있었다. 처음에는 거의 우연이라 할 만큼 모두가 임시적인 것으로 보이기까지 했으나 프레이저가 그 중요한 특징과 결과를 지적했을 때에야 비로소 포괄적이면서도 거의 마키아벨리식의 설계임을 이해하기 시작했다.

아이들은 부모슬하에서 학교로 옮겨지는 일반 사회체제에서의 급격한 변화를 피하고 자연적인 성장과정에 맞추어 한 연령집단에서 다른 연령집단으로 유연하게 옮겨지고 있었다. 아이들 각자는 자기보다 약간 연상인 아이들과 경쟁을 하여 어른의 도움 없이도 초기교육에서의 많은 동기와 행동양식을 배우도록 계획되어 있었다.

프레이저가 언급한 물리적이고 사회적인 환경통제는 연령이 상승함에 따라서 점차 느슨해졌다. 더 정확하게 말한다면 그 통제는 권위자의 손에서 아이들 자신에게로 혹은 그룹 중의 다른 아이에게로 옮겨지는 것이었다. 한 살 때에는 대부분 온도조절장치가 설비되어 있는 작은 침실에서 보내고, 두세 살 때에는 최소한의 옷과 이불이 갖추어진 방에서, 서너 살이 되면 보통 일상복을 착용하고 기숙사에 딸린 조그만 표준 침대를 차지할 수 있게 되었다. 대여섯 살 아이들의 침대는 방 모양으로 꾸며진 다락마루에 서너 명씩 같이 있게 만들어져 있었다. 일곱 살 된 아이들은 서너 명씩 그룹을 지어 작은 방을 함께 쓰면서 자주 방 친구를 바꾸다가 열세 살 때는 성인용 건물에 임시로 꾸며진 방 하나에 두 명씩 기거하게 된다. 결혼한다거나 자신의 선택에 따라 개인용의 큰 방을 사용하거나 옛 방을 다시 고쳐서 쓸 수 있었다. 점진적으로 감독을 없애는 절차는 이들이 얼마나 빨리 자제력을 획득하게 되느냐에 따라 식당의 배열에서도 적용되었다.

 세 살부터 여섯 살까지의 아이들은 작은 식당에서 식사를 하게 되고 좀더 크면 월든 투에서의 첫날 우리가 본 성인 식당에서 지정된 시간에 식사를 할 수 있다. 열세 살이 되면 모든 감독은 없어지게 되며 그들이 원하는 장소와 시간에 따라 마음대로 식사할 수 있게 된다.

 우리는 몇몇 작업실, 실험실, 자습실 그리고 교실로 사용하는 독서실들을 둘러보았다. 독서실엔 학생들이 있었지만 실제로 재학 중인지는 확실치 않았다. 그 건물에 있는 몇몇 어른들이 교사들이라는 생각이 들기는 했으나, 나의 교사 개념에는 어긋나는 연령의 남자들이었고 자기 나름대로의 일로 바쁜 듯했다. 우리가 아이들 앞에서는 질문이나 토론을 하지 않도록 프레이저가 부탁했기 때문에 우리는 더해가는 궁금증을 안고 한 방, 한 방을 그냥 지나쳤다. 많은 학습이 이루어지고 있음을 인정해야 했지만 일찍이 이런 유형의 학교를 나는 본 적이 없었다.

 우리는 시설이 잘된 체육관이라든가 작은 회의실과 그 밖의 다른 시설을 시찰하였다. 그 건물은 잘 다져진 흙으로 지어졌고 장식은 단순했으나 '비관료적'이라는 인상이었다. 출입문과 많은 창문들은 밖에서 이루어지고 있었다.

 아이들이 끊임없이 들어오고 나갔다. 일종의 흥분된 분위기였는데도 불구하고 일반 학교에서 규율이 없을 때 생기는 혼란 같은 것은 거의 없었다. 모든 아이들이 굉장한 자유를 만끽하고 있는 듯하면서도 그룹 전체의 효율성과 안락감이 유지되고 있었다.

나는 착한 행동을 하는 아이들을 기억해내고 선행에의 압력이 얼마나 곧잘 폭발점에 도달하느냐 하는 질문을 하려고 했다. 그러나 선행을 하는 아이들이라는 개념에도 차이가 있다고 생각되었으며 머릿속에 그렸던 나의 의문은 점차 사라져버렸다. 나는 이렇게 행복하고도 건설적인 분위기가 아마 일상적일 거라는 결론에 도달할 뿐이었다. 여기에도 역시 통제는 있을 것이라는 생각이 들었다. 다시 말해 프레이저나 혹은 다른 사람이 통제하고 있을 것이라는 생각이었다.

우리가 다시 나무 그늘로 돌아왔을 때 나는 의문점이 많았는데 캐슬도 나와 마찬가지였을 것이다. 그러나 프레이저는 다른 계획을 하고 있었다. 우리가 방금 본 광경이 감명적이었음을 잊어버린 건지 아니면 우리의 놀람과 호기심이 더 끓어오르기를 의도적으로 원했는지도 모르겠으나, 그는 아주 다른 문제를 끄집어냈다.

"우리가 공동사회 생활의 경제 문제를 논의했을 때, 교육 문제도 언급해야 했었는데 빠뜨렸군요. 교사도 물론 직업인들이며 특히 교육에 관련된 우리의 경제적 이점에 대해 다시 확신시켜 드려야겠습니다. 바깥 세계에서는 아이들의 교육에 충분히 경비를 쓰고 있지 않습니다. 시설이나 교사에게 그리 많은 돈을 쓰지 않고 있지요. 허나 이와 같이 인색한 정책에도 불구하고 낭비가 많습니다. 보다 더 훌륭한 사회체제를 가진다면 교육비도 절감될 수가 있겠지요.

이곳에서는 재교육을 늘 할 필요가 없으므로 신속히 모든 것을 정비할 수 있어요. 외부사회의 교사들은 아동이 주변에서 습득한 문화적이고 지적인 습관을 변화시키는데 상당한 시간을 보내거나 가정교육을 그대로 중복하는 데 많은 시간을 낭비하고 있지요. 그러나 여기서는 학교는 가정이며 가정은 곧 학교라고 할 수 있어요.

우리는 최상의 교육방법을 채택하면서 동시에 바람직하지 못한 사회구조에 따른 불필요한 교육 행정기구를 없앨 수가 있습니다. 학생이 한 학교에서 다른 학교로 옮기는 것을 허락한다거나 혹은 특정 학교의 학업을 평가하거나, 통제를 하는 기준을 세우는 데 부심하지 않아도 됩니다.

우리는 '학년'을 필요로 하지 않습니다. 아동들의 능력과 재질이 똑같은 속도로 발달되지는 않는다는 것을 우리 모두가 잘 알고 있지요. 독해력에는 4학년짜리가 수학에서는 6학년일 수도 있습니다. 학년이란 발달과정의 본질을 해치는 하나의 행정적 고안물입니다. 이곳 아이들은 어느 분야에서나 자신이 원하는 대로 신속히 공부할 수가 있습니다. 성장한 아이를 하기 싫은 활동에 억지로 참여시키거나 지겹게 되풀이하는 시간적 낭비는 전혀 없습니다. 그리고 뒤진 아이들 역시 더욱 효율적으로 다룰 수가 있습니다.

또한 우리는 모든 아이들에게 똑같은 능력이나 기술을 개발하도록 강요하지도 않을 뿐더러 어떤 특정한 유형의 교과과정을 주장하지도 않습니다. '중등교육'이 무얼 뜻하든지 간에 여기에는 그런 교육을 받은 아이가 한 명도 없습니다. 하지만 모두가 고무적일 정도로 신속하게 발달하고 있으며 또 여러 가지 점에서 유용한 교육을 받아왔어요. 게다가 가르칠 수 없는 것을 가르치는 데 헛된 시간을 낭비하지도 않습니다.

졸업장으로 상징되는 전형적 교육은 이 월든 투에서는 아무런 의미도 없는 명백한 낭비로 여겨지지요. 우리는 교육에 어떠한 경제적, 명예적 가치도 부가하지 않는답니다. 교육은 나름대로 가치를 가진 것이거나 혹은 가치가 전혀 없는 것일지도 모르니까요. 우리 아이들은 모두가 행복하고 생기에 넘쳐 있으며 호기심을 갖고 있으므로 특별히 어떤 과목을 규정지어서 가르칠 필요가 전혀 없습니다. 우리는 단지 학습과 사고의 기술을 가르칠 뿐입니다.

지리, 문학, 과학을 예로 들어보면, 그들에게 그저 기회를 주고 안내만 하면 그들 스스로가 배웁니다. 이러한 방법으로 교사의 수를 반으로 줄일 수 있을 뿐만 아니라 교육 효과는 비교할 수 없을 정도로 월등히 상승되지요. 물론 우리 아이들이 소홀히 되고 있는 것은 아닙니다. 그러나 어떤 것에 대해 '가르침을 받는다'는 것도 지극히 드문 일입니다.

월든 투에서 교육이란 공동사회 생활의 일부일 따름입니다. 우리는 날조된 인생 경험에 호소할 필요가 없어요. 우리 아이들이 매우 어릴 적부터 일하지만 힘겨운 일이 아니라 운동이나 놀이처럼 쉽게 받아들여집니다. 그리고 교육 중의 상당한 부분이 작업실, 실험실, 또는 야외에서 이루어집니다. 모든 예술과 수공업 분야에서 아동들을 격려해야 한다는 것이 월든 투의 규약입니다. 우리는 이 방법이 월든 투의 미래와 우리 자신의 안정에도 중요하다는 것을 알기 때문에 기꺼이 그들을 지도하는 데 시간을 소비합니다."

"고등 교육에 대해서는 어떻게 하는가?"

"우리는 물론 전문적 훈련에 대해서는 준비가 되어 있지 않다네. 일반 대학에서 대학원 진학을 원하는 학생들은 특별한 준비를 하게 되지. 그러나 사실은 대학원의 그런 입학 요구 조건들이 너무 독선적이라는 느낌이 드네. 비록 대량 생산체제에서는 불가피하다지만 말일세. 다행히 지금까지는 우리의 젊은이들을 청강생으로 받아주는 대학원을 찾아낼 수 있었고 또 성적도 매우 좋으니까 그다지 어려움은 없을 것 같네. 만일 사태가 악화된다면 아예 우리의 단과대학을 설립하여 공인을 받으려고 하네. 하지만 그럴 경우 우리가 겪어야 할 그 번잡한 변화를 자네는 상상할 수 있겠나?"

프레이저는 도저히 참을 수 없다는 듯 콧방귀를 뀌었다.
"허, 웃기는 일이지. 웃기는 일이야."
"끝까지 해보겠다는 뜻인가?"
내가 다시 물었다.
"우리가 대학을 설립하게 된다면, '교과과정'을 설정하고 '평균평점 C'라든가 '외국어 이수', '거주요건 몇 년' 하는 식으로 우리도 조건을 내걸어야 할 텐데 아주 재미있겠지. 바로 이게 '웃기는 일'이라는 거야."
"그럼, 여기 있는 사람들은 대학을 안 간다는 이야긴가?"
"우리가 고등학교와 초등학교를 구별하지 않듯이 대학과 고등학교를 구별할 이유 또한 없어. 어쨌든 외부사회가 교육을 교육행정과 구분해 버렸는데 이러한 구별이 무슨 소용인가? 아동발달에 자연적 중단이라는 게 있던가? 대체로 우리 아이들은 성장속도에 따라 점진적 자료로 자연스럽게 공부를 한다네. 그들에게 직접 가르치기 전에 모든 면에서 도움을 주는 거지. 우리는 그들에게 사고하고 지식을 얻는 새로운 기술을 제시해 준다네. 우리 아이들은 스스로 생각하는 방법을 배운다네. 우리는 논리학, 통계학, 과학적 방법, 심리학, 수학으로부터 사고의 기술과 방법들을 조사하여 그들에게 전달해주지. 그것이 바로 그들이 필요로 하는 '대학 교육'의 전부라네. 그 밖의 것은 우리의 도서관과 실험실에서 스스로 터득하고 있지."
"도서관과 실험실에서 무얼 어떻게 한다는 얘긴가? 그 방면에 실제로 무엇을 제공한단 말인가?"
"우리의 도서관이 그다지 많은 책을 비치하고 있는 건 아니지만 가장 좋은 책을 구비하고 있다는 걸 자부할 수 있지. 자네는 큰 대학의 도서관에서 오랫동안 있어본 적 있나? 도서목록에다 수백만 권의 책을 소장했다는 것을 알리기 위해 얼마나 많은 잡동사니 책을 모아놓고 있던가! 형편없는 헌 책방에서도 없애버릴 게 분명한 소책자나 오래된 잡지, 옛날의 잡동사니 등을 어느 날 누군가 그 분야의 역사를 연구하기 위해 필요로 한다는 하찮은 구실로 모두 보유하고 있지 않던가? 이곳에는 학자나 전문가를 즐겁게 하기 위해서가 아니라 일생 동안 독서를 하는 지적인 독서가가 언제고 흥미를 잃지 않을 정도의 알짜배기 도서관이 있다네. 기껏해야 이삼천 권의 책이면 그런 조건을 완비할 수 있겠지."

프레이저는 도전적으로 나를 응시하였으나 나는 그런 골치 아픈 문제로 싸우고 싶지 않았다.

"그 비결은 이렇지. 우리는 도서관의 서가에 책을 더 첨가시키는 만큼 자주 뒤떨어진 책은 뽑아낸다네. 결국 꼭 필요한 것은 놓치지 않는 수집이 되지. 우리가 서가에서 책을 꺼내 볼 때마다 생동적인 내용에 접하게 되지. 누군가 특수하게 관심 있는 분야를 탐구해보고 싶어 하면 필요한 책을 빌려오기도 하지. 또한 마구잡이로 이 책 저 책을 탐색하는 사람을 위해서는 내버린 책들이 창고에 가득 차있다네. 우리의 실험실은 아주 현실적인 것이므로 제법 훌륭하다고 할 수 있지. 우리의 작업장 자체가 실제로 작은 규모의 공학실험실이며 소질을 가진 사람이면 누구나 다 대학생보다 더 깊이 파고들 수 있지. 해부학은 도살장에게, 식물학은 광야에서, 유전학은 낙농장과 양계장에서, 화학은 병원과 부엌과 낙농실험실에서 각각 가르치고 있다네. 이 이상 바랄 게 있나?"

"그 모든 것을 단순히 흥미위주로 한단 말입니까? 어떤 계획된 연구가 필요하다고 느끼지 않습니까?"

캐슬이 말했다.

"무엇 때문에요?"

프레이저는 과장된 몸짓으로 반문했다.

"나중에 가치가 있음직한 기술과 능력을 준비하기 위해서요. 예를 들어 어학공부 같은 거요."

"왜 '나중에'라고 하지요? 왜, 가치가 있을 '그때'에 어학을 배울 수 없습니까? 우리는 우리의 모국어를 그런 식으로 배우잖아요! 물론 당신은 지금 대학과정 중에서 마지막 학기의, 그것도 유월 중순쯤에 끝나게 되는 교육과정을 생각하고 얘기하는 것이겠지요. 그러나 월든 투에서의 교육은 영원히 계속되지요. 그것은 우리 문화의 일부이니까요. 우리는 기술이 필요할 때면 언제나 배울 수 있습니다.

외부에서는 가장 큰 대학의 어문학과에서도 그 해당 언어를 유창하게 구사할 수 있는 단 두세 명의 학생만 있다하더라도 교육자체가 잘 된 것으로 자부하는 모양입니다만, 우리는 그보다 훨씬 더 잘해낼 수 있지요. 한때 프랑스에서 살았던 월든 투의 한 회원이 십 세부터 오십 세의 몇 회원들에게 불어에 대한 흥미를 일으켰죠. 당신도 이곳에 머물러 있는 동안 그들을 만나게 될 겁니다. 나는 그들이 식당에서 잡담을 즐기고 있는 것을 모았는데 유쾌한 세계주의적인 감각으로 불어와 불문학에 관해 심취해가고 있었습니다.

그들은 어떤 등급이나 학점을 취득하지 않으면서도 불어 실력이 점점 향상되고 있습니다. '불어를 배우는 바로 그 시점'에서 과연 불어가 배울 가치가 있느냐 없느냐가 진정한 선택이 될까요? 자, 이젠 좀 합리적으로 생각합시다."

"난 아직도 당신의 얘기에 회의적일 수밖에 없습니다. 물론 나 역시 기정사실에 대한 논쟁에서는 불리한 입장이라는 것을 잘 알고 있습니다."

프레이저는 이 말에 머리를 세차게 끄덕였으나, 캐슬은 반박을 계속했다.

"하지만 모든 것이 다 성취된 것은 아니잖습니까? 이곳의 그 즐거운 교실, 그 근면하고 만족한 아이들, 그런 것은 우리도 받아들여야만 하겠지요. 그러나 과연 당신의 아이들이 우리의 교육기준에 비추어 얼마나 훌륭히 교육받았는가를 알기까지에는 오랜 시간이 걸릴 것입니다."

프레이저는 뭐라고 말하려는 몸짓을 보였으나 캐슬이 급히 자신의 얘기를 계속했다.

"나는 이런 기준들이 모든 것을 입증하는 것이 아니라는 걸 인정합니다. 아이들이 우리와 동일한 과정을 배우는 것이 아니니까, 불어의 경우에도 아이들에게 우리와 똑같은 시험을 치르도록 요구할 수는 없겠죠. 그러나 이곳 학생들이라고 해서 2학년 불어 시험에서 파리 시민보다 더 잘하지는 못할 것입니다. 나는 당신이 설명한 학습이 더 낫다는 점을 솔직히 인정하고 받아들이지요. 만일 객관적 비교가 가능하다면 말입니다. 그것은 대학교수들이 죽음의 신이 무덤으로 인도하는 대열 속에서도 이따금 언뜻 생각하는 이상이기도 합니다. 그러나 난 이곳의 원동력이 무엇인가를 모르기 때문에 당신이 말한 체제를 그대로 받아들일 수가 없단 말입니다. 당신네 아이들은 도대체 왜 배웁니까? 우리의 표준 동기에 준하는 당신네 대안은 대체 무엇이란 말입니까?"

"당신들의 '표준 동기'라. 분명 그것은 장애물입니다. 교육기관은 학습의 기술을 제시하거나 나누어주는 데에 시간을 보내는 것이 아니라 학생이 배우도록 만드는 데 주력을 기울이고 있습니다. 그러니까 그럴 듯한 필요성을 만들어 주어야만 하겠지요. 당신이 분석해 본 적이 있습니까? 캐슬 씨, 당신이 말하는 '표준 동기'란 도대체 무엇입니까?"

"나는 표준 동기라는 게 그다지 매력 있는 것이 아니라는 것은 알고 있습니다. 가족이 걱정하는 나쁜 성적이나 제명, 진급, 우등상, 모자와 졸업 가운의 속물적 가치, 졸업장의 경제적 가치 등이 여러 가지 표준 동기라고 생각합니다."

"좋습니다, 캐슬 씨! 솔직히 말씀하셨군요. 그러면 이제 당신의 질문에 대답하겠습니다. 그러한 장치가 없다는 게 곧 우리의 원동력이라 할 수 있지요. 우리는 가치 있고, 또 진실로 생산적인 동기들을 노출시켜야만 했습니다. 그 동기란 학원 밖에서 과학 및 예술의 창조적 작업을 고취시키는 것이었지요. 어느 누구도 유아를 어떻게 동기화하는가를 묻지는 않습니다. 유아는 구속이 없는 한, 모든 것에 자연히 호기심을 가지게 되지요. 그리고 이러한 경향은 저절로 사멸되는 것이 아니라 '닦여' 없어지는 것이죠. 구속되지 않은 아이들의 동기를 조사해 보니까 우리가 활용할 수 있는 양보다 더 많다는 것을 발견했습니다. 우리의 공학 작업은 실망에 대처하게끔 아동을 강화함으로써 그 동기들을 '보존' 시키는 것이랍니다. 우리는 아동이 육 개월쯤 됐을 때부터 다른 정서적 상황을 도입할 때와 마찬가지로 조심스럽게 실망을 배우게 하지요.

온도 조절장치가 설비된 장난감들은 인내심을 기르도록 고안된 것이었습니다. 적절한 반응, 이를테면 고리를 잡아당기거나 음악상자에서 노래가 흘러나오거나 빛이 반짝거리도록 장치되어 있습니다. 그 후에는 고리를 두 번, 다음엔 세 번이나 다섯 번 또는 열 번을 잡아당겨야 작동합니다. 좌절이나 분노를 겪지 않아도 참을성 있는 행동을 훌륭하게 기를 수가 있게 됩니다. 사실 우리도 경우에 따라서는 실험적 오류를 범할 때가 없지는 않았습니다. 어떤 경우는 실망에 대한 저항이 거의 바보스럽거나 병적인 정도로 되어버린 적도 있습니다. 물론 이런 일을 하는데도 어떤 모험이 뒤따르게 마련이지요. 다행히도 그 과정을 재조정해서 그 아이가 만족할 만한 수준까지 회복하도록 할 수가 있었어요.

실망스런 사건에 대한 인내심을 기르는 것이 바로 우리가 원하는 전부임이 증명되었지요. 캐슬 씨, 교육에서의 동기는 모든 인간 행동의 동기나 마찬가지입니다. 교육은 오직 생활 그 자체이어야 한다고 봅니다. 동기를 일으킬 필요는 없습니다. 우리는 당신이 솔직히 시인한 '겉치레식의 학구적 필요성'을 피하고 있는 동시에 일반 관공서에서 흔히 써먹고 있는 여러 위협적인 지시도 이곳에서는 하지 않습니다. 우리는 탐구적인 성인과 구속받지 않은 아이들의 특성인 호기심에다 호소를 하는 것입니다. 아기로 하여금 소리가 나는 셀로판지를 계속 구기게 하는 '환경을 통제하고자 하는 동기'에 호소할 따름이지요. 구태여 그럴 듯한 필요성을 내세워 사람들의 마음이 움직이도록 할 필요는 없습니다."

"나도 자네가 말하는 그런 동기를 가진 사람을 몇몇 정도는 알고 있지."

재빨리 내 말을 받아 프레이저는 이야기의 맥을 이었다.

"현대 문화가 약간의 용기 있는 자나 행복한 사람을 우연히 만들어 내듯이 그런 사람도 몇 사람은 배출해내지."

"그러나 나는 그들을 결코 이해할 수가 없네."

나는 다소 맥없이 말했다.

"왜 자네라고 해서 이해해야 할까? 불행한 사람이 행복한 사람을 이해할 수 없는 것처럼 말일세."

"그러나 그럴싸한 만족에 대한 실제적 필요성도 있지 않은가? 개인적 성공이나 재산 혹은 개인적 지배 같은 것도 포함해서 말일세. 내가 하는 행위의 대부분은 바람직하지 못한 결과를 피하거나 불쾌한 것을 피하고 혹은 자유를 방해하는 힘을 거부하거나 공박하기 위한 것이 아닐까?"

"자네가 말하는 건 모두가 불행한 동기들이군."

프레이저가 말했다.

"불행할지는 모르나 그것은 강력한 것이라네. 이곳 체제에서 가장 좋지 못한 것이 바로 행복한 상태라고 여겨지네. 이곳 사람들은 너무 행복하고 너무 성공에 집착하려고 해. 그러나 왜 그냥 잠을 자러 가도록 내버려두지 않나? 과연 그들로부터 진정한 업적을 기대할 수 있을까? 역사상 위대한 인물들은 본질적으로는 불행했거나 또 환경에 적응하질 못했거나 아니면 노이로제 환자였지 않은가?"

"난 역사에서 추출된 결론에는 별 흥미가 없다네. 그러나 자네가 그런 식으로 얘기한다면 나도 같이 그런 식으로 얘기하지. 자네가 위인의 위대함이 노이로제에서 비롯된 것으로 말했으니까, 난 노이로제 증상이 없이 위대한 행위를 한 예를 들어 보일 수도 있어. 아니, 그 반대로 얘기해도 나는 동의할 걸세. 천재 기질이 있는 사람은 현존하는 제도를 공격하기 쉬우므로 결국 그들을 불안정하다거나 노이로제 중세가 있다고 규정짓는 것이지. 그러나 사회적 혼란 속에서 생긴 천재가 바로 그 혼란에 대해서도 뭔가를 해결하는 사람이라는 걸 명심하게."

프레이저는 잠깐 멈추었다. 나는 그가 자신에 관한 생각을 하고 있지 않나 싶었다.

"사회적 혼돈이 천재를 만들지. 혼돈은 인간에게 천재성을 갖도록 하네. 그러나 여기서는 그것말고도 해야 할 더 좋은 일들이 많이 있지."

"그러나 불행히 예술적이라든가 또는 과학적 업적을 가져온 경우에 대해서는 어떻게 생각하나?"

내가 물었다.

"아, 만일 여인들이 순종했다면 멋진 시가 안 쓰였으리라고 장담하네. 그러나 그런 경우가 보편적인 것은 아니야. 많은 예술 작품들이 기본적인 욕구의 결핍에서 나온 것이라고 보기는 어렵지. 하나의 예술 작품이 탄생하는 것은 단지 성적인 요소에서 비롯된다기보다는 오히려 사회적이거나 문화적인 차원에서 발생되는 인간관계에 연유되어 있다고 볼 수 있지 않을까? 예술은 진수성찬에서 얻어지는 만족보다는 좀 다르고 불명확한 것을 다룬다는 얘기지."
 프레이저는 마치 그가 의도한 것보다 더 많은 것을 얘기했다는 듯 웃음을 터뜨렸다.
 "우리가 예술이 자리 잡을 곳이 없을 만큼 그렇게 만족스러운 세계를 만들어 낸다는 것은 아니지. 오히려 생활필수품들을 어렵지 않게 획득할 수만 있으면 예술적 흥미는 큰 샘물처럼 솟아난다는 것을 월든 투는 멋지게 보여주었지. 우리는 단순한 만족이 환경정복의 과학적인 노력을 퇴색시키지나 않을까 두려워할 필요는 전혀 없었어. 과학자라고 자처하면서 자신의 기본적인 욕구만족에만 열중하는 사람이 누가 있는가? 그는 오히려 타인의 기본적인 욕구만족에 더 관심을 가질 걸세. 하지만 그것은 분명히 문화적인 동기이지. 탐색적인 정신 즉 호기심, 탐구, 매개체를 지배하려는 욕구, 자연의 위력을 통제하려는 욕망 등의 생존가치에 대해서는 의심할 여지가 없겠지. 세계는 결코 완전히 알려지지는 않을 것이고, 인간은 그의 세계를 좀더 알려고 애쓸 수밖에 없는 존재이지."
 이젠 얘기의 주제가 너무나 막연해져서 더 이상 논의할 거리가 없어져 버렸다. 곧 캐슬이 다른 화제를 꺼냈다.
 "서로 상반되긴 합니다만, 궁금한 게 한 가지 있는데요. 이곳 아이들 간에 지능이나 재능에 있어서의 차이 같은 것은 어떻게 처리합니까? 또한 완전히 표준화된 젊은이들을 양산하는 것을 피하기 위해서는 어떻게 합니까? 사실 어느 쪽 질문이 그럴 듯한지는 모르겠으나 어쨌든 당신의 답변을 들어보고 싶습니다."

"둘 다 좋은 질문입니다. 서로 양립할 수 있는 문제이지요. 그 해답에 대해선 아마 부리스 교수가 도와주고 싶은 모양이군요."

마침 얘기를 하고 싶던 차에, 프레이저가 캐슬의 질문에 대한 대답을 은연중에 내 쪽으로 미루었다.

"내 짐작으로는 그 차이가 환경과, 문화적 요인에 기인한다고 생각합니다. 따라서 프레이저 씨가 해결해야 할 문제는 대단치 않은 것 같군요. 모든 아이들에게 우리가 목격한 훌륭한 보호를 똑같이 베푼다면, 캐슬 씨가 얘기한 차이란 거의 무시해도 좋을 만한 것이 되겠지요."

"아니지, 얘기가 틀렸네, 부리스. 그 문제는 지금까지 우리가 만족스럽게 대답해 온 얘기 중의 하나일세. 우리의 십 세 아동들은 생후 동일한 환경을 접했으나 지능지수의 범위는 외부의 일반 아동집단과 거의 같은 규모의 차이를 보이고 있네. 다른 능력이나 기술에서도 마찬가지일세."

"그리고 물론 육체적인 용감성에서도요."

캐슬이 말했다.

"왜 당신은 '물론'이라고 하십니까?"

프레이저는 또다시 관심이 솟는 듯 따졌다.

"왜라니요, 육체적 차이는 일반적으로 잘 드러나기 때문에 그렇게 얘기했을 뿐입니다."

"이것 보시오, 캐슬 씨, 모든 차이는 육체적인 데서 비롯됩니다. 우리의 생각 역시 육체에서 비롯되지요. 당신이 그렇게 얘기한 취지는, 다른 차이는 권위나 가족적 명예를 위하여 관습적으로 가장되고 있는 반면 육체적 한계를 저항 없이 받아들이고, 그런대로 행복합니다. 하지만 외부 사회의 사람들은 자신의 다른 능력에 대해서 전혀 엉뚱한 개념을 가지기 때문에 좀처럼 연속된 실패로부터 헤어나기 어렵지요. 이곳에서는 우리 자신을 있는 그대로 받아들입니다."
 "재능 있는 사람들이 불행하게 되지는 않을까요?"
 "그러나 우리는 개인적 경쟁에 빠지는 일은 없습니다. 개인이 서로 비교되는 경우는 별로 없으니까요. 우리는 결코 자기의 재능이 미치지 못하는 취미를 개발시키라고 요구하지는 않습니다. 우리의 부모들은 자식들의 능력을 자신이나 타인들에게 과장되게 과시할 아무런 이유가 없으니까요. 캐슬 씨가 말한 육체적 용감성의 차이를 거부 없이 받아들이듯이, 아이들이 자신의 한계점을 받아들이는 것도 쉽습니다. 동시에 재능 있는 아이들이 조직적 평준화 때문에 퇴보하는 일은 없습니다. 우리는 우리들의 천재가 마음의 안정을 잃어버리도록 하지는 않지요. 우수하지만 정서가 불안정한 그런 유형의 사람은 여기서는 드뭅니다. 천재는 자신을 자연스럽게 표현할 수 있습니다."
 우리는 태양의 위치가 바뀜에 따라 이따금씩 나무 그늘을 따라 자리를 옮겼다. 시간이 정오에 가까워졌기 때문에 우리는 정북 쪽에 자리를 잡고 나무줄기 아래 모여 앉아 있었다.
 가까운 건물에서 학교수업이 거의 끝나 가는지 간간이 학생들이 식당으로 가는 것이 보였다. 프레이저는 일어서서 그의 무릎을 천천히 폈다. 우리들도 일어섰으나 캐슬만은 고집스럽게 자리에 그대로 앉아 있었다.
 "나는 도저히 믿을 수가 없어요."
 그는 남들이 자기 얘기를 듣든 말든 아랑곳하지 않고 땅을 쳐다본 채 거의 독백조로 말을 이었다.
 "나는 당신들이 독선적 통제 체제 아래서도 자발성과 자유를 얻고 있다는 사실을 믿기 어렵습니다. 솔선하는 정신은 어디서 생깁니까? 아동은 언제부터 자유로운 인간으로서 자신의 문제를 생각하게 됩니까? 어쨌든 이런 계획된 사회에서의 자유란 무엇입니까?"

"자유, 자유."

프레이저는 마치 하품하면서 중얼거리듯이 그의 팔과 목을 쭉 펴면서 노래하듯 말했다.

"자유, 자유. 자유가 문제군요. 그렇죠? 그러나 지금은 대답하지 않겠습니다. 그냥 문제가 된 채로 내버려 둡시다. 어때요? 내버려 두는 게?"

16

 꽃밭 남쪽 잔디밭에 펼쳐 놓은 담요 위에 약 십 개월쯤 된 아기 하나가 벌거벗은 채 엎드려 있었고, 한 소년과 소녀가 고무인형 쪽으로 아기가 기어가도록 힘들여 어르고 있었다. 우리는 공용실로 가다가 잠시 걸음을 멈추고 아기의 그런 모습을 바라보았다. 우리가 다시 걷기 시작했을 때 프레이저가 지나가는 말로 말했다.
 "저들이 첫 아이입니다."
 "뭐! 저 아이들이 그 아기의 부모라는 말인가?"
 나는 소리쳤다.
 "으음, 어때. 아기가 아주 건강해 보이지?"
 "근데 부모가 기껏해야 열일고여덟 살밖에 안 된 것 같던데?"
 "아마 그 정도일거야."
 "정말 그렇다면 놀라운 일인데. 물론 흔한 일이 아니겠지만 말야."
 나는 의심스러웠다.
 "우리 월든 투에서는 보통 있는 일이지. 이곳 초산모(初産母)의 평균 연령은 십팔 세이고 우리는 그 나이가 더 낮아지기를 원한다네. 전쟁 때문에 약간 방해가 되었지. 자네가 본 그 소녀는 열여섯 살 때쯤

아기를 낳았을 거야."

"그런데 왜 그렇게 일찍 결혼하도록 권장하나요?"

바바라가 물었다.

"이유야 많죠. 이곳에서는 결혼을 늦추거나 출산을 늦추는 것에 대해선 변명의 여지가 없습니다. 아무튼 이 얘긴 점심시간에 만나서 다시 합시다. 식당에서 1시에 만나기로 하지요."

우리가 숙소에 도착하자마자, 프레이저는 곧바로 우리를 떠났다. 우리는 몸을 씻고 나서 건물 앞에 다시 모였다. 우리들은 처마그늘 밑 긴 나무 의자에 나란히 앉았다. 우리들은 지쳐 있었다.

"나는 아기 보는 일로 노동 점수를 받고 싶구먼. 정확히 2점을 주지 않으면 아기와 놀지 않을걸."

캐슬이 의자에 털썩 앉으면서 말했다. 그러자 로저스가 캐슬에게 물었다.

"아침에 프레이저 씨가 얘기한 것을 어떻게 생각하십니까?"

"글쎄요, 나라면 기정사실로 묵인하고 싶지는 않아요."

로저스는 실망하는 눈치였다. 그리고 바바라를 쳐다보며 그런 그의 기분을 나타냈다.

"왜 맘에 안 드나요?"

나는 캐슬에게 따뜻한 어조로 물었다. 그러자 캐슬이 되물었다.

"당신 같으면 묵인하겠어요?"

"글쎄, 잘 모르겠습니다만, 프레이저가 아침에 말할 때는 아주 그럴듯해 보이던데요. 그것이 모두 실험적인 것이라고 얘기했잖아요? 나는 그가 계획을 실천해 나가면서, 지나친 고집만 부리지 않고 적당히 융통성을 발휘한다면 잘해 나갈 수 있으리라고 봅니다."

"아주 편리하군요. 그 실험적인 태도 말입니다. 과학자들은 어떤 것을 알기도 전에 우선 자신이 있군요. 우리 철학자들도 그렇게 생각해야 할 것 같아요."

"그래요. 과학자는 대체로 해답에 대한 전적인 확신이 없을지 몰라도 한 가지 해답은 발견해 낼 수 있다고 자신하지요. 바로 그런 조건을 철학에선 환영하지 않는 것 같아요."

"난 몇 가지 대답을 들었으면 해요. 꼭 확실한 대답이 아니라도 말예요."

"당신 자신의 눈을 믿지 않나요?"

내가 말했다. 난 로저스의 기분을 북돋아주고 싶었다.

"눈으로 본 것은 아무런 의미가 없어요. 이런 종류의 계획은 잠시 동안은 잘되어 나가지요. 그러나 알고 싶은 건 그 계획이 영원히 가능하겠느냐는 것이지요. 나는 이 훌륭한 2세들에 관해 더 많이 알고 싶어요."

"그래요? 나는 첫 세대에 대해 더욱 염려가 되는데, 협동생활을 위한 후세의 교육에 대해서는 프레이저가 전적으로 옳다고 봐요. 내가 염려하는 것은 다음 세대가 인계받을 준비가 되었을 때 처음 세대가 어떻게 하면 편안하게 죽을 수 있겠는지 또는 적어도 흔들의자에라도 앉아 안락한 노후를 맞을 수가 있겠느냐 하는 문제이지요. 아까 프레이저는 저녁에 이 문제에 대해서 좀더 얘기하기로 약속했었죠."

"뭔가 좀더 얘기되어야 해요. 좀더 많은 것을 말이오."

캐슬이 성급히 말했다.

그때 바바라가 명랑한 목소리로 끼어들었다.

"점심시간입니다. 아휴! 십육 세에 아기를 갖는다니, 상상도 하기 힘들군요."

식당은 다소 붐비고 있었다. 우리는 영국식 식당으로 가서 작은 탁자를 차지했다. 프레이저는 우리를 기다리고 있었고 우리가 포크를 잡자마자 잠깐 말을 끊었던 것처럼 다시 얘기를 계속했다.

"임신이 가능하게 된 때부터 일이 년 만에 어린 소녀가 결혼한다는 것은 틀림없이 원시 문화나 이 나라 안에서도 가장 형편없는 지역사회의 특징으로 보일 것입니다. 조혼은 권장할 수 없는 것으로 생각되어 왔으니 말입니다. 통계적으로 보건대 조혼은 실패율이 상당히 높으며 경제적 관점에서도 분명히 불가능한 것으로 보입니다. 그러나 월든 투에서는 나이가 어떻든 결혼하는데 경제적인 장애가 없다는 것을 새삼 지적할 필요는 없겠죠? 젊은 부부는 결혼 전이나 후에나 마찬가지로 윤택하게 생활할 수 있습니다. 아이들은 모두 똑같은 방법으로 키우니까 부모의 나이, 경험, 돈 버는 능력과는 전혀 무관합니다."

"대체로 소녀들은 십오륙 세만 되면 임신이 가능하게 됩니다. 사람들은 이들 '풋내기 사랑'을 얕잡아보고 오래 가지 못할 거라고들 얘기하며, 또 얼마나 오래 가느냐를 사랑의 척도로 삼지요. 물론 그것은 오래 가지는 않아요. 모든 관습과 제도가 그 사랑을 깨기 위해 총력을 기울일 테니까요. 그러나 그건 본질적으로 그렇게 되도록 되어 있는 것은 아닙니다. 그것은 잘못 조직된 사회에서나 그렇게 되겠지요. 대체로 소년 소녀들은 사랑할 능력을 갖추고 있는 셈인데, 이곳의 소년 소녀들은 한 번 사랑을 하게 되면 두 번 다시 그것을 번복하는 법이 없기 때문에 곧바로 결혼을 할 수 있고 임신도 할 수 있지요. 이곳에선 모든 것이 그렇게 될 수밖에 없습니다. 그러나 외부 사회에서는 절대로 그런 것을 허용할 리가 없겠지요."

"오히려 사회는 그것을 성(性)문제로 삼아 버리지."

내가 그의 말에 덧붙였다.

"맞아! 그러나 성(性) 그 자체는 문제점이 될 수가 없지. 월든 투의 성인들은 성적인 충동을 즉각적으로 표현해 버리니까 그들의 자연스런 욕망을 쉽사리 만족시킬 수 있다네. 공동사회에서 그런 욕망의 해결 방법은 바람직한 것이고, 생산적이고 명예로운 것으로 인정되지. 우리가 젊은 시절에 굉장히 성문제를 부끄러워하고 쉬쉬했던 것과는 굉장한 차이가 있는 셈이네.

그 당시 사춘기는 별로 즐겁지도 않았고, 쓸데없는 문제와 욕망의 억제로 불만투성이였지. 사춘기란 아무렇지도 않게 보낼 수 있는 그런 성질의 시기가 돼야 하네. 이 월든 투에서는 그렇게 만들고 있지. 그러나 불건전한 사고는 참으로 감탄할 만한 것이긴 하지. 그러나 불건전한 사고라는 것이 대체 무엇인가? 불건전이니 건전한 사고니 하며 따지는 것이 무슨 필요가 있냐는 말일세.

무슨 이유에서인가? 사랑? 결혼? 관습의 파괴 때문에? 욕망을 억제한다고 해서 그 어떤 것도 해결되는 건 아니야. 더 상태를 악화시킬 뿐이지. 그래서 발생하는 성병 따위야 겉으로 드러나는 것이기 때문에 별문제이지만 그것보다도 더 큰 문제가 있네. 그것은 정상적인 성적 순응이 힘들다는 것일세. 결과적으로 이성간에 성을 장난감처럼 취급하는 경향이 생겨서 서로를 유혹하기에 바쁘게 되겠지. 문화적 속성 중에서 이런 것들은 정말 피하고 싶은 것들이야. 남녀 간에 상대를 가리지 않고 마구 유혹하는 경향은 절대 바람직한 것은 아니라는 얘길세. 성을 진지한 것으로 취급하지 않고 어떤 놀이나 오락 따위로 생각한다면 성에 대한 건전한 태도를 어떻게 기대할 수 있겠나?"

바바라가 프레이저에게 물었다.

"헌데 그렇게 어린 소녀들이 쉽게 임신할 수 있을까요?"

"차라리 더 쉽지요."

마치 어렸을 때 자신이 그런 경험을 많이 해본 것처럼 프레이저는 쉽게 대답했다.

"우리는 그 정도 나이의 소녀라면 정상적으로 임신할 수 있다는 것을 확신합니다. 아니, 나이가 많든 적든 상관없지요."

"몇 살까지 아기를 가지나요?"
"원할 때까지지요. 그러나 대개 비슷비슷합니다. 만일 네 아이를 원한다면 스물두세 살쯤에 끝이 나지요. 결코 이른 것이 아닙니다. 왜냐하면 비록 보육원에서 매일 조금씩은 일해야 하지만, 중노동인 아기 보는 일에서 해방될 수 있고 또 우수한 의료진의 혜택을 받을 수 있으니까요. 스물두세 살에 단산을 한 뒤에도 전혀 임신을 경험하지 않은 여자처럼 심신이 건강할 것입니다. 그 후에 그녀는 여러 가지 대우를 받게 될 것이고요. 그 하나로 출산을 하고 난 여자는 남자와 동등하게 된다는 것을 들 수 있지요. 여자의 의무이자 특권인 특별한 일을 봉사했고 그 결과로 남자와 동등한 지위를 얻게 되는 것입니다. 당신은 우리 사이에서 완전한 남녀평등을 발견하셨을 겁니다. 여기서는 어떤 유형의 일이든 남녀 간에 거의 공평하게 배당되지요."
갑자기 강하게 튀어나와서 나 자신이 놀랄 정도의 말을 했다.
"월든 투에서의 '일 세대'란 이십 년쯤 되겠군!"
프레이저는 내가 놀라는 모습을 보고 웃으며 대답했다.
"그렇지. 보통 사회에서는 삼십 년이지만, 어쨌든 아이를 낳는다는 그 사실만으로 궁극적인 즐거움을 누릴 수는 없잖은가? 우리는 여성들이 아기를 많이 낳고 기르는 일에만 매달리도록 하지 않는다네. 그건 가엾은 희생에 불과한 거니까. 우리는 두 세대 동안에 그것도 건강한 아이로 일반사회에서의 세 세대 동안의 번식률과 같거나 더 앞지르고 있네."
나는 놀랐다.
"그러면 남자는 삼십오 세에 할아버지가 될 수 있고 칠십 세쯤 되면 오 대 자손이 태어나겠군."
"그렇지. 아이를 적게 둔다고 해도 아마 증손자 수가 같은 나이의 보통 사람의 손자 수와 같게 될 거야. 그것은 얼마쯤은 가정의 즐거움이나 가정의 유대를 방해했다는 외부 사회의 비난에 대한 충분한 대답이 될 만하지. 월든 투의 회원이라면 보통 사회의 어떤 사람들보다도 더 많은 후손을 보게 되겠지. 그리고 모든 아이들에게는 관심을 가지는, 생존해 있는 조부모와 증조부와 다른 친척들이 더 많이 있게 될 걸세."

"다른 이점도 있을 것이라 생각되는군. 젊은 부모는 아이 문제에 대해 더 생생한 기억과 더 깊은 이해심을 갖게 될 것이고, 좀더 긴밀한 공감대를 형성할 수가 있고 아이들을 돕기도 쉽겠군."

"공감과 도움이 필요하다면야 그렇게 해야겠지."

프레이저는 마치 내가 공동사회에 어떤 결함이 있다고 암시한 것으로 생각했는지 성급하게 말했다. 바바라가 또 질문을 던졌다.

"그러나 한 가지 곤란한 점이 있을 것 같은데요? 젊은이들이 여생을 같이 하길 원하는 사람이 어떤 사람인지 제대로 알고 있나요?"

"알고 있는 것 같습니다."

"그러나 젊은이들의 이혼율이 점점 높아지는 문제가 있지 않을까요?"

"정말 그렇습니까?"

"'통계'로는 조혼이 불행해지기 쉽다는 것을 나타내고 있는 게 아네요?"

바바라는 프레이저식의 용어를 쓰는 것이 아주 자랑스러운 듯이 말했다.

"그렇다면 불행하다는 것은 남편과 아내가 헤어지게 되기 때문인가요? 혹은, 우리의 경제 체계가 조혼을 불리하게 하기 때문인가요?"

"저는 잘 모르겠어요."

"사실 경제적인 문제로 많은 사람들이 헤어지게 되지요."

"제 입장에서 보면, 어릴 때 제가 좋아했던 소년들이 지금은 아무런 흥미가 없다는 거예요. 내가 그때 그 소년들의 무엇이 좋았었는지 모르겠어요."

바바라도 이젠 통계를 쓰지 않고 말했다.

"나이가 적건 많건 다 그렇다고는 할 수 없지 않을까요? 우리에게 있어서 헤어지는 경우란, 단지 떨어져 살 때이지요."

"맥클린 양의 말에도 일리가 있는 것 같군요. 그런 나이에 벌써 생활 패턴의 최종적 형태에 들어간다는 것은 우리에겐 좀처럼 없는 일입니다. 그 시기는 자신을 발견하기 위해 노력하고 있을 때니까요."

캐슬이 말했다.

"월든 투의 회원들은 계속 달라지기 때문에 결혼을 일찍 한다고 어떤 차이가 있지는 않습니다만, 그런 관점이 성립된다고 봅시다. 하지만 우리는 적어도 그 보상을 받을 수 있는 기회를 줍니다. 우리는 남편과 아내가 같은 경제수준과 문화에서 자랐고 비슷한 교육배경에서 맺어지도록 하고 있습니다. 그것에 대한 통계는 어떻습니까?"

"제가 기억하는 바로는 그런 것도 중요한 것 같군요."

바바라는 잠시 생각 끝에 이렇게 말했다.

"그렇다면 피차 마찬가지 아닐까요? 사실, 이곳 소년 소녀들은 서로를 매우 잘 알기 때문에 우리한테는 성급한 결혼이라고 볼 수가 없지요."

"조혼이 가능하다 해도 성의 탐닉에서 비롯되는 결혼은 막아야 하겠지. 아, 내가 자네의 그 풋사랑에 대한 동정적 이미지를 깨뜨리려 하고 있다고는 생각지 말게."

나는 꼬리를 빼며 말했다.

"깨뜨리려야 깨뜨릴 수가 없지. 풋사랑은 전혀 표면적으로는 성적인 냄새가 없는 법이네. 보통은 매우 이상적이지. 충동으로부터의 흥분을 얘기하는 것이 아니라 자발적으로 아무런 저항감 없이 일어나는 사랑, 그래서 그 사랑 자체가 가장 확실한 보장이 되는 그런 경우를 말하는 것이야."

"매우 낭만적이면서도 비과학적이군."

"그러면 과학적인 면을 첨가하지. 젊은 남녀가 약혼하면 '결혼 관리자'에게 간다네. 취미, 학교 성적, 건강 상태를 검토받게 되고 만일 지적 능력이나 성격에 큰 차이점이 있으면 결혼을 하지 말라는 충고를 받게 되지. 그러면 그 결혼은 적어도 연기되거나 하는데 그 연기란 것은 보통 파혼을 의미하지."

"그렇게 모든 것을 쉽게 처리해 버리는가?"

"대개 그렇다네. 개인적 질투의 경우를 설명했을 때와 마찬가지로 또 따른 결합의 기회가 오히려 큰 도움이 되니까."

"그렇게 일찍 결혼하게 한다면 소녀들에게서 가장 좋은 시기를 빼앗아 버리는 게 되지 않을까요?"

바바라가 말했다.

"이곳에서는 여성에게 결혼하도록 만들지는 않아요. 그것은 각자의 선택 문제이니까요. 결혼하는 소녀는 문학작품에 낭만적으로 채색된 십대 후반과 이십대 초반의 몇 년을 뛰어넘는 셈이지요. 그러나 출산이 끝났을 땐 곧 그것을 되찾을 수 있습니다. 그녀가 포기한 몇 년보다 훨씬 더 많은 것을 얻는 셈입니다. 소녀에게 있어서 사춘기는 개인적 성공과 결혼에 관한 관심이 클 때이지요. 사춘기란 일부 행복한 소녀들에게만 그럴 듯한 흥분을 주겠지요. 헌신적이고 봉사적인 미남자와 사교계에 등장하는 외부 사회의 절차는 쓸데없는 겉치레에 불과하다고 봅니다."

"자네의 그런 폭로가 왜 나를 당황하게 하는지 모르겠네. 십육칠 세 때의 결혼은 다른 시대, 다른 문화에서도 흔히 있는 일이지만 어느 면에서는 그것이 월든 투의 가장 급진적인 측면 같아서 나를 놀라게 하는군."

"저는 그 점이 마음에 들지 않아요."

바바라가 말했다.

프레이저는 그녀를 냉랭한 시선으로 흘깃 쳐다보았다.

"당신이 그렇게 말해 버리니 내가 부리스의 얘기에 대답하기가 어려워지는군요. 그런 시대나 문화권에서는 성숙이 좀더 빨랐다는 점을 지적하려 했거든요. 열여섯 살이면 성인입니다. 맥클린 양은 스스로 높게 평가한 수년간을 잘 활용했으리라고 확신하지만."

"내 생각엔 산아제한 주장자들이 당신의 조혼에 감사하지 않을 것 같아 염려되는군. 맬서스(Malthus: 경제학자이며 산아제한을 주장한 '인구론'의 저자)는 죽어서도 눈을 제대로 못 감겠군."

"산아제한을 이해하는 사람은 출생률을 낮춘다고 해서 맬서스가 고심했던 문제가 해결되는 것이 아니라는 것을 알고 있을 걸세. 차라리 산아제한의 필요를 인정하는 문화를 확대해야 할 필요가 있겠지. 우리가 산아제한의 모범을 보여야 한다고 자네가 주장하고 싶으면, 그 모범을 수행하기 전에 우리가 전멸하지 않을 것이라는 점을 먼저 증명해 줄 수 있겠나? 우리의 유전학적 계획은 결정적인 것이야. 우리는 출생률이나 그 결과에 대해 걱정할 필요가 없다네."

"자네들은 무슨 유전학적 실험이라도 하고 있다는 말인가?"

내가 물어 보았더니, 프레이저는 이 문제야말로 아주 재미있다는 듯이 몸을 바로 하고 앉았다.

"아니, 우리도 부적격자의 임신을 저지하는 게 고작이지. 그것도 최근에 와서야 이 정도의 조치라도 할 수 있게 되었네만 좀더 진지하게 실험할 수 있을 정도로 월든 투의 규모가 큰 것은 아니라는 점을 자네는 알아야 하네. 아마 앞으로 뭔가 이루어질지도 모르겠지. 가족 구조의 약화는 실험적인 출산을 가능케 할 것이니까."

프레이저는 조용히 미소 지었다.
그때 카슬이 폭발적으로 말했다.
"이 얘기가 나올 것을 기다리고 있었소! '가족 구조의 약화'에 대해서는 어떻게 생각하십니까, 프레이저 씨?"
"바깥세상의 가장 큰 관심은 월든 투의 가족 제도에 어떠한 변화가 발생하는가 하는 것이지요. 가족 제도란 현대 제도 중 가장 약한 것입니다. 그 취약성은 누구나 알지요. 문화가 바뀌어도 가족이 잔존할 수 있을 것 같습니까? 우리는 지진아가 승강대에 올라 겨우 한 마디 하기 시작할 때 그 어머니가 느끼는, 그런 고통스런 감정으로 가족의 변화를 주시해 보고 있습니다. 사실 월든 투의 가족 제도에는 상당한 변화가 일어났습니다. 캐슬 씨! 그건 분명히 말씀드릴 수 있습니다."
우리는 점심을 끝냈으나 식당이 별로 붐비지 않아 탁자에 그대로 앉아 있었다. 프레이저는 자리가 불편하다는 몸짓을 보이면서 작업 지시를 받기 전에 좀더 얘기할 편안한 장소를 찾아보자고 제의했다. 가까운 라운지에는 사람이 있었으므로 우리는 텅 빈 스튜디오를 찾아갔다. 마루 위에 널려 있던 가죽방석 위에 앉았다. 우리는 보헤미안이 된 기분이었고, 그래서 토론 주제에 관해 객관적으로 대할 수 있을 듯했다.

17

 "우리 시대의 역사에서 중요한 것은 점차 약화되어 가고 있는 가족에 관한 이야기입니다. 영속하는 문화의 매개체로써의 가정이 쇠퇴하고, 주부가 아닌 다른 직업을 자유로이 선택할 수 있는 권리를 요구하는 여권(女權) 투쟁, 산아제한으로 인한 섹스와 친자관계(親子關係)의 실질적인 괴리, 이혼에 대한 사회적 안정, 혈족관계나 인종 문제에 있어서의 심각성……. 이 모든 것들은 다 같은 차원의 문제입니다. 당신도 이 문제들이 당분간은 잠잠해지기가 어려우리라는 걸 인정하실 겁니다. 이곳 공동사회는 이미 있었던 관례를 수정함으로써 가족 제도의 문제를 해결해야 했습니다. 그것도 그럴 수밖에 없었던 것이 가족이라는 것은 원시 공동사회에서부터 있어온 형태이니까 가족을 영속시키기 위해 설정된 풍속이나 습관은 혈연에 연루되어 있지 않은 사회에서는 그 효력을 잃게 마련이기 때문이지요. 월든 투는 경제단위로서뿐만 아니라 사회적 심리학적 단위로써, 가족을 대체하고 있는 셈입니다. 무엇이 남느냐는 실험적 문제이지요."
 "그 어떤 해답이라도 찾아냈습니까?"
 캐슬이 물었다.

"아직 확정적인 해답을 얻은 건 아닙니다. 그러나 월든 투 계획의 일부였던 가족 관계에 대해서 잠깐 설명하고, 또 그 문제에 대한 오늘까지의 결과도 아울러 얘기해 보지요. 그 문제를 해결하기 위해 실시했던 몇 가지 실험을 통해서 우리는 대체로 만족할 만한 해답을 얻었습니다."

"예를 들자면?"

"아, 예를 들자면 남편과 아내가 방을 따로 쓰도록 권장하는 것이었지요. 우리가 그것을 고집한 것은 아닙니다만, 결국 방을 따로 쓰는 경우가 더욱 만족한 관계를 이루어 주더군요. 이곳을 찾은 방문객들은 도대체 공동사회에서 무슨 사적인 비밀 같은 게 있을 수 있나 하고 의아해 하는 모양인데요. 그 반대로 우리들은 사적인 비밀을 유지하기 위해 외부 사회보다 한결 더 신경을 쓰고 있습니다. 여러분들 중에서도 혼자 있고 싶어질 때는 어느 때라도 그렇게 할 수가 있습니다. 남자나 여자나, 자기의 방은 그 개인에게 있어서 하나의 성(城)이랄 수 있지요."

"그러나 그렇게 방을 따로 쓰는 것이 바람직하다는 걸 어떻게 증명하시겠습니까?"

"그건 간단합니다. 우리는 자발적으로 응하는 몇몇 부부들에게 제비뽑기를 하여 따로 떨어진 방을 사용할 것인지 아니면 공용실을 사용할 것인지를 물었습니다. 신규 회원들에게도 마찬가지로 해보았지요. 그런 후, 우리의 심리학자들로 하여금 개인적인 문제들을 자문해 주도록 하였습니다. 팔 년이 지난 후에 분리된 방을 썼느냐 공용실을 썼느냐에 따라 회원들의 문제와 만족도를 분석하였습니다. 이런 종류의 실험은 월든 투가 아니면 그 어느 곳에서도 전혀 불가능할 겁니다. 결과는 아주 명백했습니다. 방을 각기 따로 쓰는 것이 부부를 좀더 행복하고 원만하게 화합할 수 있도록 하였을 뿐만 아니라, 부부의 사랑과 애정을 공고히 하는 데 훨씬 더 도움이 되었다는 것입니다. 이제 이곳의 기혼자들은 거의 방을 따로 쓰고 있지요. 물론 신혼부부들에게 이러한 방법의 장점을 납득시키기란 힘들었습니다. 그래서 단산(斷産)할 때까지는 같은 방을 쓰게 하는 것이 무리가 없다고 생각합니다. 어쨌든 방을 따로 사용하게 됨으로써 얻어지는 건강과 편리함, 그리고 개인적 자유의 보장 등 그 장점이란 이루 헤아릴 수 없을 만큼 큰 것이었습니다."

"잘못하면 난잡한 혼음(混淫)을 초래하지는 않을까요?"

"오히려 그 반대로, 서로 성실과 애정을 영속시켜 나가고 있다고 봅니다. 우리는 부부 사이의 애정이 제도의 결과가 아니라 진실한 감정이라는 걸 확신할 수 있기 때문에 그 점에 대해서는 오히려 긍지를 가지고 있는 셈이지요.

우리는 한결같이 변함없는 사랑을 높이 사고 있습니다. 덧붙여 한 가지 명백히 해둘 것은 월든 투에서의 혼음이 일반 사회보다는 많지 않다는 겁니다. 아마 내가 생각하기엔 훨씬 더 적을 거예요. 우리는 이성간의 단순한 우정을 장려하고 있습니다. 일반적으로 외부 사회에서는 이 우정을 금지하는 것이나 다름없습니다. 왜냐하면 만족스러운 우정이 일종의 비밀스런 연애로 간주되니까요.

이곳에선 그런 이성간의 우정을 십분 지지해 줍니다. '자유연애'를 실천하는 것은 아니지만 회원들 간의 '자유애정'은 상당히 있습니다. 이성간의 자유스런 애정이 여러 상대와의 성교를 촉발할 것이라는 말은 너무 미약입니다. 이곳에서는 '유혹은 금물'이라는 원칙이 잘 지켜지고 있습니다. 남자는 자기와 알게 된 여자에게 성적인 접근을 못 해도 불안해하지 않고 여자 편에서는 남성 쪽의 접근이 없어도 자존심을 상하지 않습니다. 그 이유로는 성적인 유희들을 그대로 하나의 능력 표시로 받아들이는 것이 아니라, 불안이나 불안전성의 표시로써 받아들이니까요.

 그렇다고 월든 투에서 '간통'이나 혼외정사가 전혀 없다고 말하는 것은 아닙니다. 다만 애정이 없는 단순한 성교 행위는 극히 소수일 거라는 말입니다. 우리는 혼외정사가 전적으로 정당하다거나 문제가 없다고 보지는 않아요. 사랑에 버림받은 남녀의 문제가 있을 테니까요. 그러나 우리는 불행을 피하기 위해 할 수 있는 그 어떤 방법이라도 다 동원합니다. 개인적 유대에 대한 험담은 되도록이면 피하는 것이 월든 투의 규범의 일부이며, 사소한 소동도 가능한 한 조용한 방향으로 해결하고 있습니다.

 애정에 대한 많은 기회 역시 도움이 되지요. 따라서 아무도 버림받았다는 감정은 느낄 수가 없습니다. 그것이 자존심이 손상될 일도 아니니까요. 현재로서는 이렇게 하는 것이 우리가 할 수 있는 가장 좋은 방법이라고 생각합니다. 최종적인 해결책이 아니라 하나의 진보일 따름입니다. 다른 문화권에서는 배우자의 한쪽을 바꾸는 것이 제도상으로 용납되고 있잖습니까? 여유가 있는 사람들의 빈번한 이혼을 보더라도 알 수 있습니다. 우리는 아직 그 지경까지는 이르지 않았으며 앞으로도 그렇게 되지는 않을 겁니다. 경제적으로 보면 영속적인 결혼을 전부 폐지할 수도 있지만 우리는 그렇게 하진 않습니다. 개인적 애정을 지키는 것은 조잡한 경제적 주체를 낭만적으로 합리화하는 것 이상으로 중요하다고 믿고 있으니까요."

 "불리한 험담이나 법적인 제재를 피하기 위하여 자네들의 규범을 은폐하거나 사실과 다르게 전달하는 때는 없었나?"

 내가 물어 보았다.

 "전혀 없었네. 우리는 주(州)의 법규를 따르고 있다네. 그러나 항상 지역적 특수성에 따른 법률 해석이 가능하기 마련이며, 월든 투도 그 점에 있어서는 예외일 수 없지. 이곳에서는 많은 수의 '약혼'이 이루어지는데, 일반 세상에서처럼 약혼은 결혼하겠다는 의지의 표현이며 시도적 기간이라고 보네. 젊은 부부가 될 사람은 이 기간 동안 의학적이고 심리학적인 상담을 받는다네.

 우리는 약혼 기간을 오래 갖도록 권장하지는 않아. 사실 경제적 이유에서 보다라도 그렇게 시간을 끈다는 것은 불필요하다는 생각이 들어서일세. 우리의 결혼 예식은 모호하지도 않으며 성실히 거행되고 있다고 믿네. 혼외 우정 관계가 원래의 유대를 약화시키는 경우에만 공공연한 파탄을 피하도록 애를 써주지. 제삼자인 우리의 심리학자 한 사람이 즉각적인 상담과 지도에 응하게 된다네. 그런 상담과정을 통해 상태는 호전되고 원래의 유대관계는 지속되지. 만일 이미 옛 애정은 완전히 사라져 버리고 새로운 애정이 진정한 것이라고 느껴질 때는 이혼이 이루어지게 될 걸세.

 질투나 상처 입은 자존심 따위의 감정이 쉽게 극복된다는 것을 이해하기가 힘들 터이니까, 이런 것이 얼마나 합리적이고 간단한지 납득하기가 힘들겠지. 월든 투에서는 개인적 문제에 관해 입방아를 찧거나 험담을 하는 대신 가능한 한 쉽게 해결할 수 있도록 도와준다네."

 이렇게 얘기하고서 프레이저는 조금쯤 충혈된 눈으로 방석을 바로하며 자세를 고쳐 앉았다. 나는 문득, 그가 이 문제를 설명하면서 줄곧 평정을 유지하려고 애썼다는 사실을 깨달았다. 항상 느껴졌던 그의 공격성을 느낄 수 없었던 것이다. 그는 결혼문제에 관해 자상한 아버지 같은 관심을 보여 주었다. 나는 이것을 단순한 확신의 표시로 해석하고 싶었으나, 거기에는 감성적인 부드러움이 깔려 있어서 한편 놀라웠다. 대화가 계속됨에 따라 그의 태도는 점차 더 부드러워졌다.

 "아이들에 대해선 어떤가? 우리가 오늘 아침 본 집단 보육은 부모 자식 간의 관계를 약화시킬 것이 틀림없을 텐데."

 내가 물었다.

"그렇지. 우리는 몇 가지 이유에서 고의로 부모 자식 간의 관계를 약화시켜야만 했다네. 집단 보육은 부모에 의한 보육보다 낫지. 비과학적인 옛날에는 아동의 초기 교육은 항상 부모에게 맡겨졌고 또 그럴 수밖에 없었지만, 이제는 행동과학이 나타남으로써 모든 것이 바뀌어졌다네. 과학적 육아 방식이 나쁘다는 세평(世評)은 우리의 기술적 지식에 대한 책망이 아니었네.

좋은 보육 방법의 필요조건은 수립됐지만, 일반 가정에서 훌륭한 보육이 실천되도록 하는데 실패했을 뿐이네. 다시 말해 보통 수준의 부모에게 가장 간단한 과학적 원리를 가르치는 데 실패했다는 얘길세. 그러나 크게 놀라운 일은 아니었지. 행동의 통제란 보통 수준의 어머니로서는 수년간의 훈련 없이는 시작할 수 없는 복잡한 과학이니까 말일세. 그렇다고 해서 오늘날의 아이들이 잘못 길러지는 이유가 부모들의 기술 부족이란 뜻은 아니야. 어머니가 어떻게 해야 옳은지 잘 알아도 집안의 다른 일로 바빠서 할 수 없을 때가 종종 있으니까. 가정은 아이들을 기를 장소가 아니라네.

비록 어떤 젊은 부모가 숙련된 보육원의 보모가 된다 하더라도 그런 한두 개인에게 전적인 보육을 맡기지 않고 있지. 우리의 목표는 월든 투의 모든 부모가 모든 아이들을 자기의 자식으로 생각하게 하고 아이들도 모든 부모를 자기 부모로 생각하도록 하는 것이라네. 이렇게 해놓고 보니 자기의 친자식만을 특별히 좋아하는 것은 나쁜 취미로 보게 되더군. 만일 자네가 자네 아이와 소풍을 가고 싶다면 자네 아이의 친구도 몇몇 데리고 가는 것이 옳은 일이지. 만일 자네 아이에게 생일 선물을 주려면 그의 파티에 온 친구들에게도 비슷한 선물을 마련하는 것이 좋을 거야. 자기 자식과 원하는 만큼의 시간을 같이 보낼 수는 있지만 독점적인 것은 금물이라네. 한 아이가 다른 성인들로부터 자주 얻지 못하는 봉사나 호의를 자기 부모로부터도 얻지 못하는 거지. 결국 우리는 '한 어머니로부터의 통제'를 풀어준 셈이네."
 프레이저는 아직도 방석 위의 자리가 불편한 것 같았다. 그는 여러 자세를 취해 보더니 결국에는 부처님 같은 자세로 고쳐 앉아 더욱 신적(神的)인 권위로 얘기하려는 듯 보였다.
 "어머니나 아버지가 없는 아이들에게 이런 상황이 어떤 의미를 부여할지 생각해 보세. 여기서는 실제적인 차이가 거의 또는 전혀 없기 때문에 부모가 있는 친구들을 그렇게 부러워할 필요가 없다네. 아이가 '어머니'나 '아버지'라고 부를 상대가 없겠지만, 우리는 부모나 성인의 '이름'을 부르게 함으로써 아예 이런 식의 호칭을 막아 버리지. 모든 어른들로부터 선물을 받거나 관심을 얻게 될 테니까 그 중의 한 사람이나 몇 어른들에 대해 깊은 애정을 느끼게 된다네. 한편 이런 상황이 자식 없는 어른들에게 어떤 의미를 줄지도 생각해 보세! 부모가 될 수 있는 특권을 앗아간 생물학적 혹은 사회적 불행에도 불구하고 그들은 아이들에게 보다 자연스럽게 애정을 표시할 수 있다네. 현명한 사람이라면 아무도 사랑이나 애정이 혈연적인 것이라고 생각하지 않을 걸세. 아내에 대한 남편의 사랑이란 어떤 혈연관계 없이도 당연히 요구되는 사항이 아닌가? 양자나 의붓자식도 친자식처럼 따뜻한 사랑을 받게 되지. 사랑과 애정은 심리적이고 문화적인 것이기 때문에 혈연관계는 쉽게 잊힐 수 있다네."
 "부모들은 남이 자기 자식을 함께 돌보는 것을 싫어할 텐데?"
 "어째서 그런가? 그들이 실제로 돌본다는 게 실제로 무엇인가? 그들은 상류층 가정의 전형적인 어머니보다 자기 아이들을 더 자주 만나지. 또한 일반 가정의 아버지들보다도 훨씬 더 자주 대할 수 있네. 많은 부모들은 아이들에게 있어 자기만이 애정과 도움의 원천이라는 두려운 책임감으로부터 벗어나는 것을 기뻐한다네. 여기에서는 부적당하고 숙련되지 않은 부모란 존재할 수가 없지. 그리고 아동들의 썩

씩하고 행복한 성장은 어른들이 할 일을 다하지 못한다는 마지막 의구심을 없애는 데 충분하다네. 이와 같은 부모자식 관계의 약화는 다른 면에서도 중요하지."

프레이저는 여전히 부드러운 목소리로 얘기를 계속했다.

"이혼이 불가피한 경우에 일어나는 심각한 변화에도 아동들은 생활 방식이나 부모에 대한 행동에서 당황하지 않지. 마찬가지로 자식을 갖는 데 부적당하고 어려운 사람들에게 임신을 포기하도록 권유하기도 쉽다네. 자식이 없다고 해서 오점이 될 수도 없고 그렇다고 사랑이 결핍되어 있는 것도 아니야. 아까 선택적인 양육실험이 월든 투에서는 가능하다고 얘기한 것이 바로 이 뜻이라네. 유전적 관계를 거의 잊어버리도록 할 수 있겠지. 얼마 안 가서 부부관계에 영향을 주지 않으면서 인공수정을 통한 번식도 할 수 있을 거야. 이곳 사람들은 서로 원해서 결혼하게 되지만 자식은 유전적인 계획에 따라서 갖게 되겠지."

"내 생각엔 당신이 강력한 자연의 힘을 역행하고 있는 것 같군요."

캐슬이 말했다.

"내가 만일 임신되기를 바라지 않은 여아(女兒)를 죽이자고 했다면 당신은 뭐라고 하시겠습니까?"

프레이저가 캐슬에게 물었다.

"사실 그런 일이 어떤 문화에서는 묵인되고 있지요. 부자 관계의 '본질'에 대해 도대체 우리가 무엇을 알고 있는지 모르겠습니다. 무엇을 알고 있단 말입니까? 나로선 회의적입니다."

"캐슬 씨가 먼젓번에 질문한 것이 생각나는군요. '동일시(同一視)'가 어떻게 이루어지는가? 자식에 대한 모델로 부모를 대신할 수 있는 것이 있는가? 만일 아들이 '아버지처럼' 되길 원치 않는다면 또는 '엄마처럼' 되려고 하지 않는다면 그들의 성격은 어떻게 형성되겠는가? 대개 이런 질문이었다고 생각되는군요.

 우리는 '동일시'의 문제에서는 별로 아는 바가 없습니다. 아무도 과학적으로 분석을 한 적이 없으니까요. 동일시의 증거는 실질적으로 실험할 수 있는 것이 아닙니다. 지금까지 우리는 모범적인 가족 구조에서만 진행될 수 있는 것들을 살펴보았습니다. 프로이트식 패턴은 가족 구조의 특수성이라든가 심지어 가족 구성원의 기행(奇行)에서 기인된 것일 수도 있습니다. 우리가 진정 확신할 수 있는 것은 아이들이 몸짓이나 버릇에서 그리고 개인적 태도와 관계에 있어서 어른을 모방하려 한다는 것입니다. 이곳의 아이들도 모방하기는 하지만 가족 구조가 변경되었으므로 효과는 매우 다르다고 할 수 있습니다.

 이곳 아이들은 부모뿐 아니라 많은 사람들의 보살핌을 받지요. 그것은 제도적인 것이 아니라 진정한 애정인 것입니다. 우리 회원들은 괴로워하지도 않으며 재능이나 취미가 없는 일을 하도록 강요받지도 않습니다. 아이들이 모방하는 건 기본적으로 행복한 성인들의 인격일 겁니다. 그러므로 한 부모의 개성만을 '동일시'하는 오류를 피할 수 있겠지요. '동일시'는 쉽고 가치 있는 일이죠. 아이들을 돌보는 사람 중에는 여자뿐 아니라 남자도 있음을 기억하십시오. 우리는 직업에 대한 성(性)의 편견을 없애 버렸으며 보육원과 학교에서 남녀 균형을 유지하기 위해 특별히 노력을 했습니다. 그런 일들이 아직까지 잘못 받아들여진 적은 없었으며, 남자들도 만족스럽게 생각하고 있습니다. 보육원에서의 일은 고도로 숙련된 실험실 기술자의 일과도 아주 비슷합니다. 성의 균형을 유지함으로써 우리는 불균형적인 모친 관계에서 일어나는 모든 프로이트적인 문제를 제거하고 있습니다. 그러나 이 문제는 나중에 좀더 진지하게 논의하기로 합시다."

 "그러나 아이가 나이를 먹어감에 따라 관심과 사랑의 대상으로서 어느 특정 개인들을 자연히 선택하게 되지 않을까?"

내가 말했다.

"그것이 바로 우리가 의도한 바라네. 그것은 대체로 일반적인 관심의 결과로 생기지. 즉 예술적 취미가 있는 아이는 자연히 예술가에게 매력을 느끼고, 농부 될 소질을 가진 젊은이는 낙농장에 가까이 있기를 좋아할 것이 아닌가? 혹은 비슷한 특성이나 성격에서 관심과 애정이 생겨나겠지. 가족 내에서의 '동일시'는 주로 부모 중 한 명에게 국한되지만 양친 중 어느 쪽도 아동의 성격 발달에 도움이 될 만한 적절한 특성을 가지고 있지 못할 경우가 많지. 우리가 피하려는 것은 일종의 '강요된 동일시'이지."

"그런 약화된 유대관계는 불안감을 유발하지 않을까요?"

캐슬이 물었다.

"누가 불안해요? 무엇 때문에? 우리의 아이들은 절대 불안해하지 않습니다. 그들은 월든 투의 많은 어른들로부터 도움을 받을 기회가 충분하니까요. 피로하고 감정적인 엄마의 보호 아래 있다거나, 불화가 잦은 부모와 같이 살거나, 공부할 준비도 안 된 채 학교에 보내지거나 혹은 문화수준이 다른 아이들과 같이 놀아야 할 때, 아동이 불안해 한다는 것을 당신들도 잘 알고 있잖습니까? 우리는 오히려 이곳 아이들의 안정감을 '증가' 시킨 셈이지요."

"나는 여성들 쪽을 더 생각하고 있었습니다. 아내나 어머니들이 자기가 가족들에게 필요 없는 존재라고 느끼진 않을까요?"

캐슬은 무언가 계속 미진한 얼굴이었다.

"물론 그럴 것이고 그래야만 하겠지요. 당신은 수천 년 동안 보존되어 온 노예의식과 감상적인 전통에 대해 얘기하고 있군요. 세상은 여성해방에 있어서는 어느 정도 진보를 하였으나 평등이란 문제는 아직도 요원합니다. 오늘날 대체로 여성의 권리가 존중되는 문화는 많지가 않아요. 미국은 이런 진보가 있는 몇 나라 중의 하나라고 할 수 있지만 미국 여성 중에도 남성과 동일한 경제적 독립과 문화적 자유를 소유한 사람은 거의 없을 겁니다.

불안정감! 결혼 제도가 바로 그런 감정상의 허점을 이용하지요. 일반 중류층의 결혼이란 과연 어떤 건가요? 아내는 요리하고, 빨래하며, 아기를 낳고 기르는 반면, 남편은 의식주와 약간의 즐거움을 마련하는 정도가 되겠지요. 남자는 직업을 선택하거나 바꿀 자유가 충분히 있지만 여자는 자기의 운명을 받아들이거나 버리는 것 외에는 선택의 여지가 없습니다. 아내는 부양에 대한 법적 청구권을 갖는 반면 남편은 대신 어떤 노동을 해주기를 주장할 수 있지요.

설상가상으로 우리는 여성들을 마치 남자들과 평등한 것처럼 교육시키고 그리고 평등을 약속합니다. 여성들이 곧 환멸을 느끼게 된다 해도 이상할 게 없지요. 치유책은 고작 과거에 유효했던 표어나 기분을 재현시키는 정도이죠. 즉 대체로 부엌에서 일하고, 매일 잠자리를 챙긴다거나 아기를 보는 것 등을 훌륭한 아내의 본분이나 특권으로 믿도록 하는 것이지요.

자신이 남편과 아이들의 건강과 행복을 돌보는 데 꼭 필요한 존재라고 믿게끔 합니다. 이것은 노이로제 증상이 있는 가정주부에게 쓰는 상투적인 치료법인데 다시 말해서 그런 일을 하는 것이 운명적인 것으로 인식시키는 방법이지요. 그러나 총명한 여성은 그런 사실을 믿으려 애쓰다가도 곧 그 허구를 꿰뚫어 보고 맙니다. 그녀 아닌 다른 사람도 잠자리를 챙기고 식사 준비를 하고 빨래를 할 수 있고, 또 그렇게 해도 그녀의 가족은 별다른 불편이 없을 것이라는 것을 알게 됩니다. 어머니의 역할은 스스로 하고 싶어하지만 그 역할이 매일의 일과와는 상관이 없지요. 아버지의 역할이 사무실 혹은 공장이나 농장에서의 일과도 아무런 관련이 없는 것과 마찬가지이지요.

하지만 여기서는 어떤 사람이 다른 누구에게 필요한 존재라는 사실을 느껴야 할 하등의 이유가 없습니다. 우리는 서로에게 적으나마 똑같이 필요합니다. 공동사회는 우리 중 누군가가 오늘 밤에 죽는다 하더라도 내일의 만사는 유연하게 계속될 것입니다. 따라서 중요하다고 생각하는 일을 한다고 해서 꼭 만족을 느낀다는 보장은 없지요. 그러나 보완적인 만족도 있습니다. 우리 각자는 한 인간으로 사랑받는 만큼 필요한 존재입니다. 어느 여자든 요리사나 파출부가 떠나 버렸을 때 느끼는 아쉬운 감정 정도로 자기 존재가 인식되면 당연히 섭섭해 할 거예요. 즉 아내와 어머니로서 아쉽게 생각되기를 더 원하지요. 우리는 모든 사람을 당연히 잘 보살펴줌으로써 개인의 존재 이유나 욕구를 강조합니다. 만일 어머니가 자식의 사랑을 얻지 못하고 있다고 느낄 땐 그 이유를 발견하려고 애쓰겠지요. 자식을 더욱 무력하게 만듦으로써 자신을 필요한 존재로 만들려고 하지는 않을 겁니다. 그렇게 한다고 해서 그 애정이 회복되는 것은 아니죠. 어머니의 유일한 바람이 자식의 순수한 애정을 다시 얻는 것이라면, 먼저 이런 문제점을 잘 이해해야만 가능하지요.

월든 투에서는 가족 제도가 바뀌게 됨으로써 남성의 지위보다는 여성의 지위가 보다 급진적으로 변화되었습니다. 어떤 여성들은 순간적으로는 불안하게 느끼죠. 그러나 그들의 새로운 지위는 훨씬 품위가 있을 뿐더러 더욱 즐겁고 건강에도 좋으므로 안정감에 대한 의문은 결국 사라지게 됩니다. 완전한 경제적 평등의 세계에서 사람은 응분의 애정을 받으며 살아갈 수 있습니다. 호의나 선물로써 사랑을 살 수는 없으며 부담스런 자식을 키움으로써 사랑을 유지할 수도 없을 것이고, 착한 잡역부나 공급자로서 봉사한다고 해서 사랑을 보장받기는 더욱 어렵습니다."

"그러나 공동사회 생활의 이점에 관해 여자들을 확신시키기란 아주 어려울 것으로 생각되는데……."

나는 그에게 다짐하듯 말했다.

"당연하지! 최대의 것을 얻으려 하는 사람에게 확신을 시킨다는 문제가 제일 어렵지. 이 얘기는 착취당한 노동자에 대해서도 해당되는 얘기이지. 따지고 보면 외부의 힘에 의해서가 아니라 그들의 피부 속에 심어진 신념체계에서부터 불우한 지위를 고집해온 셈이니까. 그들의 영혼의 멍에를 완전히 벗겨주는 일이 때론 절망적이지만 하려면 할 수도 있지. 멍에 이야기가 나왔지만 여러분이 작업을 못 하게 제가 더 이상 붙잡아 둘 수는 없군요."

18

 대개 오후에는 휴게실이 붐비기 때문에 유리창 청소 작업을 계속할 수가 없었다. 그러나 대충 반쯤은 끝냈으므로 내일 아침이면 나머지 반을 끝낼 수 있을 것이라고 로저스가 말했다. 그래서 우리는 작업계에 보고하고, 로저스와 스티브만 다른 힘든 일을 신청하기로 했다. 그들은 너무 오래 앉아 있었다고 말했는데, 나 역시 더운 날씨이긴 하지만 일을 좀 해야겠다고 느꼈다. 캐슬도 처음에는 자신의 몸 상태를 걱정하는 눈치더니, 작업복을 입을 필요가 없을 정도의 가벼운 일이고 여자들과 함께 하는 것이라고 하자 기꺼이 응했다.
 로저스, 스티브, 나는 반바지로 갈아입고 극장 뒤 공터로 모였다. 거기엔 높이가 60cm 정도 되는 장작더미가 수북이 쌓여 있었다. 트럭으로 실어다 놓은 모양인데, 우리가 할 일은 그것을 극장 뒤쪽의 벽에 쌓아올리는 것이었다.
 장작더미는 벽에서 6~7m나 떨어져 있어 일단 나무토막들을 몇 백 개씩 벽 쪽으로 던져 놓은 다음에 쌓는 작업을 하는 것이 왔다갔다하는 노력을 훨씬 줄일 수 있으리라고 스티브가 제안했다. 그러나 이러한 제안이 서른 살도 채 안 된 젊은이에게는 훌륭한 착상일지 몰라도 나로서는 다소 힘에 부치는 일이었다. 나는 스티브가 던지는 나무토막을 피해 가면서 나무를 쌓기 시작했다.
 처음에는 좀 멋지게 쌓아 보려고 조심성 있게 시작했으나, 실제로 거의 진전이 없으니까 로저스가 합세하여 나를 도와주었다.
 십오 분쯤 후에 우리는 쌓아 놓은 장작더미 위에 걸터앉아 잠시 휴식을 취했다. 스티브는 쉬고 싶지가 않은지 계속 장작을 집어 던졌다.
 "자네는 이곳 월든 투에 대해 어떻게 생각하나?"
 내가 진지한 투로 물었더니, 로저스는 경직된 얼굴로 나를 힐끗 쳐다보았다.
 "월든 투는 스티브와 제가 꿈꿔 왔던 전부이며 이상(理想)입니다."
 로저스는 내 질문에 대답하는 것이 마치 불쾌한 의무를 마지못해 수행하기라도 하는 듯한 인상으로 힘주어 말했다.
 "아주 훌륭해, 그렇지?"
 내가 동의했다.
 "그리고 프레이저 씨는 제가 알고 있는 유일한 천재입니다."
 "그럼, 영리한 친구지. 탁월한 사람들로부터 도움을 이끌어 낼 수 있을 정도로 영리해. 관리직에 종사하는 사람들도 상당수 유능한 인물들 같아. 아마 프레이저가 그들의 공헌을 제일 먼저 인정해야 할 거야."
 "어쨌든 프레이저 씨는 천재임에 틀림없어요. 모든 일에 대해 혼자 계획을 짰으니까요."
 "아닐걸. 프레이저도 그렇다고 주장하지는 않을 거야. 또 다른 기획 입안자(立案者)도 있잖나?"
 "그러나 주된 착상은 그가 한 것이 아닙니까?"
 "아마 그렇겠지. 그러나 그 당시에 부분적인 문제들이 이미 해결되어 있었고, 어떤 곳에서는 벌써 시도된 적도 있었다네."

"그러나 저는 그것이 어떤 것인지 알고 싶지도 않고 별 관심도 없습니다. 어쨌든 프레이저 씨가 이루어 놓은 일을 보십시오. 사람들이 얼마나 행복해 보입니까? 모두 말입니다. 그들은 어떤 사람에게도 의존하지 않아요. 아! 이곳에는 누구도 언급한 적이 없는 놀라운 일들이 너무 많습니다."

그의 말소리는 신음소리에 가까웠고 머리를 가볍게 저으며 말을 이었다.

"선생님, 어떤 사람이 이보다 더 나은 생활을 바랄까요? 왜 모든 사람들이 이 같은 생활을 하려 들지 않을까요?"

"모든 사람을 다 같이 만족시킬 수 있는 생활은 아니라고 보네. 결코 그렇지 못해. 나는 프레이저가 월든 투의 이세(二世)들을 잘 교육시키리라고 믿지만 현재로서는 많은 사람들이 올바른 배경을 가지고 있지 못한 것 같네."

"그래요, 그건 저도 알고 있습니다."

스티브가 우리의 게으름을 힐책하려는 듯이 통나무를 우리 발밑으로 던지는 바람에 우리는 잠시 얘기를 멈추었다. 로저스가 얘길 계속했다.

"어떤 사람은 다른 사람들이 왜 이런 생활을 하고 싶어하는지 이해조차도 못 하고 있습니다."

그는 나를 쳐다보았으나 나는 입을 다물고만 있었다.

"그들은 자기들의 생활이 세상 어딘가에 있는 다른 사람들에게는 불행일 수도 있다는 사실을 깨닫지 못하고 있습니다. 그들은 자신이 행복하기만 하면 다른 것에 관심을 가지려고도 하지 않지요."

나는 여전히 아무 말도 하지 않았다.

"선생님은 그런 사람들에게 뭐라고 말씀하시겠습니까?"

로저스는 절망적인 말투로 호소하듯 물었다.

"그들에게 어떤 말을 하는 것만으로는 별 도움이 될 것 같지는 않네. 사람에게 사회적인 양심을 불어넣는 일은 진행과정이 길고 느린 작업이지. 우리 자신의 생활을 전 세계와 관련지어서 생각한다는 것은 상당히 어려운 일이야. 우리는 다른 각도에서 두 가지 사실을 배우고 있는 셈이지."

"저는 그 점을 알고 싶어요. 저는 몇 년 전만 해도 제 자신이 행복한 사람 중에 속한다고 생각했습니다. 저는 꽤 만족스런 생활을 준비하고 있었고 그것이 그리 어려운 목표도 아니었어요. 내 집과 어여쁜 아내, 자식들, 자동차, 조금 풍족하다 싶을 돈, 뭐 이런 것이 나쁜 생활은 아니잖습니까?"

"그럼, 결코 나쁜 게 아니지."

우리는 장작더미에서 내려와 다시 나무 쌓기를 시작했다. 로저스는 얘기를 계속했다.

"저는 다른 사람을 이용하거나 속이고 있었다고 생각지 않습니다. 제가 뭘 얻으면 반드시 보상을 했고 모두들 제게 친절히 대해 주었으니까요. 제가 사람들에게 환영받는 타입이라고 생각했습니다."

"자네는 그것을 어떻게 깨달았는가? 태평양에서 보낸 이삼 년 동안의 군인생활 덕분인가?"

"예, 그래요, 선생님. 그것말고도 저는 많은 것을 깨닫게 되었습니다."

로저스는 아주 무거운 통나무를 소리가 나도록 던졌다.

"그렇다면 나도 행복한 사람이라고 불러야겠군. 자네는 아직 젊고, 소망을 이루기 위해 무엇이든지 할 수 있네. 자네뿐만 아니라 다른 동료들의 생활을 위해서도 말일세."

"근데 문제는 모든 사람이 똑같은 기분을 경험해 보지 않는다는 데 있습니다. 많은 사람들이 사물을 있는 그대로 보지 못한다고 생각합니다. 옛날 생활이 그저 괜찮은 것같이 보일 뿐입니다. 사실 제 주위에 있는 사람들은 적어도 아는 사람을 해치는 법이 없었으니까요. 그러나 그런 생활을 오래 지속할 수 있을지 없을지는 전혀 상관하지 않는 것 같습니다."

로저스는 통나무를 또 하나 집어던졌다.

"그들 중의 한 사람이 혹시……?"

"바바라요? 맞아요."

"월든 투가 그녀에게 맞지 않나?"

"전혀 안 맞아요. 그녀는 월든 투를 이상할 정도로 싫어해요. 이유를 알 수 없습니다. 아무튼 이상해요. 저는 그녀를 총명한 여자라고 생각해 왔는데 말입니다. 하긴 바바라도 어떤 점에 있어서는 아주 어리석어요. 선생님께서 사회적 양심을 말씀하셨지만 바바라에겐 바로 그런 것이 없습니다."

"그러나 그녀도 시간이 흐르면 나아지겠지. 그 문제에 관해서 둘이 얘기를 나눈 적이 있었나?"

"별로 못 해 봤지만 희망이 없어요. 예를 들어서 바바라는 왜 프레이저 씨처럼 영리한 사람이 월든 투를 떠나 돈을 벌고 혼자서 원하는 생활을 하려고 하지 않는지 모르겠다고 합니다."

"그녀가 중요한 초점을 파악하지 못했군."

"어쨌든 월든 투의 생활이 바바라에게 어울리지 않을 거예요. 왜냐하면 바바라는 가정과 어린아이, 하녀 그리고 친구 접대하기를 좋아하고 자동차 같은 것을 갖고 싶어하는 성격이니까요."

"자네는 어떤가?"

"저는 제 자신만 위한다면 이 월든 투를 떠나고 싶지 않습니다. 하지만 아버님은 어떤 말씀을 하실지는 몰라도 아마 바바라의 편을 드실 겁니다. 결국 제 아버님은 저와 함께 생활하기를 원치 않으실 게고 또 제가 원하는 이 월든 투의 생활에 대해서도 별로 고무적인 생각을 갖고 계시지 않을 거라고 확신합니다. 제가 제대한 후에 아버님은 제게 뭐라고 하셨는데……."

"그럼 자네가 이 월든 투에 남아 있느냐는 바바라의 결정에 달려 있나?"

"휴, 모르겠습니다. 결정하기 힘든 일입니다. 바바라도 많이 변했어요."

로저스는 또 통나무를 팽개쳤다. 비록 흙벽이 단단하긴 하나 무너지지 않을까 두려울 지경이었다.

"로저스, 난 오히려 자네가 많이 변한 것 같네."

"예, 선생님. 많이 변했지요. 하지만 결국 마찬가지 얘깁니다. 결국 우리는 의견의 일치를 못 볼 테니까요. 논쟁을 할 때 제 입장만을 고집하는 것도 공정한 일이 아니라는 걸 알고 있으니까요. 아마도 제가 그녀의 생활 방식에 적응하게 될 겁니다."

"자네가 과연 그렇게 할 수 있을까? 너무 늦은 게 아닐까?"

"모르겠습니다. 정말 뭐가 뭔지 모르겠어요. 전 이런 난처한 입장에 처해 본 적이 없습니다. 군대 생활을 하면서도 말입니다. 선생님, 전 어떻게 해야 좋을까요? 심리학자라면 어떻게 조언할까요?"

"내가 자네에게 얘기해 줄 수는 있을 것 같은데, 아마 자네는 그걸 듣고 싶지 않을걸."

"아뇨, 말씀해 주세요. 어떤 얘기든 듣겠습니다."

"내가 간섭할 일은 아니지만 자네 문제는 '롤리폽(빨아먹는 사탕)의 고민' 이라고 생각하네."

19

 그 두 젊은이가 힘든 일을 하자고 제의한 건 잘한 일이었다. 사실 내게 필요한 일이 바로 그런 일이었던 모양이었다. 일을 마치고 목욕을 한 후 옷을 갈아입고 나니 기분이 상쾌해졌다. 점심식사 후 잠시 낮잠을 즐길까 생각했지만 차라리 오후에는 쉬기로 하였다. 나는 아침에 벌인 프레이저와의 격렬한 토론으로 머리가 상당히 무거웠으나 장작더미 위에서 한두 시간 쉬고 난 뒤에는 정신이 다시 맑아졌으며, 얘기를 계속할 준비가 되어 있었다.
 캐슬은 아직 보이지 않았다. 캐슬과 여자들이 함께 일한 작업보다 장작 쌓기의 노동 점수가 더 많다는 것이 만족스러웠다.
 나는 월든 투의 예술을 혼자서 살펴보기로 결심했다. 사다리 길에 설치되어 있는 화랑말고도 휴게실과 독서실에 있는 많은 그림을 보았는데, 어떤 것은 엄청나게 큰 것도 있었다. 물론 조그만 조각품도 많이 있었다. 개인용 방에는 공동수집상에서 빌려온 그림이나 조각품도 제법 있다는 것을 알 수 있었다. 이렇게 돌아다니며 보는 것은 박물관을 찾는 것보다 훨씬 더 편리했고, 또 여러 가지 면에서 대단히 재미있다는 것도 알았다. 어떤 작품을 오랫동안 감상하고 싶을 때는 의자를 당겨 놓고 앉아서 보았는데, 그 방에 사람들이 살고 있다는 사실이 더 맘에 들었다. 어떤 작품도 그저 걸어놓기 위한 것으로 보이는 작품은 없는 것 같았다.
　한 시간쯤 돌아다니자 조금 피로해졌다. 월든 투의 정경이 한눈에 내려다보이는 창가에 다가앉았다. 그 방은 식당 근처에 있었으므로 우리 일행이 만나기로 약속한 시간인 6시 30분 안에 도착하기에는 충분했다. 그래서 저녁식사 전에 잠시 쉬어야겠다고 생각했다.
　나는 설핏 잠이 들었던 모양으로, 식당 쪽으로부터 사람들이 몰려나오는 왁자지껄한 소리에 깨어보니 시계는 벌써 7시가 다 되어 있었다. 나는 당황하여—사실 이런 감정 상태는 월든 투의 분위기와는 전혀 어울리지 않았다—일행들을 찾으러 복도로 뛰어 나갔다. 그들이 금방 눈에 띄지는 않았지만 나는 곧 스웨덴식 방에서 활기차게 대화를 나누고 있는 일행을 찾아낼 수가 있었다. 그들은 내가 사라진 사실에 대해 여러 가지 추측들을 하고 있었던 모양이었다. 그 중에서 가장 그럴싸한 것을 몇 가지 들려주었다. 내 생각에는 아주 엉뚱한 것 같았으나, 잠이 덜 깬 상태에서 내가 잘못 판단하고 있는지도 모른다는 기분이 들었다. 그들의 추측은 아주 터무니없는 것들이었으나 제법 재미있었다.
　어떤 사람은 내가 구(舊) 질서에서 파견된 첩자로서 구질서의 파괴를 막기 위하여 양떼에게 전기가 흐르지 않는 울타리를 갉아먹어버리도록 가르치고 있었을 것이라고 하였고, 프레이저는 내가 프로이트 이론에 심취한 사람이라고 생각하고 있었으므로 어느 어린아이 유리 칸막이에다 '내다보이는 자궁'이라고 쓴 작은 표지판을 달았을 것이라고 했다는 것이다. 그들은 나의 사실 이야기를 듣고서도 아무도 믿으려 하지 않았다. 오히려 내 얘기를 고집스럽게 믿지 않는 것이 훨씬 더 재미있는 모양이었다. 이제 잠은 완전히 달아나서 제정신이

들었고 대화는 보다 진지한 주제로 옮겨갔다. 나는 여러 가지를 연관시켜 생각하여 물었다.

"프레이저, 자네는 과거에 시도된 공동사회의 실패를 어떻게 생각하나?"

프레이저는 나이프와 포크를 손에 쥔 채 조심스럽게 식탁 위에 내려놓고는 잠시 동안 멍한 표정으로 나를 쳐다보았다. 그 모습은 마치 서커스단의 동물이 사진을 찍기 위해 앞발을 쳐들고 있는 것 같은 우스꽝스런 모습이었다. 그의 얼굴엔 점점 분노와 멸시가 어렸다. 마침내 그는 억누르듯 자제된 목소리로 말했다.

"나는 그런 질문에는 차분하게 대답할 수가 없네. 내가 왜 그런 걸 설명해야 하나?"

나는 그런 프레이저의 태도에 겁먹지 않는다는 것을 보여줘야겠다고 생각했다.

"사람들은 과거의 경험을 통해 해답의 실마리를 찾곤 하지 않는가? 과거의 공동사회에서 유사한 시도를 했다가 실패했던 경험들이 이곳 월든 투에도 다소의 관계가 있지 않나 해서 하는 얘길세."

"유사하다! 유사하다!"

프레이저는 이 말을 마치 '피가로! 피가로!' 하고 노래를 부르듯이 말했다.

"사이렌[Siren: 아름다운 노래로 뱃사공을 흘려서 배를 난파시켜 사람들을 죽게 했다는 반인반조(半人半鳥)의 그리스 신화 속의 바다 요정]이 역사가에게 부르는 노래인가? 우리가 그 점에 대해 정말로 알고 있는 것이 무엇인가? 어떻게 비슷한가? 어떻게 유사해?"

나는 이미 그가 말하려는 바를 알았고, 내가 패배했다는 실망감이 일었지만 태연한 척 말했다.

"아, 진정하게 진정해. 난 자네가 옛 공동사회와 월든 투의 유사점에 대하여 그럴 듯한 설명을 할 줄 알았네. 이를테면 일단 사람들이 외부의 세계와는 독립하여 협동적으로 살려는…….”

"그래, 자네는 그런 것을 보고 월든 투의 실패를 예언하는 건가?"

프레이저는 깊은 경멸의 눈빛으로 물었다.

"아니야. 그것 하나만을 보고 말하는 것은 아닐세. 그리고 난 결코 월든 투의 실패를 예언하며 얘기한 것도 아니네. 다만 옛 공동사회의 생활 조건과 그들의 관습에 대하여 알고 있으니까 이런 얘기를 하는 거지."

"그래, 그들이 먹고 마시며 음식을 차려놓고 잔치를 하고 일을 했으며, 대부분 신을 믿었고, 어떤 사람들은 아이를 가졌고, 돈을 모은 사람도 있었지만 그렇지 못한 사람도 있었고, 나아가서는 뿔뿔이 흩어져 버렸다는 것까지도 알고 있네. 우리는 그들의 건축물이 이류 예술가들에게조차 얼마나 엉성하게 비쳤는지, 그리고 문학 작품에서 그들을 어떻게 묘사했는지도 알고 있지."

캐슬이 다소 놀랍다는 듯이 끼어들었다

"프레이저 씨 상당히 놀랍군요. 나는 당신이 옛 공동사회의 개척자들을 굉장히 존경하고 있으리라 생각했었습니다."

"나는 그들이 존재했었다는 사실을 '믿기' 때문에 그들을 존경합니다. 하지만 그들에 대해서는 책에 쓰여 있는 것밖엔 모릅니다. 그들은 별로 공동사회에 어울리는 사람들이 아니었습니다. 내가 옛 공동사회의 제현상(諸現像)에 대해 비판적인 이유는 사람들이 과거의 단순한 역사적인 기록을 토대로 우리 월든 투의 성패 여부를 예언할 가능성이 있기 때문입니다."

"자네도 그런 기록의 관련성을 인정하는구먼."

나는 힘없이 말했다.

"인정하네. 뿐만 아니라 그런 식의 공동사회들이 이제는 이미 존재하고 있지 않다는 것까지도 인정하지. 그러나 우리가 알고 있는 일이라도 사회과학 분야에서의 예언은 자못 의심스럽다네. 우린 과거에 있었던 '실험'의 실제적인 조건에 대해서는 거의 모르고 있는 실정이지. 옛 공동사회들은 경제적으로는 대개 성공한 것이 사실이지. 개중에 어떤 것은 회원들의 불공정한 이득분배 때문에 붕괴되었지만 아직도 몇몇은 잔존해 있지. 무엇보다도 중요한 문제는 그들의 심리적 관리라고 생각하는데 이에 관해서는 거의 아는 바가 없네. 사실적인 것을 조금 알고 있긴 하지만 완전히 아는 것은 아니지."

"내가 알기론 그들이 몇 가지 중요한 심리학적 실험도 한 것 같던데."

"하지만 우린 그 결과가 어떻게 되었는지 잘 모를 뿐더러 따라서 왜 실패했는지도 모르네. 다만 왜 일이 제대로 시행되지 않았을까 하는 것 정도는 알고 있지. 그들의 문화적 양식은 대개 잘 알려진 사실의 문제였으며, 확실한 실패의 경우 외에는 실험적 수정을 가할 수 없게 되어 있었네. 그런 공동사회는 실제적으로 실험이 아니고 어떤 원리를 실천에 옮기려고 한 것뿐이네. 이 원리들은 신(神)의 계시가 아니면 완전주의(完全主義) 철학으로부터 나온 것일세. 대체로 그런 계획은 통치를 벗어나려는 것이었고 인간의 천성(天性)을 나타내도록 하는 것이었지. 자, 왜 과거의 공동사회들이 실패했는지 더 설명이 필요하겠는가?"

"자네는 처음부터 그런 식으로 얘기할 수 있었을 텐데……."

나는 프레이저의 경직된 감정을 웃어넘기며 얼버무렸으나 프레이저어는 웃지도 않고 대답했다.

"아마 내가 자네 얘기를 오해했을 거야. 그러나 어쨌든 우리가 가장 중요한 부분을 얘기하기 시작했어. 좀더 편안하게 앉아서 얘기해야겠는데."

20

프레이저는 개인용 독방이 있는 쪽으로 우리를 안내했다. 나는 프레이저의 방이 보고 싶었으나 그는 방향을 바꾸어 약간 경사진 길로 해서 공용실의 옥상으로 우리를 인도했다. 제법 많은 사람들이 초저녁의 황혼을 즐기고 있었다. 그런 광경은 내가 전혀 생각하지 못했던 월든 투의 한 부분이었다. 기분좋게 미풍이 불고 있었으며 하늘은 분홍빛 석양으로 물들어 있었다.

우리는 저녁식사를 하며 대화를 즐기려고 의자 위에 가죽 방석을 깔고 앉았다. 프레이저가 캐슬에게 말을 건넸다.

"캐슬 씨, 윤리학을 가르쳐 보신 적이 있습니까?"

이에 캐슬은 확신에 찬 어조로 대답했다.

"나는 십삼 년 동안이나 윤리학을 강의해 왔습니다."

"그럼, 당신은 '보람 있는 삶'의 구성 요소가 무엇인지 우리에게 얘기해 줄 수 있겠군요."

"글쎄요, 어렵군요. 십삼 년 전, 내가 강의를 시작했을 때 물어오셨으면 자신만만하게 대답할 수 있었을 텐데……."

그러자 프레이저는 캐슬이 우물거리는 것이 유쾌한 모양이었다.

"그럼 내가 한번 얘기해 볼까요?"

"좋습니다."

캐슬은 경쾌하게 대답하고선 단호히 덧붙였다.

"그러나 당신이 얘기하는 것은 모두 기록해 두었다가 나중에 당신을 반박하는데 사용할지도 모른다는 사실을 염두에 두십시오. 난 이런 상황이 벌어지길 기다리고 있었습니다. 만일 당신이 '보람 있는 삶'이 어떤 것으로 이루어지는지 또 월든 투에서는 어떻게 이루어질 수 있는지 구체적으로 설명하지 못하면, 이곳의 베틀 짜는 기계와 음식저장고 그리고 투명한 유리쟁반을 당신이 마음대로 가지라고 말한 뒤, 나는 외부사회의 기성복점과 햄버거 집을 찾아갈 것입니다."

"물론 나는 당신의 윤리학 강의에 대해서는 아무것도 모릅니다. 그러나 어떤 것이 더 좋은지를 결정하기 위한 합리적인 근거를 연구하는 철학자를 생각할 때마다, 기는 법을 터득하려고 꿈틀거리는 지네가 생각나더군요. 그냥 앞으로, 앞으로만 나아가라 식이죠. 우리가 구체적으로 생각해 보기 전에는 일반적으로 무엇이 좋은지 다 알지요. 예를 들면 건강한 것이 병에 걸리는 것보다는 좋다는 것을 누가 모릅니까?"

"하지만 어떤 사람은 병들어 누워 있을 것인가 아니면 죽음을 택할 것인가 하고 고민하는 경우도 있지요. 그리고 그 사람이 어떤 결정을 내리건 그 결정이 옳을 수도 있지 않겠습니까?"

캐슬이 이의를 제기했다.

"하긴 그래요. 그러나 당신은 부정적인 쪽으로만 생각하려고 애를 쓰시는 모양인데요. 긍정적인 방향으로도 생각해 보십시오."

이런 식의 논쟁은 분명히 공정하지 못한 것이었으며, 캐슬도 매우 싫어하는 눈치였다. 캐슬의 태도는 매우 정중하고 부드러웠으나 프레이저는 오히려 그걸 이용하고 있는 셈이었다.

프레이저가 말을 이었다.

"건강, 병 그리고 죽음, 이 셋 중에서 하나를 선택해야 하는 경우에 셋 다 동질의 가치를 지니고 있을 때는 건강을 택하겠지요. 이 선택의 기술적인 문제는 아주 간단합니다. 아마 내일쯤, 여러분은 이곳의 병원을 방문할 수 있을 겁니다. 거기 가면 뭔가 알 수 있을 거예요. 문제는 하고 싶지 않은 일을 최대한 줄이는 것이 값진 삶의 일부라는 것을 의심하는 사람이 과연 얼마나 있겠느냐 하는 것입니다."

프레이저는 캐슬을 보고 얘기하는 듯했으나 캐슬은 아무런 대꾸도 하지 않았다. 나는 이 얘기가 별로 탐탁하게 생각되지 않았다.

"그건 백만장자의 생각이로구먼."

"나는 어느 누구에게도 강요하지 않고 최대한 줄일 수 있다는 것을 말할 뿐이네. 우리는 항상 전체 그룹을 생각해야 하지. 우리가 비활동적인 생활을 지향한다는 뜻이 아니라, 게으르지 않은 삶을 추구하고 있다는 것을 증명했을 뿐이네. 부담이 되거나 재미없는 일은 육체적 건강과 심리적 건강에 대한 위협만 될 뿐이지. 우리의 계획은 원하지 않는 일을 최대한 줄이자는 것이었고, 그래서 그런 일은 깡그리 없애 버렸다네. 아주 힘든 일이라도 우리 힘으로 감당해 낼 수 있고 적당히만 하게 되면, 재미있을 수도 있지. 건장한 사람은 대체로 장작을 패거나, 벽돌 쌓기를 한다거나, 무슨 경주하는 일같이 힘든 일을 즐기는 법이니까. 사람들이란 강요당하지 않고 또 선택권이 주어져 있을 때에야 일하고 싶어하지. 스스로 하고 싶을 땐 기꺼이 일을 찾아 나서기까지 한단 말일세. 자네도 알고 있겠지만 윌리엄 모리스(William Morris: 영국의 시인이며, 공예 미술가이자 사회주의자)가 〈News from Nowhere〉라는 그의 책에서 이러한 상황을 시도한 적이 있지만 내 생각엔 성공하지 못했어. 우리가 이 월든 투에서 그 사람을 진정한 예언자로 만들었을 때의 기쁨을 상상해 보게."

나는 프레이저에게 장작더미 쌓기도 유쾌한 일이고 또 더 이상 증거를 대지 않더라도 월든 투에서는 '값진 삶'에 대한 계획이 성취된 걸로 믿는다는 걸 얘기하고 나서 다음과 같이 덧붙였다.

"그러나 노동지도자는 자네 생각에 쉽게 동의할 것 같지는 않은데."

"하지만 결국은 동의하게 될 것이라고 확신하네. 다만 지금 형편으로선 동의할 수 없을 거야. 바로 그 점이 월든 투에 있어서 노동 개혁의 치명적인 약점이지. 대체로 사회 지도자라는 사람들은 노동자들을 불만족한 상태로 만들어 버리고, 또한 불만을 부채질하기도 하며, 일부러 어떤 합리적인 이유를 만들기 위하여 길고도 지루한 조직적인 노동운동을 일으키게 한다네. 결국 노동자와 자본가 사이의 개혁의 필요성이 남아 있는 한 노동 지도자들은 노동자들의 사기를 높이기 위해서 '불만을 증대' 시켜야 하는 거지.

부담을 가볍게 하려는 바는 그 사람들에 의해서 노동자들의 부담은 더한층 가중되고 있다는 얘기일세. 월든 투에서는 그런 투쟁은 없지. 우리가 일하는 것을 좋아한다고 서슴지 않고 단언할 수 있네. 자네는 이제 월든 투에서는 각 개인의 노동 점수를 구태여 정확하게 계산할 필요가 없다는 얘기를 믿겠는가? 또 원하기만 하면 언제든지 장기휴가를 얻을 수 있도록, 누구나 충분한 분량의 노동 점수를 획득할 수 있게끔 사전에 배려되고 있다는 사실도 이젠 믿을 수 있겠지.

자, 얘기를 계속해 보세. '보람 있는 삶' 또는 '값진 삶'이란 자신의 재능과 능력을 발휘할 수 있는 기회가 주어져야 하는 것인데, 월든 투에서는 그대로 실천해 왔지. 우리는 운동과 취미, 미술, 공예 등에 골고루 관심을 쏟지만, 그보다 더 중요한 것은 순수과학의 세계에 관심을 기울일 수 있도록 한 것이네. 그런 관심이란 시사 문제나 문학, 또는 실험실에서의 통제적이고 창조적인 작업 등에 대한 일반적인 관심들이 될 수도 있지. 이것은 필요에 의해서가 아닌 그냥 자유로운 선택을 통해서 자연을 연구하는 것이지.

우린 친근하고 서로 만족스런 개인 간의 접촉이 이루어지길 기대하고 있네. 이 얘기는 마음에 맞는 동지들을 접할 수 있는 기회를 많이 가진다는 말일세. 우리 월든 투의 '사교 관리자' 는 여러 가지 방법으로 그 기회를 제공하지. 우리는 구태의연한 관습 같은 것으로 인간관계를 제한하려고 하지는 않아. 그리고 우리는 독재적이거나 비판적인 태도를 배척하고 있다네. 우리의 목표가 관용과 애정이기 때문이지. 마지막으로 '값진 삶' 이란 긴장을 해소하고 휴식을 취하는 걸 의미한다는 것일세. 월든 투에서는 당연히 그렇게 되고 있는데, 그것은 단순히 작업시간을 단축시켰기 때문에 이루어진 것은 아닐세. 일반 사회에서는 아무리 한가하다고 해도 긴장을 완전히 풀어버릴 수는 없을 거야. 중요한 것은 자기 욕구를 충족시키는 거야. 그 욕구만 충족되면 우리는 즐거운 시간을 갖기 위해 또는 우리가 원하는 것을 얻기 위해, 맹목적인 경쟁 같은 걸 할 리가 없지. 이런 점에서 보더라도 우리는 진정한 의미의 여유를 누리고 있지.

자, 이것이 전부입니다. 캐슬 씨, 나는 내 얘기 중 그 어떤 것에 대해서도 합리적인 정당성을 제시할 수는 없습니다. '최고로 좋은 것' 즉 '최선' 의 원리로 환원시켜 말할 수는 없습니다. 이곳의 생활이 바로 '값진 삶' 입니다. 우리는 그것이 어떤 건지 알고 있습니다. 그것은 바로 현실이지 이론은 아닙니다. 그리고 '값진 삶' 의 정당성은 실험적인 정당성이지 결코 합리적인 것은 아닙니다. 값진 삶의 원리(原理)에 대한 당신의 갈등 역시 하나의 실험적인 의문일 뿐입니다. 우리는 사랑과 의무 사이에서 비롯되는 결과에 마음을 괴롭히지는 않습니다. 결과적으로 우리는 오로지 심각한 갈등이 거의 일어나지 않고 운이 좋으면 전혀 일어나지 않을 수도 있는 사회를 마련했습니다."

캐슬은 프레이저의 얘기를 전혀 듣고 있지 않는 듯한 표정으로 하염없이 저녁노을만 바라보고 있었다.
그러나 프레이저도 양보하지 않았다.
"교수님, 내 얘기에 동의하십니까?"
그가 말한 '교수' 라는 존칭에는 분명 비꼬는 듯한 분위기가 깃들어 있었다.
"난 당신과 내가 똑같은 문제에 똑같은 흥미를 가지고 있다고는 생각지 않습니다."
캐슬은 냉담하게 대답했다.
"그렇지만 이 문제만큼은 당신과 내가 똑같이 관심을 가지고 있는 것이죠. 우리는 우리의 목적을 달성했다고 생각합니다. 적어도 지금까지는 매사가 무난하게 진행되고 있다고 여겨지니까요."
프레이저는 캐슬의 대답에 실망한 듯, 맥 빠진 목소리로 얘기를 맺었다.
"내 기억으로는 자네의 얘기 중에는 완전주의에 대한 언급이 있었는데, 자네의 견해가 다소 완전주의자들을 따르고 있다고는 생각지 않나? 자네는 사람들에게 기회만 만들어 준다면, 자연히 행복해질 것이며, 활동적으로 될 것이고 또 애정이 넘치게 될 것으로 생각하고 있는 모양이구만. 자네는 이러한 조건들을 어떻게 시행할 수 있다고 생각하는가?"
"이 세상에 완전한 것이란 없지. '시행' 이라는 말이 상당히 중요한 표현이군. 누구도 행복을 강요할 수는 없어. 결국 어떤 것도 강요할 수는 없다는 얘기지. 우리는 세력을 사용하지 않아. 우리가 필요로 하는 건 적절한 행동공학일 뿐일세."
"드디어 우리는 얘기의 결론에 가까워지고 있는 모양이군요."
캐슬은 여전히 음울한 표정으로 한 마디 던졌다.

"성인이 되어 월든 투에 들어온 사람들에겐 다소의 문제점이 없지 않다는 것을 나도 인정합니다. 그러나 공동사회에서 태어나 이곳의 교육체제를 거친 구성원의 경우엔 얘기가 보다 쉬워지지요. 성인이 되어 월든 투에 전입해 온 회원들에게는 일종의 개종(改宗)과도 같은 어려움이 뒤따르게 될 테니까요."

"당연히 그렇겠지요."

캐슬도 동의했다.

"하지만 그렇게 어렵진 않아요. 신규 회원들은 우리와 함께 생활하면서 얻을 수 있는 여러 가지의 이점에 대한 보답으로, 공동사회의 관습에 쉽게 동의하지요. 물론 신규 회원들은 우리가 어린이를 상대로 한 계획에 거부반응을 느낄 만한 이유가 있을지도 모릅니다. 또 우리가 이미 극복해낸 그러한 감정들의 희생물일 수도 있지요. 그러나 궁극적으로 월든 투의 생활에서 얻어질 결실을 위하여, 자신을 억제하고 우리의 계획대로 생활하는데 동의합니다. 예를 들면 그들은 우리의 아동들에게선 거의 찾아볼 수가 없는, 외부 사회에서의 거부감 때문에 동기가 유발될지도 모릅니다. 그렇지만 월든 투의 생활과 일반 사회의 생활을 비교하는 데 쓸데없이 시간을 낭비하지 않기로 동의한다는 얘기입니다. 결국은 새로운 성인 회원들도 적절하게 교육받은 우리의 2세들과 상당히 비슷해지지요."

"계획 자체는 아주 훌륭하군요. 아니, 훌륭하다 못해 아름답기까지 합니다. 하지만 계획, 바로 그것이 공동사회 생활 전반에 걸친 의문의 요점이라고 생각됩니다. 도대체 그것을 어떻게 실천에 옮기시겠습니까?"

"사실 그것은 팔레스타인 사람들이 그들의 실지회복(失地回復)을 어렵다고 생각하는 것보다는 그렇게 어려운 일은 아니에요. 월든 투에는 일종의 행동규범이 있는데, 그것은 살아가면서 때때로 바뀝니다. 그 중 어떤 것은 십계명같이 기초적인 것들도 있는데, 여러분들이 보기에는 아주 사소한 것으로 여겨질지도 모릅니다. 그러나 각 구성원들이 회원 자격을 부여받을 때 반드시 그 규범에 의해 생활할 것을 동의하지요. 그것은 공동사회에서 생활하도록 허락받은 것과 부(富)의 분배를 법적으로 보장받는 데 대한 보답으로 준수해야 하는 것입니다. 우리는 그 규범이 습관으로 굳어질 때까지 가끔 상기시켜 주기만 하면 되지요."

"그 '사소한 규칙' 이라는 것의 예를 하나 들어보게."

"아, 이런 걸 예로 들 수 있겠지. '공동사회의 일을 외부인들에게 말하지 말라' 는 것 말일세. 기획위원들은 예외지만, 다른 사람들은 특별한 경우 외에는 반드시 지켜야 하지."

프레이저는 스티브와 메리 쪽으로 말문을 돌렸다.

"어젯밤 댄스파티에서 이 월든 투에 대해 뭐 좀 알아내셨습니까?"

"신경을 곤두세웠지만 아무것도 알아낼 수가 없었습니다."

스티브가 대답했다.

"여러분들은 왜 우리가 그런 규칙을 내세우는지 짐작할 수가 있을 겁니다. 만약 월든 투의 방문객이 어떤 일에 대해 말만 듣고 오해를 하게 되면, '홍보 관리자' 로서는 참으로 입장이 곤란하게 될 것입니다. 외부사회의 입장에서 보면 우리가 분명히 정상적으로 보이지는 않을 것이므로 우리는 미리 조심하는 거지요.

또 다른 규칙은 '어느 회원이 자신의 일에 관심을 보이면 설명해 주어라' 는 것입니다. 이것은 견습기간 동안의 규칙입니다만, 여러 작업에 대한 노동 점수를 보다 공정하게 할당할 수 있게 하고 회원들이 정보(情報)에 밝고 유능해지도록 하지요. 또 '회원들 사이의 사적(私的) 관계에 대해 험담을 하지 말라' 는 규칙이 있습니다. 이것은 사실 실천하기는 무척 어렵지만, 우리가 해냈다고 생각합니다. 이것은 개인적인 어려움을 해소시키는 데 아주 큰 도움이 될 수 있는 규칙이지요. '규범'은 사회적인 차원으로까지 다루어지고 있습니다. 우리는 각 개인 간의 관계가 활발하게 발전할 수 있도록 하기 위해 많은 실험을 해보았지요. 이를테면 이곳에서는 소개(紹介)라는 것이 단지 정보 교환을 필요로 할 때만 이루어집니다.

우리는 낯선 사람이 구태여 말을 걸어오기 전에는 소개받기를 원하지도 않을 뿐더러 또 필요한 정보가 없을 것 같으면 자기소개를 하려고도 하지 않습니다. 대개 미국인들은 말도 하지 않고 엉거주춤 서 있다가 우리가 자기소개도 하지 않고 말을 건네면, 매우 건방지다고 생각할 것입니다. 하지만 영국인들에게는 이러한 것이 매우 자연스러운 것으로 여겨질 것이며 비난거리도 되지 않습니다.

이와 비슷한 규칙으로 '권태에 대한 즉각적인 표현'을 허용하는 부분이 있습니다. 이것을 시행하기 위해선 가끔 비상수단을 써야 할 때가 없지는 않았지요. 그러나 대체로 '당신은 똑같은 얘기를 전에도 한 적이 있어요.' 라든가 '그 얘기에 대해선 나도 대체로 알고 있습니다.' 또는 '그건 별로 재미있는 얘기 같지가 않군요.' 하는 식의 표현만으로 바람직하게 처리된다고 생각합니다. 이렇게 함으로써, 중복된 얘기나 듣고 싶지 않은 얘기를 회피하게 되고 우리는 많은 시간을 권태로부터 벗어날 수 있습니다. 공동사회에의 가치를 깨닫게 될 것입니다."

"상대편으로 하여금 화나게 하지는 않을까?"

"아니지. 그런 것이 월든 투 문화의 일부분이란 것을 알고 있는 사람이라면 절대로 성을 내지는 않지. 그것은 습관의 문제라고나 할까. 미국식 화술의 특징도 다른 문화권에서는 무례한 것으로 받아들여질 수가 있는 것처럼 말일세. 또 이런 방법을 사용함으로써 말하는 사람도 듣는 사람만큼이나 얻는 것이 있다는 사실을 이해할 수 있겠지?

이렇게 하면 얘기하는 사람의 입장에서도 자기 얘기가 지루하거든 중지시켜 달라는 말을 하든가, 아니면 상대방이 자기의 얘기에 지루해 하지나 않을까 우려하지는 않을 테니까."

"사람들이 계속 잘 지키던가? 그 규범으로부터의 자연적인 이탈이나 단순한 반대 같은 건 생긴 적이 없었나?"

"불일치할 경우, 그 규칙이 규약에 포함된 근거가 무엇인가를 누구나 따져볼 수 있다네. 그리고 그 규칙의 근거를 평가하고 자신의 의견을 내놓을 수도 있지. 만일 '관리자' 가 그런 의견을 묵살한다면 '기획위원' 에 호소할 수도 있네. 그러나 그 어떤 경우에든 그 규칙에 대해 일반 회원들과 논쟁한다는 건 절대 금물일세. 왜냐하면 그것 역시 규칙에 위배되는 일이니까 말일세."

"나라면 반드시 그 규칙을 논박하고 나서겠습니다. 월든 투가 진정한 민주주의 사회라면, 규약과 같은 기본적인 문제에 대해서는 공개 토론이 필요할 것입니다."

캐슬이 말했다.

"이 월든 투에서 당신이 얘기하는 '진정한 민주주의' 는 거의 발견하지 못할 겁니다."

프레이저는 이 얘기를 마치 월든 투에서 만드는 빵에는 밀가루 같은 것은 쓰지 않는다는 얘기처럼 대수롭지 않게 대답하고선 캐슬의 얘기에는 아랑곳없이 아까 하던 얘기를 계속했다.

"규범으로부터의 이탈은 일반 회원들이 규범을 준수하도록 하기 위해 사용하는 바로 그 방법으로 방지될 수 있습니다. 월든 투에서는 규칙에 대한 논의가 종종 회원들 사이에는 벌어지게 되는데, 다시 말해 매주 열리는 회합에서 때때로 규칙에 대한 토의를 하지요. 거기에선 공동사회의 발전을 위한 훌륭한 방법들이 제시되기도 하고 세부적인 응용방법이 결정되기도 합니다. 때에 따라선 간단한 규칙들이 합리적으로 수립되어 게시판에 공표되기도 하지요."
다시 캐슬이 불쑥 뛰어들었다.
"목욕통 위에도 규칙이 하나 적혀 있더군요."
"조금 전에 자네가 얘기했던, 권태에 대한 규칙이 잘 지켜지도록 실시한 '비상수단' 이란 뭐였지?"
나는 이것이 아까부터 궁금하던 참이었다.
"자네도 도서관에 가면, 그것에 관한 사회 공학적 원고를 볼 수 있을 걸세. '권태와의 전쟁' 이라는 제목이지. 처음엔 그 규칙의 실험 결과가 회의적이었네만, 결과는 아주 훌륭한 것이었다네. 주(週)마다 열리는 회합에서 그 규칙이 공표되고 설명되었지. 사실 여러 가지 재미있는 억측들이 있긴 했지만, 관습이 갑작스럽게 변하는 과정에서는 오히려 유머 감각을 유발시키는 것도 중요하지. 그래서 회원들에게는 아무리 사소한 일이라도 적어도 하루에 한 번씩은 권태에 대한 규칙을 적용해 달라고 요청했지.
처음엔 '당신은 오늘 싫증을 느끼지 않으셨는지요? 만일 못 느꼈으면 어떻게 해서 그럴 수 있었습니까?' 라고 쓰인 작은 카드들을 식탁 위에 비치했었네. 어떤 사람이 카드 그 자체가 싫증난다고 관리자에게 불평을 하여 그 규칙의 가치를 입증하기 위해서 즉시 카드를 치워 버렸네. 한 회원은 '모든 사람을 싫증나게 하는 사람' 이라는 희곡을 썼는데, 그 희곡을 쓰는 작업으로 노동 점수를 1점이나 받을 수 있었지. 그 희곡은 남이 싫증난다고 항의할 때까지는 절대로 입을 열지 않는 사람의 딜레마를 묘사한 것이었네.
그 주인공은 결국 '세상에서 가장 권태로운 사람' 으로 대중 앞에 나섬으로써, 자기의 그런 개성을 뚜렷이 내보이지. 그러나 그 희곡이 재미있어서 관중이 마구 몰려들었다는 사실은 진정한 권태를 묘사한 것이 아님을 증명하기 때문에, 경찰당국이 연극을 중단시키는 내용으로 되어 있었지.

　내가 말한 이 줄거리는 그 작가가 묘사하려 했던 재미있는 상황을 충분히 반영하지는 않지만, 그러나 큰 문제는 안 되겠지. 어쨌든 이러한 광고와 공개 덕분에 권태를 없애기 위한 관습은 아주 자연스럽게 받아들여졌고, 그런 관습에 화를 내는 사람은 없어졌다네. 더구나 말하는 사람이나 말을 듣는 사람이나 서로 이익이기 때문에, 이 규칙은 관습으로 정착되기가 한결 쉬웠다네."

　"자네가 방금 '광고'라는 말을 사용했는데, 자네의 '규칙 정착을 위한' 기술(技術)이라는 것이 광고업이라든가 정치가, 또는 응용 심리학자들이 이미 과거에 사용했던 방법이 아닌가 싶군. 그 기술이란 것이 자네들의 독창적인 것이었나?"

　내가 물었다.

　"결코 독창적인 것은 아니었지. 그것은 이미 일반사회에서도 규약 준수를 위하여 사용된 기술이니까. 그 규범은 공동사회나 국가의 성공을 보장하는 것이네. 다만 문제가 된다면, 좋지 못한 사회 지도자들이 이런 기술을 사용한다거나, 또는 이런 기술을 쓸 수 있을 만한 적합한 사람이 없는 경우이지. 대개의 정부(政府)는 행복한 사회를 만들기 위한, 필요한 행동 형성에는 그다지 책임지고 뛰어드는 것 같지가 않아. 그래서 우리 월든 투에서는 이런 것들을 수행할 대행기관을 만들었다네."

　캐슬은 납득하기가 힘든 모양이었다. 프레이저가 잠시 말을 멈추자, 그는 나무의자에서 불편한 자세를 고쳐 앉으면서 말을 꺼냈다.

　그는 프레이저를 정면으로 노려보았다.

　"나는 당신이 규정한 '값진 삶'에 대해서 불만이 많습니다."

　"그래요? 만족하질 못하시겠습니까?"

　"그렇습니다. 뭔가 부족한 것 같군요."

"그럴지도 모르죠. 어떤 방법이건 모든 사람을 한꺼번에 만족시켜 줄 순 없을 테니까요."

"프레이저 씨, 물론 당신같이 예외적인 사람에게는 예외적인 방법이 있겠지요. 그러나 월든 투의 생활이 나를 유혹할 수는 없을 뿐만 아니라, 지난 십여 년 동안 나한테서 강의를 듣고 나간 열두어 명의 뛰어난 학생들에게도 마찬가지일 겁니다. 내가 아는 바로는, 그들은 순간적으로 반짝하는 일에는 관심이 없습니다. 이를테면, 내일이라도 당장 끝이 날 수 있는 일에는 신경을 쓰지도 않아요. 당신들이 일반사회보다 부족한 것은 장기계획을 세울 기회가 없다는 점입니다.

과학자는 장기계획을 갖고 있습니다. 개별적인 의문을 해결하는 실험에는 거의 관심을 쏟지도 않습니다. 예술가도 마찬가지겠지요. 진정한 화가나 작곡가라면, 화판이나 오선지 위의 부분적 요소에는 관심이 없다는 겁니다. 그보다는 그림이나 피아노 연주곡이 나타내는 의미를 느끼려고 합니다. 즉, 보다 광범위한 움직임의 일부로써 느끼고 생각하려고 합니다. 단순히 경주를 한다거나 그림을 그린다거나 융단을 짜면서 얻는 기쁨이라든가 그런 것만으로써는 충분치가 않아요. 당신네들의 훌륭한 인력을 동원하여, 어떤 다른 이론이나 스타일을 개발해야 한다는 얘깁니다."

갑자기 프레이저가 소리쳤다.

"우리가 하루살이같이 살고 있다고는 생각지 마십시오! 당신이 왜 그런 식으로 생각하는지 알 수 있습니다. 당신은 겨우 우리들의 하루 이틀 정도의 생활만 보았기 때문입니다. 당신에겐 우리가 순간적인 행복이나 즐기면서 어떤 계속된 착각 속에 살고 있는 것으로 보일는지 모르지요. 하지만 결코 그런 것은 아닙니다. 우선 당신이 먼저 얘기한 것부터 짚고 넘어가야겠습니다. 월든 투와는 화합되지 않을 것이라는 그 열두 학생들 말입니다. 그 학생들말고, 딴 학생들 같으면 어떻겠습니까?"

"아아, 당신네들이 그들을 설득할 수야 있겠지요. 그렇게 하십시오. 괜찮습니다."

캐슬은 순순한 태도로 빈정거렸다.

"캐슬 씨! 우리 사이의 견해차가 생각했던 것보다는 무척 크군요. 우리는 당신이 얘기한 사람들이 필요할 뿐 아니라 존경합니다. 사람들은 그냥 하루하루를 살아가는 것이 보통이고 장기계획이 있다면 아기를 낳고 아기가 자라는 것을 지켜보는 정도보다 크게 다를 것이 없겠지요.

그러나 보통 사람들은 새로운 일을 계획하려고 하지 않습니다. 어떤 일을 계획하는 즉, 책임이 뒤따르는 일을 싫어합니다. 단지 어떻게 하면 적당히 살 수 있을까 하는 것에만 골몰하지요. 그냥 하루하루를 즐길 뿐입니다. 이것은 당신네 성직자들의 말씀이지만 사람들은 생활을 보장해 주는 사람에게 자연히 모여든다는 겁니다. 그런 사람들은 이 월든 투에서 모두 행복해질 수 있습니다. 그리고 자기 나름대로 월든 투에 공헌하며 살아갑니다. 그들은 결코 밥이나 축내는 식객은 아닌데, 왜 당신은 그들에게 멸시의 눈초리를 보내는지 모르겠습니다. 그들이 이 공동사회의 핵심입니다.

건실하고, 신용이 있고, 필요불가결한 사람들이지요. 그런데 장기적이고 훌륭한 목적을 가져야만 직성이 풀리는 일부 굉장히 영리한 친구들은 뭐가 어떻게 다른 건지요? 우리가 그 친구들의 꿈을 어떤 식으로 방해했다는 겁니까?

단지 여기서는 그 열두 학생들이 물 떠난 고기 같은 생각이 드는군요. 예를 들어서 그들 중에는 사회문제에 관심을 가진 사람이 하나 정도는 있을 게 아닙니까? 그런 사회문제가 이 월든 투에는 없다고 생각하시나요? 있습니다. 그 학생들이 우리의 '개인행동 관리자'나 '문화행동 관리자' 또는 '홍보 관리자'와 더불어 논의하며 몇 개월 동안 견습기간을 즐길 수도 있지 않을까요? 그래서 젊은이를 교육시키는 데 필요한, 장기적이면서도 굉장히 좋은 생각 같은 것, 즉 그들이 애착심을 느낄 수 있는 문제에 바로 관심을 집중시키는 방법을 발견할 수도 있지 않겠습니까? 난 그 학생들이 이곳에서 장기적으로 진행시키고자 하는 목표를 발견할 수 있으리라고 봅니다. 중요한 것은 여기서 그들의 목표 중 대부분을 적당한 시간 내에 이룰 수 있음을 증명할 수 있다는 것이겠지요. 그런 목표들을 관철시키기 위해서 당신네들 외부사회에서 해줄 수 있는 일이 무엇이란 말입니까?"

".사실 별로 없습니다."

"당연히 없을 겁니다. 왜냐하면 당신뿐만 아니라 선의(善意)를 가지고 무슨 일을 하려는 사람들이 목표를 이루려고 발버둥칠 때, 시작조차 못 하도록 수많은 압력들이 이를 막아버리기 때문입니다. 자신 있게 말씀드리지만 그 젊은 학생들이 실험에 대한 진실한 마음가짐을 지니고 있다 하더라도 실험실은커녕 필요한 기술도 가지고 있지 않을 겁니다. 어디 한번 시험을 해볼까요? 그들을 이곳으로 보내 보시죠. 이곳에서 장기적인 목표를 발견할 수 있는지 없는지 한번 확인해 봅시다."

그다지 이해하기 힘든 얘기는 아니었으며, 프레이저의 흥분도 납득이 갈 만한 것이었다. 하지만 단순히 새로운 자료를 보충하기 위해서 그러는 건지, 아니면 월든 투가 선의를 가진 사람에게 도전하고 있다는 캐슬의 비난에 대해 그 나름대로 진지하게 반박하고 싶어서 한 얘긴지 알 수가 없었다.

"나는 어느 특정한 학생을 생각한 것이 아니고, 단순히 어떤 유형을 얘기한 것뿐이었습니다. 당신의 주장은 이해할 수 있지만, 또 다른 평범한 예를 들고 싶습니다. 한 기업에서 명성을 떨치고 싶어하는 젊은이가 있다고 합시다. 어떤 새로운 기획을 생각해냈고, 그래서 자신의 기업을 설립하고 싶어집니다."

프레이저는 갑자기 캐슬의 말을 잘라버렸다.

"그런데 명성을 얻는다는 것은 무엇을 의미하는 겁니까? 부자가 되는 겁니까? 우린 재산에 대해 욕심이 없습니다. 누군가가 거래 관계에서 돈을 벌었다는 얘기는 상대적으로 누군가는 그만큼 손해를 보았다는 이야기가 될 것이므로 부자가 된다는 것은 누군가를 그만큼 가난하게 만들었다는 얘기와 같아요. 따라서 우리는 재산의 증식을 목표로 하는 것은 금하고 있습니다."

그러자 캐슬이 말했다.

"내 얘기는 재산보다 명예를 더 염두에 두고 한 겁니다."

"명예도 역시 다른 사람의 희생이 뒤따릅니다. 과학자나 학문에 종사하는 사람이 마땅히 받을 만한 가치가 있다고 생각되는 명예를 얻지 못한 것을 생각하면, 그러한 명예 역시 공정하지 못한 셈이지요. 한 사람이 양지(陽地)를 얻으면 딴 사람들은 짙은 그늘 속에 있어야 합니다. 결국 그룹 전체를 놓고 보면 아무런 이득도 없는 거고, 오히려 손실이 있을 뿐일 겁니다."

내가 끼어들었다.

"하지만 뛰어난 업적을 찬양한다거나, 인정을 받고 기뻐하는 것이 뭐가 잘못되었다는 건가?"

"잘못된 거지. 그것은 다른 사람의 평범한 업적과 상대적으로 비교된 것이니까 분명 잘못된 것이지. 우리는 개인적인 경쟁을 반대하네. 따라서 장기나 정구처럼 게임의 결과가 기술향상에 지대한 영향을 미치는 것은 예외지만, 다른 경쟁적인 놀이는 절대로 장려하는 법이 없으며 아예 선수권 대회 같은 것도 갖지 않는다네. 또한 어떤 특별한 재주를 지녔다고 해서 특별대우를 하지도 않아. 할 수 있을 뿐이지.

우린 개인적 업적을 아주 사소한 것으로 간주하기 때문에 별다른 대접을 하는 법이 없네. 결론적으로 말해 타인에 대한 승리는 바람직한 행위가 못 된다는 걸세. 개인적 영광의 배척은 우리가 그룹 전체를 더 중요시한다는 사실에서 비롯된 거야. 그룹이 개인적인 영광을 바탕으로 이득을 얻을 수는 없지 않은가?"

캐슬이 말을 받았다.

"하지만 당신들은 개인적 감사도 배제합니까? 만일 당신네 의사 중에서 누군가가 공중위생이나 약물치료 부문의 고민거리를 해결하여 아무도 감기에 걸리지 않게 되었다고 가정해 봅시다. 그에게 경의를 표하지 않을 겁니까? 또 그 의사 자신도 찬사를 받고 싶지 않겠습니까?"

"가정(假定)을 앞세워 얘기할 필요는 없습니다. 우리들은 항상 공동사회의 건강이나 여가, 행복, 안락과 즐거움을 위한 문제 해결에 공헌하고 있으니까요. 당신이 예를 든 그 젊은이들의 역할이 기대되는 면도 바로 이것입니다.

표창(表彰)하기 위하여 어느 한 사람을 뽑아낸다는 것은 뽑히지 못한 다른 사람을 무시하는 셈이 되지요. 어떤 일에 대해서 감사하는 것 그 자체가 나쁜 것이 아니라, 표창을 함으로써 감사를 다 끝냈다고 생각하는 망은(忘恩)과 겉치레로 고마워하게 되는 것이 나쁜 거지요."

"그래서 당신들은 아무에게도 감사하지 않게 되었습니까?"

캐슬이 물었다.

"아니지요. 그 대신 우리는 모든 사람들에게 다 감사하고 있습니다. 어느 특정 인물만이 아니라 모든 사람들에게 늘 감사하는 마음이 넘쳐흐르고 있답니다. 우리는 우리들 모두에게 감사하기 때문에 아무에게도 감사하지 않는 것이나 다름없죠. 혜택을 준 이웃에게 또는 일할 때 흘리는 땀에서 느끼는 축복에 대해 신에게 충심으로 감사하고 있는 것처럼 우리의 공동사회인 월든 투에 대하여 일반화된 감사를 느끼고 있습니다."

"'일반화된 감사'란 또 무슨 뜻인가?"

"그것보다 먼저 '감사'란 도대체 뭔가?"

프레이저는 나의 질문에 되물었다. 그는 내 대답을 기다리는 듯했으나 내가 아무 말이 없자 얘기를 계속했다.

"그것은 곧 호의에 보답하겠다는 준비를 뜻하는 게 아닐까? 적어도 이곳에서 뜻하는 감사의 의미는 그렇다네. 이곳에선 아주 어려운 일이 발생했을 때, 사람들 모두가 서로 자진해서 그 일을 떠맡으려 한다네. 우리는 모든 사람들로부터 우리가 받은 것에 대한 보답으로 모두를 위하여 무엇인가를 하고 싶어하지."

"다시 말해서, 사람들이 일을 하는 데 있어서 불공평하다는 느낌이 들지 않게 하면서 감사의 효과를 얻어내는 거로군."

"우리가 불공평에 대하여 그렇게 관심을 쏟는 것은 아니지만 그 말이 맞을지 몰라. 그건 실질적인 문제이니까 말일세. 어쨌든 우리는 감사의 표시를 하지 않고, 또 개인적인 공헌을 드러내지도 않음으로써 우리가 꾀하고 있는 일을 훨씬 순조롭게 진행시키고 있네."

캐슬이 말했다.

"그렇지만 그건 어려운 일이 아닐까요? 당신 얘기는 고통을 못 이기는 환자에게 그 고통을 덜어주는 아편을 주사하더라도 감사를 표시하진 않는다는 식인데, 그런 식으로 얘기하진 마시오."

"그럼 감사를 해야 한다는 말입니까? 상수도 고장을 수리하기 위해 한밤중에도 뛰어다니는 연관공을 생각해 보시오. 아마도 분명히 한 대의 아편주사보다 공동사회의 건강과 안락을 위해서 훨씬 가치 있는 일이지만, 아무도 감사하진 않아요."

"사람들에게 공동사회에 대한 연관공의 노력을 설명해주고 공공연하게 감사할 수도 있잖은가?"
"그렇게 하는 것은 연관공을 더욱더 바보로 만드는 셈이지. 그러면 요리사라든가, 낙농업자, 그리고 공동사회에서 일하는 모든 작업자들에 대해서는 어떻게 하란 말인가? 어디서부터 감사하는 것을 그만두어야 좋겠는가? 우리는 바로 그 시작부터 그만두기로 한 걸세. 개인적인 감사의 표시를 전부 제거하자는 거지. 그렇게 하더라도 결국 공동사회는 의사가 아편을 관리하는 훈련에 대한 대가를 충분히 지불한 셈이 되니까 말일세."
"'감사합니다.' 라고 말하지 않아도 될 때는 말을 할 필요가 없지. 일부러 감사의 표시를 하는 것은 규범을 어기게 되는 걸세. 그러나 사회적으로 뚜렷한 이유가 있을 때는 '감사합니다.' 하고 인사하는 경우도 있다네. 그것은 '안녕하십니까?' 또는 '실례합니다.' 하는 인사말과 비슷한 의미를 가지고 있지. 길을 막고 있는 사람에게 피해달라는 뜻으로 '실례합니다.' 하는 얘기를 했다고 해서 그것이 용서를 비는 뜻은 아니잖은가?"
"자네는 내가 육아실에서 여직원을 당황하게 한 이유를 설명하는 거로군. 그때 나는 그녀에게 감사를 표하려고 했었지."
"나도 보았네. 자네는 그녀를 궁지로 몰아넣은 셈이지. 안내원으로서 혹은 방문객에게 설명할 수 있는 자격을 가진 회원으로서, 그녀는 신분상 자기의 일을 설명하는 것이 그녀 자신의 의무였네. 그리고 나서 그녀는 자네로부터 감사를 받고 싶지도 않았을 것이고, 또 연관공의 경우 역시, 자네가 머무는 동안에 사용한 설비에 대해 구태여 작업장까지 찾아와 감사하는 것은 원치 않을 걸세. 내시 부인은 일반사회의 관습을 알고 있기는 하지만, 자네 때문에 상당히 거북했을 거야. 자네의 행동은 마치 전체 공동사회에 귀속되어야 할 돈을 얼마쯤 그녀에게 쥐어 준거나 다름없는 것이었지."

"나로선 믿기 어려운데…….."

"당연하지. 이곳의 문화적인 사실들을 이해하기는 그렇게 쉽지가 않을 거야. 그냥 그렇게 알도록 하게. 여기서 살기 시작한 지 채 몇 개월밖에 안 된 사람에게, '감사합니다.' 라는 소리가 어떻게 들릴지를 알아맞힌다는 건 거의 불가능한 일일 테지. 먼저 심리적인 변화가 있어야 가능한 거니까 말일세."

나는 그 말을 꺼낸 것을 후회하고 있다가 얼핏 다른 생각이 떠올라 프레이저의 말을 가로챘다.

"월든 투의 작업자들을 일하도록 만드는 나머지 동기가 무엇인가?"

"한 관리자를 예로, 그는 돈을 위해 일하는 것도 아니고 개인의 명예를 위해 일하는 것도 아닐세. 월든 투에는 돈이란 게 없고 개인의 명예 같은 건 금지되어 있으니까 말일세. 더 설명할 필요가 있을까? 자네는 아마 실패하는 결과를 낳지 않기 위하여 일하는 것이라고 말하고 싶겠지. 다시 말해 일을 계속하지 않으면 안 된다거나, 혹은 일을 중단할 때 야기되는 환란에 대해 책임을 져야 하기 때문이라고 생각하겠지."

"아닐세, 난 그런 식으로 생각진 않아. 어떤 사람이 일을 서투르게 했다고 해서 비난할 순 없지. 그를 칭찬하지 않을 거라면 그를 비난하는 것 역시 불공평한 처사가 아니겠나?"

그때 캐슬이 끼어들었다.

"당신은 무능력한 사람이 계속 그 일을 하도록 내버려 둔다는 얘깁니까?"

"결코 그런 말이 아닙니다. 그에겐 다른 일을 맡기고, 유능한 딴 사람이 그 일을 맡게 되지요. 그렇다고 해서 비난받진 않아요."

"맙소사, 어째서 비난을 받지 않는다는 말입니까?"

"당신은 어떤 사람이 병이 들었다고 해서 그 사람을 비난합니까?"
"물론 아니지요."
"능력 있는 사람이 형편없이 일을 하는 것은 일종의 병입니다."
"그건 마치 에휜(Erewhon: 1872년에 쓰어진 Samuel Butler의 소설로써, 가공의 나라를 설정하여 빅토리아 왕조시대의 풍속이나 습관 따위를 풍자하였다)에 나오는 얘기 같군요? 소설의 내용이 비합리적인 것이라고 생각합니다."
"물론 처음 읽을 때는 나도 그렇게 생각했습니다."
 프레이저가 이렇게 맞장구치자, 캐슬은 프레이저가 자기를 놀리려는 것으로 생각했는지 참을 수 없다는 몸짓을 보였다. 프레이저가 말을 이었다.
"미안합니다. 난 당신이 농담처럼 얘기한 것으로 생각한 건 아닙니다. 다만 이 문제를 생각만으로 풀 수는 없습니다. 어떤 경험적인 '작업'이 필요하기 때문입니다. 경험은 모든 확신의 모체(母體)이지요. 우리는 버틀러의 공상적 비약이 훌륭하게 확인되리라고는 기대하지 않았습니다. 더구나 그에게서는 문화공학에 관련된 조그마한 노력조차 확인되지 못했으니까요. 우린 사람이 병이 났다고 해서 감옥 속에 가둔다거나 하지는 않습니다. 버틀러는 너무 '전도(轉到)의 원칙'에 의존했던 모양입니다. 규범을 위반했건 안 했건 간에, 도덕적이나 윤리적인 타락은 벌보다 치료가 필요한 겁니다."
"그럼 당신네들은 가벼운 절도죄에 대해서도 위로한다는 겁니까?"
"아닙니다. 여기에서는 위로도 통용되지 않습니다. 예를 들어 의사가 환자에게 동정심을 가지는 일은 거의 없습니다. 오히려 그것이 현명하지 않겠습니까? 우린 병(病)을 오로지 객관적인 사실로 받아들여 처리할 뿐입니다."
"유능한 사람이 형편없이 일을 해놓았다고 할 때, 그 정도가 극심하면 어떻게 하는가?"
 내가 물었다.
 "단순하게 생각하게. 일단 그 일에서 손을 떼게 하지. 예를 들면, 계란을 모으는 소년이 계란을 너무 많이 깨면 다른 일을 맡긴다네. '관리자'도 마찬가지야. 그런 사람을 견책하거나 비난을 할 필요는 없지 않은가?"
 "그런 정책이 일종의 꾀병 같은 걸 유발시키지나 않을까? 다시 말해 사람들이 좀더 쉬운 일을 맡고 싶어서 일을 성의 없이 하는 수도 있지 않을까 하는 말일세. 아하! 그렇지. 미안하네. 여기서는 더 쉬운 일이란 것은 있지도 않지. 얼마든지 일의 종류를 바꾸어도 무방하겠군."
 "그런데 만약에 어떤 사람이 무슨 일을 해도 제대로 해내는 것이 없거나 전혀 일을 하려들지 않을 때는 어떻게 합니까?"
 캐슬이 말했다.
 "그럴 땐 병이 아주 중증(重症)이라고 판단되면 심리학자에게 보냅니다. 물론 대개는 그렇게 되기 전에 자기 스스로 찾아가지요. 물론 이러한 것은 손을 쓰기가 힘들어지기 전에 이루어지지만, 치료는 가능합니다. 그걸 외부세계와 비교해 보십시오. 내키지 않아도 어쩔 수 없이 그 일을 하는 사람이 얼마나 많습니까? 일을 하고 싶거나 하기 싫거나 간에 봉급을 타기 위해서 싫은 소리를 듣지 않으려고, 아니면 다른 직업을 구할 수 없기 때문에 등등 여러 가지 이유 때문에 어쩔 수 없이 일을 붙잡고 있게 되죠. 그건 사태가 심각한 겁니다. 이런 것들에 대해 상당한 불만을 느끼고 계신 모양인데 여기서는 그런 일이 있을 수가 없습니다."
 그때 캐슬이 고집스럽게 물었다.
 "그런데 만일의 경우 그런 일이 여기서 일어난다면 어떻게 하시겠습니까? 일하기를 거부하는 회원이 반드시 한둘 정도는 있을 텐데요?"

"어떻게든 그것을 처리해야겠죠. 그런 일이 한 번도 일어나지 않아서 잘 모르겠습니다만, 차라리 문둥병이 생긴다면 어떻게 하겠느냐고 묻는 편이 더 낫지 않을까요? 무언가를 생각해내겠지요. 우선 그렇게 무력하진 않으니까요."

"버틀러가 예언한 범죄적, 도덕적 타락에 대한 태도의 변화가 현대에 와서 정확히 적중했다는 사실이 자네로선 신기하게 여겨지지는 않나?"

 나는 이렇게 질문하면서도 은연중에 내가 프레이저를 곤경에서 구해내려고 애를 쓰고 있는 것 같아서 나 자신도 놀랐다. 나는 프레이저에게 질문을 했으나 캐슬이 말을 받았다.

"나는 그런 변화를 몹시 애석하게 생각합니다. 사람들은 그런 변화 때문에 스스로 책임을 지려고 하지도 않고, 또 선택의 자유도 상실해 버렸습니다. 모두들 그것에 대해서 '사회가 비난받아야 하며, 그러한 변화는 자연의 법칙에 따라 당연히 그렇게 되기 마련이다.'라고 얘기하지만, 그래봐야 개인에게 어떤 변화가 있을 수 있을까요? 각 개인이 주체가 되어야 하는데 그렇지 못하지 않아요? 이젠 아예 무엇이 '옳고 그르다'는 것의 의미가 없어져 버렸단 말입니까?"

"글쎄요, 잘 모르겠습니다. 당신 생각은 어때요? 아! 그런데요, 캐슬 씨. 제가 이해 못 하는 것은, 당신은 자신이 피력한 고견에 대해 실제로 실험하여 확신을 얻으려 하지 않는다는 겁니다. 도덕적인 타락을 방지하려면 어떻게 해야 좋은가 하는 문제를 생각해 보았습니까? 분명히 당신도 개인적 책임에 관한 옛날 개념에 대해선 할 말이 많지 않을 겁니다. 아마도 그런 개념은 더 이상 발전할 수 없으리라고 봅니다."

"나는 실용주의에 입각한 도덕관에 대해선 왈가왈부하고 싶지는 않습니다. 아무리 인간행동에 대한 당신의 견해가 '값진 삶'을 이루는데 가장 정확하고 빠른 방법이라 하더라도 도덕법칙은 도덕법칙인 것입니다. 나는 그 기존 도덕법칙 안에서 살고 있습니다."

"캐슬 씨, 난 당신에게 범죄가 전혀 일어나지 않고 타락이란 그림자도 보이지 않는 그런 공동사회를 보여드렸습니다. 그런데도 당신은 우리 회원들이 기존 도덕법칙을 들어보지도 않았다던가 혹은 신경도 쓰지 않는다고 비난하려 하는군요. 우리의 규범으로 충분하지 않을까요?"

프레이저는 천천히 정확하게 얘기했다.

그러나 캐슬도 만만치가 않았다.

"당신네 규범은 충분치가 않습니다. 때때로 바뀌는 것이 도덕법칙일 수가 있을까요? 도대체 그게 무슨 도덕법칙입니까?"

"그러나 실험적인 윤리도 있잖습니까? 공익을 위하여 경험을 되살려 볼 생각은 없으십니까?"

"전혀 없습니다. 그런 입장은 인간의 존재위치에 관해 절망적인 결과를 초래하는 것입니다. 나는 논리적으로 만족될 수 있는 윤리가 필요하다고 생각합니다."

"이 도덕적으로 혼란한 세상에서는 영원히 풀리지 않을 것 같은 태도요?"

"물론입니다."

프레이저가 한숨을 쉬었다.

"그것은 당신이 원래 체질적으로 실험주의자가 아니기 때문입니다. 난 당신에게 실험적인 태도가 얼마나 순수한 것이고 적절한 것인가를 이해시키고 싶습니다. 아주 명백한 문제인데 말입니다. '인간의 본성'이란 뭡니까? 무슨 얘기냐 하면, 인간의 행동의 심리적 특성 다시 말해서 유전적인 특성이 있다면 도대체 그 특성은 무엇이며 수정(修正) 가능한 것인지, 또 다른 특성을 만들어낼 수는 없는지 하는 겁니다. 이 문제는 우리가 행동과학을 실험하다가 생긴 의문입니다.

그룹 구성원의 행동이 모든 사람들의 이익을 위해 제대로 능력을 발휘할 수 있도록 하는 기술(技術)이라든가 공학적 행위가 어떤 건지 아십니까? 캐슬 씨, 이것도 역시 행동공학에 의해 답이 나올 수 있는 실험적인 의문입니다. 이 문제를 해결하기 위해선, 사람들의 의견과 태도를 파악하는 방법에서부터 '요람에서 무덤까지' 인간을 형성시키는 교육적이고 설득적인 방법까지, 응용심리학의 모든 부분을 총망라한 기술이 필요합니다. 캐슬 씨, 그것은 실험적인 것이지 결코 이론은 아닙니다. 실험을 활발하게 진행시키는 것이 얼마나 신나는 일입니까?"

"프레이저, 자네는 '실험' 이라는 말을 많이 쓰고 있네만 실제로 매사에 실험을 하고 있는가? 그리고 자네가 얘기한 것 중에서 과학적인 실천방법의 특성이 빠진 건 없었나?"

"자네 얘기는 '통제'를 의미하는 모양인데?"

나는 그가 내 질문의 요점을 이다지도 쉽게 알아차린 데 대해 상당히 놀랐다.

"그렇지. 자넨 여기 젊은이들을 대상으로 한 윤리적 훈련이 그들의 안락과 행복을 보장한다는 것을 어떻게 아는가? 자네가 선택한 실험 조건 중에서 어떤 것은 해를 끼칠지도 모르잖은가? 신중을 기하기 위하여, 어린이들을 두 그룹으로 나누어 한 그룹은 윤리교육을 시키고 다른 그룹은 시키지 않는 비교적인 방법이 좋을 것 같은데?"

"나는 철학박사 학위를 따기 위하여 실험하는 건 아니니까, 그렇게 할 필요가 없을 걸세. 그렇게 하려면 곤란한 점들이 너무 많지. 우리는 아직 소수의 인원이기 때문에, 어린이들을 두 그룹으로 나눌 만한 정도가 못 되네. 언젠가 그렇게 할 수 있게 되면, 학구적인 통계학자들이 만족할 만한 통제를 할 수 있게 되겠지. 그때쯤 되면 통제가 필요할지도 모르지. 그러나 지금은 세부적인 문제를 다루기에는 시기상조이고, 또 별로 필요를 느끼지도 않고 있네. 오히려 잘못 통제하다가는 오직 과학적 실험방법에만 매달리게 될지도 모르니까 말일세.

윤리적인 분야뿐만 아니라 정밀과학 분야에서도 우리는 통제를 하지 않을 때가 많다네. 화학적인 혼합물에 성냥을 그어 대서 폭발이 일어났을 경우 똑같은 혼합물이 화기(火氣) 없이도 폭발하는가를 알아보기 위해 그것을 그냥 방치해 두어서는 안 되지 않겠나? 성냥의 효과는 아주 확실한 것이니까 말일세."

"그 폭발이 화기 때문이 아니라, 자네가 성냥을 켜는 바로 그 순간에 자연 폭발했을 수도 있지."

나는 체질적인 학자풍의 비평조로 조심스럽게 말했다.

"그러나 그럴 가능성은 희박하며 실험이 잘못된 것 같다고 여겨질 때는, 내가 틀렸다고 생각되는 것만큼의 실험만 다시 해 보면 되겠지. 그러나 난 다른 일을 해야 하고 그런 것엔 관심도 없지만, 어쨌든 내가 그 분야에서 계속 일하게 된다면 곧 실험의 성패 여부를 알아낼 수가 있을 거야."

"자네가 예로 든 건 별로 적당하지 않다고 생각되는군. 자네들은 너무 많은 요인(要因)들, 그러니까 동시에 연관되어 작용하는 너무 많은 힘을 다루고 있다고 여겨지니까 말일세. 결과적으로 자네들도 항상 어떤 결과를 확인하려면 통제집단이 필요하다고 생각하네."

"아무리 작용하는 힘이 많아도 그건 별문제가 되지 않아. 이를테면 어떤 사람이 낙상하여 부러진 발목 때문이라든가, 눈의 통증, 아니면 심한 비듬 때문에 의사를 찾았다고 하세. 의사는 그저 발목 보조대, 안경 그리고 비듬약을 처방해 줄 걸세. 한 달 후 이 환자가 완치되어 병원에 찾아왔을 때 의사가 과거에 무엇을, 어떻게 치료했었던가는 의심하지 않을 걸세. 그는 안경이나 비듬약이 부러진 발목을 치료했다고는 생각지도 않을 것이고, 마찬가지로 발목 보조대나 안경이 비듬을……."

프레이저는 그냥 말꼬리를 흐려버렸을 뿐 '등등'이라는 표현을 쓰지는 않았다. 그에겐 한 생각은 한 생각이기 때문에 한 묶음으로 이어져야 했던 모양이다. 나는 프레이저가 천천히 모든 결론에 이를 수 있도록 조금 짬을 두었다가 말했다.

"하지만 자넨 그 모든 '요인'이 분명하게 분리된 예를 택한 것 같구만. 그 비유는 적당한 것이 못 돼. 성인의 행복이 일곱 살 이전에 형성된 자아통제력과 관련이 있다는 것을 설득하기는 결코 쉬운 일이 아닐세. 월든 투에서의 여러 다른 생활 측면이 똑같은 결과를 초래할 수 있을 테니까 말일세."

"그렇겠지. 어쨌든 놀랄 만한 일이잖아?"

"그런데 내가 얘기한 것에 대해선 어떻게 생각하나? 이곳 월든 투에서 일어나는 모든 문제점들은 '부러진 발목'이나 '비듬'처럼 분리된 일인가, 아니면 서로 연관이 있는 것들인가?"

"물론 아니지. 중요한 것은 분리 여부가 아니라, 어떤 일의 원인과 효과 사이에 성립되는 관계가 명확한가 그렇지 못한가 하는 것이네. 분명히 우리 월든 투 사람들은 자신들의 안락과 행복이 어렸을 때 획득한 자아 통제력과 깊은 관련이 있다는 것을 인정하고 있네."

나의 머리는 마치 엘리스(Alice: 동화「이상한 나라의 엘리스」의 주인공)의 경우처럼 너무 논리적인 동화의 나라에서 뱅뱅 돌고 있는 것 같았다. 프레이저의 모든 얘기들이 나를 괴롭히기 위해 날조해낸 것이 아니고 실제로 실천한 원리들이라면, 어떻게 그렇게 성공적일 수 있었는지 이해할 수가 없었다. 나중 이야기지만, 나는 이 의문을 곰곰이 생각해 본 결과 과학의 역사에는 여러 비교할 만한 사례들이 있다는 것을 알았다. 흔히 이런 성공사례가 천재의 예술적인 실험이나 천부적 육감에 의해 이루어진 것으로 여겨져 왔다. 그러나 그런 사례들이 다른 방법으로도 설명될 수 있으며 그 가능성을 바로 이 월든 투에서 볼 수 있다는 것을 알았다.

어느 학문이고 간에 초기에는 정교한 통계적 통제 없이도 굉장한 속도로 발달할 수 있었을지도 모른다. 그리고 새로운 기술에 의해 자연(自然)과의 본능적 접촉처럼 직접적인 관찰을 할 수 있게 되었을 것이다. 그러나 나는 월든 투의 마지막 단계에 이를 때까지, 프레이저가 학구적인 태도를 결코 감정적으로 부정하지는 않게 되기를 바랬다.

나는 그날 저녁을 회상할 때마다 항상 서서히 변해가는 밤하늘의 장관을 떠올리곤 했다. 구름이 한 점도 없는 하늘이어서 그림같이 아름다운 석양은 아니었지만, 마치 붉은빛의 색안경을 끼고 세상을 볼 때처럼 묘한 장밋빛이 우리를 감싸고 있었다. 그러더니 하늘이 어두워지면서 점차 캄캄해졌고 별들이 하나 둘 나타나기 시작했다.

제법 밤이 깊었다. 건물 옥상에 있던 사람들의 대부분이 사라졌다. 우리들의 말소리 외에는 개구리 울음소리뿐이었다. 프레이저가 크게 하품을 했다.

"나는 지금 개인공학(個人工學)의 아주 중요한 측면을 생각하고 있었네."

그는 얼굴을 바로 하고 내 쪽으로 몸을 돌려 말했다.

"자네, 수면(睡眠)에 관해 연구해 본 적이 있나?"

"교과서에 나오는 정도밖에는 공부하지 않았네. 그런데 아이들에게는 꿈이 행동장애를 일으키지 않게 하는 중요한 역할을 하는 것 같아."

"성인에게도 마찬가지야. 잠자는 것은 나에게 굉장히 큰 의미가 있다네. 난 숙면을 취한 다음날에는 어떤 곤경도 쉽게 이겨낼 수 있지. 그리고 하루 정도 걸리는 일을 한두 시간에 해치울 수도 있게 된다네."

캐슬이 끼어들었다.

"그런 거야 평범한 얘기 아닙니까?"

"캐슬 씨, 내가 얘기하는 건 육체적인 노동이 아니라 지적(知的)인 작업입니다. 내가 예전 같으면 미칠 듯한 피로를 무릅쓰고 거의 하루 종일 걸려서 해낸 일들을 이곳 월든 투에 와서는 겨우 한두 시간 안으로 해냅니다. 그 얼마나 어리석은 노력이었으며, 그 얼마나 인간의 사고능력을 비능률적으로 사용한 처사입니까?"

"참, 자네 말을 듣고 보니 사람들은 쉰다는 의미를 모르고 있다는 생각이 드는군."

"옳은 생각이네. 사람들은 자신이 얼마나 피로해 있는지도 모르고 어떻게 하면 일을 더 잘할 수 있을까 하는 것을 알아볼 기회조차 갖질 못하고 있네."

"나는 휴가 때나 그런 기회를 가질 수 있지."

"그렇겠지, 그러나 여타 일반 휴양객들은 그렇지도 못하다네. 워낙에 바쁜 생활이 습관화되어 있어서, 휴양소에 와서도 무슨 일거리가 없겠는가 하고 찾게 되지. 긴장을 풀 줄 알고 잠자는 것이 결코 시간 낭비가 아니라고 생각하는 조금 깨인 사람들도 아직 완전하게 그런 기존 관념에서 벗어나지 못하고 있는 것 같아.

분명한 사실은 우리 시대의 문명이 휴식의 가치를 높은 것으로 생각하지 않는다는 사실일세. 나는 휴식이 장수(長壽)하는 것과도 커다란 관련이 있다고 확신하네. 〈News from Nowhere〉의 내용은 대부분이 쓸데없는 것들이지. 만일 모리스가 자신이 말한 '여가(餘暇)의 신기원(新紀元)'을 성취할 줄 아는 사람이란 것을 확신시켜 준다면, 그의 주위에 있는 사람들도 멋진 젊음을 구가할 수 있을 텐데 말일세."
그는 일어나서 의자를 접기 시작했다.
"자, 우리도 이제부터 몇 시간 동안 수면을 취해서 기운을 회복하도록 합시다."
우리도 일어나서 의자와 방석을 옥상 뒤쪽 끝에, 잘 정돈된 다른 의자들 옆에 갖다 놓았다.
"'의자를 제자리에 갖다 놓으라.'는 것도 이곳 규칙 중에 있는 모양이지?"
프레이저는 내 말에 그냥 미소만 띨 뿐 아무런 대답도 하지 않았다. 그는 우리를 비탈길까지 배웅하여 안전하게 산책길로 접어들 수 있도록 하고는 자기 방 쪽으로 가버렸다. 곧 캐슬과 나, 둘만 남게 되었다. 우리가 방문 앞 복도에 이르렀을 때 나는 캐슬에게 잠깐 밖에 다녀오겠다고 얘기했으나, 캐슬은 제자리에 서서 자기 자신과의 고통스런 투쟁을 하고 있는 것처럼 보였다. 그는 주먹으로 손바닥을 때리며 내 말은 귀에 들어오지도 않는지 머리를 좌우로 흔들며 혼잣말로 중얼거렸다.
"나에게는 안 맞아!"
나는 캐슬에게 프레이저의 계획에는 근본적인 결함 같은 건 없는 것 같다고 하고 또 뚜렷이 우리 눈으로 확인한 성공적인 사례들이 있잖으냐고 했다. 사실은 아직 나 자신도 갈등이 완전히 가시지는 않았기 때문에 그런 말이 정당한 표현은 아니었으나, 이렇게 말함으로써 그의 내적인 투쟁을 부채질한 셈이 되어 버렸다. 그러니까 중요한 쟁점(爭點)에서 나는 프레이저의 편이 된 것이다.
마침내 캐슬은 '아직도 토론은 끝나지 않았다'는 식의 미진한 여운을 남기며 '잘자요.' 하고 말하고선 방문을 쾅 소리가 나도록 닫아버렸다.

21

나는 담배를 피울 심산으로 정원 아래로 내려갔다. 월든 투에는 담배를 피우는 사람이 거의 없었다. 내 기억엔 프레이저만 하더라도 대학원 시절에 파이프 담배 애호가였는데, 지금은 전혀 피우지 않았다. 이런 사람들 속에 있다 보니 나조차 담배를 덜 피우게 되었다. 이러한 사실은 누가 말리거나 그런 뜻을 표해서가 아니라, 담배를 피우려고 하면 왠지 죄의식이 느껴지기 때문이었다. 나중에는 담배에 대한 관심도 흐려졌다. 나는 수요일 아침 호주머니에 넣어두었던 담배 한 갑이 그대로 있는 것을 알고는 스스로 놀랐다. 아침식사 후 두개피만 피웠을 뿐이었다. 그래도 내 경우는 담배를 끊을 수는 없을 것이란 생각이 들었다.

화단 쪽으로 천천히 걸어가면서 깊숙이 담배 연기를 들이마셨다. 나는 흡연이란 것이 건강에 아무런 이득이 없다는 생각이 들었다. 게다가 어두운 곳에서의 흡연은 더욱 나쁘다는 말이 생각났으나, 이전에는 결코 그런 것에 주목해 본 적이 없었다. 나는 문득 '마(摩)의 산' 위에 사는 한스 카스토르프(Hans Castorp: 토마스 만이 쓴《마의 산》

의 주인공)가 생각났다. 그도 나와 비슷한 상황에서 담배 때문에 많은 고민을 했다는 얘기가 기억났다. 도대체 담배를 피우는 심리가 뭘까? 나는 학생들에게 흡연은 어른이 엄지손가락을 빠는 것이라고 농담삼아 말하곤 했었다.

나는 이슬이 내린 잔디밭에서 가깝게 다가오는 발자국 소리를 들었다. 스티브와 메리가 이쪽으로 오고 있었다. 나는 그들이 사랑을 속삭이는 데 방해를 주지 않으려고 담뱃불을 손으로 가렸다. 그들과 이야기를 시작하면 이 장소를 벗어나기가 어려울 것으로 추측했다. 둘만의 시간을 전혀 방해하고 싶지 않았다.

"교수님이세요?"

나를 찾고 있었던 모양인데, 캐슬이 그들에게 이곳을 일러준 것 같았다.

"교수님, 몇 마디 여쭤봐도 괜찮을까요?"

"괜찮고말고. 자, 안으로 들어갈까, 스티브?"

"여기가 좋아요."

메리가 대답했다.

비탈길을 따라 아래쪽으로 걸었다. 나는 스티브가 이야기를 꺼내기를 기다렸다.

"교수님은 이 모든 것에 대하여 어떻게 생각하십니까?"

"월든 투를 말하는 건가?"

"예."

"내가 어떻게 생각하느냐구? 글쎄, 한 마디로 말할 수 없군. 난 지금 내가 뭘 생각하고 있는지조차 모르겠네. 그저 아주 큰 접시와 같다고나 할까?"

"교수님은 이 모든 것이 사실 그대로라고 생각하십니까? 그러니까 프레이저 씨가 얘기하는 말 그대로인가 하는 뜻입니다."

"자네의 말이, 프레이저가 진실을 이야기하고 있는가라는 의미의 물음이라면 나는 그렇다고 생각하네. 그리고 그가 사실 그대로를 보여주고 있다고 확신하지. 그는 자신의 실수를 감추는 사람은 아니라네."

"저희도 그렇게 생각해요. 스티브는 그런 뜻이 아니고……."
메리가 설명하려고 했으나 스티브가 말을 가로챘다.

"사실은 믿을 수가 없어요. 우리들이 제대로 파악하고 있는지 믿을 수가 없다는 얘기입니다. 예를 들어, 만일에 우리를 받아들여 준다면, 지금부터 우리들이 '죽을 때' 까지 그런 식당에서 식사할 수 있을까요?"

"그렇겠지."

"우리가 바로 결혼할 수도 있을까요?"

"내가 알기로는 가능할 거네."

"그리고 우리도 방을 차지할 수도 있고, 다른 공용실들을 이곳 사람들처럼 이용 가능한 거지요? 댄스파티, 영화관 그 밖의 다른 곳에도 갈 수 있겠지요?"

"물론이겠지."

"우리 아이들도 육아실에서 자랄 수 있고 다른 아이들처럼 학교에 다닐 수 있습니까?"

"당연하겠지."

"옷이라든가 다른 모든 것들도 다른 아이들과 '똑같게' 말입니까?"

"그렇겠지."

"우리 아이들이 그 아이들과도 친하게 지내게 되구요?"

"그렇겠지."

"그러나 이런 모든 것에 대해 우리가 어떻게 대가를 지불해야 합니까? 이런 것들이 모두 공짜일 수는 없잖습니까? 분명히 어떤 옭아매는 책략이 있을 거예요."

스티브는 고민스런 어조로 말했다.

"아니야. 자네와 메리 양은 매일 4점의 노동 점수를 얻으면 되네."

"정말 그것이 사실이라면 나는 그들이 본 중에서 가장 값진 노동 점수를 따 보이겠습니다."

스티브는 어떤 결정을 내린 듯 약간은 신경질적으로 잔디를 잡아 뜯더니 우리들로부터 좀 떨어져 걸어갔다.

메리가 말했다.

"교수님은 우리가 왜 이러는지 모르실 거예요. 우리들이 도시로 돌아가면 뭘 얻을 수 있을 것 같아요?"

"대충 짐작이 가지."

"우리는 스티브가 직업을 갖게 될 때까지 결혼할 수 없을 거예요. 직장을 얻는다고 해도 그리 대단한 직장도 아닐 테고…… 변두리에 방 두어 개쯤 얻게 되겠지요. 아이들을 낳으면 거기에 사는 다른 아이들처럼 거리에서 놀겠지요. 제가 다닌 학교에 가서도 싸움질이나 하겠지요. 유태인이나 아일랜드인 혹은 이태리 사람을 놀려대고 말예요. 아주 끔찍해요."

"메리와 스티브라면 그런 생활을 하지 않을 수도 있을 텐데?"

"우리는 그렇게 되지 않길 '원할' 뿐더러 또 노력도 하겠지요. 그러나 그럴 수밖에 없을 거예요. 스티브와 저는 그걸 잘 알고 있죠. 제 언니도 해보려고 노력했지만 실패하고 말았어요. 언니는 저보다 더 영리했지만 말이에요."

그녀는 흐느끼기 시작했다. 나는 당황했다. 스티브가 달려와서 두 팔로 메리를 감싸주었다. 우리는 말없이 걸었다.

스티브가 내게 물었다.

"우리가 뭘 기다리는 거죠? 교수님, 제게 말씀해 주실 수 있겠습니까?"
 "물에 가라앉을 때에도 시간이 걸리는 것이네."
 "무슨 뜻입니까?"
 "내가 만약 자네 입장이라면 입회(入會)하겠네. 그러면 하나도 손해 볼 건 없고, 오히려 모든 것을 얻을 걸세."
 "그들이 우리를 받아들일 거라고 생각하세요?"
 "그 점에는 의문의 여지가 없다고 보네. 내가 프레이저를 아는 바로는 지금 당장이라도 자네들을 받아들일 걸세."
 우리는 멈춰 섰다. 스티브는 메리를 껴안은 채 오랫동안 그렇게 서 있었다. 그들은 내가 있는 것조차 잊어버린 듯하여, 나는 어색한 분위기에서 벗어나려고 먼저 앞으로 걸어나갔다. 곧 그들도 나를 따라 걸었다.
 "오늘 밤 안으로 그것을 확정지을 수 있을까요?"
 스티브가 물었다.
 "내가 자네라면, 지금 이 시간에 프레이저를 귀찮게 할 필요는 없을 것 같아. 아무것도 걱정 말게. 내일 아침에 그를 만나면 될 거야. 아마 신체검사를 받게 되리라고 생각하지만 별로 오래 걸리지도 않을 걸세."
 스티브와 메리는 걸으면서 키스를 하려는지 뒤로 처졌다. 잠시 후에 나는 그들이 속삭이며 즐겁게 웃는 소리를 들었다. 나는 속이 들여다보이는 소리로 조심스레 말했다.
 "자, 먼저 들어가네. 아침식사는 8시에 하기로 했지?"
 "예, 8시예요."
 스티브가 대답했다. 나는 그네들에게 잘 자라고 말하고 비탈길을 거슬러 올라가는데 잠시 후 스티브가 다시 큰소리로 나를 불렀다. 내가 기다리고 서 있자 그들이 다가왔다.

"고맙다는 말을 잊었습니다."

스티브가 말했다.

"우리는 언제나 선생님께 감사할 겁니다. 선생님은 훌륭하신 분이예요."

메리가 말했다.

나는 사실 그들에게 해준 것이 전혀 없었으므로 그 감사를 부정하고 싶었다. 그러나 그 말은 기분좋게 들렸다. 방으로 돌아가는 동안에도 그 말이 머릿속에서 떠나지 않았다.

그들은 내 감정상의 미묘한 갈등을 일깨워 주었다. 캐슬은 아직 잠들지 않은 게 분명했지만, 그를 깨우지 않으려고 어둠 속에서 옷을 벗으면서 나는 그 감정들을 분석해 보려고 애를 썼다.

나는 내가 프레이저를 질투하고 있다는 결론을 피할 수가 없었다. 솔직히 말해서 메리의 감사를 몽땅 받아야 할 사람은 그였다. 갑자기 프레이저가 느끼고 있을 커다란 만족감에 생각이 미치자 그가 미치도록 부러웠다. 방금 내가 목격한 사건은 지난 십 년 동안 몇백 번 되풀이되어 왔던 것이었다. 사람이 더 이상 무엇을 요구할 수 있을 것인가? 그러나 나의 지금 감정은 질투 이상의 것이었다.

침대에 오르면서 나는 내가 월든 투에 살게 된다면 메리와 스티브를 종종 보게 될 거라는 생각을 해보았다. 그것은 안일한 생각이었지만 그것으로 나의 불안감을 설명해 보고자 했다. 그렇게 생각하니 두 가지 그럴싸한 핑계가 생겼다. 우선 내가 메리를 좋아하고 있다는 것을 생각해 볼 수 있는데 물론 어리석은 생각이었다. 나는 그녀를 잘 알지 못할 뿐더러 나와 관심사를 나눌 만한 상대가 아니었기 때문이었다. 보나마나 나는 막연하게 그녀의 성적 매력에 끌리고 있는 모양이었.

다른 핑계는 보다 놀라운 것으로 생각하고 있는 것일까? 나는 그런 바보는 되지 않으리라 속으로 다짐하며 잠을 청했다.

22

 캐슬은 8시 30분에 세면실에서 보았을 때까지도 여전히 월든 투에 대해 맹렬한 비난을 퍼붓고 있었다.
 "자, 오늘 아침에는 월든 투가 괜찮아 보입니까?"
 나는 전기면도기의 끈을 풀면서 말했다.
 "모든 게 다 속임수라는 결론뿐이오."
 "그렇지 않을 텐데요?"
 "물론 꼭 그렇다는 것은 아니지만, 그러나 결국 훌륭한 속임수에 지나지 않아요."
 "속임수라고요? 무엇이 속임수지요?"
 "나는 월든 투가 프레이저 씨가 말한 대로 움직이고 있다고 생각진 않아요. 월든 투는 능구렁이 같은 자동 체스기계의 레버나 기어밖에 볼 수 없지만 기계 속에 난장이 체스선수가 숨어 있는 겁니다."
 "그 난장이가 누군데요?"
 "프레이저!"
 "프레이저!"
 "그렇소, 그것은 대인최면(對人催眠) 외에 아무것도 아니오. 그는 사람들을 최면시켜 놓고는 개미처럼 일을 부려먹으며, 겉으로는 웃도록 하고 있소."

"진심으로 하는 얘기는 아니겠지요?"

나는 면도기의 윙윙거리는 소리보다 크게 고함을 질렀다.

"진심입니다. 이론만은 아주 훌륭하다는 것을 인정해요. 하지만 배후엔 무엇인가 있는 게 분명한 것 같아요."

"당신은 왜 사실을 그대로 받아들이려 하지 않는가요?"

캐슬은 대답하지 않고 턱만 닦고 있었다.

"아무튼 그 '최면술사'는 오늘 아침에 그의 힘으로 두 사람의 재물을 더 가지게 되었소."

캐슬은 세면 동작을 멈추었다.

"누군데요?"

"스티브와 메리요. 그들은 월든 투에 가입하기로 결정했답니다."

캐슬은 그의 머리를 천천히 흔들었다. 그리고는 세면기의 배수관을 여는 마개를 쥐더니 위로 잡아당겼다.

마개는 힘없이 빠져 버렸다. 그는 잠시 그것을 바라보더니 형편없는 설비에 기분이 상한 듯 코웃음을 치고는 도로 마개를 구멍에 끼우고 다시 잡아당겨 보았다.

그는 마개를 구멍에 끼우려다가 그냥 두었다. 그리고 세면도구를 챙기고 나서, 부러진 뼈를 맞추듯이 세면기의 나머지 부분과 마개를 결합시키려고 애썼다.

"지금 내가 뭐 하는 짓이지?"

그는 마개를 허공에 흔들면서 말했다.

"고장 난 세면기에 대해서는 어떤 규칙이 있을 것 같소?"

식당에 가보니, 로저스와 바바라가 먼저 아침식사를 하고 있었다.

그들은 무언가 낮은 소리로 다투고 있었다. 캐슬과 내가 그들에게 다가가자 바바라가 큰소리로 말했다.

"스티브와 메리가 월든 투에 가입하기로 했답니다. 얼마나 멋진 일이에요?"

로저스가 놀라는 것으로 보아 그녀와는 의견이 다른 모양이었다. 나는 나의 확고한 의견이 명백하게 전달되어야겠다고 생각했다.

"잘한 일이라고 생각하네. 그들이 집에 돌아가는 것보다는 여기에 머무르는 게 훨씬 더 행복한 생활을 할 수 있을 것 같아. 그런데 입회 허가는 났다던가?"

"지금 프레이저 씨를 만나러 갔어요. 그러나 어쩐지 이상하지 않으세요? 정말 여기에서 살 작정이라니."

"아무튼 훌륭한 생활이 될 거야."

몇 분 후에, 스티브와 메리가 두 사람의 낯선 월든 투 회원들과 함께 식당에 나타났다. 프레이저도 함께 있었다. 그들은 다른 방에 들어가 앉았는데, 나로서는 도대체 무엇이 진행되고 있는지 알 수 없었다. 그러나 약 십오 분 후쯤 우리가 식사 후 쟁반을 부엌의 창가로 옮기고 있을 때, 스티브와 메리가 우리 쪽으로 다가왔다. 프레이저와 다른 회원들은 나가고 없었다.

"자네들 둘 다 가입됐나?"

나는 그들이 몹시 당황하고 있는 것 같아 진정시키려고 했다.

"아직 모르겠어요. 그들이 묻는 말에 대답만 했을 뿐입니다."

스티브는 이렇게 대답하며 메리를 가볍게 안았다.

"만일 가입된다면, 다음 주에 결혼하게 될 겁니다."

"아유, 멋져!"

바바라는 부러운 모양이었다.

"근사한데. 일이 잘되어 기쁘네."

271

로저스는 자기의 말을 강조하듯 진지하게 말했다.
"아무튼 우리에겐 잘된 일인 것 같아."
스티브는 이렇게 대답하며, 로저스가 내민 손을 자신의 떨리는 손으로 맞잡았다.
바바라도 메리에게 가벼운 키스를 해주었다. 로저스는 바바라의 그런 모습을 보더니, 얼굴에 연민의 감정을 띠며 일그러졌다. 그와 같은 참담한 표정은 나로서는 처음 보는 것이었다.
"자, 일을 시작해야지요. 잼닉 부인을 위하여 창문이나 닦읍시다!"
나는 긴장을 억누르며 애써 말했다. 그것은 긴장을 완전히 해소시키기에는 미흡했지만 그런대로 도움이 되었다. 무슨 말이라도 하지 않으면 견디지 못할 것 같았는데, 방금 한 그 말이 내가 할 수 있는 최선의 말이었다. 그때 자제력을 제일 잃지 않고 있던 스티브가 내 의중을 헤아릴 수 있었던지, 나를 도와주었다.
"자, 여러분, 이렇게 가만 있어서야 되겠습니까? 월든 투에서는 빈둥거리는 것이 허용되질 않아요."
우리는 작업복으로 갈아입기 위해 탈의실이 있는 산책길 아래로 내려갔다. 그러다가 우리는 휴게실에서 나오는 프레이저와 마주쳤다. 그는 얼굴에 기쁨을 가득 담고 승리에 찬 시선으로 나와 캐슬을 쳐다보았다. 그는 스티브와 메리에게 다가서서, 그들의 어깨 위에 팔을 얹으며 그들을 번갈아 보았다.
"이제 두 분은 신체검사만 통과하면 됩니다. 메이어슨 씨가 열두 시경에 당신들을 진찰해 주실 겁니다. 건강에는 별 문제가 없겠지요?"
"나는 말처럼 건강합니다."
스티브가 힘찬 목소리로 대답했다. 그는 좋아서 어쩔 줄 모르는 표정으로 돌아서서 메리를 쳐다보았다.

"프레이저, 축하하네. 스티브 군과 메리 양에게도 축하하고, 우리 모두가 잘된 일이라고 생각하네."

 나의 이 말은 사실 우리 일행의 의견이 둘로 나뉘어져 있었으므로 상황에 꼭 맞는 말은 아니었지만 침묵을 깨기 위해서라도 이렇게 말해야 했다. 이 말이 스티브와 메리를 진정시켜 주고 프레이저를 퍽이나 만족시켰다는 점에서는 확실히 잘한 일이었다.

"나도 자네는 이해할 줄 알았지."

 그는 나의 손을 잡으며 말했다. 그러나 일행 중 아무도 나를 이러한 아이러니컬한 상황에서 구원해 주려고 하지 않았으며 그냥 그대로 어색한 순간이 흘렀다. 결국 우리들은 산책길을 따라 다시 걷기 시작했고 프레이저는 스티브와 메리에게 마치 아버지 같은 부드러운 목소리로 메이어슨 씨와의 약속을 환기시켜 주고 떠났다.

 우리는 10시가 다 되어서야 창문을 닦기 시작했으나 정오 이전에 일을 끝내 버렸다. 이제는 그런 일의 요령을 터득한 것이었다. 작업계의 소녀가 사흘 걸릴 일이라고 한 것을 우리는 이틀 만에 해낸 것이다. 옷을 갈아입은 후, 병원으로 가기 위해 문을 나서 방을 돌아 언덕 위로 향했다. 병원은 벼랑 위라고나 할까, 또는 고원(高原)이라고나 할까, 그런 곳에 위치해 있었다.

 도중에 우리는 한창 짓고 잇는 건물 곁을 지나갔다. 벽은 흙으로 다져져 있었고, 콘크리트 마루와 토관으로부터 나온 배선, 배관만이 설비되어 있을 뿐, 아직 마무리가 되어 있지 않았다. 스티브는 메리에게 그것을 가리키면서, 건물이 완성되면 자기들이 거기서 지내게 될 것이라고 얘기했다. 우리들은 콘크리트 담 위로 올라가서 전망을 보려고 돌아섰다. 공용실과 독서실의 한 쪽 벽이 보이고, 그 너머로 월든 투 계곡의 전부가 한눈에 들어왔다. 상쾌한 기분이 들었다. 그러나 12시가 지났기 때문인지 스티브는 불안해하며 병원 건물로 가자고 재촉했다. 메이어슨 씨는 문가에서 기다리고 있다가 정중하게 우리를 향해 인사했다.
"아내로부터 여러분들의 이야기를 많이 들었습니다. 아내는 여러분 '모두'가 우리와 함께 지내게 되기를 바라고 있습니다."
나는 그것이 상당히 마음을 끄는 제안이지만 우리들은 유감스럽게도 달리 해야 할 일들이 있다고 말했다. 나는 이러한 표현이 어리석은 것이라는 것을 깨달았으나 다시 번복할 수도 없는 노릇이었다. 소개도 없이 나는 스티브와 메리가 행운의 한 쌍이라고 말했다. 메이어슨 씨는 그들을 매우 사무적인 인상의 간호사에게 안내했다.
"오신 김에 우리 의료센터를 둘러보시겠습니까?"
그는 마치 큰 선심이라도 쓰는 것처럼 남은 우리에게 말했다.
"그렇지 않아도 보고 싶었습니다."
내가 대답했다.
"구경할 만할 겁니다. 현재로선 의료기관이 이것 하나뿐이지만 머지않아 수백만의 사람들이 이와 같은 혜택을 받게 되기를 기대하고 있습니다."
중앙 복도를 따라 천천히 걸어가면서 그는 얘기를 계속했다.
"저와 제 동료들이 월든 투의 건강에 책임을 지고 있습니다. 특별한 권한이 없이는 이 막중한 책임을 감당할 수가 없어요. 예를 들면, 전염병이 예상될 경우 전체 공동사회를 외부 세계와 격리시킬 수도 있습니다. 그리고 우리가 원할 때는 언제나 회원들의 개인 진찰을 요구할 수 있고, 그들도 잘 호응해 준다는 점을 말씀드릴 수가 있겠습니다. 우리들은 회원들의 식사를 훌륭한 영양사의 협력으로 통제할 수 있을 뿐만 아니라 모든 공중위생을 감독할 수도 있습니다. 환자들은 월든 투에서 규칙적인 운동과 신선한 공기, 햇볕 또는 휴식을 생활의 일부로 삼을 수가 있습니다. 이런 것들은 예방의학의 관점에서 볼 때

더할 나위 없는 훌륭한 조건들이지요."

우리들은 조그만 치과 병실 앞에서 멈췄다.

"이곳의 치과의사가 당신들에게 실제로 시설이 얼마나 좋은가를 보여드릴 수 있을 겁니다."

이것은 상투적인 농담처럼 들렸다.

"치과의사들에게 일을 맡기자, 곧 공동사회 회원들의 썩은 이와 상한 이를 없애는 데 착수했지요. 각 회원은 삼 개월마다 정기검사를 받습니다. 엑스레이를 찍고, 협의회가 그것을 주의 깊게 검토합니다. 그 결과 위험한 상태까지 이르게 된 경우는 거의 없게 되었죠. 우리 치과의사들은 때때로 머리핀 굵기만한 크기로 썩은 이를 때우는 일을 제외하고는 할 일이 없습니다."

메이어슨 씨는 즐겁게 웃고 있는 엘리 양에게 얼굴을 찌푸렸다.

"그리하여 아말감의 수요가 떨어지고 우리의 외환(外換)사정이 상당히 좋게 되었죠."

우리들은 세 개의 작은 병실을 지나쳤으나 오직 한 병실에만 환자가 있었다. 환자는 그의 다리를 견인대에 걸쳐 놓고, 서너 명의 방문객들과 담소를 즐기고 있었다. 건물의 후면에서는 몇몇의 젊은이들이 넓고 설비가 잘 갖추어진 실험실에서 일을 하고 있었다. 메이어슨 씨는 번쩍거리는 시설들을 즐거운 듯 바라보며 말했다.

"이런 것들은 여러 면에서 군대라든가 일반사회의 의료기관과 비교해보면 흥미 있는 상황이죠. 환자들도 정상적인 생활을 누리고 있어서 일반 사람들을 대표하고 있다고 볼 수 있죠. 그래서 우리의 보다 광범위한 실험에 그들이 지적인 협력을 받고 있습니다."

"치과의사 중 몇 명이나 실직했습니까?"

나는 엘리 양이 건물을 빠져나가는 것을 보면서 물었다. 메이어슨 씨는 한참 웃었다.

"실직이라뇨? 아, 천만의 말씀입니다. 훌륭한 사람들을 실업자로 둘 수는 없지요. 그들은 예방 치과학을 위해 실험실에서 많은 시간을 보내고 있습니다. 제 생각에는 그들이 지금 육아실에서 불소 실험을 하고 있을 겁니다. 그들이 '완전히' 성공한다면, 다음 세대에서는 치과의사들이 필요 없게 되겠지요. 이제 진찰실에서 나를 필요로 할 시간이군요. 당신네 젊은 친구들의 진찰을 점심시간까지는 끝내야 하니까요?"

우리들은 안내자 없이 의료센터를 둘러봤다. 거기에는 정교한 기록실과 작은 주방 그 밖에 다른 시설들이 있었다.

"이곳을 둘러보니 천여 명 단위의 일반사회보다 더 많은 의사와 치과의사들이 들어와 있는 것 같군요. 이런 사실에 대해선 그들이 어떻게 정당화하려고 할까요?"

캐슬이 말했다.

"그럴 필요가 있을까요? 만약 의사들에게 하루 네 시간씩만 일하게 된다면, 일천 명의 사회가 필요한 수보다는 많지 않을 것입니다. 아무튼 월든 투가 그 규모에 비해서 필요한 수보다는 더 많은 의사를 길러내리라고 생각합니다."

캐슬이 반박하였다.

"나는 그들이 우리의 의과대학에 기생하고 있다는 생각이 듭니다. 그들의 숙달훈련은 아마 당신도 아시다시피 주(州) 정부나 재단의 후원을 받아야 할 겁니다. 그러나 주 정부도 의사를 충분히 확보하지 못하고 있습니다. 프레이저에게 어떻게 이것을 정당화시키고 있는지 꼭 물어봐야겠습니다."

23

 우리는 주방 문을 통해 식당 안으로 들어갔다. 음식을 담고 있을 때 프레이저가 다가와서, 자기 음식 쟁반이 놓여 있는 현대식 방 중앙의 식탁을 가리켰다.
 우리들이 식사를 시작하려고 할 때 그가 말했다.
 "자, 이젠 당신들에게 보여줄 게 별로 없군요. 우리들은 최선을 다했습니다. 나는 당신들이 감명을 받았는지 어떤지 알고 싶을 뿐입니다."
 "'감명을 받았다'는 말은 적당한 말이 아니지. 음, 뭐랄까. 이번 여행은 내 생애에 있어서 가장 영혼을 뒤흔들어 놓은 경험이라네."
 캐슬이 끼어들었다.
 "분명히 아주 흥미 있는 실험입니다. 이젠 명백한 이상세계가 만들어진 셈이군요."
 "그렇죠. 이상세계, 바로 그것입니다. 내게 가장 믿기지 않는 일이 뭔지 아십니까?"
 그는 우리를 한 사람 한 사람 진지하게 바라보다가 특히 로저스를 뚫어지게 쳐다보았는데, 나는 프레이저가 우리 여섯 사람 중에 입회

희망자가 겨우 둘이란 사실에 대하야 만족해 하지 않는 게 아닐까 하는 생각이 들었다.

"지금까지 성공적이었다는 사실 말인가 보군."

"그런 사실이 왜 믿기 어려운가? 이 월든 투가 실패라도 하리라는 얘긴가? 아, 내가 의미하는 건 지금까지 꿈꾸어 왔던 이상세계들과 월든 투를 구별시키는 세부적인 내용을 얘기하고 있는 걸세. 이 문제 역시 매우 단순한 것이라네."

그는 계속 우리를 주시하였지만 우리들은 전혀 어찌할 바를 몰랐다. 그가 다시 말을 이었다.

"바로 지금, 그리고 바로 여기에 월든 투가 존재한다는 사실이야! 그것도 현대문명의 바로 한가운데!"

그는 자신의 말이 우리들에게 미친 영향이 어느 정도인지 살피는 것 같았으나, 그리 뚜렷하게 나타나지는 않았던 모양이었다. 마침내 캐슬이 의혹의 눈초리로 얘기를 시작했다.

"나는 여태껏 이상세계란 존재하지 않는 것이라고 생각해 왔습니다. 존재하지 않는 것! 그렇게 말해야겠지요. 왜냐하면 '이상 세계(Utopia)' 란 희랍어로 '아무 데도 없다(Nowhere)' 는 뜻이고, 거꾸로 버틀러는 이상세계란 단어 대신에 '아무 데도 없다' 라는 단어를 그 개념으로 사용했었소. 베이컨은 그 이상세계를 잃어버린 아틀란티스(Atlantis)로 추정하였고, 샹리-라(Shangri-La)는 세상에서 가장 높은 산, 즉 에베레스트 산에 의하여 단절되었소. 모리스와 벨러미는 이상세계가 시간의 차원에서 1세기나 2세기쯤 벗어나는 것이 필요하다고 느꼈습니다.

참으로 존재하지 않는 것! '우리가 알고 있는 생활로부터 시간에서나 공간에서 벗어나라, 그렇지 않으면 아무도 너를 믿지 않으리라!' 이것이 이상세계 소설 구상의 첫 번째 법칙입니다."

그러자 프레이저가 소리를 질렀다.

"'값진 삶'이 지금 바로 여기에서 당신들을 기다리고 있습니다! 내가 모든 지붕 꼭대기에 올라가 크게 소리칠 수 있는 한 가지 사실은 바로 이것입니다."

나는 멀리서 들려오는 구세군이 소리를 듣고 있는 것 같은 착각에 빠져 들었다.

"월든 투는 정부의 변화나 세계 정책의 책략 같은 것과는 전혀 무관합니다. 그리고 더 이상 인간성의 개혁을 기다리지도 않습니다. 바로 이 순간에 모든 우리들은 사람들을 위하여 충만되고 만족스러운 생활을 창조해내는 데 필요한 물리적 심리적 기술을 다 가지고 있습니다."

"그러나 중요한 것은 그러한 기술을 실행하는 과정이겠지요. 당신은 아직도 정부와 정치의 실제적인 문제들을 해결해야 할 겁니다."

캐슬이 반박하고 나섰다.

"정부와 정치라뇨? 그것은 절대로 정부와 정치의 문제가 아닙니다. 이것의 월든 투 강령의 제 1항목입니다. 당신들도 정치활동에 의해서 생활을 진보시킬 수는 없어요! 현재로서는 어떠한 정부 형태에 의해서도 안 됩니다! 당신네는 전적으로 다른 각도에서 시도해야 할 겁니다. 당신들에게 필요한 것은 일종의 '비정치적 행동위원회'이고, 실제적이고 임시변통의 목적을 제외하고는 정치와 정부로부터 멀리해야 합니다.

정부는 선량하고 통찰력을 가진 사람들이 몸담을 만한 곳이 못 됩니다. 오늘날 정부라는 개념은 권력, 그것도 복종을 강요하는 권력을 의미합니다. 정부는 당신들이 아시다시피 힘이나 그 힘의 위협을 사용합니다. 힘이나 세력은 영원한 행복과 양립할 수 없는 것이죠. 우리는 이것을 확신할 만큼 인간성에 대해 충분히 알고 있습니다. 행복과 만족을 주기 위해서라 하더라도 사람들에게 어떤 일을 강요할 수는 없는 겁니다. 계획된 행복의 유형을 따르도록 강요받는다면 절대로 행복해질 수가 없어요. 행복과 만족을 주기 위해서는 다른 방식으로 인도되어야 합니다."

"그러나 지금까지의 여러 정부 형태에서도 행복한 사람들이 많이 존재했다는 건 확실하네."

나는 반대했다.

"그건 '정치 때문'이 아니라 '정치에도 불구하고'겠지. 삶의 철학 중 몇몇은 사람을 행복하게 만들어 주었지. 암, 그렇고말고. 내가 보기엔 바로 그런 철학들이 정치 원칙으로 채택되어졌으면 하고 바라던 것들일세. 그러나 이 철학들은 국가에 대한 반역으로부터 출발하고 있다네. 힘을 사용하는 정부는 인간공학의 원리 중에서도 나쁜 것에 근거를 두고 있다고 말할 수 있겠지.

정부는 이런 원칙을 개선할 수도 없을 뿐더러 부적합성을 밝혀낼 수도 없을 걸세. 왜냐하면, 그들은 과학에 접근하는 지식체계를 축적할 수가 없기 때문이야. 여태까지 '개선' 책으로써 한 일이라고 해봐야 한 집단에서 권력을 억지로 빼앗아 그것을 다른 집단으로 옮기는 일이 고작이었다네.

보다 나은 권력사용이나 공평한 분배를 연구하기 위하여, 계획을 세우고 실험을 수행한다는 것은 절대 불가능할 걸세. 그렇게 한다는 것은 그들 자신에게 치명적일 테니까 말일세. 정부는 언제나 옳아야만 하고, 따라서 그들은 의혹이나 의문을 허용하지 않아야 하기 때문에 실험을 할 수가 없게 되지.

간혹 새로운 정부가 권력을 보다 건전한 방향으로 쓰기 위한 계획을 안출해내기도 하지만 그런 계획의 성패여부를 증명해 볼 도리가 없을 걸세. 과학에서는 실험이 계획, 검토되고 또 변경, 반복될 수가 있지만 정치에서는 그렇지가 못하기 때문이야. 그런 까닭에 정부를 대상으로 한 과학은 진전이 거의 없어.

 사람들은 실제로 축적된 지식을 가지고 있지 못하고 또 역사는 사람들에게 아무것도 말해 주지 않아. 그것이 바로 정치 개혁가의 비극이지. 따라서 정치개혁가는 그럴싸한 역사과학 외에는 정치를 개혁하는데 이용할 만한 것이 전혀 없는 셈이네. 정치 개혁자는 실제적 사실, 실제적인 법칙을 가지고 있지 못한 걸세. 서글픈 존재들이지!"

 "자네 얘기를 듣고 있으니 정치개혁자는 굉장한 악조건에 대항하여 싸우고 있는 것 같군."

 "서글픈 것은 그것뿐이 아닐세. 물론 우리는 골리앗(Goliath)을 상대하기 위하여 용감하게 진격한 다윗(David)을 찬양해야 하겠지. 그러나 여기서 서글픈 일은 그가 골리앗처럼 되기를 원했다는 사실이라네. 그는 권력을 손아귀에 넣는다는 것 이외에는 별다른 계획이 없었어.

 자네가 말하는 자유주의자나 급진주의자들도 '통치'를 원하지 않는가? 권력이 다른 방식이나 다른 목적으로 쓰이면 사람들이 보다 잘 살 수 있다는 것을 보여주기 위하여, 그들 나름대로의 방법으로 시도하기를 원하는 걸세. 그러나 어떻게 그들이 알 수 있겠나? 언제 시도해 본 적이 있어서일까? 아닐세, 완전히 그들의 추측일 뿐이지. 그것도 틀린 추측이지. 왜냐하면 만일 그들이 옳았다면, 권력을 전혀 필요로 하지 않았을 것이기 때문이야.

 아무튼 자유주의자들이 어느 정도로 진실하다고 얘기할 수 있을까? 왜 그들은 이상세계 건설에 주력하지 않고 권력만 잡으려고 하지? 모든 정부가 행복하게 사는 사람들을 박해한다는 것은 거짓말이겠지. 그러나 선량한 사람들의 집단이면 적어도 대여섯 나라에서는 지금의 정치 구조 내에서도 만족스런 생활을 영위할 수 있지."

"자네는 애타주의자를 충분히 고려하지 않고 있군. 자네가 얘기한 자유주의자들도 단순히 자기네들의 생활개선을 위한 작업만이 아니라, 모든 사람들의 조건을 개선하려고 하겠지."

"그러나 그들이 원하는 목표에 이를 수 있는 방도를 알고나 있을까? 어떤 형태의 세계가 일반 사람들을 만족시켜 줄 수 있을지를 알고 있단 말인가? 아니지, 그들은 단지 그러리라고 추측만 할 따름이야. 누군가가 스스로는 거의 확실한 개선책이라고 생각하는 그 어떤 변화를 제안할지도 모르지. 그러나 그것도 결국에 가서는 임시변통의 수습책에 불과하다네. 가장 효율적인 상태의 문화는 실험에 의해서만 발견되어질 수 있으니까 말일세."

"그것은 마치 무정부주의식의 낡은 계획 같군요."

"결코 그렇지 않습니다. 나는 결코 정부가 없는 상태를 주장하는 것이 아니라, 현존하는 어떤 형태의 정부도 거부하는 겁니다. 우리는 인간 행동과학에 근거를 둔 정부를 원합니다. 바로 그와 같은 정부만이 영구적인 사회체제를 만들어 낼 수 있다는 얘기죠. 지금은 간단한 과학적 원리에 따라 인간행동을 처리할 수 있기 때문에, 역사상 처음으로 그럴 수 있는 준비가 돼 있는 셈입니다. 무정부주의 이론의 문제점은 인간성을 지나치게 믿었다는 겁니다. 그것은 완전주의 철학의 파생물이었지요."

"그러나 자네 자신도 인간성에 대해서는 한없는 신뢰감을 갖고 있는 것처럼 보이는데?"

이 말에 프레이저는 퉁명스럽게 대답했다.

"자네 얘기가 사람들이 선천적으로 선하다든가 선천적으로 서로 사이좋게 지내도록 되어 있다는 뜻이라면, 그건 내 생각과는 다르네. 우리는 그 문제를 성선설이라든가 성악설 어느 것과도 관련시키지 않아. 그 대신 우리는 인간의 행동을 바꿀 수 있는 우리의 힘을 믿지.

우리는 모든 사람들이 만족할 정도로 집단생활 속에서 다른 사람들과 적응할 수 있도록 할 수 있다네. 전에는 이런 것이 믿음에 불과했었지만, 지금은 엄연한 사실이라네."

캐슬이 다시 끼어들었다.

"하지만 현존하는 정부와 당신들과의 관계에 대해서는 전혀 납득이 가질 않는군요. 도대체 어떤 관계입니까?"

프레이저는 나지막한 소리로 대답했다.

"우리들이 원하는 것은 간섭하지 말라는 것뿐입니다."

"그러나 그렇게 될까요? 당신도 세금에 관한 이야기를 한 적이 있었으니까, 당신들도 다른 사람들과 마찬가지로 그 요구를 받아들이고 있다는 것은 알겠습니다. 그러나 예를 들어 전쟁이라도 났을 때 징병문제는 어떻게 됩니까?"

"그 점에 있어서도 역시 다른 사람들보다는 조건이 좋겠지요. 오히려 월든 투의 젊은 사람들은 처자를 안전하고 정상적인 환경에 두고 가게 됨으로 그들이 귀향해서 맞게 될 환경에 대해 염려할 필요가 없습니다."

"그러면 자네는 월든 투의 사람들이 시민으로서의 의무를 다하고 있다고 생각하나?"

"우리가 어떤 점에서는 시민으로서의 결함이라도 있다는 얘긴가?"

"이곳 사람들도 모두 투표를 하는가? 또한 지방이나 국가의 정치에도 관심을 가지고 있는가?"

"직접적이고 실제적인 목적을 위해서 우리도 정치에 참여한다네. 우리들도 모두 투표는 하지만 모두가 정치에 관심을 가지고 있는 건 아닐세. 우리에겐 '정치 관리자'가 있는데, 그 사람이 지방이나 주선거의 입후보자의 자격에 관한 정보를 제공해주고 있지. 그 사람이 기획위원의 도움으로 '월든 표'라는 것을 작성하면 우리들은 즉시 투표소에 가서 그대로 투표하지."

"대부분의 월든 투 회원들이 기획위원이 일러준 대로 투표합니까?"

캐슬이 물었다.

"물론이지요. 우리가 반은 이쪽에, 반은 저쪽에 투표할 만큼 바보라고 생각하십니까? 그럴 바엔 차라리 집에 있는 편이 낫겠지요. 우리들의 관심은 모두 같다는 것을 명심하십시오. 그리고 우리의 '정치 관리자'는 어떤 후보자가 우리의 이익에 맞게 활동할 것인가를 가장 잘 얘기해 줄 수 있는 입장에 있지요. 우리 개개인이 그 복잡한 일들을 파악하는데 시간을 낭비해서야 되겠습니까?"

"그러나 자유 투표란……."

캐슬이 반론을 펴려 하자 프레이저가 말을 가로챘다.

"막돼먹은 시시한 거죠! 지방 정부에 관한 한 우리가 얻을 수 있는 것이 무엇인지를 알고 있으니까 '월든 표' 대로 투표하기만 하면 얻을 수가 있습니다."

"자네들이 원하는 것을 충분히 얻어낼 수가 있겠군. 대략 육칠백 표를 가지고 있으니 충분히 지방선거의 당락을 좌우할 걸세."

"정말로 그렇다네. 우리의 투표로 마을의 행정풍토를 정화하였을 뿐만 아니라 군(郡) 행정 역시 정당한 방법으로 정화하고 있는 중이라네. 이 주위의 여러 지각 있는 사람들은 우리들이 무엇을 하고 있는지를 알고 있으니까 그들이 입후보할 땐 월든 표를 요청하지. 그들은 그것이 정직한 선거라는 것과 월든 투에 대한 그들의 공약을 기억하고 있을 걸세. 그리고 우리는 우리에 대한 지원을 전제로 하고 보다 나은 사람을 공직의 후보에 나서도록 권유할 수가 있다네. 자유 투표라니요!"

"나는 목적이 수단을 정당화할 수 있다고는 믿지 않습니다. 아무리 그 결과가 바람직하다 하더라도 당신들은 민주적인 과정을 악용하고 있어요."

캐슬이 말했다. 그러나 그는 자신이 없는 것 같았다.

나는 프레이저의 대답을 듣지 않으려고 이야기에 끼어들었다. 나는 그가 반민주주의적인 원칙을 얘기할 때마다 일종의 수치감 같은 것을 느꼈고 그럴 때마다 참는 도리밖에 없었다.

"그러나 자네들이 함부로 정치에 손을 댄다는 것은 다이너마이트를 가지고 장난치는 격이 아닐까? 월든 투는 부정부패한 지방 세력과 결탁하지 않도록 조심해야 할 걸세. 다른 주의 동맹 세력들이, 월든 투의 영향력이 널리 확산되기 이전에 월든 투를 제거하려고 듣지 않을까?"

그러자 프레이저는 탄식하듯 말했다.

"이제 자네는 우리에게 시민권의 책임을 회피하라고 충고하는군 그래."

"그럼 자네는 그런 사태를 두려워하지 않나?"

"어떻게 그들이 우리를 곤란하게 할 수 있나?"

"월든 투의 활동을 제한하고, 엄청난 세금을 부과시키기 위한 법률을 통과시킬는지도 모르지."

"자네도 우리의 변호사에게 물어보면 알게 되겠지만, 그런 식의 법률은 우리뿐 아니라 일부 매우 영향력 있는 사람들까지도 해치게 될 테니까 통과되기가 어려울 걸세. 예를 들면 종교단체라든가 주에서 아주 세력 있는 조합들을 들 수 있겠지."

캐슬이 말했다.

"그 퇴폐 세력들은 주의회에 그 문제를 내놓을 수 있을 만큼 솔직하지가 못합니다. 다만 월든 투의 자유분방한 사랑과 대중결혼, 혹은 무신론에 대한 이야기 같은 것을 퍼뜨리겠지요."

"우리도 이미 그것을 고려하고 있으며, 또 가만히 앉아서 그런 일을 당하지도 않을 겁니다. 우리들의 홍보관리자는 월든 투가 주위 사람들에게서 바람직한 평을 듣도록 조처하고 있습니다. 나는 월든 투를 왜곡되게 선전하는 것은 반대하기 때문에 홍보관리자가 수행하고 있는 일 중의 어떤 것은 찬성하지 않았습니다. 그러나 나의 주장은 다른 기획위원들에 의하여 꺾였습니다. 지금은 특히 종교에 관해서만 억지 해석을 붙이고 있지요. 일종의 선수를 치는 역선전이지요."

"나도 월든 투의 종교적인 것에 관해 물어보고 싶었는데, 자네들이 이렇다하고 드러내지 못할 무슨 이유라도……."

"천만에, 월든 투는 결코 종교적 공동사회가 아니라네. 바로 그 점이 과거에 비교적 오래 지속됐던 다른 공동사회들과 다른 점이지. 만일 부모들이 원한다면 자유겠지만, 우리는 아동들에게 어떤 종교적인 훈련도 강요하지 않는다네. 인간에 대한 우리의 개념은 신학으로부터가 아니라 인간 자신의 과학적 실험에서 얻어지니까 말일세. 그리고 그 어떤 성공적인 사회가 선이나 악, 법률이나 규율에 관해 '이것이 진실이다.' 하고 내세운다 하더라도, 우리는 그렇게 주장하는 그대로 인정하진 않아.

월든 투에서의 종교적 실천은 음주나 끽연의 습관이 그러하듯 차차 미약해지고 있다는 것이 사실일세. 신앙을 갖게 했던 공포가 가시고 이 세상에서 모든 소망이 이루어지게 되면 종교라는 것이 얼마나 우습게 될 것인가를 지금 이 자리에서 얘기하자면 너무 시간이 많이 걸릴 테니까 생략하겠네. 사실 자신도 없고 말이야. 의식(儀式)으로써나 철학으로써나 우리는 공식 종교를 필요로 하지 않아. 그러나 우리들은 종교적으로 보아도 신앙심이 깊은 사람들이니까, 임의로 선택된 수천의 교인들보다는 훨씬 더 바람직하게 처신하고 있다고 생각하네.

우리는 기존 종교의 실천 양식 중 일부를 집단 충성을 고취하고 규율 준수를 강화하는 데에 적용하고 있지. 우리의 일요회합에 관해서도 내가 잠시 언급한 적이 있는 것으로 알고 있는데, 주로 일반 음악이 연주되지만 가끔 종교음악도 연주된다네. 또한 철학적 서적이나 종교적인 작품을 읽기도 하고 극화(劇化)시키기도 하지. 우리는 이러한 절차가 공동사회의 언어에 미치는 효과를 긍정적으로 받아들이고 있네.
　이렇게 함으로써 문학적인 풍자의 자료도 얻게 된다네. 그리고 규율 준수를 위하여 간단하지만 매우 중요한 '학습'을 시키고 있네. 이 '학습'에는 대체로 자아 통제와 일종의 사회적 규제를 다루는 토론을 주제로 한 제목들이 선정된다네. 여기서는 그럴싸한 겉치레는 없지. 즉 교회 예배를 모방하거나 해서 우리 회원들을 우롱하지는 않는다네. 우리의 종교음악은 마음을 즐겁게 하고 분위기를 조성해 준다는 면에서 일반 교회에서와 같은 구실을 한다네.
　매주 열리는 학습은 일종의 집단 치료인데, 이것 때문에 우리가 일요회합을 필요로 하고 있다고 해도 과언이 아니지. 규율이 어느 누구에게도 너무 어렵다거나 도움이 되지 않을 때는 심리학자들에게 도움을 청한다네. 알기 쉽게 그 심리학자들을 우리의 '몫들'이라고 하세. 대체로 부적응자들의 문제는 사소한 것이기 때문에 치료는 대부분 성공적이며 일반 사회에서의 임상 심리치료와 아주 흡사하다네.
　우리의 예배에 대해서는 할 말이 많아. 초자연적인 의식도 아니고 그렇다고 장난도 아닐세. 한편으로는 미학적이면서 다른 한 편으로는 지적인, 그저 즐길 수 있는 체험이라네. 세상의 조직화된 종교가 이것말고 무엇을 줄 수 있겠나? 병들고 가난한 사람들을 도와주는 것? 자네를 모욕하는 것 같아서 우리의 실천 방법을 내세우고 싶진 않아. 실패했을 때 위로하는 것? 그러나 왜 직업적인 위로자가 필요한가? 직업적인 애도자가 이제는 필요 없잖아? 이곳에서는 여러 친구 회원들이 동정과 애정이 담긴 진정한 위로를 해주고 있지. 보다 나은 미래 세계에 대한 희망? 우리는 바로 이 땅에서 그것을 누리고 있다네. 우리는 내세의 행복을 기약함으로써 현실의 불행을 위로하는 짓 따위는 하지 않아."

"아까 타지방에 왜곡 선전한다는 얘기는 무슨 얘기인가?"

"우리가 하고 있는 일이 때때로 잘못 전달될 때도 있지. 그래서 홍보 관리자는, 일 년에 한 번쯤 가족동반으로 이웃 도시의 목사들을 일요만찬에 초대해야 한다고 역설했지. 우리는 그들을 잘 대접하고 그들은 언제나 우리의 초청을 기꺼이 받아들인다네. 그들은 모두 공자(孔子)를 이교도로 생각하므로, 같이 보는 예배에서는 성경 구절이나 읽고 합창단은 바흐나 헨델의 음악만을 연주하지. 나는 그것을 사기라고 주장하였으나 묵살되었다네.

다른 사람들의 주장은 우리가 완고한 신앙과 싸우고 있으므로 목사들과 같은 방식으로 상대해야만 한다는 거야. 내가 좋아하지 않는 또 하나의 책략은, 추리가 이곳 아동들을 위하여 마련해 둔 종교적인 소책자들을 이 목사들 손에 쥐어주는 것일세. 탐욕과 질투, 절도, 거짓 등을 다룬 작은 팸플릿들로 일종의 윤리적인 복습과정이지. 바깥 목사들은 그것이 우리 성인들을 위한 것이라고 믿게 된다네. 하긴 우리 성인들도 심리학자들이 권할 때는 종종 그걸 사용하니까 틀린 말은 아니지. 내 자신도 바로 얼마 전에 덕을 보았네. 내가 써보겠다고 마음먹고 있던 논문을 대강 훑어보았는데 어찌나 형편 없던지 그만 비참한 심정이었다네. 그러나 질투에 관한 책자를 읽음으로써 마음의 안정을 얻었네. 그 책자들은 인간공학을 다룬 작은 걸작이라네. 사실은 내가 쓴 것이지만 말야."

"자네는 정말 종교 문제에 관련된 비난을 잘 피해 왔다고 생각하나?"

"그렇다고 생각하네. 적어도 아직까지 외부로부터 공격받은 적이 없으니까. 사실 홍보관리자는 방법이야 어찌됐든 간에 잘 해내고 있지. 물론 여러 가지 방법을 시도하기도 한다네. 상하기 쉬운 음식이 남을 때마다 우리는 이 부근의 가난한 목사관에 한 바구니씩 가져다 주기도 하고 크리스마스 때는 반드시 바구니를 돌린다네.

비록 한 달에 한두 번씩이지만 한동안은 우리 회원들을 외부 교회에 참석시켰네. 물론 그때마다 0.75점의 노동 점수를 줬다네. 그러나 더 이상 필요 없다고 느껴져 그만두었지. 스스로 생각해도 우리가 훌륭하다고 느껴지는 일들이 있다네. 재판소와 경찰의 범죄자가 기록도 깨끗하고, 이만한 크기의 어느 공동사회보다 이혼이 적고 사생아도 없다는 걸세. 지적인 외부 성직자들과는 우리의 관계가 아주 친밀하다는 것도 덧붙여야겠네. 우리가 가장 흥미롭게 여기는 방문객들은 성직자인데 대개가 우리들이 하고 있는 일을 수긍하고 있지. 진짜 시련은 월든 투가 확장되어 그들이 위협을 느끼기 시작할 때일 것일세. 그때에 가서 우리들이 과연 어떠한 대접을 받게 될지는 나로서도 알아낼 도리가 없지. 그들의 지적인 성실성에 달려 있는 문제니까 말일세."

그때 캐슬이 말했다.

"당신이 이곳의 종교적 절차에 대하여 꺼림칙하게 느낀다니 다행입니다. 왜냐하면 나는 그것을 몹시 부당하다고 보기 때문입니다. 당신들의 일요 예배가 명백한 사기라고 할 때, 그것이 윤리적인 훈련으로 얼마나 훌륭한 역할을 할 수 있는지 의심스럽습니다."

"'사기'란 말은 너무 심한 표현이군요, 캐슬 씨. 우리는 이 예배가 필요합니다. 다만 불필요한 허위선전에 반대하는 겁니다. 진실하면 뭐든지 해낼 수 있다고 보기 때문이지요. 우리의 홍보 관리자가 어떤 유령적 존재에 겁먹고 있다는 생각이 듭니다. 하지만 그가 알아서 할 일이고 내가 잘못 생각하고 있는지도 모르지요."

"월든 투의 그런 행위가 인근 지방에 어떻게 받아들여질지 짐작할 수 있겠네만, 사실을 왜곡하지 않고 정직하게 섭외활동을 한다면 말썽을 피할 수도 있으리라고 생각하네. 그런데 정부에 대한 월든 투의 정책은 어떤 건가?"

"우리가 정부에 대해서까지 아첨을 해야 할 필요는 아직 없다고 보네."

"그러나 미국 시민으로서의 자네들의 책임은 어떻게 되는 건가? 또 국가 문제에 대하여 자네들은 어떤 관심을 가지고 있나?"

"아무튼 우리들은 지방 선거와 마찬가지로 투표소에 가서 대통령 선거를 하는데, 이 역시 우리의 정치 관리자가 추천을 한다네. 그러나 그것은 별 신통한 것은 아니지. 우리들 중의 아무도 전국적인 선거에 우리 월든 투가 영향을 미칠 수 있다고 믿는 사람은 없으니까."

캐슬이 말했다.

"그렇다고 해도 연방정부는 중요한 거지요. 정부는 월든 투의 정신을 파괴하려는 사람들뿐만 아니라 시민들의 공격으로부터도 당신들을 보호해 주고 있잖습니까?"

"천만의 말씀입니다. 우리는 그러한 국가적 혜택에 대해 다른 납세자들과 똑같이 납세를 하고 있습니다. 사실상 우리가 내는 세금에서 조금밖에 혜택을 못 받고 있는 셈이지요. 예를 들면, 우리는 실업자들에 대한 보호를 요청하지 않으니까요."

"그러나 제 생각에는 당신들이 전혀 국가에 속해 있지 않다고 생각하는 것 같아요."

"바로 그렇습니다. 우리들은 정부에 대해서 일반 정치가들보다 더 훌륭한 개념을 갖고 있지요. 그러므로 정치가들이 하는 짓에 대해서는 관심이 없습니다. 당신이 방금 이야기한 침략의 위협도 일반 시민들보다는 권력을 휘두르는 정부로부터 발생되는 것입니다."

"그러나 바로 그 점이 잘못된 생각이 아닐까요? 당신들은 정말 중요한 국제 정치 문제에도 관심이 없다는 얘깁니까? 당신은 세계 평화에 대해 정말 관심이 없는 거냐구요?"

"다른 사람만큼은 가지고 있죠. 하지만 우리는 평화를 이룩할 수 있는 보다 현실적인 방안을 갖고 있습니다. 우리들은 그 문제를 전문가에게 기꺼이 위임합니다. 입가에 거품을 내뿜으며 열을 올린다고 해서 해결될 문제가 아니니까요."

"그렇다면, 당신들은 세계평화에 대하여 어떤 적극적인 행동을 취하고 있습니까?"

"어떤 적극적인 행동이라! 우리들은 전쟁을 일으키려고 하지 않습니다! 우리들은 제국주의 정책을 쓰지 않습니다. 즉, 다른 사람의 재산을 해칠 마음도 없고 또한 행복과 자기충족을 위한 경우를 제외하고는 외국무역에도 관심이 없습니다. 평화로운 세계체제 내에서의 거대한 실험이라는 것 외에는, 월든 투에 다른 뜻은 없습니다.

세상의 어떤 사회가, 어느 문화가, 혹은 어떤 정부가 평화를 이룰 수 있겠는가를 단언할 수 있는 국제주의자가 있으면 지적해 보십시오. 국제주의자들은 알지도 못하면서 추측만 하고 있습니다. 어떤 정치가가 운 좋게 정치권력을 행사하여 그걸 실험해 볼 수도 있겠지요. 그러나 결과는 틀림없이 아무것도 증명해 주지 못할 겁니다. 우연히 우발적인 사건이 터져 영원한 세계평화를 이룰 것으로 보이겠지요. 그러나 그럴 가능성은 전혀 희박합니다. 세계 정치는 기본적인 문제들의 과학적인 해결 방법에 필요한 자료들을 산출해 내지는 못합니다. 사람들이 과연 무엇을 원하는가? 무엇이 그들을 만족시켜 줄 것인가? 아니면 다른 이로부터 빼앗지 않고 얻을 수 있도록 해줄 것인가? 나는 이와 같은 물음을 하루에도 몇 번씩 계속하고 있습니다. 누가 하나라도 답변할 수 있을까요? 정치가들은 못 합니다!"

"그러나 지금 당신 얘기가 현실적인 얘기인가요? 국가 전체가 이와 같은 공동사회로 전환했다고 가정해 봅시다. 공격을 당한다면 당신들은 어떻게 전쟁을 이끌어 가겠습니까? 중공업은 얼마나 발달되어 있을까요? 당신은 며칠 전에, 세계는 기독교적인 겸양이나 혹은 평화주의에 대한 준비가 되어 있지 않았다고 말했습니다. 당신이 일관성 없이 말하고 있는 게 아닐까요?"

"거기에 대해서는 할 말이 많습니다만, 당신을 납득시킬 수 있을지는 자신이 없습니다. 나는 우리들의 군사력이 감축된 게 아니라 크게 증강됐다고 주장할 수 있어요. 우리나라는 계속 중공업을 발전시키겠지만 핵 폭격이 어려울 정도로 시설을 분산시켜야겠지요. 인구를 중앙으로 집중시키는 정책은 낡은 것이라는 것을 인정해야 할 겁니다. 그리고 육체적, 심리적 힘을 최후의 한 방울까지 활용할 것이기 때문에 가용 인력은 지난 전쟁의 두세 배가 될 것입니다. 그러나 이러한 방침은 마음에 들지 않습니다. 다른 각도에서 이야기하면, 예수 그리스도에서부터 헨리 데이비드 소로에 이르는 권위자들을 인용할 수도 있겠고, 또 시민의 불복종과 수동적 저항의 문제들을 재검토할 수도 있습니다. 또한 미국이 모든 공격으로부터 위협을 싹 쓸어버릴 거대한 영향력을 발휘하지 않고는 이런 생활방식으로 전환시킬 수 없다고 말할 수도 있습니다.

이 문제에 대해 정말로 이러쿵저러쿵 논쟁하고 싶지 않습니다. 왜냐하면 이 문제는 논쟁한다고 해서 결정될 성질의 것이 아니니까요. 그러나 내가 세계평화를 위하여 하고 있는 것과 당신이 '훌륭한 시민'으로서 하고 있는 일과 비교해 보는 것은 어떨까요? 당신네의 기술이란 무엇입니까? 당신들은 평화로운 생활을 얻기 위해 어떠한 노력을 하고 있습니까?"

 캐슬이 웃으며 말했다.

 "좋습니다. 네, 좋습니다. 당신을 건드리지 말라는 뜻으로 받아들이겠습니다. 좋습니다."

24

 식당에서 일어나 문 쪽으로 말없이 걷다가 내가 먼저 입을 열었다.
 "외부세계에서는 또 다른 방법으로 자네들을 위협하고 있지. 분명 외부세계는 젊은이들을 자네로부터 떼어 놓으려고 할 거야. 세계는 막대한 재능과 기술을 소비하며 현대생활을 매력적으로 보이도록 만들었거든. 이런 것으로부터 어떻게 자네들 자신을 방어할 건가? 교화(敎化)에 의해서 가능할까?"
 우리는 식사 후 별다른 계획이 없었으므로 벽 가에 반쯤 그늘이 가린 곳으로 가서 앉았다.
 "교화란 말은 좀 듣기 거북하군. 우린 이 사회를 다른 사회와 올바로 비교해 보고 싶은 경우를 제외하고는 아전인수 격으로 말하진 않거든. 우리는 세인들의 월든 투에 대한 인상이 좋도록 하기 위해 또는 월든 투 사람들이 외부세계를 이질시(異質視)하도록 하기 위해 감정적, 동기적 수단을 사용하진 않아. 우리는 우리 집단을 찬양하지도 않을 뿐더러 외부 사람들을 조롱한다든지 그들의 어리석은 경제적, 사회적 행위를 비웃지도 않거든. 우린 편견 없는 정보만을 사용하지."
 "그러나 그것으로 충분하다고야 할 수 있나? 자네는 월든 투의 십오 세 정도 된 영리한 젊은이가 시내에 있는 영화관이나 나이트클럽 혹은 멋있는 음식점을 보고 절대 마음이 끌리지 않을 거라고 장담할 수 있을까? 그들이 호화스런 시내를 돌아다니면서, 월든 투가 세계에서 가장 훌륭한 곳이라고 전혀 부끄럼 없이 자신 있게 얘기할 수 있다고 생각하나? 자넨 그들에게 그런 것들을 전혀 모르도록 할 수야 없겠지. 할 수 있겠어? 내가 게시판 광고를 보니까 영화를 상영하고 있더군. 자네 아이들이 외부세계에 대해서 알아야 할 것은 알아야 하네. 자네는 그들의 의혹과 부러움이 가져올 파괴적인 영향을 어떻게 피할 수 있겠나?"

"물론 우리 아이들도 외부세계에 대해서 알고는 있다네. 우리는 그들이 모든 진실을 알도록 해주지. 그것으로 충분해. 우린 가끔 그들을 시내로 데리고 가서 영화관이나 교회, 박물관과 멋진 저택을 보게 하지. 또한 시립병원이나 빈민가, 술집이나 감옥도 보여주지. 빈민가에 가면 술 한 잔 정도의 값을 받고 자신의 더러운 아파트를 보여주는 사람도 만날 수 있겠지. 그러나 그것뿐이네. 우리는 종종 아동들에게 일종의 탐정놀이 과제를 주지. 그런 장난을 통하여 가장 짧은 시간 내에 사치와 빈곤 그리고 결핍의 관계를 깨닫게 하는 것이지.

훌륭한 저택에서 출발한 아이를 예로 들어보세. 차도에 접어들면서 아이들은 옷가지를 널고 있는 흑인 세탁부 여인에게 말을 걸 수도 있겠지. 세탁부에게 그녀의 집까지 차를 태워다 주겠다고 얘기하겠지. 그것으로 충분해. 아니면 성당을 나서는 텁수룩한 사람을 만나서 좋지 않은 환경에 있는 그의 집까지 아이들이 따라 갈 수도 있겠지.

우리는 잡지나 영화를 가지고도 그런 식의 교육을 한다네. 광고란 것이 왜 언제나 명랑하고 매력적인 사람들, 재미있고 아름다운 경치와 해수욕장과 멋진 집만을 보여 주는가 설명해 주네. 그리고 보다 많은 사람들이 가난과 질병에 시달리고, 불결한 환경에서 생활해야 하는 커다란 대가를 치르지 않고는 그런 것이 불가능하다는 것을 설명하지. 현명한 우리 젊은이들은 이러한 문제에 자연히 도전을 받게 되네. 그래서 그들은 빈곤이 왜 존재하는가를 알아보려고 하지. 이런 젊은이들이 잘못 되리라곤 조금도 염려하지 않아."

"왜 교화를 시키려 하지 않나? 월든 투의 성공을 보장하는 가장 안전한 방법이 교화가 아닌가?"

"그것은 오히려 실패를 보장하는 방법이라네. 그것은 치명적인 잘못이 될 거야. '오로지 진실'만을 추구하는 것이 우리들의 규칙이지. 어떤 사회라도 충실한 구성원을 길러낼 수는 있지. 그렇게 만드는 수단이 오래 전부터 효과가 있음이 증명되어 왔지. 인간의 본능에 역행하는 생활방식으로 어린이들을 양육함으로써 수세기 동안 존속해 온 종교적 문화를 보게. 그리고 수도원이나 라마 사원 같은 부자연스런 사회집단을 보게. 행동공학의 잠재력은 결코 과소평가될 수 없다네. 왜 행동공학이 보다 기술적으로, 보다 좋은 방향으로 활용되어 오지 않았는지 모르겠어. 어린이들이 제한되고 엄격한 생활에 만족하도록 하고, 이와는 다른 형태의 사회를 멸시하고 육체의 쾌락을 외면하도록 교육할 수 있었을 것이네. 그러한 사회가 수년 동안 계속되도록 할 수도 있었지."

"왜 영원히 계속시키지 않습니까? 왜 특별히 한 사회를 택해야 하는 겁니까? 티베트의 라마사원이나, 펜실베이니아의 에미쉬 사회집단이나, 시실리 섬의 수도원이 뭐가 잘못되었습니까? 만일 생존하는 것이 문제라면 선택의 여지가 있겠습니까? 당신은 그 중 어떤 형태가 다른 형태보다 더 행복하다는 것을 논하고 싶으시겠죠."

캐슬이 말했다.

"행복이란 결정요인은 아닙니다. 당신이 언급한 모든 공동사회들의 행복이란 것은 비슷비슷하다고 볼 수 있습니다. 어쨌든 간에 기본적인 욕구가 충족된 다음에야 다른 것을 왈가왈부할 수 있는 것이라고 생각합니다."
 그러자 캐슬이 흥분한 탓인지 월든 투의 전경이 보이는 쪽으로 손을 흔들며 말했다.
 "그러나 아직도 이 모든 것을 정당화하기에는 충분하지 못합니다."
 "물론 분명히 그렇지는 않습니다. 우리는 그저 행복한 사람들을 만들어내는 데 만족하지 않습니다. 우리의 기술은 여러 가지 생활 조건에서 사람들을 행복하게 할 수 있을 만큼 강합니다."
 "그렇다면 당신이 성공했다는 것을 어떻게 확신할 수 있습니까?"
 캐슬은 마치 흥분한 야구선수처럼 의자에서 일어나며 외쳤다.
 "자네가 말한 것에 대해서 분명히 확신할 수 있겠나? 내가 생각하기에는 행복이란 최대다수에 대한 최대의 선이라고 생각하는데."
 프레이저가 대답했다.
 "그러고 보니까 내가 참으로 형편없는 해설자였군 그래. 방금 자네가 얘기한, 교화된 공동사회의 문제점이 무언지 모르겠나? 무엇이 가장 뚜렷한 특징인가? 그 문제점이란 바로 변화가 없다는 게 아닌가? 그런 사회들은 수세기 동안이나 지금과 똑같은 상태였어."
 캐슬이 우리들 앞을 쉴 새 없이 왔다갔다하면서 말했다.
 "그러나 당신이 행복한 생활을 누리고 있다면 왜 바꾸려 합니까?"
 나 역시 종잇조각을 집는 것을 구실삼아 일어서면서 덧붙였다.
 "그런 사회의 영속성이 성공했다는 최대의 증거가 아닐까?"
 프레이저는 당황하지 않았다.
 "나는 다른 종류의 영속성에 관하여 이야기하고 있는 것이라네. 만약 그런 공동사회가 살아남았다면, 단지 경쟁이 심하지 않았기 때문이지. 다른 사회의 문명보다 처졌다는 사실은 누구에게나 자명한 거야. 그런 사회는 인간의 진보에 못 미쳤고, 원칙에서 이미 실패했던 것처럼 실제로도 실패하고 말 거야. 그들의 약점은 다른 형태의 사회와 아무리 경쟁을 해도 더 확대되지 못하고 있는 사실로써 증명된다네. 그런 사회는 치명적인 단점을 가지고 있고, 또 그 약점들이 과대선전 때문에 드러나 보이지 않았다고 말할 수 있네."

"어떻게 문명에 뒤진 것을 선전에 연관시킬 수 있겠나?"

나는 다시 앉았으나 캐슬은 약 7미터의 큰 원을 그리면서 잔디밭을 걷다가 돌아오고 있었다.

"그것은 직접적인 연관성이 있지. 그 이상 직접적일 수가 없어."

그는 캐슬이 우리에게 다가올 때까지 기다렸다가 말했다.

"그것은 이런 식으로 연관되어 있지. 즉 그런 문화가 수용되도록 하려면 인간의 가장 강력한 감정과 동기를 억누르는 것이 필요해. 그리고 지성을 무기력하게 하거나, 최면상태의 명상 및 의식에서의 주문 같은 것으로 전환시키는 거야.

기본 욕구는 승화되고 가공적 욕구가 에너지를 흡수하도록 하지. 인도를 보게나. 선전과 진보의 상호 관계에 대해 이보다 명백한 증거를 필요로 하는가? 월든 투에서의 문화적 실험을 통하여 우리가 얻고자 하는 것은 겉만 번지르르한 선전 따위가 없어도 만족할 수 있는 생활양식이고, 또 그렇게 함으로써 개인이 무시되는 결과를 초래하지 않게 되지. 행복이 우리의 일차적인 목표이고 미래를 향한 기민하고 적극적인 움직임이 두 번째 목표이지. 우리가 다른 문화나 공동사회에서 이룩한 행복의 정도에서 안주할지 모르지만, 이제까지 지구상에 없었던 가장 기민하고 활동적인 집단 지성(集團知性)이 이루어져야 만족할 것이네."

캐슬은 중얼거리듯 말을 시작했다.

"'미래를 향한 움직임!' 도대체 그게 무엇입니까? 지금까지의 이야기에 어떻게 연결되는 겁니까? 당신이 새로운 내용을 계속 끄집어내면 우리가 어떻게 당신의 말을 쫓아갈 수 있겠어요? 과연 미래가 '있는지' 당신은 어떻게 아시죠? 미래가 지금 여기의 문화에 어떤 역할을 할 수 있다는 말인가요?"

"그런 뜻이 아니죠. 나는 역사나 운명을 논하려 한 건 아니었습니다. 과거와 미래는 모두 무관한 것이죠. 우리들이 미래 때문에, 혹은 미래가 있을 것으로 생각해서 행동하는 것은 아닙니다. 그러나 사람은 변하게 마련이죠. 발견하고 통제하는 것이 사람의 특성이며 따라서 한번 발전하기 시작한 세계는 같은 상태로 오래 남아 있지는 않습니다. 여태껏 겪어 왔던 세계의 정치적, 경제적 혼란에도 불구하고 인간이 이룩해 놓은 일을 보십시오. 바로 이 특성을 성공적인 공동사회 속에 살아남게 할 것입니다. 이 공동사회가 살아 있어야지 그렇지 않으면 보다 비효율적인 문화가 꼭대기에 올라서게 될 겁니다."

"프레이저, 자네는 여태까지 공동사회의 영속성을 위하여 선전을 피한다고 얘기했는데 그 영속성과 선전의 관계를 아직 증명하지 않았네."

"우리가 지나치게 교리적이라면 모든 실험은 실패하게 되네. 자네도 선전과 실험을 동시에 할 수는 없다네. 선전으로 월든 투에 유리한 태도를 형성하는 것은 우리 심리학자들의 연구에 절대적으로 필요한 실상을 감추게 될 걸세. 행복은 우리의 지표 중의 하나인데, 만약 그 지표가 선전으로 가득 채워져 있다면 실험적 문화를 제대로 평가할 수가 없네. 어떠한 수단을 써서라도 만족할 수 있게 하는 것도 나쁜 성과는 아니지만 우리들은 참된 것을 원하네. 월든 투는 '자연스럽게' 만족을 줄 수 있어야 돼."

"자네가 어떻게 중립적일 수 있을지 알 수가 없네. 자네가 월든 투에서의 생활의 이점들을 보여줬다고 믿지만 말이야. 언제 끝낼지 자네는 어떻게 아는가? 자네는 공동사회에 '불리한' 선전을 해야 한다고 말할지 모르겠군."

"그렇게 될지도 모르지. 한 문화를 검증하는 수단으로써 조심스럽게 해야 되겠지. 그러나 만약에 우리 회원들이 월든 투를 부정하는 많은 교리를 알고 있으면서도 월든 투를 선택한다면 그것이야말로 견실하고 생산적인 사회체제에 도달했다는 최고의 증거가 될 수 있겠지. 물론 검증이 끝난 후에는 역선전을 중지해야겠지."

캐슬이 앉는데 의자에서 삐걱거리는 소리가 났다. 그는 분명히 혼란한 상태였고 기분도 좋지 않은 것 같았다. 나 역시 조금 마음의 균형을 잃고 있었는데, 지금까지의 이야기가 시간을 두고 심사숙고해보아야 할 새로운 문제였기 때문이다. 계속해서 토론하기를 원하는 사람은 없는 것 같았다. 이윽고 프레이저가 일어섰다. 그때 건물의 서쪽 끝에서 스티브와 메리가 팔짱을 끼고 나타났다. 그들은 우리를 보고 손을 흔들었는데 그 의미는 쉽게 이해되었다. 바로 이 공동사회의 일원이 되었다는 뜻이었다.

25

나는 월든 투에 감도는 유쾌한 분위기에 계속 놀라고 있었다. 그곳은 겉으로 보기엔 흡사 여름철의 커다란 호텔 같았다. 통상적인 의미의 가정도 없고, 아주 적은 책임에 많은 여가를 가진 수많은 사람들이 매일 많은 시간을 서로 접촉하며 지내고 있었다. 그러나 내가 기억하는 휴가 동안의 호텔 생활이란 지루한 관습과 흥분 뒤에 오는 긴장, 직업적 접객부들이 그 위협적인 단조로움을 막기 위해 벌이는 절망적일 정도의 투쟁들이었다. 그러나 월든 투에서는 이러한 것은 어디에서도 보이지 않았다. 그렇다면 어째서 그런 것일까? 나는 약간의 조사를 해보기로 했다. 우리가 일련의 계획된 견학으로 속고 있는지도 모를 일이었다. 공동사회를 마음대로 돌아다닐 수 있도록 허락은 받았으나, 실제로는 우리들의 시간이 대부분 세밀하게 계산되어 있었다. 월든 투의 어떤 측면은 볼 수 없게 되어 있는 것은 아닐까? 차를 마시는 시간에 이곳 무리에 끼어들어 그들의 행동에 대한 공정한 표집(標集)을 하기로 결심했다.

나는 4시에 사다리 길의 밑층에서부터 시작하였다. 우리의 일행은 저녁식사 시간에 모두 만나기로 되어 있어서 각기 쉬기 위해 자기 방으로 돌아간 모양이었다. 내 계획은 각 층계마다 정확히 오 분씩 자연스럽게 서 있으면서 이곳에 거주하는 사람들의 말을 엿듣는 것이었다. 간혹 시계를 보는 척하며 누구를 기다리고 있다는 인상을 주려고 했다. 그렇게 하면서 각 층에서 소비하는 시간도 정확히 잴 수 있었다. 이것이 이 책을 읽는 비전문적인 독자에게는 중요하지 않게 생각될 수도 있지만, 나는 실제로 '객관적인 표집과정'을 거쳐야 속이 풀릴 것 같았다.

만일 내가 탐정이 되었다고 가정해보면 내 행동은 매우 서투른 것이었다. 어떤 사람을 십 분 동안만 뒤쫓고 있었더라도 많은 사람들이 나의 어색한 모습을 보기 위해 모여들었을 것이다. 그렇듯 내가 서성대고만 있는 것은 자연스럽지 못하였다. 그러므로 나의 탐색 행동이 전적으로 사람들의 눈에 띄지 않았다고 주장하지는 않는다. 그렇지만 월든 투의 식구들은 모두 정중했고 다른 사람의 개인적인 행동을 의심스럽게 보지는 않는 것 같았다. 조금 떨어진 곳에서 어기적거리고 서 있는데도 그들의 동작이나 행동에 변화가 없는 것에 나는 만족했다.

나는 첫 번째 후미진 알코브 방에서 단지 '즐거운 무리'라는 말로 묘사될 수 있는 사십대 후반의 남녀들을 보게 되었다. 그들의 대화는 악의 없는 잡담이었다. 친구에 관한 재미있는 이야기며 이곳에 오기 전에 있었던 추억담, 오후의 계획, 극장에서 단막극으로 데뷔한 어린 소녀에 대한 이야기 등이었다.

두 번째 방에서는 네 명의 젊은이가 군대의 규율과 사랑을 다해 계급차별에 대한 진지한 분석을 하고 있었다. 그 중 한 명은 자기가 낙하산에서 뛰어내렸을 때 만난 중국 게릴라에 관해 이야기했다. 그 게릴라들이 민주적이면서도 뛰어난 기민성을 갖고 있는데 대한 설명이 채 끝나기도 전에 내가 할당한 오 분이 다 지났다.

셋째 방은 조용했다. 차를 마시며 몇몇 사람들이 젊은 남녀의 장기 시합을 구경하고 있었다. 여자가 장기 돌을 주의 깊게 옮겨 놓을 때 내가 그 자리를 떠야 할 시간이 되었다. 젊은 남자는 장기판을 보고 상대방을 힐끗 쳐다보았다. 그는 '으음.' 하고 잔뜩 찌푸린 채 장기판을 내려다보았다. 구경꾼 중의 한 사람이 다른 사람에게 내가 알 수 없는 손짓말로 다음 수에 대한 자기 생각을 표시했다.

네 번째 방에서는 한 여자가 음료수를 먹고 있는 세 명의 꼬마들에게 책을 읽어주고 있었다. 또 책을 읽고 있는 여자에게 등을 돌리고 앉은 한 남자는 바깥을 내다보며 이야기의 줄거리에 따라 고개를 끄덕였다. 그 장(章)의 결론 부분을 읽을 때, 그 남자가 책의 저자(著者)라는 것과 뒷부분이 아직 미완성이라는 것을 알았다. 다 듣고 나서 아이들은 자기들이 가꾸고 있는 화단에 대해서 이야기했다. 어른들은 화초들이 잘 정돈되어 심어졌고 꽃의 색깔이 매우 아름답다는 것을 이야기했다.

다섯째 방에서 나는 불화(不和)의 음성을 찾았다고 생각했다.

"운이 참 좋았어!"

한 남자가 말했다.

"만약 비가 심하게 쏟아졌더라면 모든 것이 연못으로 씻겨 내려갈 뻔했지."

"왜 관리자한테 말하지 않았어?"

누군가가 물었다.

"말했지. 그랬더니 그 사람은 담당자가 내 충고를 기꺼이 받아들일 거라고 말하더군. 그러나 그 젊은 친구가 어떤 사람인지 당신들도 알 잖아. 그들에게 아무리 말해도 소용없어.

"그래도 결과는 좋지 않았나?"

"그렇긴 해. 그러나 그렇게 하는 것이 아니야. 만약 비가 심했다면 어쩔 뻔했나. 정말 운이 좋았어!"
"그것은 또 당신의 운이기도 해. 안 그래? 당신은 그 딸기를 지금 먹고 있으니까?"
이 한 마디의 말로 모두가 웃었고 그 다음의 대화는 유감스러울 정도로 유쾌한 것이었다.
다음 방은 비어 있었다. 그 다음 방에서는 세 명의 매력적인 젊은 여자들이 차를 마시고 있었다. 조금은 어색하지 않게 나에게도 동석하길 권했다. 나는 5분 후에 약속이 있다고 말하고 잠깐 앉겠다고 했다. 그들은 내가 대학 교수라는 것을 재빨리 알아채고 내 직업에 대하여 질문을 퍼붓기 시작했다.
프레이저의 교육체제에는 회화술에 관한 공부도 포함되었음에 틀림없었다. 그들은 능수능란하게 말을 유도해냈고 계속되는 질문으로 나를 압도하기 시작했다. 왜 대학에서 시험을 치르게 하며 학점을 매기는가? 학점이란 무엇을 뜻하는가? 학생이 '공부한다' 는 것은 읽고 생각하는 것 이상의 무엇을 의미하는가? 그렇지 않으면 월든 투에 있는 사람은 아무도 모르는 특별한 것이라도 있는가? 왜 교수들은 학생에게 강의하는가? 학생들은 질문에 대답하는 것 이외에 다른 것을 하도록 기대되지는 않는가? 학생들은 자신이 흥미 없는 책도 읽어야 한다는데 사실인가? 나는 오 분이 되기도 전에 뛰쳐나왔다. 나는 그곳에서 빠져나온 것을 자연스럽게 하기 위하여 다음 칸의 방 두 개를 그냥 지나쳤다. 후미진 방에서 꽤 많은 사람들이 차를 들면서 잡지의 기사에 대해 논의하고 있었다. 그 중의 한 명은 가끔 그 잡지를 부분적으로 다시 읽어주고 있었다.
이곳에서 무엇인가 심리학적인 결점을 찾아내려는 나의 노력에 별다른 진전이 없자 나는 조바심이 났다. 다른 몇 개의 방을 그냥 지나쳤다. 나는 날씨가 쾌청한데도 불구하고 휴게실과 독서실에 남아 있는 사람들을 찾아보기로 했다. 휴게실에서도 사다리 길에서와 비슷한 그룹의 사람들이 모여 있었다. 나는 독서설의 책장에 꽂힌 책에 눈이 팔려 내 임무도 잊어버릴 지경이었다. 분명 관리자와 응용과학자들이 읽어야 할 기술서적과 공식집들을 갖춘 훌륭한 참고도서실이었다. 나는 그러한 종류의 지식은 단지 명공(名工)의 머릿속에만 있는 것으로 도제(徒弟)에게 직접 전달하는 것이라고 생각해 왔기 때문에, 그런 책들의 존재를 전혀 몰랐다.

나의 할 일을 회상하며 귀중한 시간을 허비했다는 생각에서 창문을 통해 보이는 월든 투의 전모를 빨리 파악하여 내 조사 자료에 보충하려고 했다. 어디를 보나 사람들이 무리를 지어 있거나 혼자 있어도 분명히 즐거운 활동에 열중해 있는 것을 알 수 있었다. 숙소로 돌아가는 움직임도 보이는 듯하였다.

나는 더 이상의 계획이 없었다. 그러나 굉장히 불만스러웠고 목적 없이 서성거리기 시작했다. 음악실로부터 훌륭한 현악 사중주의 선율이 흘러나와서 그 방향으로 향했다. 다가가니 슈만의 피아노 이중주의 강렬한 서곡이 들려왔다. 나는 잠시 동안 내 머리를 문에 기댄 채 서 있었다.

갑자기 문이 열리더니 몇 명의 젊은이들이 나왔다. 그 중 한 명이 내가 막 들어가려던 참인 줄 알고 문을 조금 열어 놓았다. 그 안에는 가죽방석이 흩어져 있었고 사지를 쭉 펴고 책을 읽는 사람에다 그저 듣고만 있는 모습도 보였다. 문 가까이에 빈자리가 있었다. 나는 그 말 없는 초대에 응하여 방 안으로 미끄러지듯 들어가 가급적 남의 눈에 띄지 않게 방석에 앉았다.

연주자들은 모두가 놀랄 만큼 젊었지만 능력도 있고 균형도 있어 보였다. 내가 앉은 곳에서는 피아니스트의 발만 겨우 보였다. 그는 다른 동료들보다 능력이 뒤지는 것 같았다. 나는 교묘한 실수마저 간파

할 수 있을 만큼 그 피아노 악보를 정확히 알고 있었다. 연주의 전체적인 효과로 보아서는 생기 있고 극히 즐거운 것이었다. 일악장이 거의 끝나갈 무렵 피아니스트의 왼발이, 틀린 악센트를 밟는 바람에 소리가 높아지고 템포가 빨라졌다. 마지막 부분은 쿵 하고 치는 포르테시모로 끝났다.

박수갈채가 터져 나왔는데 주로 연주자 자신들의 박수였다. 피아니스트는 두 손을 공중에 올리고 껑충 뛰어 일어나더니 '브라보' 하고 소리치는 것이었다.

그는 프레이저였다.

"감사합니다, 감사합니다."

그는 다른 연주자들에게도 소리쳤다.

"여러분은 천사, 천사입니다!"

그는 제2바이올리니스트의 머리끈에 정중하게 입을 맞추었다.

"훌륭했어요!"

그는 악보를 모으기 시작했다. 그리고 어린아이 같은 목소리로 말했다.

"이 곡을 곧 다시 한 번 연주하게 해주시겠습니까? 이 곡이 내게 얼마나 큰 의미를 주는지 여러분들이 알아주면 좋으련만! 그 빌어먹을 중간 부분을 더 열심히 연습하겠소!"

이처럼 아무렇게 내뱉는 말에 폭소가 터졌다. 프레이저는 악보를 피아노의 악보함에 밀어 넣고 첼로 쪽 악보대를 지나 문으로 향했다. 나는 되도록 눈에 띄지 않으려고 방석 사이에 깊숙이 앉았다.

"안녕, 안녕."

그는 뒤를 돌아보면서 악보를 정리하는 연주자들에게 골고루 인사했다. 그리고 목소리를 낮추더니 덧붙여 말했다.

"안녕, 부리스. 나는 자네가 들어오는 것을 보았네."

나는 급히 일어나서 수줍게 말했다.
"잘하던데, 자네. 나는 자네가 연주하는 줄 몰랐지."
"아마추어 정도지, 아마추어 정도. 월든 투에는 그 곡을 나보다 잘 치는 피아니스트가 한 오십 명 있지. 제기랄, 그 친구들은 너무 잘한단 말이야. 아주 잘해."
그는 어깨를 한 번 으쓱해 보였다.

26

꽃밭 위쪽의 본관 벽을 따라 방으로 돌아가는 도중에 쉰다섯이나 예순 살쯤 되어 보이는 여자가 휴대용 나무의자에 앉아 있는 것을 보았다. 수수한 옷차림에 회색 머리는 뒤로 넘겨 둥글게 틀려 있었다. 그녀는 두 손을 맞잡은 채로 가지런히 놓고 한가로이 골짜기 너머를 바라보고 있었다. 겉모습으론 조금도 이상한 점이 없었지만, 마치 그녀가 유령이라도 되는 듯 나는 문득 멈추어 섰다. 그것은 순전히 나의 상상이었다. 나는 잠시 환각에 빠졌었다고 생각했다. 프레이저가 '어둠의 왕자'와 짜고 나의 생각들을 지독한 농담의 형식으로 현실화시켰을지도 모른다는 생각마저 들었다.

내가 느끼고 생각해 왔던 것은 바로 이런 것이었다. 즉, 나의 조사는 실패했지만 필경 그 방법이 타당치 못했을 것이라는 점이다. 결국 나는 사람들이 모두 행복해 보이는 바로 그 시간에 약간의 탐색을 했을 뿐이다. 마치 해시계처럼 오직 낮 시간만을 기록했을 가능성이 얼마든지 있었던 것이다. 만일 내가 '종단적인 연구' 방법으로 스물네 시간 내내 몇몇 회원을 쫓아 다녔다면 결과는 어떠했을까?

이제 나는 나의 객관성을 믿지 못하게 됐다. 사실을 확인하러 나섰던 게 아니다. 실은 필사적으로 틀린 점을 발견하려 했을 뿐이다. 그렇지 않았더라면 지금쯤 참기 어려운 심경에 빠져 있을 것이다. 나는 아직 월든 투의 계획에 응모할 준비가 되어 있지는 않았지만, 거기에 잘못된 점은 없는 것 같았다. 나는 뭐든지 알아내야만 했다. 재정상태가 양호하다는 것은 인정되었다. 그러나 여가가 너무 많다는 것이 약점이 될 가능성으로 부상했다. 프레이저가 섬세하게 배려한 공예와 스포츠는 재주 있는 회원들에게 좋은 취미생활을 제공해 줄 것이다. 그러나 전형적인 중산층 가정주부들에게는 어떨까? 주부들은 매일 열 시간 정도의 여가를 무엇을 하며 보낼 수 있을까? 지루하지 않을까? 혹은 불안하거나 불편하지는 않을까?

바로 그때 그녀가 내 앞에 앉아 있었다. 내가 생각했던 바로 그 사례인 것이다. 나는 꼼짝도 않고 조금 떨어져 서 있었다. 그녀가 먼저 돌아보며 미소를 지었다.

"이곳은 제가 좋아하는 것이지요. 저는 꽃을 사랑한답니다."

그녀의 말이었다.

"이곳은 아름다운 곳이군요."

나는 그녀의 말에 동의했다.

"당신이 좋다니 기쁩니다. 당신은 손님이시죠?"

"네, 저희들은 프레이저 씨의 초대를 받았지요."

"프레이저? 아, 네…… 누군지 압니다. 염소수염을 기른, 좀 마른 사람 말이군요. 너무 생각을 많이 하는 사람 같아요."

나는 잔디 위에 무릎을 안은 채 앉아서 꽃을 바라보았다.

"당신은 '월든'에 대해 어떻게 생각하세요?"

그녀는 다른 회원처럼 '투(Two)'를 생략하며 내게 물었다.

"좋다고 생각해요. 아름다운 곳이죠. 그리고 모든 사람들도 행복해 보이구요."

나는 이렇게 말하고 보니 약간은 어색해서 얼굴이 화끈 달아올랐다.
"행복이라구요?"
그녀는 깜짝 놀라서 말했다.
나는 고개를 위로 쳐들었다. 내가 무언가를 제대로 짚은 것 같았다.
"제가 보기엔 모두 행복해 보이는데요. 당신은 그렇지 않아요?"
"재미있는 일이로군요. 나는 여러 해 동안 행복에 대해 생각해본 적이 없어요. 왜 그걸 물으시나요?"
"왜 묻느냐구요? 글쎄 사는 곳을 평가하기 위해서는 그것을 아는 것이 중요하다고 생각되기 때문이죠."
"왜 당신은 저한테 우리가 모두 잘 먹고 잘 지내는지에 대해서는 물어보지 않지요? 그런 것에 대해서 당신에게 말해 줄 게 있거든요. 또 우리가 모두 건강한지에 대해서도 물어 볼 수 있잖아요? 모두 마찬가지 일이지만 말이에요!"
"당신들이 잘 먹고 건강하다는 것은 저도 잘 알고 있습니다. 그러니까 물어 볼 필요가 없지요."
나는 이렇게 말했다.
"우리가 행복해 보이지 않아요?"
"그렇지만 항상 행복하다고 할 수는 없을 테죠."
"당신은 우울한 사람인가 보군요. 아, 나의 이런 실례를 용서하세요."
"왜 그렇게 말씀하십니까?"
"아, 그것은 당신이 우리가 행복한가 어떤가 하는 것들을 물어보니까 하는 말이에요. 당신은 모든 일에 만족하고 있는지를 알기 위해 찾아오는 그 젊은이와 약간 닮았군요."
"그런 일을 하는 사람이 있습니까?"
"아, 그럼요. 일 년에 한 번쯤 오지요. 지난번에는 새로운 사람이었어요. 같이 재미있는 얘기를 했지요."
"무슨 얘기를 했었죠?"
"당신에게 이런 것을 말하면 안 되겠지만, 그 사람이 이렇게 물었어요. '당신은 무슨 불평이 있으십니까, 올슨 부인?' 그래서 내가 말했죠. '만약 불평이 있다면 누구에게 의논하는지 알고 있어요?' 내가 같이 일하고 있는 그 주방 관리자를 말한 것이죠. '그럼' 당신에게 없는 것 중에 갖고 싶은 것이 있습니까?' 하고 다시 묻기에 내가 말했죠. '사실 말이지만 있어요.' 그러니까 작은 까만 수첩을 꺼내더군요.(올슨 부인은 이때 큰소리로 웃었다.) 그리고 내 이름을 적고는 말했어요. '자, 올슨 부인, 그게 무언지 말해 보십시오.' '글쎄.' 하고 내가 말했죠. '내가 항상 그레타 가르보처럼 예쁘게 보였으면 좋겠어요!' (다시 그녀는 크게 웃었다.) '그래요? 그건 내 분야가 아닌 것 같은데요.' 하며 그는 멋지게 받아 넘기더군요."
"어떤 종류의 일을 하고 계십니까?"
내가 물었다.
"요리와 과자 만드는 일이지요. 그렇게 안 보여요?"
"그런 일에 대해 노동 점수를 얼마나 받습니까?"
"모르겠어요. 나는 단지 파이프와 케이크를 만들어 냅니다. 나를 돕는 몇 명의 착한 소녀들도 있지요. 엔젤바움 씨도요."
"엔젤바움 씨는 무슨 일을 합니까?"
"파이를 만들어요."
"얼마 동안 일하죠?"
"그건 내가 파이와 케이크를 만들어낼 때까지요. 주로 아침이죠."
"그러면 아무것도 하지 않는 시간이 많겠군요."
"아무 일도 안 하는 때라곤 거의 없어요. 당신이 왔을 때도 아무 것도 안 한 것은 아니에요. 나는 쉬고 있는 중이었죠."

"그 밖에 당신은 무슨 일로 소일하십니까?"

"우리 외손자들과 그 아이들의 친구들이 있지요. 그 아이들과 많은 시간을 같이 보내죠. 조금 전까지도 나는 그 아이들에게 요리하는 것과 파이와 케이크를 굽는 걸 가르치고 있었죠. 수영할 때 돌봐 주기도 하구요. 또 일 년 중 이맘때쯤엔 화단을 가꾸기도 하죠. 나는 꽃을 좋아해요. 여기서는 아마 내가 가꾼 정원을 볼 수 없을 거예요. 나는 언제나 화단을 저 멀리 아래쪽에다 가꾸고 있죠. 이렇게 내 의자에 앉아 있기를 좋아하지만, 나 자신의 정원을 바라보고 있다는 인상을 남에게 주고 싶지 않아요."

"그 밖에 또 무엇을 하나요?"

"트럼프놀이 클럽에 가지요. 우리가 밖에 나갈 수 없을 땐 종종 융단수를 놓지요. 아름다운 것이랍니다. 일곱 사람이 그 일을 하지요. 젊은 예술가 한 사람이 그림을 그리면 우리가 재미있는 형태로 수를 놓지요. 그런 건 다른 데서는 볼 수가 없을 거예요. 아름다운 것이죠."

"당신들은 그럴 때 모두 둘러앉아서 그냥 융단수만 놓습니까?"

"수놓을 때 그것만 하는 것은 아니죠. 우린 얘기를 해요. 우리가 모르는 것이라곤 거의 없어요. 우린 젊은 친구들이 펴내는 신문보다 더 빨리 뉴스를 알아요."

"그런 일로 당신이 바쁜가요?"

"그렇게 바쁘지는 않아요. 나는 수년 동안 바빴던 적이 거의 없었으니까요. 오고 싶을 땐 언제나 여기에 올 수 있지요. 아름다운 곳이니까요."

"네, 당신은 '이곳에서' 가장 멋있는 존재의 하나인 것 같습니다."

그녀는 활짝 웃었다.

"왜 당신은 여기서 영원히 살지 않아요? 당신이 원하기만 하면 그 소년들이 의자도 하나 만들어 줄 텐데. 당신이 그걸 쓰지 않을 때는 내가 하는 것처럼 저기 벽에 세워 놓을 수도 있지요. 당신과 얘기하는 것이 좋군요. 당신도 얼마 지나면 그렇게 우울하지는 않을 거예요."
  나는 여기보다 더 좋은 데를 생각해 낼 수는 없을 거라는 말을 남기고 그곳을 떠났다. 나는 이미 이 '종단적인 연구'를 잊어버리고 있었다. 정말 이번 경우는 아무것도 입증해 주지 못했다. 그러나 어처구니없게도 사람들이 아무 할 일이 없이도 행복할 수 있다는 것이 분명했다. 내 방에 닿기 전에 그런 생각에 마음이 몹시 격해 있었다. 힘든 일만이 권태를 막을 수 있다니, 그 무슨 똥딴지같은 말인가! 우리가 행복에 대해 실제로 무엇을 알고 있었는가? 지구상의 어떤 곳 어느 때에 멋진 실험을 할 수 있을 만큼 행복이 충분했던 적이 있는가?
  실험!
  나는 내 방문을 염려스럽게 열어젖뜨렸다. 프레이저는 없었지만 어디선가 유황냄새가 난다는 엉뚱한 생각이 들었다.

27

초저녁에 프레이저, 캐슬 그리고 내가 함께 잔디밭을 가로질러 천천히 걷고 있을 때 프레이저가 걸음을 멈추더니 골짜기를 가리켰다. 너덧 대의 트럭이 줄을 지어 고속도로로부터 좁은 길로 천천히 올라오고 있었다. 트럭들은 다리를 건너 우리가 서 있는 곳으로 오고 있었다. 잠시 차량 행렬은 소나무에 가려졌으나 다시 나타나서는 커다란 반원을 그리며 비탈을 올라오기 시작했다.

그와 동시에 한 백 명쯤 되어 보이는 월든 투의 사람들이 건물의 서쪽 끝에서 기다리고 있다가 길로 떼를 지어 몰려나왔다. 트럭은 속도를 줄였고 차 곁으로 달려 나온 회원들이 트럭에 타고 있던 수많은 남녀노소와 인사를 나누었다. 차에 타고 있던 사람들이 땅으로 뛰어내려 애정 어린 포옹을 하기도 했다.

"'월든 6'의 전위대지요."

프레이저는 태연한 듯 얘기했으나 그것은 이미 계산된 말이었다.

"여기서 일요일을 보내려고 왔어요."

"그러니까 또 다른 월든, 그러니까 '월든 6'이 있단 얘긴가?"

나는 아마도 프레이저가 원했을지 모르는 그런 혼란에 빠진 채 물었다.
 "아직 완전히 성숙된 공동사회는 아니지만, 아마도 빠른 시일 내에 그렇게 될 걸세. 월든 투는 너무 비대해져서 이곳을 분리시키려 하고 있네."
 "그렇지만 여섯이라니, 자네 얘기는 이미 여러 번 분리되었다는 뜻인가?"
 "유감스럽게도 그렇지는 않네. 그렇게 빨리 성장하지는 않았지. 그리고 우리가 더 빠른 속도로 성장할 수 있었다고도 생각하지 않아.
 월든 3, 4, 5는 단지 우리를 모방했다는 점을 제외하고는 아무 관련이 없다네. 월든 4는 우리 구성원 중 한 사람에 의해 설립되었지만, 우리로부터 분리된 경우는 아니야."
 "자네가 처음 시작할 때 다른 월든을 생각했었나?"
 "단지 월든 원뿐이었지. 우리는 소로의 실험을 기념하기 위해 이름을 그렇게 붙이기로 마음먹었는데, 그의 실험은 우리 것과 많은 점에서 비슷했지. 그건 실제 생활 속에서의 실험이었는데, 국가와의 관계에서는 우리와 비슷한 원칙에서부터 출발한 것이었지. 그 이름의 모호성이 우선 재미있었네. 소로의 실험은 '월든'의 첫 번째 시도일 뿐 아니라 그것은 '한' 인생에 관한 실험이어서 여러 사회적 문제들은 무시되었지. 우리의 문제는 '두 세대를 위한 월든'을 설립하는 것이었지. 투(two)에는 또 동음이의어가 있네. 즉 '이 모든 것과 월든, 역시 (too)' 라는 말일세."
 프레이저는 웃음으로써 이런 허튼 소리를 넘겨버리고 진지하게 다음 말을 이었다.
 "사 년 전 서해안에 사는 한 남자가 우리와 비슷한 모험적 사업을 시작하더니 그것을 '월든 3' 이라고 이름 지어도 되겠느냐고 물어왔다네. 물론 우리도 빌려온 이름을 독점해서 사용할 수는 없었으니까 그 말에 동의했었네. '월든 3'은 비록 이삼백 명의 회원들밖에 없지만 굉장히 잘해나가고 있다네. 우리의 첫 기획자 중 한 사람이 옛 오네이다(Oneida)에서 멀지 않은 곳에 '월든 4'를 시작했지. '월든 5'의 사람들이 또 이 공동사회에 관해 듣고서는 자기들이 '4'가 될 수 있는지 물어 왔다네. 우리는 그들에게 '5'라는 명칭을 배당했지. 어쨌든 우리가 이 체제의 소유주가 된 셈이야."

"왜 하나의 전체적인 조직을 만들지 않았습니까? 연합 공동사회 같은 것 말입니다."

캐슬이 물었다.

"아마 가능하겠지요. 위원회를 구성하여 생산품의 상호교환을 위한 제조업의 선정문제를 토의하자고 제안했습니다."

"그렇다면 당신이 별 문제가 없다고 자랑을 한 수송문제가 생기겠군요."

이렇게 캐슬이 말했는데, 그의 의기양양한 미소로 보아 첫 번째 물음은 이 문제를 따지기 위한 함정이 아니었나 하는 생각이 들었다.

"바로 그겁니다."

프레이저도 선뜻 긍정하고 나섰다.

"'월든 6'은 우리와의 거리가 110km밖에 떨어져 있지 않지만, 다른 월든들은 상품교환이 원활히 이루어지기에는 너무 멀리 떨어져 있어요."

"방금 도착한 이 사람들은 누구인가?"

"그들은 초봄부터 '현장에서' 일하고 있는 월든 투의 회원들이라네. 겨울 동안 다른 간부 회원을 수용하기 위한 건물을 세우고 있는 중이라네. 지금부터 일 년만 지나면 '월든 6'은 독립할 걸세."

"마치 새나 벌들처럼 새로운 세대가 다른 공동사회로 이동한다는 건가?"

"천만에 그렇게 되면 불행한 거지. 우리는 나이 많은 회원들의 안전을 위해서 각 집단에 여러 연령층의 회원들이 필요하지. 분리는 수직적으로 한다네. 세부 사항까지 다 연구해 놓지는 않았지만 대체적인 계획은 분명하지. 예를 들자면 월든 투의 차장은 '월든 6'의 부장이 되는 셈일세. 우리의 기획위원회도 다시 나뉠 것인데, 그걸 고려해서 이번 가을에 네 명의 새 위원을 늘리려 한다네. 그것보다도 당신들이 우리의 건축가들을 좀 만났으면 싶어. 그들은 아마 트럭에 타고 있었을 거야."

우리가 건물의 서쪽 끝을 향하여 걸어가는 동안, 두세 명의 새로 온 사람들이 다가와서 프레이저와 악수를 했다. 프레이저가 건축가들의 행방을 묻자 공동회의실에 갔다는 대답이었다. 우리는 얼마 후 그들이 로비에 있는 것을 보았다. 거기서 그들은 들고 다닐 수 있는 '월든 6'의 입체지도를 펴놓고 있었다. 그들은 지난번 방문 이래 이루어놓은 성과에 대해 설명하고 있었다. 그 중의 한 명은 매력적인 젊은 여자였는데 비엔나(Vienna) 사람이라 생각되는 말투로 새로운 건설 방법에 대해 얘기하고 있었다.

"훌륭하게 되어 갑니다."

그녀는 말했다. 그녀는 엄지손가락과 인지를 동그랗게 만들어 자기의 눈 가까이에 갖다 대었다.

"모든 것이 아주 잘되었습니다."

이곳에서 우리는 월든 투에 온 이래 처음으로 많은 군중을 보았다. 방은 사람들로 꽉 차 있었다. 프레이저는 사람들을 뚫고 건축가들이 있는 쪽으로 나가려고 했으나 불가능했다. 그래서 한 청중이 어깨를 두드려서 앞사람에게 말을 전달해 줄 것을 부탁하였다. 그러나 전달은 중간에서 끊겨 버리고 말았다. 한 사람이 돌아보고 약간 어리둥절해 하더니 머리를 설레설레 흔들었던 것이다. 프레이저는 어깨를 으쓱해 보이더니 다른 로비를 향해 걸었다. 그는 당황해 하고 있었고 의기소침해서 묵묵히 서 있었다. 나는 그의 기분을 풀어주고자 했다.
"자네들이 다시 나뉜다면 많은 가족이 분열되지 않을까?"
함께 앉으며 내가 이렇게 말했다.
"아마 남편과 부인들 또는 부모와 어린 아이들 사이는 떼어 놓지 않을 걸세."
그는 힘없이 말했다.
"그렇지만 그 외의 다른 가족들끼리는 될 수 있는 한 많이 떨어져 있도록 해야겠지. 근친번식의 문제를 고려해야만 할 테니 말일세. 공동사회가 몇몇의 대가족으로만 모여 있다는 것은 유전적 관점에서 보더라도 현명치 못한 일이지."
"내 생각으론 그런 분리가 당신네 조직에 매우 나쁜 영향을 미칠 것 같은데요? 많은 불행을 의미할 수도 있지 않을까요?"
캐슬이 말했다.
"그럴까요? 하지만 '6'에 거주할 사람들은 겨우 110km밖에 떨어져 있지 않습니다. 세계적으로 볼 때 가족들은 그보다 더 멀리 떨어져들 있습니다. 그리고 우리 회원들이 한 공동사회에서 다른 공동사회로 서로 자주 이동할 수 있는 때가 오기를 고대하고 있습니다. 그건 결국 쉽게 이루어질 겁니다. 왜냐하면 우리 회원들은 많은 기술을 가지고 있으며 또 어디서나 자신에 알맞은 일을 할 수 있기 때문이지요."
"자네들이 다시 나누어지고 나면 인원 부족의 문제가 심각해지지 않을까?"
"잠시 동안은 조금쯤 부족하겠지만 새로운 사람들이 또 가입할 걸세."
"자네들이 그렇게 빨리 새 회원들을 동화시킬 수 있을까? 스티브와 메리 같은 두 젊은이들이라면 다른 사람들과 마찬가지로 규약을 곧 준수하게 되겠지. 하지만 자네들이 한꺼번에 많은 사람들을 받아들인다고 상상해 보게. 그때는 어떻게 될까? 자네들이 다시 나뉘어져서 힘이 약해졌다고 상상해보게. 그때도 신입회원들을 교육시켜 빠른 시간 내에 적응시키게 할 수 있겠나? 혹은 전체적 문화구조가 쇠퇴해지지는 않을까?"

"그건 하나의 실험적 문제이지."

프레이저는 말했다.

"우리는 회원이 대폭 증가됨으로써 어려운 상황에 처하는 것을 원치 않네. 아직까지 그렇게 해오지는 않았어. 시간이 지남에 따라 우리도 수적으로 자연히 증가되겠지. 우리의 심리학자들이 문화변동에 관한 특별 조사를 실시하고 있기 때문에 심각한 정도에 이르기 전에 문제점들을 쉽게 발견할 걸세. 그러면 얼마 동안은 신입회원의 이입을 중지해야 할지도 모르겠지. 새 회원을 받아들일 것인가 말 것인가는 상황에 따라 조절할 수 있다네."

"심각한 상태란 경고 없이 오는 것으로 알고 있는데, 만약 성(性)욕구가 강한 열네 살짜리 아들이 있는 가족을 자네가 받아들였다고 생각해 보게나. 그동안 자네들은 성에 대해 건전한 태도를 가진 젊은이들만 길러냈는데 그런 소년이 문제를 일으키게 되지나 않을까?"

"어떻게? 우리 소녀들을 유혹해서 말인가?"

"음, 그렇지. 혹은 좋지 않은 상소리를 한다든가 말일세."

프레이저는 갑자기 웃기 시작했다.

"자네는 나를 난처한 입장에 몰아넣는군."

그는 웃음을 그치고 얘기를 시작했다.

"이제 도덕적 방패가 있다는 걸 내가 증명해야만 되겠군. 물론 우리가 실질적인 범법자들을 받지는 않아. 사실 우리가 감화원(感化院)의 역할을 할 수야 없겠지. 그러나 사회가 범죄자를 만들었으니까 그들을 돌보아야만 하네. 그렇지만 열네 살짜리의 성적 욕구라면 아무 문제될 게 없을 것 같아. 곧 독립하게 될 것이며 가족과의 유대관계는 없어지겠지. 바로 그것이 그의 성적 욕구를 어느 정도 억제하게 될 것이네. 자신보다 한 이 년쯤 더 성숙한 자기 나이 또래 아이들과 어울리게 되지.

이곳 젊은이들은 사회적인 면에서 뿐 아니라 예술과 과학 분야에서도 많은 소양을 갖추고 있으니까. 그리고 절대로 성을 흥미본위로 생각한다든지 남몰래 흥분시키는 것으로 여기지 않고 있어. 그들은 남녀의 신체적 기능을 잘 알고 있고, 이 년 안에는 결혼하게 되리라는 것도 기대하고 있을 테니까. 그들에게는 결혼했거나 아이를 갖고 있는 그다지 나이가 많지 않은 남자 형제들과 여자 형제들 그리고 또 친구들이 있으니까 말일세.

새로 온 아이가 처음에는 성적인 농담을 할지는 몰라도 아무도 그걸 받아주질 않을 테니까. 우리 회원 중 그 또래 아이들은 성행위에 대해 대개는 얘기를 들어왔기 때문에 그런 얘기를 듣는다 하더라도 놀라거나 하는 법이 없지. 형편없는 문법을 사용했을 때처럼 그런 얘기를 한 아이가 조금 잘못된 것으로만 여길 걸세. 그리고 소년들 자신이 스스로 그래서는 안 되겠다고 생각할 걸세."

"그렇지만 소녀들은 어떤가? 자네는 그들이 외설적인 말이나 유혹에 희생될 것이 두렵지 않나?"

프레이저는 다시 한 번 웃었다.

"자네는 월든 투에서의 성에 대한 위치를 잊어버리고 있군. 열 네 살짜리 소녀는 같은 나이의 소년보다 더욱 성숙해 있다네. 새 젊은이의 성적인 관심이 조금도 그들을 놀라게 하거나 괴롭히지는 못할 걸세."

프레이저는 마치 조금 전에 우울했던 자기 기분을 보상이라도 받은 듯이 이 모든 이야기에 이상할 정도로 자신을 갖고 있었다. 그래서 나는 급히 화제를 바꾸었다.
 "자네는 어떤 방법으로 새로운 회원을 받아들이고 있나? 법적인 계약 같은 것이라도 있나?"
 "어느 한 개인이 월든 투에 머무르고 있는 한 일정한 권리를 보증해 준다는 협정이 있기는 하지."
 프레이저는 조금 전에 자신의 의기양양했던 태도를 약간은 숙이며 말했다.
 "그 대신 회원은 우리의 계획에 따라 일할 것과, 자기의 노동의 결과에 대해 어떤 몫도 요구해서는 안 된다는 점에 동의해야 하네. 어느 때고 떠날 수 있고 가지고 온 자기 소유물을 가지고 갈 수 있지. 그러나 이 공동사회에서 자기가 생산했던 것은 아무것도 가지고 갈 수 없다네. 우리와 같이 머무르는 경우에만 자기 몫을 나누어 가질 수 있으며, 더 이상 생산력을 갖지 못하게 된 후에도 그러한 권리는 계속되는 것이네."
 갑자기 많은 사람들이 로비의 문 앞으로 지나가기 시작했다. 나는 누군가 '월든 6'의 지도를 가지고 가는 것을 보았다. 프레이저는 갑자기 일어나더니 문 쪽으로 뛰어갔다. 그는 젊은 여자를 붙잡고는 낮은 목소리로 뭐라고 물었다. 그녀는 고개를 저었고 산책길을 가리키더니 급히 가버렸다.
 "나는 단지 그들이 나의 친구들을 만나 주기를 바랄 뿐이오."
 프레이저는 그녀의 뒤에 대고 이렇게 외쳤으나 그녀가 아무런 대답도 없이 가버리자, 당황하여 얼굴을 붉힌 채 자기 의자로 돌아왔다. 그 순간, 캐슬은 그의 어색한 분위기를 덜어주려는 듯 또 다른 화제를 꺼냈다.
 "나는 미래에 대한 당신들의 계획에 관해 더 듣고 싶은데요. 결국 내가 좋아할 사회형태가 어떤 것인지 알아야겠습니다. 당신들의 사회는 위협이 되고 있나요?"

"그런 관점에서 본다면 몇 년 지나지 않아 우리는 위협이 될 겁니다."

프레이저는 힘없이 말했다.

"우리는 새 회원을 동화시키고 새로운 공장을 설립할 수 있는 한 빨리 확장될 것입니다. 만약 우리가 일 년에 1,200점의 노동 점수 대신 1,500점을 요구하면 새로운 공동사회들을 상당히 빨리 세울 수 있을 것입니다. 그렇지만 '우리가 얻고자 투쟁하는 바로 그것'을 희생시킬 수는 없잖겠소?"

"그건 흥미 있는 말인데요."

캐슬이 말했다.

"당신을 보다 더 적극적인 개혁자로 생각했었는데……."

"나는 상당히 적극적입니다. 우리 공동사회가 성장해서 이 년에 한 번씩 분리될 수 있다고 상상해 보십시오. 그러면 십 년 안에 월든 투와 '월든 6'이 약 육십 개 남짓한 공동사회를 새로이 탄생시킬 것입니다."

"이상야릇한 공동사회가 되겠군."

나의 이 말엔 아무도 웃지 않았고, 프레이저는 나를 노려보았다. 그는 단호하게 말을 이었다.

"삼십 년 안에 우리는 국가 전체를 몇 배씩이나 흡수할 수 있을 만큼 커질 것입니다. 당신은 분명히 개혁의 역학을 생각해 본 적이 없군요, 캐슬 씨. 물론 제한 요소들도 나타나겠지요. 그러나 그런 것에 대한 예측은 언제나 낙관적입니다. 길게 보면 우리를 중단시키는 것은 아무것도 없다고 나는 믿습니다. 우리는 결과가 영원히 지속될 수 있는 정복의 기술만을 사용하려고 합니다. 즉, 우리는 모범을 보이는 겁니다. 우리와 같은 방식으로 나서서 행동하는 모든 사람들에게 완전하고도 행복한 생활을 제공하게 될 것입니다.

놀랄 만한 전망이지요. 미래에 대한 준비가 되어 있지 않을지도 모르니까요. 이 같은 사고방식의 파급속도를 통제해야만 합니다. 여론을 형성하기 위한 것이 아니라 오히려 여론을 통제하기 위해서, 우리가 '공보실'을 설치했죠. 월든 투에 대한 멋진 이야기는 무서운 혼란을 야기할 것입니다. 우리 회원이 되겠다고 하는 사람들을 동화시킬 수 없을 것이며, 과학적인 생활태도를 고려하지 않고 앞서 가려고만 하면 곤란에 빠지게 될 것입니다. 우리의 계획은 능력이 닿는 한도 내에서 새로운 회원들의 관심을 유도하는 것이지요. 우리는 약 육 개월 후에 월든 투에 대한 완전한 설명서를 출판할 예정이지만 더 많은 공동사회가 이룩되기 전에는 널리 보급시키지 않을 작정입니다."

"자네는 지나치게 낙관적이군. 여론이란 확실히 자네들이 조정할 수 없는 것이라네. 한번 잡지에서 자네들에 대한 얘기가 나오도록 해보게나. 그리고 이곳에 대한 여론이 어떻게 될 것인지 한번 보게."

나는 어떻게든 기세등등한 프레이저의 이론을 끌어 내리려고 했다.

"사실 우리도 그것을 두려워해 왔지만 지금까지 그럭저럭 큰 문제 없이 견디어 왔네. 어쨌든 여론은 우리가 조정할 수 없는 것이기 때문에 우리에게 전적으로 호의적이라고만은 할 수 없겠지. 따라서 새로운 회원들이 주체할 수 없을 정도로 많이 몰려들어 당황하게 하지는 않을 걸세. 오 년이나 십 년쯤 지나면 사실 그런 것은 아무 문제도 되지 않겠지. 왜냐하면 그때쯤이면 우리는 어떤 것에 대해서도 준비가 되어 있을 테니까."

"그런 말이 내면적인 약점을 털어놓은 게 아닙니까? 교회는 한 사람의 전도사를 내보내어 새 신자 집단을 만들곤 합니다. 교회의 전도는 여기서 필요하다고 생각되는 것보다 더 완전한 전향을 의미합니다. 그런데 왜 한 회원이 월든 엔(N)을 건립할 수는 없었죠?"

캐슬이 물었다.

"한 사람이 그렇게 할 수도 있거니와 또 실제 그렇게도 했습니다. 그렇지만 일반적인 것은 아니죠. 한 개인만으로는 모든 분야에 필요한 기술적 정보와 기술을 전수시킬 수는 없습니다. 행동공학이 진보할수록 한 개인의 판단에 맡겨지는 분야는 점점 줄어들 테니까요. 따라서 더 많은 훈련과 도제제도가 필요합니다. 우리는 신중하게 일을 처리해야 하고 새 월든에 필요한 능력을 갖춘 완전한 관리자를 훈련시켜야만 합니다."

"급속도의 인구 팽창은 늘어나는 복리(復利) 이자의 문제를 야기할 수도 있지 않을까? 공동사회가 순조로이 다시 분리될 수 있도록 하려면 적어도 새 사회는 지리적으로 더 멀리 떨어져서 시작해야만 할 걸세."

내가 끼어들었다.

"아마 그건 가능하게 되겠지."

"자네는 회원들이 늘어나는 것만큼 빨리 수용할 수 있는 토지를 얻지 못할지도 모르지 않나?"

"대단위 팽창에 따르는 부동산 문제는 사실 흥미 있는 것이지. 우리는 농지 면적처럼 한 사람이 그렇게 많은 토지가 필요하지는 않겠지만, 자네 말처럼 우리가 곤궁에 빠지게 될지도 모르지. 대체로 농지는 한 세대에서 다음 세대로 상속되는 게 보통이니까 농부들은 땅을 팔려고 하지 않고 또 그렇게 할 절실한 필요도 없을 걸세. 따라서 토지 구입에 아마 엄청난 돈을 치르게 될지도 모르고, 그것이 우리의 확장을 더디게 만들지도 모르지. 그렇지만 어떤 지역에서건 토지 부족이 위협이 될 때쯤에는 우리가 압력을 행사할 수 있는 위치에 서게 될 거야. 어느 마을에 판로가 있는 농장의 반만 우리가 사더라도 그 마을을 통제할 수 있을 거니까.

 사료 취급 상인과 철물가게와 농기구 상인이 우리에게 의존하게 될 거고, 그러면 우리가 그들을 망하게 할 수도 있고 우리에게 유리하도록 조정할 수도 있게 되겠지. 결과적으로 그 마을의 부동산 가치를 마음대로 조작할 수도 있고 마침내 마을 사람들이 하나씩 떠나가게 될 걸세.

 항상 헌 벽돌이나 목재를 사용할 수도 있다네. 우리에게 비협조적인 토지 소유자들을 매우 불편하게 만들 수도 있어. 다시 말해서 우리에게 순종하지 않으면 필수품의 유통 경로를 봉쇄할 수도 있다는 얘길세. 결국 우리에게 토지가치가 상승한다는 것은 다른 사람에게는 가치가 하락한다는 것을 의미하는 거지. 이것은 보통의 부동산 투기와는 매우 차원이 다른 얘길세. 몇몇 완고한 농지소유주에 대해서는 걱정하지 않아도 될 걸세. 모든 땅이 다 필요한 건 아니니까 말이네."

 "오라! 오라!"
캐슬이 외쳤다.
 "그렇게 하면 전쟁을 하지 않겠군요! 그 어떤 독재자라도 이보다 더 포악한 계획을 가진 경우는 없었다고 봅니다."
 프레이저는 당황했다. 그는 자신의 꿈에 도취해 있었고 바로 이 점을 캐슬이 포착한 것이다. 그는 더듬거리며 말했다.
 "모두 이 계획이 어떻게 수행되느냐에 달려 있겠죠. 우리는 어느 누구라도 불공평하게 대하지는 않을 것입니다."
 "잠깐만요, 잠깐만!"
캐슬이 소리쳤다.
 "그것이 바로 나치스가 주장했던 거지요! 히틀러는 폴란드를 불공평하게 취급하려 하지는 않았소. 당신도 알다시피 수백만 유태인의 제거는 독일의 보다 큰 영광을 위한다는 명분이었습니다. 열광해 있는 사람은 항상 지도자가 공정하다고 생각하기 마련이고 지도자의 공격성도 정당화하려고 했죠. 사료 상인에게 당신들의 도움을 달갑게 여기는지 한번 물어보시오."

"사료상인이 회원으로 가입할 수도 있습니다."

프레이저가 말했다.

"그렇지만 가입하기를 '원치 않을 수'도 있습니다. 아마 당신들이 차지해서 만든 집단 농장에다 사료를 공급해 주기 위해서, 작기는 하지만 알찬 자기 상점을 경영하길 원할 뿐인지도 모르죠."

"그럴 경우는 우리의 대외적 인상과 우리의 양심을 위해서라도 최선을 다해야 되겠지요. 그러나 그런 사람은 살벌한 경쟁사회에서 자기 자신을 구속해 버린 셈이 될 것입니다. 만약 그들이 새로운 질서에 적응할 만큼 현명하지 못하면, 우리가 할 수 있는 일은 될 수 있는 대로 그의 개인적 몰락을 아무 고통 없이 해주는 것뿐입니다."

프레이저도 지지 않았다.

"새로운 질서라구요?"

캐슬이 외쳐댔다.

"그것은 거추장스러운 일반 대중에게 생활을 '향상' 시킨다고 내세우는 독재자들의 또 다른 정치적 표어입니다."

캐슬은 의자에서 벌떡 일어났다. 그는 마침내 프레이저의 약점을 발견해냈다는 듯이 공격적인 자기 자신을 거의 억제할 수 없는 것 같았다. 캐슬의 조롱에 프레이저는 점점 불쾌해지고 있었다.

"당신들은 틀림없이 정치적 조각기술도 가지고 있겠지요? 당신들은 언제까지나 공동사회 내에서의 투표만으로는 만족하지 못할 겁니다. 언젠가는 당신 자신이 행정부서를 직접 장악하기를 바랄 것이며 그때 가서는 충분히 그럴 만한 힘도 있을 테니까요."

"물론 당신의 판단이 정확하다는 점을 인정합니다. 그러나 그게 뭐가 잘못입니까? 우리는 어떤 지역에서든지 다수 세력이 되면 민주적 정부 형태로 우리의 권리를 행사할 것이며 조정할 것입니다."
 "그렇지만 당신은 민주주의를 별로 믿지 않는다고 몇 번이나 암시했잖습니까?"
 "원하신다면 나는 암시 이상의 것도 하겠소."
 이번엔 프레이저가 화가 나서 말했다.
 "그렇지만 나는 공공사업에 유용하게 쓸 수 있도록 조세 제도를 개선하는 식의 실제적인 일에 관해 말하고 있는 것이오. 그런 종류의 목적을 위해서라면 하루 속히 민주적 정치에 참여할 용의가 있습니다. 지방 읍과 군의 행정을 재조직함으로써 세금을 줄일 수 있고, 우리의 회원들이 관공서에 근무하는 봉급으로 우리들이 낸 세금을 얼마간 회수하기도 하고, 또 군을 우리 공동사회의 수준으로 끌어올릴 수도 있을 겁니다. 그렇게 되면 학교체제도 자연히 우리 손으로 넘어오게 되며, 몇몇 학교를 우리 자신의 용도에 맞게 운영함으로써 사립학교의 이중 과세를 피할 수도 있게 됩니다. 누가 이런 것을 반대하겠습니까?"
 "거의 모든 사람이 반대하죠."
 캐슬도 흥분한 듯 말했다.
 "그리고 사람들의 반대가 실효를 거두지 못한다면 그런 사실 자체가 당신들의 체재가 얼마나 악랄한 것인지를 증명합니다."
 "그러나 그것은 다수의 의지입니다."
 프레이저가 말했다.
 "그리고 독재의 한 형태라는 걸 인정하면서도 모두를 위한 보다 나은 정부를 이룩하기 위해선 일시적으로 이용해야만 합니다."
 "당신이 미처 깨닫기 이전에 당신은 벌써 에티오피아족의 신발(과거 에티오피아의 셀라시에 황제의 독재 정치를 의미함.)을 신고 다닐 겁니다. 아! 정말 용감한 신세계로군요!"

캐슬은 큰소리로 비꼬았다.

"나를 파시스트라고도 합니다."

그는 조용히 말했다.

"틀림없이 그럴 거예요!"

캐슬은 투덜거리며 말했다.

"그러나 그것은 '자유방임적' 민주주의 하에서 자행되는 헛된 시도들을 다 방지할 수 있는 가장 편리한 방법입니다."

프레이저는 여전히 조용한 목소리로 계속했다.

"아울러 내가 말하고 싶은 건 그것이 하나의 파괴적인 정부형태를 묘사하는 데도 편리하다는 것입니다."

이젠 캐슬도 다소 흥분을 가라앉히려고 애쓰면서 말했다. 그는 프레이저가 너무 차분한 것에 화가 났는지 다시 다그쳤다.

"어떻게 생각하십니까?"

"나는 월든 투가 무솔리니나 히틀러의 깡패 사회와는 비슷한 점이 하나도 없다는 것을 말하고 싶군요."

프레이저가 말했다.

"그렇지만 당신들의 방법이 반민주주의적(反民主主義的)이라고 인정했질 않습니까? 회원들은 아무 발언권도 갖지 못하고……."

"그 사람들은 필요할 때 어떤 발언도 할 수 있습니다. 회원들은 의견을 받아들일 수도 있고 또 이의를 제기할 수도 있습니다. 그것도 보통 민주주의에서보다 훨씬 효과적으로 말입니다. 그리고 우리는 공동의 부(富)를 똑같이 나눕니다. 민주주의에서 시도는 했지만 달성하지는 못한 것이지요. 월든 투에서는 필요한 능력이나 재질을 보이기만 하면 어떤 위치든지 차지할 권리를 가집니다. 월든 투에서는 어떤 형태로든 세습적인 승진이라는 건 없습니다. 당신이 불평하는 공동사회 밖에서의 비민주적인 절차가 경멸받을 만하다는 걸 인정합니다. 공동사회 안에서의 행동과 같이 일반 세계에서도 행동할 수 있었으면 좋겠습니다. 그러나 세계는 다른 방법으로 일이 되기를 원하고 있는 것 같더군요."

"당신네 사회의 엘리트는 어떻소? 파시스트의 도구가 아닙니까?"
캐슬이 말했다.

"이곳의 기획위원들과 관리자들은 일반회원들에게는 없는 통제권한을 가지고 있는 것이 사실 아닙니까?"

"그렇지만 그러한 통제는 공동사회의 원활한 기능을 위해 필요하기 때문이죠. 결코 우리의 엘리트들은 공동사회의 재산을 과다하게 차지하려 하는 법이 없습니다. 오히려 자신들이 얻을 것을 위해 더 열심히 일한다고 말해야겠죠. 관리자의 입장이라고 해서 행복한 것은 아닙니다.

사실 기획위원이나 관리자도 일반회원들과 똑같은 지위를 가졌다고 보아야 하니까요. 일시적으로 일을 운영해 나간다는 면에서는 권력을 갖게 되겠지만 그것은 제한되어 있습니다. 예를 들면 그들이 누구에게도 복종할 것을 강요하지 못합니다. 따라서 관리자는 회원들의 일을 바람직하게 이끌어야 합니다. 명령에 의해 일을 시킬 수는 없고, 회원들 스스로 일을 선택하기 때문입니다. 그의 권력은 관리자라는 명칭만큼의 가치가 실제로 없어요. 그도 일을 해야만 하니까요. 내 생각으로는 특권층이라고 볼 수 없습니다."

캐슬은 이에 반대했다.

"그러나 다른 비슷한 점이 있는 것 같은데요? 과거의 성공적인 공동사회에서도 꼭대기에서 항상 강력한 인물이 모든 걸 지휘했습니다. 흔히 그런 공동사회는 지도자가 생존하는 동안만 지속되었었죠. 당신네 사회구조가 어떻든지 간에 효율적으로 공동사회가 운영되는 것은 당신네 통치가 사실상 독재체제이기 때문이죠. 이곳 회원들은 지배자나 영웅에 대한 충성심 또는 단순한 최면상태에서의 복종심으로 순응하고 있는 것처럼 보이는지도 모르죠. 그리고 그것이야말로 바로 독재주의의 특징이구요."

"그렇지만 여기서 누가 그 독재자란 말인가요?"

믿을 수 없을 만큼 태연하게 프레이저가 물었다.

"물론 당신이지요!"

캐슬은 거의 즉각적으로 대답했다.

"저라구요?"

"그럼요, 당신이 '주동 인물' 이었죠. 그렇지 않습니까?"

프레이저는 당치도 않다는 듯이 웃었다.

"내가요? 물론 당신 주장대로 내가 첫 번째 추진력을 제공했다는 건 사실입니다만, 그러나 지금도 내가 추진하고 있는 건 아닙니다. 이제는 아무도 밀어붙이지 않습니다. 바로 이 점이 우리 사회의 핵심입니다. 올바르게만 설립해 놓으면 저절로 운영되게 마련이지요."

"캐슬 씨는 자네가 공동사회의 주역이라고 믿고 있네. 그리고 지난 며칠 동안 우리가 보았던 모든 운영절차는 겉치레일 뿐이라는 거야."

내가 말했다.

"그래서 내가 그 모든 걸 개인적 최면술로 움직이고 있다는 말이지?"

"진지하게 생각하고 한 말은 아닙니다."

캐슬이 말했다. 그는 화가 나 있었는데, 내가 한 말을 싫어하는 것인지 아니면 자신의 입장이 점점 불리해지기 때문에 그러는 것인지를 알아낼 수가 없었다.

"당신은 여기서 누가 '프레이저 만세!' 하고 외치는 것을 본 적이라도 있습니까?"

프레이저가 말했다.

"우리의 벽이나 가구 또는 은식기에 F자(字)라도 새겨진 것을 보았습니까? 우리 도서실에서 히틀러가 쓴 것과 같은 새로운 '나의 투쟁'이라도 봤다는 얘깁니까? 사실 어떤 사람이 나에 대해 그렇게 많이 언급하는 것을 본 적이 있던가요? 히틀러조차도 자기 국민들과 직접적으로, 또는 상징적 도구와 관습을 통해 다소간 국민들과 접촉을 해야 했습니다. 그런데 도대체 내가 독재한다는 증거가 어디 있습니까?"

"사실 오늘 오후에 한 여자를 만났는데 자네의 이름을 댔더니 자네를 기억해내는 데 좀 시간이 걸리더군."

나의 말에 프레이저는 야릇한 미소를 지었다. 순간적으로 오후에 만난 올슨 부인이 내가 만나도록 길가에 일부러 배치되어 있었던 것이 아닌가 하는 의구심이 들었다.

"여기에는 영웅이 없습니다."

프레이저는 조용히 그러나 단호하게 말했다.

"우리는 당신들이 상상하는 모든 걸 뛰어넘어 있습니다."

"그렇다면 정말 자네는 하늘 아래 새로운 것을 창조한 셈이네."

프레이저가 조용히 끄덕였다.

"혹시 캐슬 씨께서는 역사상 어느 한 시기라도 위대한 개인에 의해 지배되지 않았던 적이 있다고 생각하십니까?"

나는 이 질문을 우리 중에서는 제일 역사에 대해 많이 알고 있을 캐슬에게 물어보았다. 그러나 그는 맥없이 고개를 흔들었다. 나는 얘기를 계속했다.

"나는 역사가 개인적인 공적을 강조하지 않고도 쓰일 수 있다는 근대적 학설이 있다는 걸 알고 있습니다. 즉 관념과 정치철학, 사회운동 등등의 역사가 바로 그것입니다. 그러나 우리 시대에 개인적 지도력이 얼마나 중요한 역할을 하는지 보십시오. 현대는 레닌, 히틀러, 무솔리니, 처칠, 루즈벨트, 스탈린의 세기입니다.

자네는 어떻게 성공적인 정부형태에서 늘 있기 마련인 그런 특징을 무시할 수 있다고 생각하나?"

나는 이 마지막 질문을 프레이저를 향해 던졌다.

"월든 투에서의 지배자라는 것은 생각할 수가 없다네."

프레이저가 말했다.

"우리 실험에 토대를 둔 문화형태는 강력한 개인적 지도력을 필요로 하진 않아. 오히려 그런 지도력에 대한 견제와 방어 장치가 되어 있지. 내가 이전에도 설명했듯이 월든 투에서는 어느 누구도 공동사회의 구성원으로 행동하는 것이지, 다른 어떤 사람을 위해 행동하지는 않는다네. 개인적으로 감사하는 것도 마찬가지지만 개인적으로 누구를 특히 편애하는 것도 우리 문화공학자가 금지시켰네. 어느 누구도 공동사회 정신이 결여되어 있는 개인이나 그룹에게 신세지고 있지는 않아. 그건 경제적 고위층이 없는 사회에서는 거의 필연적인 사실이지. 다른 사회에서는 불가능할 걸세.

우리는 보다 큰 목적을 위해서 기획 또는 관리 절차를 숨기고 있다네. 관리자들을 제외하곤 여섯 명의 기획위원들의 이름을 정확히 아는 회원이 과연 몇 명이나 될지 나도 궁금하니까 말일세. 관리자들은 보다 직접적인 책임이 있으니까 회원들에게 알려져 있지만, 우리가 중간자의 입장에서 노력하는데도 불구하고 주인이라기보다는 오히려 시중꾼으로 간주되고 있지.

같은 이유로 우리는 역사의식도 구태여 고취시키지는 않아. 즉 월든 투의 설립 배경에 대해서도 공식적으로 언급되는 법이 없다는 얘길세. 이곳에선 선배를 예우하는 것도 용납되지 않네. 따라서 자기 자신을 초창기의 회원으로 지칭하는 것은 매우 바보 같은 짓이나 다름

없지. 스티브와 메리에게 요령을 배우도록 한 주일만 시간을 주어보게. 아마 여기에 오랫동안 있던 사람들과 구별할 수 없을 걸세. 그리고 모든 개인적인 공적은 알려지지 않거나 또는 익명으로 남게 되지. 공동사회에 대한 간단한 역사적 기록은 '법률 관리자'에 의해 기록되어 보존되지만, 정보가 필요한 기획위원과 관리자를 제외한 어느 누구에게도 공개하는 법이 없다네."

"그렇지만 도대체 왜 그런 수고를 하십니까? 역사상의 위대한 인물들이 모두 심술궂은 독재자는 아니었습니다. 훌륭한 인물이 나타나도록 유도한다고 해서 독재자를 만드는 것이라고는 할 수 없겠죠. 개인적으로 뛰어난 지도자라는 것에 뭐 잘못된 점이라도 있습니까?"

"당신의 주장은 빗나간 겁니다, 캐슬 씨."

프레이저가 말했다.

"바로 조금 전만 해도 나를 파시스트라고 했죠. 네, 잘못된 점들이 많습니다. 지도자나 영웅의 기능이 무엇입니까? 당신은 그 점에 대해 곰곰이 생각해 보셨습니까? 부적절한 통치기술을 보완하는 것이 아닐까요? 과학이 발달하기 이전의 사회에서 일반대중이 할 수 있는 최선의 일은, 지도자를 신뢰하고 그를 지지하며, 위임된 권력을 남용하지 않는 선의를 믿고, 공평히 다스리고 현명하게 전쟁에 대처하는 지혜를 믿는 것입니다. 그런 것은 통치가 하나의 예술로 남아 있을 때에나 가능한 일입니다.

일반 세계에서는 대체로 원칙이나 일의 상태를 보고 투표하지는 않습니다. 다만 그런 원칙을 믿고 그런 상태를 달성하리라고 약속하는 사람에게 투표하는 것입니다. 우리는 인물을 원하는 것이 아니라 평화롭고 풍부한 상태를 원합니다. 간혹 전쟁과 빈곤한 상태가 될 수도 있겠죠. 그러나 투표는 결국 한 사람에게 해야만 합니다. 지도자나 영웅은 과학의 힘이 미치지 못하는 것을 보충하는 사람입니다. 과학이 미치지 못하는 면에 자신의 머리와 마음을 쓰는 것이 그의 첫 번째 기능이지요. 여기에서는 지도자가 필요하지 않습니다. 우리의 기획위원들은 완전히 익명인 채로 잘 해나가고 있으니까요."

영웅은 또 다른 기능도 갖고 있지요. 지지를 규합하고 힘을 모으는 것입니다. 영웅적인 독재자의 독특하고 특별한 기능이지요. 군대와 경제적 종교적 세력들이 충성이나 복종의 형태로 지지를 서약합니다. 나폴레옹 같은 사람은 정적(政敵)에 의해서 완전히 권리를 박탈당한 후에도 이런 종류의 실제적 권력을 유지할 수 있었지요.

'국가는 권력이고, 영웅은 국가이다!' 이 얼마나 그릇된 정치 설계입니까! 많은 국가들이 지도자의 노력 없이는 존재할 수 없었다는 것은 사실입니다. 그런 점에서 그 구조는 자연스러웠으나 항상 통치의 초기 단계에서나 가능했지요. 우리는 전문가의 입장이나 권력 유지 장치로써의 개인 지도자가 필요한 시기는 넘었습니다. 캐슬 씨, 결코 필요하지 않습니다. 모든 사람의 복지를 위해 존재하는 사회는 개인적 지도자의 출현을 그대로 놔두지는 않습니다. 이런 사회에서는 지도자의 존재 원칙이 결국 의미가 없어질 테니까요. 오히려 영웅이 없는 사회가 믿기 어려울 정도의 힘을 가지게 됩니다. 누군가 그런 사회를 시도했어야 합니다."

"경쟁을 유발시키는 데에는 영웅이 필요하지 않을까?"
내가 말했다.

"자네가 왜 어린아이로 하여금 어른 흉내를 내지 않도록 하는지 알 수 있겠네. 그러나 영웅이 없이 실제로 일을 수행해 나갈 수 있을까? 비정치적인 지도자는 어떤가? 예를 들어 위대한 운동선수 같은 존재 말일세."

"우리도 기술과 힘을 높게 평가한다네. 그렇지만 개인적 승리는 강조하지도 않고 가치를 두지도 않는다네. 그런 것은 공동사회에서는 불필요할 뿐 아니라 위험하기도 하다네. 우리 지도자들은 경쟁에서 다른 회원들을 패배시킬 수 있는 사람이 아니고, 또한 어디에서든 그런 것을 바라지도 않아. 우리는 체스를 제외하고는 권투도 레슬링도 어떤 팀끼리의 시합도 하지 않거든! 자네는 훌륭한 운동선수를 영웅이라 부르고 싶겠지만, 그들은 단지 멋진 폼으로 다이빙하거나 혹은 높은 장대를 뛰어넘는 사람들에 불과하지. 그들의 행동은 자연이나 혹은 자기 자신을 정복한 것뿐이지.

그들은 화가나 음악인, 양복장이 또는 목축업자들과 똑같은 입장에 있다네. 그들을 익명으로 하지 않은 것은 그럴 수 없었기 때문이고. 물론 우리 아이들이 그들을 흉내 내거나 일시적 영웅으로 삼기도 한다네. 그러나 우리는 될 수 있는 한 영웅 '숭배'를 하지 못하도록 막고 있지. 대개 목표를 현명하게 선택하지 못한 데서 생기는 나쁜 동기이기 때문일세."

프레이저는 사람들이 지나갈 때 다시 문가로 가더니 누군가를 불러 세웠다.

"윈턴 씨 부처에게 시간이 좀 나면 내가 만나고 싶다고 전해 주시겠어요?"

그는 이렇게 말한 후 우리 쪽으로 돌아왔다.

"내 생각에는 이곳의 젊은이들이 역사상의 영웅들에 대해 배울 때 영웅이 없는 월든 투와 비교하게 되어 곤란할 것 같은데?"

그가 자리에 앉자마자 나는 이렇게 말했다.

"우리는 역사를 가르치지 않아."

프레이저가 잘라 말했다.

"물론 우리는 젊은이에게 군류학(群類學)이나 그 밖의 과목에 관해 모르도록 내버려두지 않는 것처럼 역사에 대해서도 그냥 내버려두지는 않지. 원한다면 모든 역사를 읽을 수 있으니까. 그렇지만 역사가 교육에 있어서 필수라고 생각하지는 않는다네. 우리가 그쪽 방향으로 유도하진 않고 있으나, 소수의 학생들이 역사 공부를 선택하기도 하지."

"그렇지만 역사란!"

캐슬이 외쳤다.

"우리나라의 역사는…… 우리 모두가 이 문명의 역사적 부분이 되고 있는데, 어떻게 그렇게 중요한 것을 무시할 수가 있습니까?"

"당신은 괜한 질문을 하고 계시는군요."

프레이저가 말했다.

"무엇이 그리 중요하단 말입니까?"

"교양 있는 사람을 만드는 교육이 중요하지요."

"당신은 아직도 억지 질문을 하고 있어요."

다음 얘기의 준비가 되어 있지 않았던지 캐슬은 이렇게만 말했다.

"미래에 대한 전망을 위해서, 또 객관적 견해를 위해서죠."

"역사가 전망을 형성해 줍니까? 마치 어떤 사람에게 월든 투를 바로 보기 위해서는 강을 따라 내려가야 한다고 충고하는 것과 같군요. 그렇지만 거기서는 전혀 볼 수가 없죠. 멀리 떨어진 사건들이 더 분명하게 보인다는 것을 어떻게 압니까?"

"그건 너무 지나친 말일세. 시간이 올바른 판단과 사물에 대한 균형 감각을 가져다준다는 것은 일반적인 상식이네."

나는 캐슬을 감싸듯 말했다. 프레이저는 빈정거렸다.

"사실을 오도함으로써 말이지! 어떤 역사적 사건이라도 너무나 복잡해서 누구도 정확히 알 수 없다네. 그것은 인간의 모든 지적능력을 초월해 있지. 시간이 흐르면 세부적인 것들은 다 잊히고 말아. 그렇게 되면 사건이 훨씬 단순하게 보일 테지! 우리의 기억이란 그렇게 되어 있으니까, 결국 가장 쉽게 생각할 수 있는 사실만 간직하게 되지.

그리고 그것이 영웅적인 지도자를 반대하는 또 하나의 이유라네. 영웅은 역사를 잘못 대변하기 때문일세.

 친애하는 캐슬 씨, 영웅은 역사가가 일반 대중들 앞에서 골라낸 것입니다. 역사가는 역사상의 실제 사실들, 즉 의견, 감정, 태도, 소망, 계획, 전략, 인간의 습관 등을 다룰 만한 과학적 어휘나 기술을 알지 못하기 때문에 영웅을 이용하는 것입니다. 그런 것에 관해 아는 바가 없으니까 영웅들을 얘기하는 것이지요. 얼마나 잘못 유도하는 일입니까? 개인적 특징과 사적인 사건들이 영웅적인 것과 뒤섞어져 버린다는 것은 피할 수 없는 일이지요."

 프레이저는 자신의 감정을 제어하려는 듯 커다란 몸짓을 하며 의자에 몸을 파묻었다. 그런 상태에서 얘기를 계속했다.

 "얘기가 다소 빗나갔군요. 나는 역사적 사실들을 시간이 흐른 후에 얼마나 잘 파악할 수 있는지는 상관하지 않습니다. 그것들을 아는 것이 그렇게 중요할까요? 역사란 반복하는 것이 아니라고 믿습니다. 과거에 대한 믿을 만한 정보를 갖고 있더라도 현재나 가까운 미래에 관해 추론할 수 있을 만큼 비슷한 경우란 거의 찾을 수 없을 것입니다. 역사가 현재의 안내자로서는 '실질적인' 소용이 없습니다. 우리는 흔히 감정적인 차원에서 역사를 잘못 사용하고 있습니다. 이 사실은 아무도 부인하지 못할 겁니다."

 "당신이 진심으로 그런 말을 한다고는 믿을 수가 없군요."

 캐슬이 말했다.

 "역사의식을 통해 아무런 전망이나 객관적 의견을 얻지 못한다는 얘깁니까?"

 "그렇죠. 그 이상일지도 모르죠. 숙명론이라면 몰라도 역사의식만큼 현재에 대한 우리의 평가를 혼란시키는 것은 없습니다. 히틀러와 같은 사람들은 역사를 정말 유리하게 이용하는 사람들이죠. 그것이 바로 독재자들이 필요로 하는 것입니다. 현재에 대해 올바르게 평가를 하려는 모든 시도를 흐리게 합니다. 민족, 가족, 조상숭배 등은 역사의 시녀들이라는 사실을 우리가 진작 알았어야 합니다.
 월든 투의 젊은이들에게 가르치는 것은 한 문화가 연관되어지는 '현재' 의 힘에 대한 이해입니다. 당신들의 신화도, 영웅들도, 역사도, 운명도 아니고, 단지 '현재' 인 것이죠! 현재가 바로 우리의 실체인 것입니다. 어쨌든 현재만이 우리가 과학적 방법으로 취급할 수 있는 것이죠. 그렇지만 우리는 독재자로부터는 멀리 떨어져 있습니다. 이젠 내가 아무런 개인적 야심이 없다는 것을 밝혀 드렸으니 만족하시겠습니까, 캐슬 씨?"
 너무도 갑작스럽게 바뀐 말이라 캐슬은 잠자코 있었다.
 "당신을 확신시키기 위해 내가 무엇을 더 말하면 되겠습니까?"
 프레이저가 말했다.
 "그 밖에 무엇을 알고 싶은가요? 자유롭게 우리를 살펴보십시오. 원하는 대로 오래 계십시오. 그렇다고 해서 미안해 할 필요는 없으며, 손님인 당신이 우리에게 동의할 것을 주장하지도 않습니다. 오히려 적수가 될 만한 반대 의견을 우리는 높이 평가하지요. 만약 당신이 조금이라도 독재주의의 흔적이나 위협을 발견할 수 있다면, 즉시 그것을 수정할 것입니다. 그렇게 되면 우리가 당신한테 영원히 은혜를 입게 되는 거지요."
 "아마 익명의 은혜 말이겠지. '영원' 이라는 말에 내포되어 있는 미래를 말한 것은 아니겠지."
 나는 싸늘하게 말했다.
 "물론 익명이지."
 내 말의 의미를 정확하게 파악하지 못한 프레이저가 말했다.
 "그리고 이러한 사실이 캐슬 씨의 현재의 마음을 근본적으로 바꾸게 하는지 들어보자구. 확신하지만, 캐슬 씨도 나와 마찬가지로 개인적 승리를 추구하는 것은 아닌 것 같으니 말일세."
 모호한 이야기였으나, 나는 그의 말의 미심쩍은 점을 유리하게 해석해 주었다.
 "모든 일이 현대 심리학의 원리와는 반대로 되고 있군. 개인적 지배는 강력한 동기이지."
 내가 말했다.
 "경쟁 사회에서는 그렇겠지."
 프레이저가 말했다.
 "그러나 다른 관점에서 보면 적어도 위대한 사람들에 관해서 말이야. 그리고 천재들은······."
 프레이저는 나의 얘기를 잘라버렸다.
 "그것도 개인적 지배의 면에서 위대했던 천재들만이지. 나머지 우리들은······."
 프레이저는 자기의 이야기가 빗나갔음을 알았는지 잠시 말을 멈추었지만 이미 때는 늦었고, 그는 계속할 수밖에 없었다. 캐슬은 이상한 미소를 지었다.
 "나머지 우리들은 성공적인 사회구조에 잘 적응하는 강력하고 보다 나은 동기가 있지. 결국 통치 역사의 마지막 단계는 비록 치명적이라도 개인적 지배가 항시 이상적인 것으로 여겨지던 곳에 비이기적 동기를 적용하는 시기라고 할 수 있지."
 프레이저는 갑자기 얼굴을 찡그렸다. 자신의 실수를 돌이켜 생각하고 있는지 아니면 방금 역사와 운명에 대해 얼마나 상식 밖으로 이야기 했었는가를 깨달았는지 전혀 알 수가 없었다.
 "내가 죽으면······."
 그는 초조한 표정이었으나, 열띤 어조로 계속했다.

"문자 그대로 존재하는 것을 멈추겠지. 몇 가지 유품이 화장터로 내 뒤를 따를 것이고 아무런 기록도 남아 있지 않을 걸세. 개인으로서의 나는 마치 재와 마찬가지로 알아볼 수도 없을 걸세. 그것이 모든 월든 사회의 성공에 절대로 필수적이라네. 아무도 이전에는 깨닫지 못한 것이었네."

"그러나 자네의 공헌은…… 즉 월든 투 자체에 대한 계획 말이야."

내가 말했다.

"아, '그것'!"

프레이저는 외쳤으나, 나의 시선을 피하려 하고 있었다.

"그것은 다른 이야기지."

그는 일어나서 바쁜 걸음으로 문가로 걸어갔다. 캐슬과 나는 산책길로 그의 뒤를 따랐다. 가면서 우리는 다음날의 약속을 정했다. 우리가 프레이저의 방으로 가는 복도에까지 와서 프레이저와 헤어지려고 할 때 한 젊은이가 뒤따라 산책길을 올라오고 있었다.

프레이저는 그를 불러 세웠다.

"잠깐! 윈턴 부부가 도대체 어떻게 됐나?"

"제가 듣기로는 모두 수영하러 갔다던데요."

젊은이가 말했다.

프레이저는 어색한 미소를 머금은 채 우리를 보았다. 그는 어깨를 한번 으쓱해 보이더니 한 마디 말도 없이 자기 방으로 걸어갔다.

28

일요일 아침.
나는 옷을 입으면서 캐슬에게 물었다.
"어때요, 프레이저는 파시스트일까요?"
"글쎄요, 사실 난 관심이 없습니다. 요컨대 난 철학자니까요. 그 친구가 실질 문제를 다루는 데 있어서는 매우 능란하다는 것을 인정합니다. 그가 말한 것의 전부를 동의하는 것은 아니지만 그래도 많은 것에 동감하고 있다는 것이 놀랍기만 합니다. 그러나 나는 철학자로서 다른 차원에서 기본적 진리를 찾고 있습니다. 나로서는 무조건 그의 의견을 받아들이기 전 몇 가지 중요한 일반적인 의문점을 해결해야 겠어요. 개인의 존엄성과 고결성은 어떻게 되는 겁니까? 그런 것의 위치는 어떻게 됩니까? 민주주의는 또 어떻습니까? 프레이저는 그런 것들에 대해 여러 번 애매한 태도를 취했지요. 개인의 자유와 책임감은 또 어떻구요."
 나로서는 보다 중요한 분야에 형이상학자(形而上學者)들이 관여하지 않도록 했다는 점에서 그런 문제들의 가치가 있다고 생각했다. 그러나 나는 캐슬의 완고성에 오히려 존경심을 갖고 있었다. 그리고 그가 이런 문제들을 유익한 토론으로 이끌 수 있으리라 생각했다.
 "그런데 왜 그에게 캐묻지 않았습니까?"
 "기회가 없었습니다. 우리는 항상 특수한 과정들만을 이야기하다가 말았거든요. 조건반사니 또는 그 비슷한 것들 말입니다. 일반적 논쟁으로부터는 마치 바람에 날리는 종잇조각에 놀란 망아지처럼 뒷걸음질 치거든요."
 "나도 그 비유를 써야겠군요."
 내가 말했다.
 "프레이저는 아마 일반적인 문제가 '바람에 날리는 종잇조각' 보다 더 중요할 게 없다고 말할 겁니다. 또는 실증주의자의 입장에서 그런 것들이 '종이 위에 부는 바람' 일 뿐이라고 주장할 수도 있겠지요."
 나는 이런 말에 흥미를 느꼈지만 캐슬은 흥미는커녕 들으려고 하지도 않았다. 우리는 말없이 옷을 다 입고 식당으로 갔다.
 프레이저는 로저스와 스티브와 함께 우리를 기다리고 있었으며 여자들도 잠시 후에 나타났다. 로저스는 여자들의 식사 준비를 도와주었고, 프레이저도 로저스와 같은 기사도적인 행동을 보이기 위해 미숙한 태도로나마 바바라를 그의 옆 자리에 앉도록 권했다.
 바바라는 기쁜 듯이 가볍게 앉으며 멋진 미소를 보냈다.
 "고마워요."
 프레이저는 빳빳이 다린 양복을 입고 있었으며 울긋불긋한 나비넥타이까지 매고 있었다. 바바라는 친근하게 그 타이를 손가락으로 만지작거렸다.
 "디자인이 아주 재미있군요."
 그녀가 찬사를 보냈다.
 "그래요?"
 프레이저는 우리에게 얼굴을 돌렸다.

"이건 우리 방직기에서 생산된 겁니다. 방직계통의 작은 산업체를 하나 만들어볼까 생각중입니다."

"선생님은 늘 그렇게 전문적이군요."

바바라는 뾰로통해서 말했다.

"죄송합니다."

프레이저는 다시 정중히 예의를 갖추며 말했다.

"나를 싫증나는 인물로 생각할까 걱정이군요."

"천만에요. 선생님의 이야기는 다 재미있었어요. 다만 선생님이 그저 자기 생활의 시간이 있는지 궁금하군요."

"자기 생활이라고요? 물론 내 생활이 있다고 확신합니다. 그런데 그게 무슨 말입니까?"

"제가 말씀드리는 것은 사람들에 대해서 너무 과학적으로만 생각하고 있다는 말입니다."

바바라는 프레이저의 눈을 똑바로 쳐다보며 이따금씩 그를 당황하게 만들고 있었다.

"그게 무슨 상관이 있습니까?"

"하지만 이곳 사람들이 어떻게 보이나요? 정말 '사람'으로 보이나요?"

"물론이죠."

"그러나 선생님의 대인 관계는 늘 '과학적'입니다."

"아! 나는 이제야 당신이 무얼 말하려고 하는지 알겠습니다. 절대로 그렇지 않습니다. 저 역시 다른 사람들 이상으로 훈훈하고 흡족한 경험을 해왔다고 자부합니다."

"하지만 선생님이 나를 연구하고 있지나 않나, 또는 이론을 내게 적용하고 있지 않나 해서 대단히 두려워요."

바바라는 웃어 버렸고, 프레이저는 눈을 내리깔았다.

"미안하지만 당신을 실망시켜야 할 것 같습니다."

그는 사무적으로 요점을 나열하듯이 말했다.

"내가 의사나 해부학자일 경우보다 더 과학적 연구대상으로써 당신에게 관심을 가지는 것은 아닙니다."

이 말은 분명히 바바라에게 의도했던 것 이상의 암시를 주었다. 프레이저는 더 큰 오해를 불러일으키지 않으려고 급히 말을 이었다.

"해부학자가 당신을 볼 때, 항상 즉시 냉동시킨 다음 전부 착색시켜 얇은 부분으로 해부해 놓았을 때의 모습을 상상하고 있다고 생각하십니까?"

프레이저도 우리가 커다란 햄 조각을 먹고 있던 그 식탁장면에서는 좋은 화젯거리가 아닌 줄 알았지만, 그 화제에서 벗어날 수 없는 것 같았다. 나는 그런 프레이저의 난처한 입장을 그냥 보고만 있었다.

"내가 말하고 싶은 것은 나는 물론 해부학자도 그렇지 않다는 것이고, 당신은 이곳 손님으로서 참 즐겁고 매력 있는 젊은 여성이라는 것입니다."

이 말은 행동공학의 어리석은 단면같이 들려서 나는 크게 웃어버렸다. 점점 당황해진 프레이저는 서둘렀다.

"내 말을 이해하시겠습니까? 필요에 따라선 과학자로서 행동해야겠고 그 나머지 시간은 순리대로 유쾌하게 지내야겠지요. 좀더 좋은 예를 들자면, 식물학자도 꽃밭을 즐길 수 있다는 것이 되겠군요. 식물학자의 경우, 그의 과학적 지식이 반드시 꽃에 대한 감상을 방해할까요?"

그는 계속해서 애를 쓰고 있었다. 바바라는 어쩔 줄 몰라 했고 그를 도울 수도 없었다. 로저스는 뚱해서 아침식사만 하고 있었다. 캐슬은 커피를 들면서 킥킥대고 있었고, 스티브와 메리는 식탁 밑에서 발목만 문지르고 있었다. 프레이저를 내가 도와주어야 할 입장에 있었지만, 나는 그러지 않았다.
 그는 자신의 논점에 대해 여러 가지 다른 예를 들어가며 말했고 결국 그의 장광설은 끝났다. 바바라를 재삼 확인시키려고 꽤나 아첨을 떨다가 마지막으로 '알겠습니까?' 하고 그녀에게 고개를 돌렸을 때, 그녀는 단호하리만큼 명료하게 소리쳤다.
 "네, 충분히 알았습니다."
 프레이저에게 명확한 다음 계획은 없는 것 같았으며, 일요예배에 참석할 것을 제안했을 뿐이었다. 우리가 아침식사를 끝냈을 때는, 이미 예배가 진행중이었다. 한 이십 분 있으면 새 예배가 시작된다는 것을 알았으므로 산책길과 휴게실 주위를 그저 목적 없이 거닐기로 했다. 나는 캐슬을 불러 나를 감동시켰던 이곳의 조각품들을 보여주려고 일행과 헤어졌다. 특별히 캐슬에게 보여주고 싶었던 초상화를 찾으면서 우리가 휴게실에 들어섰을 때, 바바라의 말이 들렸다.
 "그럼 왜 당신은 아직도 독신이신가요?"
 그녀는 프레이저와 함께 이리저리 돌아다니면서 여전히 그의 사생활에 대해 묻고 있었다. 나 역시 그 점에 상당한 호기심을 갖고 있었으나 아직 그런 질문을 하지 못했었다. 그럴 기회가 없었던 셈이다. 우리가 너무 빨리 돌아섰으므로 프레이저의 대답은 듣지 못했다. 예배시간에 맞추어 우리 일행이 다시 모인 다음에 극장 쪽으로 걷기 시작했다. 그러나 프레이저는 내 옆에 와서 낮은 목소리로 물었다.
 "자네, 정말 예배에 가고 싶나?"
 나는 고개를 흔들었다.
 "그러면 빠지세."
 그는 이렇게 말하면서 내 팔을 잡고 방향을 바꾸었다.
 "나는 경쟁사회에서의 젊은 여성이 어떤지를 거의 잊고 있었네."
 그는 바바라 쪽으로 턱을 쳐들면서 말했다.

"놀라운 일이야. 그녀와 로저스와의 관계는 어떤가? 그게 약혼반진가?"

"그럴 거야."

"로저스는 월든 투에 대해서 어떻게 생각하나?"

"그 친구는 지난 이 년 동안 이런 세상을 꿈꾸고 있었고 이제는 모두 현실화된 셈이지. 그러나 바바라에 대해서도 이상적인 꿈을 가지고 있는 것 같아."

"그건 그렇게 어려운 선택이 아니잖은가?"

"로저스에게는 어려운 선택이지. 꽤 오래 전, 그러니까 로저스가 군에 가기 전에 둘이 약혼했다네."

"바바라가 육체적인 면에서는 멋있어. 하지만 로저스가 바바라의 마음을 아는가 몰라. 성적인 면 이외에 말이야."

"모르겠네. 둘 다 좋은 가문 출신이고 내 생각엔 둘 다 비슷한 면이 많이 있었던 것 같아."

"하느님 맙소사!"

"하지만 로저스는 전쟁을 직접 겪었고 바바라는 그렇지 않잖나."

"그렇지, 이게 차이점이겠네. 아무튼 바바라가 그 같은 남자를 휘어잡도록 놔둘 수는 없어. 로저스는 좋은 사람이지."

"로저스는 이미 그녀에게 잡혔어. 영원히 잡힐 것 같아."

나는 말했다.

"자네는 로저스와 이야기 해봤나? 무엇을 할 것인지 물어봤나? 그에게 지금부터 십 년 후에 이곳이 어떠한 모습이 될 것인지 말해 준 적이 있나?"

"별로……."

내가 말했다.

"그래, 그러면 내가 그와 몇 마디 해야겠군."

"그래도 아마 자네에겐 별로 득이 없을걸. 바바라는 행동공학에 대해 상당히 고집스런 선입견을 갖고 있더군. 그리고 내가 보건대 바바라가 꽤 능란한 것 같네. 또 그녀에게는 자네가 손댈 수 없는 강력한 힘이 있다네."

 "그렇지만 로저스와 이야기해야겠어. 여기에도 얼마든지 예쁜 여자들은 있거든."

 우리들은 독방이 있는 쪽으로 걸어갔다. 방문 앞에 멈추자 프레이저는 문을 열고 나를 들여보냈다. 방은 어지럽혀져 있었다. 침대가 정돈되어 있지 않았을 뿐 아니라, 마치 여러 날 사용되지 않은 것 같았다. 책상 위에는 책과 종이, 개봉되거나 미개봉된 편지들, 연필, 드라이버, 계산기가 있었고, 방바닥에는 술을 따라 마신 흔적의 빈 술잔이 어지럽게 널려 있었다. 책들은 조그만 벽난로 앞쪽에 아무렇게나 쌓여 있었다. 어느 책더미는 더러운 옷 뭉치로 덮여져 있기도 했다. 대여섯 개의 캔버스들이 한쪽 벽에 기대여 있었다. 창 가까이 마루에는 꽃이 이미 오래 전에 말라 죽은 커다란 화분이 놓여 있었다.

 프레이저는 작은 등의자에서 더러운 잠옷을 치우고 나에게 앉기를 권했다.

 "월든 투에서는……."

 그는 자기 책상 쪽의 낡은 회전의자에 앉으면서 말했다.

 "독방은 바로 각자의 성(城)이라고 할 수 있지."

 나는 조용히 그 폐허 같은 곳을 둘러보았다.

 "나 자신이 사실은 흥미로운 연구 대상일세."

 그는 계속했다.

 "내 사고의 정확성과 질서는 이런 형편없이 무질서한 습관과 대조가 되지. 월든 투에서는 독방이 침해받지 않기 때문에 이런 결과가 생긴다네! 다른 곳에서는 의무적으로 정결해야 하지 않나. 우리의 자녀들이야 당연히 질서 있게 살기 바란다네. 그러나 이 나이의 우리들에게는 할 것이 너무 많네. 나는 책을 보고 난 후 제자리에 꽂아두지 못한다네. 물론 내가 도서관에서 일하는 입장이 아닌 바에야 그렇게 하려고도 않는다네."

나는 담뱃갑에서 남은 담배를 꺼내 프레이저에게 한 대 권했다.

"피우게."

그는 재떨이로 사용되는 유리잔 하나를 나에게 건네주면서 말했다.

"나는 안 피우네."

나는 찌그러진 담배를 곧게 하고자 잘 두드려서 불을 붙였다.

"그런데 자네는 이 월든 투에 대해 어떻게 생각하나?"

드디어 프레이저가 물었다. 나는 이런 질문이 나올 줄 알았지만 그 말은 불쾌하고 귀에 거슬렸다.

"잘 모르겠어. 내가 어떻게 생각해야 되겠나?"

"우선 월든 투가 잘되어 간다고 생각하나?"

"경탄할 정도라고 말할 수 있네."

"좋아. 나는 자네가 그걸 의심할 만큼 미련하지는 않으리라고 생각했네. 물론 잘 돌아가고 있네. 그러면 일반 회원들의 생활에 대해서는 어떻게 생각하나? 만족스럽게 보이나?"

"내가 아는 한 자네들 모두 완벽하리만치 행복하네. 내가 어제 몇 가지 조사를 했다는 걸 고백해야겠군."

"나도 들었어."

프레이저가 나의 말을 끊으며 말했다.

"그보다 자네 자신은 어떤가? 여기가 대학보다 자네의 개인적 목표를 성취하기 어려운 곳이라고 생각하나?"

"모르겠네. 프레이저, 나는 정말 모르겠네. 내 교직 생활이 정말 행복하다고는 말할 수 없네. 그리고 나의 동기(動機)가 다 분명한 것도 아니야. 어떻게 다른 생활이 나를 완전히 만족시킬 거라고 확신할 수 있겠나?"
 "사실 나도 인정하네. 물론 우리가 자네에게 줄 수 없는 것도 있다는 것을."
 프레이저가 말했다.
 "그러나 그건 중요한 게 아니라네. 이 문제에 대해선 선택조차 필요 없지 않을까?"
 "내가 단지 말할 수 있는 것은······."
 나는 이렇게 염치없이 나를 전향시키려는 데 분개하며 말했다.
 "다만 현재로선 내가 월든 투에 팔리지 않았다는 것이네. 솔직하게 말한다면 어떤 저항감이 느껴지는군. 나도 왜 그런지 모르겠네. 그러나 일부러 그 이유를 만들려고도 하지 않겠네."
 "캐슬은 이유를 만들어 낼 거야."
 프레이저는 말했다.
 "자네가 캐슬로부터 이유를 얻을 수도 있을 거야. 그는 가입 안 할 이유를 많이 가지고 있네. 그럼 월든 투에 대한 자네의 태도는 단순히 감정적이군."
 "그럴 걸세."
 프레이저는 책상에서 빵조각 모양의 노란 타일을 꺼내 가지고 장난치기 시작했다. 그는 내가 흥미 있어 하는 걸 알고 설명해 주었다. 그 타일들은 이 지방 진흙으로 만들었고, 표면에는 서로 다른 숫자로 표시가 되어 있다고 했다. 그는 타일 하나를 가볍게 공중에 던졌다가 받아냈다.
 "월든 투에 대한 자네 태도는 상당히 나 개인에 대한 태도와 관계 있는 게 아닌가?"
 그가 말했다. 나는 이 질문에 놀라서 얼른 대답을 못 했다. 그는 손가락 마디로 가볍게 타일을 쳐서 둔탁한 소리를 냈다.
"그런 문제는 시원히 얘기해 버리는 것이 좋네."
그는 계속했고, 나는 아무 말도 못했다.
"부리스, 솔직히 말해보게. 자네는 왜 나를 싫어하나?"
"오, 그렇지 않네."
강력히 부인하지는 못하며 말했다.
"난 자네가 훌륭한 일을 했다고 생각하고 있네."
"일이야 그렇지. 그러나 그만큼이나 자네는 날 싫어하지. 그렇지 않은가?"
나는 아무 말도 하지 않았다.
"자네는 나를 잘난 체하고 공격적이며 재치 없고 이기적이라고 생각하지. 또 다른 사람에게 미치는 나의 영향에 대해서 미리 계산될 때를 제외하고는 전적으로 둔감하다고 자네는 확신하고 있네. 자네는 나한테서 월든 투의 성공 원인이 되는 자연스런 힘이나 개인적 온정을 발견할 수가 없었네.
나의 동기는 숨겨져 있고, 일반 상식에서 벗어난 것이며 정서는 비뚤어져 있다네. 한마디로 말해서 지난 나흘 동안 자네가 본 모든 사람들 중에서 이 공동사회의 진정한 일원이 될 수 없는 사람이 있다면, 그 사람이 바로 '나'라고 믿고 있는 거지."
나는 여전히 할 말이 없었다. 그건 마치 내가 할 말을 프레이저가 대신하는 듯했다. 그는 나의 침묵을 그의 말을 수긍하는 걸로 받아들였다.
"좋아, 자네 생각이 정말 맞았네."
그는 조용히 말하고 나서 일어나더니 손을 들어 벽난로에다 타일을 부서져라 하고 던졌다.
"허나, 부리스. 빌어먹을!"

그는 '빌어먹을' 이란 말을 타일의 박살나는 소리와 맞춘 듯이 동시에 소리쳤다.
"자네는 모르겠나? 나는…… 이…… 월든…… 투의…… 산물(産物)이…… 아냐!"
그는 앉았다. 자신의 빈손을 들여다보다가 그의 드러난 감정을 감추기라도 하듯 또 다른 타일을 재빨리 주워들었다.
"자네는 나 한 사람에게 너무 많이 바라고 있지 않은가?"
그는 나를 빤히 바라보며 말을 이었다.
"자네 마음대로, 내가 한 일이나 아직 안 한 것에 대해 한번 점수를 매겨 보게. 그러나 완전한 것을 바라진 말게. 다른 사람들을 서로 마음에 들게 만들었고, 행복하게 했고, 생산적으로 만들었다는 것만으로 충분치 않은가? 왜 내가 그들과 닮기를 바라는가? 잘 조직된 사회에 가장 알맞다고 내가 밝혀낸 적성을 내 스스로 지녀야만 하는가? 어떻게 하면 사람들에게 끌어낼 수 있는지 연구해 낸 흥미, 기술과 구속받지 않는 정신 등을 내 스스로가 보여주어야만 하는가? 내가 넌덜머리나는 하나의 마네킹같이 그런 성질들을 모두 갖추어야 하겠나? 모방만이 교육에 있어서의 유일한 원칙은 아닐세. 성자는 오히려 그 반대지. 의사가 환자와 같이 건강을 나누어야 하나? 또 어류학자가 물고기처럼 헤엄을 잘 쳐야만 하나? 폭죽을 만드는 사람이 폭죽같이 뻥 터져야 하나?"
"나는 의사가 자신도 치료할 수 있기를 바라네."
내가 말했다.
"나는 치료에 관해서도 모르겠네. 안다 하더라도 그걸 실행할 위치에 있지도 않네. 다만 우리와 같이 생활하는 사람들이 다 그래야 하듯이 내 자신이 공동사회에 받아들여지도록 노력할 뿐이라네. 내가 창설자라고 해서 그 보상으로 관용을 요구하지도 않네. 그러나 세상엔 완전한 갱생도 없다네. 또 완전한 전환도 없지. 우리가 추구하는 궁극적 사회구조는 월든 투의 천성을 충분히 지닌 사람들을 기다려야 하네. 그런 사람들은 틀림없이 출현할 거니까 걱정할 것은 없네. 그때엔 우리들은 마치 굽는 도중에 흠이 간 그릇처럼 까맣게 잊힐 걸세."

그는 벽난로에 부딪쳐 깨진 타일의 조각을 집어들고는 무심히 그걸 만지작거리더니 갑자기 웃음을 터뜨렸다.

"인간으로서의 나 개인은 '완전한 실패'고 이젠 끝장났다고 말해두자구. 좋아, 그러면 월든 투는 어떤가? 이보다 더 현실적이고 성공적인 것이 있을 수 있을까? 어떤 면에서든 월든 투의 원칙들에 필적할 만한 것이 있을까?"

그는 타일 조각의 뾰족한 면을 따라 손가락으로 더듬어보며 자세히 살피기 시작했다.

"아니야, 부리스. 자네는 나를 무시해 버리게. 나를 잊어버리고 밝은 하늘로 자네의 얼굴을 돌리게."

그는 급히 난로 쪽으로 걸어가서 타일 조각들을 헤쳐보고 있었다. 찾고자 하는 것을 찾지 못했던지 책상으로 돌아와 남아 있는 타일에 박힌 숫자를 들여다보았다.

"7번이었던 것이 분명해."

그는 손에 쥔 조각을 햇빛에 비추어보며 조용하게 말했다.

"대단히 훌륭하게 깎았군. 기록해 두어야겠어."

29

 캐슬은 그날 오후 '일반적인 문제'에 대해 이야기할 수 있는 기회를 가졌다. 원래 그날은 메이어슨 부부 그리고 서너 명의 아이들과 스톤힐 정상까지 산책을 하기로 했기 때문에, 심각한 이야기를 할 기회가 없을 줄 알았다. 그러나 오전 내내 폭풍우가 내릴 것 같았고 점심때에는 그 계획이 취소되었다는 소식을 들었다. 계획이 변경되어 오후엔 다시 한가했으므로 나는 식당에서의 움직임을 살펴보았다. 식사가 거의 끝나갈 무렵 낯선 두 젊은이들이 나타나서 로저스와 스티브와 다른 여자들에게 말을 걸었다.
 "코넷이나 색소폰 또는 트롬본을 연주할 줄 아십니까? 우리는 연주회를 계획하고 있는데…… 튜바도 하나 갖고 있습니다."
 "당신, 할 줄 알았잖아요, 스티브!"
 메리가 말했다.
 "스티브는 필리핀에서 구닥다리 트롬본을 갖고도 잘 불었죠."
 로저스가 말했다.
 "좋아요, 또 다른 사람은 없어요? 다 순수한 아마추어입니다."
 바바라도 악보 없이 유명한 곡은 피아노로 칠 수 있어서 어떻게든 연주팀이 구성될 수 있으리라는 생각이 들었다. 그들은 악기의 재고 품들을 알아보려고 극장으로 떠났고, 프레이저와 캐슬 그리고 나만 남게 되었다.

캐슬은 곧 이야기를 꺼낼 채비를 갖추기 시작했다. 그는 탁자 위에 바바라가 놔둔 빈 담뱃갑을 집어 들어서는 두 조각을 내고 다시 반을 접어 또 찢었다. 그는 목에서 여러 가지의 쉰 소리를 내었다. 무슨 이야기가 나올 것이 분명했으므로 프레이저와 나는 조용히 기다렸다.

갑자기 캐슬이 큰소리로 말했다.

"프레이저 씨, 당신을 인류 역사상 가장 극악무도한 음모자의 하나라고 단정하고 싶습니다."

그는 될수록 침착하게 프레이저를 쳐다보려고 했으나 몸은 떨렸고 눈은 왕방울만해졌다.

"내 방으로 함께 갑시다."

프레이저가 조용히 말했다.

대조가 되게 조용한 목소리로 말한 것은 프레이저의 작전이었으며, 그만큼 효과가 강력했다. 캐슬은 땅 속으로 가라앉는 듯했다. 영웅적으로 설전(舌戰)을 시작하려 했던 의도와는 달리 얌전히 자기 쟁반을 식당 창구에다 갖다 놓고, 산책로를 통해 프레이저를 따라가는 수밖에 없었다.

캐슬이 무슨 말을 하려고 했는지 나로서는 알 수 없는 노릇이었다. 아마 예배 시간 동안 어떤 생각을 하고 있었던 것이 분명했지만 그 내용을 짐작할 수가 없었다. 프레이저도 역시 당황하고 있는 것 같았다. 방으로 가자는 그의 제안은 마치 말투가 험한 친구에게 '밖에 나가서 다시 이야기 할래? 라고 말하는 것 같았다. 그는 캐슬의 공격을 예상했던 모양인지 이미 충분한 대비책을 강구했던 것 같았다. 우리가 프레이저의 방에 들어가자 그는 침대 위에다 홑이불을 깔고 다리를 쭉 뻗고 누웠다. 캐슬은 아까 보였던 기습적인 공격의 태도를 억지로 재현하면서 다시 말하기 시작했다.

"프레이저 씨, 나의 최종 평가는 당신이 기계화되고 관료적인 현대판 마키아벨리(Machiavelli)라는 겁니다."

그는 조금 전과 같이 도전적인 눈빛을 띠고 말했다.

"'최종 평가'에 도달했을 때의 기분은 분명히 유쾌할 겁니다."

프레이저는 말했다.

"위력적인 예술가의 걸작은 가공적인 기술을 은폐하는 것이지요. 즉 그는 말없는 독재자인 것입니다."

캐슬이 받았다.

"엠(M)으로 시작되는 글자로 나를 표현하셨는데, 차라리 '메피스토필리안(Mephistopheles: 악마)'이라고 부르시죠."

이 말은 내가 전날 오후에 가졌던 두려움을 다시 느끼게 했다.

"나도 그렇게 말하고 싶었습니다."

캐슬은 말했다.

"신(神)도 분명한 확신이 없고서는, 천사들의 전쟁에서 이와 같은 변화가 일어나는 것에 마음이 편치 않을 겁니다. 당신은 인간이 구원을 향해 노력하는 모든 길을 막아 놓았소. 당신은 지성과 독창력 대신에 비열한 본능과 조정된 강박성으로 가득 채워 놓았소. 월든 투는 마치 개미집과 같이 '효율적인 조정'의 경이적 산물이 아닙니까!"

"지성을 본능으로 바꿔 놓는다!"

프레이저는 중얼거렸다.

"그런 쪽으로는 생각을 못 해 봤습니다. 재미있는 가능성이군요. 어떻게 그렇게 될까요?"

그것은 노골적인 술책이었다. 이 질문은 객담으로 캐슬의 반응시간을 방해하고, 자기가 자신이 있는 실제적 문제로 우리의 주의를 돌리려는 것이었다.

"이곳 회원들의 행동은 하나의 '계획'에 의해 용의주도하게 만들어졌고……."

캐슬은 프레이저의 술책에 말려들지 않으려고 이렇게 시작했다.

"그 계획이 영속되도록 만들어져 있죠. 월든 투는 벌집통의 생활처럼 자발적인 변화 과정이 불가능하죠."

"당신의 말은 이해하겠습니다."

프레이저는 냉담하게 말했으나, 곧 자신의 책략으로 돌아갔다.

"이곳에서 나의 권력구조라도 발견했단 말입니까?"

"물론이죠. 우리들은 잘못된 곳에서 관찰하고 있었소. 당신과 월든 투의 회원들 간에는 '현재' 접촉이 없어요. 당신은 어젯밤 그 요점에서 교묘하게 빠져나갔소. 그러나 당신이 애초의 계획을 세울 때, 즉 사회구조를 계획하고, 공동사회와 회원들 간에 계약을 만들고, 당신의 교육적 실행절차와 반독재적 보장 계획을 세울 때에 이미 독재자처럼 행동했습니다. 굉장한 희롱이죠! 당신이 '그때'에 통제하지 않았다고 말하진 마십시오! 부리스가 그걸 알았소.

조직자로서의 당신의 경력은 어떻습니까? '지도력'이 있었습니다. 그것은 역사상 가장 저주받을 지도력이오. 왜냐하면 당신은 이곳에서 일어나는 모든 것이 당신 자신의 일이 될 것이라는 분명한 생각에서, 개인적 세력권으로서의 은퇴 무대를 마련하고 있기 때문이죠. 의심을 품지 않은 수백 명의 사람들이―당신은 수백만 명이 될 거라고 예언했지만―당신의 야심적 계획의 함정에 빠지게 될 참이지요."

캐슬은 대단히 흥분한 채 자신의 논점을 이끌어 나갔으나, 프레이저는 애써 편안한 자세로 누워서 두 손을 머리 뒤에다 깍지 낀 채로 천장을 응시하고 있었다.

"훌륭하오, 캐슬 씨. 내가 어제 헤어질 때 그런 논리의 단서를 제공했군요."
"정말 그랬소. 그리고 나는 그 이유를 생각했소. 당신의 자만심이 치명적인 실수를 일으키게 한 것은 아닐까 하고 말이오. 아마도 그건 당신의 독재주의에 대한 궁극적인 답일 거요. 어떤 사람도 자신이 잡은 권력을 때때로 전시하지 않고서는 권력을 즐길 수 없으니까요."
"나는 권력이니 독재니 하는 걸 인정하지 않았습니다. 그러나 당신이 말한 것 중에 내가 영향력을 행사했고 어떤 의미에서는 계속 발휘할 거라는 말은 맞는 말이오. 당신이 나를 '주동인물'이라 불렀는데, 어젯밤 그 어휘를 생각해 보았지만 꼭 맞는 어휘는 아닙니다. 사실 월든 투를 계획한 사람은 나지만, 건축가가 건물을 설계하듯이 한 것은 아니었습니다. 과학자로서, 장차 부딪칠 조건을 확실히 알지는 못하나 대처방안을 갖추고 있는 장기적 실험을 계획하는 겁니다.
하지만 벌집 통 속에서 행동이 결정되어 있는 것과는 다를 것입니다. 지성(知性)이 우리 교육체제에 의해 많이 다듬어지고 확대된다고 해도 역시 지성으로서의 기능은 다할 것입니다. 지성은 벌집 사회가 금방 굴복하게 될 문제들을 오히려 해결해 내는데 사용될 겁니다. 기획의 기능은 지성으로 하여금 현명한 개인의 이익보다는 사회의 이익을 위해서, 또 개인의 일시적인 이익보다는 궁극적 이익을 위해서 올바로 유지되도록 하는 것이지요. 또한 사회의 복지에서 개인의 이해관계도 잊히지 않도록 합니다."
"그러나 당신은 그 계획에 포함되지 않은 지성의 여러 활동을 매점(買占)하고 있습니다. 당신은 보다 생산적일지도 모르는 견해들을 제외시켰습니다. 당신은 마치 '20세기 중반에서 세상을 바라보고 있는 프레이저라는 사람은 인류가 영원히 걸어가야 할 최선의 행로를 다 알고 있다'는 듯이 말하고 있는 게 아닙니까?"
"그래요, 나는 알고 있다고 생각합니다."

"무슨 터무니없는 소리요!"

"천만에요. 물론 내가 인간이 가야 할 행로를 영원은 고사하고 일백 년 앞을 본다고 할 수는 없지만 최소한 인간이 가야 할 길은 알고 있습니다."

"어떻게 그걸 확신할 수 있습니까? 그것은 실험을 통해 해답을 구했던 문제들과는 확실히 다른 문제입니다."

"우리가 현재 해답을 내리고 있는 중이라고 생각합니다."

프레이저는 말했다.

"그러나 그것은 문제가 되지 않지요. 또한 다른 대안도 없으니 그 길을 가는 수밖에 없지 않겠어요?"

"그러나 그것은 환상일 뿐입니다. 그 길을 택한 당신들은 극소수에 지나지 않습니다."

프레이저는 일어나 앉았다.

"그렇지만 다수는 휘청거리고 있는 상태입니다. 전혀 발전하고 있지 않거나, 출발점으로 다시 돌아가고 있거나, 게처럼 이리저리 옆으로 나가고 있죠. 두 차례의 세계 대전은 무엇 때문에 일어났다고 생각하십니까? 국경이나 무역과 같은 단순한 것 때문이었다고 생각합니까? 아닐 겁니다. 세계는 지금 인간관계의 새로운 개념에 적응하려고 노력하고 있는 것입니다."

"세계는 인간의 본성과 모순되는 사상을 가진 독재자들에게 적응하려 하고 있는지도 모르죠."

"캐슬 씨."

프레이저는 진지하게 말했다.

"내가 질문 하나 해도 되겠습니까? 이 질문이 당신 생애에 가장 놀라운 질문일 거라고 미리 말씀드리고 싶군요. '만일 당신 자신이 효과적인 행동과학을 소유하고 있다면 어떻게 하시겠습니까? 갑자기 당신이 원하는 대로 인간의 행동을 조정할 수 있다고 생각해 보십시오. 당신은 어떻게 하시겠습니까?"

"그건 가정인가요?"

"좋으실 대로 생각하십시오. '나는' 사실로써 취급하고 싶습니다. 아마 당신도 그걸 사실이라고 받아들일 겁니다. 내가 광범위한 실제적 통제력의 열쇠를 가지고 있지 않는 한 당신이 주장한 바와 같이 독재적일 수 없겠죠."

"내가 어떻게 할 거냐구요?"

캐슬은 조심스럽게 말했다.

"당신의 행동과학을 바다 속에 내던져 버릴 거라는 생각입니다."

"그럼 행동과학으로 가능한 모든 도움을 사람들에게 안 준다는 겁니까?"

"영원히 잃게 될지도 모를 자유를 주기 위해서입니다."

"어떻게 당신이 자유를 줄 수 있습니까?"

"사람들을 통제하지 않으면 되죠!"

"하지만 다른 사람의 손아귀에 통제력을 넘겨줄 뿐입니다."

"누구에게요?"

"사기꾼, 선동정치가, 판매원, 선거 운동원, 깡패, 협잡꾼, 교육자, 목사 등등…… 행동공학의 기술을 습득한 모든 사람들이죠."

"그러나 역시 하나의 가정이고 당신의 유일한 희망이지요. 그게 당신이 행동과학의 효과를 피할 수 있는 유일한 기회일지도 모르죠. 만일 인간이 자유롭다면 행동공학은 불가능하죠. 하지만 반대의 경우를 생각해 보시기 바랍니다."

"나의 대답은, 당신의 가정은 사실과 배치되니까 더 이상의 생각은 어리석다는 것입니다."

"그러면 당신의 비난은……?"

"성취가 가능한가의 차원이 아니라 의도의 차원에서였군요."

프레이저는 극적으로 한숨을 쉬었다.

"행동과학의 기술이 얼마나 훌륭하게 발전했나를 증명하기에는 좀 늦은 감이 있습니다. 어떻게 당신이 그것을 부정하시겠습니까? 행동과학의 여러 방법과 기술은 마치 저 언덕의 역사처럼 오래 되었습니다. 나치스의 손에서 그 과학적 기술이 얼마나 끔찍하게 악용되었는지를 생각해 보십시오. 또 심리치료의 기술은 어떠합니까? 교육은 어떻고 종교는 어떻습니까? 실제적인 정치활동, 광고, 외판원의 기술은 또 어떻고요? 그걸 모두 모으면 거대한 힘을 가진 주먹구구식의 과학기술을 가질 수 있습니다.

아니 캐슬 씨, 과학은 우리가 요청하는 대로 활용될 수 있습니다. 그러나 그 기술이나 방법은 지금 잘못 사용되고 있어요. 정치 세계에서의 사사로운 세력 부식에 사용되고 있으며 또, 심리학자나 교육자의 경우 실속 없는 교정의 목적으로 사용되고 있습니다. 나의 질문은 '당신이 인간의 복리를 위해 행동과학을 활용할 용기를 가지고 있느냐.' 하는 겁니다. 당신은 그걸 바다에다 던져 버리겠다고 대답하셨습니다!"

"나 역시 정치가, 광고업자, 판매원의 손에서 그런 기술을 빼앗아버리고 싶습니다."

"그럼 심리학자나 교육자는요? 당신은 그런 종류의 기술을 가질 수도 없겠죠. 사실 우리가 인간행동을 통제할 수 있을 뿐 아니라, '통제해야만' 합니다. 그러나 누가 그 일을 하죠? 또 무엇을 해야만 할까요?"

"개인적 자유의 자취가 남아 있는 한 나는 나의 입장을 고수하겠습니다."

캐슬은 무척 당황해 하며 말했다.

"이젠 자유에 대해 이야기해야 할 때가 아닌가?"

내가 말했다.

"우리는 며칠 전에 자유의 문제는 남겨 두기로 합의하고 헤어졌었네. 이제는 대답해야 될 때라고 생각하는데 어떤가?"

"내 대답은 간단하네. 나는 도대체 자유가 존재한다는 것 자체를 부정하네. 그리고 부정해야만 해. 그렇지 않으면 나의 계획은 터무니없이 되어 버리고 말지. 변덕스럽게 변하는 문제에 대해서는 과학은 어떻게 손대볼 재간이 없지. 아마도 인간이 자유롭지 않다는 것을 '증명'할 수도 없겠지. 현재로선 가정일 뿐이네. 그러나 행동과학의 점차적인 성공은 그 가정을 점점 더 그럴 듯한 것으로 만들고 있네."

"반대의 경우일 겁니다."

캐슬이 말했다.

"즉 자유의 경험에서 말입니다. 적어도 내가 자유롭다는 것을 '압니다.'"

"그거 상당히 위안이 되겠군요."

프레이저가 말했다.

"더구나 당신도 자유롭다는 걸 알겠죠."

캐슬은 열을 내며 말했다.

"행동과학을 실행하기 위해 자신의 자유를 부정한다면 명백히 잘못된 신념에서 행동하는 것이죠. 나는 그렇게밖에 설명할 수 없어요."

그는 침착해지려고 애쓰는 것 같았다.

"적어도 당신이 자유롭다고 '느끼는 것'은 인정할 겁니다."

프레이저는 말했다.

"구체적인 경우를 좀 들어 주시겠어요."

"좋아요, 당장 보여드리지요."

캐슬은 성냥갑을 집어 들었다.

"내가 이 성냥개비들을 떨어뜨리거나 잡고 있는 것은 자유입니다."

"물론 당신은 어느 쪽으로든 할 수 있죠."

프레이저는 말했다.

"언어학적으로나 논리적으로는 두 개의 가능성이 있는 듯하지만 실제로는 단 하나의 가능성만이 존재한다고 생각됩니다. 그 결정 동인(動因)은 미묘하겠지만 움직일 수 없는 것입니다. 당신이 예의 바른 사람이라면 잡고 있을 거라는 생각이 듭니다. 아! 그것을 떨어뜨리고 있군요. 자, 보십시오. 그것은 나 개인에 대한 당신의 태도의 전부입니다. 당신은 내가 틀렸다는 걸 증명하려는 유혹에서 빠져나오지 못하고 있습니다. 그것도 모두 법칙적인 것입니다. 당신은 다른 선택의 여지가 없었던 겁니다. 그 결정요인은 나중에 일어난 당신의 생각이었으므로 그걸 처음 집어 올렸을 때는 결과를 예측할 수 없었겠지요. 또 그때 어느 쪽으로 행동할 건지 아무런 뚜렷한 가능성이 없었기 때문에, 당신은 자유롭다고 말했어요."

"참, 청산유수 같으시군요."

캐슬이 말했다.

"사실을 두고 합법성을 논하기는 쉽습니다. 하지만 내가 앞으로 어떻게 할 건지 당신이 예측해 보시지요. 그러면 행동법칙이 있다는 것에 동의하겠소."

"날씨에 대한 예측처럼 행동을 항상 예측할 수 있다고 말하진 않았어요. 행동 예측에는 고려 대상이 되는 요인이 너무 많습니다. 그걸 모두 정확하게 측정할 수는 없으며 또 측정했다 해도 예측에 필요한 수학적 조작을 할 수도 없습니다. 대개 정당성이란 가정이죠. 하지만 당장의 과제를 판단하는 데는 중요하겠죠."

"그러면 선택의 여지가 없는 사례를 들어보시죠."

캐슬은 말했다.
"감옥 속에 있는 사람은, 분명히 내가 지금 자유롭다는 의미에서는 자유롭지 못합니다."

"좋습니다. 그건 아주 좋은 출발입니다. 그럼 인간 행동을 결정하는 요인의 종류를 분류해 봅시다. 당신이 예를 든 신체적 제약 즉, 수갑, 철장, 강제적인 탄압 같은 것이 한 가지 분류이겠지요. 이런 것들은 우리가 원하는 방향으로 인간 행동을 형성하는 방법들이지요. 이 방법들은 거칠고 피통제자들의 감정을 희생시키지만 때때로 효과가 있죠. 자, 자유를 제한하는 또 다른 방법으로 어떤 것을 들 수 있겠습니까?"

프레이저가 강의 투의 말씨를 썼으므로 캐슬은 대답하지 않았다.

"힘의 위협이 하나가 되겠지."

내가 말했다.

"맞는 말이네. 그 방법으로도 피통제자로부터의 충성은 권장하지 못하지. 항상 행동의 선택을 하고 그 결과를 받아들일 수 있다는 면에서 약간의 자유스러운 기분은 더 가지게 될 거야. 허나 정확히 자유를 느끼지는 않네. 그는 자신의 행동이 어떤 것에 이끌리고 있음을 알기 때문이지. 그럼 또 다른 것은?"

나는 대답하지 않았다.

"힘의 위협 그 밖의 가능성은 모르겠소."

잠시 후 캐슬이 말했다.

"좋습니다."

프레이저가 말했다.

"하지만 분명히 내 행동의 대부분은 힘과는 전혀 관계가 없습니다. 거기에 나의 자유가 있습니다!"

캐슬은 말했다.

"내가 다른 가능성이 없다는 점에 찬성한 것은 아닙니다. 다만 '당신'이 그걸 알 수 없을 뿐이었습니다. 당신은 훌륭한 행동과학자도, 독실한 그리스도 신자도 아니기 때문에 다른 종류의 강력한 힘을 못 느끼고 있을 뿐이죠."

"그게 뭐죠?"

"전문적으로 얘기할 수밖에 없군요."

프레이저는 말했다.

"하지만 이 얘기는 곧 끝내겠습니다. 그건 행동과학에서 말하는 '강화 이론(强化理論)'입니다. 우리에게 일어날 수 있는 일이란 세 가지 부류에 속하죠. 그 하나는 어떤 일에 대해 우리가 무관심한 것이죠. 두 번째는 우리가 좋아하기 때문에 일어나기를 바라고 다시 일어나도록 노력하는 것입니다. 그리고 나머지 하나는 싫어하기 때문에 일어나지 말았으면 하고 두 번 다시 일어나지 못하게 하거나 제거시키려고 노력하는 것입니다."

"자, 이제……."

프레이저는 진지하게 계속했다.

"만일 인간이 좋아하는 상황을 만들 수 있고 싫어하는 상황을 제거할 수 있는 힘이 있다면 행동을 통제할 수 있습니다. 우리가 원하는 대로 행동하도록 하려면 그가 좋아하는 상황을 만들어 주거나 싫어하는 상황을 제거하면 되죠. 결과적으로 우리가 원하는 대로 인간이 다시 그렇게 행동할 확률도 커지죠. 학술 용어로 이것을 '긍정적 강화'라고 하죠.

과거의 학파에서는 그 반대도 사실이라고 가정하는 커다란 오류를 범했죠. 즉 좋아하는 상황을 제거하거나 좋아하지 않는 상황을 설정함으로써, 다른 말로 하면 벌을 가함으로써, 주어진 상황에서 똑같은 행동이 일어날 가능성을 줄일 수 있다는 것이었습니다. 그러나 잘못된 생각이었습니다. 의심할 여지없이 입증된 사실입니다.
　사회 진화과정에서 오늘날과 같은 중대한 시기가 등장하고 있는 것이, 바로 긍정적 강화에만 근거를 둔 문화적, 행동적 기술입니다. 우리가 점차 발견해 내고 있는 것은—인간의 고통을 통해 이루 말할 수 없는 대가를 치르고서 알아낸—결국 처벌로써는 행동이 일어날 가능성을 감소시키지 못한다는 것이죠. 우리는 이와 반대되는 개념에 너무 사로잡혀 있어서 항상 처벌을 가하는 데 '힘'을 쓰지요. 우리가 굶주리는 나라에 식량을 가득 실은 선단(船團)을 보낼 때, 힘을 사용하지 않는다고 말하지만 사실은 군대나 무기를 보내는 것과 맞먹는 힘을 과시하는 것입니다."
　캐슬이 말했다.
　"나는 힘의 옹호자는 결코 아닙니다. 그러나 힘이 그다지 효율적이 아니라는 데에는 동의할 수 없군요."
　"그건 '일시적'으로는 효력이 있죠. 그렇기 때문에 더 나쁜 것입니다. 바로 우리가 수천 년 동안 흘린 피가 이를 입증하죠. 본성마저 농락당해 왔습니다. 우리는 바라는 대로 행동하지 않는 사람을 거의 '본능적'으로 처벌하지요. 즉, 상대가 어린아이면 엉덩이를 때려주고 어른이면 공격합니다. 그럴 듯한 구별이지요. 한 번의 직접적인 효과만 보고 다시 때려야 한다는 것을 배우게 됩니다. 보복과 복수는 지구상에서 가장 자연스러운 일이 되었습니다. 그러나 결국 우리가 때린 사람의 행동은 되풀이 됩니다."
　"그러나 아주 강력하게 때리면 되풀이하지는 못하겠죠."
　캐슬이 말했다.
　"그래도 여전히 반복하려고 할 겁니다. 반복하고 싶어할 겁니다. 우리는 결국 그런 잠재적 행동을 뜯어 고치지는 못했죠. 애석한 일이지요. 우리가 보는 앞에서 반복하진 않는다 해도 다른 사람이 있는 데에서는 할 것입니다. 혹은 신경증적 징후로 탈바꿈하여 반복될 겁니다. 만일 심하게 때린다면, 우리 자신을 위해 문명의 황야 속에 약간의 자리를 마련하기는 하겠지만 나머지 황야는 더 끔찍하게 되는 결과를 초래할 것입니다.

모든 통치의 초기 형태는 처벌을 바탕으로 하고 있습니다. 그건 육체적으로 강한 자가 약한 자를 통제할 때나 쓰는 뻔한 기술이지요. 그러나 지금 우리는 한 사람이 보상받기 위해서 다른 사람이 처벌되는 경쟁 사회로부터 어떤 사람도 다른 사람을 희생하면서까지 이익을 취할 필요가 없는 협동적 사회로 변천해가는, 다시 말해서 적극적인 강화체제로의 위대한 변화의 진통 속에 있습니다.

이 변화는 느리고 고통스러울 것입니다. 왜냐하면 처벌의 즉각적이고 일시적인 효과가 적극적인 강화의 중요한 이점을 가리게 할 테니까요. 우리는 힘의 일시적 효과에 관한 수많은 사례를 보았지만, 힘을 사용치 않고서도 효과를 얻을 수 있다는 뚜렷한 증거는 별로 보지 못했습니다. 이게 바로 처벌을 거부하는 힘의 원리를 예수가 우연히 알아차렸다고 내가 주장하는 이유입니다. 분명히 예수는 오늘날 우리가 사용할 수 있을 만한 유용한 실험적 증거를 남겨놓지는 않았습니다. 그리고 아무리 그 사람이 천재라도 뜻밖의 관찰에서 그 원리를 발견하기는 불가능했으리라는 생각이 듭니다."

"아마 계시(啓示)의 손길이겠죠?"

캐슬이 말했다.

"아뇨, 우연이죠. 예수는 즉각적인 결과가 있기 때문에 원리 하나를 발견하게 되었고, 덤으로 또 다른 것을 알아냈죠."

나는 겨우 깨닫기 시작하였다.

"자네는 '원수를 사랑하라'는 원리를 말하는구만."

내가 말했다.

"맞았네. '너희를 핍박하는 자들에게 선하게 대하라.' 라는 말은 서로 관계가 없는 두 가지 결과들을 가지고 있지. 우리가 전날 이야기한 마음의 안정을 자네는 얻게 되는 거지. 힘센 사람이 자네를 밀어붙이도록 놔두면 적어도 자네 자신이 느끼는 분노의 고통은 피하게 되지. '그게' 바로 즉각적인 결과이네. 결국엔 같은 방법으로 강한 사람을 통제할 수 있다는 것이 얼마나 놀라운 발견인가!"

"'당신의 옛 동료'의 말을 그렇게 높이 평가하는 것은 관대하군요."

캐슬이 말했다.

"그럼 왜 우리는 여전히 많은 불행의 고통 속에 있습니까? 20세기가 지나는 동안 행동공학의 일부로도 충분히 고통을 극복했어야 할 텐데요."

"그 원리의 발견을 어렵게 만든 조건들이 바로 그 원칙의 활용교육을 어렵게 했죠. 그리스도 교회의 역사는 자신의 원수를 사랑했던 사실을 많이 보여주지 않았습니까. 아마도 원수에게 한 것이 아니라 악의 없는 이교도에게나 했겠죠. 인간이 원리의 실제를 보려면 종교조직의 밖을 보아야 합니다. 교회 통치자들은 세속적이고 권력의 신봉자들이죠."

"그러나 그런 것들과 자유와 무슨 상관이 있나?"

나는 조급해서 물었다.

프레이저는 자신의 행동을 다시 갖추기 위해 시간을 끌었다. 그는 빗줄기가 사납게 내리치는 창문을 오랫동안 보고 있었다.

"이제 긍정적 강화가 얼마나 효과적이고 부정적 강화는 왜 그렇지 못한가를 알았네."

마침내 그는 얘기를 계속했다.

"우리의 문화적 계획은 보다 신중을 기함으로써 성공할 수 있다네.

피통제자들이 옛 체제의 경우보다 주도면밀한 규율을 더 따르면서도 '자유스러움을 느끼게 되는' 통제 양식을 우리가 만들 수가 있지! 하고 싶은 것을 하거나 하도록 강요받지도 않는다네. 이것이 긍정적 강화의 엄청난 힘의 원천일세. 즉, 제약도 없고 반감도 없네. 세심한 문화적 계획으로 최종적 행동뿐만 아니라 동기, 욕망, 희망 등 행동의 '성향(性向)'까지도 통제하네. 재미있는 것은 그러한 경우에 '자유의 문제가 절대로 제기되지 않는다'는 것일세.

캐슬 씨는 어떤 것도 자기가 방해하지 않는다는 의미에서 성냥갑을 떨어뜨리는 데에 자유로웠네. 만약 성냥갑을 그의 손에 안전하게 묶었다면 그는 자유롭지는 않았을 거야. 또 내가 권총으로 그를 겨누었거나 쏘겠다고 위협했다면, 자유롭지 못했을 걸세. 자유의 문제는 육체적이든 심리적이든 제약이 있을 때만 제기되는 것일세.

그러나 제약은 통제의 한 종류에 지나지 않고, 제약이 없다고 해서 자유는 아닐세. 사람이 '자유롭다'고 느끼는 것은, 통제 자체가 없어서가 아니라 힘의 불쾌한 통제가 없어서이지. 캐슬 씨는 어떠한 제약도, 즉 어느 쪽의 행동을 택해도 처벌의 위협이 없다고 느꼈으므로 성냥을 잡고 있을지 버릴지에 대한 자유를 느꼈네. 오히려 이 경우에 있어선 어떤 힘의 위협보다 더 분명한 사실인, 성냥갑을 잡고 있거나 떨어뜨리거나 하는 데 관련된 긍정적 이유가 무엇인지 알아보지 않았네."

프레이저는 계속했다.

"우리는 하고 싶은 것을 말할 때는 '자유'라는 단어를 쓰지 않는다네. 그런 때에는 자유의 의문이 절대로 일어나지 않지. 사람들이 자유를 위해 싸울 때는 감옥이나 경찰 또는 자유를 위협하는 요소인 억압과 충돌하는 것일세. 자기네들의 방식으로 행동하도록 만드는 힘과는 충돌하지는 않네. 그런데도 정부는 힘이나 힘의 위협으로만 움직이고 다른 모든 통제의 원리는 교육, 종교, 상업에 맡겨지고 있지. 만약 이런 상태가 계속된다면 포기하는 게 더 나을 걸세. 정부가 그런 기술만 가지고는 자유로운 시민을 만들어낼 수가 없네.

 문제는 '인간이 자유와 평화 속에서 살 수 있는가?' 하는 것이네. 우리가 모두의 욕구를 만족시켜 주는 사회구조를 이룩하고 모두가 규율을 지키기를 원한다면, 그 질문의 답은 '그렇다' 이지. 그러나 이때까지 이 월든 투에서만 그것이 달성되었을 뿐이네.

 캐슬 씨, 당신의 그 무자비한 비난과는 반대로 여기는 세상에서 가장 자유로운 곳이지요. 이곳은 아무런 힘이나 힘의 위협도 소용없기 때문에 아주 자유스럽습니다. 육아원에서부터 우리 성인회원의 심리적 관리에 이르는 모든 실험들이 강제적 통제 이외의 모든 대안들을 활용하는 데 집중되어 왔습니다. 능란한 계획과 기술을 현명하게 선택함으로써 자유라는 느낌을 '증가' 시키고 있지요. 자유를 침해하는 것은 계획 자체가 아니라, 단지 힘을 사용하는 계획이죠.

 나치 독일의 계획된 사회에서는 자유의 기분은 실제로 무엇인지 알려지지 않았죠. 왜냐하면 나치 정부의 기획자들이 힘과 힘의 위협적 요소를 아주 교묘하게 이용했기 때문이죠. 하지만 캐슬 씨, 행동과학이 일단 확립된 지금에는 계획된 사회 이외에 대안이 없습니다. 인간을 우연적이거나 편견에 찬 통제에다 맡길 수는 없습니다. 그러나 힘이나 힘의 위협을 주의 깊게 피하며 긍정적 강화의 원칙을 사용함으로써 개인적 자유의 느낌을 보존할 수 있습니다."

 프레이저는 침대에 등을 기대고는 천장을 바라보았다.

 "하지만 당신이 이곳을 완전히 통제하고 있음을 부정하지는 않으시겠죠. 당신이 뭐라고 얘기하더라도 여전히 장기적 독재자이니까요."

 캐슬이 말했다.

"마음대로 생각하십시오."

프레이저는 손을 공중에다 아무렇게나 흔들고는 머리 뒤에다 깍지를 끼었다.

"사실 나는 당신 의견에 동의하고 싶소. 당신도 일단 긍정적 강화 원칙을 파악하면 무한한 힘을 구사할 수 있다는 기분을 즐길 수 있을 거예요. 권력에 목마른 독재자를 만족시키기엔 충분하죠."

"그게 바로 당신이고, 내가 말하려는 경우요."

캐슬이 말했다.

"하지만 나의 경우는 제한된 독재요."

프레이저는 계속했다.

"그리고 누구도 걱정할 필요가 없다고 생각됩니다. 독재자는 자신의 권력을 타인의 복지를 위해 사용해야 합니다. 만일 타인의 복지를 줄이는 조치를 취하면 권력은 그만큼 감소되는 것입니다. 나쁜 독재정치에 대한 이보다 더 좋은 방법이 어디 있겠습니까?"

"내가 추구하는 제재방법은 바로 민주주의입니다."

캐슬이 말했다.

"국민이 통치하게 되면 권력이 오용되지 않을 겁니다. 나는 권력의 본질이 문제되리라고 볼 수 없습니다. 당신이 말하는 이 '긍정적 강화'의 원칙이 당신의 독재정치에서처럼 민주적 정부에서는 활용될 수 없습니까?"

"어떤 원칙도 민주적 정부에 의해서는 지속적으로 사용될 수 없습니다. 도대체 민주주의라는 건 무엇을 의미하는 겁니까?"

"물론 국민에 의한 또는 국민의 의지에 따르는 정부죠."

캐슬이 말했다.

"미국에서 현재 실천되고 있는 것 말인가요?"

"그렇겠죠, 맞습니다. 나는 그런 입장에서 말합니다. 완전한 민주주의는 아니지만 현재로선 최상의 것이죠."
"그럼 나는 민주주의를 경건한 사기라고 말하겠소."
프레이저가 말했다.
"어떤 의미에서 민주주의가 '국민에 의한 정부'란 말인가요?"
"상식적인 의미에서라고 말해야겠습니다."
"전혀 분명하지 않습니다. 어떻게 국민의 의지가 탐지됩니까? 선거에 의해서겠죠. 하지만 얼마나 서투른 분장(粉裝)입니까? 소(小)위원회에서 혹은 마을의 공회당에서, 특히 가부 양단간의 문제에 있어서는 투표하는 의미가 있을 겁니다. 그러나 오천만 명의 투표자가 대통령을 뽑는 데에서는 완전히 문제가 다르죠."
"투표자의 수가 원리를 바꾼다고 생각되지 않습니다."
캐슬이 말했다.
"전국 선거에서 한 사람의 투표가 문제의 향방을 결정할 확률은 투표장에 가는 길에서 사망할 확률보다 더 적습니다. 우리는 일상생활에서 어떤 것이든 이만한 크기의 확률에는 조금도 주의하지 않죠. 어떤 사람이 그만한 확률에 경마 티켓을 샀다면 우리는 그 사람을 바보라고 부를 거요."
프레이저는 신중하게 말했다.
"투표는 무언가 의미가 있죠. 그렇지 않았다면 사람들이 투표를 하지 않았을 겁니다."
캐슬이 말했다.
"만일 수많은 외부 압력에서 벗어날 수 있다면, 몇 사람이나 투표하러 가겠습니까? 당신은 투표를 하는 것이 효과가 있기를 기대하고 투표장에 간다고 생각합니까? 그렇지 않습니다. 다만 이웃에게 비난받지 않으려고 가거나, 마치 선거포스터를 더럽히듯이 그가 싫어하는 후보에게 ×표를 하려고 가거나, 이런 비합리적 심술을 가지고 투표장에 가는 것이죠. 하여튼 투표행위에는 아무런 논리적 이유가 없습니다. 투표자의 행동을 눈에 띄게 바꾸기에는 선거문제에 영향을 줄 확률이 너무나 적은 것입니다."

"수학자들이 그런 허위성에 대해 어떤 이름을 붙였죠. 투표자의 수가 증가할수록 정책문제의 방향을 결정할 확률이 점점 준다는 것이 사실이지만, 같은 비율로 이해득실도 더 커집니다."

캐슬이 말했다.

"그러나 정말 커지나요? 전국선거가 정말 중대한 문제일까요? 누가 이기느냐가 정말 문제가 됩니까? 양대 정당의 정강은 될 수 있는 한 비슷하도록 주의 깊게 만들어져 있고, 선거가 끝나면 재미있는 운동경기가 끝났을 때처럼 투표자들이 그 결과를 받아들이도록 되어 있습니다. 오직 소수의 투표자들만이 한두 주일 후에도 관심을 계속 가질 뿐이죠. 나머지 사람들은 아무런 위협이 없다는 걸 알죠. 모든 일들이 선거 전과 다름없이 진행되지요. 선거결과란 때때로 선거당일까지 자신의 마음을 결정 못 하는 수백 만 명의 투표자에 의해 바꾸어집니다. 이런 경우라면 정책의 결정 문제가 될 수 없어요."

"그렇더라도 사람들이 자기가 원하는 정부를 뽑았다고 느끼는 것이 중요합니다."

캐슬이 말했다.

"천만에, 그게 가장 나쁜 것입니다. 투표란 조건의 책임을 국민에게 지우려는 도구일 뿐입니다. 국민은 통치자들이 아니고 속죄양이죠. 그래서 국민들은 명목상 자기 권리를 새롭게 확인하려고 자주 투표장에 줄지어 갑니다."

"아마도 민주주의 체제에도 결점이 있을 겁니다. 아무도 요즈음의 대통령 선거 운동을 전적으로 찬동하지는 않습니다. 국민의 의지는 부당하게 영향을 받고, 어쩌면 부정확하게 결정되기는 쉽습니다. 그러나 그건 기술문제지요. 내 생각에는 궁극적으로 국민의 의사를 반영하는 좋은 제도를 만들 수 있으리라고 봅니다. 민주주의란 여론 조사의 방법이 아니라, 여론에 권력을 부여하는 겁니다. 국민의 의지가 확인되었다고 가정합시다. 그 다음은 어떻게 되죠?"

"내가 그걸 물어야겠군요. 과연 어떻게 될까요? 국민이 숙련된 통치자입니까? 아니지요. 통치술이 발달하면 할수록 상대적으로 국민들은 점점 더 숙련되지 못하게 됩니다. 이건 집단양육에 대한 토론 때 내가 제기했던 것과 같은 겁니다. 일단 우리가 행동공학을 배운 후에는 행동통제를 비숙련자에게 맡길 수는 없습니다. 당신은 그런 기술이 존재하지 않는다고 '대답' 했습니다만, 내가 보기엔 상당히 나약한 대답이었습니다."

"사람들이 알고 있는 것은……."

프레이저는 계속했다.

"사람들로부터 귀담아 들어야 할 것 중의 하나는 현 상태를 얼마나 좋아하는가 또는 다른 상태를 얼마나 원하는가죠. 이것은 국민들이 아는 일입니다. 그들이 뚜렷이 알지 못하는 것은 자신들이 원하는 것을 어떻게 얻는 가이죠. 그건 전문가들에게 속하는 문제입니다."

"하지만 일반 사람들에 의해서도 꽤 중요한 문제가 해결되기도 한다네."

내가 말했다.

"정말 그들이 했을까? 민주주의에서 실제 실행방법은 투표인데, 주어진 현상에 대한 것이 아니라 그런 현상을 얻을 수 있다고 주장하는 사람들을 위해서 선거하는 것이지, 나는 역사가는 아니네."

프레이저는 크게 웃음을 터뜨렸다.

"내가 생각하기에는 민주주의가 국민의 통치라는 말은 국민에 의한 통치가 아니라 국민이 선택한 '사람에 의한 통치'를 의미하는 것이지."

"하지만 그게 현실적으로 가능한 방법이 아니겠소?"

캐슬이 말했다.

"우리가 전문가를 필요로 한다면 왜 그들을 선출하지 않겠소?"

"아주 간단한 이유죠. 국민은 전문가를 평가할 위치에 있질 못해요. 또 선출된 전문가들은 자신이 가장 좋다고 생각하는 대로 행동할 수도 없고 또 실험을 할 수도 없어요. 비전문인들은 실험의 필요성을 인식하지 못하죠. 전문가가 그저 '알아서 하기를' 바라죠. 그들은 실험이 진행되는 동안의 불확실과 의혹을 전혀 견뎌내지 못하죠. 그래서 전문가들은 실험을 가장하여야 하거나 미리 그 결과를 아는 척해야 하고, 때로는 완전히 실험을 중단하고 현 상태를 유지하는데 애를 쓰게 되죠."

"민주주의에 어떤 잘못된 점이 있더라도 나는 계속해서 민주주의를 사랑할 겁니다."

캐슬이 말했다.

"나는 민주주의를 택하겠습니다. 그럭저럭 해나가는 것 같아 당신의 그 능률적인 '기획위원'들에게는 우습게 보일지 몰라도, 우리 편에는 자유라는 게 있으니까요."

"나는 우리 이야기에서 자유의 문제는 이미 일단락 지어진 걸로 생각했는데."

프레이저가 말했다.

"나는 독재주의가 싫습니다."

프레이저는 일어나서 창문 옆으로 갔다. 비는 그쳤고 강 건너 먼 곳에 있는 언덕도 뚜렷이 보였다. 그는 우리에게 등을 돌린 채 말없이 일 분가량 서 있었지만, 열띤 토론 중이라선지 그 시간이 무척 길게 생각되었다. 마침내 그는 돌아섰다.

"내가 당신을 이해시킬 수는 없을까요?"

그는 호소하듯 두 손을 내밀고 말했다.

"'나 역시 독재주의는 싫습니다.' 무지의 독재주의는 싫습니다. 나는 나태하고 무책임하고 우연에 입각한 독재주의를 싫어합니다. 또한 민주주의의 독재성도 싫어합니다."

그는 창문을 향해 돌아섰다.

"나는 당신을 이해할 수 없군요."

프레이저의 뚜렷한 감정적 태도 때문에 약간은 부드러워진 목소리로 캐슬이 말했다.

"민주주의란 독재주의의 산물입니다."

여전히 창문 밖을 바라보며 프레이저는 말했다.

"다시 말해서 그 아버지에 그 아들이죠. 민주주의는 권력이고 통치입니다. 민주주의는 국민의 의지가 아니란 점을 기억하십시오. 그것은 다수의 의지입니다."

그는 돌아서서 마치 공중제비하는 비둘기가 '밖으로!' 라는 명령에 날아가듯 갑자기 쉰 목소리로 덧붙였다.

"나의 마음은 영원한 소수자에게로 향해 있어요."

그는 거의 울 것 같았다. 그러나 나는 그게 피압박인들에 대한 동정에선지 캐슬의 마음을 확신시키지 못한 분노에서인지 알 수 없었다.

"민주주의에서는……."

그는 계속했다.

"독재주의에 대한 제재방법이 없어요. 왜냐하면 민주주의의 원칙 자체가 제재로써 간주되기 때문이죠. 그러나 그 원칙은 '다수'가 독재적으로 통치되지 않기를 보장할 뿐이죠."

"소수에게는 아무 발언권이 없다는 것에는 동의할 수 없어요. 여하튼 소수의 선택된 엘리트 대신에 적어도 반수 이상의 사람들이 원하는 바를 얻는 것이 더 낫죠."

캐슬이 말했다.

"그것 보세요!"

프레이저는 앉으려고 하다가 다시 벌떡 일어났다.

"당신이 말하는 다수는 하나의 선택된 엘리트 집단이죠. 그들은 폭군들이죠. 나는 그들 중 누구도 필요치 않습니다. 모두의 이익을 위한 정부를 가져야 합니다."

"그러나 그것은 항상 가능하지는 않습니다."

캐슬이 말했다.

"그러나 민주주의 체제에서보다는 이곳에서 더 가능합니다. 이곳에서는 '전부가 아니면 영(零)'의 방식으로 결정해야 되는 문제는 거의 없어요. 용의주도한 기획위원이 모든 사람에게 비교적 만족스러운 타협안을 만들 수 있습니다. 그러나 민주주의에서는 다수파가 만족하는 만큼만 문제를 해결해 놓고, 소수파는 내버려 둘 수 있지요."

그는 계속했다.

"월든 투의 통치는 민주주의의 장점을 가지고 있으면서 단점은 전혀 갖지 않았습니다. 현재 미국에서 실제로 실행되는 것보다 민주주의의 이론이나 의도에 더 가까운 것입니다. 회원들의 의도를 주의 깊게 탐지하고 있죠. 우리에게는 일시적 호소로 사실을 모호하게 하거나 왜곡시키는 선거운동도 없습니다.

회원들의 만족에 대한 면밀한 연구가 있을 뿐입니다. 모든 회원이 직접 대화 창구를 통해 관리자들이나 기획위원들에게 이의를 제기할 수 있습니다. 이런 이의는 비행기의 조종사가 아주 뜨거운 엔진을 다루듯이 신중하게 취급됩니다. 우리는 조종사가 불완전한 엔진에 억지로 주의를 기울이도록 하는 경찰력이나 법률이 필요 없고, 또 낙농 관리자에게 젖소들 가운데서 전염병이 있는지 억지로 주의를 기울이게 하는 법률도 필요 없습니다. 마찬가지로 우리의 '행동 및 문화 관리자'들이 회원들의 불평을 고려하도록 강요될 필요도 없어요. 불평이란 기름을 쳐야 하는 수레바퀴이거나 수선되어야 할 고장이 난 수도관 같은 거죠.

월든 투의 회원들은 정부운영에 능동적으로 참가하고 있는 것도 아니며, 그러기를 원하지도 않습니다. 국가운영에 대한 발언권의 요구는 최근에 생긴 일이지요. 초기 민주주의에서는 그런 요구가 없었어요. 전제 군주에 대항한 원래의 투쟁에서는 상황이 만족스럽지 않을 경우 항의할 권리를 포함한 개인적 권리를 헌법상으로 보장받는 것이었지요. 그러나 통치는 다른 사람에게 맡겼었죠.

오늘날에는 모두가 통치 전문가인 양 발언권을 가지려고 하죠. 그게 일시적인 문화적 현상이기를 바랍니다. 사람들이 자동차 운행의 기계적 원리에 관해 많이 얘기하던 때를 기억합니다. 그때는 모두가 자동차 전문가였고, 자석 발전기의 접착기는 어떻게 연결하고 앞바퀴의 이상 진동을 어떻게 방지하는지를 알아야만 했습니다. 이런 문제를 전문가에게 맡기라고 제안했으면 파시스트로 불렸을 거예요. 만일 그때 그런 용어가 있었다면 말이오.

오늘날에는 아무도 자기의 차가 어떻게 운행되는지 모르고 있으며 그렇다고 해서 옛날보다 덜 행복하다고는 생각되지 않아요. 월든 투에서는 걱정할 임무가 있는 몇 사람을 제외하고는 아무도 통치에 대해 걱정하지 않습니다. 모든 사람이 정부에 관심을 가지라는 제안은 마치 모두가 디젤엔진에 익숙하라고 암시하는 것만큼 환상적인 일일 겁니다. 이곳 회원들은 헌법상의 권리에 대해서도 거의 생각하지 않습니다. 문제가 되는 것은 개인의 하루하루의 행복과 안락한 미래일 뿐입니다. 이에 대한 어떤 침해도 틀림없이 '선거인을 자극시킬' 것입니다."

"자네들의 헌법이 적어도 회원의 투표 없이는 바꿀 수 없다고 짐작하는데."

내가 말했다.

"또 틀린 말이야. 기획위원들의 만장일치의 득표와 관리자의 찬성으로 바꿀 수 있네. 자네는 여전히 국민에 의한 정부를 생각하고 있구면. 그 생각을 머리에서 지워버리게. 회원들의 입장에서는 헌법의 개정보다는 현재의 운영방침에 관한 결정이 더 유리하다네."

"그러면 자네 같은 기획위원들이 독재자가 되는 걸 어떻게 방지하는가? 그런 것은 정말 불가능하지 않을까?"

내가 말했다.

"어떻게 말인가?"

"아, 여러 가지 방법이 있다고 생각되는군."

"예를 들면?"

"글쎄, 내가 만일 독재 주의적 야심이 있는 기획위원이라면, 기획위원들은 예외적인 존재라는 개념을 서서히 주입시키겠네. 그리고는 기획위원들을 회원들에게 개인적으로 알려야 할 것이고, 표시가 될 만한 휘장이나 제복을 입혀야 하겠지. 이런 것은 회원들에 대한 봉사를 증진시킨다는 명목으로 할 수 있고, 결과적으로 기획위원들을 분리된 계급으로 나누어 놓을 걸세. 그러면 공동사회 일만으로도 너무 바쁘다는 핑계로 천한 일에서부터 벗어나게 될 거네. 그리고 위원들을 위해 꽤나 사치스런 특별 숙소가 건설되겠지. 관리자들에게도 더 좋은 숙소를 제공할 수 있도록 헌법의 관련 조항을 바꾸겠네. 이런 건물론 주의 깊게 선전되어야겠지. 나중에는 점점 더 많은 공동사회의 부(富)가 이 선택된 사람들에게 몰리게 될 것이고 그러면 진짜 독재주의가 등장하겠지. 이게 가능치 않을까?"

"자네가, '독재주의가 가능치 않은가' 하는 의미로 물었다면 가능하다는 게 내 대답일세."
프레이저가 말했다.
"소수의 이익을 위한 문화는 오래 지속되고 있네. 인도를 보게. 피압박자들은 병들고 비참하다는 사실을 깨닫지도 못하네. 그런 국민들이 강하고 생산적이고 진취적인가? 만일 그렇지 않다면 그 문화는 결국 보다 효율적인 경쟁문화에 의해 대치될 것이네. 우리의 기획위원들은 이것을 알고 있다네. 어떠한 권력의 남용도 공동사회 전체를 약화시키고 결국에는 이곳의 모든 야심적 사업을 파괴시킬 것을 알고 있다네."
"몇 사람의 독재적 기획위원들이 공동사회를 희생시키려고 할지도 모르지. 실패하더라도 자기네는 반드시 고통을 겪지는 않을 걸세. 하다못해 기금을 갖고 도망칠 수 있으니까."
내가 말했다.
"그러면 파멸이겠지. 지진이나 무서운 새 전염병이나 외계로부터의 침략같이 말일세. 우리가 할 수 있는 최선의 일은 합리적인 예방조치를 취하는 것이지. 나로선 그런 가설적인 사례는 생기기 어려운 일이라고 말할 수밖에 없네."
"하지만 그게 바로 당신의 반민주적 태도의 약점이 아니겠습니까? 이미 권력 남용에 대한 보장을 잃지 않았나요?"
캐슬이 물었다.
"이곳에는 남용할 권력이 없습니다."
프레이저가 말했다.
"여기에는 경찰도, 군대도, 총도, 포탄도, 최루탄이나 원자탄도 없습니다. 완력에 있어서는 회원들이 항상 주도권을 갖고 있는 셈이죠. 사실상의 불만이 생길 경우에는 반항이 용이할 뿐만 아니라 불가피한 것이죠. 또 이곳에서는 누구를 유혹할 만한 실질적인 부(富)가 없어요. 따라서 기획위원이 기금을 갖고 도망칠 이유가 없죠.
 우리의 부는 우리의 행복입니다. 공동사회의 유형적 설비들은 회원이 없으면 아무런 가치가 없게 되죠. 그리고 위원들은 권력욕이 하나의 호기심거리밖에 안 되는 비경쟁적 사회의 일부라는 것을 기억하십시오. 그들이 권력을 남용할 이유가 없어요. 이곳의 전통이 그것과 배치됩니다. 개인적 지배의 어떤 움직임도 플래시 앞의 도둑처럼 분명하게 노출되지요."
 "하지만 어떤 문화에서나 지배하려고 하는 것이 인간의 특성입니다."
 캐슬이 말했다.
 "그건 실험적 문제에 불과하죠. 캐슬 씨, 그런 문제를 안락의자에서의 사색만으로 대답할 수는 없습니다. 그럼 권력 남용이 어떻게 되는가를 봅시다. 기획위원들의 통치는 긍정적 강화를 통해서이죠. 그들은 폭력을 사용하거나 사용한다는 위협도 안 합니다. 그렇게 할 기구조차 없으니까요. 그들이 권력을 확대하기 위해서는 보다 많은 만족상태를 회원들에게 제공해야 할 뿐입니다. 독재라도 재미있는 독재주의죠, 캐슬 씨."
 "그러나 그들은 다른 형태의 권력으로 바꿀지도 모르죠."
 "그러려면 만장일치의 투표가 필요합니다. 그러나 기획위원은 결국에는 일반 시민의 지위로 떨어지죠. 그들의 공직기간이 시차제(時差制)이고 항상 몇몇은 곧 퇴직할 때가 되어 있기 때문에 이기적인 결과에 참여하지 않는답니다. 왜 그들이 그런 변화에 투표하겠습니까? 권력의 남용은 경쟁적 문화에서나 있을 위협입니다."
 프레이저는 계속했다.
 "월든 투에서는 권력이 없어졌거나 분산되어서 남용이란 실제적으로 불가능합니다. 개인적 야망이 훌륭한 통치자에게 기본이 될 수는 없습니다. 통치술이 발달할수록 통치자의 결정에 위임되는 것은 점점 더 줄어듭니다. 결국에는 기획위원이 전혀 필요 없게 되고 관리자만으로도 충분하게 됩니다."

프레이저는 부드러워진 듯한 몸짓을 하며 내게 돌아섰다.

"부리스, 민주주의는 독재주의에 대한 보장책이 아닐세. 민주주의의 장점은 다른 종류의 것이라네. 민주주의는 선택된 소수의 독재적 지배보다는 분명히 우수한 것으로 입증되었다네. 우리는 민주주의가 제 2차 세계대전이라는 독재 형태와의 투쟁에서 승리한 것을 보았다네. 민주주의 국민들은 바로 그 민주주의 때문에 그들의 우수성을 입증할 수 있었고, 공격적인 소수 집단보다 덜 두려웠기 때문에 다른 국민들로부터 지지를 받았네.

민주주의 국민들이 결국 보다 많은 인력을 동원할 수 있었던 것은 각자의 승리에 이해관계가 있었고 압제의 사슬에서 고생하는 사람이 거의 없었기 때문이었네. 그러나 독재자들은 자기네가 우수 인종인 것처럼 행세하는 동안 피정복민들을 자기편으로 만들 수 없었네. 전쟁 초기에는 강력한 통치구조로 보였던 파시스트의 원칙들이 종국에는 결점으로 판명되었지.

하지만 민주주의가 승리했다는 것이 민주주의가 최상의 통치임을 의미하지는 않네. 다만 정말로 나쁜 통치 형태와의 경쟁에서 좀 나았던 것뿐일세. 민주주의에서 끝나지 말게나. 그건 최상의 통치 형태도 아니고 그렇게 될 수도 없어. 왜냐하면 과학적으로 '타당하지 못한 인간 관념'에 바탕을 두었기 때문일세. 종국에는 '인간이란 국가에 의해 결정된다.'는 사실을 고려하지 못한 것이지. 일반인의 선천적인 선과 지혜를 신봉하는 '자유방임주의' 철학은, 인간이 성장 환경에 의해 선하게도 악하게도 되고 현명하게도 바보같이도 된다는 사실과 모순된다네."

"하지만 무엇이 먼저인가? 닭이냐 달걀이냐 하는 것이 아닐까? 인간이 사회를 만들고 사회가 인간을 만들지. 어느 쪽에서 시작해야 하는가?"
 내가 말했다.
 "시작의 문제가 아닐세. 시작은 이미 되어 있어. 문제는 지금부터 어떻게 할 것인가 하는 것이네."
 "그럼 그건 혁명이 되겠군요. 그런가요? 민주주의가 더 나은 형태로 변화하지 않는 한 말이오."
 캐슬이 물었다.
 "혁명이라고요? 당신은 훌륭한 제자가 못 되는 군요, 캐슬 씨. 변화는 결코 권력 정치를 통해 일어날 수 없습니다. 그건 전적으로 다른 차원에서 일어날 겁니다."
 "어떤 차원이란 말입니까?"
 프레이저는 창문 쪽으로 손을 흔들었다. 창문 밖에는 비에 젖은 월든 투의 풍경이 펼쳐져 있었다.
 "그렇다면 당신네들이 서두르는 게 좋겠소. 그게 하루 네 시간의 작업만으로 가능한 일이 아니겠는데요."
 "하루 네 시간은 정확히 필요한 작업 시간입니다."
 프레이저는 웃으며 말했다. 좀 피곤한 기색으로 다시 침대에 기대어 누웠다.
 "자네가 주장하는 변혁이 권력정치의 차원에서도 일어나고 있다는 뚜렷한 사례가 있네."
 내가 말했다.
 프레이저는 눈에 띄게 힘을 주어가며 재빨리 일어나 앉았다. 그리고 나를 의심스러운 눈빛으로 바라보았다.
 "소련 말일세."

내가 말했다.

"아, 소련."

그는 안심이 되었는지 더 계속할 흥미를 보이지 않았다.

"그래 소련은 어떤가?"

"소련이 어떠냐고?"

"소련식 공산주의와 자네 철학 간에는 상당한 유사점이 있지 않을까?"

"소련, 소련이라."

그는 회피하듯 머뭇머뭇 말했다.

"이곳 방문객들이 항상 그걸 묻는다네. 소련은 우리의 경쟁 상대일세. 소련의 인구와 자원을 생각한다면 경쟁된다는 것이 기분 나쁜 일은 아니지."

"하지만 자네는 내 질문을 피하고 있군. 권력정치의 차원을 제외하고는 자네가 하려고 하는 걸 소련이 하지 않았다는 건가? 나는 공산주의자가 월든 투의 계획에 대해 뭐라고 말할지 상상할 수 있네. 자네에게 '실험'을 집어치우고 공산당을 위해 일하라고 하지 않을까?"

"그럴 것이고 실제로 그러고 있네."

"그래, 자네는 뭐라고 대답했나?"

"나는 소련에서 잘못되고 있는 네 가지 사실을 알고 있을 뿐일세."

프레이저는 분명히 자기의 정중한 태도를 즐기는 듯이 말했다.

"원래 의도했던 대로라면 그건 훌륭한 시도였다네. 그들은 월든 투에서 보편화된 박애주의적 충동에서 처음 시작했다네. 그러나 곧 여러 약점들이 드러나게 되었지. 네 가지 약점이 있는데 이 약점들은 피할 수 없는 것이라네. 그 시도 자체가 권력정치의 차원에서 이루어졌기 때문에 약점들을 피할 수 없었지."

그는 내가 그 약점들이 무어냐고 묻기를 기다리고 있었다.

"첫 번째 것은?"

내가 묻자마자, 그는 말을 이었다.

"실험정신의 쇠퇴이지. 여러 유망한 실험들이 간단히 중단되어 버렸다네. 아동의 집단적 보호, 가족구조의 변화, 종교의 포기, 새로운 개인적 자극 등 이 모든 개혁 문제가 수세기 동안 자본주의 사회에서 유행해 왔던 관습으로 되돌아감으로써 '해결' 되었네. 그건 오랜 난제(難題)였지. 권력을 쥔 정부는 실험을 할 수가 없지. 그 정부는 해결책들을 이미 알고 있어야 하거나 적어도 알고 있는 척해야 된다네. 오늘날 소련인들은 아직 완전하지는 않지만 최적의 문화가 달성되었다고 주장하네. 지금은 실험의 심각한 필요성을 인정하려고 들지 않지. 소련에서는 이미 혁명적인 실험이 끝장났어.

두 번째로 소련은 자국민과 외부세계에 대해 과대선전을 하고 있다네. 그들의 선전은 이때까지 근로 대중을 사로잡았던 것보다 훨씬 더 광범위하네. 그건 중대한 약점이야. 왜냐하면 그런 과대선전은 그들의 성공을 평가할 수 없게 만들었기 때문이네. 소련공산주의의 활력 가운데 얼마만큼이 강력하고 만족스러운 생활방식 때문이고, 교화 때문인지를 알 수 없네.

과대선전이 전통문화에 뿌리박힌 선전을 반격하기 위한 일시적인 방편이라고 말할 수 있지만, 그런 필요성은 이미 없어졌는데도 선전은 여전히 계속되고 있네. 그게 계속되는 한 소련식 공산주의의 효율성에 대한 유용한 자료는 얻을 수 없네. 우리가 알기로는, 국민의 지지가 없어지면 소련 문화 전체가 몰락하게 된다는 것이야. 더욱 나쁜 것은 그 지지를 어떻게 제거할 수 있는지조차 알기 힘들다는 점이야. 선전을 한다고 해서 선전 자체가 불필요한 진보적 사회형태로 발전하도록 만들지는 못한다네.

소련 정부의 세 번째 약점은 영웅을 사용한다는 점일세. 영웅의 첫째 기능은 소련이든 어디든 불완전한 통치 구조를 보완하는 데 있네. 중요한 결정들이 일련의 원칙에 따라 결정되는 것이 아니라 개인적 행동에 호소된다네. 통치과정은 과학이 아니라 예술이 되고 통치제제는 예술가의 행동만큼 훌륭하고 그의 생명만큼 지속될 뿐이라네. 영웅의 두 번째 기능으로써, 레닌이나 스탈린의 사진들을 모두 떼어 버리고 나면 현재와 같은 공산주의가 얼마나 오래 지속될 수 있을까? 이건 한번 제기할 만한 의문점이야. 그러나 무엇보다 중요한 것이 소련식 실험은 권력을 바탕으로 했다는 점일세. 그 권력을 잡은 사람들이 참을성이 없고 강압적이기 때문에, 권력의 장악도 역시 일시적인 방편이라고 말할 수 있을 걸세. 그러나 그런 식으로 권력을 계속 사용하는 걸 정당화할 수는 없네. 소련 국민은 서로의 이익을 위해 '원하는 대로' 행동하는 문화와는 여전히 동떨어져 있네. 공산주의 형태가 바라는 대로 국민을 움직이도록 하기 위해 소련 정부도 자본주의의 기술을 사용했어야 했네.

한편으로는 엄청나고 불평등한 보상에 의존하고 있네. 그러나 결국 부의 불공평한 분배는 유인가(誘引價)를 창조해내기보다는 더 많은 유인가를 파괴해 버리고 있네. 그건 분명히 '공동' 이익을 위한 운영일 수 없지. 다른 한편으로 소련 정부는 역시 형벌이나 형벌의 위협을 사용하고 있지. 그걸 자네는 어떤 종류의 행동과학이라고 부를 텐가?"

프레이저는 메스꺼운 듯이 꽃병에다 침을 뱉었다. 그리고는 크게 어깨를 움츠리면서 손을 벌렸고 서서히 몸을 일으켰다. 그로서는 분명히 캐슬이 제기한 '일반적인 문제'를 충분히 다루었다고 생각하는 모양이었다.

30

　나 역시 더 이상 생각하고 싶지 않았다. 우리의 토론은 활기가 있기는 했으나, 행동 기술에 관한 몇 가지 새로운 점을 잠깐 살펴본 것 외에는 월든 투를 이해하는 데에 별 도움이 안 되었다.
　프레이저가 일반적인 문제를 회피한다고 한 캐슬의 말은 옳았다. 월든 투는 보편성을 토대로 세워진 것이 아니고 특수한 행동적, 문화적 법칙과 기술을 토대로 한 것이었다. 나는 자유의 문제가 결코 또다시 제기되지는 않을 것이라고 확신하였고, 캐슬이 주장하는 '독재의 위협'도 관리자의 역할을 구체적으로 규정하는 문제로 낙착되리라고 짐작했다. 프레이저는 이색적인 방법으로 정치학에서 흔히 제기될 수 있는 문제를 거의 무시해 버렸으나 사실 내가 보기에도 그런 문제들은 논의할 가치가 거의 없어 보였다.
　프레이저는 구체적인 예를 보이면서 자기주장을 납득시키려는 듯 한 마디 말도 없이 문을 열더니 우리를 복도로 안내했다. 그러고 나서 어울리지 않을 정도의 느린 걸음으로 우리를 공용실로 데리고 갔다.
　비가 그치자 휴게실 안은 다시 생동감이 넘쳐 있었고, 각자의 방에서 밖으로 나가는 무리가 몇몇 있었다. 우리도 그 분위기에 휩싸여 공동 탈의실로 갔다. 그곳에 회원들의 모든 외출복이 보관되어 있었다. 두세 명의 회원은 고무장화나 두터운 신을 신고 있었으며, 어떤 회원은 찌그러진 어부 모자를 쓰고 있었다.

폭풍우 속을 뚫고 먼 길을 걸어온 한 떼의 젊은이들이 노란 비옷을 입은 채 입구에 마련된 '흙발판'에다 구두와 고무장화에 묻은 흙탕물을 말끔히 닦아내고 있었다.

우리들은 휴게실에 들렀다가 산책로를 따라 한가로이 걸었다. 프레이저는 굳게 침묵을 지키고 있었지만, 우리가 지나치는 모든 것이 대단히 중요한 것인 양 열심히 이리저리 둘러보고 있었다. 캐슬과 나도 프레이저의 동작에 이끌려 주위를 주의 깊게 살펴보았다. 음악실에서는 요란한 음악 소리가 닫힌 문틈으로 흘러나왔고 방송실에서는 활기가 넘치는 대담이 오가고 있었다. 청명한 날씨인데도 도서실과 휴게실은 만원이었다. 우리가 열심히 닦아준 창문을 통해 보이는 월든 투의 풍경은 전보다 더욱 신선하고 아름다워 보였다.

우리는 사다리 길 쪽으로 들어섰다. 아이들이 일요일 저녁식사를 하려고 올라오고 있었는데, 프레이저는 우리들도 함께 식당으로 가자고 했다. 아이들은 대개 나이에 따라 몇 개의 집단으로 나뉘어서, 능숙하게 음식물을 쟁반에 담아 가지고는 서로 다투지도 않고 자리를 잡고 앉았다. 아이들과 함께 앉아 있는 어른들은 대부분 젊은 부모들로서, 가장 나이가 많은 아이보다 기껏 다섯 살가량 더 들어 보일 정도였다. 그 중 몇몇은 근무 시간이 아닌 모양인지 아이들과 함께 그저 식사 시간을 즐기고 있는 것 같았다.

우리는 식당에서 나와 길을 따라 위로 올라갔다. 거기서 프레이저는 잠시 경치를 즐기게 한 다음 다시 산책길을 따라 우리를 데리고 내려왔다. 우리는 휴게실에 들어가 창문을 통해 바깥 경치를 살펴보았다. 이곳저곳에 몇 명씩 짝을 이룬 사람들이 신선한 자연 풍경을 즐기고 있었다. 프레이저는 약 일 분쯤 있다가 캐슬 쪽으로 돌아서며 말했다.

"캐슬 씨, 독재주의에 대해 뭐라고 말씀 하셨던가요?"

캐슬은 놀라서 얼굴이 상기된 채 프레이저를 바라보았다. 그는 무언가를 말하기 위해 입술을 달싹거렸으나 아무 말도 나오지 않았다. 순간 프레이저는 신경질적인 웃음을 커다랗게 터뜨렸다. 그 바람에 휴게실 안에 있는 다른 사람들까지 깜짝 놀라자 프레이저는 좀 어색하게 캐슬의 등을 가볍게 토닥거렸는데, 그때의 상황이나 또는 그의 입장에 어울리지 않는 행동이었다.

갑자기 프레이저는 마치 약속이라도 했던 것처럼 산책길 쪽에 있는 사람들에게 고개를 끄덕이면서 손가락으로 신호를 보냈다. 창문을 통해서 보니 몇 사람이 있었지만 아무도 그 신호에 답하는 것 같지는 않았다. 나는 그가 속임수를 쓰고 있다고 생각했다. 어색한 이 상황을 빨리 벗어나고 싶기는 했으나 이렇게 하는 것 외에 달리 더 좋은 방법을 생각하지 못한 모양이었다.

그는 '그럼 이만…….' 하는 식의 인사말조차 잊어버린 듯 입을 멍하니 벌린 채 고개를 끄덕이면서 어색하게 뒷걸음질쳐 떠나갔다.

"저녁식사 시간은 7시죠?"

문가에서 외치더니 대답을 기다리지도 않고 산책길을 따라 사라져 버렸다.

31

 일요일 저녁식사를 간단히 마치고 식당에서 나올 때 프레이저가 로저스에게 고개를 돌렸다.
 "자네에게 좀 보여 줄 것이 있네."
 이렇게 말하면서 프레이저는 로저스를 우리 곁에서 멀찍한 곳으로 데리고 갔다.
 스티브와 메리는 몇몇의 젊은이들과 섞여 있었고, 바바라는 그 중에 유머가 풍부한 남자와 같이 이야기를 나누고 있었다. 캐슬은 두 개의 여송연을 가지고 와서는 밖에 나가 거닐며 같이 피우지 않겠느냐고 내게 넌지시 말했다. 나는 좋다고 승낙은 했지만, 온 저녁을 그와 단 둘이만 지내게 되지 않기를 바랐다. 캐슬은 식사시간 내내 즐거운 기분이었는데, 월든 투의 문제점에 대해 자기 나름대로 만족스런 결론을 내린 모양이었다. 캐슬은 프레이저에게 아주 수치스런 딱지를 붙인 것 같았다.
 내 추측은 들어맞았다. 캐슬은 정복자라도 된 것처럼 자신을 영웅시하고 있었고, 프레이저도 자신을 그렇게 볼 것이라는 내 말에 조금도 개의치 않았다. 사실 이 두 전사(戰士)는 결코 똑같은 장소에서 똑같은 무기로 싸운 셈은 아니었다. 프레이저는 일반론을 사용하지 않았으며, 월든 투의 업적 평가에서도 일반론을 적용시키지 않았다. 한편 캐슬은 프레이저가 끝맺는 말의 실질적인 요점이 무엇인지를 잘 모르는 것 같았다. 프레이저는 너무 극적인 효과를 노렸고 이론적인 독재주의와 명백한 자유가 실제로 서로 양립될 수 없다는 사실을 우리에게 납득시키지 못했다.

프레이저에게 붙여진 딱지는 물론 '파시스트'였다. 캐슬로 하여금 그 용어를 명확하게 정의하게 할 수는 없었으나 그 말엔 확실히 엘리트의 의미가 포함되어 있었다. 월든 투의 통치는 제한된 범위의 독재에 불과했는데, 그 이유는 공동사회의 수익이 불공평하게 전환되지는 않았기 때문이었다.

캐슬은 조만간 독재주의가 도래하리라고 생각하였으나 어떻게, 그리고 왜 그렇게 될지에 대해서는 아무 말도 하지 않았다. 프레이저와 다른 기획위원들 그리고 관리자 몇몇은 통치자의 입장에 있다는 의미에서 우선은 엘리트였다. 권력의 유용은 있었으나 물질적인 유용은 없었다. 내가 통치 기술은 권력을 포함하지 않는다는 것을 지적했을 때 캐슬은 회의적으로 대답하였다. 그는 세력이 없이도 통치가 가능하다는 것을 받아들이려 하지 않았다.

그와의 논쟁에서 이번엔 내가 그를 난처하게 만들 수 있었다. 그는 행동공학의 잠재성을 느끼기에는 과학적 사실과 방법에 관하여 너무 아는 바가 없는 그런 철학자였다. 프레이저도 마음만 먹으면 일반 원칙에도 몰두할 수 있었을 것이다. 자유의 문제와 상관없이 국민을 행복하게 만드는 통치 계획은 뛰어난 일반 원칙들을 포함하는 것이었다. 그러나 프레이저는 그런 것에는 관심이 없었고, 캐슬 역시 혼자 힘으로 그렇게 할 수 없었다.

나는 이 모든 토론에 싫증이 났다. 내가 아무리 프레이저를 변호하더라도 캐슬은 '여전히 같은 의견' 이었을 것이다. 나는 그의 질문에 거의 대답하지 않았으며, 또다시 한스 카스트로프를 회상하고 여송연을 다 피우자마자 다른 친구들과 합류하자고 제안하였다. 그러나 우리 일행이 보이지 않았기 때문에 거기서 도저히 빠져나갈 수가 없을 것만 같았다. 절망적인 기분으로 게시판을 살펴보고서는, 녹음된 필하모니 오케스트라의 연주곡은 오후에 윌든 방송국에서 재방송한다는 사실을 알았다. 그걸 듣자는 제안에 캐슬이 쾌히 동의한 이유는 방 안에서 음악을 듣는 동안 자기가 가지고 온 학기말 논문의 채점을 끝마칠 수 있기 때문이었다.

각 개인 방과 응접실에는 방송실로부터 여러 가지 프로그램이 전달되는 확성기가 있었다. 나는 심포니가 들릴 때까지 스위치를 돌려보았는데, 모차르트 작품인 듯싶었으나 많이 들어보지는 못한 곡이 연주되고 있었다. 나는 곧장 나의 이층 침대로 올라가서 편하게 누워 더 이상의 토론을 벌이고 싶지 않다는 것을 노골적으로 표시했다. 캐슬도 서류가방을 꺼내어 깨끗하게 묶여진 학생들의 논문들을 꺼냈다. 그는 의자에 주저앉을 때 무의식적이나 습관적인 것 같은 한숨을 쉬고는 곧 작업에 들어갔다.

캐슬하고는 일단락 되었지만, 이제 나 자신에게서 빠져나갈 수가 없었다. 내 머리는 뒤죽박죽 혼란상태에 빠져 있었다. 거기다가 음악은 단순하고 흐느끼는 듯한 가락으로 나를 조롱하며 나의 혼란을 더해 주었다. 나는 한꺼번에 두세 소절 이상을 들을 수가 없었고 한 가지 생각에도 몰두할 수가 없었다. 나는 열여섯 내지 열여덟 시간 안에 윌든 투를 떠날 예정이었지만 과연 떠나기를 원하고 있는지 나 자신도 알 수가 없었다. 그러자 나는 이곳에 가입할 생각을 결코 해보지 않았음을 깨달았고, 나로 하여금 결정을 해야만 하는 위치로 몰고 온 프레이저를 원망했다. 나는 스티브와 메리를 생각했고 그들의 선택이 얼마나 간단했던가를 생각했다. 어떻든 그들의 선택이 옳았다는 데 대해서는 어떤 의심도 갖지 않았다. 그리고 로저스의 처음 판단을 가로막은 외부와의 유대에 관해 생각했다. 프레이저는 나 자신의 판단도 비슷하게 변형되었다고 말할 것이 분명했다. 나는 학원 생활의 순수한 습관을 떨쳐 버릴 수가 없었다. 이는 불만족스러운 만큼 또 불가피하게 보였다.

여러 자세로 편하게 누워봄으로써 생각들을 억누르려고 해보았지만 별 효과가 없었다. 마침내 나는 침대에서 내려와 칫솔을 가지고 세면실로 갔다. 돌아와서 파자마로 갈아입고 다시 침대로 올라갔다. 나는 벽 쪽을 향해 누웠으며 캐슬의 전등 불빛을 가리기 위해 이불을 얼굴까지 끌어당겼다. 마음속에 계속 맴도는 지적 관념을 떨쳐버리기 위해서 내가 기억하고 있는 모든 시를 열심히 외우기 시작했다. 그 첫 번째 구절은 다음과 같이 시작되는 것이었다.

'그러나 내 등 뒤에서 나는 언제나 들을 수 있었네.
시간의 날개가 달린 전차가 가까이 다가오는 소리를.'

32

 잠자리에 들기 전 논문의 검토를 다 끝내서이기도 했겠지만, 캐슬은 다음날 아침 일찍이 일어나 즐거운 표정으로 방 안을 서성거렸다. 캐슬은 자기 가방을 세심하게 꾸린 뒤, 서류가방과 함께 문 옆에 미리 놓아두었다. 그리고 내가 짐을 꾸리고 있는 동안 옆에서 손뼉을 치며 여전히 기분이 좋은 듯 발꿈치를 들고 가벼운 아침 운동을 하고 있었다. 그러더니 이제는 단조로운 가락의 휘파람까지 불기 시작했다.
 캐슬이 나보다 반 보쯤 앞선 채 우리들은 식당으로 걸어갔다.
 "좋은 논문들이더군요."
 갑자기 캐슬이 말했는데 매우 만족스러워하는 눈치였다.
 "몇 가지는 아주 재미있는 생각들도 있고, 해가 거듭할수록 우리 학생들이 질적으로 점점 나아져 가고 있다고 느끼고 있습니다. 학생들은 내 기대에 차츰 접근하고 있지요. 당신도 그 점을 인정하시겠지요?"
 "나의 경우는 점점 기대를 안 하게 되는데요."
 "오, 부리스 씨. 프레이저 때문에 사기가 떨어지지는 마십시오. 프레이저의 반학문적인 편견, 그것은 순전히 감정적인 것입니다. 그런

데 학문적인 면에서 프레이저의 경력은 어떠했습니까?"

"잘 모르겠는데요."

"내가 보기에 프레이저는 아직 한 번도 가르쳐 본 경험이 없는 것 같습니다. 좋은 자리에 한 번도 추천을 못 받아 본 것 같아요. 지나친 표현인지는 모르겠지만 안정을 찾지 못하고 있는 외로운 늑대라고나 할까요. 프레이저의 편견은 지기 싫어서 허세를 부리는 식입니다."

이런 식의 얘기를 캐슬로부터 수없이 들어왔기 때문에 나는 화를 내지는 않았다. 캐슬의 마음 상태가 지금 어떻다는 것은 알고 있었지만, 거기에 대해서 내가 무어라 할 말은 없었다. 캐슬은 결코 이류급 인물은 아니었다. 비록 프레이저는 캐슬을 만만하게 여기고 있었지만, 캐슬의 학식은 상당한 것이었으며 논쟁의 말솜씨가 능숙하다고 널리 알려져 있는 터였다.

캐슬의 마음이 열려져 있는 한 나도 그를 좋은 동료로 생각해 왔다. 또 캐슬이 전쟁 중에도 좋은 학문적 업적을 냈다는 사실이 나의 마음을 끌었다. 그의 이야기는 사실 읽기 지루한 그의 책보다는 좋았으며, 바로 이런 점을 그의 장점으로 여기고 있었다.

그러나 캐슬은 자기기만의 극단적 행동을 가끔 나타냈는데, 이는 정신병의 임상적 특징과도 어느 면에선 비슷한 것이었다. 캐슬은 논쟁의 처음 단계에서는 관대하고 솔직하게 모든 관점을 즐거이 받아들이곤 했었다. 그는 불확실성과 긴장과 지적인 혼란 상태를 기꺼이 참아내곤 했었다. 그러나 이렇게 한참 마음이 열려져 있다가도 갑자기 조개처럼 단단히 닫혀져 버리곤 했다.

캐슬은 우리가 이곳을 방문한 처음 삼 일 동안 프레이저를 이해하기 위해 이곳에서 보고 들은 것을 자신의 기성 견해와 타협하려고 성실히 노력했다. 이 기간 동안 캐슬이 상당한 고통을 받았음이 분명했다. 그래서 캐슬은 극도의 긴장을 느꼈으며 이에 대한 돌파구로써 독재주의의 가설을 들고 나왔던 것 같다.

 처음에 나는 사소한, 작은 논쟁이려니 생각하고는 곧 해결점이 찾아질 것으로 기대했었다. 그러나 캐슬을 사로잡은 힘은 놀라운 것이었다. 가능한 모든 점에서 의심할 만한 점을 철저히 가려내려고 했으며, 자기의 생각과 다른 견해를 적절히 타협시키려던 처음의 의도는 온데 간 데 없고 자기의 가설을 주장하기에만 온 힘을 기울였다. 마치 해변에 흩어져 있는 자갈더미에서 동물의 윤곽을 어렴풋이 보았다고, 그 윤곽이 좀더 확실하게 될 때까지 자갈들을 인위적으로 이리저리 다시 배치해 놓고 있는 어린아이의 행동과도 흡사한 것이었다.

 아침식사를 하고 있는 스티브와 메리를 보았을 때, 나의 첫 번째 느낌은 그들을 캐슬의 회의주의로부터 보호해야 한다는 것이었으나 불필요한 일이었다. 왜냐하면 캐슬의 생각에는 그들이 행복한 것은 본래 참을성 있는 천성 때문이라는 것이었다. 즉, 너무나 바보스러워 행복할 수밖에 없지만 적어도 스티브와 메리는 다른 사람들을 해치지는 않을 것이라는 이야기였다. 월든 투는 영원히 계속될 것이며, 스티브와 메리 또한 이 월든 투에서 행복한 삶을 꾸려나갈 것이다. 또 캐슬 역시 확고부동한 자기주장을 굽히지는 않을 것이다. 역시 우리와 함께 삭사를 하던 로저스와 바바라가 월든 투에 가입하지 않은 것에 대해서도 캐슬은 별로 즐거운 표정을 나타내지 않았다.

 우리는 한참만에야 아침식사를 끝내고 작업장에 가 보았으나, 남은 시간에 할 수 있는 일은 없었고 우리의 노동계정(勞動計定)이 끝난 것으로 알아도 좋다고 했다. 그런데 이미 하루 4점씩의 노동 일정에 들어간 스티브와 메리는 우리와 좀더 오랫동안 함께 있기 위해 그날 일을 저녁 시간에 하기로 정해놓고 있었다.

 우리는 잔디밭으로 나갔는데, 프레이저가 연못 쪽에서 이리로 빠르게 걸어오고 있었다. 나는 프레이저와 마주치고 싶지가 않았다. 그가 로저스를 월든 투에 가입시키는데 실패했으므로 혹시 기분이 상해 있지나 않을까 하는 두려움 때문이었다.
  프레이저가 외부세계와 관계를 끊을 수 없는 로저스에게 가입을 권하는 자리에 나도 함께 있었던 것이다. 월든 투가 동경하던 꿈을 다 능가했기 때문에 로저스로서는 더 이상 바랄 것이 없을 듯했다. 그러나 나는 프레이저가 그러지 않을 것이라는 생각도 해봤어야 했다. 오히려 프레이저는 기분좋은 상태에 있었고 아주 친절한 태도로 우리를 맞이했기 때문이었다. 로저스가 당황하여 인사도 얼버무리려고 하자, 프레이저는 그의 어깨에 다정하게 손을 얹고는 무슨 이야기를 들려주려는 듯 그와 바바라를 옆길로 데리고 갔다.
  프레이저가 재차 나의 가입을 권유하리라는 나의 생각 또한 잘못이었다. 일요일 아침에는 신나는 놀이가 벌어졌기 때문에, 그런 분위기에서 나의 가입을 유도할 수는 없었다. 때문에 이날 아침이 프레이저에게는 유일한 기회이며 그가 틀림없이 이 기회를 놓치지 않으리라고 확신하고 있었다. 그러나 그때까지 결심을 하지 못한 상태라 그와의 이야기를 회피하고만 싶었다. 그래서 프레이저가 내 팔을 잡고, '부리스, 지금 일을 하러 가야 되는데 같이 가지 않겠어?' 하고 말했을 때 나의 무릎은 굳어져 버렸다.
  프레이저는 분명히 나 혼자만 데리고 가려 했다. 프레이저는 매일같이 자신에게 할당되는 한 시간의 육체노동을 다른 시간에 할 수도 있었던 것이다. 그렇지만 나는 그의 요청을 거절할 수가 없었으며 공장쪽으로 묵묵히 같이 걸어 내려갔다. 나는 프레이저가 무슨 이야기를 하려나 하고 불안했지만 그는 한두 번 정도 침묵을 깨뜨리는 계절 이야기만 건넬 뿐이었다.
  우리는 기계공장으로 들어갔는데 안에는 아무도 없고 텅 비어 있었다. 프레이저는 작업대 가까이에다 등 없는 의자를 놓고는 나에게 앉으라고 했다. 그러더니 어지러워진 작업대를 깨끗이 치우기 시작했다. 나는 프레이저가 거처하는 방도 이렇게 지저분했었다는 생각이 들자 바로 이것이 프레이저에게 할당된 일이라는 것을 알았다.
"난 아마 역사상 가장 단정치 못한 인간일 거야."
프레이저는 내가 그렇게 생각하고 있는 것을 짐작이라도 했다는 듯이 말했다.
"그러나 나는 혼돈 상태에서 질서를 찾아내는 데에 상당한 즐거움을 느낀다네. 나는 엉켜진 전선과 노끈을 잘 풀어서 다시 이용하도록 한다거나 쇠 부스러기 더미에서 못과 나사를 가려내는 일을 좋아하지. 아마 프로이트학파 심리학자로서는 이런 습성에 대해 한마디 할 수 있을 걸세."
프레이저는 미소를 머금은 채 나를 쳐다보며 선반 위에다 조그만 펜치를 올려놓았다.
"나는 늘 이런 일이 할당되기를 바라고 있지."
프레이저는 덧붙여 말했다. 그는 먼지와 나무토막과 그리고 쇠붙이를 쓸어내리면서 아직 사용될 수 있는 것들을 가려내기 시작했다.
"아마 이런 종류의 일에다 한 시간을 투입할 필요는 없을 걸세. 왜냐하면 내가 이렇게 가려낸 것은 2~3센트 정도면 살 수 있는 것이니까. 그러나 간혹 가치 있는 것도 찾아낼 때가 있지. 드라이버나 조그마한 연장 같은 것 말이야. 내가 이런 것을 찾아내지 못하면 죄다 그냥 내다 버리겠지. 그래도 '작업계'가 나에게 쉬운 일을 맡기는 것 같아. 어쨌든 이건 외화를 버는 데 도움이 되고 이곳은 청소해야만 하니까."
이런 종류의 잡담이 얼마 동안 계속되자 나는 조금 기분이 편안해지기 시작했다. 확실히 프레이저는 성급하게 굴지 않았으며 결국 나 자신이 먼저 월든 투에 대한 얘기를 꺼내게 되었다.

"프레이저, 내가 한마디 하고 싶은 게 있네."
나는 긴 침묵 후에 이렇게 말했다.
"한 개인으로서의 자네에 대한 내 견해에는 신경 쓰지 말게. 나는 어제 아침에 자네가 시도한 텔레파시가 아주 성공적이었음을 부정하지는 않겠네. 그리고 자네가 여기서 한 일에 대해서도 내가 감탄하고 있다는 것을 알아주게. 아주 훌륭한 일이야. 사실 난 자네가 부럽다네."
"그럴 필요는 없어."
그는 약간 빠르게 말했다.
"월든 투에서의 자네 생활이 부럽다는 말이 아닐세. 비록 이상적으로 보이더라도 말이야."
나는 재빨리 다음 말을 이었다.
"나는 성공적으로 해낸 자네의 야심적인 실험을 부러워하고 있을 뿐일세. 자네는 거기서 아주 커다란 만족을 얻었을 거야."
"그렇다네."
"프레이저, 말을 안 할 수가 없는데, 자네가 천재라는 점을 인정하고 싶네."
"어리석은 생각이야, 부리스. 바보 같으니라구!"
나는 약간의 부인(否認)은 예상했었지만 그의 태도는 너무 격렬한 것이었다.
"나는 뛰어난 지성인도 못 되고 그냥 인간에 불과하네. 자네도 알 것이네만 나에게는 특출한 재능이라곤 조금도 없네. 나는 머리 회전이 빠른 수학자도 아니고 또 특별히 명석한 사고능력도 가지고 있지 않아. 난 별로 학식도 없어. 책을 펼치면 수많은 논점들이 나를 괴롭혀서 책을 던져 버리고 말지. 나는 확실히 학자는 아닐세. 가끔 나도 예리한 통찰력을 가질 때도 있지만, 그것도 지금 이 먼지더미의 일처럼 전혀 영감을 주지 못하는 것들을 애써 분류하다가 비로소 얻게 되는 것이었네. 아마 자네도 내 문장 중의 과장된 표현을 보면 내 정신 상태가 엉망이라는 것을 알 수 있을 걸세. 내가 그걸 모르고 있다고는 생각 말게."

"그렇지만 월든 투에 대해서는 어떤가?"

"부리스, 그건 자네가 무어라 말하든 간에 하나의 업적이지. 이제까지의 인간 지성사(知性史)에서 더할 나위 없는 성공작이라고 할까. 원자핵 분열의 발견도 이것에 비하면 그리 중요한 것이 아닐세."

"그럼 자네 자신에 관해서는 어떤가? 우리가 무언가 서로 어긋나게 이야기하고 있는 것 같네만."

"하지만 월든 투는 천재를 요구하지는 않아! 나는 단지 하나의 중요한 특징을 가지고 있을 뿐일세. 부리스, 나는 고집쟁이라네. 내 생애 동안 단지 하나의 생각, 즉 진정한 '고정관념'을 고집스럽게 갖고 있을 뿐이야."

"그건 어떤 생각인가?"

"솔직하게 털어놓자면 내 방식대로 하자는 게 내 생각일세. '통제'라는 말이 적절한 표현일 거야. 인간 행동의 통제 말일세, 부리스. 내 실험의 초기에는 광적이고 이기적인 지배 욕망이 있었다네. 예상이 비틀려 나갈 때 느끼곤 하던 분노를 지금도 기억하네. 나는 피험자들에게 '행동해, 이 바보야! 네가 해야 될 행동을 해.' 하고 소리칠 뻔했었지. 결국에는 피험자들이 항상 옳았다는 것을 깨달았네. 그들은 항상 자기들의 행동방식으로 행동했다네. 틀린 것은 바로 나 자신이었지. 내가 잘못된 예측을 했던 것일세."

프레이저는 갑자기 허탈하게 웃었으며 그 웃음은 오래도록 지속되었다.

"독재자일지도 모르는 사람에게 이 얼마나 신기한 발견인가!"

프레이저는 이렇게 소리 질렀다.

"가장 효과적인 통제 기술은 자신을 이기적으로 몰입시키지 않는 것이라네."

프레이저는 계속 가볍게 웃어댔다.

"그렇지만 자네는 불평할 게 거의 없지 않은가?"

내가 말했다.

"자네는 이제 통제력을 확보했네. 난 그렇다고 느끼고 있네."

프레이저는 의심스러운 듯 잠시 나를 쳐다보았으나 내 말에 동의하는 것처럼 보였다. 그는 천천히 고개를 끄덕였다. 나는 이야기를 계속했다.

"그리고 자네는 개척자로서의 즐거움도 맛보고 있겠지. 근본적인 즐거움은 다 차지한 셈이야. 이제 자네 뒤를 따르는 사람들에게는 너무 쉽고 시시한 일이 일이 되어 버릴걸."

"그것도 어리석은 생각이라네, 부리스."

다시 프레이저는 조금 전의 격분을 얼마간 나타내면서 말했다.

"자네는 과학사에서 자네 의견을 뒷받침할 수 있는 예를 한 가지라도 인용할 수 있겠나? 이제까지 과학적인 발명이 일을 좀더 쉽게 만든 적이 있었나? 물론 '과거'의 불확실했던 점을 확실하게 해주고 또 어려웠던 점을 단순화시키는 주었지만, 동시에 더욱 불확실하고 곤란한 새 문제점을 파생시키기도 했지. 여보게, 상상력을 한번 동원해보게나! 해야 할 일이 또 어떤 게 남아 있는지를 생각해보게!"

프레이저는 조그만 먼지 솔로 작업대를 깨끗이 털어내고 장소를 옮겨 다시 작업을 시작했다.

"미안하네, 내 말이 어리석었어."

앉아 있는 의자를 프레이저 쪽으로 돌리면서 나는 말했다.

"그런데 이젠 할 일이 뭐가 남아 있지? 내가 보기엔 월든 투의 일들은 아주 잘되어 가고 있는 것 같은데. 자네는 또 다른 월든 투의 개발 즉, 확장계획을 염두에 두고서 하는 말인가?"

"그런 것은 아닐세. 그건 생각하기에 따라서는 재미있는 일이네만, 내가 그런 일에 적극적으로 끼어들지는 않을 걸세. 나는 이곳 월든 투에 그냥 머물러 있고 싶어."

"그렇지만 월든 투에서 자네가 할 일이 또 있나? 내가 보기로는 자네 일은 사실상 끝난 것 같은데. 월든 투는 자급자족하고 있고 모든 회원들에게 흥미롭고 만족할 만한 생활을 제공해 주고 있지 않나?"

프레이저는 화가 나 있었다.

"자네는 내가 '그걸로' 만족하리라고 생각하나?"

프레이저는 소리쳤다.

"인류가 평온상태에 있는 문화적 조건에 내가 만족할 것 같은가? 그런 의미의 성공적인 문화는 단지 시작일 뿐이네. 즉 행동공학의 아주 미미한 업적에 불과하지."

"그렇지만 오늘날의 세계가 처해 있는 상황을 고려한다면 결코 미미한 업적은 아니잖아?"

"일반 세계는 빈약한 표준이지. 일반 세계에 비하면 기아와 폭력이 없는 사회는 한층 밝게 보일 걸세. 그렇지만 월든 투에서 한두 달만 생활해 보게. 그러면 자네는 새로운 관점을 얻게 될 걸세. 우리가 한때 끝없이 빠졌었던 염세주의를 드디어 떨쳐 버리게 되고 인간의 잠재성을 보게 될 걸세. 자네는 인간에게서 위대한 힘을 기대하게 될 것이고, 그런 것을 직접 획득할 기회도 있네. 다른 면에서 아무리 만족스럽더라도 이런 정체된 세계에서 자네는 정말 행복할 수 있겠나? 결코 그럴 수는 없네. 또한 자네는 정체 사회에서 그저 모든 사람들을 위한 일반적인 행복을 조성하는데 만족하지도 않을 것이네. 요컨대 우리는 인류의 장점이기기도 한 열화 같은 전진욕구를 결코 외면해서는 안 된다는 말이네."
 "그 열화 같은 충동으로 우리가 아주 곤란한 지경에 빠져버렸네."
내가 말했다.
 "그건 그래. 그것이 우리가 정체 문화에 만족하지 못하는 또 하나의 이유일세. 우리가 생존하자면 해야 할 일들이 있네. 가만히 정지해 있다는 것은 멸망을 뜻하는 것일세. 인간의 기술과 기술을 이용하는 지혜 사이의 괴리는 해가 지남에 따라 눈에 띄게 커지고 있네. 우리는 이 사실을 원자탄이 처음 발명되었을 때 깨닫게 되었네만, 그 괴리는 지금까지 오랫동안 끊임없이 계속되었다네.
 그렇다고 해서 인간의 지혜와 책임감이 과학의 발전과 엇비슷한 수준에 도달할 때까지 과학에 브레이크를 거는 것은 해결책이 될 수가 없지. 과학의 발전이 아무리 무서운 결과를 초래하게 될지라도, 또 일부 지각 있는 인사들에게는 미친 짓처럼 보이더라도 과학의 발전은 계속 진행되어야 하네. 우리가 발명한 로켓과 원자탄 더미를 박물관에 전시해 놓을 수만은 없겠지.
 우리는 인간의 수준을 과학의 발달수준만큼 끌어올려야만 할 것이네. 우리가 후퇴할 수는 없으며 우리의 진로를 바로 잡아야만 되네. 우리의 약한 부분인 행동과학과 문화과학을 강하게 만들어야 할 걸세. 강력한 행동과학이 필요하네.
 부리스, 지각 있는 사람이라면 왜 과학이 오용되고 있는가를 알아야만 하네. 현대 교육에 대한 정부의 소극적인 지원을 보게나. 또 미국 중류사회의 문화를 보게. 정부의 기구를 보게! 그 중에 지혜를 꾸준히 가르치는 자가 있다고 기대할 수 있겠는가? 그렇지만 우리의 행동과학이 원자과학처럼 강력하게 될 때까지 기다려 보게. 그러면 무언가 다른 것을 알 수 있을 걸세."
 "하지만 자네는 단지 바란다고 해서 강력한 행동과학을 실제로 얻을 수 있다는 것은 아니잖나? 그것은 천재의 몫 이상의 것을 필요로 하네. 자네는 재정적인 지원을 받아야 하겠지. 또 재능 있는 사람들의 정열과 힘을 끌어 모아야만 할 걸세. 광범위한 연구를 위한 기초자료도 수집해야 되겠지. 또한 자네는 대규모의 행동과학을 진행시키기 위해서는 과연 무엇이 필요한지를 생각해 보아야만 하네!"

프레이저는 진심에서 우러나오는 미소를 지어보였다.

"여보게 친구."

그는 마침내 말했다.

"자네가 지금 말한 조건들이 바로 월든 투에서 가능하다는 것을 모르겠나?"

나는 숨을 죽이고 프레이저를 쳐다보았다.

"자네에게 비밀을 말하지."

프레이저는 의식적으로 자기 목소리를 낮추면서 말했다.

"자네는 월든 투에서 내가 정말 관심이 있는 유일한 면을 묘사해 주었네. 인간을 행복하게 하고 또 그 행복이 계속 유지되도록 생산력을 향상시키는 것은 좋네. 그 이외에 다른 것은 없을까? 분명히 있지. '인간 행동의 진정한 과학을 가능하게 하는 것'이네!

이런 것이 실험실에서 이루어지는 것은 아닐세, 부리스. 따라서 이것은 '학문적인 문제'가 아니지. 이 얼마나 적절한 표현인가! 이 일은 바로 우리의 생활과 관련되는 것이네! 단지 동적인 생활문화에서만 연구할 수가 있지. 물론 실험 통제가 가능한 문화 말일세. 월든 투만이 이 모든 것을 충족시켜 줄 걸세. 살아 있는 세계인 월든 투가 우리의 실험실이 되어야 하네. 어떤 돈 많은 재단도 단 한 치의 월든 투도 구입할 수가 없을 걸세."

프레이저는 자기가 사용하던 솔을 떨어뜨리더니 손을 주머니에 찔러 넣었다. 그리고는 모든 힘을 이야기하는 데에 쏟아 넣으려는 듯이 잠시 몸을 긴장시키고 있었다.
"앞으로 무엇을 해야 할 것인가?"
프레이저가 이 말을 했을 때 그의 두 눈은 빛나고 있었다.
"자, 성격에 대한 계획은 어떤가? 거기에 대해 자네는 관심이 있나? 기질의 통제는 또 어떤가? 자네가 상세한 계획을 나에게 알려준다면 자네에게 필요한 인원을 제공하겠네! 또한 자네는 인간을 가장 생산적이고 성공적으로 만들기 위해서 동기(動機)를 어떻게 통제하여야 한다고 생각하나? 이런 것이 공상적인 것 같은가? 현재의 몇 가지 기술도 유용하지만 실험에 의해 더 많이 고안될 수 있다네. 그 가능성을 한번 생각해보게! 실패도 없고 권태도 없으며 헛된 노력도 없는 사회를 말이야.
그리고 특수 능력을 길러내는 것에 대해서는 또 어떻게 생각하나! 어린 아이의 생활에 있어서 과연 어떤 환경이 수학적 머리를 갖게 하는지 우리가 알고 있나? 또는 아이에게 음악적 자질을 키워주는 환경에 대해서는? 우리는 거의 아무것도 모르네! 이런 것들을 우연이라든지 유전의 탓으로 돌렸었지. 나는 좀더 낙관적인 견해를 갖고 있네. 우리는 효과적인 행동을 분석할 수 있으며, 우리 젊은이들의 바람직한 행동이 어떻게 조성될 수 있는지를 발견하는 실험을 설계할 수 있다네. 아마 이러한 노력은 한 일백 년쯤 후에는 아주 미숙한 것으로 보일 걸세. 지금도 몇몇 사람들에게는 미숙한 것으로 보일지도 모르지. 그렇지만 우리는 시작을 해야만 하네. 가치 있는 것은 결코 우연에서 나오는 것이 아니거든. 아동들의 생활을 통제해서 어떻게 되어가는지를 한번 보기로 하세."
프레이저는 아직도 주머니에 손을 찌르고서 앞뒤로 왔다갔다하고 있었다.
"내 예감은—내가 이런 식으로 예감을 느낄 때면 이건 결코 틀리지 않았는데—결국엔 무엇이 아동을 수학적으로 만드느냐뿐만 아니라 좀더 나은 수학자를 만드는 데까지 발전해 가고야 말 걸세! 만일 우리가 문제를 풀 수 없다면 그 문제를 풀 수 있는 사람을 만들어 낼 수 있네! 그리고 좀더 나은 예술가를! 더 멋진 공예가를 말이야! 그리고 더 좋은 행동주의자를!"

그는 한참을 웃고 나더니 다시 조용히 덧붙여 말했다.

"그렇게 하는 동안 우리는 사회적 문화적 설계를 좀더 낫게 꾸밀 수 있게 될 것이네. 우리는 '집단'의 특수한 역량에 대해서는 거의 아무것도 모른다네. 단지 한 개인이 풀 수 없는 문제가 있다는 점은 익히 알고 있지. 시간과 정력 면에 있어 개인은 여러 약점이 있을 뿐 아니라 아무리 비범한 개인이라도 모든 면에 통달할 수 없고 또 사고를 충분히 깊게 할 수도 없기 때문이라네. 공동사회적 과학은 이미 현실적인 것이 되었지만 그게 어느 정도까지 발전해 갈지 누가 알겠나? 공공(公共)의 저작권, 공공의 미술, 공공의 음악, 이런 것들은 이미 상업적 목적으로 개발되었지만, 자유 개방적 조건에서 무슨 일이 일어날지 누가 알겠나?

효율적인 집단구조의 문제만으로도 흥미를 끄는데 충분하다네. 과학자 위원회의 조직이라든가 대본 작가들의 좌담회 따위와는 비교가 되지 않지. 그러나 일반 사회에서는 좀더 효율적인 사회구조를 연구하기 위한 통제가 없지. 반대로 여기서는 '초(超) 조직 사회'를 이해할 수 있고, 또 건설할 수도 있다네. 마치 축구 우승팀처럼 부드럽고 효율적으로 행동하게 될 예술가들과 과학자들로 구성할 수가 있다네.

그러는 동안에 부리스, 우리는 공동사회의 힘을 엄청나게 증가시키게 될 걸세. 현재의 사회적 효율성이 가능한 효율성의 일 퍼센트 수준이라면, 자네 생각에는 부당한 평가로 보이나? '일 퍼센트밖에 안 되는 부분' 이야! 그런데 자네는 앞으로 할 일이 무어냐고 물었지?"
 프레이저는 잠시 서 있다가 시계를 들여다보고는 문 쪽으로 걸어갔다.
 "밖으로 나가세."
 문을 발로 밀어 제치면서 프레이저는 말했다.

33

 나와 함께 본관을 향해 소나무 숲을 빠져 나갈 때에 프레이저는 따라 가기가 힘들 정도로 빨리 걸어갔다. 그가 스톤힐 쪽을 향해 왼편으로 방향을 꺾은 것으로 보아 우리의 나머지 사람들과 다시 합세하지 않으려는 것이 분명했다. 나는 숲 쪽으로 뚜렷이 나 있는 오솔길로 프레이저를 따라 갔고 급한 경사를 한번 오르고 나서 다시 오른편의 낮은 관목 숲을 지나 옆길로 나왔다. 몇 분 후에 우리는 위에 가시철조망이 쳐 있고 또 연결 부분이 서로 강하게 용접되어 있는 철책 앞에 멈춰 섰다. 프레이저가 철책의 한쪽 기둥을 잡고 위로 세차게 당기자, 철책은 느슨해지며 기둥에서부터 풀려나갔다. 우리는 철조망 아래를 통과한 후 다시 철책을 제자리에 놓고는 덤불이 무성한 길을 빨리 걸었다.
 갑자기 돌산의 높은 가장자리가 우리의 발밑에 나타났기 때문에 나는 놀라서 황급히 뒤로 물러나서 몸을 움츠렸다. 프레이저는 별 생각 없이 돌산의 가장자리를 따라 이끼가 군데군데 낀 비탈 쪽으로 걸어가더니 전신을 땅에 쭉 뻗고 누웠다. 나는 빨리 올라오느라 숨이 가빠져 헉헉대면서도 더욱 조심스럽게 따라가서 가장자리에서 몇 미터쯤 떨어져 앉았다. 프레이저도 일어나 앉았다. 그는 주머니에서 조그만 망원경을 꺼내더니 조심스럽게 렌즈를 조정하였다.
"우리는 이 바위를 '왕좌'라고 부르네."
눈에 망원경을 갖다 대면서 프레이저가 말했다.
"여기서 월든 투의 전체를 볼 수 있네. 나는 가끔 돌아가는 상황을 살피기 위해 이곳에 올라온다네. 저기 차고 바로 북쪽에 기초 공사가 한창인 새 공장이 보이는군. 오늘 아침에 마지막 콘크리트 작업을 하고 있는 것 같은데. 그리고 저쪽 돼지 사육장에는 모리슨이 다시 와 있군. 아마 접붙이려는 모양이지? 이쪽에서는 풋 양배추 한 더미를 양계장으로 운반하고 있군. 저 소들은 오늘 목초지에서 멀리 떨어져 있네. 왜 목초지로 데리고 가지 않는지 모르겠군. 저기에, 우체부가 낡은 포드를 언덕으로 몰고 있군.
우리 아이도 보일 텐데…… 아, 저기 있군. 우편상자 속에 있는 것을 자기 자전거 바구니에다 옮겨 싣고 있군그래. 옥수수가 아주 잘된 것 같아. 우리가 저 길 너머에 관개할 수 있었으면 하는데 그러면 아마 많이 절약할 수 있을 거야. 배양기가 고장이 났나 보군. 작동이 되다가는 서고. 아니, 계속 작동이 되는데. 아니, 또 멈추었어. 아마 어떤 사람이 기계 작동법을 배우고 있는 것 같아. 저기에 애커만 부인이 다시 산보를 나왔군. 그리고 옆에 있는 사람은 에스터이겠지."
처음엔 나를 위한 설명으로 시작되었지만, 이제는 순전히 자기 혼잣말이 되어 버렸다. 프레이저는 분명히 나를 잊어버린 것 같았다. 마침내 프레이저는 망원경을 접어 주머니에 다시 넣었다. 내가 프레이저의 주의를 끌기 위해 자세를 바꾸었더니, 그는 신경질적인 웃음을 터뜨렸다.
"이곳에서는 단 한 사람도 맡은 바 소임을 소홀히 하지 않아."
프레이저는 주머니 속의 망원경을 두드리며 말했다. 그리고는 또 웃었다. 프레이저는 땅에 누웠고, 우리는 한동안 말없이 있었다.
"굉장히 만족스러운 광경이겠군."
마침내 내가 말했다.
"자네가 스스로 만든 세계 말일세."
"그렇다네."
프레이저가 말했다.
"그래, 내가 이룩해 놓은 세계를 바라보고 있네. 보게, 아주 훌륭한 세계일세."
프레이저는 등을 땅에다 대고 양팔을 한껏 뻗은 채 누워 있었다. 다리는 쭉 펴고 있었으나 발목은 약간 교차시키고 있었다. 머리는 한쪽으로 비스듬히 떨어뜨리고 있었다. 나는 턱수염 때문에 프레이저가 조금은 예수처럼 보인다고 느꼈다. 그러다가 프레이저가 지금 십자가에 못 박힌 자세를 취하고 있다는 생각이 들자 큰 충격을 받았다. 나는 아주 불안했다. 산을 급히 올라온 데다 바위 가장자리에 도달했을 때 놀랐기 때문에 심장이 아직도 뛰고 있었다. 그리고 프레이저가 이제는 미쳐가고 있다는 생각이 들었다.
"그렇다고 자네가 바로 하느님이라고 생각하지는 않겠지."
나는 망설이면서도 사실을 밝히고자 이렇게 말했다.
프레이저는 자기 머리를 비스듬히 떨어뜨린 채 약간 어색한 자세로 대답했다.
"묘한 유사성이 있지."
나는 순간적으로 공포를 느꼈다.
"자네의 경우는 통제력이 훨씬 적은 것 같아."
나는 평상시의 말투로 이야기하려고 애썼다.
"천만에."
프레이저는 고개를 들며 말했다.

"적어도 우리가 신학자들을 믿는다면 말이야. 오히려 그 반대일 걸세. 전혀 반대이지. 자네는 하느님의 자손들이 항상 하느님을 실망시킨다는 것을 기억하고 있겠지."

"자네는 완전한 지배를 하고 있군그래. 하여간 축하하네."

"내가 결코 실망하지 않는다고는 말하지 않았네. 다만 하느님보다는 좀 덜 실망한다는 거지. '그'가 만든 세계를 한번 보게나."

"농담 같은 소리는 그만둬."

내가 말했다.

"난 지금 농담을 하고 있는 게 아닐세."

"자네가 바로 하느님이라고 생각하고 있단 말인가?"

나는 여기서 그만 이야기를 끝내려는 생각에서 말했다.

프레이저는 불쾌한 듯이 코웃음을 쳤다.

"나는 묘한 유사성이 있다고 말했네."

프레이저가 말했다.

"터무니없는 소리 말게."

"아니, 정말이야. 그 유사점은 아주 재미나는 것이지. 캐슬은 장기적 독재와 자유 사이의 갈등을 걱정했지. 캐슬은 단지 예정조화(豫定調和)와 자유의지의 낡은 문제를 자신이 다시 제기했다는 사실을 모르는 모양이지? 만사가 원래의 계획표대로 진행되지만 각 단계에서 개인은 자신이 선택을 하고 결과를 스스로 얻는다고 생각하는 것 말일세. 월든 투도 마찬가지지. 우리 회원들은 실제로 항상 자기가 하고자 원하는 것, 즉 하고자 '선택'한 것을 하고 있지. 사실은 회원들이 자기 자신과 공동사회를 위해 가장 적절한 일을 하도록 조처하고 있어. 그들의 행동은 결정되어 있지만 또한 자유롭다네."

"독재와 자유—예정조화와 자유의지."

프레이저는 계속해서 말했다.

"이 얼마나 어리석은 질문인가? 우리가, 인간이 어떻게 인간을 만들 수 있느냐는 질문을 던질 때 '인간' 이라는 말이 양쪽 경우에 똑같은 의미라고 생각하지는 않네. 즉, 소수의 인간이 전 인류를 어떻게 만들 수 있느냐일세. 그리고 이것이 이십 세기의 가장 흥미 깊은 문제라네. 행동과학을 이해하는 우리가 어떤 세계를 건설할 수가 있을까?"

"그렇다면 캐슬이 옳았군. 자네는 결국 독재자야."

"하느님 이상은 아니고, 혹은 오히려 약간 그 이하이지. 나는 대체로 모든 일들을 그대로 내버려 두네. 나는 결코 노아시대와 같이 대홍수로써 인간의 악을 씻어 버리려고는 하지 않았네. 또 개인적인 사신을 파견하여 내 계획을 미리 알리고 사람들이 나를 따라오도록 하지도 않았다네. 나의 근본적인 설계는 편차를 고려했고 자동적 수정이 가능하도록 마련되어 있다네. 이것은 창세기에 비하면 개선된 것이지."

"프레이저, 불경한 언사는 자네에게 어울리지 않네. 자네답지 않아."

"이제 신학 이야기는 그만 두기로 하세. 난 불경하게 되려는 의도는 없네. 그렇다고 터무니없는 말을 하고 있지도 않아. 원자탄까지 발명하여 인간을 전능하게 만든 경쟁적 재능은 인간이 밟아야 할 다음 단계에서는 충분하지가 않네. 경쟁적인 재능은 모든 인류의 선(善)과 양립할 수 없게 되지.

인간의 우월성은 생존경쟁에서부터 나타났고 이 사실은 인간의 마음에 짐승의 특성을 남겨 놓았지. 살아남은 자들은 닥치는 대로 파괴하였고, 또한 살아남은 자들도 상처투성이였다네. 싸우지 않으면 멸망한다는 논리로써 전쟁의 천재들을 정당화시키지만, 그건 우리 방식대로 하고 싶다는 말을 다르게 표현한 것에 불과하네. 그리고 싸움에서 승리하면 더욱 공격적으로 된다네. 생존경쟁의 바로 그 속성 때문에 비경쟁적인 지성은 탄생될 수가 없네."

"그렇지만 자네는 월든 투에 알맞은 행동기술을 경쟁적 문화에서 획득하여 발달시켜 오지 않았나? 자네도 실은 적자생존의 원칙 아래 일을 진행시켜 오고 있었네."

"물론이지! 누구든 나보다 더 경쟁적이고 공격적일 수는 없네."

프레이저가 말했다. 그는 자신을 약간 진정시킨 뒤 다음과 같이 덧붙였다.

"내가 '월든 투의 규약'을 따를 때를 제외하고서 말이네."

"그렇다면 옛 생활 속에서 새 것의 씨앗이 있었다는 이야기지."

내가 말했다.

"원래 단 하나의 계획만이 있었겠지. 그리고 그 계획은 자네가 수립한 것은 아니었네. 자네는 그 계획의 일부분이었지. 하나의 부속품으로써 말이야. 나는 인간성에 관한 우리의 논쟁에서 지금과 똑같은 모순을 느꼈네. 자네는 그때 본래 타고난 인간의 선을 믿지 않으며 월든 투의 설계에서는 그런 것이 필요하지 않다고 했었네. 그런데 자네도 결국 하나의 인간일세. 인간의 선을 믿고 인간을 그대로 내버려두는 정부는 얼렁뚱땅 만족할 만한 문화수준에 도달할 수 없다고 자네는 이야기했었지. 그렇지만 자네 자신도 얼렁뚱땅 월든 투를 이룩하였네. 자네가 비생산적이라고 비난하던 바로 그 체제의 열매가 된 셈일세."

"행동과학은 그 같은 곡해로 가득 차 있지."

프레이저가 말했다.

"그것은 과학 중의 과학일세. 즉, 논의에 대한 논의와 지식에 대한 지식을 다루는 특수한 학문일세. 또한 동기의 곡해도 있네. 일반적으로 과학은 경쟁적 문화에서 출발했다네. 대부분의 과학자들은 아직도 경쟁에 의해서 고무되고 적어도 경쟁적인 사람들로부터 지원을 받고 있네. 그렇지만 자네가 과학적 방법을 인간행동의 특수 연구에 적용하려면 경쟁적인 정신은 자멸될 걸세. 살아남기 위해서는 결국엔 경쟁하지 말아야 한다는 특이한 사실을 발견하게 되겠지."

"매우 그럴 듯하게 들리는군, 프레이저. 그래도 옛 질서가 상당한 것을 이룩했다는 것은 진실일세. 자네가 주류에서 벗어나 '공동 창조자'의 위치를 주장한다고 해서 엄연한 그 사실을 피할 수는 없을 거야."

"아마도 선임 순위에 있어선 내가 하느님에게 양보해야겠지."

미소를 띠며 프레이저가 말했다. 그러나 나의 반응이 시원치 않아서인지 곧 미소를 멈추었다.

"하지만 내가 내세우고 싶은 것은······."

프레이저는 다소 다정하게 다시 말했다.

"내 계획은 좀더 명백하게 구성되었다는 점일세. 난 좀더 '신중한' 통제를 했다고 주장할 수 있네. 인간 지성의 진화는 신중하게 계획되지 않았을는지도 모르네. 또 인류의 마지막 상태를 예견할 수 없었는지도 모른다네. 우리는 그저 사실을 보고서 계획을 세상 사람들에게 읽어주고 있는 셈이네. 그렇지만 월든 투는 현재 실현된 것과 꽤 비슷한 내용으로 사전에 계획되었네. 월든 투의 실제적 창조는 많은 점에서 현대과학에 의한 세계의 진화보다는 오히려 기독교적 우주 창조의 정신에 가까웠네."

"이야기를 하다 보니 다시 신학자의 입장으로 돌아오고 말았군."

"그들처럼 자네도 권능에 대해 무관심하지는 않네. 직업적으로 싫어하는 용어를 빌어 표현한다면 자네는 꽤 하느님 콤플렉스가 심하군."

"물론 나도 권능에 대해 무관심하지 않네!"

프레이저는 열이 나서 말했다.

"그리고 나는 하느님과 같이 되고 싶어. 상황에 따라서는 어느 누구라도 그렇지 않겠나? 결국 예수도 자기가 하느님이라고 생각했네."

프레이저는 자기 말의 의미를 충분히 파악했는지 알아보려는 듯이 잠자코 나를 쳐다보았다. 그는 나를 거북하게 하지 않았으며 불경한 언사도 전혀 없었다. 오히려 그의 어조는 거의 경건하기까지 했다. 프레이저는 마치 예수를 자기의 영광스러운 동료처럼 이야기했으며 예수의 업적을 극찬하고 있었다. 프레이저는 자신의 업적을 통해 한 위대한 개혁자의 개인문제에 대한 통찰과 나로선 못 하는 약자에 대한 동정까지 갖추게 된 것 같았다. 그의 말에서 풍긴 것이지만, 나는 이것을 의심하고 싶지는 않았다. 나는 프레이저를 크게 양보해서 평가할 수밖에 없었다.

프레이저는 망원경을 다시 꺼내어 자기가 창조한 월든 투의 여러 모습을 살펴보기 시작했다. 잔디 쪽에서 약간의 소란스런 소리가 들렸기 때문에 프레이저는 망원경을 잔디밭 쪽으로 갖다 대었으나 본관 때문에 시야가 가렸다. 그는 몇 분간 망원경으로 계속 보고 있었다.

"또 다른 유사점이 있네."

프레이저는 내가 그냥 잠자코 있자, 마침내 말을 꺼내었다.

"자네가 이해할 수 있을지 모르겠지만, 부리스. 이런 얘기를 하면 자네가 웃을 것만 같군. 그러나 자네의 철저한 냉소주의를 잊도록 노력해 보게나."

프레이저는 망원경을 눈에서 떼고는 잠시 머뭇거렸다. 그러더니 월든 투 전체를 감싸려는 듯 두 팔을 크게 벌려 허공을 휘저었다.

"다 내 아이들일세, 부리스."

프레이저는 거의 속삭이듯이 말했다.

"나는 이 아이들을 사랑하네."

프레이저는 일어서서 바위를 따라 다시 내려가기 시작했다. 나는 조심스럽게 그 뒤를 따랐다. 프레이저는 덤불길로 들어서더니 내가 따라 올 때까지 기다리고 있었다. 당황하고도 또 약간 혼란한 모습이었다.

"사랑이란 무엇인가?"

프레이저는 어깨를 움츠리며 말했다.

"결국 긍정적 강화의 사용을 다른 말로 표현한 것뿐이지."

"그 역(逆)도 또한 마찬가질세."

나는 이렇게 말했다.

34

'왕좌'에서 언덕 아래로 내려옴에 따라 잔디밭은 점점 더 소란스러워졌다. 양떼들은 매매거리고 비숍이 사납게 짖고 있었으며 이따금 누군가가 소리를 질렀다. 우리가 본관 끝을 돌아 나왔을 때, 양 한 마리가 이동식 울타리를 빠져 나왔다. 비숍이 양을 포위하여 울타리 속으로 다시 몰아넣으려 했으나 헝겊으로 된 울타리 줄 때문에 그렇게 쉽지는 않았다.

즉 양이 울타리 쪽으로 쫓겨 가게 될 때마다 울타리 줄이 늘어나서 도망갈 틈이 마련되곤 했다.

나머지 양떼들은 흥분된 채로 울타리 한 쪽 구석에 몰려 있었고 울타리 안으로 쫓겨 들어가는 양도 있었다. 이때 여러 사람들이 양떼를 지키기 위해 둘러서며 원을 그렸다.

그들은 목장에서 개울을 건너 이쪽으로 조용히 다가오는 어떤 사람을 기다리고 있는 듯했다.

나는 심상치 않은 기분이었으나 프레이저가 내 팔을 붙잡아서 우리는 약간 거리를 둔 채 멈추어 섰다.

"보다시피 양한테도 아무 소용없어."

그가 말했다.

"무엇이 소용없어?"

"처벌, 부정적 강화, 고통의 위협 같은 게 양한테도 소용없어. 그것은 원시적인 통제에 불과해. 양의 욕구가 만족되는 상태에서 전기울타리를 사용하는 것은 별 문제가 없는 좋은 방안이 될 거야. 그러나 그렇지 않은 상태에서는 방심만 하면 조만간에 문제가 발생하기 마련이지."

나는 그의 이런 초연한 태도를 보고 놀랐다. 프레이저는 분명히 도망간 한 마리의 양보다도 도망갔다는 사실이 가져다주는 의미에 대해 더 신경을 쓰고 있는 것 같았다.

"일반 사회에서는 양을 통제하는 데 긍정적 강화의 방법을 사용하려는 것 같지는 않네."

성급히 내가 말했다.

"그렇게 될 수가 없지."

그는 진지하게 말했다.

"사회가 양을 위해 양을 기르는 것은 아니기 때문에 그렇게 될 수가 없다네. 사회는 순수한 긍정적 강화를 제공해 주지는 않아. 그 사람들은 넘을 수 없는 높은 울타리와 벌을 자주 사용해야만 양들을 통제할 수가 있다네."

"저 울타리 줄은 꽤 효력이 있구만. 저것도 벌의 요소가 있잖을까?"

"저것은 양치는 개를 제외하고는 거의 소용이 없네. 사실 개도 벌로 통제하지는 않아. '양치는 개' 란 뜻은 양을 지키려는 강한 성향이 있다는 것이지. 말하자면 양을 울타리 안에 가두려고 하는 것이 양치는 개의 생활이라네. 그리고 우리가 원하는 일을 해주기 때문에 먹이고 보호해 주며 번식을 도와주지. 식료품 상점의 고양이와 경우가 비슷하다네. 고양이와 식료품상은 둘 다 쥐를 죽이고자 하지. 매우 훌륭한 공생(共生)적 단면이라고 할 수 있지."

기다리던 그 사람이 오자, 질서는 곧 회복되었다. 그는 양치기 개를 불러들이더니 망가진 울타리를 철거하고 도망간 양을 다시 잡아 울타리 안에 넣었다.

"인간과 개의 협동 관계는 인간과 짐승의 예속 관계와는 전혀 다르네."

프레이저가 말했다.

"사람과 사람의 사회가 예속 관계가 아닌 협동 관계가 될 날이 언제일까?"

누군가 웃는 소리에 돌아보니, 캐슬이 건물 벽 옆에 있는 벤치에 앉아 그 광경을 지켜보고 있었다. 우리가 쳐다보고 있다는 것을 알자, 그는 어색하게 다시 웃었다.

캐슬은 즐거운 표정을 머금은 채 일어나서 우리에게 다가왔다.

"마치 천사들이 폭동을 일으키는 것 같군!"

프레이저를 힐끗 보니 기분이 좋지 않은 것 같았다. 캐슬은 우리한테 오자 또 한 번 너털웃음을 웃었다. 캐슬은 목이 멘 것처럼 침을 삼키더니 말했다.

"프레이저 씨, 당신의 행동공학은 어느 정도까지는 맞는 것 같으나 결코 완전하다고 할 수는 없습니다. 여하튼 아직은 그렇습니다."

그는 다시 약간 거북한 표정을 지으며 웃었다.

프레이저는 내가 자기를 이해하는지 확인하려는 듯이 나를 바라다보더니 어깨를 으쓱하고는 말없이 걸어가 버렸다.

캐슬은 프레이저가 물러서는 것을 보고는 얼굴이 놀랍게 빨개졌다.

"생각보다 마음이 모질지 못하군요."

캐슬이 말했다.

"농담을 받아들이지 못하는 걸까요? 이해할 수 없는 일이에요. 전혀 그를 이해할 수가 없습니다."
"당신도 그것을 인정하다니 놀랍군요."
나는 조용히 그리고 만족스럽게 말했다.

35

 점심을 먹으려고 모였을 때, 스티브로부터 이곳 트럭이 시내로 가는 버스 정거장까지 우리를 태워다 줄 것이라는 이야기를 들었다. 떠날 시간이 가까워졌으므로 우리끼리 점심을 먹기 시작했다. 그때까지 프레이저는 나타나지 않았다.
 캐슬은 프레이저가 화가 나서 자기 막사에 있을 거라고 생각하는 모양이었다. 캐슬은 양떼가 야단법석 떤 일을 아주 즐거운 듯이 다시 회상해내고는 월든 투 전체에 비유했다. 능숙한 비교이기는 했으나, 사실 정직한 것은 못 되었다. 나는 프레이저가 했던 것처럼 아무 말도 하지 않았다.
 우리들은 식사 후 방으로 돌아와 짐을 챙겨가지고 다시 잔디밭에 나와 차를 기다렸다. 트럭이 곳간 쪽에서 길가로 나오자 스티브는 달려가 차에 뛰어 올랐다. 차가 멈춰 서자 스티브는 주인이라도 된 양 즐거워하며 트럭의 후미 판자를 젖히고 우리 짐들을 싣기 시작했다. 트럭에는 같이 싣고 갈 대여섯 포대의 밀짚이 실려 있었다. 우리가 짐들을 다 올려놓자, 스티브는 짐들이 더럽혀지지 않도록 커다란 덮개를 그 위에다 씌웠다.

우리들은 잠시 프레이저를 기다리며 서 있었다. 그 사이에, 스티브는 그를 찾으려고 건물 모퉁이로 갔다가 다시 화단으로 달려 내려가더니, 휴게실 창문 안을 살펴보기 시작했다. 그리고 나서 식당 안을 둘러보기 위해 안으로 들어가려다 식당 문앞에서 프레이저를 만났다. 프레이저는 한 손을 스티브 어깨 위에 얹으며 우리가 있는 곳으로 왔다.

나는 프레이저에게 고맙다는 인사를 하려 했으나, 그가 먼저 우리들의 노동 점수와 '월든 투 규약'을 나에게 상기시켰다. 프레이저는 로저스와 바바라에게 악수를 하고 나서 차 타는 것을 도와주었다. 그러고 나서 캐슬에게 다가와 유쾌하게 손을 내밀었다.

"캐슬 씨, 당신 때문에 우리는 생각하는 바가 많았소."

캐슬은 좀 부끄러워하는 듯이 보였다.

그는 프레이저의 우정 어린 태도에 어울리게 친절히 대했으나 악수는 필요 이상으로 오래하는 것 같았다. 그러더니 그는 투덜거리며 어색한 표정을 지은 채 차에 올랐다.

곧 프레이저가 내 쪽으로 다가왔다. 느긋하고 편안한 듯이 미소를 지으며 나에게 손을 내밀었다. 그러더니 마치 우리 사이에는 무언가 서로 통하는 점이라도 있다는 듯한 표정을 짓고는 캐슬 쪽으로 얼굴을 가볍게 쳐들었다.

"다시 돌아오게."

악수할 때 프레이저는 조용히 말했다. 나는 무심코 고개를 끄덕이고는 차에 올랐다.

메리와 함께 탄 스티브가 차의 후미 판자를 올려 세우더니 운전기사에게 신호를 하자 트럭은 길을 따라 내려가기 시작했다. 프레이저는 양손을 가볍게 흔들면서 오랫동안 그 자리에 서 있었다.

우리는 엉성하나마 밀짚 포대 사이에 공간을 마련하고 편안히 앉았다. 트럭에는 지붕이 없었으나 지붕삼아 방수포가 위에 쳐져 있었다. 우리가 탄 트럭이 좌우로 흔들거리면서 소나무 숲을 향해 언덕을 천천히 내려갈 때, 나는 땅이 고르지 않은 평원을 가로지르고 있다고 생각했다. 우리는 작별 뒤라 마음이 안정되어 있지 않았고 고속도로에 도착할 때까지 서로 아무 말도 하지 않았다. 고속도로에서 트럭이 속력을 내자 방수포가 요란하게 펄럭거리기 시작했으며 이때부터 우리는 다시 생기를 찾아 휴일 같은 기분에 젖어들었다.

반 시간 후 우리가 탄 트럭은 조그만 마을의 어떤 싸구려 음식점 앞에 멈추었는데, 그 음식점은 버스 정류장으로도 사용되고 있는 모양이었다. 우리가 트럭에서 내리자마자 정류장에 버스가 도착했다. 스티브가 버스를 불러 세워 우리 짐들을 다 싣고 난 뒤, 우리는 그와 메리에게 작별 인사를 했다. 인사하는 데는 시간이 오래 걸리지 않아 다행스러웠다.

로저스는 스티브의 결혼식에 들러리가 되겠다며 다시 올 것을 약속했고 바바라는 같이 올 수 없는 데에 대해 섭섭히 여긴다고 말했다. 스티브가 감사하는 뜻으로 내 손을 힘 있게 잡았는데 어찌나 세게 잡던지 손이 아플 정도였다. 캐슬은 버스에 타려다가 다시 내려서 바바라가 먼저 탈 때까지 기다렸다. 혼잡한 가운데에서 운전기사는 혼자 차표를 팔고 잔돈을 거슬러 주기가 힘들었던지 성을 내기도 하며 조급히 굴었다.

버스는 거의 만원이었다. 통로를 따라 사람을 헤치고 들어가니 뒤에 좌석이 하나 있었다.

자리에 앉자 나는 옆의 조그만 창을 통해 스티브와 메리에게 작별인사를 하며 손을 흔들었다. 그들이 내가 손을 흔드는 것을 볼 수 있는지 확인하려고 창에다 얼굴을 바짝 댔다.

나는 아무 얘기도 않고 혼자 있는 것이 좋았다. 차 앞쪽에 멀리 떨어져 앉아 있던 캐슬은 통로를 사이에 두고 옆에 앉은 로저스에게 이야기하려고 허리를 굽히곤 했는데 그들의 말소리가 들리지 않아 다행이었다.

나는 혼자서 내 시간을 갖고 싶었다. 아침부터 줄곧 나는 윌든 투와 나와의 관계를 생각해 보았다. 그러나 언제까지 그러고 있을 수만은 없었다. 웬일인지 나는 거북스러움을 느끼고 있었으며 불안한 마음이 점점 고개를 들었다. 길을 따라 오르내리며 매우 유연하게 커브를 돌고 있는 버스는 '시간의 날개를 단 수레' 였는지 모른다. 그러나 지금은 등 뒤에서 나를 쫓기보다는, 윌든 투가 역사 속으로 잠김에 따라 나를 미래로 끌고 가는 것이었다.

우리는 예상보다 빨리 도시에 도착했으며 캐슬과 나는 한두 구역 쯤 떨어져 있는 철도역까지 가방을 옮겼다. 바바라가 친구에게 전화를 걸어 야간열차를 탈 때까지 로저스와 함께 그 도시에 머무를 예정이었으므로, 나와 캐슬은 다시 함께 있게 되었다.

캐슬은 대합실에서 간간이 장황한 말을 계속하였다. 윌든 투의 가장 사소한 부분들까지 세세하게 이야기하고 있는 것으로 보아 캐슬은 어떤 면에서는 나보다 더 윌든 투에 몰입하고 있는 것 같았다. 그런데 그의 말은 종종 앞뒤가 맞지 않아 대화 도중의 침묵을 틈타 다시 음미해 보아야만 겨우 그 뜻을 알 수가 있었다. 캐슬은 아직도 프레이저의 마술에서 벗어나지 못했지만 자기 나름대로 결론을 내리고 있었다. 논리적, 심리학적, 사실적인 것의 어느 관점에서든 윌든 투는 캐슬에게 분명히 불가능한 것처럼 보였던 모양이었다. 캐슬의 모순은 시간이 지나면 저절로 사라져버릴 것이다.

"한 가지 예로……."

캐슬이 말했다.

"사태가 더 진전되기 전에 누가 프레이저를 제지할 것이 분명하지요. 그것은 정부일 수도 있고 경쟁자인 종교 단체나 경제 세력일 수도 있으며 공동사회 안팎에서 그를 시기하는 어느 개인일 수도 있습니다. 하여간 제지당할 것이라는 점을 당신도 알 수 있을 거예요. 요셉 스미스는 분노한 군중에 의해 살해되었고, 에릭 잔슨은 시기하는 자의 총을 맞았으며, 존 험프리 노예스는 캐나다로 몸을 피했습니다. 공동사회에 관한 과거의 역사를 보세요."

나는 프레이저가 이 점에 대해 무어라고 반박할는지 알고 있었다. 그러한 초기 공동사회는 실제적으로나 이론적인 면에서 월든 투와는 공통점이 거의 없었다. 어떻게 장래를 추론해 낼 수 있단 말인가? 프레이저는 월든 투에 대한 공격을 예상하고 충분한 준비를 해 놓았었다. 정부와 최소한의 접촉을 하면서 만족스런 생활을 영위해 나갈 수 있다는 것이 프레이저가 한 이야기 중에서 가장 명쾌한 말이었다.

나는 자기네가 믿지도 않는 사회 및 경제체제 속에서 몸 둘 곳을 찾고 있는 수많은 젊은이들을 생각해냈다. 이상과 현실, 다시 말해서 인류에 대한 그들의 선한 의지와 어떻게 해서든 자신의 위치를 선택해야만 하는 경쟁적 투쟁 사이에는 얼마나 큰 모순이 있는가! 왜 젊은이들은 그들 자신의 세계를 이룩해 나가면 안 되는가?

그것은 프레이저의 소로(Theoretician)적 측면이었으며, 나는 그의 그런 면을 좋아했다. 왜 정부와 싸우는가? 왜 정부의 정책을 변경시키려고 노력하는가? 왜 그냥 내버려 두지는 않는가? 소로와는 달리, 프레이저는 세금도 내고 필요하다면 타협도 할 것이다. 그러나 프레이저는 다른 사람들의 세계를 변화시키지 않고서도 자기 뜻에 맞는 세계를 창조해 냈으며, 또 정부가 끔찍한 독재로 바뀌지 않는 한 계속 순조로이 해 나갈 수 있을 것이라고 나는 확신했다.

나는 프레이저의 확장 계획도 비웃을 수 없었으며 여러 가지 점에서 그의 생각은 확실히 옳았다. 인류 역사에서 중요하고도 영속적인 정복은 힘이 아닌 교육과 설득 및 본보기를 통해서 이루어졌다면서 프레이저는 자신의 견해를 역사에다 비유했었다. 프레이저의 계획은 초자연적인 힘이 아니라 지상에다 천국을 건설하겠다는 굳은 결의에 의한, 본질적으로 종교적 운동이었다. 그런데 누가 그를 멈추게 할 수 있는가? 캐슬의 목소리에 나는 명상에서 깨어났다.
 "행동공학."
 그는 말하고 있었다.
 "만약 진정으로 인간의 행동을 조작할 수 있다면, 당신이 내 의견의 문제점을 이야기할 수 있을 것입니다. 그러나 인간의 행동조작은 단지 희망적인 생각이 아닐까요?"
 내 생각에는 거기에 대한 증거가 충분한 것 같았다. 프레이저는 행동과학 기술에서 개선할 점이 있다고 주장했다. 그러나 나는 정치가나 교육자, 목사, 광고업자, 심리학자들이 이미 사용하고 있는 효과적인 원리와 기술들을 금방 상상할 수 있었다. 인간의 행동을 통제하는 기술은 더없이 훌륭했다. 문제는 그러한 기술이 올바르지 못한 사람에게 이용되고 있다는 점이다. 프레이저는 이러한 상황을 정확히 알고 있었을 뿐 아니라, 어느 정도의 대책도 강구하고 있었다.
 그렇지만 프레이저의 교육절차가 의문의 여지가 없는 최상의 것이라고 여겨지지는 않았다. 프레이저 자신도 아직은 실험적인 것으로 간주하고 있었다. 그러나 프레이저의 교육체계는 적어도 일반 세계의 교육자들에게 내놓을 수 있을 만큼 이미 결정적인 실험단계에 돌입하고 있었다. 반면에 사회에서 사용하는 교육기술은 도처에서 잘못되고 있었다. 프레이저는 자신이 필요한 모든 기술을 이미 가지고 있었다.
 "…… 조직화."

캐슬은 말하고 있었다.

"월든 투에서는 그것이 교묘하게 은폐되어 있으나, 그래도 조직화이기는 매한가지입니다. 군인들이 무릎을 굽히지 않고 자발적으로 행군하는 것 같은 이상한 조직화입니다. 왜 회원들이 한 가지 규약에 서명해야 하며 또 '행동 관리자'의 교묘한 강압에 복종해야만 합니까? '잡담하지 말라!', '자기 그릇은 자기가 부엌으로 가져가라!' 이런 규약들은 조직이 잘된, 걸 스카우트 캠프를 기억하게 됩니다. 물론 그것이 효율적이라는 점은 인정합니다. 그러나 나는 자유롭기를 원합니다. 어떠한 규약도, 어떠한 심리학적인 설복도 원하지 않습니다."

캐슬의 이 말은 얼마나 엄청난 지성적 오류를 나타내는 것인가! 캐슬이 어떤 규약이나 심리학적 설득에도 구애받지 않는다고 자신할 수 있을까? 자기가 생각하듯 그렇게 신중한 행동으로 인생을 꾸려나가고 있을까? 머리를 빗는데도 규칙을 따라 하던 캐슬이 아니었던가!"

"프레이저는 학식이 부족합니다."

캐슬은 다시 말하고 있었다.

"당신은 프레이저가 역사상 최초의 사회사상가라고 생각하겠지요. 플라톤, 루소, 존 스튜어트 밀을 읽어보면 프레이저의 생각이 틀렸다는 걸 알 것입니다. 프레이저는 인간성에 대해 다시 공부해야만 합니다."

혹시 캐슬은 은연중에 나를 혼란시키려고 의도했던 걸까? 인간성에 대한 충분한 공부라니. 캐슬은 이에 대한 나의 반응을 알고 있는 게 틀림없었다. 사회 문제에 대처하는 데 있어서 과학적 사고방식을 포기하라는 주장보다 나를 더 흥분시키는 것은 없었다. 물론 과거의 사회과학적 접근방법 중에 십중팔구는 내가 자신 있게 방어할 수 없는 부분이었다. 그러나 마치 모든 걸 휩싸는 안개 같은 사회철학에서 방황하는 것보다는 어떤 방법이 의미가 없다는 사실을 아는 것이 보다 중요한 것으로 생각되었다. 나는 사람들이 캐슬처럼 당면 문제의 해결책을 지나간 역사 속의 사실에서 찾으려고 할 때에 맛보는 만족감을 이해할 수는 있었다. 사실 옛날 책을 읽음으로써 새 분야의 과학적 탐구에서 불가피한 모호성과 실망을 줄일 수는 있다. 역사적 연구는 과학적 탐구를 대신할 수도 있으며 연구하는 체하면서 실제로는 다른 짓도 할 수 있는 일시적 여유를 줄 수도 있다. 그러나 다행히도 나의 개인적 좌절감은 아직 그런 것이 필요한 극단적인 상태가 아니었다.

"자연의 법칙에는……."

캐슬이 말했다.

"피는 물보다 진합니다. 그리고 피가 증명할 것입니다. 당신도 이 점을 부인하지는 못할 것입니다. 그런데 거기에 당신이 말하는 행동 공학이 파고 들어갈 여지가 있겠습니까? 가족 관계는 '생물학적인' 근거를 가지고 있습니다."

나도 생물학적 근거가 있었다고 생각한다. 그리고 '인종' 역시 그렇다고 생각한다. 나는 '혈연관계'라는 명목으로 자행된 모든 폭력에 대해서도 생각해 보았다. 그러나 신체적인 유사성말고, 유전이라는 것이 인간관계에 실제적인 연관이 있다고는 생각되지 않았다. '가족 관념'은 문화관에 따라 여러 형태로 나타나기 때문에 분명히 문화에 의존하는 것이다.

중요한 것은 두 사람이 어떤 관계가 있다는 사실이 아니라, 그들의 관계를 다른 사람이 말해 주었다는 것이다. 이 문제를 다시 끄집어내지 않는 것이 좋을 듯싶다. 가족은 하나의 작은 종족이며 없는 것이 좋다. 가족은 더 이상 경제적으로나 사회적으로 효율적인 단위는 아니며 가족의 실패는 더 분명해지고 있다. 프레이저가 바로 보았듯이, 가족이 아닌 다른 생활 단위에서는 '혈연관계'가 필요 없는 것이다.
"…… 따뜻하게 대할 수 있는 사람은 아닙니다."
캐슬은 말했다.
"프레이저는 인간다운 점이 결여되어 있습니다. 나는 아직까지 프레이저 같은 자만심을 가진 사람을 본 적이 없습니다. 그 사람은 자신을 우상화시키고 있는 것 같아요."
우상이든 아니든, 프레이저의 그런 모습을 다 본 나로서는 캐슬의 이야기가 별것이 아니라는 느낌이 들었다. 프레이저가 자기 자신을 올바르게 평가하고 있다고 생각했다. 프레이저의 평가는 항상 재치 있는 것은 아닐지라도 정확했다.
나는 프레이저의 틀에 박힌 언행을 용인할 수 있게 되었으며 이제 더 이상 나에게 문제가 되지는 않았다. 사실 어떤 면에서 나는 그를 좋아하게 되었다고도 할 수 있다. 프레이저는 나쁜 친구는 아니었다. 그와의 교제에서 때때로 내 자아가 손상받기도 했으나 내 자존심과 의견을 대부분 지킬 수 있었다. 나는 그를 다시 만나고 싶었다.
캐슬은 실례하겠다고 말하더니 대합실 한가운데로 걸어갔다. 그는 벽을 따라 늘어서 있는 출입구와 매점을 살펴보더니 자기가 찾는 것을 발견하고는 총총히 걸어갔다.
그러자 내 생각의 속도와 방향이 금방 변했으며 생각이 정리되어가는 것 같았다. 캐슬 때문에 나는 오히려 프레이저와 월든 투를 옹호하게 되었으며 캐슬이 자리를 뜨니까 나의 생각이 방향을 찾았음을 깨달았다. 내 생각의 교착상태를 막은 셈이었다. 시간이 조금만 더 있다면 아마 어떤 긍정적인 결정을 내릴 수 있을 것이다. 나는 대합실을 가로질러 수화물 보관소 카운터에 가방을 올려놓았다. 카운터 뒤편에서 일하는 소년을 불러 화물표도 함께 보관하라고 말한 뒤 10센트를 얹어 주었다. 그리고는 곧 역구내를 빠져나와 거리로 나왔다. 나는 가장 가까운 모퉁이를 향해 걸었다.

 나는 처음보다 좀 느린 걸음걸이로 창고들이 죽 늘어선 어둠침침한 거리를 지났다. 지금은 지저분한 집들이 자리 잡고 있으나 이전에는 조그만 상점들이 들어섰던 곳 같았다. 옷아 깨끗하지 않은 아이들이 더러운 거리에서 놀고 있었고, 피곤해 보이고 단정치 못한 여자들이 창틀에 기대어 있었으며 희망이 없는 듯한 남자들이 무표정하게 모여 있었다. 그러나 나는 월든 투와 구태여 비교해 보고 싶지는 않았다. 그 차이가 너무나 컸기 때문에 오히려 내 마음의 미묘한 움직임에 맞지 않았다. 이곳의 황폐한 상황은 월든 투에서는 찾아볼 수가 없었다. 그러니 두 세계 중 어느 것을 선택할지를 묻는다는 것은 어리석기 짝이 없는 일이 아닐까? 큰길로 나와 걸으니 쾌적한 지역이 나타났다. 거기에 자그마한 공원이 하나 있었다. 나는 벤치에 앉아 휴식을 취하기로 했다. 잠시 후 무심코 벤치 위에 있는 신문에 눈을 주다가 갑자기 다음 표제에 정신이 번쩍 들었다.

 "인간의 존엄성을 대학 졸업식 주제로 연설"

 나는 신문을 펼쳐 들었다. 내가 재학 중인 대학교의 총장이 그 도시에 머무르면서 그로선 가장 최근에 한 표준적인 연설을 기사화한 것이었다. 보도 자료를 엉성하게 정리한 기사였으나 그 기사 속에 훌륭히 모아 놓은 상투어들을 읽는 데는 지장이 없었다.
 주제는 '전후 세계의 교육과제' 였으며, '개인의 창의성 권장', '인류에의 공헌', '탐구 정신의 계발', '관용성', '인간 존엄성의 회복'과 같은 문구들로 꽉 채워져 있었다. 늘 그랬듯이 나는 막연히 거기에 동감하기는 했지만 이런 문구들이 무엇을 의미하는지 알 수는 없었다. 그 문구들은 단지 가치 있는 목표에 관해 언급했다는 데 의미가 있는 것 같았다. 그러나 나의 반응은 단 하나로 명확히 집약되었다. 즉 모든 연사를 포함하여 누구도 그런 목표를 어떻게 성취해야 할지에 대해선 아무 의견도 없다는 점이었다.

가르치는 입장으로서 나는 '교육 철학'에 대해 생각해 본 적이 거의 없었다. 교직은 전망이나 계획의 혜택이 없는 직업이었다. 나와 같은 입장의 모든 사람들처럼 나는 교육에 대한 지원이 충분치 못하다는 것을 알고 있었다. 그것은 아마도 교육 자체에 어떤 결점이 있어서가 아니라, 교육방법이 시대에 뒤떨어진 때문이라 생각됐다. 더구나 교육의 미래의 역할에 대해서는 불투명한 점이 너무 많았다. 교육은 사람들에게 어떤 운동에의 참여의식이나 단체정신을 불러일으킬 수는 없다. 나는 행복한 시대를 재건한다는 식의 향수적인 시도에는 공감할 수가 없었으며 따라서 하루하루의 일을 해나가는 데에 만족할 수밖에 없었다.

월든 투에서의 생생한 체험으로 미루어 이런 나의 생활이 언제까지나 계속될 수 없다는 것을 알았다. 그러나 이러한 상황이 교육자의 힘만으로 개선될 수 없다는 것을 알았다. 거기에는 너무 깊고 오래된 이유가 있기 때문이었다. 전반적인 사회구조도 그 중 하나라 할 것이다. 필요한 것은 우리가 알고 있는 과학지식과 상통하는 인간에 대한 새로운 개념설정인데, 이는 교육의 실제에 관련된 교육철학의 문제와 연결되는 것이다. 이를 성취하기 위해서는 교육자체에 부과된 기술적 한계를 극복하여 인간공학의 광범위한 영역으로 나아가야 할 것이다. 또한 문화의 완전한 수정이 요청된다고 하였다.

신문을 땅 위에 놓으며 나는 바람직하지 못했던 과거에 대해 더 이상 미련을 갖지 않기로 했다. 미련이 아무 소용없다는 것이 너무도 명백하였다. 나는 월든 투로 돌아가고 싶었다. 실지로 내가 결론을 내렸는지는 기억할 수 없다. 다만 오직 하나의 행동방향이 내 앞에 있을 뿐이었다. 아마 그 문제는 수일간에 걸친 생각 끝에 결정되었을 것이나, 프레이저는 처음부터 그렇게 될 것이라고 얘기했을 것이다. 여하튼 갑자기 나는 그 사실을 깨달았으며 내가 할 일이 무엇인지 알게 되었다.

나는 지친 상태에서 오랫동안 꼼짝 않고 앉아 있었다. 그러다가 나는 맞은편 벤치에 누워 있는 남루한 사람에게 관심이 가게 되어 그의 신발을 무엇에 홀린 듯이 쳐다보았다. 닳아버린 구두 밑창이 점차 나를 압박해 왔다. 나는 걸어서 돌아간다는 다분히 공상적인 생각을 하고 있었다. 네 발로 기어서 돌아가는 방법도 고려했는지는 모르겠다. 나는 일종의 종교적 순례를 생각했는데, 말하자면 속죄의 행위로써였던 것이다. 그러나 중요한 점은 의심할 여지도 없이 월든 투로 되돌아가는 것을 내 몸으로도 최대한 느끼고 싶다는 점이었다. 길고도 피로가 수반되는 행진이 유일한 방도인 것만 같았다.

나는 수화물 보관소에 맡겨놓은 가방이 생각나서 역 쪽으로 걷기 시작하였다. 가면서 내가 사라져버린 것에 대해 캐슬이 어떻게 생각했을까 궁금했다. 아마 그는 놀라지도 않고 당황하지도 않았을 것이다. 캐슬은 대학에 돌아가기를 열망했기 때문에 틀림없이 나를 기다려 볼 생각도 않았을 것이다. 역으로 들어가자 서둘러 대합실을 둘러보았다. 캐슬은 역시 가고 없었다. 안심이 된 나는 가방을 찾아 통운회사 사무실로 가지고 갔다. 가방에서 와이셔츠, 양말, 면도기, 칫솔 그리고 몇 가지 다른 것들을 꺼냈다. 그리고서 그것들을 둘둘 말아 통운회사 운반원이 건네준 줄로 묶어 배낭처럼 만들었다. 그리고 가방은 캔턴으로 보내어 내가 월든 투로 가서 찾을 때까지 보관되도록 하였다.

방금 철도편으로 부친 무거운 가방에 비해 등에 걸친 조그만 배낭은 무언가 자유의 쾌감을 느끼게 해주었다. 나의 '가볍게 여행' 한다는 생각이 어쩌면 경솔한 판단인지도 몰랐다. 그러나 역으로 다시 가 필요 없게 된 버스표로 환불받을 정도의 분별은 있었는데, 아마 오랫동안 나의 마지막 책임 있는 행동이 될 것이다.

지갑에 환불받은 돈을 챙겨 넣는데 정신이 팔려서 매표구를 떠날 때 커다란 서적걸이에 몸을 부딪쳤다. 그 서적걸이를 흔들리지 않게 고정시켜 놓고 다시 걷기 시작했다. 그러나 내 시선을 끄는 것이 있어 다시 가서 '월든' 한 권을 집어 들었다. 주머니에도 손쉽게 넣을 수 있는 문고판이었다. 신문 판매대에 있는 점원에게 25센트를 지불하면서 소로도 책값이 싼 것에 기뻐했으리라 생각하고는 좋은 징조에 만족하며 다시 걷기 시작했다.

역에서 나오다가 전보계 옆을 통과할 때였다. 순간적으로 이제껏 내가 몸담아왔던 학교가 생각났다. 적어도 나의 전향을 알려야만 되지 않을까? 영화에서 특별히 좋아하는 주인공을 보고 난 후에 가끔 느끼는 그런 즐거운 기분으로 카운터에 다가섰다. 나는 연필에 달린 줄을 잡고 흔들었다. 아름다운 젊은 계원이 카운터를 따라 내 쪽으로 전보용지를 밀어주고는 그 자리에 선 채 바라보고 있었다. 그 계원은 내가 아주 자신감에 차 있음을 아는 것 같았다.

나는 큼지막하게 굵은 글씨로 총장의 이름과 주소를 먼저 쓰기 시작했다. 그리고 나서 표준 전보체와 무관하게, 약간은 들뜬 기분을 억누르면서 천천히 그리고 조심스럽게 써내려갔다.

　　×××　총장 앞, 그 시시한 대학교는 혼자 떠맡으시오……

카운터의 그 예쁜 계원이 재빨리 내가 쓴 전문을 위에서부터 읽어내려가고 있었다. 사실 그녀는 나보다 몇 글자를 앞서 읽는 것 같았다. 그리고 명랑하지만 사무적인 목소리로 말했다.
"선생님, 죄송하지만 이런 전문은 저희가 받아들일 수 없습니다."

월든 투로 돌아가기에 아주 좋은 날씨라고는 할 수 없었다. 비가 내리기 시작했다든가 아니면 적어도 밤이 다가오거나 했다면 내 기분에 꼭 맞았을 것이었다. 나는 어떤 한 가지 요소에 집착하고자 했다. 그러나 그저 약간 따뜻한 오후일 뿐이었다. 더구나 시내를 빠져나가는데 한 시간 이상이나 걸렸고 인도를 걸으면서도 중대한 사명감 같은 기분을 느끼기 힘들었다.

마침내 도시를 벗어나 시골에 들어서면서 고독한 존재로서의 감정을 뚜렷이 느끼게 되었다. 나는 도로 왼편의 자갈길을 박자를 맞춰 율동적으로 걸어갔으며 어떻게 해서든지 그 리듬을 흩트리지 않으려고 애썼다. 몇 대의 차가 나를 태워주기 위해 속력을 늦추었지만 나는 모두 그냥 가라고 손짓하거나 멀리서도 알아볼 수 있을 정도로 과장되게 머리를 흔들었다.

나는 혈관 속에 따뜻한 피가 흐르는 것을 느꼈다. 이것이 내가 진정으로 원했던 것이었다. 드디어 나는 본래의 내 모습이 되었고 앞에는 내 자신이 만들게 될 미래가 펼쳐져 있었다.

갑작스런 충동을 느껴 '월든'을 끄집어내서 마지막 페이지를 펼쳤다. 나는 항상 이 책의 마지막 문장을 못마땅하게 생각했었다. 그 문장은 책의 나머지 부분과는 달리 신비성과 모호성으로 가득 찼으며 소로적인 요소는 하나도 없었다. 그러나 이제는 마지막 문장의 단어 하나하나를 전부 다 이해할 수 있다고 생각했으며 아주 흥분하여 걸어가면서 그 부분을 읽었다.

'…… 나는 영국인이나 미국인들이 이 모든 것을 깨닫게 되리라고는 보지 않는다. 그러나 시간의 경과만으로는 결코 밝아오지 않는 그런 아침의 특성을 말하는 것이다. 우리의 눈을 감게 하는 빛은 암흑에 불과하다. 우리의 의식이 깨어 있는 그날만이 밝아오는 것이다. 새 날이 밝아오기까지는 아직 시간이 있다. 태양은 하나의 샛별일 뿐이다.'

36

 나는 이쯤해서 이야기를 끝맺고 싶었다.
 "아마 끝이 없을 거야."
 나는 프레이저에게 말했다.
 "그러나 나는 그런 식으로 끝나는 걸 좋아하네. 독자들이 계속 생각하겠지. 나의 월든 투 생활에 대해서는 독자들의 상상에 맡겨보세."
 우리는 프레이저의 방에서 '공보실'의 요청으로 내가 쓴 원고를 인쇄에 앞서 다시 읽어보고 있었다.
 "자네가 직접 독자에게 이야기를 다 들려주는 편이 낫다고 생각하네."
 프레이저는 말했다.
 "결국 일부 어리석은 교수들이 이 책을 정치학 강의의 참고서적으로 지정하리라는 것을 알아야 하네. '민주주의 비판' 같은 강의 말이네. 그러니 자네 입장을 명백히 해두는 것이 좋을 거야."
 "그러나 이야기의 결말이 어떻다는 것은 분명하지 않은가?"
 "전혀 분명하지가 않지. 내가 그럴 듯한 대여섯 가지의 결말을 생각할 수가 있네."

나는 그가 허세를 부리고 있는 게 아닌가 하는 생각이 들었다.

"그 중 하나를 말해 보게나."

나는 말했다.

"자, 보게나. 자네는 안식처인 월든 투로 돌아오는 긴 여행을 떠났네. 그러나 비가 내리기 시작하네. 유월인데도 몹시 차가운 비지. 아침이 될 때까지 자네는 흠뻑 젖게 되고 곧 지쳐버리네. 자네는 달팽이 걸음으로 비틀거리게 되네. 또 재채기를 하고 열도 나게 되겠지. 조그만 마을을 지날 때 자네는 경찰의 주목을 받게 되나 경찰은 자네가 취하지 않은 걸 알고는 의사에게 데리고 가겠지. 그러나 때는 너무 늦었네. 자네는 이미 폐렴이 걸렸던 것이야. 즉시 치료를 받게 되지. 결코 생명에는 지장이 없을 것이나, 결국 분하게도 뜻을 이루지 못하게 되지."

"하나 더 말해 보게."

나는 재촉했다.

"자, 고귀한 존재 앞에서 완전히 겸허해진 자세로 자네가 고행의 길을 걷기 시작했다고 보세."

프레이저는 진지하게 말을 이었다.

"그러나 곧 발이 아프고 물집이 생기게 되면 자네는 병균이 침입할까 봐 걱정을 하게 될 거야. 고행을 한다는 것과 뒤꿈치가 아픈 것과는 별개의 문제가 되지. 지나가던 트럭이 자네를 태우기 위해 멈출 것이네. 그러면 자네는 그냥 가라고 손짓을 할 수가 없게 되네. 물론 내 말은 그런 상황에서 우직하게 굴 필요가 없다는 말일세. 어쨌든 자네는 종교적인 인물은 못 되고 이런 고행의 일이 자네에게 어울리지도 않지. 결국 자네는 월든 투에 차를 타고 오게 될 것이네. 누가 차를 타고 오는 것과 걸어오는 것의 차이점을 알겠나?

지루했기 때문에 자네를 태워준 운전기사는 말을 많이 하게 되겠지. 자네는 차츰 이야기에 흥미를 갖게 될 걸세. 운전기사가 재미있는 사람이라 자네는 월든 투에도 이렇게 재미있는 사람이 있을지 의심하기 시작하네. 여러 사람을 만날 기회가 많기 때문에 자네는 항상 큰 도시를 좋아해 왔네. 성가시게 구는 거지, 술주정꾼, 남루한 옷의 전도사, 거리의 악사, 화장 짙은 매춘부들—자네의 생활을 흥미 있게 해주는 이 모든 것들이 아마 자네가 원하는 것일 거야. 이들은 소설 제목처럼 '사로얀 살롱의 실제 인물들'이지.

운전기사는 물론 오늘날의 세계 정치에 대해 이야기를 시작하고 그의 말이 자네에게 그럴 듯하게 들리겠지. 한순간 자네는 평범한 사람들은 천성적인 양식을 갖고 있다는 오랜 믿음을 생각해낼 거야. 학자로서 자네는 그런 양식을 믿도록 돼 있네. 왜냐하면 그것은 교수들에게는 무시될 없는 것이거든. 결말은 자네가 운전기사 모르게 백미러를 통해 계곡을 쳐다보면서 계속 타고 오지. 다음 마을에서 기름을 넣기 위해 차를 멈춘 다음 자네는 운전기사에게 한 잔 사고 또 운전기사는 자네에게 한 잔 사고, 그러는 동안 그가 좀더 착하고 좋은 녀석으로 보이게 될 걸세."

프레이저는 서투르게 술 취한 사람을 흉내 냈다.

"결국 그것이 인생이라네."

"그러면 두 개의 결말을 들은 셈인데 자네가 여섯 개 전부를 이야기해 줄 수도 있겠지만 그것이 무슨 의미가 있겠나? 다소 모호한 채로 놔두면 어떨까? 이야기의 한 기법으로 말일세."

내가 말했다.

"자네의 개인적 경험담이 어떻게 끝맺던 큰 의미가 없네. 독자가 알고자 하는 것은 월든 투는 과연 어떠한 곳인가? 하는 것일세. 그런데 독자는 자네 눈을 통하여 보게 되므로 자네를 이 이야기에서 전적으로 제외시킨다는 말이 아니지. 그러나 월든 투의 모습이 완전히 드러나게 될 때 그 책도 끝나게 되네. 철도역과 공원에서 일어났던 일들은 생략해 버리는 게 좋을 듯하네. 허나 자네 나름대로 그렇게 쓰려고 한다면 그대로 나가다 끝맺게."

사실 더 말하고 싶은 것은 거의 없었다. 나는 월든 투에 다시 돌아왔고 내내 걸어서 왔다. 그러나 나는 적당한 속도를 유지하면서 걸어왔다. 프레이저가 추측했듯이 나는 육체적으로나 정신적으로 징벌을 받고 싶지는 않았다. 이 사실은 내가 처음 8~9km 걸었을 때 뚜렷해졌다. 나는 생각할 시간을 갖기 위해 걸었다. 나의 결정을 재고하기 위해서가 아니라 나의 동기를 음미해 보기 위해서, 또 몇 가지 개인적 목표를 검토하기 위해서 걸었다.

주의를 기울여야 할 실제적인 문제들이 있었다. 우선 대학교에서의 내 문제를 매듭지어야 할 것이다. 나의 사직(辭職)을 전보로 통고하려던 계획은 포기했지만 학기말 시험 때에도 나타나지 않는다면 나의 뜻이 충분히 전달된다고 볼 수 있다. 나는 교수 클럽에 부탁하여 내 물건을 보내달라고 해야만 할 것이다. 그리고 얼마쯤 지불해야 할 빚이 있었다. 그러나 직접 이런 일들을 처리하기 위해 돌아가지는 않기로 결심했다. 나는 이런 일들을 처리하는 데에 내 인생을 너무 많이 낭비했었다. 대신에 나는 지금과 같이 걷는 데에 시간을 활용하여 매 걸음마다 월든 투에 점점 더 가까워지기를 원했다.

지난 십 년 동안의 마음 내키지 않는 희망과 꿈 중에서 무엇이 남을 것인가? 예를 들어 내가 직업상 계획하는 것 중에서는 무엇이 남을 것인가? 나는 요즈음의 대학에서 하는 그런 방식의 강의는 좋아하지 않았다. 이제는 내 흥미 분야에 관심을 가지는 사람들의 주의를 끌 수 있게 되고 그들에게 마음을 털어놓을 수도 있을 것이다. 둔한 학생들에게는 너무 모호하고, 영리한 학생들에게는 너무 명백하고, 그리고 실제적인 활용을 목적으로 주장하는 학생들에게는 맞지 않는 그런 내용의 강의를 하고 있다는 걱정을 더 이상 하지 않아도 된다는 것은 즐거운 일이다. 또한 내가 마음에 두고 있는 몇 가지 연구도 할 수 있을 것이다. 아마 공장에 조그만 공간을 얻을 수 있으리라. 그렇지 않으면 내 소유의 실험실을 세울 수도 있겠지. 진흙으로 지은 실험실!

또 잠시 기분을 전환할 시간을 갖기도 할 것이다. 어쩌면 잘 조율된 클라비코드(피아노의 전신)를 다시 연주해 볼 수 있을 것이다. 내가 오랫동안 강의 후에 휴식 겸해서 듣던 그 감상적인 음악을 이제는 듣지 않아도 될 것이다. 그리고 탐정소설을 그만 읽어도 되겠다! 내가 전부 다 읽지 못한 트롤럽과 제인 오스틴의 소설이 아직 있다. 내가 늘 읽으려던 책을 거의 준비해 놓은 월든 투 도서관원의 통찰력에 놀랐었지.

그리고 글을 쓸 시간을 갖겠다! 사실은 생각하는 시간이라고 표현하는 것이 더 낫겠지. 검토할 시간뿐 아니라 계획할 시간도 갖겠지.

그러나 얼마나 오래 될지는 모르겠으나 우선 휴식할 시간을 갖게 되겠지.

정오쯤 되어 계곡을 거쳐 강둑 위로 올라가서 월든 투를 다시 보았다. 나는 사흘 전에 출발해서 약 100km를 걸었다. 그러나 지금은 기분이 상쾌했다. 둘째 날부터 나를 괴롭혔던 근육의 경직과 통증은 사라져 버렸고 내 다리는 더욱 튼튼해졌다. 발가락 밑 매듭 쪽의 불룩한 살이 느껴질 정도였다.

나는 조그만 다리를 건너 공장들을 지나 작은 소나무 숲으로 향하고 있었다. 그때 갑자기 발자국 소리가 들려왔다. 누군가 나를 따라잡기 위해 달려오고 있었다.

"부리스 교수님!"

스티브였다. 우리는 다정스레 악수를 하였다. 나도 모르게 내 눈에 눈물이 고였다.
"돌아왔네, 스티브."
나는 말했다.
"나는 여기 있기 위해 돌아왔네."
"저는 선생님을 기다리고 있었습니다."
스티브가 말했다.
"프레이저 씨가 선생님께서 꼭 돌아오실 거라고 말씀하셨습니다."
프레이저 씨!
나는 약간의 두려움을 느끼면서 '왕좌' 언덕 쪽으로 고개를 들었다. 거기에는 아무도 없었다. 그렇지만 이곳에 돌아오는 길에 수차 회상했던 모습 그대로 친근하게 내 앞에 펼쳐져 있는 월든 투를 보며 나는 안도의 숨을 내쉬었다.
프레이저는 하늘 위에 군림하지 않았다. 세상의 모든 것은 질서정연했다.

〈끝〉

월든 투를 다시 생각해 본다

 필자가 본서를 집필하던 1945년의 초여름은, 서구문명으로 봐서는 결코 불운한 시기는 아니었다. 히틀러가 사망하자 사상(史上) 가장 야만적인 정권 중의 하나가 종말을 고하고 있었으며, 1930년대의 대공황(大恐慌)도 기억에서 사라진 지 오래였다. 공산주의도 이젠 위협적인 존재가 아니었다. 당시로서는 소련이 신뢰받는 동맹국이었기 때문이다. 또 히로시마가 가공할 신무기의 시험장이 되기에도 1~2개월 전이었다. 그리고 당시로도 스모그 현상의 기미(氣微)가 있는 도시가 몇몇 있기는 하였으나, 인간 환경에 대해 우려하는 사람은 아직 하나도 없었던 때였다. 또 전시(戰時)를 통한 물자난(物資難)이 일고 있었지만, 산업의 급속한 전환으로 무한한 자원을 활용하여 인간의 무한한 욕망을 채워줄 수 있었다. 또 항간에는 산업혁명으로 인해 인구증가에 따른 식량난을 우려하던 맬서스(Malthus)의 주장이 잠잠해져 버렸다고까지 했다.
 필자가 본서를 집필하게 된 계기가 되었던 불만들은, 필자 개인에 관련된 문제였다. 즉 필자의 아내와 그 친구들이 가사(家事)에서 빠져 나오려고 발버둥을 쳤으며, 심지어는 직업을 묻는 칸에 소위 '가정주부'라고 써넣는 것까지도 못마땅하게 생각하는 걸 봐왔던 까닭이었다. 또 큰 딸은 당시 초등학교 일학년 과정을 막 마쳤던 때였는데 교육에 온 신경을 쏟는 데는, 첫 아이가 입학한 첫 해만한 일이 어디 있겠는가.

또 그 당시는 필자가 미네소타에서 인디애나 대학으로 옮겨갈 때여서 집을 구하던 참이었던 것이다. 게다가 필자의 서툰 피아노 연주를 너그러이 봐 주었던 재능 많고 젊은 현악연주단을 떠날 입장이었는데, 이들만한 좋은 동료가 또 있을 것 같지 않았다. 나아가 구겐하임 연구비로 1년을 제법 생산적으로 보내긴 했으나, 이미 인디애나 대학의 학과장직을 수락한 처지여서 언제 다시 학문이나 연구생활에 몰두하게 될지도 확신할 수 없었던 시기였다. 따라서 이와 같은 문제를 처리할 수 있는 묘책이 없을까, 행동과학에서 그 어떤 묘책이 나올 수는 없을까 하는 생각이 들게 되었다.

이런 문제들이 사소하고 지엽적이었다는 점이 오히려 천만다행이었을지도 모른다. 왜냐하면 더 큰 문제가 있었어도 거기에 부딪쳐 씨름할 용기가 필자에게는 없었을 테니까.

이미 7년 전에 출간된 유기체의 행동(Behavior of Organism)에서의 연구 결과를 실험실 밖, 즉 실사회에서 활용하고 싶지 않았던 것이다. 당시 필자는 '누구든 멋대로 평가하려면 하라지.' 하고 말해버릴 정도였으니까. 그러나 물론 필자는 전부터 행동과학에서 시사되는 기술적 측면과 행동과학이 미칠 중요성에 대해 고찰해 오기는 했다. 또 필자는 당시 휘겔 카스텔 그리고 워렌도 낀 일단의 철학자 및 비평가들과 월 1회씩 모임을 가졌는데, 그 자리에서는 인간의 행동통제가 중심 화제로 등장했기 때문에 행동과학이 주는 의미를 진지하게 고려하던 참이었다.

이상의 배경에서, 이상적 공동사회에 관한 소설을 집필하기까지에는 동료인 테일러의 신간 저서이자 19세기 미국 내 완전주의 운동의 연구서인 자유의 소동(Freedom's Ferment)을 증정받는 것이 자극이 되었던 것 같다. 동시에 인디애나 대학에 부임하기까지는 2개월의 여가가 있었으니까 그 기회를 틈타 필자는, 이를 테면 인구 약 1천명의 집단이 행동공학의 도움으로 일상생활의 여러 가지 문제들을 어떻게 해결할 수 있을는지를 상세히 설명하는 글을 쓰기로 마음먹었던 것이다.

본서는 두 출판사로부터 출간을 거절당했지만 맥밀란(Macmillan)사는 필자가 심리학 입문서의 집필을 해준다는 조건으로 출판을 맡아주었다. 당시에는 그와 같은 편집자 측의 방침이 적절했던 것이었다. 저명한 비평가들 중엔 본서를 진지하게 고려해 본 분들이 거들떠 보지도 않고 무관심하게 내버려 두고 있었는데, 10년이란 세월이 흐른 뒤에야 비로소 본서가 팔리기 시작했었다. 그 후 연 매상도 복리식 곡선을 그리며 꾸준히 증가했다.

본서에 관심이 새로 일게 된 데는 두 가지 이유가 있었다고 여겨진다. 즉, 필자가 본서에서 자주 언급했던 소위 '행동공학'이 당시는 한갓 공상과학 소설에 지나지 않았다.

필자는 행동에 대한 실험적 분석을 실제 문제에 활용할 수 있다는 착상을 오래 전부터 했지만 입증을 하지는 못했었다. 그러나 1950년대에는 오늘날의 '행동수정' 원리들이 일반 대중에게 알려지기 시작했었다. 즉 초기에는 정신질환자나 저능한 사람을 상대로, 다음에는 '학습기계(teaching machine)' 및 컴퓨터 프로그램에 의한 교육에 관해 차례차례 실험을 했었고, 이 실험들이 행해진 장소의 일부는 사회집단이었다. 게다가 1960년에 접어들어, 이를테면 카운슬링이나 장려제도(incentive systems)에 행동과학을 활용하는 예는 필자가 본서에서 이미 기술한 내용에 더욱더 가까워졌다. 이제는 행동공학이 상상에서 나온 허구가 아니었다. 사실 많은 사람들에게 생생한 현실로 여겨졌던 것이다.

그러나 본서의 독자가 증가한 데는 다른 더 큰 이유가 있었다고 여겨진다. 즉 세계는 바야흐로 전혀 새로운 규모의 엄청난 문제들, 예컨대 자원의 고갈, 환경오염, 인구과잉 및 핵무기에 의한 대량학살 가능성의 문제에 점차 부딪치고 있었다는 점이다. 물리 및 생물공학도 문제 해결에 도움이 될 수 있는 것은 물론이다. 즉 새로운 에너지원을 발견할 수도 있고 기존 에너지원을 더 효율적으로 이용할 수도 있을 것이다. 또 영양가가 더 많은 곡식을 재배하고, 육류보다는 오히려 곡식을 먹음으로써 배를 불릴 수도 있으며 가공할 핵전쟁을 막기 위한 난공불락의 방어체제를 구상해 볼 수도 있을 것이다.

그러나 이 모든 것도 인간행동의 변화를 전제로 하여야 하는데 인간의 행동을 어떻게 변화시켜야 할지는 아직 의문으로 남아 있다. 다시 말해서, 사람들이 새로운 에너지를 쓰고 육류보다는 곡류를 먹고, 비축한 핵무기가 절망에 빠진 지도자들의 손아귀에 들어가지 않게 하자면 어떻게 해야 할 것인가?

가끔 정부의 고위 정책수립자들이 행동과학에 관심을 가지도록 요청되어 왔다. 수년 전 미국 〈국립과학원〉의 운영기구인 〈국립과학연구위원회〉에서는 이른바 '정책 입안에 유용한 통찰(洞察)'이 나왔다고 지적하면서 상기와 같은 한 가지 제안을 한 바 있다. 그러나 이 제안은 행동과학의 주요 역할이 자료를 수집하는 데 있다고 은연중에 시사하고 있었으며, 아마 과학자들의 야망에 경악할지도 모를 정책수립자들을 안심시키려는 것이었겠지만, '결정을 내리는 데는 지식이나 지혜나 상식을 당할 수 없다'는 주장을 담고 있었다. 즉 사실에 대한 자료 수집은 과학자들이 하지만 의사결정은 의회와 대통령의 지혜와 상식으로 내려진다는 것이었다.

행동과학이 자료수집의 범위를 넘어서 행동진로를 권고하거나 결과를 예측하는데 큰 도움이 되지 못했던 적이 많았다. 가령, 조세인상이나 감세 또는 이자율의 변동이 경기, 물가, 실업문제에 어떤 영향을 미치느냐는 데는 경제학자들 간에도 의견의 일치가 없으며, 대내외 정책의 결과에 관한 정치학자들의 의견도 서로 다르기 십상이다. 인류학, 사회학, 심리학에 있어서는 행동을 강요하지 않는 원리들이 더 인기가 있다.

이를 테면 철저한 발달주의 입장에서는 효과적인 행동의 가능성을 거의 부인하다시피 한다. 응용심리학도 과학적 상식을 혼합한 것이 보통이며, 심리치료 같은 것도 정신분석이 대단찮게 기여한 응용분야로 프로이트는 보았다. 그러나 실험적 행동분석의 응용은 처음부터 다른 성질의 것이었다.

즉 결과(Consequence)에 관계되는 것이다. 다시 말해서, 행동은 그 결과에 변화를 줌으로써 바꿀 수 있으며—이것이 심리학에서 말하는 도구적 조건형성(operant conditioning)—이다. 그런 행동변화는 다른 종류의 결과가 뒤따르기 때문에 가능하다는 점이다. 즉 정신질환자와 저능한 사람이 보다 더 나은 삶을 영위하고, 교수와 학생들의 시간과 정력이 절약되고, 가정은 더 명랑한 환경이 되며, 작업을 즐기면서도 효율적으로 해낼 수 있게 되는 것 등 이 모두가 행동변화에 뒤따르는 결과들인 것이다.

이상의 성과들은 지혜와 상식으로써 이룩될 수 있는 것으로 믿어 왔다. 그러나 본서의 주인공인 프레이저는 지혜와 상식 대신에 전문화된 행동과학으로 더 행복한 결과를 가져올 수 있다고 주장한다. 과거 25년 동안에 벌어진 현상에 비추어 보면, 프레이저의 업적, 즉 경제 및 행정적 측면은 물론 일상생활의 가장 중대한 문제들이 해결되는 하나의 공동사회가 더 그럴싸해 보이기도 한다.

프레이저를 비판하는 사람들은 다음과 같이 항의할 것이다. 1천 명의 공동사회가 성공을 거두었다고 해서 거기서 과연 무슨 결론을 내릴 수 있단 말인가? 이를테면 뉴욕시나 미국무성과 같은 큰 사회집단에 적용해서 어떤 현상이 일어나는지를 보라. 하물며 세계는 더욱 방대하고 복잡한 공간이 아닌가? 따라서 소집단에서 성과가 있는 원리라 하더라도 한 국가나 전 세계의 필요를 채우기에는 너무도 미흡하다고 항의할 것이다.

이에 대해 프레이저는 아마 월든 투가 하나의 예비적인 실험이라고 답변할 것이다. 모든 산업에서도 새로운 방법은 소규모로 실험한 연후에 대단위 공장에 투자한다. 다투지 않고 공존하며, 별로 심한 노동을 않고도 필요한 제품을 생산하고, 자녀들의 양육과 교육의 효과를 높이는 방법을 발견하려면 우선 관리 가능한 규모의 단위부터 시작해야 할 것이 아닌가라고.

그러나 더 설득력 있는 답변은 '크다고 해서 좋은 게 무엇인가.' 하는 것이다. 세계가 지금 대형화의 병폐를 앓고 있다는 것이 상식화되었으며, 벌써 대도시에서는 그러한 문제의 실례를 겪고 있으니 말이다. 여러 도시에서는 기구가 너무 많아서 바람직한 행정을 펴나가지 못하고 있다. 차라리 도시의 필요성 자체를 의문시해야 할 것이다. 기업체들도 현대식 통신 및 교통시설이 있어서 상호 도보나 차편으로 다닐 수 있는 가까운 거리에 있을 필요가 없게 되었는데, 행복한 삶을 위해 얼마나 많은 사람들과 가까이 있어야 한단 말인가? 사람들은 일자리와 재미있는 생활을 찾아서 도시로 모여들지만, 자기 출신지에서도 같은 생활이 보장되면 다시 떼를 지어 귀향할 것이다. 또한 미래의 미국은 오직 하나의 망처럼 소도시가 점점이 연결된 상황이 될 것이라는 이야기가 계속 나오고 있다. 그런데도 월든 투와 같은 도시를 거론치 말아야 한단 말인가? 대도시의 골격만이 마치 박물관에

진열된 공룡의 뼈처럼 생활양식의 진화과정을 나타내는 유물로써 잔존할지 모른다.

영국의 경제학자 슈마허(E. F. Schumacher)는 '작은 게 아름답다(Small is beautiful)'는 명저를 통해 대형화에서 파생되는 문제점들을 논하고 중형체제에 맞는 기술적 측면을 논술했다. 요즈음 새 에너지원과 영농방식에 관한 각종 사업 중에는 소집단 공동사회에 의한 개발에 잘 맞추어진 것이 있다. 군소도시들의 집단이나 월든 투와 같은 공동사회도 그 나름의 문제가 없지는 않으나 현재 세계가 안고 있는 심각한 문제들을 보다 쉽게 해결할 수 있을 것이라는 점이 중요하다. 비록 소집단 공동사회가 이른바 '본질적으로 선(善)한 인간성'을 만들어내지는 못하지만 응용 행동분석의 원리에 따른 더 효과적인 강화조건(强化條件: Contingencies of Reinforcements)을 적용할 수 있다. 소집단 공동사회의 근본 문제를 풀 수 있는 행동원리의 적용 예들은 쉽게 살펴볼 수 있다. 덜 소비하고 공해를 덜 끼치는 새 생활양식에 적응시키기 위해서 마치 사람들의 희생을 강요하는 것처럼 보이게끔 생활을 강조할 필요가 없다. 지금보다 덜 소비하면서도 풍요를 구가할 수 있는 강화조건이 있기 때문이다. 실험적 행동분석에 따르면 (수요, 공급의 법칙처럼) 상품의 양이 중요한 것이 아니고 상품과 인간 행동 간의 조건적 관계가 문제 해결의 열쇠임이 입증되고 있다. 이것이 바로 가진 게 훨씬 적으면서도 우리 미국인보다 더 행복한 사람들이 있음을 보고 미국인 관광객들이 놀라는 이유이다. 인플레가 오늘날 세계에서 가장 심각한 문제라고들 한다. 인플레의 그럴싸한 정의는 이상의 소비행위이다. 그런데 실험적 공동사회에서는 필요 없는 소비를 조장하는 강화조건들이 시정될 수 있다. 공해만 하더라도 소집단 공동사회는 자재를 재활용하고, 낭비가 많은 분배 방식을 피하기에 가장 적합한 곳이다.

또한 기초적인 연구에 의하면, 남녀노소 모두가 상품을 분배받을 뿐 아니라 상품생산에 종사하는 것이 무척 중요하다는 사실이 밝혀졌다. 그렇다고 해서 모두가 프로테스탄트적 근로 윤리에 따라 열심히 일만 해야 한다는 말은 아니다.

노동을 절약하는 방법은 많으나, 프레이저의 지적처럼 근로자를 절약해서 실업률을 증대시키는 데 사용되어서는 안 된다. 매년 미국 국민이 연간 수령하는 임금 총액을 직장을 구하는 사람의 수로 나누면 전 국민의 이상적인 1인당 연간 임금이 산출될지 모른다. 그러나 이것은 많은 사람들의 생활수준을 저하시키는 셈이 되고, 이런 생활수준의 저하란 현재의 체제로써는 도저히 있을 수 없는 일이다. 하지만 일련의 소집단 공동사회에서는 임금은 물론 노동도 근로자들 간에 고루 배분될 수 있기 때문에 누구나 일자리가 있기 마련이다. 게다가 예컨대 사람들이 돈 자체를 버는 게 아니라 팔 수 있는 물건을 만들도록 되어 있는 조건하에서는 사람들이 고된 노동을 하지 않아도 되는 것이다.

세계가 미래를 위해 자원의 일부를 저축하려면 소비량뿐만 아니라 소비자의 수도 줄여야 한다. 그런데 실험적 공동사회에서는 출산율의 변화가 용이할 것이다. 즉 부모는 노후의 경제적 안정을 위해 자식을 가질 필요가 없고, 자식이 없는 사람들도 다른 가정의 어린이들과 함께 시간을 마음껏 즐길 수 있는 것이며, 공동사회 전체가 하나의 화목한 대가족으로 누구나 서로 부모 또는 자식의 역할을 하게 되는 것이다. 이 경우 혈연 따위는 사소한 문제가 된다.

사람이란 일신상이나 직업상 지위의 경쟁을 하지 않으면 서로 우애롭게 대하기 쉽다. 그러나 좋은 대인관계는 단순한 규약을 바탕으로 하는 직접적인 칭찬이나 비난의 표시에 따라 달라지기 마련이다. 도시의 대형화가 문제되는 것은 비난을 하든 칭찬을 하든 다시 만나지 않기 때문에 아무런 의미가 없는 사람들을 너무 많이 만나기 때문이다. 그렇다고 처벌과 상찬(賞讚)의 일을 경찰과 법정에 위임한다고 해서 이 문제가 해결되지는 않을 것이다.

반면에 가족 상담이나 학생상담에서 행동수정(行動修正) 원리를 활용하는 전문가들은 개인 간의 존경심과 사랑을 증진시키는 대면 상황을 주선할 줄 안다.

만약 범법자들의 초기 환경을 바꿀 수 있다면 많은 범죄요인들을 해결할 수 있을 것이다. 오늘날의 가정이나 학교에서 젊은이들이 법의 테두리에서 잘 살아가도록 충분히 교육을 받지 못하고 있다거나 교육을 받았어도 그럴 기회가 주어지고 있지 않는다고 한탄할 필요가 없다.

범법자를 교도소에 보내도 개전되는 경우는 드물고 그래서 재판관도 감형이나 형집행정지를 하는 경향이 있지만, 범죄란 처벌되지 않으면 증가하는 법이다.

그러나 우리 모두가 어린 시절의 환경을 개선할 수 있는 방법을 알고 있고, 코헨(Cohen)과 필립차크(Filipczak)의 실험보고서에서도 상습범이 아닌 범법자들은 충분히 갱생될 수 있다는 것이 입증되었다.

가장 소중한 자원인 어린이들이 오늘날 수치스럽게도 잘못 키워지고 있다. 출생 후 처음 몇 해 동안에 좋은 영향을 줄 수 있는데도, 과잉보호 또는 잘못된 행동을 보고도 마구 애정만 쏟는 몰지각한 어른들에게 아이들을 맡겨 놓고 있는 셈이다. 즉 우리는 아이들에게 가정에서 어른들과도 좋은 인간관계를 형성할 수 있는 기회를 거의 주지 않고 있다. 처음부터 어린이들이 대집단 사회의 일원일 경우에는 모든 양상이 다르기 마련이다.

도시의 학교를 보면 대형화가 교육에 얼마나 큰 피해를 주는가를 알 수 있다. 교육이란 한 문화의 변천과 존립과도 관계가 있기 때문에 중요한 것이다. 우리는 프로그램 학습과 좋은 조건관계의 관리를 통해 교사와 학생들의 시간 및 노력을 절약하면서 여러 교육상의 문제를 해결할 방법을 안다. 소집단 공동사회는 행정가, 정치가, 교사단체의 간섭을 받지 않은 채 새로운 교수법을 적용할 수 있는 이상적인 환경이다.

 우리는 입으로만 자유, 자유 하지만 실제는 개인의 발전을 조성하는 데는 아무런 손을 쓰지 않고 있다. 미국인 중에서 자신의 능력에 가장 알맞고 가장 즐길 수 있는 일을 하고 있다고 장담할 사람이 과연 몇이나 될까? 또 과연 타고난 재능이나 어린 시절에 익힌 취미나 기술에 관련된 분야를 택할 기회가 과연 있었던가? 이제 가까스로 가정주부 신세만을 면할 수 있게 되어 가는 여성들이, 젊을 때 적합한 직업을 택하거나 나중에 다른 직업으로 바꾼다는 것이 얼마나 힘든 일인가? 게다가 운이 좋아서 마음에 드는 일을 잡았다고 하더라도 성공할 확률이 얼마나 되는가?

 작곡가와 작가들은 자기들의 작품을 즐겨 주고 또 작품 활동에 창조적인 자극을 주는 사람들을 쉽게 만나고 있는가? 강화조건의 중요성을 인식하고 있는 사람이라면 사람들에게 가장 잘할 수 있는 일과 최대의 만족을 얻을 수 있는 일을 알아내도록 유도하는 방법을 알고 있다.

 미술, 음악, 문학, 각종 시합 그리고 심각한 생활 과제와는 아무런 관련이 없는 기타 여러 가지 활동의 존재가치가 간혹 의문시되기도 하지만 분명히 존재가치가 있다고 생각된다. 한 문화란 그 문화를 지탱하는 사람들의 행동을 적극적으로 강화해야 하고 사람들이 피하기 마련인 부정적인 강화요인이 조성되지 않도록 해야 한다. 화가, 작곡가, 작가와 연주가들에 의해 아름답고 흥미 있게 꾸며지는 세상이란 생물학적 욕구를 채워주는 환경만큼이나 우리의 생존에 중요한 법이니까.

 현대생활에서는 여가의 효율적인 활용이 거의 등한시되고 있다. 우리는 하루나 일주일의 노동시간이 단축된 것을 자랑하지만 우리가 소비하는 여가시간의 내용을 보면 결코 자랑스럽지 못하다. 미국의 유한계급도 거의 항상 알코올, 마약, 도박에 의존하고 있고 다른 사람들이 고되거나 위험한 생활을 하고 있는 걸 구경하는데 시간을 낭비하고 있다. 즉 텔레비전 때문에 수많은 미국인들이 다른 시청자들의 흥분을 자아내기 위해 위험한 생활을 영위하고 있다.

 미국에는 도박을 합법화시키고 독자적인 복권제를 둔 주(州)가 많다. 알코올과 마약의 소비량도 계속 증가일로에 있다. 이런 식으로 생애를 보낸 사람들은 인생의 종말에도 본질적으로 변화가 없을지도 모른다. 이렇게 여가를 낭비하는 원인도 기본적 행동과정으로 설명될 수 있다. 그러나 다른 환경조건이라면 똑같은 행동과정으로도 사람들이 기술과 능력을 가능한 한 최대한으로 발전시키도록 유도될 수 있는 것이다.

 위의 모든 내용을 우리가 자신 있게 말할 수 있는 것일까? 아마 확신할 수 없을지도 모르지만, 월든 투가 우리의 생각을 정리하는데 도움이 될 것이다. 보다 큰 규모의 설계로써 공동사회가 예비적 실험의 장(場)이 될 수 있다. 문제는 이런 공동사회가 성과가 있느냐에 있고 어느 쪽이든 거기에 대한 해답은 분명하게 드러날 것이다. 그렇게 된다면 인간행동에 대한 우리의 이해를 가능한 한 빨리 높일 수 있을 것이다. 여기에서 경제나 행정문제 이외에 오늘날 우리가 직면해 있는 중요 문제들의 해답을 얻을 절호의 기회가 생길 것이다.

 그러나 경제나 행정문제는 어떻게 된단 말인가? 이 방면의 문제에 관해서도 해결책을 생각해야 하지 않는가? 필자로서는 그렇다고 확신이 서지 않는다.

예를 들어, 다음의 경제학적 가설을 생각해 보자. 첫째 가설은 소로의 '월든'에서 나온 것으로 소비재의 물량을 줄임으로써 내키지 않는 노동시간을 단축할 수 있다는 것이다. 둘째 가설은 얼핏 보기에 앞의 내용과 정반대의 주장인데, 누구나가 일자리를 갖도록 가능하면 많은 소비를 해야 한다는 것이다. 오늘날 둘째 가설을 지지하는 사람들이 많지만, 나는 첫째 가설이 타당성이 크다고 믿는다. 사실 미국이 망처럼 엮어진 소집단 공동사회로 바뀌어진다면 모든 경제가 파탄에 이른다는 주장이 나올지도 모른다. 그러나 체제가 응당 기여해야 할 인간의 생활양식이 구제되기보다 오히려 현 체제가 구제되어야 한다면 무언가 잘못된 것이다.

그러나 정부는 어떻게 될까? 필자의 주장은 미국이 연방정부가 없어도 지낼 수 있다는 뜻이 아니다. 그러나 연방정부의 어느 정도가 진정 우리에게 필요할까? 미국 예산의 상당한 부분이 보건교육 복지성(福祉省)으로 배당되고 있는데, 과연 우리의 건강, 교육, 복지가 얼마만큼 향상되었는가?

그러나 월든 투와 같은 실험적 공동사회는 그 자체가 건강이요, 교육이요, 복지인 것이다! 방대한 연방정부를 갖고 있는 이유는 수백만의 인구가 비대해지고 효율적인 주위 환경에 얽매여 꼼짝달싹 못 하는 처지에 있기 때문일 것이다.

또 예산의 큰 몫이 국방성으로 들어가고 있다. 필자가 지금 국방성 없이도 잘 지낼 수 있다고 하는 말은 아니다. 보다 강력한 무기를 개발하는 산업은 물론 강력한 무기의 보유 없이 세계 평화를 어떻게 유지할 수 있단 말인가? 사실은 오로지 다른 나라가 무기를 보유하고 있기 때문에 우리도 보유하는 것이 문제인 것이다. 그러나 비록 우리의 것과 맞먹는 무기, 특히 핵폭탄을 보유한 국가로부터의 위협을 느낄지라도, 진정한 위협은 거의 아무것도 보유한 것이 없는 국가들일는지도 모른다.

 소수의 고도 산업 국가들이 현재처럼 소비하고 환경을 오염시키면서 세계의 다른 국가들과 계속 오랫동안 맞설 수는 없는 일이다. 개개인이 세계자원의 정당한 몫만을 이용하면서 즐거운 생활을 누릴 수 있게 되는 것이 세계 평화를 향한 진정한 전진일 것이다.

 생활양식의 모방은 쉽다. 최근 국무성의 모 인사가 '미국의 생활양식'을 수출하려 할 게 아니라, 대신 월든 투를 수출해야 마땅할 것으로 생각한다고 전화를 해 왔을 때 필자는 흐뭇하게 느꼈다. 물리적인 힘에 의한 억압적이고 형식적이고 '합법적인' 사회 통제가 특징인 국가는 문명발달에는 소용이 없다. 비록 미국 자체의 발전에 그런 국가가 나올 가능성이 크지만, 그때는 금방 또 다른 단계로 옮겨가게 될 것이다.

 좋은 생활을 하는데 무엇이 필요한지를 알고 있다고 하더라도 우리가 어떻게 성취하느냐가 문제이다. 미국에서는 거의 본능적으로 정치적 조치에 의해 상황을 바꾸고 있다. 즉 계속 법을 통과시키고 새 지도자에 투표하고 있다. 그러나 양식 있는 이들은 점차 회의를 품게 되었다. 소위 민의(民意)가 비민주적인 방법으로 통제되는 그런 민주적 절차에 대한 믿음이 사라진 것이다.

 게다가 우리가 처벌 없이 민주적으로 문제를 해결하려 한다면, 형벌적 제재에 기초를 둔 현재의 통치체제가 적합지 않은 게 아니냐는 의문도 늘상 나오고 있다.

 이에 대한 해결책이 사회주의(社會主義)일 수도 있다는 주장이 있어 왔지만, 사회주의도 자본주의처럼 성장에 골몰하기 때문에 과잉소비와 공해문제에서 벗어나지 못할 것으로 지적되어 왔다. 분명 50년의 사회주의 역사를 지닌 소련이 결코 우리의 모델이 될 수는 벗을 것이다. 소련보다는 중국이 필자가 줄곧 언급해 온 해결책에 더 가까운 것일지도 모르겠으나, 미국에서의 공산혁명이란 유혈 사태가 될 것이며, 또 다음과 같은 레닌의 질문에 먼저 답변을 해야 할 것이다. 즉 후세를 위한답시고 현재 살아 있는 사람들에게 얼마만큼 고통을 강요할 수 있단 말인가? 게다가 그런다고 해서 후손들이 어느 정도 더 살기가 나아진다고 확신할 수 있단 말인가? 그런데 다행히 다른 가능성이 있다. 본서의 중요한 주제는 정치적 조치는 피해야 한다는 점이다. 역사가들은 이제 전쟁과 정복을 일삼는 영웅 및 제국(帝國)에 대한 기술을 중단하였고 그 대신에 소재의 내용이 덜 극적(劇的)이긴 하나 훨씬 중요한 것을 다루고 있다. 정치면에서는 대 문화혁명(文化革命)이 시작되지 못했다.

인간사에 중요한 변화를 가져왔다고들 하는 위대한 분들, 이를테면 공자(孔子), 석가(釋迦), 예수, 문예부흥시의 학자와 계몽사상가들, 마르크스 등도 정치지도자가 아니었다. 이들이 관직에 출마해서 역사를 바꾸어 놓은 것이 아니다. 따라서 이들의 본보기에서 덕을 보기 위해 이들의 탁월성을 열망할 필요는 없다. 필요한 것은 새 정치지도자가 아니었다. 필요한 것은 새 정치지도자나 새로운 정부가 아니라, 인간행동에 관한 더 많은 지식과 이 지식을 문화의 습속을 설계하는 데 활용하는 일이다.

미국인의 생활양식에 큰 변화가 있어야 된다는 사실은 현재 널리 인식되고 있다. 왜냐하면 현재처럼 소비하고 오염시키면서 세계의 나머지 국가들을 상대할 수 없을 뿐더러, 폭력과 혼돈의 와중에 살고 있음을 시인하면서 우리 자신을 오래 지탱할 수도 없는 일이다. 따라서 주어진 선택은 분명하다. 즉 속수무책으로 손을 쓰지 않은 채 비참하고 비극적인 미래가 닥쳐오도록 내버려 두느냐, 아니면 인간행동에 대한 지식을 활용해서 생산적이고 창조적인 생활을 영위할 사회 환경을 조성하고 우리의 후손들도 우리와 마찬가지로 그렇게 살 수 있는 기회를 갖도록 하느냐에 있다.

이러한 점에서, 월든 투와 같은 것이 괜찮은 출발이 될 것이다.

1976

B. F. Skinner

스키너 교수─역자의 대담

장소: 하버드대학 심리학과
일시: 1981. 8. 4.

이: 월든 투가 1948년에 출판된 과학소설이지만 근래 한국의 심리학도뿐만 아니라 특히 인류학, 정치학, 사회학, 교육학을 전공하는 교수들 사이에서도 상당한 관심이 있음을 발견한다. 분단국가로서의 한국의 현 정치 사회적 상황에서, 사회개혁 및 생활조건의 개선을 위한 합리적 과학적 접근방법에 관심을 둔 대학인들에게는 이 책이 흥미있는 독서 자료가 되는 것 같다.

먼저 이 책을 읽고서 가끔 생각되는 것은 월든 투가 순수한 소설이거나 과학적 토론, 또는 양자의 혼합이 아니라 주인공인 프레이저와 부리스 교수의 성격과 견해가 바로 당신의 성격과 견해를 반영하는 것이 아니냐는 것이다.

※ 이 대담은 역자가 월든 투 번역관계를 협의차 스키너 교수를 하버드대학 연구실로 방문했을 때 이루어진 것으로써, 월든 투의 집필배경뿐만 아니라 심리학의 주요 쟁점 및 현대사회의 제 문제에 대한 그의 최근 견해를 피력한 내용임.

스키너: 그렇다. 그 말이 맞다. 나도 이 책이 완성된 다음에 프레이저와 부리스를 통해 내 자신이 상당히 대변되고 있음을 알았다. 우선 내 어머니의 결혼 전 이름이며 내 이름의 첫 글자인 Burrhrs와 비슷한 부리스를 의식적으로 사용했다는 점에서도 내 자신이 그 책 속에 반영되었다고 볼 수 있을 것이다. 내가 이 책을 썼을 땐 2차 대전이 막 끝난 직후였다. 전쟁 중에 많은 실험연구에 몰두하다가 종전 후 다시 강의생활이 시작되어 상당히 불만이었을 때 썼기 때문에 부리스는 어느 정도 당시의 나를 나타낸 것이다.

프레이저는 당시 내가 생각했거나 주장할 수 있었던 것보다는 훨씬 적극적이고 급진적인 생각을 표현했다. 그러나 나는 프레이저를 통해 당시로선 미처 공개적으로 말할 준비가 안 되었던 많은 생각을 나타냈던 것이다. 책이 완성되고 보니까 완성 전보다 나 자신 부리스 쪽이 아니고 적극적인 프레이저파가 되어 있음을 깨달았다. 그런 배경에서 당신 추측이 맞다.

그리고 이 책 속의 다른 주요 인물인 철학 교수 캐슬은 나의 당시 대학동료였던 Castel에서 따온 이름이다. 그도 실제로 나와 여러 가지 문제를 같이 토론했던 철학자였다.

이: 그러나 이 책에 담긴 행동원리나 주장의 미비점이랄까 미처 다루지 못했던 것들에 대해서 언급할 수 있는가? 가령 자원 문제, 공해, 에너지의 위기, 인권문제 또는 요 며칠 사이에 미국에서 벌어지고 있는 항공관제사 파업 등 오늘날의 복잡한 사회문제를 월든 투식으로 해결할 수 있다고 보는가?

스키너: 월든 투는 사실 나 자신도 당시엔 깨닫지 못했을 만큼 미래지향적 소설이다. 2차 대전이 끝난 당시엔 자원부족 문제가 그리 심각하지 않았으며, 미국의 산업이 다시 활발해질 것으로 확신했고 공해환경도 없었다. 내가 집필을 시작했을 땐 히로시마에 원자폭탄이

투하된 다음이라서 핵폭탄의 위험이 가장 두려웠을 때이다. 그런데 월든 투의 중요 의미는 최소한의 소비 즉, 낭비가 없고 1천여 명의 인구면, 지금처럼 2~3백 대가 아니라 불과 몇 대 정도의 차량으로 충분하고, 최소한의 공해, 최대한의 바람직한 사회관계 조성으로 폭력문제나 정부차원의 많은 문제들이 해결된다는 것이다.

결국 월든 투의 사회이면 자원독점, 경쟁의식 등으로 인한 분쟁이 일어나지 않는다는, 나도 당시엔 충분히 인식 못 했던 분명한 메시지가 이 책에 있는 셈이다. 또한 가령 물건을 결코 낭비하지 않고 검약한다는 웨버의 프로테스탄트 윤리를 생각할 수 있는데, 나 자신이 펜실베이니아의 작은 마을의 그런 앵글로색슨 문화에서 성장했다. 불필요하게 물건을 쓰지 않고 모든 사람이 열심히 일하는 월든 투의 분위기나 원리는 거기서 빌려 왔다고 볼 수 있다. 이것은 극히 좋은 원리이고 지금도 필요한 원리이다.

이: '월든 투의 재평가' 라는 1976년판 서문에서, 당신은 월든 투식 사회구조가 현대 사회문제를 해결하는 접근방법의 좋은 시도가 될 수 있다고 주장했다. 구체적으로 듣고 싶은 점은 왜 그리고 어떻게 월든 투의 사회구조나 생활양식이 소련보다는 중국의 것과 가깝다고 생각하느냐는 것이다.

스키너: 이 책의 어느 대목에서, 주인공인 프레이저가 소련의 공산주의는 강력한 정치지도자에 의해서 결속되지 않으면 안 되는 것 등이 탐탁하지 않다고 말한 부분이 있다. 나 자신이 소련에 가보았는데 미국보다 더 좋은 사회를 만들었다기보다는 여러 면에서 우리보다는 나쁜 것 같이 느껴졌다. 가령, 소련에서는 소비품 생산에 돈을 적게 쓰기 때문에 사람들의 생활이 대체로 불편해 보였다. 중국사회는 아마 성질이 다를 것이다. 물론 광대한 국가이고 지금 십억쯤의 인구가 있는 것으로 안다. 한국인이나 일본인들이 적극적으로 매달려 일을

성사시키는 것처럼 중국인도 상당히 생산적인 것 같다. 그런데 모택동이 집권했다가 사망하는 등 변화가 있었으니 그 나라 사회에서 지금 무엇이 진행되는지 구체적으로 알 길은 없다. 그렇지만 나의 인상으로는 공산혁명 후 오늘날의 중국은 장개석이 계속해 집권했을 경우보다는 더 좋은 사회가 되지 않았나 하는 것이다.

 한편 인도는 지구상의 문명국가 중 가장 심각한 문제들을 아직 안고 있는데, 그들의 많은 문제도 혁명이 일어났다면 상당히 해결되었을지 모른다. 최근까지 있었던 종교분쟁 같은 것을 포함해서 말이다. 그러나 내가 그 방면의 전문가가 아닌 이상 정확한 판단을 할 입장은 못 된다. 월든 투는 성질상 하나의 이상적 공동사회이다. 거기엔 관료주의나 강력한 개인적 지도자도 없고 군대도 없다. 정확히 비교할 수는 없을 것이다. 옛 중국엔 한때 생산적인 지역 공동사회가 많았던 걸로 알지만 지금은 없어졌을 것이다. 최근까지 '죽의 장막'이 가려져 있었고 해서 자세히는 비교될 수 없겠다. 그래서 지금의 나로선 정말 단언할 수는 없는 점이다.

 이: 월든 투에서 강력한 리더십이 없다고 당신은 말하는데, 주인공 프레이저는 강력한 리더가 아닌가?

 스키너: 거기에는 강한 리더십이 없다. 이 점이 중요하다. 당신도 알겠지만 프레이저는 리더라기보다 항상 설계자였고, 소설 중에서도 기획위원으로서의 그의 임무가 1~2년 내에 끝나 은퇴할 예정으로 되어 있다. 책의 어느 부분에서, 프레이저와 외부 손님들이 이야기하고 있을 때 두 명의 건축가가 다가와서 손님들에게는 인사를 하고 프레이저에게는 주목도 하지 않은 채 떠나버리는 예에서 나타나지만, 프레이저는 지배적 인물로 받아들여지지 않았다.

 이: 그러나 상식적인 의미의 지배적 존재는 아닐지라도, 여전히 프레이저는 강력한 리더라는 인상을 독자들에게 줄 것이라고 생각되는

데…….

스키너: 프레이저로서는 자신이 월든 투 사회를 설계했기 때문에 그 속에서 생기는 일에 대해 책임을 느끼게 마련이다. 그러나 그 사회는 환경조건에 의해 움직이는 것이 아니었다. 프레이저가 설계한 환경 세계는 그 세계가 지속되는데 필요한 인간행동을 강화하도록 되어 있고, 프레이저 자신이 보상이나 벌을 주는 존재는 아니었다. 그리고 월든 투는 벌이란 게 거의 없는 사회이다.

이: 그렇다면, 월든 투의 취지가 소련을 포함한 다른 어느 나라보다는 중국사회와 가까울지 모른다고 당신이 비교한 것은 기본적 원리 즉, 강력한 개인적 지도자가 없고 아마 동등한 기회와 벌보다는 긍정적 보상 등을 강조한다는 면에서 말한 것으로 이해해도 되는가?

스키너: 그렇다고 볼 수 있다. 요컨대, 월든 투 같은 체제에서는 강력한 지도자를 필요로 하지 않는다. 월든 투와 같은 모델로 세워진 사회의 특징은 강력한 개인적 지배를 벗어나는 것이다.

이: 그래도 중국을 생각할 때, 모택동에 이어 지금의 등소평 등이 그 사회에서의 강력한 지도자들이라고 보아야 하지 않는가?

스키너: 당신은 그들이 강력한 인물이라고 생각하는가?

이: 그렇다.

스키너: 물론 그들이 강력한 지도자들이라고 생각할 수 있다. 그러나 차이점이 있다. 중국의 사회체제는 변화가 요구될 때 다른 지도자가 들어서서 금방 바꾸지 않으면 유지 안 될 만큼 처음의 설계가 잘 되지 않았는지 모른다. 이 점이 프레이저가 자랑하는 것으로 월든 투에서는 아무도 처음의 설계를 바꿀 필요가 없다. 그리고 변화가 요구되더라도 천천히 진행할 수 있는 설계인 것이다. 이것이 강력한 인물의 할 일일 것이다. 당초의 구조나 양식은 보완할 데가 있겠으나 원래의 구조, 양식은 개인적 개입이 없이 완성된 것이었다.

이: 이제 화제를 좀 돌려서 행동주의 심리학에 관한 이야기를 하고 싶다. 내가 심리학개론 강의에서 학생들에게 말하는 것인데 코페르니쿠스, 다윈, 프로이트가 각각 우주론적, 생물학적, 심리적 측면에서 인간의 '헛된' 자존심에 타격을 가했고 스키너 당신은 행동적 측면에서 4번 타자가 될지 모르겠다는 비유이다. 다른 여러 주장 중에서도 가령 당신의 1953년 저서 "과학과 인간행동(Science and Human Behavior)"에서 인간을 최고급 기계(super machine)로 보려고 했던 당신의 견해를 근거로 그렇게 이야기해 주곤 한다.

스키너: 그것이 바로 행동주의의 초점의 전부이다. 즉 인간 이해를 안으로부터 하는 것이 아니라 환경조건에서 이해해 들어감으로써 종래의 접근방식을 전도시킨 대변혁인 것이다. 인간을 '안에서 밖으로'가 아니라 '밖에서 안으로' 이해하는 것이다. 내가 쓴 책 '자유와 존엄을 넘어서' (Beyond Freedom and Dignity)에서 그러한 변화과정을 설명했다. 왜냐하면, 인간의 좌표는 출발자나 시발자이기보다 주위의 주요 변수 속의 한 '장소'로 파악하기 때문이다. 물론 이 장소에는 유전적, 환경적 변수들이 같이 투입되어 있고, 여기서 행동이 생기며, 행동의 결과로 환경변화에까지 이를 수 있다는 것을 우리가 받아들여야 한다.

이: 그러한 개념의 행동주의 견해를 당신에게서 직접 들으니, 촘스키의 말이 상기된다. 촘스키는 당신의 조건형성 원리나 강화과정은 그대로 그 자체로써 있지만 그것으로부터의 원용이나 사회철학의 내용은 극히 허황하거나 사소한 것들이라고 말하지 않았는가?

스키너: 촘스키가 그렇게 말한 것은 사실이다. 그러나 내가 말한 의미를 이해해야 할 것이다. 그는 내가 생각하는 바를 제대로 생각하고 있는 줄로 믿고 있다.

말하는 것을 미처 배우지 않은 어린이에 대해서는 부모가 말하도록 강화해야 하는 것은 분명하다. 물론 비록 옆에서 맞았다거나 틀렸다고 말해 주지 않더라도 어린이는 '언어 환경' 속에서 배우는 것이다.

촘스키는 강화의 작용이나, 강화의 근원과 아동의 생활세계를 오해하고 있다. 내 말은 항상 누군가가 옆에서 강화한다는 게 아니고 환경사태가 강화한다는 것이다. 지금 나의 이 팔 움직임에서처럼 어떤 물건에 도달하는 것을 배울 땐 자극을 받아들여서 근육동작이 개입하고 그 결과로 이렇게 연필을 받아 쥐거나 가질 수 있는 것을 배운다. 이런 식으로 어린이들이 다 손을 뻗치고 만지는 것을 배우는데, 누가 일일이 옳다 그르다고 말해주는 것은 아니다.

즉, 실은 세계가 강화하고 있는 것이다. 촘스키는 이 점을 간과하고 있는 것 같다. 그리고 촘스키는 모든 언어에는 어떤 보편적 특징이 있는 것으로 믿기 때문에 언어가 언어사회(verbal community)로부터 조성될 수 없다고 생각한다. 즉 모든 언어에 같은 사실이나 보편적 속성이 있기 때문이라는 것이다.

언어에는 기능적 용법이 있다. 즉 모든 언어에 질문이 있고, 기술이 있고, 명령을 하는 따위를 말한다. 물론 이것들은 모든 언어에서 발견되는 공통성이다. 그래서 모든 언어사회가 어떤 공통성을 가지게 마련이다. 그러나 촘스키는 문법의 법칙을 얻기 위해서는 유전을 생각해야 하는 것으로 알고 있다. 그러나 언어사회의 개념으로는, 언어사회가 문법을 생성하는 것이다. 그렇게 되어 있다는 것은 아주 분명한 사실이다.

이: 내가 70년대 초 텍사스 대학에 수학했을 때 그 당시 언어학 전공인 친구와 자주 열띤 토론을 한 적이 있다. 말하자면 그 사람은 '촘스키파'였고 나는 스키너리안(Skinnerian)의 입장에서 언어발달의 원리에 관해 이야기했는데, 서로의 합의를 바란 것은 아니었어도 매번 각기의 관점을 반복해서 주장하다가 토론이 끝나곤 했다. 당신은 이

양쪽 입장이 전혀 접근할 수 없는 성질의 것으로 보는가?

스키너: 촘스키는 구조주의자이다. 야콥슨(Jackson)이 선배 언어학자로서 구조주의를 인류학 및 아동 언어에 그리고 촘스키와 같은 언어학자들에게 소개했다. 그들은 환경적 영향을 고려해 넣지 않았다. 최근에 출판된 촘스키와 피아제의 토론에서도 그랬다. 즉 두 사람 중 어느 쪽도 언어 환경으로부터의 언어적 근원을 다루지 않았다. 행동주의적 접근이 필요했는데도 그들은 이를 모르고 있었다. 발달론자(developmentalist)들도 마찬가지인데, 개인 안에서 밝혀지는 무언가를 원하고 있었다. 그러나 주목해야 할 사실은 환경의 발전, 변화인 것이다. 그러니까 어린이는 나이를 먹어감에 따라 더 다양한 강화조건을 알게 되고, 그런 어린이의 언어는 보다 다양한 문장으로 도움을 받고, 이런 것이 또 듣는 이의 행동 반응의 차이를 가져오는 식으로 환경에 영향을 미치는 것이다.

이것이 아동 환경의 발달이며, 어린이 머릿속의 고본의 단어배열이 발달하는 것이 아니다. 나는 이 문제에 관한 이러한 입장에 만족하고 있다. 요즈음은 언어학자들이 촘스키 이론에 많이 반대하고 있는 것으로 안다. 물론 그들은 여전히 생성문법론자들이지만, 대체로 촘스키의 주장을 그렇게 대단히 여기고 있지는 않다.

이: 당신의 이야기 중에 촘스키와 피아제 간의 토론 사례가 언급됐지만, 나는 지금 당신과 로저스(Rogers) 간의 유명한 토론들이 생각난다. 처음 것이 1956년, 그 다음이 1961년으로 기억되는데······.

얼마 전에 들은 로저스의 이야기로는, 심리학자를 포함한 오늘날 학문하는 사람들이 세력에의 결핍증(hunger for power), 혹은 지배 및 영향력 욕구에 빠져 있다고 했다. 그리고 그의 '인간중심의 접근(Person Centered Approach)'이 그들에게 위협이 되기 때문에 심리학계만 하더라도 인간중심적 접근을 받아들이려고 하지 않는 경향이라고 말했다.(역자가 La Jolla의 연구소를 방문(1981.7.30), 로저스와의 면담 중에서 이야기됨.) 여기에 대한 당신의 의견은 어떤가?

스키너: 먼저 당신도 알겠지만 로저스는 통제를 거부하고 있다. 그는 심리치료에서는 통제가 필요 없으며, 가르친다는 것도 과중한 기능이며, 교사는 학생을 통제할 필요가 없다고 주장한다. 우리가 그렇게 말할 때에는, 일상생활에서의 정상적 통제는 지배와 같은 의미로 취급되는 것이다. 그러나 지배의 의미가 아닌 통제는 거의 항상 우리에게 있는 것이다. 즉, 우리가 좋아하는 일에 접했을 때 "감사합니다."라고 이야기하고 그렇지 않은 일엔 "싫다."고 말하는 것 등이 다 서로를 어떤 의미에선 통제하는 것이며, 이것은 같이 모여 사는 사회생활의 일부인 것이다.

로저스가 통제를 하지 않고 통제 안 하려고 무척 노력하기 때문에, 어떻게 보면 '통제에 대한 관심'이 있는 것처럼 생각되기도 하지만 사실은 없는 것이다. 나로서는 통제를 위한 정부기구의 확대를 원하지도 않고 종교적 통제나, 경제적 기업의 통제도 원하지 않는다. 세계가 어느 정도 통제가 필요하냐는 문제에 대해, 나는 온건파의 입장이다. 그러나 자신이 아무것도 통제를 하지 않는다고 생각하는 사람들에게는 내가 세력을 펴고 있었던 것처럼 보일지 모른다. 그러나 나는 그렇지 않은 것이다. 세력을 잡고 있는 사람들이 있기는 하다. 정치가, 종교적 지도자, 부자 등은 분명히 그런 범주에 들어갈 것이다. 이런 점에서 나는 로저스 같은 정도의 입장일 뿐이다.

이: 당신이 이 문제에 대해서 정치 지향적이 아니고 순수하게 학문적인 입장을 취해 왔다는 데는 동의가 간다.

즉 당신이 말하는 환경통제는 생활조건의 향상 및 불필요한 부정적 강화를 제거하기 위한 것이라는 점에서 그렇다. 그러나 아직도 궁금한 것이랄까 당신으로부터 확인하고 싶은 것은, 당신의 입장이 적어도 부분적으로는 인본주의적 입장과 통하는 면이 있는데도 불구하고 '철저한 결정론자이고 환경론자' 라는 고정된 인상을 사람들에게 줌으로써 간혹 오해를 받고 있다고 생각하느냐는 것이다.

스키너: 내가 결정론자인 것은 사실이다. 인간이 물리적 유기체이며 진화의 산물이라고 믿는 점에서 그렇다. 사실 인간은 그 이상의 아무 것도 아닌 것이다. 그리고 유기체는 물리적, 화학적 체계에서 반응한다. 그런데 굉장히 복잡한 체계인 것은 물론이고 우리가 이 유기체에 대해서 아직 제대로 이해하지 못하고 있다.

그러나 유기체 안에 자유의 요소가 있다고는 생각하지 않는다. 우리가 긍정적 강화가 되는 쪽으로 움직일 때 '자유'를 느끼고 우리가 하고 싶은 일을 한다. 또한 우리가 벌이나 위협을 받고 있을 때는 '해야 할 일을 하는 자유'를 느낄 뿐이다. 즉 '원해서 하고 싶은 자유'와 '해야 하는 자유'는 분명히 차이가 있다. 나는 항상 '원해서 하는 자유'의 편이다. 즉 사람들이 하고 싶은 것을 할 수 있기를 바란다. 이것은 강화가 있을 때만 생기는 것이다. 강화의 개념으로 보면, 어떤 결과가 강화될 것이라고 생각될 때 우리의 선택이 자유로워지고 그럴 때의 일이나 행동은 더 강해지면서 우리가 즐길 수 있는 것이다. 나로선 사람들이 이렇게 보답과 보상을 받는 일을 하기를 바라는 것이다. 그리고 사회가 완전히 위협과 벌로부터 해방되었을 때 자유로운 사회라고 생각한다. 역사적으로 자유로운 사회라는 것은 바로 이것을 의미했다고 본다.

이: 월든 투와 '자유와 존엄성을 넘어서' 같은 책에서 당신이 주장하는 자유의 개념도 역시 '위협적인 조건의 회피'로 집약된다고 본다.

스키너: 그렇다. 그것은 정치적인 벌이나 제재로부터 벗어나는 것이다. 그리고 이것이 바로 '자유를 위한 투쟁' 내용의 전부였다. 정치적

제재로부터의 해방이 없으면 우리는 완전히 생산적일 수 없고 다른 여러 가지 영향을 받기 마련이다. 벌이나 제재가 없는 상태를 우리가 좋아할 뿐 아니라, 그런 상태에서 우리는 생산이 되고 또 우리 자신을 더 발전시킬 수 있는 환경을 만들어 갈 수 있는 것이다.

이: 그러나 한편, 주장의 타협점을 굳이 구하는 심정에서 말하는 것은 아니지만 가령 당신과 로저스, 또는 행동주의적 접근과 인지심리학적 접근 간에는 어떤 근접점 같은 것이 있다고도 볼 수 있는데…….

스키너: 루소는 사람들이 다른 사람에 의존하기보다 사물에 의존하도록 만드는 것에 대한 이야기를 많이 했다. 나도 그것을 원하고 있고 로저스도 마찬가지다. 가령 어린이가 환경세계에서 효과적으로 행동하도록 한다는 의미에서 자기의 부모, 선생 또는 형제에게 어느 정도 의존하도록 해야 할 것이다. 그리고 나는 주위의 아무도 부당한 영향을 미치지 않기를 원한다. 이 점엔 로저스도 같은 생각인 것이다. 그러나 그렇다고 그 어린이가 완전히 자유롭다는 것은 아니다. 즉, 어린이는 사물의 통제를 받게 마련인데 그것은 물리적 세계이지 사회적 세계는 아니다. 물론 사회적 세계를 완전히 제거하려는 것은 아니다. 가령 애정, 우정 같은 사물에만 의존할 수 없는 생활속성이 많기 때문이다.

처벌적인 방법과 보상적인 방법 간의 타협이나 혼합을 찬성하냐고 나에게 묻는다면, 나는 그래야 한다고 대답하고 싶다. 우리는 방법과 시도를 통해서 문제를 해결해 나갈 수 있기 때문이다. 가령, 전등이 없는 어두운 방에서 작업을 끝마치지 못해 다시 갈 때는 회중전등을 가지고 가서 작업을 완성하는 식이다. 이것은 자연이 우리에게 가르쳐 준 교훈인 것이다. 현재의 세계는 정부, 종교, 교사 등이 통제를 하고 있다. 그러나 우리가 더 좋은 세계를 창조하려 한다면 그러한 세계를 완전히 벗어날 수는 없는 것이다.

이: 당신의 이야기에서 시사적으로 이미 응답이 되었는지는 모르나, 나로선 분명치 않기 때문에 다시 묻고 싶다. 인간중심적 접근이 객관주의적 접근에 위협이 될 수 있기 때문에 현재 많은 대학심리학과에서 받아들여지지 않고 있다는 로저스의 주장에 대해 당신의 구체적인 논평을 듣고자 한다.

스키너: 나로선 요즘 로저스의 이론이나 방식이 어떻게 진전되어 있는지 정확히 모르며 반면에, 행동주의자 또는 행동치료자가 많다는 것은 알고 있다.

행동수정은 지금 교도소나 정박아시설 등에서도 많이 활용되고 있다. 모두가 행동수정이라는 이름으로 활용되는 것은 아닐 것이다. 그리고 어떤 것이 대학심리학에 포함되어야 하는지에 대해서 분명히 모르겠다. 그러나 일반적으로 '행동변화의 원리'가 지금 널리 받아들여지고 있는 목표이며, 내부적인 종양이나 정신질환으로 불리는 것을 추적하는 것은 아니다.

'병보다 증상을 다룬다.'는 말이 있는데, 내 생각에는 요즘의 치료자들은 과거 증상이라고 불리던 것을 다룬다고 본다. 가령, 누가 식사를 잘하지 못하면, 식사 못 하는 것을 하도록 하는 것이 관건이지, 어머니와의 어떤 관계라든가 내면적인 다른 원인이 문제의 초점은 아니다. 대학에 관해서 말한다면, 미국의 대학에서 무엇이 진행되고 있는지 판단하기 힘들 것이다.

어떤 곳에서는 도구적 조건형성(operant conditioning)에 아주 중점을 두고 있는가 하면, 대부분의 대학심리학과에는 적어도 한 사람 정도가 도구적 조건형성과 도구적 행동(operant behavior)을 가르치거나 관련연구를 하고 있는 것으로 안다. 행동분석학회는 현재 약 1천 8백 명의 회원이 있고 밀 위키에서의 지난번 총회에는 1천 2백여 명이 출석할 정도이니, 짧은 역사에 비해 상당히 많이 모인다고 보아야겠다.

이: 당신 말의 요점은 참여 학자의 규모나 발표논문, 편수 등으로 비추어 결국 도구적 행동분석 및 행동수정연구가 미국 심리학계의 가장 뚜렷한 추세라는 말로 해석해도 되는가?

스키너: 그렇다.

이: 그러면 인지행동치료(cognitive behavior therapy)에 대해선 어떻게 생각하는가?

스키너: 내가 왜 '인지심리학자'가 아닌지를 말하고 싶다. 내 생각에는 그들이 큰 실수를 하고 있는 것 같다. 인지심리학자들은 유기체의 머릿속으로 변수를 너무 빨리 끌어들여 생각하고 있다. 예컨대, 실험실에서 지렛대를 누르는 배고픈 쥐를 보자. 여기서의 변화는 쥐가 얼마나 빨리 지렛대를 누르고 먹이를 얻을 수 있는가의 행동에 있을 것이다.

그러나 인지심리학자들은 쥐가 지렛대를 누르면 먹이가 나온다는 것을 '안다.'고 가정한다. 그러나 '지렛대를 누르면 먹이가 나온다.'는 실험실의 장치를 기술하는 것이지, 쥐의 머릿속에 들어가는 것은 아닐 것이다. 단지 쥐의 행동이 바뀌었음을 말하는 것이다. 왜 그런 것인가의 지식을 갖게 되는 것은 아니다. 인간피험자의 경우, 성숙한 사람이면 그런 자기의 반응강화의 관계를 분석할 수 있고 또 우리에게 보고해 줄 것이다.

인지행동치료자들은 행동변화를 일으키는 환경의 힘을 지식이라는 형태로 머릿속의 것으로 귀인시키고 있는 데서 잘못을 저지르며, 행동의 시작이 내면적인 의지활동 때문이라고 믿고 있다. 그들은 또 감정(feeling)을 상당히 중요하게 다루고 있는데, 나로선 감정은 부산물이라고 본다. 월리엄 제임스는 '우리가 슬퍼서 우는 게 아니라, 울기 때문에 슬퍼진다.'고 했다. 다른 말로 하면, 우리가 울 때 신체조건을 느껴서 슬프다는 것이다.

 이 두 가지 말이 다 원인설명에는 충분하지 않다. 가령, 누가 죽었다고 하면 무언가 사건이 일어난 것이다. 그 결과로 우리는 두 가지를 한다. 〈울거나〉, 〈신체상태로 귀인〉시켜 슬프다고 보고한다. 그 원인은 누가 죽었다는 사건인 것이다. 그런데 인지심리학자들은 안으로 되돌아가서 거기에 머물고 만다는 것이 큰 실수이다.

 소련에서 망명해 온 솔제니친이 2년 전 이곳 하버드 대학에서의 연설에서, 미국이 소련에 대한 적극적인 조치를 취하지 않는다고 하면서 우리가 '의지의 실패(failure of will)'로 고통받기 때문이라고 말했다. 이런 식의 말은 실제로 아무런 의미가 없다. 그 말의 요점은 미국이 효과적인 도구적 행동을 하지 않고 있다는 것이어야 할 것이다. 굳이 '왜 우리가 의지의 실패를 겪었는가.'에 대한 설명이 필요하다면, 월남전의 경험을 예로 들 수 있다.

 공산주의 확대를 막는다는 목적으로 수천억 불의 돈을 썼고 1만 5천여 명의 생명을 잃고도 아무런 성과가 없었다. 이렇게 결과가 없으면 중단할 수밖에 없었던 것이다. 사람은 성과가 없으면 계속하지 않는 법이다. 그러니까 '왜 우리가 의지의 실패를 겪었는가.'라는 질문으로 되돌아갈 필요가 없다. 일상적으로 우리는 '의지가 실패했다.'고 말하지 않으며, 그저 행동을 중단한다. 그런 질문은 벽에 부딪치게 마련이고, 그런 질문은 더 이상 필요로 하지도 않는다.

 이: 당신은 지금 실험적 태도의 장점을 강조하고 있는 것으로 이해되는데, 현대 심리학만 하더라도 실험적 발견이나 실증적 증거에 의한 이해에 치중하고 있는 것이 과연 적절하다거나 바람직하냐의 문제를 다시 제기하게 된다. 다시 말해서, 인간의 본질에 대한 이해와 지식을 넓히려면 우리가 현재 하고 있는 객관적, 실험적 접근에다가 인지과정, 정서, 창의성 또는 의식상태 같은 것에 대한 '덜 객관적인

연구' 도 병행되어야 한다고 생각되는데……

스키너: 나도 사람들이 그런 경험을 통해 효과적인 행동을 할 수 있다고 본다. 심리학은 이제 1백여 년의 역사밖에 안 된다. 그리고 인간에 대한 객관적이고 과학적 접근만으로 성공적이 될 수는 없다고 본다. 그러나 과거의 많은 위인들도 인간을 관찰하고 경험한 것을 토대로 행동했다. 그들이 어떤 면에서는 정확히 관찰하지 못했을지 모르나 행동을 취할 만큼은 제대로 보았을 것이라고 믿어진다.

심리학 전문지나 교과서에서 보는 많은 개념과 이론들이 상식 이상의 특별한 것은 없다. 가령 누가 도시환경의 정비계획에 도구적 행동원리를 활용하더라도 나는 놀라지 않을 것이다. 문제해결을 위해 어떤 것도 이용될 수 있다. 거기에는 이의가 없다. 그러나 나는 기본적인 것을 언급하고 있다. 가령, 누가 집을 지을 때 물리학자가 될 필요가 없이 우선 목공이 되어야 할 것이다. 즉 '물리학자가 되기 전에는 집을 짓지 말라.'고 할 수는 없다. 심리학의 많은 면이 지금은 목공의 일과 같다고 보아야겠다.

그러나 우리가 정말 실험적 결과와 도구적 행동을 들여다보면 과거에 못 했던 것을 해낼 수 있음을 알게 된다. 이 점은 내가 다른 글에서 지적한 바 있다. 누가 심리학 실험실에 들어가 봤을 때 눈앞의 전기회로의 불빛이 왔다갔다하는 것만을 보고 무엇이 진행되고 있는지 모를 것이다. 너무 복잡하기 때문이다. 관계되는 과거의 기록을 들여다보고서야 어느 정도 이해가 갈 것이다.

인간의 생활도 그렇다. 그리고 도구적 분석(operant analysis) 원리를 안 다음에는 전에 이해 못 했던 것을 이해할 것이다. 여기서 해석이라는 중요 개념이 등장하는 것이다. 우리는 태양계 밖의 천체에 대해 처음엔 아무것도 예언하거나 통제할 수 없었다. 옛날 사람들은 방사선을 보지 못하고, 형태(pattern)를 연구하고 도형을 그려보고 했다. 그러나 실험실 연구를 통해, 고압상태에서 무엇이 진행되는지 저장, 기온변화 등을 토대로 천체 속의 현상에 관해 추리를 시작한 것이다. 즉 통제할 수 있는 실험실 상황에서 발견된 원리들을 통제할 수 없는 상황에 응용하는 것이다. 이런 식으로 도구적 조건형성을 아는 사람이면 자기의 인생 관리나 문제해결에 있어서 보다 유리한 입장에 설 것이다. 그리고 필요 없는 것은 무시하고 필요하고 옳은 것에만 주목하게 될 수 있는 것이다.

이: 더 많은 화제가 있으나 시간 관계상 우리의 회견을 끝맺는 의미에서, 월든 투 한국 독자에게 한 마디 하고 싶은 게 있다면 어떤 것인가?

스키너: 나는 물론 한국에 대해서 잘 모르고 있다. 가보지 못한 곳이라서 그저 책을 통한 지식밖에 없다. 다만, 월든 투의 근본 취지는 바람직한 인간사회에 관한 예비실험을 설정할 수 있다는 것이라고 말하고 싶다.

우리가 새로운 공정의 대단위 공장을 처음부터 짓기 전에, 작은 규모의 공장을 먼저 시도해 보는 것과 같다. 다시 말해서, 월든 투에서 과학적 이상사회에 대한 추측을 한 셈인데 그 추측들이 모두 정확했다고는 볼 수 없을 것이다. 그러나 내 생각으로는 모든 문화나 사회적 측면이 역사적 기후적 원리적 변화를 거치면서 발전한다고 본다. 오늘날 이러한 변화가 여러 면에서 대규모로 일어나고 있다. 따라서 우리가 옛날과 같은 생활방식이나 통치형태에 의존할 수 없다. 이런 의미에서 월든 투가 인류사회에 대한 완전한 비전은 못 되더라도 충분히 시도해 봄직한 접근방법을 모색했다고 믿는다.

용어 및 인명해설

p.38
소로(Thoreau, H. D. 1817~1862): 미국의 시인, 자연주의자. 에머슨(Emerson)과 함께 콩코드 그룹(Concord Group)에 속한다. 철저한 개인주의자였으며, 사상의 독립을 주장했고, 에머슨의 초절사상(超絶思想)을 실천한 생활기록 〈월든(Walden)〉이 그의 대표작이다.

p.42
토미즘(Thomism): 13세기 신학자인 토마스 아퀴나스(Thomas Aquinas)의 신학 및 철학의 체계와 이것을 기조로 하는 사상의 전반을 가리킨다. 원래 그의 사상은 주로 아우구스티누스(Augustinus)적인 신적 조명(illumination)의 사상을 주조로 한 유럽의 기독교적 사상 전통 속에 휴머니즘적인 색채가 짙은 아리스토텔레스의 철학을 도입한 것이었다.

논리적 실증주의(Logical Positivism): 경험주의 철학의 한 유형으로 직접 검증될 수 없는 명제를 배격하고, 모든 과학적 명제는 실제로 관찰할 수 있는 명제들로 환원될 수 있는 것으로 보았으며, 철학의 임무는 과학의 논리적 분석에 있다는 주의이다.

Looking Backward: 미국의 작가이며 저널리스트인 벨러미(E. Bellamy 1850~1898)가 쓴 소설로 기원전 2천년에 사회주의적인 유토피아가 실현된 모양을 그렸다.

뉴 · 아틀란티스(New Atlantis): 영국의 정치가이며 철학자인 F. 베이컨(1561~1626)의 유토피아 소설로써 1627년에 간행된 미완성 작품이다. T. 모어의 〈유토피아〉나 T. 캄파넬라의 (태양의 도시)가 사회조직에 중점을 두고 있는데 비하여, 이 작품에서는 과학적 기술에 중점을 두고 새로운 과학기술의 발전에 의하여 인간생활의 큰 번영과 복지가 이루어질 수 있다고 하였다.

P.44

행동공학(behavioral engineering): 심리학 및 행동과학의 법칙을 응용하여, 실제적인 문제들(특히 인간의 행동과 관련된 문제들)을 해결하고자 하는 분야.

p.50

유한계급론(Theory of the leisure class): T. B. 베블린의 저서. 유한계급은 생산적 노동에 적극적인 의욕을 가지지 않고 비생산적 소비생활을 하는 계층으로서, 반드시 근대사회에서 발생한 계층은 아니고 전근대 사회에서도 승려, 귀족 등의 유한계급이 있었다고 베블린은 주장한다.

p.51

베블린(Veblen, T. 1857~1929): 미국의 경제학자, 사회 사상가로서 제도파 경제학의 시조이다. 기성의 경제학을 비판하고 진화론적 사고와 행동심리학을 도입하여 경제적 제도의 진화과정을 중시하였다.

p.56

벨러미(Bellamy, E. 1850~1898): 미국의 작가 Looking Backward(p.42)을 참조.

웰스(Wells, H. G. 1866~1946): 영국의 비평가, 역사가. 1903년에 페이비언 협회에 들어가서 사회주의를 신봉하여 〈세계 문학사 개설〉등을 썼다. 그는 자유롭고 상식적인 영국 지식계급의 전형이라 할 수 있는 문필가였다.

p.65

가사공학(domestic engineering): 가정생활을 형성하는 여러 요소 즉, 식사·의복·거주·육아·위생 등의 경영을 합리적이고 능률적으로 하기 위한 과학적 연구 분야이다.

p.75

월든 원(Walden One): Thoreau(p.38 참조)가 저서 〈숲속의 생활〉에서 이야기한 자급자족주의, 개인주의적인 이상세계.

p.87

문화공학(cultural engineering): 여러 제도의 효율적인 조직 및 인간과 제도간의 합리적인 결합 등에 관한 공학적 연구 분야.

p.120

인간공학(human engineering): 기계설비나 작업과정을 효율적으로 하여, 피로를 줄이고 능률을 올리기 위해 작업환경과 인간과의 관계를 공학적 원리에 따라 연구하는 분야.

p.132

에머슨(Emerson, R. W. 1803~1882): 미국의 시인, 사상가, 기독교에 의문을 품어 목사직을 버리고 콩코드(Concord)에서 은퇴하여 주로 사색과 독서를 하면서 저작 생활을 하였다. 퓨리터니즘(엄격한 금욕주의를 표방한 청교도주의)의 부정적 인간관에 혁명을 가져온 긍정적 인간관을 제시했다.

사회공학(social engineering): 사회행동의 과학적 연구로 얻어진 기초적인 식견이나 법칙을 응용하여 실세 사회생활에서 당면하는 여러 가지 문제를 해결하고 그 실천과정에서 필요한 기술적 문제를 연구하는 분야. 예를 들면, 대인관계 갈등의 조정, 집단의 리더와 성원의 훈련 및 조직 내의 생산성 등이 여기에 포함된다.

p.160

동일시(identification): 자기에게 중요한 영향을 미치는 타인(예: 동성의 부모)의 행동을 모방함으로써 어린이가 적절한 사회적 역할을 익혀 가는 과정 또는 그러한 심리적 상태를 뜻한다.

p.167

초자아(super ego): 정신분석이론은 인간의 성격이 원초아(id), 자아(ego), 초자아(super ego)의 세 부분으로 구성되어 있다고 가정한다. 이 중 초자아는 양심, 윤리 등에 근거해서 행동을 통제하는 부분이다.

p.178

사디스트(sadist)와 매조키스트(masochist): 다른 사람에게 고통을 가하려는 병리적인 성향을 지닌 사람을 사디스트라고 하고, 반대로 자기 자신에 대해 고통을 가하거나 혹은 타인의 손에 의해 고통받기를 바라는 병적인 사람을 매조키스트라고 한다.

p.232

완전주의 철학(philosophy of perfectionism): 완전(完全)이라는 목적·이상을 내걸고, 이로써 모든 특수한 의무나 명령이 근거로 삼는 관점, 개인의 완성을 말하는 것과 인류일반의 완성을 말하는 2종이 있다. 흔히, 목적론적인 세계관에 기초를 두고, 인간의 모든 잠재성을 완전히 발현시키는 것이 개인 또는 인류의 본분이라고 봄. 대표적 인물로 칸트(Kant)를 들 수 있겠다.

p.257

행동과학(science of behavior): 인간이나 하등 유기체(有機體)의 행동에 관심을 갖는 과학을 가리키는 것으로써 특히 심리학, 사회 윤리학, 사회학 및 생태학 등을 가리킨다.

p.260

개인공학(personal engineering): 생활의 효율적인 관리를 위해 생활

계획의 설계 또는 작업 및 여가 등의 효율적 관리의 의미를 내포하고 있다.

p.281

골리앗(Goliath)과 다윗(David, ?~BC 961): 구약성서〈사무엘 상(上)〉 17장 등에 나오는 인물로 블레셋군이 사울이 다스리는 이스라엘을 침입했을 때 골리앗은 블레셋 측의 영웅으로 다윗과 대결했으나 다윗의 돌팔매를 당하지 못하여 죽었다. 다윗은 사울이 죽은 후 BC. 994년에 이스라엘의 왕이 되었으며, 예루살렘을 중심으로 이스라엘교를 확립했다.

p.287

임상 심리치료(clinical psychotherapy): 임상심리학자가 심리학적 방법을 활용하여 성격의 부적응이나 정신적 장애를 치료하거나 연구하는 분야.

p.302

알코브(alcove) 방: 벽장과 같이 벽의 움푹 들어간 곳을 이용한 방.

p.355

마키아벨리(Machiavelli, N. 1469~1527): 르네상스기의 이탈리아의 역사학자이며 정치이론가. 피렌체의 가난한 귀족 집안에서 태어나 1498년부터 피렌체의 제2서기관장직으로 내정과 군사를 담당하였으며, 대사로도 활약한 바 있다. 주요 저서 중 하나인 〈군주론(君主論)〉은 군주의 자세를 논하면서 정치는 도덕과는 구별되는 고유의 영역이며, 나아가 프랑스, 스페인 등의 강국과 대항하는 강력한 군주 밑에서 이탈리아가 통일되어야 한다고 호소했다.

p.364

강화이론(reinforcement theory): 강화란 조건형성(條件形成)에서 유기체의 행동(반응)과 그 행동과 관련된 자극을 연합시키는 조작 또는 조건이다. 강화 이론은 학습 과정에서 행동이 강화되지 않으면 학습이 일어나지 않는다는 이론이다.

p.386

행동기술(behavioral technology): 행동공학(behavioral engineering)과 같은 뜻으로 쓰였는데, 보다 구체적인 방법을 강조한다.

p.397

프로이트학파 심리학자(Freudian Psychologist): 프로이트(1856~1939)는 오스트리아의 의사로서 정신분석이라는 신경증 치료법을 개발하였다. 그는 성인의 성격은 유아기 이후의 초기성장과정에서 결정된다고 보고, 유아기를 각 시기의 주된 성감대(性感帶)에 따라 사춘기까지의 발달과정을 구순기, 항문기, 성기기로 분류하여 각 시기의 장애가 성인이 되었을 때의 성격에 미치는 영향을 이론화했다. 프로이트학파 심리학자란 프로이트의 정신분석학에서 가정하는 인간관, 성격의 이론 등을 지지하는 심리학자들을 가리킨다.

p.402

문화과학(cultural science): 자연과학의 대칭어. 과학의 차이는 대상의 여하에 있는 것이 아니고 방법의 차이에 있다고 본다. 리케르트(Rickert, H.)가 처음 구분한 것으로, 사물의 비반복적인 1회적 개별성을 선택하여 기술하는 과학을 가리킨다. 본문에서는 원 의미보다도 문화의 효율적인 조직, 합리적 발전에 대한 연구라는 문화공학과 같은 의미로 쓰였다.

p.410

예정조화(豫定調和: predestination)와 자유의지(自由意志, freewill): 전자는 라이프니츠(Leibniz)가 주장한 설로, 우주는 서로 독립적인 단자(單子)들로 구성되어 있고, 그 단자들이 움직이는 질서는 신이 미리 정해 놓은 조화에 의한다고 한다. 결정론의 한 유형이다. 후자는 일반적으로 결정론에 반대되는 것으로써 인간이 다른 무엇으로부터 방해받지 않고 의도적인 행동을 할 수 있음을 가정한다. 즉 인간의 행동은 미리 결정되어 있는 것이 아니라는 주장이다.

p.417

부정적 강화(negative reinforcement): 강화의 한 유형. 유기체가 특정 행동을 보이면 그때까지 주어지던 혐오자극(예: 전기충격)이 중지됨으로써 그 행동이 강화되는 것을 말한다. 이에 비해 벌은 특정 행동을 중지시키기 위해 혐오적인 자극을 사용하는 경우이다.

p.424

요셉 스미스(Joseph Smith, 1805~1844): 미국의 종교가로서 모르몬교의 개조(開祖)이다.

존 험프리 노예스(John Humphrey Noyes): Oneida라는 공동사회의 창설자로서 기독교 교리에 바탕을 둔 이상적인 공동사회를 만들려고 했음.

p.428

자아(ego): 프로이트 이론에서 말하는 성격 구조의 한 부분인데, 원초아(原初我, id)의 충동을 초자아(超自我, super ego)의 윤리적인 통제와 타협시키고, 그것을 사회적으로 승인된 방식으로 만족시킬 수 있도록 통제한다고 가정된다.

p.437

사로얀(Saroyan): 미국의 극작가, 소설가(1908~1981).

p.439

트롤럽(Trollope, 1815~1882): 영국의 소설가, 극작가
제인 오스틴(Jane Austin, 1775~1817): 영국의 여류소설가

p.443

행동수정(behavior modification): 학습의 원리에 바탕을 둔 심리치료

의 방법으로, 단계적 둔화, 자기주장 훈련, 행동조성법 등이 포함된다.
학습기계(teaching machine): 피학습자가 자기의 능력에 알맞고 적합한 진도에 따라 진행할 수 있도록 학습 자료들이 프로그램 되어 있는 기계를 말한다.
장려제도(incentive systems): 바람직한 행동을 하면 그것에 상응하는 보상이나 그 대용물을 줌으로써 특정 행동을 장려하는 행동 수정의 한 방법.

p.445
도구적 조건형성(operant conditioning): 조건형성의 한 방법인데, 어떤 반응이 일어났을 때만 그 행동에 대해 강화자극(보상)을 주어 그 행동을 강화하는 절차를 가리킨다.

p.462
스키너리안(Skinnerian): 스키너학파에 속한 학자들을 지칭. 스키너(Skinner, B. F. 1904~1990)는 미국의 행동주의 심리학자, 그는 가설의 구성이나 설명보다 조작주의적(操作主義的) 분석에 의해 선행조건과 결과와의 관계만을 기술하는 입장을 주장하여 스키너학파를 이루었다.

p.463
구조주의(structuralism): 여기서 말하는 구조의 개념은 사회 현상적 체계의 성격을 갖는 의식되지 않는 모델과도 같은 것이다. 구조주의자들은 이상(以上)의 구조 개념을 전제하고, 그 모델을 조작·분석함으로써 현상의 〈보다 깊은 실재(實在)〉를 명백히 하려 한다.
야콥슨(Jacobson, R. 1896~1982): 러시아 태생의 미국언어학자. 프라하학파의 창시자. 그의 연구 분야는 일반 언어학 외에도 시학, 운율학, 슬라브 언어학, 언어심리학, 정보이론 등으로 언어학과 인접과학의 통합을 이루려고 노력했다.

촘스키 (Chomsky, N. 1928~): 미국의 언어학자. 변형생성문법 이론의 창시자. 언어구조학의 기반이 되어 있는 경험주의를 넘어서 데카르트나 훔볼트에게서 변형생성문법의 철학적 배경을 찾았다. 1955년부터 M I. T의 언어학과 교수로 있으면서 〈통사론적 구조(Syntactic structures)〉(1957), 〈언어와 정신〉(1968)등 여러 저서를 썼다.

피아제(Piaget, J. 1896~1980): 스위스의 심리학자. 어린이의 정신발달, 특히 논리적 사고의 발달에 대한 연구를 통하여 인식론의 제반 문제를 연구하였다. 그러한 연구의 결과로 어린이의 인지발달의 4단계 이론을 세웠으며 발달적 시점에 입각한 인식론 저서인 〈발생적 인식론 서설〉을 저술하기도 했다.

발달론자(Developmentalist): 여기서 말하는 발달론자는 발달을 설명하는데 있어서, 환경적 영향의 중요성보다도 유기체 내부의 구조적, 유전적 측면을 강조하고 그것이 발달의 여러 단계에서 발현되는 순서, 특징들을 중시하는 이론가들을 가리킨다. 그러나 발달의 학습이론은 발달을 환경으로부터 행동의 적절한 단서들을 습득하는 과정으로 본다.

생성문법(generative transformative grammar): 변형생성문법(變形生成文法)을 줄여서 말한 것이며, 촘스키(N. Chomsky)에 의해 처음 주장되었다. 엄밀히 말해 변형문법은 문법에 있어 심층구조에서 표면구조로 도출되는 과정에서 적용되는 변형규칙을 강조하고 (예(1), 생성문법은 문법이 가지고 있는 생성적 측면을 강조한다 (예(2)).

예(1): What did the boy hit? 라는 문장(표면구조)은 다음과 같이 심층적 명제(심층구조)로부터 도출된 것으로 볼 수 있다.
the boy hit the ball
→ the boy hit what(목적어를 의문사로 대체)
→ what the boy hit?(의문사를 문두로 둠)

→ what did the boy hit? (주어·조동사 등을 조정)

예(2): The boy hit the ball. 이라는 문장은 다음의 생성규칙이 적용된 것으로 볼 수 있다.

⟨생성규칙⟩
S→NP+VP
NP→T+N
VP→V+NP
T→the, a
N→boy, ball
V→hit

⟨도표⟩

```
              S
           /     \
          NP      VP
         /  \    /  \
        T    N  V    NP
        |    |  |   /  \
       the  boy hit T    N
                    |    |
                   the  ball
```

로저스(Rogers, C. R. 1902~1987): 미국의 인본주의(人本主義)심리학자이며 심리치료가이다. 성격이나 심리치료에 대한 인간중심적 접근의 창시자로 알려져 있다. 행동주의 심리학 및 정신분석의 본능 이론을 거부하고, 인간에겐 자기실현(自己實現) 동기가 있음을 가정한다. 로저스적인 심리치료는 내담자의 현재의 감정과 태도를 중시하고, 유아기의 경험이나 무의식적 갈등에 관심을 갖지 않는다.

인간 중심의 접근(Person Centered Approach): 심리치료의 한 입장으로 내담자(환자)가 자신의 행동에 대한 책임감을 갖고 자신의 문제를 해결할 수 있는 능력을 스스로 기르도록 도와주는 것이 심리치료라고 주장한다.

p.468

인지행동치료(cognitive behavior therapy): 태도, 가치, 신념과 같은 사고 및 인지과정을 심리적 장애의 주요 요인들로 보고 그 사고과정을 수정함으로써 정서적, 행동적 장애를 제거 또는 감소시키는 심리치료방법이다.
p.470
도구적 분석(operant analysis): 도구적 조건형성의 원리에 따라 유기체의 행동을 환경과의 관계에서 분석하는 것.

역자: 이장호 jhyain@yahoo.co.kr // yain4peace.com

서울대학교 문리과 대학 심리학과 및 동대학원 졸업.
美 Univ. of Texas at Austin에서 철학박사(상담 심리학 전공)
서울대학교 사회과대학 교수, 한국심리학회장 등 역임.
현재 서울대 명예교수, 서울사이버대 석좌교수, 북한대학원대 초빙교수

저서 및 역서: 상담심리학 4판(2005), 상담면접의 기초 3판(2006), 일본인의 의식구조

월든 투

초판 1쇄 인쇄일 : 2006년 06월 15일
초판 1쇄 발행일 : 2006년 06월 20일

지은이 : B. F. 스키너
옮긴이 : 이 장 호
발행처 : 현대문화센타
발행인 : 양장목
출판등록 : 1992년 11월 19일
등록번호 : 제3-448호
주소 : 서울특별시 은평구 대조동 191-1(122-842)
대표전화 : 384-0690~1   팩시밀리 : 384-0692
이메일 : hdpub@chol.com

ISBN 89-7428-232-1 (03300)

· 잘못 만들어진 책은 구입하신 서점에서 교환하여 드립니다.